前衛的理想主義

——施淑教授七秩晉五壽慶論文集

徐秀慧
胡衍南　主編

臺灣　學生書局　印行

序

　　2015 年初春三月，我們敬愛的施淑老師要歡度她 75 歲的生日了。作為施老師指導、培養、啓發的學生，我們在一年前成立了壽慶活動的籌備委員會，委員會的成員以曾經接受老師論文指導或深受老師影響的學界師友為主。對象包括陳明柔（靜宜大學）、曾守正（政治大學）、彭明偉（交通大學）、陳雀倩（宜蘭大學）、黃慧鳳（臺中科技大學）、呂明純（中正大學）、洪士惠（元智大學）、謝靜國（東吳大學）、胡蘊玉（成功大學）、李嘉瑜（國北教大）、王學玲（暨南大學）、陳麒仰（清華大學）、呂文翠（中央大學）、林偉淑（淡江大學）、胡衍南（臺灣師大）、徐秀慧（彰化師大）。

　　委員會規劃了系列祝壽活動，聊表我們對老師的敬意與感念。祝壽活動主要有二，一是編輯出版《前衛的理想主義——施淑教授七秩晉五壽慶論文集》，限於篇幅，共徵集了 16 篇論文，同時提供一個園地，以附錄散文的方式，讓其他學友敍寫師生情誼，並委由臺灣學生書局出版。二是於 2015 年 3 月 13 日與淡江大學中文系合作主辦「2015 文學與文化——前衛的理想主義學術研討會」，藉由學術討論會的形式，共同切磋論學來歡慶老師的生日。也希望藉此機會讓散居各地學友回到淡江母校與老師歡聚一堂重溫師生情。

　　本論文集共收錄 16 篇論文，皆已通過兩位學有專精之匿名審查委員的審查。從論文的研究主題來看，受老師指導、啓發的學生大多在兩岸現當代文學的研究領域中持續耕耘，但也有在經學、古典文學、當代影像與文化商品的研究領域中開出繁花的弟子，也說明了老師以前衛的理想主義作為我們的前導，引領著我們秉持老師的學術理念繼續前行。謹以此小小的文集，獻給我們敬愛的施淑老師，並致上我們最誠摯的祝福。敬祝老師

　　生日快樂！

施淑教授七秩晉五華誕祝壽活動籌備委員會

召　集　人　徐秀慧

副召集人　胡衍南

呂文翠

林偉淑

2015 年 1 月

前衛的理想主義
——施淑教授七秩晉五壽慶論文集

目　次

序 …………………………………………………………………… I

漢代孔子形象的一個側面——聖人異表、聖人感生與吹律定姓
………………………………………………………陳麒仰　1

去世情、長色欲——南詞《繡像金瓶梅傳》潘金蓮形象的風情化
………………………………………………………胡衍南　27

王韜、張愛玲的香港「易」經 …………………………呂文翠　47

造個新鮮的太陽——郭沫若早期作品中的表現主義色彩 …方婉禎　67

魯迅與三十年代中國「新興木刻版畫」——一個跨藝術案例的考察
………………………………………………………李桂芳　87

中國知識分子革命實踐的路徑
　　——從韋護形象與丁玲的瞿秋白論談起 …………徐秀慧　113

娜拉走後怎樣：師陀《馬蘭》與五四婦女解放論述 ………彭明偉　139

批判與擁護：楊逵的兩個「糞現實主義」 ……………白春燕　163

滿洲國女作家朱媞的越境書寫 ⋯⋯⋯⋯⋯⋯⋯⋯ 呂明純　189

不能說的佛地魔：七〇年代戰爭劇情片的日本情結（1973-1979）
⋯⋯⋯⋯⋯⋯⋯⋯⋯⋯⋯⋯⋯⋯⋯⋯⋯⋯⋯⋯ 胡蘊玉　215

京味與現代性之下的民國圖景與個人意義
　　──以五四經典《傷逝》、《春桃》改編電影為例⋯⋯ 陳雀倩　241

施叔青《臺灣三部曲》的大河新面向 ⋯⋯⋯⋯⋯⋯ 黃慧鳳　263

試論《火殤世紀》的身體書寫及時空敘事的指涉意義 ⋯⋯ 林偉淑　283

闇黑礦底裡的微光──論劉慶邦《神木》中「農民工」的底層生活
⋯⋯⋯⋯⋯⋯⋯⋯⋯⋯⋯⋯⋯⋯⋯⋯⋯⋯⋯⋯ 洪士惠　311

底層的「精神」幻象及其生產──論石一楓〈世間已無陳金芳〉
⋯⋯⋯⋯⋯⋯⋯⋯⋯⋯⋯⋯⋯⋯⋯⋯⋯⋯⋯⋯ 黃文倩　329

性／別悅（越）不悅（越）？
　　──都會美型男的身體消費與越界認同 ⋯⋯⋯⋯ 謝靜國　347

【附錄】

巨大的黑板　醉醉的貓 ⋯⋯⋯⋯⋯⋯⋯⋯⋯⋯⋯⋯ 葉智中　377

拘謹的魅力 ⋯⋯⋯⋯⋯⋯⋯⋯⋯⋯⋯⋯⋯⋯⋯⋯⋯ 黃錦樹　381

閃閃而逝的淡水暮色 ⋯⋯⋯⋯⋯⋯⋯⋯⋯⋯⋯⋯⋯ 劉叔慧　387

與施淑老師結緣 ⋯⋯⋯⋯⋯⋯⋯⋯⋯⋯⋯⋯⋯⋯⋯ 羅琦強　389

漢代孔子形象的一個側面
——聖人異表、聖人感生與吹律定姓

陳麒仰

清華大學中文博士、惇敘工商國文教師

摘　要

　　孔子的形象被宋明儒者乃至當代學者建構為道德完美的的聖「人」，但在緯書的記載中，我們「發現」迴異的孔子形象：使用巫術前知過去、由上帝感生降世、形體奇偉詭怪。簡單來說，在漢人心目中的孔子形象是智慧、形體、身分都超常的「聖」人。而這種神話式的形象，不僅在先秦及漢代許多大儒的著作中都曾被提及，其他聖人也相同具有神能與異表，可見孔子的這個形象是漢代以前主流的看法。

關鍵字：神話、聖人、異表、感生、吹律

一、前　言

　　偉大的政治家、教師、倫理學家及道德實踐者，總之可以視爲一個理性化的聖人。這是自程朱陸王以下，孔子被塑造出來的相貌：孔子和滿街看到的人沒什麼兩樣，差別僅僅在於，因爲孔子自覺地下學而上達，己立立人，成己成物，由道德感通而貫通天道性命，由內聖而通向外王，建立宇宙秩序。[1]申言之，孔子既不是超人，也沒有神性。這種主流觀點，和先秦原始的看法已經有相當的落差。而導致兩者差異主要的關鍵可能在於：近人對於孔子形象的建構，遺落了一個重要的環節所致。[2]

　　任何文獻所承載的，都不是所謂的「客觀」的歷史現實，因爲當初文獻的流傳就有主、客觀條件的採擇、限制；[3]再者，文獻的解讀，同樣也會囿於解釋者主、客觀條件的採擇、限制。雖然認識這些條件，並不能讓後代學者重回客觀的歷史現實，但卻可能揭開被這些條件所掩蓋的一部份歷史眞實。宋人所依據的，是絕大部份在兩漢之前已經結集、被視爲正典（Canon）的《十三經》傳、注，以及《史》、《漢》、先秦諸子等傳世文獻。其中有關孔子的記載，有一部份被詮釋者選擇、接納、轉化，成爲孔子理性化的聖人形象的構成部分。理性化的聖人形象，也有助於將這些經典解釋爲符合理學體系的意義。此即「詮釋學的循環」：「對於部份的理解」增加「對於全體的理解」，而「對於全體的理解」又反過來強化「對於部份的理解」。另外一些部份在有意、無意間被忽略。大概是因爲不盡符合聖人的理性化形象，被視爲「不經」，而被排除。例如下面《漢書・藝文志》這則關於在西漢時孔宅所發生的神祕事件的記載：

1　蔡仁厚：《中國哲學史大綱》（臺北：臺灣學生書局，1988 年），第 4 卷〈宋明時期：儒家心性之學的新開展〉，頁 199-256。

2　朱曉海：〈孔子早期的一個形象〉，《清華學報》新 32 卷 1 期，2002 年 5 月，頁 1-30。

3　司馬遷就曾經抱怨五帝傳說的缺乏，是由於「薦（搢）紳先生難言之」、「儒家或不傳」的關係。瀧川龜太郎：《史記會注考證（學人版）》（臺北：洪氏出版社，1984 年；以下簡稱《史記》），卷一〈五帝本紀・太史公曰〉，頁 39。

> 武帝末，魯共王壞孔子宅，欲以廣其宮，而得《古文尚書》及《禮記》、《論語》、《孝經》，凡數十篇，皆古字也。共王往入其宅，聞鼓琴瑟鍾磬之音，於是懼，乃止不壞。[4]

為人所熟知，而且經常整段被引述。然而所有人的注意力都放在「數十篇，皆古字」這個古文經的傳承上面，其中明顯有些離奇處，卻鮮少被論及。一、這個「音」顯然不是人在演奏，而是來自「他界」的聲響，否則魯共王不須感到「懼」，「乃止不壞」孔宅。二、共王不僅是「聞」「琴瑟鍾磬之音」，而是「聞『鼓』琴瑟鍾磬之音」，則那個聲響，似乎與魯共王有互動，從而在溝通、交流某些意念。照孔穎達的看法它是警告，魯共王因此不敢「壞」孔宅；邢昺則以為那是指引，魯共王循此而發現古文經書。[5]不論從哪個角度來說，都頗接近宗教意義的神秘經驗。三、孔子舊宅藏有古文書籍，對漢人和宋人都一樣，完全不值得奇怪，而漢人所記這個古文書「出土」時頗為神秘的「琴瑟鍾磬之音」，宋人卻避而不談。

事實上，造成漢人與宋人所理解的孔子形象差異的關鍵，正是這種刻意的排除。若從神話學的「聖顯」（hierophany）觀念來看，這應該是「聖跡」或「記號」（sign）的顯現，它使得孔宅內外，神聖空間與凡俗空間區隔開來，呈現出「存有論的斷裂」[6]。孔宅裏的古文書，當時既未獲得西漢朝廷認可，又未立於學官，竟然如此奇異。孔子本人，在漢人心目中。確實如此，故在《春秋緯》的《演孔圖》中，有一則[7]關於孔子的記載，比上引〈藝文志〉那段故事更加離奇：

4　王先謙：《漢書補注》（臺北：宏業書局，1992 年；以下簡稱《漢書》），卷三十〈藝文志〉，頁 1706。

5　孔穎達：《尚書注疏》（臺北：藝文印書館，2001 年；以下簡稱《尚書》），卷一〈尚書序〉孔《疏》，頁 10、邢昺：《論語注疏》（臺北：藝文印書館，2001 年；以下簡稱《論語》），卷一〈論語序〉邢《疏》，頁 3。

6　伊利亞德（Mircea Eliade）著，楊素娥譯：《聖與俗——宗教的本質》（臺北：桂冠圖書公司，2001 年），頁 71-79。

7　雖然這是「一」則記載，原本未必即為互相從屬，上下連貫的文字；我們在處理時，已然注意到它們可能有重出、錯簡，或分屬不同上下文的可能。

孔子長十尺。海口，尼首，方面，月角，日準，河目，龍顙，斗唇，昌
顏，均頤，輔喉，駢【騈】齒。龍形，龜脊，虎掌，胼【騈】脅【脅】，
修肱，參膺。圩頂，山臍，林背，翼臂。注頭，阜脥【頰】，堤眉，地
定，谷竅，雷聲，澤腹。修上趨下，末僂，後耳，面如蒙倛，手垂過膝，
耳垂朱庭，眉十二采，目六十四理。立如鳳峙，坐如龍蹲，手握天文，足
履度字。望之如朴，就之如升，視若營四海，躬履謙讓。腰大十圍，胸應
矩，舌理七重，鈞文在掌。胸文曰：「制作定世符運」。

孔子母徵在，游大澤之陂，夢黑帝使，請己往夢交，語：「女乳必于空桑
之中。」覺而若感，生丘于空桑之中。

孔子曰：「某援律吹律，而知有姓也。」[8]

緯書中類似的記載並不罕見，流傳至今的唐代經書注疏當中就有大量引述，且宋
代所編的類書如《太平御覽》也還有爲數不少的資料。前人絕非沒見過這些資
料，這些內容也絲毫沒有難解，就只是說了孔子三個異乎常人之處：一、聖人異
表，二、感生神話，三、吹律定姓。前人對此，若非視若無睹，[9]就是斥爲迷信、

8　黃奭：《黃氏逸書考》（《續修四庫全書·子部雜家類·1208 冊》）（上海：上海古籍出
版社，1995 年），《春秋演孔圖》，頁 646-9。

9　朱熹：《四書章句集註·論語集注·論語序說》（臺北：大安出版社，1994 年）所摘錄的「孔
子世家」可以代表朱熹所理解的孔子形象。和司馬遷《史記·孔子世家》之間，實在有很大
的差別。撇開表面上字數多少不必論，朱子所錄的重點除生、卒、問禮老子、刪修六經等學
術史上重大事件之外，重心都與政治上的遭遇有關。司馬遷〈孔子世家〉當中，如（1）野
合禱於尼山而生、（2）與齊太師語樂聞韶三月不知肉味、（3）學鼓琴師襄子習〈文王操〉
得文王異相、（4）季桓子穿井獲狗，問孔子，乃知為賁羊、（5）吳使問防風之骨、（6）
陳湣公使問仲尼楛矢、（7）中牟宰佛肸畔孔子欲往、（8）孔子自信的豪語「天之未喪斯文
也，匡人其如予何？」、（9）「天生德於予，桓魋其如予何？」、（10）楚昭王將以書社
七百里地封孔子，子西將孔子比文武，百里可以王天下、（11）死前歌「太山壞、梁柱摧、
哲人萎」之辭，且自敘夢境坐奠兩楹之間，後七日卒。這許多不容易以理性解釋的「非
常」、「奇怪」之論，都「恰巧」被朱子「孔子世家」遺漏了。朱子《論語集注》數百年來

妄說，**10**顯然這個形象對前人而言，和經驗理性化的主流觀念相差太遠了。周予同說：「兩漢以來的孔子只是假的孔子」，隨著經濟、政治、學術思想的變遷而「穿著各色各樣的奇怪的服裝」，並提醒學者注意讖緯中孔子形象的「原始宗教」意義。**11**然而眞回到先秦諸子、漢儒的視野，當我們逐一檢視這些觀念脈絡和相關背景之後，不難發現：一、用來描述孔子的那些超凡的特質，同時也被用來描述古代的諸聖人。二、這些不可思議的形象不止存在緯書裏，先秦、漢代大儒的著作中也有稱引。可見對漢人而言，孔子的這個形象是十分合理的。

　　以下，先從孔子第三個異乎常人之處「吹律定姓」開始討論。

二、吹律定姓

　　近人會認爲用聲「律」來「定姓」不合理，那是因爲：就現有的聲韻學知識，不論就聲、韻、調、音階，無法找出音律與人的姓氏具有任何對應的相關特性。**12**然而漢以前對於這點卻是相信的，例如漢代京房，被人認爲是有預知能力

流傳之廣，影響之深，不在話下。民國以來熊十力、牟宗三、唐君毅、方東美等「新儒家」學者，遠紹宋明儒，專注在心性哲理，學術路數相似，迴避這些問題不足爲奇。史學家錢穆所論列孔子三十條繫年考辨及年表，竟亦無一語及之。顯見此並非巧合所致，理性化的思潮大勢如此。《史記》，卷四七〈孔子世家〉，（1）頁 743 上左——下左、（2）頁 746 上左、（3）頁 754 上右、上左、（4）、（5）頁 747 上左、下右、（6）頁 752 下左、（7）頁 753 下左、（8）頁 751 下右、（9）頁 752 上左、（10）頁 757 上左——下左、（11）頁 763 上左、下右。錢穆：《先秦諸子繫年》（臺北：東大圖書公司，1976 年），〈先秦諸子繫年考辨·卷一〉，頁 1-83；錢穆：《論語新解》（臺北：東大圖書公司，1988 年），附〈孔子年表〉，頁 717-720。

10 顧頡剛：《中國上古史研究講義》（北京：中華書局，1988 年。2009 年重印），二八〈讖緯〉，頁 284。

11 周予同：〈緯讖中的孔聖和他的門徒〉，《安徽大學月刊（哲學社會科學版）》第 1 卷 2 期，1933 年 3 月，頁 1-40。

12 趙瑞民：〈關於堪輿術的一個比較——睡虎地秦簡《日書》甲種「宅居」、敦煌本《宅經》、今本《宅經》·附錄〉，江林昌等主編：《中國古代文明研究與學術史——李學勤教授仇儷七十壽慶紀念文集》（保定：河北大學出版社，2006 年），頁 148-9。

的方士，他也曾推律定姓，改李姓爲京姓、[13]《國語》仲山父提到「司商」的官名，這是當天子在「因生以賜姓」時，「掌賜族受姓之官」；[14]韋昭指出這是指：所賜之姓名須以律定之，「謂人始生，吹律合之，定其姓名也」[15]、《易緯是類謀》也說：「聖人興起，不知姓名，當吹律聽聲以別其姓」[16]。至於吹律如何操作？王充《論衡》說：

> 五音之家，用口調姓、名及字，用姓定其名，用名正其字。口有張歙，聲有內外，以定五音宮商之實。[17]

指出是漢代有些傳說，根據「口調」中所謂「張歙」、「內外」的特性分爲五音、用五音決定姓、名、字；《白虎通》說得稍微詳細一些，但以現代觀點仍然無法解釋其原理：

> 古者聖人吹律定姓，以記其族。人含五常而生，正聲有五：宮、商、徵、角、羽。轉而相雜，五五二十五，轉生四時異氣，殊音悉備，故姓有百也。[18]

總之，「姓」是聖王所賜的的記號，能與某一個音「律」感應，可以用來標記「族」的性質；「姓」不重複，音「律」不重複，彼此之「族」也不相混雜。子孫由於血緣，也會繼承同樣的性質。王符在《潛夫論·卜列篇》說：

13　《漢書》，卷七五〈京房傳〉，頁 3160、頁 3167。

14　《左傳》，卷四〈隱公八年〉眾仲曰，頁 75、《尚書》，卷六〈禹貢〉僞孔《傳》，頁 91。

15　並見《國語》，卷一〈周語 上·仲山父諫宣王料民〉、韋《解》，頁 24。

16　李昉：《太平御覽》（石家莊：河北教育出版社，1994 年），卷十六〈時序部一·律歷·律〉，頁 143。

17　黃暉：《論衡校釋》（臺北：臺灣商務印書館，1983 年；以下簡稱《論衡》），卷二五〈詰術〉，頁 382。

18　陳立：《白虎通疏證》（北京：中華書局，1994 年；以下簡稱《白虎通》），卷九〈姓名〉，頁 401。

> 是故凡姓之有音也，必隨其本生祖所王也。太皞木精，承歲而王，夫其子
> 孫咸當為角；神農火精，承熒惑而王，夫其子孫，咸當為徵；黃帝土精，
> 承鎮而王，夫其子孫，咸當為宮；少皞金精，承太白而王，夫其子孫，咸
> 當為商；顓頊水精，承辰而王，夫其子孫，咸當為羽。雖號百變，音行不
> 易。[19]

這些擁有姓的家族都聖王之神聖血緣的後裔，而且每一聖王家族都彼此具有不一
樣的德行，因此「異姓則異德」[20]，用一般口語來說，就是聖王後裔天生具有特
殊的資質。後世姓氏滋多，以氏、以字、以官或以邑為姓氏，[21]但這些都已經不
算是真正的「姓」了，俗人誤以為人人皆有姓，甚至以為人人皆生具五德之一，
導致：

> 亦有妄傳姓於五音，⋯⋯其為誣也甚矣。古有陰陽，然後有五行，五帝各
> 據行氣，以生人民，載世遠，乃有姓名號氏。⋯⋯今俗人不能推紀本祖，
> 而反欲以聲音言語定五行，誤莫甚焉。[22]

其實只有生具特殊「德」的聖王後代，才會與音律發生感應；一般凡夫俗子若沒
有聖王血緣，與音律不會感應，任你吹破了竹管也吹不出姓來。王充曾引述世俗
的傳說：

> 孔子生不知其父，若母匿之，吹律自知殷宋大夫子氏之世也。不案圖書，
> 不聞人言，吹律精思，自知其世，聖人前知千歲之驗也。[23]

---

19 汪繼培：《潛夫論箋》（臺北：漢京文化事業有限公司，1984 年），卷六〈卜列〉，頁
　　297。
20 《國語》，卷十〈晉語 四〉，頁 356。
21 《左傳》，卷四〈隱公八年〉，眾仲曰，頁 75。
22 《潛夫論箋》，卷六〈卜列〉，頁 296。
23 《論衡》，卷二六〈實知〉，頁 1064。

王充對孔子的看法究竟如何，暫置不論。但時人顯然普遍都認為聖人孔子確能「吹律」而「知姓」、前知千年。況且，先秦以來，普遍相信音樂具有某些神秘的力量：

（一）音樂能夠「感」物，此所以「匏巴鼓瑟而流魚出聽，伯牙鼓琴而六馬仰秣」；也能操縱古人觀念中具有特殊靈性或能力的動物，[24] 此所以夔能「擊石拊石，百獸率舞」、「簫韶九成，鳳皇來儀」[25]。

（二）音樂也具有改變氣候的能力，師曠為晉平公演奏「清角」，竟引來大風大雨，致使「晉地大旱，赤地三年」[26]；漢代方士傳說，鄒衍可以吹律使寒谷變溫暖；[27] 而且劉歆能用法術求雨，所備的方術裏，也有「吹律」一項。[28]

（三）在祭祀中，「樂」是聖人用來「感天地，通神明」[29] 的手段，《周禮‧大司樂》就明白指出音樂用來降神：

> 凡六樂者：一變而致羽物及川澤之示，再變而致贏物及山林之示，三變而致鱗物及山陵之示，四變而致毛物及墳衍之示，五變而致介物及土示，六變而致象物及天神。[30]

（四）有本事的樂師也能藉由音樂占卜吉凶、預知未來，如《史記》記載

---

24 詳參張光直：〈濮陽三蹻與中國古代美術上的人獸母題〉，《中國青銅時代（第二集）》（臺北：聯經出版公司，1990 年），頁 91-7。

25 王先謙：《荀子集解》（北京：中華書局，1981 年；以下簡稱《荀子》），卷一〈勸學〉，頁 10、《尚書》，卷一〈舜【堯】典〉，頁 46。

26 王先慎：《韓非子集解》（臺北：世界書局，1988 年），卷三〈十過〉，頁 44-5。

27 李善注：《文選》（臺北：華正書局，1987 年），卷六〈左太沖：〈魏都賦〉〉善《注》引劉向：《別錄》，頁 110。又見《論衡》，卷十五〈定賢〉，頁 659。

28 宋雲彬等校點：《後漢書》（北京：中華書局，1997 年）‧司馬彪：《續漢志》，卷五〈禮儀中〉《注》引桓譚：《新論》，頁 3120。

29 《漢書》，卷二二〈禮樂志〉，頁 1038。

30 賈公彥：《周禮注疏》（臺北：藝文印書館，2001 年；以下簡稱《周禮》），卷二二〈大司樂〉，頁 341。

武王曾「吹律聽聲」決定出兵的時間，推斷「孟春【季冬】以至于季冬【孟春】」，此時「殺氣相并」，於「二月癸亥夜，陳（陣）」，果然一戰而勝。[31] 周朝太師能「執同律以聽軍聲而詔吉凶」，例證見於《左傳》襄公十八年，楚令尹公子午伐鄭，晉人得到消息，正考慮是否預先防備，但師曠以歌聲「南風不競，多死聲」，預測出楚國必退兵。[32]

　　音樂具有這些神祕的力量，不少偉大的樂師都能操縱這種音樂的神祕力量。在傳世記載當中，孔子不僅雅好音樂，造詣深刻，而且也曾有一些超出一般樂師的神祕體驗，如《論語》著名的例子：

　　　　子在齊聞〈韶〉，三月不知肉味。

以及〈世家〉記載，孔子曾向師襄學奏〈文王操〉琴曲，不僅琴藝得到師襄的肯定，甚至還能透過琴曲的神祕力量而得「見」到文王的容貌：

　　　　丘得其為人，黯然而黑，幾然而長，眼如望羊，如王四國，非文王其誰能為此也！[33]

總之，在漢人的觀念裏，音樂的確具有神祕的力量，不但可以通神，操縱動物、氣候，還能夠前知過去、預知未來。在這層背景下，如果傳說孔子也能操縱這種力量，並由吹律確認自己「聖王後裔」的身份，可以說一點都不奇怪。

---

31 《史記》，卷二五〈律書〉、《正義》，頁 449-50；韋昭注：《國語》（臺北：漢京文化事業有限公司，1983 年），卷三〈周語下‧景王問鍾律於伶州鳩〉，頁 141。

32 《左傳注疏》（臺北：藝文印書館，2001 年；以下簡稱《左傳》），卷三三〈襄公十八年〉，頁 579、《周禮》，卷二三〈春官‧太師〉《疏》，頁 357。

33 《史記》，卷四七〈孔子世家〉，頁 754。

三、感生神話

　　孔子先天「雅好音樂」，後天「好學不倦」，若成爲了不起的音樂家，實屬合理，但並不足以充份解釋他何以能夠操縱音樂的神祕力量。其實關鍵在於：孔子屬於精氣強大的超凡者，因而能夠擁有特異能力。按照古人的觀念，萬物之中，精氣的存在並不平均，某些存有物精氣特別豐富，人類在萬物中精氣最強；而人類之中，愈是尊貴的人，精氣愈強大；[34]而聖人則是尊貴之極至，更因爲聖人由天所生，精氣最強大，故天生即具異能。《白虎通‧聖人》就說聖人可以預知未來，是因爲：

　　　　聖人所以能獨見前睹，與神通精者，蓋皆天所生也。[35]

許愼傳述漢代經師說法：

　　　　《詩》齊、魯、韓，《春秋》公羊說：「聖人皆無父，感天而生。」[36]

受命的聖王稱天子，[37]顧名思義，即天之子也。何休云：

　　　　聖人受命，皆天所生，故謂之天子。[38]

34　詳參裘錫圭：〈稷下道家精氣說的研究〉、〈《稷下道家精氣說的研究》補正〉，《文史叢稿》（上海：上海遠東出版社，1996 年），頁 25-47、51-58。聖人由於「德」盛，以「精氣」的形式表現，在許多方面都必然顯出不平凡的特質，說詳下文。

35　《白虎通》，卷七〈聖人〉，頁 341。

36　孔穎達：《毛詩注疏》（臺北：藝文印書館，2001 年；以下簡稱《毛詩》），卷十七之一〈大雅‧生民〉《疏》引許愼：《五經異義》，頁 590。

37　《尚書》，卷十〈西伯戡黎〉，頁 144、卷十二〈洪範〉，頁 173、卷十七〈立政〉，頁 260、卷十九〈康王之誥〉，頁 289、《毛詩》卷十八之四〈大雅‧江漢〉，頁 687。

38　徐彥：《公羊傳注疏》（臺北：藝文印書館，2001 年），卷十七〈成公八年〉何《注》，頁 221。

故後世繼體而王者，亦可稱「天子」。按照漢代讖緯的理論，「天子皆五帝精」[39]、「感五帝座星者皆稱帝」[40]，不惟契、稷二聖，歷代諸開國聖王如伏羲、神農等皆是由天帝感生。顧頡剛曾依照五行順序、時代先後排列，[41]日人也有類似論點，[42]現將兩者結合，擇取其中簡要的條目，整理為一表：

五德（感生物）	木（大人跡、大跡、長人）	火（龍、赤龍、赤鳥）	土（大電、大虹）	金（大星流星、薏苡）	水（瑤光之星、玄鳥卵、白氣）
帝王名	1 太皞伏羲氏	2 炎帝神農氏	3 黃帝軒轅氏	4 少皞金天氏	5 顓頊高陽氏
感生帝說	大跡出雷澤，華胥履之，生宓犧。	少典妃安登游於華陽，有神龍首感之於常羊，生神農。	大電繞樞，照郊野，感附寶，生黃帝。	黃帝時有大星如虹，下流華渚，女節夢接，意感而生少昊。	瑤光之星，如霓貫月，正白，感女樞幽房之宮，生黑帝顓頊。
帝王名	6 帝嚳高辛氏	7 帝堯陶唐氏	8 帝舜有虞氏	9 伯禹夏后氏	10 商（契、湯）
感生帝說	未見。（顧氏自注：蓋偶未被引，遂致失傳也。）	赤龍與慶都合婚，有娠，龍消不見，既乳，視堯如圖表。及堯有知，慶都以圖予堯。	握登見大虹，意感而生舜於姚墟。	修紀山行，見流星，意感栗然，生姒戎文禹。	玄鳥翔水，遺卵於流。娥簡拾吞，生契。扶都見白氣貫月，感生黑帝湯。
帝王名	11 周（稷、文王）	12 漢			孔子
感生帝說	姜嫄出野，見巨人跡，心忻然悅之，遂踐之而孕…名為棄…號曰后稷。太任夢長人感己，生文王。	劉媼夢赤鳥如龍，戲己，生執嘉。執嘉妻含始游雒池，赤珠上刻曰：「玉英，吞此為王客。」以其年生劉季為漢皇。			孔子母徵在，游大澤之陂，夢黑帝使，請己往夢交，語：『女乳必于空桑之中。』覺而若感，生丘于空桑之中。

*43

---

[39] 《文選》，卷四七〈漢高祖功臣頌〉善《注》引《春秋演孔圖》，頁 663、《太平御覽》，卷七六〈叙皇王 上〉引《春秋演孔圖》，頁 652。

[40] 《毛詩》，卷一〈詩譜序・疏〉引《中候勑省圖》鄭《注》，頁 4。

[41] 顧頡剛：《中國上古史研究講義》（北京：中華書局，1988 年），〈二八讖緯〉，頁 260-264。

[42] 安居香山、中村璋八輯：《緯書集成上》（石家莊：河北人民出版社，1994 年），〈解說・關於《河圖》、《洛書》〉，頁 75。

[43] 《太平御覽》，卷七八〈帝王部 三・太昊庖犧氏〉，頁 671、卷七九〈帝王部四・黃帝軒

　　感生說這一套理論本來先於緯書就已經存在，早在司馬遷〈殷本紀〉、〈周本紀〉、〈高祖本紀〉即採用了稷、棄、劉季的感生神話。出現較晚的緯書[44]只是在這個基礎上，發展出起更爲複雜完整的系統而已。況且《史記》以後的正史就一再地使用感生說來描述歷朝開國君王，甚至成爲歷史思想的主流，就不能武斷地說它是不合常理的了；又如果孔子的超凡對當時的人而言，比起諸聖王不遑多讓，孔子當然也能以感生說被當作諸聖王的一員。

　　然而天、人懸隔，像「天」這種「無聲無臭」[45]的存在，如何「生」出聖人？與一般的交媾、懷孕、分娩的生產觀念又如何調和？其實這種上天將精氣下放到聖王祖先的觀念起源甚早，在先秦已經出現，絕非產生於漢代以後，同時也帶有神話的解決方案。《詩經》裏有兩則出名的感生神話，一是：簡狄吞玄鳥卵生契：〈商頌·玄鳥〉：「天命玄鳥，降而生商。」鄭玄《箋》云：「天使鳦下而生商者，謂鳦遺卵，娀氏之女簡狄，吞之而生契。」二是：姜嫄踩巨人足印生稷：〈大雅·生民〉：

　　厥初生民，時維姜嫄。生民如何，克禋克祀，以弗無子。履帝武敏歆，攸
　　介攸止，載震載夙，載生載育，時維后稷。[46]

轅氏〉引《詩含神霧》，頁 677、卷七九〈帝王部四·少皞金天氏〉引《帝王世紀》，頁
681、卷七九〈帝王部四·顓頊高陽氏〉引《河圖》，頁 682、卷八十〈帝王部五·帝堯陶
唐氏〉引《春秋合誠圖》，頁 686、卷八一〈帝王部六·帝舜有虞氏〉引《詩含神霧》，頁
694、卷八二〈帝王部七·夏帝禹〉引《尚書帝命驗》，頁 700、卷八三〈帝王部八·殷帝
成湯〉引《尚書中候》，頁 714、卷八三〈帝王部八·殷帝成湯〉引《河圖》，頁 714、卷
八四《皇王部九·周文王》引〈詩含神霧〉，頁 728。第一序列上古世系的感生神話配合起
來，可以看出順序是木火土金水，五行相生的系統；在第二列以後出現不齊的現象：水德
商、木德周各有兩個感生神話，除了稷、契之外，還多出了湯和文王。若稷、契與湯、文
王合併，則第二列仍符合五行相生系統。女媧氏、燧人氏、秦何以沒有感生神話，都還有
待解釋。

44 學者認爲：緯書產生、編定整個過程主要發生在王莽、光武之間，遠在司馬遷之後。黃復
　　山：《東漢讖緯學新探》（臺北：臺灣學生書局，2000 年），〈壹、引論〉，頁 3-6。
45 《毛詩》，卷十六之一〈大雅·文王〉，頁 537。
46 《毛詩》，卷十七之一〈大雅·生民〉，頁 587。

內容爲人所熟知，不待多做解釋。漢代大儒董仲舒《春秋繁露》引述這兩則神話，將之視爲上帝實現祂在人間擘劃的步驟之一：

> 天將授湯，……謂契母吞玄鳥卵生契。
>
> 天將授文王，……謂后稷母姜原，履天之跡，而生后稷。[47]

司馬遷完全相信商、周的受命始祖契、稷是感天之精所生，〈殷本紀〉云：

> 簡狄……行浴，見玄鳥墮其卵，簡狄取吞之，因孕生契。

〈周本紀〉又云：

> 姜原出野，見大人跡，心忻然說，欲踐之。踐之身動如孕者，居期而生子……初欲棄之，因名曰棄。[48]

絲毫沒有感到任何怪異勉強之處。

　　事不止於此，周文王和商湯二聖在諸聖王當中更爲特殊，因爲他們有雙重的神聖血緣：其一、其肉身有聖王祖先契、稷的血緣；其二、其母親又得到直接來自於天帝的精氣。這種「雙重神聖性」又可能有什麼意義呢？一、比照廣爲接受的基督教信仰，《新約聖經》記載，耶穌不但是教主，是神的兒子，是具有神性的人，也被認爲是「猶太人的王」，耶穌也擁有來自於人間祖先與神兩個方面的神聖血緣。[49]二、如孔穎達所言，聖王不但可能生出聖賢，也可能生出敗類：

---

47 蘇輿：《春秋繁露義證》（北京：中華書局，1992 年；以下簡稱《春秋繁露》），卷七〈三代改制質文〉，頁 212。

48 《史記》，卷三〈殷本紀〉，頁 54、卷四〈周本紀〉頁 64。

49 《新約聖經・保羅達羅馬人書》1:3-1:4：「論到他的兒子我主耶穌基督；按肉體說，是從大衛後裔生的，按聖善的靈說，因從死裏復活，以大能顯明是神的兒子。」

　　凡聖主、賢妃，生子未必皆賢聖，能為神明所祐。堯有丹朱，舜有商均，
　　文王有管、蔡。**50**。

據《史記》，宋本為商後裔，孔子先祖弗父何為宋閔公之子，本應為宋公，因讓
國給厲公而降為大夫。弗父何之曾孫正考父，為孔子七世祖；**51**以孔子而言，雖
然他是「殷宋大夫子氏之世」，但是具有同樣血緣遺傳的人非常之多，若缺少了
感生神話，就不能保證孔子的神聖地位。加上母親得自於「黑帝使」的「夢
交」。孔子同樣也具有雙重神聖血緣，在諸聖王當中與商湯、周文王地位一樣崇
高。

四、聖人異表

　　按照感生說的理論，聖王得到五帝中某位上帝的「正氣」而成為「帝」時，
就會被賦予符應其聖德的形貌，如木德聖王「得蒼龍之形」、火德聖王「得朱鳥
之形」。**52**孔子既然是具有殷帝血緣、黑帝感生的聖人，聖人與生俱來的旺盛精
氣，表現在內在的能力即是超凡的秉賦，表現在外即是異於常人的外貌。孔子的
特殊形貌，合計竟有五十二項，以下分項加上編號以便查對：
　　1.長十尺，2.海口，3.尼首，4.方面，5.月角，
　　6.日準，7.河目，8.龍顙，9.斗唇，10.昌顏，
　　11.均頤，12.輔喉，13.駢【騈】齒，14.龍形，15.龜脊，
　　16.虎掌，17.胼【騈】脅【脅】，18.修肱，19.參膺，20.圩頂，
　　21.山臍，22.林背，23.翼臂，24.注頭，25.阜脥【頰】 **53**，

50　《毛詩》，卷十七之一〈大雅‧生民〉孔《疏》，頁590。
51　《史記會注考證》，卷四七〈孔子世家〉，頁744。
52　《太平御覽》，卷三百六十〈人事部一‧敘人〉引《春秋演孔圖》，頁2。
53　《文選》，卷九〈潘岳：〈射雉賦〉〉，頁141：「雉脥肩而旋踵」，徐爰《注》：「人斂
　　身謂之脥肩」，「脥」為動詞，而參照前後文，知此「脥」字必為名詞，且為顏面某一部
　　位，此字當作「頰」，形近而誤。

26.堤眉，27.地定，28.谷竅，29.雷聲，30.澤腹，

31.修上，32.趨下，33.末僂，34.後耳，35.面如蒙供【供】，

36.手垂過膝，37.耳垂朱庭，38.眉十二采，39.目六十四理，40.立如鳳崎，

41.坐如龍蹲，42.手握天文，43.足握度字，44.望之如朴，45.就之如升，

46.視若營四海，47.躬履謙讓。48.腰大十圍，49.胸應矩，50.舌理七重，

51.鈞文在掌，52.胸文曰：「制作定世符運」。

　　這些異表所描述的整體似乎沒有固定的敘述規律，部位順序忽上忽下，從 2.
到 13.都與頭部有關；14.到 19.描寫腰以上頭以下的半身，在 20.又轉向頭頂。然
而從細部來看，往往相鄰的幾個異表有相關性，如月角、日準，以月日相提；龍
形、龜脊和虎掌並列。所描述的位置相當接近，幾近重複，但其敘述分配合理，
並不致於互相產生矛盾，明顯可見編輯的痕跡。

　　兩漢流行的天人感應理論認為：「天地之精所以生物者，莫貴於人」，所以
人的形體必與天地結構相似：

> 唯人獨能偶天地。人有三百六十節，偶天之數也；形體骨肉，偶地之厚
> 也；上有耳目聰明，日月之象也；體有空竅理脈，川谷之象也；心有哀樂
> 喜怒，神氣之類也。[54]

一般凡人的精氣薄弱，只是模樣上粗具天地的形式；聖人的精氣濃厚且精醇，相
貌的任何一處皆能表現出充溢的精氣。因此這些異表，除了形狀特殊之外，第
一，從數量上來說比起常人顯而易見的特徵就是：顯得「高」、「大」和
「多」。第二，用來形容的詞彙，都是整個宇宙間最偉大的事物：有原始信仰中
最神聖的動物龍、虎、鳳、龜，即拱衛天界四方的青龍、白虎、朱雀、玄武四聖
獸；[55]還有自然界的天、地、日、月、山、林、川、澤。這些神不但是原始信仰

54 《春秋繁露》，卷十三〈人副天數〉，頁 354。

55 《史記》，卷二七〈天官書〉，頁 471-478。

的崇拜對象，也是周朝祭祀主要的鬼神，[56]更是正式列在西漢官方祀典中的神靈。[57]則孔子的身體不但處處顯露出超人的特徵，而且是整個身體根本就是宇宙的神聖性縮影。

　　兩漢文獻提到孔子的異表時，往往和古聖王如堯、舜、禹、湯、文王、武王、周公，或是古賢人，皋陶、伊尹、閎夭、傅說等人的異表並列。《韓詩外傳》中提到姑布子卿為孔子看相，說他有「堯之顙，舜之目，禹之頸，皋陶之喙」[58]，《史記》卷四七〈孔子世家〉也曾提到「鄭」[59]人姑布子卿對子貢描述孔子的形象：

　　　　其顙似堯，其項類皋陶，其肩類子產，然自要（腰）以下不及禹三寸。

姑布子卿之所以都用聖人形象做類比，並不是巧合。李零指出：那是因為姑布子卿應子貢的要求，特意去看孔子的相，以確定孔子究竟是不是聖人。[60]從動機來判斷，必然是當時大多數人已經認為聖人必有異表，而孔子弟子們不但認定他是聖人，而且形貌特異，也符合聖人異表的形象，這才委託姑布子卿來確認。後來的《孔叢子》順著這條理路，同樣也將孔子說成內「聖」且外「異」：

　　　　夫子適周見萇宏，言終退。萇宏語劉文公曰：「吾觀孔仲尼有聖人之表：
　　　　河目而隆顙，黃帝之形貌也。修肱而龜背，長九尺有六寸，成湯之容體

56　《周禮》，卷十八〈春官・大宗伯〉，頁 270-272。

57　《漢書》，卷二五上〈郊祀志上〉，頁 1210-1237、卷二五下〈郊祀志下〉，頁 1241-1270、杜祐：《通典》（杭州：浙江古籍出版社，2000 年），卷四二〈禮二・吉一・郊天上〉，頁 242-243、卷四四〈禮四・吉三・大享明堂〉、〈朝日夕月〉、〈禮六宗〉，頁 251、254、255、卷四五〈禮五・吉四・方丘〉，頁 259。

58　許維遹：《韓詩外傳集釋》（北京：中華書局，1980 年），卷九〈第十八章〉，頁 323。

59　參考其他文獻記錄，《史記》所謂的「鄭人」應是趙簡子身邊的善相者姑布子卿。見《白虎通》，卷八〈壽命〉篇，頁 393、《論衡》，卷三〈骨相〉篇，頁 101。

60　李零：〈考「喪家狗」〉，（〈中國儒學網〉http://www.confuchina.com/，2007 年 5 月 20 日 http://www.confuchina.com/09%20xungu/Kao%20Sangjiagou.htm）。

也。然言稱先王，躬履謙讓，洽聞強記，博物不窮，抑亦聖人之興者乎。」**61**

在這裏也出現了九尺六寸、河目、隆顙、修肱、龜背、躬履謙讓等六個與緯書相同的特徵。《論衡》提到包括孔子在內共十二位聖人的異表：

傳言黃帝龍顏，顓頊戴午【干】，帝嚳駢齒，堯眉八采，舜目重瞳，禹耳三漏，湯臂再肘，文王四乳，武王望陽，周公背僂，皋陶馬口，孔子反羽【宇】。斯十二聖者，皆在帝王之位……

不但聖人生有異表，傳說中連英雄、重臣都具有異表**62**，《白虎通》卷七〈聖人〉篇云：「聖人皆有異表」，引述書傳包括孔子在內的十三位聖人的異表，也同時解釋外在異表所對應的內在聖德：

伏羲日祿、衡連珠，大目、山准龍狀，作《易》八卦以應樞。
黃帝龍顏，得天匡陽，上法中宿，取象文昌。
顓頊戴干，是謂清明，發節移度，蓋象招搖。
帝嚳駢齒，上法月參，康度成紀，取理陰陽。
堯眉八彩，是謂通明，歷象日月，璇璣玉衡。
舜重瞳子，是謂滋涼，上應攝提，以象三光。
禹耳三漏，是謂大通，興利除害，決河疏江。
皋陶馬**63**喙，是謂至誠，決獄明白，察于人情。

---

61 《孔叢子》（臺北：中華書局，1965 年），卷一〈嘉言〉篇，頁 3。

62 《論衡》，卷三〈骨相〉篇，頁 101-105。

63 《黃氏逸書考》〈春秋演孔圖〉，頁 660 作「鳥」，誤。「鳥喙」蓋「很惡」或「寡恩」之相。按：《史記》，卷一〈五帝本紀〉《正義》引《神異經》，頁 33：「南方荒中有人焉，人面鳥喙而有翼，兩手足扶翼而行，食海中魚，為人很惡，不畏風雨禽獸，犯死乃休，

> 湯臂三肘，是謂柳、翼，攘去不義，萬民咸息。
>
> 文王四乳，是謂至仁，天下所歸，百姓所親。
>
> 武王望羊，是謂攝揚，盱目陳兵，天下富昌。
>
> 周公背僂，是謂強俊，成就周道，輔于幼主。
>
> 孔子反宇，是謂尼甫，德澤所興，藏元通流。[64]

與春秋緯《演孔圖》、《元命包》的內容相對照，這十三位聖人的異表和所對應的內在聖德、外在功業完全一致，若非《白虎通》襲自緯書說法，就是二者有共同的來源。[65]值得注意的是，《白虎通》書中的意見是東漢朝廷為統一經義，「下太常，將、大夫、博士、議郎、郎官及諸生、諸儒會白虎觀，講議五經同異」的結論。會議中所提出的諸多異義，不僅經過官員學者討論，更重要的是最終取擇必須經過「帝親稱制臨決」[66]，所得出的結論才由班固「撰集其事」成書，具有「國憲」[67]的地位。不同於一般不知撰人的緯書或其他私家著作，《白虎通》當然更能代表東漢官方的觀點。

漢人以為聖人必有異表，其來有自，先秦早有這種說法。《莊子》提到一個傳聞，其中甚至連遣詞用字都與《演孔圖》完全一致，應是緯書所本：

> 老萊子之弟子出薪，遇仲尼，反以告，曰：「有人於彼，脩上而趨下，末僂而後耳，視若營四海，不知其誰氏之子。」[68]

名曰驩兜也」，卷四一〈越王句踐世家〉，頁 668：「越王為人長頸鳥喙，可與共患難，不可與共樂」。

[64] 《白虎通》，卷七〈聖人〉篇，頁 337-340。

[65] 黃復山：《東漢讖緯學新探》，〈肆、《白虎通》引讖說原舛論略〉，〈（四）聖人異表〉，頁 178-184。

[66] 《後漢書》，卷三〈章帝紀〉，頁 138。

[67] 《後漢書》，卷三五〈曹褒傳‧論〉，頁 1205。

[68] 郭慶藩：《莊子集釋》（臺北：漢京文化事業有限公司，1983 年；以下簡稱《莊子》），卷九上〈外物〉，頁 928-929。

荀子「非相」，駁斥形相與當事人未來的「吉凶妖祥」有關，然而他所舉做反證的案例：

> 蓋帝堯長，帝舜短；文王長，周公短；仲尼長，子弓短。……且徐偃王之狀目可瞻馬；仲尼之狀面如蒙俱；周公之狀身如斷菑；皋陶之狀色如削瓜；閎夭之狀面無見膚；傅說之狀身如植鰭；伊尹之狀面無須麋；禹跳；湯偏；堯、舜參牟子。[69]

正間接反映出古代向來認為：身體的特異往往是聖德賢能的外在徵象。而且其中提到孔子「長」、「面如蒙俱」恰好與緯書中所說 1.長（十尺）、35.面如蒙棋【俱】等兩個特徵一致。《列子》所述先聖王的異表並非憑空杜撰或異軍突起：

> 庖犧氏、女媧氏、神農氏、夏后氏，蛇身人面，牛首虎鼻：此有非人之狀，而有大聖之德。[70]

生具「非人」的異表，竟然正是「大聖」的外在表徵。《淮南子》、《春秋繁露》也都曾敘述過聖人的異表，同時闡述了這些外在異表所對應的內在聖德，也正是他們何以能夠完成偉大功業的理由。：

> 堯眉八彩，九竅通洞，而公正無私，一言而萬民齊。舜二瞳子，是謂重明，作事成法，出言成章。禹耳參漏，是謂大通，興利除害，疏【決】河決【疏】江。文王四乳，是謂大仁，天下所歸，百姓所親。皋陶馬喙，是謂至信，決獄明白，察於人情。[71]

---

69 《荀子》，卷三〈非相〉，頁 72-5。

70 楊伯峻：《列子集釋》（北京：中華書局，1979 年），卷二〈黃帝〉篇，頁 83-4。

71 劉文典：《淮南鴻烈集解》（北京：中華書局，1997 年），卷十九〈脩務〉，頁 641-2。

> 舜形體大上而員首，而明有二童子，性長于天文，純於孝慈。……禹生發於背，形體長，長足肵，疾行先左，隨以右，勞左佚右也。性長於行，習地明水。……湯體長專小，足左扁而右便，勞右佚左也。性長於天光，質易純仁。……文王形體博【摶】長，有四乳而大足，性長於地文勢。[72]

則按照先秦、兩漢的觀點，一、聖人皆有異表。二、聖人的異表代表他具有聖德。上舉《史記》、《莊子》、《荀子》、《列子》、《淮南子》、《春秋繁露》、《韓詩外傳》、《孔叢子》、《論衡》、《白虎通》等名著，無論較早或較晚的記錄，都明白地表示聖人必有異表。孔子既然是聖人，也就必然會有異表。現將諸書所記載諸聖人的異表列爲表格：

	伏羲	神農	黃帝	倉頡	顓頊	帝嚳	堯	舜	禹	皋陶	湯	文王	武王	周公	孔子
身形	蛇身人面						十尺	短	九尺有六		九尺六寸	形體博長		短	十尺
首		員首牛首						員首		孔子項類皋陶					尼首圩頂注頭反宇
面										色如削瓜					方面昌顏面如蒙倛
顏			龍顏												龍顏
額顙	日褖		隆顙		戴干		孔子顙似堯								月角隆顙地定
眉	衡[73]連珠						八彩								眉十二采

---

72 《春秋繁露》，卷十三〈三代改制質文〉，頁 212。

73 《周禮》，卷四一〈考工記・梓人〉孔《疏》，頁 639：「先鄭云：『衡謂麋衡也』者，麋，即眉也。」《漢書》，卷九九上〈王莽傳 上〉顏師古《注》引孟康曰，頁 4056：「眉上曰衡」、《後漢書》，卷六十下〈蔡邕傳〉李賢《注》，頁 1990：「衡，眉目之閒也。」

目	大目		河目	四目		參眸子	重童參眸子			望羊	望羊	河目視若營四海
準	山准（準）											日準
耳							參漏					後耳耳垂朱庭
齒口脣頤				駢齒				馬喙				駢齒海口斗脣均頤
肱									再肘修肱			修肱
足								跳	偏	大足		足握度字
腹										四乳		澤腹
背脅	龍狀								龜背		僂背	龜背胖脅

　　孔子兼具這十四位聖人的異表。按照「異表必有異德」的象徵邏輯，如果孔子身上有與聖人相同的異表，那就暗示孔子具有同樣的聖德。就異表和聖德而言，孔子遠遠超過上述十四個聖人，是真正的「集大成」[74]者。

五、結 論

　　漢代孔子的「聖」人形象，既不是純粹「道德、人格的完美」的所謂「內聖」形象；也不完全是「有大恩澤於人民」、「建立不世功業」的「外王」形象。緯書採取的敘事策略十分簡單、直接：孔子是上帝為了傳達指示，而降生人間的「聖」人。如第二節所述，孔子掌握了「吹律」的神秘音樂知識；如第三節所述，孔子和眾多聖王都是由「五帝精」所感生，也就相當於上帝在人間的分

74　《孟子注疏》，卷十上〈萬章下〉，頁176。

身；又如第四節所述，由於孔子由天帝感生，也和其他聖王一樣，都生具有奇異的外貌，因而同時秉有眾多帝王的聖德和神能。

　　孤立地來看春秋緯《演孔圖》這一則記載，裏面可以說充滿了迷信、附會等等荒誕、不可理解的怪異性，但如果與漢代的其他文獻記載比較，卻又可以發現這不僅不是一則孤例。而且相反地，這種論述似乎還居於漢代意見的主流。從這個主流來看，傳世記載中關於孔子有些難以圓說的事例，也許就能從另一個方向索解。

　　（一）從孔子自己的角度來說，當孔子說「予欲無言」，弟子緊張地表示「小子何述焉」時，他竟以天自比：

　　　天何言哉？四時行焉……，天何言哉？

何其驕傲狂悖？若對常人而言，「驕」是道德的大缺陷，[75]然而孔子既是天的「道成肉身」，這句話就不難理解，就如同耶穌可以說「我就是道路、真理、生命」一樣。同理，當孔子「畏於匡」時，曾清楚表示，他根本不懼匡人，因為：

　　　文王既沒，文不在茲乎？天之將喪斯文也，後死者不得與於斯文也；天之
　　　未喪斯文也，匡人其如予何？[76]

孔子自認為，上天的安排他將文王之「文」傳之後世，小小匡人根本不可能破壞上天的計劃。所以另一次，孔子在宋國生死交關時，他也同樣自信地說：「天生德於予，桓魋其如予何？」[77]孔子把自己當作什麼？孔子又將自己之死比擬為「太山壞、梁柱摧、哲人萎」。太（泰）山，乃是神話中典型的宇宙山，又名岱

75　《論語》，卷八〈泰伯〉，頁71：「如有周公之才之美，使驕且吝，其餘不足觀也已。」
76　《論語》，卷九〈子罕〉，頁77、《史記》，卷四七〈孔子世家〉，頁751。
77　《論語》，卷七〈述而〉，頁63、《史記》，卷四七〈孔子世家〉，頁752。

宗，乃天／人，陰／陽交會的所在，[78]所以天子功成，必須到泰山封禪，向天述職、向萬民宣示已改朝換代；[79]世界的更生代謝也輻輳於此：泰山既是春氣始生之處，也是人死後魂魄的歸宿，[80]梁木顯然是宇宙樹、聖梯這類天、人中介的變形。[81]則孔子顯然將自己視為溝通天人的角色，而自己的死亡將導致天人通道的中斷。

（二）從旁人的角度來說，當楚昭王「將以書社地七百里地封孔子」，而令尹子西諫止時，就直接將孔子比為文王、武王，[82]彷彿恐懼孔子只要得到百里地，就阻止不了孔子王天下的腳步，而這個不可避免的趨勢將迅速導致楚國的衰亡。

（三）時間退回到孔子出生前後，〈孔子世家〉記載，叔梁紇與顏徵在夫妻「野合而生孔子，禱於尼丘得孔子」，恰巧這名嬰兒頭部「生而頭上圩頂」[83]與尼丘形狀相似，狀似神明對祈禱的回應，因此將孔子命名為「丘」，不僅紀念這次祈禱得子，也有標示神蹟的意義。[84]

78　王利器：《風俗通義校注》（臺北：明文書局，1988 年），卷十〈山澤‧五嶽〉，頁 447：「岱者，（始也；宗者，）長也，萬物之始，陰陽交代」、李昉：《太平御覽》（臺北：臺灣商務印書館，1992 年），卷十八〈時序部三‧春上〉引《三禮義宗》，頁 221：「東岳之所以謂之岱者，代謝之義。陽春用事，除故生新，萬物更生相代之道，故以代為名」。

79　《漢書》，卷七五〈眭孟傳〉，頁 1395：「泰山者，岱宗之嶽，王者易姓告代之處」、《白虎通疏證》，卷六〈封禪之義〉，頁 92。

80　郭茂倩：《樂府詩集》（北京：中華書局，1996 年），卷四一〈相和歌辭十六‧楚調曲上‧泰山吟〉引《樂府解題》，頁 605：「人死，精魄歸於泰山」、范寧：《博物志校證》（臺北：明文書局，1984 年），卷一〈山水總論〉引《援神契》，頁 12：「太（泰）山……主召人魂」、李善注：《文選》（臺北：藝文印書館，1971 年），卷二八〈詩戊‧樂府上〉所收陸機，〈挽歌之一〉注引崔豹，《古今注》，頁 414：「萬里誰家地？聚斂魂魄無賢愚，鬼伯一何相催促，人命不得少踟躕」。

81　M‧耶律亞德著，楊儒賓譯：《宇宙與歷史》（臺北：聯經出版公司，2000 年），頁 14。

82　《史記》，卷四七〈孔子世家〉，頁 757。

83　《史記》，卷四七〈孔子世家〉，頁 743。

84　古人往往認為「名」和「命」之間有神秘的相應關係，一方面命名常以天賜的記號為標誌，另一方面，所命的名也往往作用在命運上。詳參：《左傳》，卷六〈桓公六年〉，頁 112-3：申繻說及杜《注》、孔《疏》；並參陳麒仰：《與巫術相關之周代部份禮俗探賾》，第

（四）再把時間推到孔子死前七日，他自敘夢境中坐奠兩楹之間，乃商、周二代習俗折中，從而預知死亡。[85]

則是孔子的在各方面的訊息，不論外人、或他自己都解讀爲：在這個世界中，他的身份有著濃厚的宗教成分，而且他是天吏，即上天的使者、上帝代言人這類角色。

七章〈名的巫術原理〉，第二節〈名、命相應〉，（新竹：清華大學中文系博士論文，2010年1月），頁 132-7。

85 《史記》，卷四七〈孔子世家〉，頁 763。

徵引文獻

一、古籍

阮元校勘：《十三經注疏》，臺北：藝文印書館，2001 年。

韋昭注：《國語》，臺北：漢京文化事業有限公司，1983 年。

郭慶藩：《莊子集釋》，臺北：漢京文化事業有限公司，1983 年。

王先謙：《荀子集解》，北京：中華書局，1981 年。

王先慎：《韓非子集解》，臺北：世界書局，1988 年。

許維遹：《韓詩外傳集釋》，北京：中華書局，1980 年。

劉文典：《淮南鴻烈集解》，北京：中華書局，1997 年。

蘇輿：《春秋繁露義證》，北京：中華書局，1992 年。

瀧川龜太郎：《史記會注考證（學人版）》，臺北：洪氏出版社，1984 年。

王先謙：《漢書補注》，臺北：宏業書局，1992 年。

陳立：《白虎通疏證》，北京：中華書局，1994 年。

黃暉：《論衡校釋》，臺北：臺灣商務印書館，1983 年。

汪繼培：《潛夫論箋》，臺北：漢京文化事業有限公司，1984 年。

王利器：《風俗通義校注》，臺北：明文書局，1988 年。

宋雲彬等校點：《後漢書》，北京：中華書局，1997 年。

楊伯峻：《列子集釋》，北京：中華書局，1979 年。

《孔叢子》，臺北：中華書局，1965 年。

范寧：《博物志校證》，臺北：明文書局，1984 年。

李善注：《文選》，臺北：藝文印書館，1971 年。

李昉：《太平御覽》，石家莊：河北教育出版社，1994 年。

郭茂倩：《樂府詩集》，北京：中華書局，1996 年。

朱熹：《四書章句集註》，臺北：大安出版社，1994 年。

黃奭：《黃氏逸書考・續修四庫全書・子部雜家類・1208 冊・春秋演孔圖》，上海：上海古籍
　　出版社，1995 年。

二、近人論著

M・耶律亞德（Mircea Eliade）著，楊儒賓譯：《宇宙與歷史》，臺北：聯經出版公司，2000 年。

伊利亞德（Mircea Eliade）著，楊素娥譯：《聖與俗——宗教的本質》，臺北：桂冠圖書公司，
　　　2001 年。

安居香山、中村璋八輯：《緯書集成》，石家莊：河北人民出版社，1994 年。

朱曉海：〈孔子早期的一個形象〉，《清華學報》新 32 卷 1 期，2002 年 5 月。

李零：〈考「喪家狗」〉，〈中國儒學網〉，2007 年 5 月 20 日。
　　　http://www.confuchina.com/09%20xungu/Kao%20Sangjiagou.htm

周予同：〈緯讖中的孔聖和他的門徒〉，《安徽大學月刊（哲學社會科學版）》第 1 卷 2 期，
　　　1933 年 3 月。

張光直：《中國青銅時代（第二集）》，臺北：聯經出版公司，1990 年。

陳麒仰：《與巫術相關之周代部份禮俗探賾》，新竹：清華大學中文系博士論文，2010 年 1 月。

黃復山：《東漢讖緯學新探》，臺北：臺灣學生書局，2000 年。

裘錫圭：《文史叢稿》，上海：上海遠東出版社，1996 年。

趙瑞民：〈關於堪輿術的一個比較——睡虎地秦簡《日書》甲種「宅居」、敦煌本《宅經》、
　　　今本《宅經》・附錄〉收錄於江林昌等主編：《中國古代文明研究與學術史——李學
　　　勤教授伉儷七十壽慶紀念文集》，保定：河北大學出版社，2006 年。

蔡仁厚：《中國哲學史大綱》，臺北：臺灣學生書局，1988 年。

錢穆：《先秦諸子繫年》，臺北：東大圖書公司，1976 年。

錢穆：《論語新解》，臺北：東大圖書公司，1988 年。

顧頡剛：《中國上古史研究講義》，北京：中華書局，1988 年。2009 年重印。

去世情、長色欲 ── 南詞《繡像金瓶梅傳》潘金蓮形象的風情化

胡衍南

臺灣師範大學國文系教授

摘　要

　　《金瓶梅》問世以後，小說續書有《玉嬌麗》、《續金瓶梅》、《三續金瓶梅》，改編的戲曲除明清之際的傳奇《金瓶梅》，另有一部嘉慶 25 年（1820）的南詞《繡像金瓶梅傳》。南詞《繡像金瓶梅傳》爲曲藝化的《金瓶梅》，前四分之三的篇幅取自小說 1 至 38 回，然後用小說 46-87 回的零星故事草草收尾。清代中期（嘉慶、道光年間）的世情小說生產，頗見一股商品化、通俗化的趨勢，本文發現：彈詞作爲一種市井色彩相對濃厚的戲曲藝術，南詞《繡像金瓶梅傳》對小說《金瓶梅》的情節選擇，明顯有弱化小說世情展演意圖、凸出原著風情故事橋段的意圖，而且每回開篇極具情色挑逗況味的「唐詩唱句」更助長了這樣的傾向。此般特徵足可與同時期世情小說的生產互相對照。

關鍵詞：《繡像金瓶梅傳》、《金瓶梅》、南詞（彈詞）、世情小說

一、南詞《繡像金瓶梅傳》的形式考察

　　《繡像金瓶梅傳》是嘉慶 25 年（1820）廢閑主人所作，現藏日本東京大學東洋文化研究所，為道光 2 年壬午（1822）漱芳軒刊本。該書封面題為「雅調秘本南詞繡像金瓶梅」，正文之前的序、目錄、和插圖部分版心皆題「第一奇傳」，然而正文部分版心卻題「金瓶梅傳」，因此東洋文化研究所的藏書題錄為「繡像金瓶梅傳」（而非「繡像金瓶梅」）[1]。封面特特標舉「雅調秘本南詞金瓶梅」，已經召告它是一部用南詞詮釋小說《金瓶梅》的曲藝文本。又，此書正文的版心題名「金瓶梅傳」，但正文之前的序、目錄和插圖的版心卻題「第一奇傳」，目錄也標出書名為「新編繡像第一奇傳金瓶梅」，此「第一奇傳」的概念顯然來自張竹坡《批評第一奇書金瓶梅》，說明此一南詞文本係改編自張竹坡「第一奇書」本《金瓶梅》。事實上，這本書的序文完全抄襲第一奇書本謝頤的序（但錯字不少），目錄以後羅列的西門慶家人名數、西門慶家人媳婦、西門慶淫過婦女……等也是第一奇書本原有設計，甚至 24 幅繡像也是據崇禎本（及第一奇書本）繡像模仿複製。總而言之，它就是一部曲藝化的《金瓶梅》，是根據張竹坡《批評第一奇書金瓶梅》改作的彈詞文本。

　　20 世紀初以來，第一代彈詞研究者包括鄭振鐸、李家瑞、阿英、譚正璧、趙景深等人，都沒有在其著作提及南詞《繡像金瓶梅傳》，顯然它很早就在中國本土失傳。一直要到 21 世紀初，盛志梅《清代彈詞研究》才見題錄：「《繡像金瓶梅傳》，15 卷，道光二年壬午（1822）漱芳軒刊本。（南大東洋）」[2]。不過，「金學」陣營早知此書，方銘《金瓶梅資料匯錄》、胡文彬《金瓶梅書錄》率先提到了

1　此書極少數的研究者中，有人稱此書「繡像金瓶梅傳」，亦有人主張「繡像金瓶梅」，本文權採「繡像金瓶梅傳」作為書名。

2　盛志梅：《清代彈詞研究》（濟南：齊魯書社，2008 年 3 月），頁 326。不過其中著錄有誤，因為東京大學東洋文化研究所圖書館所藏乃係孤本，是故「南大東洋」應為「東大東洋」之訛，作者恐怕未見此書。

此書基本訊息[3]；稍晚黃霖《金瓶梅資料匯編》除了著錄此書，標明刊本年代，並有較詳細的編者按語：

> 此係彈詞，共十五卷一百回十六冊。首序署「嘉慶二十五年歲次庚辰嘉平月書於吳趨客邸，廢閑主人識並書」，實乃抄襲謝頤序而成。次有雜錄、談等皆與第一奇書本有關內容大同小異。題目也大都採自第一奇書本。正文實為第一奇書的摘要，以其第八十七回武松將金蓮血祭乃兄為高潮而全書告終。[4]

因為隱身東瀛，所以最早對它展開研究的是日本學者，鳥居久晴在 1956 年 8 月《天理大學學報》第 21 輯發表〈關於《繡像金瓶梅》——《金瓶梅》版本考補〉[5]，對這部作品進行初步的介紹。該文一開始先做出重要宣示：此書因在彈詞甚為流行的嘉慶、道光年間出版，所以編撰和刊刻都顯得十分粗糙，「可以說是迎合時尚一類的出版物」。其次則針對此書的版式，以及正文以前的序、目錄、趣談、插圖進行介紹，主要圍繞在南詞和第一奇書本《金瓶梅》小說之間的關係，重要的論點包括：一，正文前目錄所載回目皆是整齊的七言句，且多採自第一奇書本《金瓶梅》原有回目，但 55 回原有回目疑似脫落，導致該回以降各回回目對應的是下一回的內容。二，正文內題均是二字簡目（唯獨 99 及 100 回是四字），多從目錄所載七言回目中取關鍵詞，偶爾也從該回情節中取特殊者。三，各回簡目之後先有開篇，多七言詩句（間亦有襯字）而成之韻文，因而也叫唐詩開篇，本書則題「唐詩唱句」，內容「總的說不太雅」，也就是流於淫逸挑逗。四，正文部分「不用說是第一奇書的摘要。或者索性說是選擇其故事要點來開展情節。」先從第一奇書 1 到 38 回中各回取二到三個事件，每個事件組成一回，如此便集合成本書 1 到 79 回；接下來第一奇書本《金瓶梅》的 39 到 45 回幾乎完全略過，而後在 46 回到 87 回間選擇十數

3　方銘編：《金瓶梅資料匯錄》（合肥：黃山書社，1986 年 9 月），頁 727。胡文彬編：《金瓶梅書錄》（瀋陽：遼寧人民出版社，1986 年 10 月），頁 276。

4　黃霖編：《金瓶梅資料彙編》（北京：中華書局，1987 年 3 月），頁 376-377。

5　鳥居久晴：〈關於《繡像金瓶梅》——《金瓶梅》版本考補〉，收入黃霖、王國安編譯：《日本研究《金瓶梅》論文集》（濟南：齊魯書社，1989 年 10 月），頁 58-67。

個情節組成南詞最後二十回，最後以第一奇書本 87 回的武松殺嫂祭兄，作爲此書第 100 回的完結。

既是南詞《繡像金瓶梅傳》的第一篇研究，鳥居久晴的文章帶有明顯的概說性質，因此很多地方可以再加補充。關於第 55 回（含）以後，目錄七言回目和正文內容出現落差，固然可能是第 55 回原有回目脫落所致。造成失誤的原因在於，南詞正文每一回的開始只見二字內題，並未標出七言回目，所以每一回的內題可以準確對應該回內容，但目錄所載回目一旦脫落便不易發現。然而，如果脫落指的是「事後」迷失，恐不盡然。出問題的第 55 回內題和第 56 回內題都是「遞解」，但第 55 回其實尚未述及遞解來旺情事，合理的推想是，作者在這一回取捨原著情節時有過一次調整，但未及時於目錄回目、正文內題同時反映過來。如此，則只能說是漏植，亦即「當下」忘了改正補訂。不論脫落或漏植，都可以側面支持南詞《繡像金瓶梅傳》編輯草率的說法，作者交稿前、書商出版前的檢查顯然都漫不經心。這和書名未能統一，分別有「金瓶梅」、「金瓶梅傳」、「第一奇傳」之說，是相同的道理。

至於正文二字內題，誠如鳥居久晴所說，主要從目錄中的七言回目截取關鍵概念。《金瓶梅》詞話本、崇禎本都沒有內題（或曰簡目）設計，第一奇書本才有，此亦爲南詞參考第一奇書本的證據之一。有趣的是，張竹坡《批評第一奇書金瓶梅》的二字簡目係置於書前「第一奇書目」，每回開頭只見列出雙句回目；不過南詞《繡像金瓶梅傳》完全相反，每回開場先是二字內題，七言回目反而置放在書前目錄。這個安排，難道是因爲南詞本子更重視內題（簡目）？這個推測可以透過南詞和小說回目的對照看出。南詞前八十回主要展演小說前四十回故事，小說一回故事到了南詞可鋪陳出二到三回來，所以第一奇書本每回的雙句回目，大致足以提供南詞所需，作者只消補上幾個新創的即可（但八十回以後情況不同）。也就是說，南詞目錄裡的七言回目，和第一奇書本的雙句回目，有很高的重複性。可是內題（簡目）就不同了，經過統計，南詞《繡像金瓶梅傳》的一百個內題中，完全承襲自《批評第一奇書金瓶梅》者不到三分之一，文字或意義相近者也不過半數多一點，作者於此顯然有比較大的發揮空間。尤其，南詞文本前半部大抵還抓得住小說各回的主要情節，但愈到後半部，當作者意識到篇幅有限不能照錄原著的時候，他的情節取捨

益發隨意，南詞內題的命名就更難因襲第一奇書本簡目，而有賴作者另制新題。

　　南詞《繡像金瓶梅傳》各回的「唐詩唱句」，確實「總的說不太雅」，但是不雅到什麼地步？不雅的比重又是多少？此書第 1 回唐詩唱句〈窺浴〉，篇旨本身即不道德，內容更涉及如浴動作和性器官描寫；第 2 回唐詩唱句〈看春宮〉，一樣描出各種男女性交姿勢，可見頭兩回誠乃淫逸挑逗。但接下來，除了偶見如第 9 回的〈窺鞋〉、第 10 回的〈偷歡〉涉及性交（或性交調戲），其他多是以第一人稱「奴」自訴「閨思」（第 4 回）、「思郎」（第 36、59 回）、「思春」（第 6、63 回）等閨中情景，情緒固然濃烈，然不至於色情卑劣。更要緊的是，南詞《繡像金瓶梅傳》各回唐詩唱句，除了前述那種單篇流行小唱，還有很多是以數回（甚至數十回）連載的形式，將當時膾炙人口的彈詞開篇搬挪過來，包括：第 21 到 27 回的〈佔魁〉、28 到 32 回的〈雪塘〉是賣油郎獨佔花魁故事；第 33 到 35 回的〈拜月〉是貂蟬周旋於呂布、董卓的故事；第 42 到 45 回的〈饑荒〉是趙五娘尋夫蔡伯喈的故事；第 52 到 58 回的〈哭沉香〉是著名評彈開篇；第 76 到 100 回的〈斷橋〉是搬演白蛇故事。統計一下，以上這幾段所佔回數正好五十，居全書一半，基本不涉及淫逸挑逗，所以此書唐詩唱句絕非滿紙邪淫。

　　最後，南詞正文對小說原著的內容選擇，其比例失衡的情形簡直令人咋舌。南詞作者一開始的篇幅設定無從判斷，至少，本書最終呈現出來的是一百回規模，但南詞前八十回卻還講不完小說前四十回故事，令人好奇這個工程究竟有沒有編輯意識？如果將小說雙回目設計視為作者提醒的情節重心，那麼《批評第一奇書金瓶梅》前四十回的八十個主要情節，到了南詞《繡像金瓶梅傳》前八十回，只略去了小說第 15 回「佳人笑賞翫燈樓」、「狎客幫嫖麗春院」，第 16 回「應伯爵追歡喜慶」，第 22 回「春梅姐正色閑邪」，第 24 回「惠祥怒詈來旺婦」，第 35 回「西門慶為男寵報仇」，第 39 回「寄法名官哥穿道服」、「散生日敬濟拜冤家」，其他則是針對情色段落而為之局部刪節。小說有幾回到了南詞得到全面繼承，例如第 18 回「賄相府西門脫禍　見嬌娘敬濟銷魂」，雖然「賄相府」的情節被簡化，但其他情節足足佔去南詞 38 到 42 回共五回篇幅；但也有好幾回被南詞以一回左右加以消化。

　　南詞作者什麼時候意識到比例失衡？看起來疑似漏改正文內題、漏植目錄回目的第 55 回最有可能，因為作者在這一回對內容有了新的取捨。然而事實恐非如此，

經過對照，南詞第 54 到 58 回在演繹小說第 26 回故事、58 到 61 回在發揮小說第 27 回故事，接下來平均每兩回消化小說一回故事，這個比重和前五十回差別不大。直到第 75 回，才開始變成一比一的情況。南詞後二十回，有三次大幅略過小說正文，一次在第 82 回時，略去小說第 41 到 47 回（中間點綴了第 46 回的「卜龜」）；一次在第 97 回時，跳過小說第 69 到 78 回；最後一次在第 100 回把小說 88 回以後全省略。此外，小說第 47 回全部、第 48 回後半、第 49 回前半、第 55 回後半、第 56 回全部、第 58 回全部、第 60 回全部、第 63 回後半、第 64 回全部、第 65 回後半、第 66 回全部、第 67 回全部也都刪去。可怪的是，南詞本子後二十回分明緊湊得很，但 92 到 94 回卻以三回的篇幅消化小說第 62 回「潘道士法遣黃巾士　西門慶大哭李瓶兒」，是絕無僅有的奢侈。一言以蔽之，後二十回的取捨也有很大的隨意性。

關於唐詩唱句和正文的內容傾向，留待下文再來深入討論。

二、南詞對情色內容的取捨

鳥居久晴之後，唯一可觀的研究是陳維昭〈南詞《繡像金瓶梅傳》考論〉[6]，這篇文章提出幾個重要的論點。第一，序作者廢閑主人，另外編有彈詞作品《十五貫》、《麒麟豹》、《福壽大紅袍》，「他創作或校訂的彈詞前面總有一篇序文，而這些序文都內容空洞而文字上則大同小異。他的『創作』更主要的是一種改編、修訂。」「從他頻頻抄襲他人序文的情況看，他的專注點大約在於書場上的演出，底本、文字之類的東西就順手牽羊，敷衍了事。」而從《繡像金瓶梅傳》類似的編輯行徑來看，此書極可能也出自廢閑主人之手，「他只是對第一奇書《金瓶梅》進行一番文字上的取捨和分流工作，以便適合於書場的演出。」第二，南詞是流行於浙江一帶的彈詞，它不滿足於代言體，「不僅僅是由說書者一人分扮生、旦、淨、丑不同角色，而且是由多人分扮不同角色。這時，彈詞更向戲曲貼近。」《繡像金瓶梅傳》正是一部多人分扮的作品。第三，作者對第一奇書本《金瓶梅》的改編原

6　陳維昭：〈南詞《繡像金瓶梅傳》考論〉，《戲曲藝術》2011 年 06 期，頁 22-33。

則是：「敘述文字劃歸南詞主唱者，人物對話部分交由南詞的角色去承擔。」但在情節重心部分，作者的重心顯然在於情色表現，「改編者感興趣的只是情欲故事，而對於人情世相、官場腐敗等故事，改編者的興趣就淡然了。」不過對於情色表現的限度，作者也很遊移，「南詞作者要在書場的公眾表演許可的範圍內把情色故事表現得淋漓盡致。」第四，《繡像金瓶梅傳》的聽眾大概都是社會中下層人物，他們喜歡粗鄙、猥褻的通俗作品，不只正文，連每回開篇的「唐詩唱句」也多是膾炙人口的風情小調。

　　梳理南詞和彈詞的異同，是陳文重要內核，然因本文意在探討戲曲／曲藝文本[7]對小說原著的接受，故不涉及彈詞的分流演變。其他方面，關於廢閑主人，鳥居久晴也注意到《十五貫》、《麒麟豹》的序是廢閑主人作的，但他說：「廢閑主人是誰呢，當然不清楚。」陳維昭將廢閑主人其他彈詞作品的編輯風格與《繡像金瓶梅傳》互為對照，證明此書同樣是一部大而化之的、便宜行事的複製品，補充了前人研究的缺憾。至於作者的工作，鳥居久晴、黃霖都說南詞只是「第一奇書的摘要」，陳維昭也認為，作者的工作僅止於對小說內文進行文字取捨和情節分流以利書場演出。然而實際情況是不是如此呢？以及，情色段落又是怎麼處理呢？

　　以小說第 27 回為例，包括詞話本、崇禎本、第一奇書本的回目都是「李瓶兒私語翡翠軒　潘金蓮醉鬧葡萄架」，第一奇書本則另有簡目「私語　醉鬧」。至於此回內容，被改入南詞正文第 58 回的尾巴、第 59 回的全部、第 60 回的大半，回目分別是「赴荒郊西門燒材」、「瓶兒私語翡翠軒」、「金蓮大鬧葡萄架」[8]，簡

7　一般認為，「南詞」應是一種說唱藝術，亦即曲藝，而非代言體的戲曲形式。不過前引陳維昭文章指出，南詞可能有分派角色扮飾的狀況，可惜該文證據不足。本文審查人善意提醒：蘇州評彈固然也有兩、三人分飾數角的情況，但仍是「坐唱」、「彈唱」，南詞《繡像金瓶梅傳》應當還是曲藝而非戲曲；除非在仔細考察全書後，確認真有「敘事體夾雜代言體」的情況，方能將南詞《繡像金瓶梅傳》定位為戲曲作品。本文以為，單從書面文本很難判斷說唱和代言之間的輕重，加上該作究竟是戲曲或曲藝並不影響本文的推論，因此在行文時多半視其為曲藝文本，只在此處權用「戲曲／曲藝」文本之說，以對陳維昭的說法保留一點餘地。在此特別感謝匿名審查人提供的寶貴意見。

8　前面提到，南詞《繡像金瓶梅傳》從第 55 回開始，目錄所揭每一回的回目，在正文都要到下一回才得對應。所以，回到本書目錄來看，「赴荒郊西門燒材」是第 57 回、「瓶兒私語翡翠

目則是「殞命」、「私語」、「架合」。如前所述，南詞前八十回係將小說一回的內容改以二至三回呈現，且往往將小說一回的雙句回目拆開成兩回新的單句回目；只不過在這個例子，原第一奇書本第 27 回「私語 醉鬧」這個簡目，到南詞只承襲其中一半，「醉鬧」被「架合」取代了。

回目之後，緊接著是起到靜場、定音、試嗓作用的開篇，南詞第 59 回開篇是一首題為〈思郎〉的唐詩唱句，訴說痴心女子的幽怨情懷。接下來正文則見小生登場：

〔小生引〕錦帳鴛鴦，繡衾鸞鳳，一種風流千種態。看雪肌雙瑩，玉簫暗品，鸚舌偷嘗。

這裡完全照搬第一奇書本 27 回回首詩詞〈好女兒〉的上半闋[9]。此後，唱白交錯，但無論唱詞或口白，大抵還是襲自小說原文，變動並不很大。例如準備進入故事主幹的時候，南詞敘述者口白道：

〔白〕過了兩日，卻是六月初一日，天氣十分炎熱。到了赤烏當午的時候，一輪火傘當空，無半點雲翳，正是煉石流金之際。

小說原文在「赤烏當午」前多出一個「那」字，無可無不可；然而，原作「爍石流金」語出《水滸傳》第 27 回，南詞這裡作「煤石流金」或係誤植？接著，提到「有一詞單道這熱」——「祝融南來鞭火龍，火雲焰焰燒天空。日輪當午凝不去，萬國

軒」是第 58 回、「金蓮大鬧葡萄架」是第 59 回，實際對應的內容是第 58、59、60 回。為了方便辨識，下文凡是提到某回如何如何，悉以正文實際對應之回目名稱為準。

9 由於南詞《繡像金瓶梅傳》是依「第一奇書本」《金瓶梅》改寫，因此本文凡遇引錄小說原文，悉據里仁書局據康熙乙亥年（1695）張竹坡評在茲堂本《金瓶梅》影印之《第一奇書》（臺北：里仁書局，1981 年 1 月），頁碼茲不贅註，此本常見之簡字、異體字、錯別字亦不做更動。

如在紅爐中。五岳翠乾雲彩滅，陽侯海底愁波渴。何當一夕金風發，為我掃除天下熱。」南詞則將之略加改寫轉為唱詞──

〔唱〕祝融南來鞭火龍，火雲焰焰繞天空。日輪當午非凡熱，火傘當空一樣全。五岳翠乾雲彩滅，萬國如仝紅火中。何當一夕金風發，掃除為我滅長虹。

南詞唱曲將第二句「燒天空」改為「繞天空」，不管是否為抄錄的失誤，就理解而言問題都不大。第四句將原本的「萬國如在紅爐中」改為「火傘當空一樣全」，固然明顯重覆了說白裡的「一輪火傘當空」；但若考慮到原本第六句「陽侯海底愁波渴」文義不易理解，也許因此才將原本第四句微調成「萬國如仝紅火中」並移到此處，也未可知。不過，原文最後一句「為我掃除天下熱」明確有力，這裡改為「掃除為我滅長虹」反而文謅謅了。

南詞前八十回，多數時候是上述這種情形，即針對小說原著進行些微調動。前面提到，南詞前八十回不過就省略了小說第 15 回「佳人笑賞翫燈樓」、「狎客幫嫖麗春院」，第 16 回「應伯爵追歡喜慶」，第 22 回「春梅姐正色閑邪」，第 24 回「惠祥怒詈來旺婦」，第 35 回「西門慶為男寵報仇」，第 39 回「寄法名官哥穿道服」、「散生日敬濟拜冤家」，其他固然偶有局部情節被簡化的情況，但大部分是針對情色段落而進行局部刪節。所以，扣除上揭橋段，要說南詞《繡像金瓶梅傳》主要根據原著微調文字，復針對性交段落略加淨化，大致是可以成立的──至少前八十回如此。

然而這樣的淨化工程並不徹底，若以全書為範圍進行考察，明顯可見內在衝突──雖不至於表裡不一，但卻顯然別有居心。

小說的閱讀屬私密行為，戲曲及曲藝的欣賞乃公開活動，明清兩代《金瓶梅》於書場或劇場演出的文獻遠比其他經典來得少，原因不外乎此。事實上，南詞《繡像金瓶梅傳》在很多地方都強調了節制的必然，例如第 4 回碰到小說寫金蓮為西門慶口交，南詞只道「無限百般行樂處，書家不及表分明」，便跳到西門欲收用春梅一節。又，第 46 回結尾時交待：「那晚玉樓房內宿，寬衣解帶便安寢，為雲為雨

無窮樂，<u>淫污之言不必云</u>，紙短情長難細講，下卷書中接上文。」[10]更理直氣壯的是第85回，此回寫西門慶先後找王六兒、李瓶兒試胡僧藥，先是提到：「若講此書，今爲唱本，<u>一切淫污之言難淫于紙筆</u>。」後來又云：「二人纔興雲雨，<u>此段書家不表云</u>，撇下污言談正傳。」

　　況且南詞並非宣示而已，實際上還眞的限制了性交筆墨。例如第11回，小說有王婆問西門慶潘氏風月如何，又有詩詞分別寫西門陽具、金蓮陰戶，南詞全部略去。第19回，寫「和尚聽淫聲」亦是草草交待。第23回，跳過金蓮爲西門慶口交及過程中的言語機鋒。第35回，小說提到李瓶兒和西門慶肛交一節，南詞未錄；之後小說寫潘金蓮和西門慶白日測試「勉鈴」功效，南詞技巧地改成「金蓮聽說便珍藏，令著春梅拿進房」。第36回，小說原寫李瓶兒「醉態顚狂，情眸眷戀」，以及爲西門慶口交等情事，南詞亦無。第39回，小說本寫金蓮趁西門酒醉爲其口交，並有蚊子雙關〈踏莎行〉爲證；接著寫西門醒來，「教婦人馬爬在他面前，那話隔山取火，插入牝中，令其自動，在上飲酒取樂」──南詞只留下蚊子雙關〈踏莎行〉，至於口交、性交皆未著錄。第44回，西門慶與吳月娘和解後交歡一段，包括西門慶露出陽具，以及接下來的性交動作、高潮反應，南詞改用一段唱詞寫其大概而已。第48、49回，兩次寫宋蕙蓮和西門慶性交，小說生動露骨，南詞草草交待。第56回，小說提及「原來婦人夏月常不穿褲兒，只單吊著兩條裙子，遇見西門慶在那里，便掀開裙子就幹」，南詞只說兩人雲雨。第75回，小說原寫西門慶與書童春風一度，南詞未提。第77回，小說提到安進士贊書童「此子絕妙而無以加矣」，南詞雖見，但小說後面補道「原來安進士杭州人，喜尚男風，見書童兒唱的好，拉著他手兒，兩個一遞一口吃酒」，南詞卻未著錄。第79回，小說寫西門六兒初次交歡，從挑情、性交細節、六兒兩項癖好等等，南詞只以五句唱詞交待，並局部引用一篇描寫性交過程的韻文；兩人二度性交時小說有甚爲細微之交待，然南詞只道西門慶帶了個淫器包（並內中淫器），保留一段贊後庭之美的曲子而已。至於第80回以後，南詞急於收煞全書，小說情節被大幅刪卻，因此幾乎所有性愛

10　有趣的是，南詞第46回對應的小說第21回，原書只有「不說西門慶在玉樓房中宿歇」一句話，南詞反而先說「爲雲爲雨無窮樂」，復又強調「淫污之言不必云」。

情節都不見錄[11]。

　　問題在於，南詞作者雖然作了多次宣示，實際上也刪卻不少小說原有的性交描寫，但恰如第 85 回透露的：「今既爲文詞唱本，未免閨閣潛聽，甚爲不雅，只好略表幾句。」南詞《繡像金瓶梅傳》如何「略表幾句」呢？

　　以小說第 27 回發展出的南詞第 59、60 回爲例，「李瓶兒私語翡翠軒」一節如此寫道——

　　　〔白〕見他紗裙內罩著大紅紗褲兒，日影中玲瓏剔透露出玉骨冰肌來，〔唱〕不覺淫心如火焚，軒中左右無人在，〔白〕且不去梳頭，把李瓶兒按在一張涼椅上，揭起湘裙。紅褌，〔唱〕傾刻雙雙會雨雲，倒搆隔山來取火，兩人曲盡于飛情。……〔唱〕忽聽西門來說話：〔白〕心肝，我不愛你別的，好個白屁股兒！〔唱〕又聽得，瓶兒帶笑語低殷：〔白〕奴家身子不方便，〔唱〕速請君家收雨雲。西門動問日何故？瓶兒回說我已重身。西門聽說心歡喜，〔白〕我的心肝，你怎不早說？既然如此，我胡亂耍耍吧！

這裡的文字意趣，幾乎就是從小說原文剪裁、濃縮而來，並無節制，就連西門慶幾句口白：「心肝，我不愛你別的，好個白屁股兒！」「我的心肝，你怎不早說？既然如此，我胡亂耍耍吧！」依然傳神。至於全書最經典的性愛橋段「潘金蓮醉鬧葡萄架」，包括西門慶打金蓮肉壺、吊婦人於葡萄架下並折磨之、性交過猛導致婦人險死等全部過程，雖然整場性事只用一大段唱詞交待，但其中仍見相當露骨之文字——

　　　〔唱〕金蓮隨即睡其身，周身衣服多寬下，仰臥其身將小腳分，手拿紗扇把涼風扇。西門一見觸淫心，也便寬衣來睡下，與金蓮兩下敘歡情。一人情興如焚火，迎播掀幹好歡心，雙雙雨雲無休歇。沒稜露腦往來勤，陰精隨拭隨

11　必須提醒的是，小說第 40 到 80 回的性交筆墨，無論比重、質量都遠高過前四十回——亦即南詞主要的改寫來源。

時出，衽蓆為之盡濕淋。直抵牝屋無窮美，含苞花蕊牝中深。男子翕然情不耐，暢美之心不可云。那金蓮，星眸目閃微微喘，作嬌作泣浪淫骰。提幹時辰三五百，西門情極便丟身……

從以上文字來看，它把小說原著習慣強調的性交動作、性交過程生理反應，以及這裡特別凸出的性學知識（牝屋），都盡可能記錄下來了，這一方面證明南詞文本對小說文本的依賴與承襲，另一方面也能說明為什麼學者認為此書重心在於情色表現。

再看南詞第 64 回，小說寫西門慶午探金蓮──「婦人赤露玉体，止著紅絹抹胸兒，蓋著紅紗衾，枕著鴛央枕，在涼席之上，睡思正濃。」這段極見引誘況味的文字，南詞大致是照錄的。接著小說寫西門慶見婦人玉體互相掩映，「戲將兩股輕開，按麈柄徐徐插入牝中」，南詞則是「就把他兩股輕開將麈柄按，徐徐插入便興雲」，性器官初交合的動作也是直述無諱。矛盾的是，再來即著名的「蘭湯午戰」，過程雖然被南詞簡略帶過，卻仍保留一首運用大量狀聲詞寫性交過程的〈山坡羊〉，不禁讓人懷疑，演出者在臺上是否真的唱了？

然而以上幾個例子，充其量只能說是「保留」了小說原有的性交描寫，不論是散文情節或韻文歌曲。下面這個例子，則是在既有的小說內容以外，「增加」了新的情色描寫。南詞第 30 回開場，寫西門慶隨迎春初入花宅會李瓶兒，已先凸出其「慾火焰騰騰」，這是原著所沒有的。接下來寫兩人性交過程，明清小說常見引用的〈鳳求凰〉，這裡也全文照錄，但在之前新加一段小說沒有的唱詞：「但聽得唧唧噥噥雲雨聲，模糊細語話來輕。見他們二口相親成一呂，此刻聯形好字成。你看他，蜂狂蝶浪貪香甚，把那洞裏桃花味細尋。一雙兒燈下風癲甚，堪堪鬢亂欲消魂。」接下來小說寫迎春私窺潛聽，藉此鋪出男女二人的對話，但南詞卻補出迎春觀戲時的反應：「〔唱〕迎春看得面通紅，猶如小鹿撞心中，唾涎口角吁吁喘，又聽房中話唧噥。」雖然不至於下流，但也烘托了偷窺潛聽的氛圍。

小說原有情色描寫，作為一個續寫或改寫者，如果真打算節制後出文本的情色濃度，除了宣示畫清界線，最主要的工程還是「刪」──不論是否刪得盡（淨）。可是南詞《繡像金瓶梅傳》的問題在於，除了未見刪盡（淨），它還增補了新的細

節。這些細節雖不是新派生出的大段故事，僅只於摹寫小說人物可能的心理活動或身體反應，但從前引兩個例子來看，一是引誘接受者竊聽，一是鼓動接受者窺視，兩者皆把人帶向風情無限的想望方向，誰說不是居心叵測？前面提到，南詞本子節制情色濃度的理由，書中自稱是顧及此為「書家」所作之「唱本」。然而最終為什麼溢出了一般以為的舞臺限度？可能是創作者的問題，也可能是接受者的問題，或者說是創作者和接受者期約之共識。

南詞《繡像金瓶梅傳》於風月筆墨上的遊移反覆，讓人聯想到清初小說《續金瓶梅》。

紫陽道人（丁耀亢）於《續金瓶梅》第 1 回強調，《金瓶梅》「原是替世人說法，畫出那貪色圖財、縱欲喪身、宣淫現報的一幅行樂圖」，不料後來「這部書反做了導欲宣淫話本」，所以他才作起續書，期能「藉此引人獻出良心，把那淫膽貪謀一場冰冷，使他如雪入洪爐，不點自化。」[12]不過，這部依傍《太上感應篇》寫因果輪迴故事、甚至別有借宋／金戰事影射明／清鼎革用意的小說，猶見不少風月描寫。對此，作者的理由在第 31 回道出：寫得正經怕沒人看，寫得不正經又怕人目為淫書，「只得熱一回，冷一回，著看官們癢一陣，酸一陣，才見的筆端的造化丹青，變幻無定。」可惜，丁耀亢的「苦心」只能說是一廂情願，因為冷／熱對比的美學主張，豈能淪為替讀者「降火」的形而下服務？作者宣揚因果報應、批判明室無能、控訴滿清殺戮的心情或許是真切的，然而生活在情色書寫最盛行的年代，丁耀亢也很可能在描寫這些風流情事時動起興來。又，考察《金瓶梅》以後的世情小說發展，明顯可見不少作家有意遠離實寫性交的風氣，他們或如才子佳人小說用避寫、或如《紅樓夢》用虛寫的方式處理之。可是《續金瓶梅》在這方面存在客觀難度，因為它乃續衍一部充滿情色張力的文本，而非如其他作品另起爐灶、重新設計人物和情節，所以要真正從《金瓶梅》暴露風氣中走出來誠屬不易。

藉由《續金瓶梅》的例子，可以解釋南詞《繡像金瓶梅傳》的矛盾：一方面，性交描寫在清代中期的文壇「實亦時尚」；另一方面，它和《續金瓶梅》、《三續

12　清・丁耀亢：《續金瓶梅》，收入陸合、星明校點：《金瓶梅續書三種》（濟南：齊魯書社，1988 年 8 月）。以下引文悉據此書，頁碼茲不贅註。

金瓶梅》同是根據那部充滿情色張力的原著,必然要和小說續書一樣,難以擺脫遮掩不盡的宿命。更要緊的也許是,從讀者接受的角度看,《金瓶梅》到《續金瓶梅》、《三續金瓶梅》再到南詞《繡像金瓶梅傳》,讀者的社會位階基本上是每況愈下的,市井色彩濃厚的接受者往往更醉心於直接的、張狂的挑逗式書寫——至少,創作者是這麼想的。既然丁耀亢都說:「熱一回,冷一回,著看官們癢一陣,酸一陣。」廢閑主人不會不懂得。

三、潘金蓮:被高度風情化的女人

　　一部世情小說最終只剩下風情故事,人物的社會關係必然因此被淡化,典型人物變成概念而存在。在原著小說中,西門慶不只繼承《水滸傳》的流氓氣,還花更大的力氣鋪寫其暴發性格,尤其升理刑正千戶之後,他與各級官員的交往更加頻繁,各項投資也大發利市,第 78 回應伯爵、李三勸西門慶和張二官聯手一宗朝廷的古器買賣,不就見西門慶回道:「此是我與人家打夥兒做,不如我自家做了罷,敢量我拏不出這一、二萬銀子來?」話中全是家大業大官大的意氣風發。要緊的是,作家把西門慶對性的嚮往,和他對財富權力的追逐聯繫在一起,西門慶社會關係的優勢地位,也從兩性關係的橫暴姿態反映出來,小說第 57 回這段對話最能見其放肆的性交征戰心理:

> 西門慶笑:「你的醋話兒又來了。卻不道天地尚有陰陽,男女自然配合?今生偷情的、苟合的,都是前生分定,姻緣簿上註名,今生了還。難道是生剌剌、胡搊亂扯、歪廝纏做的?咱聞那佛祖西天,也止不過要黃金鋪地;陰司十殿,也要些楮鏹營求。咱只消儘這家私,廣為善事,就使強姦了姮娥,和姦了織女,拐了許飛瓊,盜了西王母的女兒,也不減我潑天的富貴!」

有錢有勢的西門慶認為天下婦人全供我用,處在對立面的婦人,自然只能臣服其下卑微求生,吳月娘的求全忍讓、孟玉樓的含怨不露、潘金蓮的逢迎設計、王六兒的

張狂巧奪、如意兒的自薦枕席……，作家既寫出人性，更寫出各自生存鬥爭的艱辛。

不過，這一切到了南詞《繡像金瓶梅傳》全遭到淡化，由於小說最深刻的權力關係展現悉在全書後半段，在南詞「虎頭蛇尾」的改寫原則下幾乎全給抹煞了。南詞前八十回尚演不完小說前四十回故事，因此這個曲藝本子的重心，幾乎淪為以西門慶、潘金蓮、李瓶兒為核心的風情故事。特別的是，南詞本子裡潘金蓮這個角色，發生了細微卻又重要的變化。

南詞《繡像金瓶梅傳》裡的潘金蓮，甫登場便和小說原著有著不同。原著小說寫潘金蓮設了局約武松酒飯，在等待來家時，只見金蓮心理想道：「我今日著實撩鬥他一鬥，不怕他不動情。」這個部分在南詞第 4 回也承襲下來，可接下來卻加寫一段本來沒有的金蓮唱詞：

> 〔唱〕主意定，喜心窩，我與叔叔双双緣分多，想他便，決不推辭來俯就。今朝打點渡銀河，陽臺會，動干戈，不知他的本領待如何？」與他鏖戰巫山戰，且看誰弱誰強誰討和？若是武松心淫意，必須要，精神抖搜用功夫。

金蓮幻想和武松雲雨、並且推敲其床第本事，這是原著所沒有的，「撩鬥」的目的不一定是交歡，然而南詞藉這段唱詞價張了潘金蓮的情欲，也凸出了婦人求歡行為的主動性。

西門慶和潘金蓮初會的情形也是一樣，男子在王婆的安排下，一步步挑戰婦人的道德底限。就在西門慶偷偷捏了潘金蓮繡花鞋頭、婦人笑將起來揚言大叫、男子求饒討好之後──「于是不繇分說，抱到王婆床炕上，脫衣解帶，共枕同歡。」潘金蓮也許是欲拒還迎，但主動權乃握於西門慶手上。然而到南詞便不一樣了，雖然第 8 回先寫西門慶急欲成雙的露骨心理──「〔唱〕……恨不淂，與他即刻成佳話，想到其間慾火炎，兩足虛浮紅著臉，思良就此幹無天。」但第 9 回馬上補述一句「此刻金蓮欲火炎」，而後又唱出金蓮的期待心理──「半怜半愛胸前喘，欲思苟合兩情濃。」這是小說沒有明言的。尤其，正準備寫兩人交歡時，南詞忽地穿插一個摹寫婦人「性」急的笑話，而後續上西門慶急解不開金蓮裙帶頭情事──這個原著小說沒有的橋段，看似寫這一對男女的乾柴烈火，但顯然更為激化潘金蓮的「飢

渴」形象。也難怪，第 10 回提到媒合二人的王婆要雙方各留表記，金蓮變成主動
拿出她的白綢沙汗巾，而不是原著小說中的半推半就了。

　　後文寫潘金蓮，更屢次以附帶補充的方式，刻意提起她的「淫」。例如第 19
回寫何九眼中的婦人：

> 〔唱〕看這金蓮窈窕娘，被風吹過一團香。莫非是，昨宵待帳迎韓壽，今朝
> 欲續鳳求凰。一度春風情未及，想他還在盼劉郎。一身孝服能文雅，青絲彷
> 彿懶梳粧。人情似倦還非倦，意態輕含午夢長。想是他，交戀陽臺巫峽夢，
> 當有餘香在錦囊。

接下來的例子更為直接。例如第 20 回，小說本道：「二人女貌郎才，正在妙年之
際，凡事如膠似漆，百依百隨，淫慾之事，無日無之。」南詞改為唱詞：「二人女
貌配才郎，如漆似膠一樣腔，歡淫無度如娼妓……。」直接將婦人定位為娼。所以，
第 61 回寫葡萄架下明明隱去許多情節，卻偏偏留下原著小鐵棍一句話：「看見俺
爹吊著俺五娘兩隻腿兒，在葡萄架兒底下，搖搖擺擺。」分明亟寫其醜。又如第
64 回，小說寫西門慶午探金蓮 ——「婦人赤露玉体，止著紅綃抹胸兒，蓋著紅紗
衾，枕著鴛鴦枕，在涼席之上，睡思正濃。」南詞大致照錄，然底下多一句：「比
在武大家大不相全也。」強調金潘無恥愈甚。再如第 97 回，金蓮與西門的性交雖
然略去細節，但言及金蓮下藥過度一事，又見唱道：「登時暴跳狠如強，金蓮一見
喜非常，倒扒身把著風流幹，直抵苞花美□場。」把原著表在暗處的金蓮心思給翻
上檯面了。除此之外，寫潘金蓮和陳經濟的亂倫情事時，南詞本子也不放過凸顯婦
人情欲，第 86 回陳敬濟哄潘金蓮進山洞「瞧蘑菇」，南詞也補上一句「金蓮慾火
炎炎動」。

　　南詞《繡像金瓶梅傳》還安排了一個有意味的對照。回到南詞第 12 回，金蓮
下毒武大，這裡插入一段新的唱詞：「世間最毒婦人心，惟有金蓮更勝人。欲思長
久把夫妻做，狠心今晚要害夫君。」武大死後，金蓮帶孝假號，南詞又平添一段金
蓮假號的唱詞。有趣的是，和潘金蓮有著近似形象、並且同樣背夫通姦的宋惠蓮，
原著小說沒有交待宋蕙蓮最終自縊的原因，雖然讀者很可以往婦人對西門慶失望這

個方向進行聯想。但南詞第 58 回，直接安排宋蕙蓮登場自訴：「此乃我背夫幹下不端而害他如此，叫奴好不把怯人也。」接著又唱曲「禍端多爲奴家起」云云。同樣面對夫亡，金蓮假號，蕙蓮自縊，小說對此點到爲止，南詞劇本則刻意強調了蕙蓮的悔意，顯然冀望透過這樣的對比，強化潘金蓮的無可救藥。

相對起原著小說，南詞中的潘金蓮變成一個更主動的、更急切於情欲滿足的風情婦人。這個變化，除了透過前面提到的細節增補，另外還藉由「唐詩唱句」中一個又一個的風情婦人形象互爲映襯。講到這裡，先看南詞第 18 回潘金蓮這段唱詞：

〔唱〕奴家生性本輕飄，與他兩下賦桃天。如此炎天天氣熱，令人越發動心焦。窗前粉蝶双双舞，瓦上頻追野耗猫。奴家二五年將及，正好和郎鸞鳳交。並肩共飲香醪酒，疊股搵腮情興高。銷金帳裏同鴛枕，繡被鴛衾抱柳腰。春風一度情多少，海誓山盟枕上邀。

這是因爲，西門慶歡娶孟玉樓之後將潘金蓮撇在一旁，教婦人每日「門兒倚遍，眼兒望穿」，所以南詞於第 18 回開場加了這段小說沒有的內容，以顯出婦人的寂寥。問題是，這段唱詞有兩點值得注意，一是其中「奴家二五年將及」不符事實，二是整段內容流於陳套——因此它很可能是作家從當時流行的彈詞開篇挪用過來。這個推測，說明南詞《繡像金瓶梅傳》中「唐詩唱句」不只是滿足彈詞的形式必要而已，作家置入大量的風情傾向文本，應當也有與全書故事、至少與書中主要人物互爲對照的設計概念。

前文提到，一百回的「唐詩唱句」中，有一半是將當時膾炙人口的彈詞開篇如〈佔魁〉、〈雪塘〉、〈拜月〉、〈饑荒〉、〈哭沉香〉、〈斷橋〉搬挪過來，基本不涉及淫逸挑逗。但剩下的一半，明顯是寫女子的閨思、綺想、猥褻，不僅「總的說不太雅」，甚至第 1 回的〈窺浴〉、第 2 回的〈看春宮〉、第 9 回的〈竊鞋〉、第 10 回的〈偷歡〉，直接涉及性交細節或男女交合。上述四則開篇，〈窺浴〉和〈看春宮〉因爲被安排在南詞之首，暴露出作者撩撥、取悅讀者風情想像的意圖（雖然隨後有所收斂）；但是〈竊鞋〉、〈偷歡〉正好對應該回寫西門慶和潘金蓮初次通奸，明顯有襯補潘金蓮風情形象的用意。

　　例如第9回的唐詩唱句〈竊鞋〉，唱的是表哥趁佳人睡中竊取三寸金蓮、而後表妹佯稱要報官捉賊一段故事，結果兩人打情罵俏之後——

> 上前摟定多姣女，色膽猶如天樣同。含歡摟倒鴛衾上，傾刻藍橋有路通。一個是，半推半就呼呼喘；一個是，求利求名總是空。為雨為雲成美事，鸞交鳳友樂無窮。世間樂事無如此，泛此恩情分外濃。快些嚜，恐防使女進房中。

而在這一回的南詞正文裡，正好寫西門慶在王婆設下的飯局裡與潘金蓮眉來眼去，就在男子偷偷捏了婦人的繡花鞋之後，一個涎臉求歡，一個欲拒還迎，最終西門慶抱起潘金蓮開始性交。兩個文本的襯映非常明顯，唐詩唱句裡的表妹和南詞正文裡的金蓮，一樣以美色誘惑了男子，遇男子情挑時一樣佯裝正經，面對性交美事的態度一樣珍重滿意。就連寫婦人性交反應，唐詩唱句裡的「半推半就呼呼喘」，都和南詞正文的「半怜半愛胸前喘」異曲同工。藉由對比，潘金蓮的風情形象被強化了。

　　至於第10回的唐詩唱句〈偷歡〉，先唱的是「將奴青春配老年，而且還是作小偏」的悲哀；而後寫少婦趁大娘回娘家之夜，想要「偷淫在傾刻間」。好不容易把老郎喚醒——

> 奴家權把香茗送，欲守巫山雲雨歡。最恨的，奴情興未完他陽先洩，喘嘘嘘睡在奴奶傍邊，如同陪伴嬰孩睡。更比孤單又慘然，好比茱藤花纏繞在枯枝上，海棠花泛載在老梅邊。獅子抱球何日才，貪鸞望日想痴顛。娘阿！非是女孩忘卻閨門訓，人老何曾佔少年，花開能有幾時鮮！

這個橋段，很容易令讀者聯想到潘金蓮和張大戶的舊事，但小說（和南詞）並無意處理「青春配老年」的心酸，要說此處有此影射並不合理。倒不如說，老夫少妻引發的性交不對等，始終是市井民眾見獵心喜的情色話題，彈詞開篇有此題材並不意外。然而這一回南詞正文，只寫鄆哥意欲西門慶「賫發他些盤纏」，全然不涉及武大郎（的性失能），所以它的安排恐在誇大潘金蓮的性飢渴與不滿足。

　　南詞《繡像金瓶梅傳》裡的潘金蓮，先是被抽取掉原著小說應當推敲的生存困

境，又在正文裡強化她主動的、急切於情欲滿足的風情萬種形象，復藉唐詩唱句補充她對性的渴求與貪婪，再再使她從一個受害婦人的世情「典型」變成風情「概念」。對南詞作者來說，這是一個便宜行事的手段；對南詞接受者來說，這是一個天經地義的事實。但從世情小說的歷史演進來看，南詞《繡像金瓶梅傳》對小說《金瓶梅》的理解與詮釋，還是和清代中期嘉慶、道光年間其他世情小說一樣——逐漸降低世情反省的思想深度，並且迎合起市井男性的暴發想像。

【本文乃科技部 102 年度專題研究計畫「清代中期世情小說的另類對照——《繡像金瓶梅傳》、《紅樓夢傳奇》對原著小說之改編研究」（NSC 102-2410-H-003-116-MY2）部分研究成果。】

徵引文獻

一、專書

（一）古籍

清・丁耀亢：《續金瓶梅》，收入陸合、星明校點：《金瓶梅續書三種》，濟南：齊魯書社，1988年8月。

清・李笠翁：《第一奇書》，康熙乙亥年（1695）張竹坡評在茲堂本，臺北：里仁書局，1981年1月。

清・廢閑主人：《繡像金瓶梅傳》，道光2年壬午（1822）漱芳軒刊本。

（二）近人著作

方銘編：《金瓶梅資料匯錄》，合肥：黃山書社，1986年9月。

胡文彬編：《金瓶梅書錄》，瀋陽：遼寧人民出版社，1986年10月。

黃霖編：《金瓶梅資料彙編》，北京：中華書局，1987年3月。

盛志梅：《清代彈詞研究》，濟南：齊魯書社，2008年3月。

二、論文：

鳥居久晴：〈關於《繡像金瓶梅》——《金瓶梅》版本考補〉，收入黃霖、王國安編譯：《日本研究《金瓶梅》論文集》（濟南：齊魯書社，1989年10月），頁58-67。

陳維昭：〈南詞《繡像金瓶梅傳》考論〉，《戲曲藝術》2011年06期，頁22-33。

王韜、張愛玲的香港「易」經

呂文翠

中央大學中文系副教授

摘　要

　　翻開近現代中國文學史，動盪不安的晚清時期與太平洋戰爭期間，兩位文壇重量級的人物——王韜與張愛玲——均曾與香港結下不解之緣，仔細檢視其著作編年史，香港階段的文學成果及其引發的廣大迴響，都在他（她）的一生中佔據不可忽視的關鍵位置，故分外值得審視香江經驗於其人其文留下的深刻文化烙印。本文以「易經」為核心母題，從王韜因應變局而作的政論呈顯其欲建構「大我」家國歷史敘述為始，繼之探究張愛玲自承挖掘陰柔「小我」面相而遠離大敘述所帶出的文化省思，追索王韜、張愛玲個人命運的窮通如何呼應著歷史，揭示其「小我」與「大我」的對照不僅展開了一場百年陰陽變易的歷史辯證，更為近代中國文學與文化的現代性轉型留下重要見證。

關鍵詞：王韜、張愛玲、香港、易經、文化轉型

前 言

自從 1840 年代，士大夫致力賡續王朝、經緯天下的精神與知識結構產生了巨大變易，現代知識份子先驅王韜在香港（特別是他 1870 年代從英國返回以後）的文字書寫，就充滿危機意識與變革精神，他的文化活動已經成為近代歷史的有機成分。越七十年而後，香港戰事中的經歷，供給張愛玲回到上海、逾越大洋以後隱喻歷史的「不相干」瑣細經驗，她直接給小說命名《易經》（*The Book of Change*）。王韜縱覽天下時局而作的政論，屢屢訴求「『窮則變，變則通』，此君子所以自強不息也」，[1] 自承君子的陽剛「大我」，其於歷史的責任感沛然充溢於字裡行間；張愛玲的陰柔「小我」則心甘情願地遠離歷史大敘述。王韜、張愛玲個人命運的窮通仍然呼應著歷史，「小我」與「大我」的對照論述展開了一場百年陰陽變易的歷史辯證。這正是以香港為依託的現代「易」經，索解此類人事與文字，價值不下於傳統正典義涵。

一、「才子」與「國是」的窮通

若不是遁跡香港，王韜仍然是一個為稻粱謀的滬上才子。參與朝廷科考久不售，別尋路徑上書太平天國，而被譴封「長毛狀元」，成了朝廷的通緝犯。他逐漸展示出晚年名帖上標示的三十二字生命歷程：「天南遁叟、淞北逸民、歐西經師、日東詩祖、書讀十年、路行萬里、身歷四代、足遍三洲」。[2] 沒落才子王韜離開上海，數年後成為中國最具影響力的知識份子，他走過了一段個人由「窮」而「通」

---

1 清・王韜〈變法・中〉：「《易》曰：『窮則變，變則通。』知天下事，未有久而不變者也。」收入《弢園文錄外編》（上海：上海書店出版社，2002 年），頁 11；〈尚簡〉一文曰：「《易》曰：『窮則變，變則通。』非今日之急務哉？」（見前揭書，頁 40）；〈答《強弱論》〉一文曰：「《易》曰：『窮則變，變則通。』此君子所以自強不息也。」（見前揭書，頁 167）；另，1874 年王韜在香港創辦《循環日報》，報名「循環」亦有「天道循環，自強不息」之意。
2 王韜：〈自署楹帖〉，載《循環日報》1881 年 1 月 11 日。

的道路，其間之「變」主要來自於他的世界行旅。他的「通」途，完全不依賴於朝廷，卻是依賴知識的跨文化融通、對當代世界的把握，其主體的顯示則最大地依賴於他參與創辦和主持的現代報刊。

　　王韜（1828-1897）作為近代中國的重要思想家與真正意義的「現代」報人，其生平事蹟與相關研究雖已汗牛充棟，在此仍需簡述其溝通「海上」[3]文化的功績，凸顯王氏積極有為的「香港時期」特殊意義。他甫逾弱冠（22 歲）即至上海協助傳教士佐譯聖經，同治元年（1862）因捲入獻策上書太平天國軍的通敵疑雲而遭清廷通緝，遂出逃至香港，易名韜，自號天南遁叟。在港期間，助香港英華書院（Ying Wa College，舊稱 Anglo-Chinese College）院長理雅各（James Legge, 1815-1897）翻譯中國經典為英文。1867 年理氏回英臨行之際邀王韜「往遊泰西，佐輯群書」。[4]是年冬，王韜從香港啟程，乘船渡海至理雅各故鄉蘇格蘭佐譯群經，1870 年春隨理氏回到香港，兩年有餘兩人共譯出《禮記》、《書經》、《詩經》、《春秋》與《易經》。與此前上海階段將《聖經》譯為中文相異的是，香港時期的王韜扮演了將十三經[5]「譯」為西文著作《中國經典》（Chinese Classics）五巨冊並在泰西世界廣為流通的主要角色，不僅奠定了理雅各成為英國牛津大學漢學講座教授首席之地位，[6]更象徵了晚清中國東西文化與思想深度交流、互動所鎔鑄的心血結晶。

3　「海上」一詞，特別是在晚清上海文化圈中往往是別稱本地之語彙，但本文所指「海上」，意在試圖呈現更複雜深邃之內涵，非僅徒具標示區域地名或行政單位劃分的作用。概念宗旨側重於交通，既有舟楫交際，更有意識觀念遙通泰西乃至東瀛之涵義。對外，是通往異域、異族文化乃至器物文明之「門戶」；對內則呈現其地域邊緣之模糊性，既可吸納周邊（特別是江南地區）之官紳士商，更及中下階層平民，呈巨大之融涵包容力。亦可謂，海上一地的文人與知識社群的活動並不圍於上海地域，他們因國際的文人交往而愈益彰顯，反證「海上」概念的非地域性。

4　清‧王韜著，王稼句點校：《漫遊隨錄圖記》（濟南：山東畫報社，2004 年），頁 41。

5　十三經是十三部儒家經書的合稱，是儒學的核心文獻。十三經的內容經過不少演變，明清時期逐漸確定：包括《周易》、《尚書》、《詩經》、《周禮》、《儀禮》、《禮記》、《左傳》（附《春秋》）、《公羊傳》、《穀梁傳》、《孝經》、《論語》、《爾雅》、《孟子》。

6　王韜與理雅各長達 11 年的合作關係，在理雅各晚年出版的五巨冊《中國經典》（*The Chinese Classics*）中體現出關鍵性的影響，造就了理雅各在西方漢學界的崇高地位。見 **Norman J. Girardot**, *The Victorian Translation of China: James Legge's Oriental Pilgrimage.*（Berkeley, CA:

　　自歐土返港後不久，王韜震驚於歐陸強國法國在剛剛結束的普法戰爭中竟至一蹶不振，更有感此戰爭對世界局勢投下的巨大變數，遂與張芝軒合作輯譯西文日報的戰爭消息，編撰《普法戰紀》（1874 年出版），風行一時。同治十三年（1874）創辦的第一份由華人全權負責的報紙《循環日報》（*Universal Circulating Herald*），由王韜任主筆。報名「循環」寓「天道循環，自強不息」之意。他在報上發表了大量政論文章，傳播改革觀念，在晚清第一代報人中聲名最爲顯赫。《循環日報》是王韜展現自強不息精神的陣地，其見識通達、雄視寰宇的精神氣度較當年逋逃客的天南遁叟，「窮」、「通」不可同日而語。

　　甫自上海亡命香港的王韜，號位於鴨巴甸街（Aberdeen Street）的寓所曰「天南遁窟」，欲潛心匿跡，韜光隱晦，不復出問世，[7]更花了不少時間面對新的生活環境。以遭貶流謫自況的他，易「瀚」名爲「韜」，但縈繞心懷的追悔自咎未嘗稍減：「已知成棄物，何得尙談兵？殺賊雄心在，還鄉噩夢驚」。[8]在這種心緒之下，香江的風物自然觸目皆悲：「我初來時厭此土性惡，常畏煩熱委頓病泄嘔。瘦妻嬌女啼哭思舊土，一家四人臥床無一瘳。半椽矮屋月費半萬錢，風逼爨煙入戶難啓眸」。[9]

　　王韜的「窮通之變」並非舊小說中的時來運轉，亦不恃一己之力單打獨鬥，他的成績是和諸多報界同仁共同成就的。他與當地報刊界華人知識菁英頗爲契合，如：曾赴美就學，後擔任上海廣方言館英文教席的黃勝（字平甫）、在港創辦最早中文報紙《華字日報》的陳藹廷、[10]西文日報主筆張宗良（字芝軒）、廣東仕紳名

University of California Press, 2002），pp.60-61.另見 **Lauren F. Pfister**, *Striving for the Whole Duty of Man: James Legge and the Scottish Protestant Encounter with China.*（Frankfurt am Main & New York: Peter Lang, 2004），vol.1，pp. 158,230; vol.2, pp. 200-204.

7　參見忻平：《王韜評傳》（上海：華東師範大學出版社，1990 年），頁 74-75。

8　王韜於同治元年（1862）逃亡至香港後寫下的日記，壬辰四月二十六日（10 月 19 日）。見王韜：《悔余漫錄》，《王韜日記》（臺北：中華書局，1987 年），頁 197。

9　同上註，頁 211。

10　德國學者費南山（Natasha Vittinghoff）〈遁窟廢民：香港報業先鋒──王韜〉一文中對於王韜在香港密切往來或成爲同儕的華人知識菁英如陳藹廷、黃勝與伍廷芳的分析最為精闢。費氏從他們的教育歷程、專業資格與家族關係來論證其共同特質：自幼於傳教士學校接受西式

流如容閎、鄒誠（字夢南）、何玉祥、梅籍、陳桂士等。王韜在香港創辦中文日報
與編譯泰西史志每每得力於他們，這表明在香港已經有一種現代知識界的力量形
成，他們成為一個獨特的社會階層。處於這個階層中的王韜，因與西方世界深度接
觸而獲致眞正的瞭解，與此前在滬供職西人教會組織機構乃權宜之計的心態特徵，
有著本質上的差異。

　　光緒五年（1879），因著作《普法戰紀》流傳東亞地區而享有盛譽，逾知天命
之年（52 歲）的王韜受邀赴東瀛，以東京爲中心展開四個月餘的遊歷，與日本報
刊界及新舊派知識份子往來密切，此地兩大日報（《郵便報知新聞》與《朝野新聞》）
紛紛刊載其詩文作品，漢文期刊《明治詩文》也收錄王韜曾發表在香港報紙上的文
章。[11]換句話說，漢學素養深厚的日本新舊派知識菁英因《普法戰紀》與王韜神交
已久，自然對其禮遇有加，他的作品可說突破了國界及語言的限制，繼上海報刊界
之後，頻頻在日本新聞業與文化界亮相，東京文壇儼然成爲漢土之外另一座他登場
展演的舞臺。居停百廿餘日行將回港前，此期間寫下的日記《扶桑遊記》三卷亦交
由東京三大報社之一「報知新聞社」出版。[12]東京的讀者不難透過此書清楚得知王
韜扶桑歲月所見所思，該書亦因香港與上海發達的報刊出版業而流通廣遠，成爲晚
清時期開明文士瞭解日本明治維新文化社會狀況的重要書籍。

　　王韜在港計二十三年（1862-1884），占個人成年後生命時光近半，且正當盛
年（35 至 57 歲），思維相對活躍、體力精神堪稱巔峰，此階段王氏創辦中文報《循

教育、在外國公司從事翻譯與印刷工作，英文流利。王韜在香港期間與當地文士往還，逐漸
擺脫了中國傳統文士的思維窠臼，對西方世界瞭解更爲深刻，獲致國際視野與格局。見林啟
彥、黃文江主編：《王韜與近代世界》（香港：香港教育出版社，2000 年），頁 313-336。

11　如以佐田白茅爲首的大来社定期發刊的《明治詩文》第四十二期〈外集〉部分，便錄有王韜
　　〈粵逆崖略〉一文。見夏曉虹：〈扶桑：追尋歷史的蹤跡（關東篇）〉，《返回現場：晚清
　　人物尋蹤》（南昌：江西教育出版社，2002 年），頁 7-8。

12　王曉秋考證，日本報知新聞社於 1879 年 12 月 15 日發行上卷《扶桑遊記》（收 1879 年 4 月
　　27 日至 5 月 25 日的日記），中卷爲 1880 年 5 月 12 日（收 1879 年 5 月 26 日至 7 月 6 日的
　　日記）發行，下卷爲 1880 年 9 月 29 日發行（收 1879 年 7 月 6 日至 9 月 29 日的日記）。王
　　曉秋：〈王韜日本之遊補論〉，出處同註 10，頁 403。

環日報》並擔任主筆,主持印書局(中華印務總局),[13]著作出版品質俱佳,且與上海報刊界聲息相通,執上海報界之牛耳的《申報》經常轉載其詩文,報館出版社亦屢屢代售其著作,儼然報界元老。

此一時期,王韜在《循環日報》發表的政論,為變法強國製造輿論,他開創了「文人論政」風氣,不再是士大夫「身在江湖,心存魏闕」的方式。王韜為文,立場鮮明,短小精悍,富於感情而易讀,後來發展成為一種報章文體,對後起的維新派報人影響深遠。王韜發在報紙上的文章,1883 年被收入《弢園文錄外編》,為第一部報章政論文集。

其政論經緯,核心不外一個「易」。之所以要變易,乃因國運之「窮」,觀歐洲之「通」,必要改弦易轍。所以,他在〈變法〉一文中呼籲:

> 易曰:窮則變,變則通。知天下事,未有久而不變者。……嗚呼!至今日而欲辨天下事,必自歐洲始!以歐洲諸大國,為富強之綱領,製作之樞紐。舍此,無以師其長而成一變之道。……然而一變之道難矣。以今日西國之所有,彼悍然不顧者,皆視以為不屑者也。其言曰:我用我法以治天下,自有聖人之道在,不知道貴乎因時制宜而已。即使孔子而生乎今日,其斷不拘泥古昔,而不為變通,有可知也。今觀中國之所長者無他,曰:因循也,苟且也,蒙蔽也,粉飾也,貪冒也,虛驕也;喜貢諛而惡直言,好貨財而彼此交徵利。其有深思遠慮矯然出眾者,則必擯不見用。苟以一變之說進,其不譁然逐之者幾希!……[14]

王韜對中國變革的艱難亦估計充分,深明「易」「國是」之不易。在個人窮通變易

---

13 關於王韜與任職西文日報翻譯的陳言(陳藹廷)共同創辦中華印務總局之始末,可參見蘇精〈從英華書院到中華印務總局──近代中文印刷的新局面〉(出處同註 10,頁 299-312)一文。王韜組織各方人才的開創性貢獻,可以該文所云「中國印務總局就是當時香港華人文學、報紙、印刷、商業等人才和資本一個新的經營組合……不僅是西方活字印刷術本土化的開端,也是近代中文出版事業的開端」來概括。出處同註 10,頁 312。

14 出處同註 1。

之外關心國運之窮通，是王韜香港筆墨之焦點，這些文字的背後是王韜爲代表的晚清知識份子之陽剛「大我」。

二、「海上迴廊」與東亞文化聯繫之「易」

在港完成的《普法戰紀》是王氏吸納歐洲經驗後的文化產物，而《扶桑遊記》（晚清第一批「東遊日記」中之佼佼）更微妙地呈現了上海、香港、東京三地間存在著一條「文化迴廊」，標誌著王韜作爲十九世紀末葉東亞漢文化圈的「觸媒」人物，以報刊爲中心催發了三城間活躍能量的「化合」作用。這種都市報刊知識界的文化聯繫成了一個穩固的三角，又遙遙呼應著歐美文化而變易。三城之中，香港因與歐洲聯繫更形密切而地位特殊，這對中原文化中心已起顛覆作用。

以香港歲月爲界，王韜此前十三年的上海經驗爲其一生事業的「奠基期」，那時他每與友人李善蘭、蔣敦復等自命爲「海上三狂士」，正如日本報人栗本鋤雲所言，[15]藉「風流逃酒」抒發鬱鬱不平之氣。設若非遭情勢所逼而倉皇狼狽出逃，不難想見應在上海租界區佐譯西人，相對安逸地渡過一生，成爲第一代「洋場才子」典型人物。可惟因遁跡香江，改名爲韜，以此爲據點走出國境，先是周遊歐陸各國，繼而泛海東瀛，涉足扶桑關東關西等地名城，方成爲晚清中國士人階層中，非循正途出身或奉使出洋，卻能具備泰西與東瀛實際生活經驗的先驅者之一。因此也可以說，結束扶桑之旅再次回到香港，王韜才眞正跨出傳統才子與名士的格局，躍升爲一代魁儒。[16]

饒具意義的是，王韜乘船賦別東瀛之際，與來時路相同，他離開東京後，仍循原路先至大阪，轉到神戶，他再度造訪來時已見過的香港舊識張芝軒。張畢業自香

15　栗本鋤雲為明治維新時期東京報刊界重量級第一代報人，為《郵便報知新聞》的主編與社長，也是邀請王韜赴日之行的主要謀劃者。曾有〈王韜贊〉云：「慷慨論兵，心存國家。風流逃酒，跡擬浮查」，精要呈現了擁有多面相特質的王韜形象。見（日）栗本鉋菴著，日本史籍協會編：《鉋菴遺稿》（東京：東京大學出版會，昭和50年〔1975年〕），頁20。

16　參見夏曉虹：〈才子、名士與魁儒——說王韜的「豪放」〉，見陳平原、夏曉虹著：《同學非少年：陳平原夏曉虹隨筆》（西安：太白文藝出版社，2005年），頁239。

港「保羅書院」（即今聖保羅書院），深通西學，能說流利英語，《普法戰紀》新聞入史的嶄新撰著模式，大抵輯纂自張即時譯出的西文報章最新消息，故亦可言香港元素是《普法戰紀》不可或缺的一環；在神戶啓程搭輪船回滬，同舟者有亦受日本大藏大輔松方正義之邀東遊而返的香港總督燕臬斯（John Pope Hennessy, 1834-1891，今譯爲軒尼詩），[17]故人相聚歡然，舟行經長崎離日本，轉道上海拜訪創辦輪船招商局總理唐景星、徐潤。也可以說，香港故交舊識身影「自始至終」陪伴在王韜往返東瀛的旅途中，再次象徵了東亞三城中香港名流扮演的關鍵角色。

　　考量各方面條件，香港不啻爲王韜生命逆旅中最具特殊意義的中繼站，缺此轉捩點，其生命風景勢必迥異。香港生活固以看似被甩出既定軌道的厄運爲起點，但非經此千迴百折的劫難所淬鍊，亦斷斷無法成爲一顆近代東亞動盪歷史中綻放耀眼光芒的彗星。故可言：涉足歐土、日本的這兩趟泛海東西洋的旅程，非但是王韜個人生命史上的不凡體驗，從十九世紀末葉東西文化折衝融匯的角度來看，更饒具象徵意義。

　　更進一步來說，自香江往返東瀛之旅，凸顯出王韜作爲十九世紀末葉東亞漢文化圈的「觸媒」人物，亦爲進入上海、香港、東京間這條「文化迴廊」之樞紐；這三座吸納西方文明的東亞城市中盛行的報刊傳媒，更是幫助我們從歷史的橫向與縱深理解世變中的東亞知識菁英如何面對當前文化課題的重要管道。王韜其人其文游走流通於三城知識菁英群體間激起的質詰辯難與切磋交鋒，無形中體現其遊走邊際並驪括八方的特性，復揭示出此東亞三城共同因應西方衝擊而衍生複雜多元對應策略的思想底蘊。

　　如果說蘊含東方深刻智慧的《易經》以一套兼具符號與文字系統來描述事物變化，表現了中國古典文化的哲學和宇宙觀，那麼，香港階段的王韜，得《易經》窮通變化啓迪的思想演變與廿三年生命歷程，則寫就了一部「變易之書」，成就了中國近代史上一個文化巨人的身姿。

17　王韜曾在〈記香港總督燕制軍東游〉一文提及此事。同註1，頁 243-244。

三、張腔《易經》：「不相干」的「小我」敘述

　　一個晚清才子加現代知識份子（王韜一代人的多面向）的香港易經寫完了，一個民國女子的香港《易經》在二次大戰後十多年在美國產生了。張愛玲（1920-1995）與王韜的歷史變易的敘述大相徑庭，她有特殊的「張腔」，「不相干」的「小我」是她的著眼點，歷史縫隙中的「生趣」是她的原則。不同時段的男女之香港經歷的陽剛陰柔，成就了兩段「易」經。

　　1939 年夏，英國倫敦大學在上海舉行入學考試，在包括日本、香港、菲律賓、馬來西亞等整個遠東區的考生中，自美國教會創辦的聖瑪莉亞女校畢業的張愛玲以第一名成績考取，但因爲二戰原因不克赴英留學，持成績單改入香港大學。戎馬倥傯的動亂局勢讓張愛玲進入英國殖民地就讀大學，這是她人生中第一個香港時期（1939-1941）。

　　這段經歷，在張愛玲的兩卷本長篇英文小說《雷峰塔》（*The Fall of the Pagoda*）與《易經》（*The Book of Change*）尚未出土之前（2010 年出版），讀者早就能在她小說中的香港故事（〈沉香屑：第一爐香〉、〈沉香屑：第二爐香〉、〈茉莉香片〉、〈連環套〉），或上海香港雙城故事（〈傾城之戀〉）中拼湊出斷片印象。珍珠港事變後，香港慘遭日軍轟炸，在港大苦讀三年、成績優異的張愛玲本來很有希望得到牛津大學獎學金赴英深造，無情的戰火燒毀一切就學成績與紀錄，無奈之餘只得再度回到已成日軍佔領的淪陷區上海。

　　但上述這批新出土（出版）的文物說明了過去被視爲文學創作減產期的1957-1964 年間，其實張愛玲正動筆撰寫長篇英文小說。在宋淇夫婦與她的通信中，張坦承題材並不新鮮：「（上半部《雷峰塔倒了》）看過我的散文〈私語〉的人，情節一望即知……下半部叫《易經》，港戰部分也在另一篇散文裡寫過，也同樣沒有羅曼斯。……」，[18]均取材於本人的半生經歷。「張迷」應知此散文即爲〈燼餘

---

18 引自張愛玲與宋淇夫婦的書信往返內容，見宋以朗：〈《雷峰塔》／《易經》引言〉，張愛玲著，趙丕慧譯：《易經》（臺北：皇冠出版社，2010 年 9 月第 1 版），頁 005。

錄〉：[19]《易經》的縮小版原型。

〈燼餘錄〉開篇在憶往語調中傳達一種特異的歷史敘述之「不相干」哲學：

> 我與香港之間已經隔了相當的距離了——幾千里路，兩年，新的事，新的人。
> 戰時香港所見所聞，唯其因為它對我有切身的、劇烈的影響，當時我是無從
> 說起的。現在呢，定下心來了，至少提到的時候不至於語無倫次。然而香港
> 之戰予我的印象幾乎完全限於一些不相干的事。

> 我沒有寫歷史的志願，也沒有資格評論史家應持何種態度，可是私下裡總希
> 望他們多說點不相干的話。現實這樣東西是沒有系統的，像七八個話匣子同
> 時開唱，各唱各的，打成一片混沌。在那不可解的喧囂中偶然也有清澄的，
> 使人心酸眼亮的一剎那，聽得出音樂的調子，但立刻又被重重黑暗上擁來，
> 淹沒了那點瞭解。畫家、文人、作曲家將零星的、湊巧發現的和諧聯繫起來，
> 造成藝術上的完整性。歷史如果過於注重藝術上的完整性，便成為小說了。
> 像威爾斯的《歷史大綱》，所以不能躋於正史之列，便是因為它太合理化了
> 一點，自始至終記述的是小我與大我的鬥爭。

> 清堅決絕的宇宙觀，不論是政治上的還是哲學上的，總未免使人嫌煩。人生
> 的所謂「生趣」全在那些不相干的事。[20]

這段陳述饒有 1970 年代以降流行一時的「新歷史主義」所謂「歷史充滿斷層，歷
史由論述構成，歷史並非對史實單一的紀載」意味的作者自況，儼然與「大敘述」
涇渭分明的態勢，正是她就讀香港大學時期遭逢太平洋戰爭爆發後日軍大舉轟炸香
港的戰火追憶（1939-1941）。[21]即使不夠資格列入正史，但這段於「小我」而言刻

---

19 該文先是發表於 1944 年《天地》月刊第五期，後收入張愛玲的散文集《流言》。

20 張愛玲：〈燼餘錄〉，《流言》（臺北：皇冠出版社，第 17 版，1988 年），頁 41。

21 此文曾日譯刊載於《大陸新報》。見許季木：〈評張愛玲的《流言》〉，陳子善編：《張愛
玲的風氣——1949 年前張愛玲評說》（濟南：山東畫報出版社，2004 年），頁 82。

骨銘心的戰亂餘生錄，始終在張愛玲的作品中縈繞不去，成為現代中國小說史上人人耳熟能詳的文學「正典（典故）」。

　　不同於王韜構成晚清中國史的政論，張愛玲主要在小說中以「不相干」瑣屑事實隱喻歷史。港戰後回到上海淪陷區，她雖曾在聖約翰大學繼續未完學業，不久卻經濟困窘而輟學。生計問題使她朝著職業作家一途努力，她算不得文壇新手，已投稿多篇英文散文到上海稿酬豐厚的英文雜誌《二十世紀》（The 20th Century），頗受德籍編輯克勞斯・梅奈特（Klaus Mehnert）的賞識。在 1943 年初到年底間發表了至少九篇洋洋灑灑的長文及與小品文影評，[22]但在華文藝文圈中，仍屬籍籍無名之輩。接下來是張迷熟知的典故：她提著「兩爐香」拜訪主編周瘦鵑，在復刊後的《紫羅蘭》上分五期連載，從而成為上海文壇耀眼新星的傳奇際遇。[23]前文已述及，也早有學者提出精闢觀點，[24]張愛玲正是靠著三篇一系列中文寫就的香港故事（〈沉香屑：第一爐香〉、〈沉香屑：第二爐香〉、刊登在《雜誌》月刊的〈茉莉香片〉）在滬城文藝圈一舉成名，其豐沛的創作能量一瀉千里，迅速成為滬地文壇箇中佼佼。這三篇小說初試啼聲而一鳴驚人，命名均有「香」字不是偶然，乃作者有意為之。

　　再從創作史編年來看，學界一般認定為張愛玲爐火純青時期的短篇小說力作——1979 年發表於臺灣《中國時報》〈人間副刊〉的〈色，戒〉——中美艷間諜王佳芝即是在香港嶺南大學就讀時被吸收為對日抗戰期間的地下情報人員，此乃

22　計有"Chinese Life and Fashions"（中文本即為〈中國人的生活和時裝〉）；"Wife, Vamp, Child"（〈妻子，蕩婦，孩童〉，即〈借銀燈〉）；"Still Alive"（直譯是〈依然活著〉，中文本更名為〈洋人看京戲及其它〉）；"The Opium War"（〈鴉片戰爭〉，評的是電影《萬世流芳》）；"On the Screen"（《秋之歌》、《浮雲遮月》兩部影片影評）；"Mother and Daughters-in-law"（〈婆婆和媳婦〉，評《自由魂》、《兩代女性》、《母親》等三部片子）；影評專欄「無題」（評李麗華、嚴俊、王丹鳳主演的《萬紫千紅》和劉瓊自編自導自演的《回春曲》）；"China Educating the Family"（〈中國的家庭教育〉，後來收入《流言》的〈銀宮就學記〉）；"Demons and Fairies"（直譯為〈神仙鬼怪〉，中文本即〈中國人的宗教〉）。參見余斌：《張愛玲傳》（臺北：晨星出版社，1998 年修訂版），頁 82-84。

23　周瘦鵑：〈寫在《紫羅蘭》前頭（二則）〉，同註 21，頁 63-65。

24　李歐梵：〈香港，作為上海的「她者」〉，見《讀書》（1998 年 12 月），頁 17-22。

繼〈傾城之戀〉後張愛玲上海／香港雙城故事又一巔峰。甚至若將英文書寫的長篇小說《易經》（中文譯本同步推出）作爲張愛玲小說最後出版的一部雙語著作，訴說的正是小說女主人翁沈琵琶從上海負笈香港大學後遭遇港戰洗禮，身心狀態於爲正式歷經「成年禮」儀式。總結來看，香港魅影可謂在張氏創作生涯中徘徊不去，屢經多重演繹，看似變貌迭生，實則仍根植於家族／自我（小我）的生命體驗。

四、軼／逸／易經：世俗／世故／世變

〈燼餘錄〉文末進一步顚覆大時代敘述與個人之間的關係：

> 時代的車轟轟地往前開。我們坐在車上，經過的也許不過是幾條熟悉的街衢，可是在漫天的火光中也自驚心動魄。就可惜我們只顧忙著在一瞥即逝的店鋪的櫥窗裡找尋我們自己的影子——我們只看見自己的臉，蒼白，渺小：我們的自私與空虛，我們恬不知恥的愚蠢——誰都像我們一樣，然而我們每人都是孤獨的。

在淪陷區以外的抗戰是作爲一個「大時代」展示，而張愛玲個人化的港戰生涯卻只當作一個櫥窗呈現：每一個人都是孤獨的，並沒有什麼統一的意識把人們聯繫在一起，讓人們在心理上誇大群體化、民族化效應，以達到忘記個人的渺小與空虛。戰時的香港是一部變異之書（A Book of Change），但張愛玲強調的是一些「世俗」生活中人際關係的小小變化，她以「世故」態度去應對世界大戰的「世變」。

《易經》的篇章結構至少表明某種「不相干」：前五章仍接續《雷峰塔》，著重描述少女琵琶逃出父親家的囚禁，結束童年歲月，投奔母親，和姑姑三人同住在上海公寓大廈的瑣屑生活。香港對日戰爭完全不是一個決定結構的大事件。在世界範圍的戰爭世變中，張愛玲不忘穿插與父系及母系的女性長輩家常閒話的日子，瑣言碎語間亦不時參雜著家史軼聞的層層揭密：舅舅楊國柱是抱來的；濃眉大眼的弟弟沈陵可能是母親楊露與「教唱歌的義大利人」的骨肉，因此長得「不像中國人」；

而姑姑沈珊瑚則與表姪兒羅明有了亂倫戀情，甚至為資助羅明營救他深陷貪污案的父親，而挪用楊露的半生積蓄，讓一向親密的姑嫂因財務問題起了勃谿。也許，這種穿插才是張愛玲的價值——「世變」中的處變不驚；「世故」眼中常態的「世俗」生活。

　　從《燼餘錄》到《易經》再至《小團圓》，港戰期間的生活被張愛玲一再重寫，然而從未有過「大我」的敘述。她以人物（沈琵琶、盛九莉）的「小我」為基點，藉由與大敘述「不相干」的事情表現「生趣」。這個生趣並未得到張愛玲的進一步闡釋，從她的小說人情表達效果來看，生趣在於：最切近的人際關係生發的糾葛中往往更全面地折射出人性的隱微曲折。

　　占《易經》全書三分之二強的香港戰時生活經驗，有許多情節如沈琵琶從大學資優生成為轟炸空襲中的倖存者、圍城中的饑民，淪陷區教會中臨時充任志工與戰時醫院看護傷患的護士，都可以在散文〈燼餘錄〉與小說〈傾城之戀〉找到線索外，最終能讓琵琶在戰後失序混亂的局面中買到船票順利偕同窗摯友比比逃離香港，竟是她威脅醫院的主事者莫醫生，要將他深夜偷運日軍物資獲致暴利的行徑向日軍總部密告。如果不是從道德上判斷，行此險招也說明了琵琶拚了命也要回到上海的決心。小說接近尾聲時描述，琵琶深怕輪船會被炸沉，卻意外發現竟與持抗日立場的京劇名伶梅蘭芳同船，如人質遭押解般的他是日軍的重要籌碼，或許能保障航行安全。在琵琶竊喜心境中，輪船緩緩繞行經過臺灣，在古名雞籠的基隆港外停泊，來到祖父於晚清中法戰役中敗走之地，令人有歷史輪迴之感。她下船回到上海，在陽光照耀下乘黃包車奔赴姑姑公寓，好像不曾經歷過戰爭一樣。

　　《小團圓》前半部多處情節結構幾乎等於是《雷峰塔》與《易經》中重要橋段的濃縮版：如《小團圓》九莉與母親蕊秋間的愛恨情結，應了張愛玲所謂「所有的女人都是同行」的話，同行相忌，親如母女亦不例外。在《易經》中已屆青春期的琵琶與母親楊露間戰爭的白熱化，乃是楊露在牌桌上一夕之間賭光了女兒的獎學金（八百元）後正式爆發，癥結是楊露斷定這筆款子是大學歷史教授佈雷斯代（《小團圓》中名為安竹斯）付給琵琶的一筆夜渡資，終於徹底摧毀琵琶對母親的愛。

　　在一場巨大的戰爭中，將敘事的焦點放在一筆「錢」上，獲獎之數與賭桌上輸錢數目恰好相等，簡直如明代話本「十五貫」故事之複製，可歎進入世俗之深。再

從這種俗事中俯視母女情感的張力空間，那是一副世故老到的眼光與姿態。無視身邊的世界大戰，專就身邊瑣事做文章，這不由地要想到張愛玲似乎要向被批判的梁實秋們「與抗戰無關論」致敬。

　　張愛玲只是將世界大戰作為個人生活中的一段經驗過程，根本不存企盼要在戰火中獲取個人乃至民族國家的新生。她的人心／人性危機感遠遠強於國家民族。《易經》中的楊露（《小團圓》中的蕊秋）來去香港，表面上只是一次出遊，內裡卻是一場情感徵逐的遊戲，而遊戲的目標往往與她生活的經濟依靠相聯繫，這又與她不復青春年少時留洋過程中的追求一以貫之。一個處處精打細算受過西洋教育的母親，其實只是另一個喝過洋墨水的曹七巧，她始終在九莉耳邊聒噪為她花了多少錢。以至於九莉在戰爭中最大的心願是有朝一日能還清她母親為教育她所投資的錢。九莉在淺水灣送走母親，不無訝異地觀察到她竟然隨身攜帶十數件行李。這「不相干」的行李所藏的是她的箱底，直到她死後才揭開謎底。《小團圓》中敘述嗣後蕊秋又從上海出行，仍是隨身攜帶十幾件行李。最終她死在歐洲，報紙刊載拍賣其遺物的消息，最值錢的是一對不知何朝代的玉瓶。楊露／蕊秋畢生進行的是她沒有家鄉的奧德賽之旅，她教給女兒行為能力的遺產是如何裝行李箱。

　　古董花瓶的「軼事」，蕊秋結交種種不同國籍男朋友的「逸事」，這一切都無關宏旨，都是些「不相干」的瑣事。花瓶只是不虞之計，有那麼一天斷了男人們的貼補，它就是果腹保暖的依靠。一個日漸老去的女人的無窮無盡的行旅，從一地到另一地，從一個男人的臂彎到另一個男人的懷抱，一個接著一個的「易人／易地」，到死為止。她在母女關係上，圍繞這「錢」處理得那樣世俗，她看錢主宰的人際關係那樣地世故，以至於世故地對待足以震動世界的戰爭「世變」。現代中國文學中，有若干個作家會寫戰爭中的國家民族大敘述，也有若干個王韜那樣的知識界人士，在危機感的驅動下寫出種種政論和歷史敘述，只有一個張愛玲會在戰事進行的過程中重視那些「不相干」，因為她相信戰爭不能帶來「生趣」，真正有趣的是人情百態。張愛玲從〈第一爐香〉開始，就寫這種生趣，到《小團圓》而登峰造極。

　　非常遺憾的是，人們總是樂此不疲地把它作為自傳看。然而就如同張愛玲在1960 年代左右進行對《紅樓夢》的考評，對並無大波瀾的前八十回情節中最扣人心弦，亦對寶玉打擊甚深的晴雯之死，花費許多篇幅進行闡析，力主「是創作不是

自傳」一說，反駁自 1920 年代「新紅學」主張《紅樓夢》爲曹雪芹家史自敘而風行一時的「自傳說」[25]一樣，眾多張迷早就習慣將這三部小說與張愛玲十八歲（1938）那年發表在上海《大美晚報》（*Evening Post*）上的 "What a Life! What a Girl's Life! " 英文自傳體散文及中文改寫的〈童言無忌〉、〈私語〉，太平洋戰爭時期的香港經驗〈燼餘錄〉，以及《對照記》相互參詳對照、中英對譯。因此，這張愛玲生前未能出版的小說迄今爲止，大抵仍偏向被視爲張之「自傳」，用以佐證（認證）她的小說人物塑模脫胎的原型，罕有人將它們當成純粹的文學「創作」來看。[26]

　　智勇雙全地買到船票、與梅蘭芳同船及航行過臺灣的情節或許是太過傳奇化，這些細節在 1976 年撰成的《小團圓》中僅輕描淡寫一筆帶過。[27]饒是如此，卻仍帶給我們從創作的視角全面評估張愛玲小說「香港成分」的重要契機，已逾不惑知命之年的小說家未嘗不是再度回應早年在〈燼餘錄〉所言：回憶「不相干的事」最是生趣盎然，家史不妨與「街談巷議」等量齊觀，國事往往與「道聽塗說」眞假莫

---

25 「寶玉大致是脂硯的畫像，但是個性中也有作者的成份在內。他們共同的家庭背景與一些紀實的細節都用了進去，其間或有作者的親身的經驗，如出園與襲人別嫁，但是絕大部份的故事內容都是虛構的。延遲元妃之死，獲罪的主犯自賈珍改爲賈赦貫政，加抄家，都是純粹由於藝術上的要求。金釧兒從晴雯脫化出來的經過，也就是創造的過程。黛玉的個性輪廓根據脂硯早年的戀人，較重要的文字卻都是虛構的。正如麝月實有其人，麝月正傳卻是虛構的……紅樓夢是創作，不是自傳性小說」。張愛玲：《紅樓夢魘》（臺北：皇冠出版社，1987 年第9 版〔初版於 1977 年〕），頁 254-255。相關論述參見拙作〈五詳《紅樓夢》，三棄《海上花》？——張愛玲與中國言情文學系譜的斷裂與重構〉，《華文文學》總第 102 期（2011 年1 月），頁 43-57。

26 幾個著名的例外爲：1.王德威在 2004 年對張愛玲晚期風格的詮釋：重複、迴旋與衍生的敘事學，以此解釋後來出土的《小團圓》、*Fall of the Pagoda* 與 *The Book of Change* 三部小說。見王德威：〈張愛玲再生緣——重複、迴旋與衍生的敘事學〉，劉紹銘、梁秉鈞、許子東編：《再讀張愛玲》（濟南：山東畫報社，2004 年），頁 7-19。另見王德威：〈雷峰塔下的張愛玲〉，《印刻文學生活志》第 86 期（臺北：印刻文學生活雜誌出版社，2010 年 10 月號），頁 72-93；2.蘇偉貞在〈連環套：張愛玲的出版美學演繹：以 1995 年後出土著作爲文本〉雖不脫將張愛玲的小說與自傳相互參詳的詮釋模式，但偏向以文學創作的藝術價值予以定位。見林幸謙主編：《張愛玲：傳奇・性別・系譜》（臺北：聯經出版公司，2012 年），頁 719-752。

27 《小團圓》中九莉的情人燕山第一次主演「金碧霞」，扮相像梅蘭芳。引出九莉當年從香港搭日本船回上海的回憶。見《小團圓》（臺北：皇冠出版社，2009 年），頁 283-284。

辨，到頭來都成了「沒有系統的，像七八個話匣子同時開唱，各唱各的，打成一片混沌」的小道八卦或軼聞逸話。唯有扮演自我生命的「易容師」，將小我私史與人際關係擷長掐短、變形整容、排列組合，最後更效巫師算命卜筮行徑，以不同的語言符號自行飜譯或演繹命運的多重變奏，方能在天災人禍頻仍的世界裡覓得一息生機。

就如琵琶在戰火延燒的宿舍樓梯上一堆沒人清理的棄置書籍中挖寶：

> 多半是教科書，有中文的，《孔子》、《老子》、《孟子》。她想找《易經》，據說是西元前十二世紀周文王所作，當時他因於羑里，已是垂垂老矣，自信不久便會遭紂王毒手。這是一本哲學書，論陰陽、明暗、男女，彼此間的消長興衰，以八卦來卜算運勢，刻之於龜甲燒灼之。她還沒讀過，五經裡屬《易經》最幽秘玄奧，學校也不教，因為晦澀難懂，也因為提到性。《老子》也不在她的課外書之列，唯讀過引文，終於讓她找著了一本。《老子》是亂世的賢哲，而中國歷史上總是亂世多於治世。[28]

既然「亂世多於治世」，那就世故地看待世變吧！女子在兵燹廢墟中持著道家經典《老子》一書的形象翦影，彷彿讓我們看見張愛玲中晚年在不斷重複書寫個人生命史的自我療癒或自我耽溺的過程中，終於尋得亂世中安身立命之「道」……

五、結語

「一陰一陽之謂道」，陽剛之「大我」歷史敘述如王韜的香港報紙政論，陰柔之「小我」瑣屑全與歷史「不相干」，僅得其一面皆為片面。幸而王韜的上海才子底色時時筆涉「不相干」，他的東瀛之旅也不無瑣屑，甚而不乏香豔行徑，常引發衛道人士的批評；張愛玲筆下的楊露／蕊秋更應視為一個大敘述，中國近現代文化轉型中一個卓絕漂泊的新女性曲折經歷自有其代表性意義，即使她最終蛻化到寄生

---

28 同註18，頁288。

的境地中去了，彷若又是一個「五四遺事」故事。王韜抑或張愛玲，並不是造化定型，他們都是「易」的產物。

不容誇張他們二人的筆下能夠經天緯地，但至不濟也是其自家的《易經》。王韜式的歷史觀與敘述代不乏人，張愛玲成了當代文學家的祖師奶奶，卻找不到一個酷肖子孫。

我的以香港為證的文化地理與歷史書寫不同時段的並置，是大敘述，還是「不相干」，更或是展示「易」象？說不出為何卦象，就算是一點學術的「生趣」 也好！

【本論文乃科技部專題研究計畫「才子、筆政、通人：晚清民初『海上』知社群的思想特徵與文化實踐（計畫編號：NSC102-2410-H-008-072-MY2）」之部分研究成果。】

徵引文獻

一、古籍

（日）栗本鋤菴著，日本史籍協會編：《鋤菴遺稿》（東京：東京大學出版會，1975 年）。

清‧王韜：《王韜日記》（臺北：中華書局，1987 年）。

清‧王韜：《弢園文錄外編》（上海：上海書店出版社，2002 年）。

清‧王韜：《漫遊隨錄圖記》（濟南：山東畫報社，2004 年）。

二、近人論著

（德）費南山：〈遁窟廢民：香港報業先鋒──王韜〉，林啓彥、黃文江主編：《王韜與近代世界》（香港：香港教育出版社，2000 年），頁 313-336。

Lauren F. Pfister, *Striving for the Whole Duty of Man: James Legge and the Scottish Protestant Encounter with China* (Frankfurt am Main & New York: Peter Lang, 2004）.

Norman J. Girardot, *The Victorian Translation of China: James Legge's Oriental Pilgrimage* （Berkeley, CA: University of California Press, 2002）.

王德威：〈張愛玲再生緣──重複、迴旋與衍生的敘事學〉，劉紹銘、梁秉鈞、許子東編：《再讀張愛玲》（濟南：山東畫報社，2004 年），頁 7-19。

王德威：〈雷峰塔下的張愛玲〉，《印刻文學生活志》第 86 期（臺北：印刻文學生活雜誌出版社，2010 年 10 月號），頁 72-93。

王曉秋：〈王韜日本之遊補論〉，《王韜與近代世界》（香港：香港教育出版社，2000 年），頁 395-408。

余斌：《張愛玲傳》（臺北：晨星出版社，1998 年）。

呂文翠：〈五詳《紅樓夢》，三棄《海上花》？──張愛玲與中國言情文學系譜的斷裂與重構〉，《華文文學》總第 102 期（2011 年 1 月），頁 43-57。

忻平：《王韜評傳》（上海：華東師範大學出版社，1990 年）。

李歐梵：〈香港，作爲上海的「她者」〉，《讀書》（1998 年 12 月），頁 17-22。

周瘦鵑：〈寫在《紫羅蘭》前頭（二則）〉，陳子善編：《張愛玲的風氣——1949 年張愛玲評說》（濟南：山東畫報社，2004 年），頁 63-65。

夏曉虹：《返回現場：晚清人物尋蹤》（南昌：江西教育出版社，2002 年）。

夏曉虹：〈才子、名士與魁儒——說王韜的「豪放」〉，陳平原、夏曉虹著：《同學非少年：陳平原夏曉虹隨筆》（西安：太白文藝出版社，2005 年），頁 233-242。

張愛玲：《紅樓夢魘》（臺北：皇冠出版社，1987 年）。

張愛玲：《流言》（臺北：皇冠出版社，1988 年）。

張愛玲：《小團圓》（臺北：皇冠出版社，2009 年）。

張愛玲著，趙丕慧譯，《易經》（臺北：皇冠出版社，2010 年）。

許季木：〈評張愛玲的《流言》〉，陳子善編：《張愛玲的風氣——1949 年前張愛玲評說》（濟南：山東畫報社，2004 年），頁 81-84。

蘇偉貞：〈連環套：張愛玲的出版美學演繹：以 1995 年後出土著作爲文本〉，林幸謙主編：《張愛玲：傳奇・性別・系譜》（臺北：聯經出版公司，2012 年），頁 719-752。

蘇精：〈從英華書院到中華印務總局——近代中文印刷的新局面〉，《王韜與近代世界》（香港：香港教育出版社，2000 年），頁 299-312。

三、報刊

《循環日報》微縮資料（香港：循環日報社，東京：國立國會圖書館）。

造個新鮮的太陽——郭沫若早期作品中的表現主義色彩

方婉禎

明志科技大學通識中心兼任助理教授

摘　要

　　在五四時期新文學作家追求「吸納新潮，脫離舊套」的浪潮裡，郭沫若是熱烈響應前衛試驗的旗手之一。詩作《女神》所表現吞吐宇宙的狂飆氣勢，可說是五四文學之中傳達個性解放的最強音。作品所散發的強烈情感與奇思異想，使得歷來研究者慣於以浪漫主義定位郭沫若的美學思想。然而，筆者認為郭沫若於二〇年代前半期完成的作品，同時蘊含著表現主義的創作觀，並且這一創作觀促進作家由膨脹的個人到提倡無產階級文學的轉化，由人的解放走向民族的解放。觀察郭沫若的論述與創作，本論首先由《創造十年》的回憶錄以及《湘累》劇作，論證這一階段的文藝思想，郭沫若以內在的精神力量，情感強度的表現，會通歌德與表現主義，並藉此微觀自身的內在世界，因而創造了《湘累》中的屈原角色。其次，郭沫若談論文學的本質屬性時，引用德國評論家的說法，主張創作不是「再現」，而是「表現」的人為醞釀過程。「藝術家應該做自然的老子」，進行主觀地創造而非客觀地模仿。表現主義透過文藝作品傳達內心的幻象，不是模仿或複製現實，而是以重新創造的方式捕捉現實的真實本質。《女神》所體現的泛神論世界觀，正是郭沫若以極端自

我的視角所編碼的新世界。最後，郭沫若主張文學應當具備干預現實的政治性，革命家與藝術家是一體兩面，藝術的殉教者之外，也應當是人類社會的改造者。德國表現主義者大多是反對中產階級、堅持無產階級解放的左翼知識份子。他們積極地試圖以藝術干預政治、改造生活的態度，引起郭沫若的強烈共鳴。換言之，他先成為文學上的表現主義者，而後才是思想上的馬克思主義者。

關鍵詞：郭沫若、表現主義、主觀唯心論、泛神論、新人、再現

　　歷來創造社在中國文學史上多被視為「以浪漫主義為宗旨的社團」，學界也形成：寫實主義的文學研究會與浪漫主義的創造社二者對峙的固定思維[1]。然而，這一定位不僅引起郭沫若本人抗議被貼標籤，加諸郭沫若早期作品在思想內涵與文學表現的豐富多樣，近年來多位中外學者分別由不同視角，嘗試捕捉郭沫若的文學面貌，其中值得注意的面向即是表現主義。其中包括徐行言、程金城合著的《表現主義與20世紀中國文學》、高利克（Marián Gálik）撰著《中國現代文學批評發生史1917-1930》、以及杜博妮（Bonnie S. McDougall）的《西方文學理論進入現代中國緒論 1919-1925》，都以表現主義的觀點，剖析郭沫若的文學批評與作品實驗。不過，高利克與杜博妮都是針對文學批評的部分加以探論，而徐行言、程金城的專著所研究的範圍是整個二十世紀的中國文藝現象，其中一節即使就郭沫若的新詩進行研究，與惠特曼（Walt Whitman,1819-1892）、德國表現主義詩人作品並置，卻流於表面的觀察，無法凸顯郭沫若早期詩歌的表現主義特色。本文所指的「早期」即是1924年郭沫若東渡日本之前的階段，也就是二〇年代前半期。他翻譯了河上肇的著作《社會組織與社會革命》之後，思想上發生急遽的改變，「成了個徹底的馬克思主義的信徒了」[2]，覺悟後的郭沫若在發展革命文學理論的同時，毅然拋卻先前的文藝主張，結束早期複合而雜陳的綜合形態[3]。處於東西文化交流激盪的五四時期，郭沫若對於西方文藝思潮的接收與轉化，呈現駁雜複合的面貌。雖然高利克將其早期文學批評所顯露的思想，區分為唯美印象主義與表現主義，但是，筆者認為成為馬克思主義信徒之前的郭沫若，其文藝觀點是由浪漫主義、佛洛依德、尼采等多條支流匯聚而成，本文無意否定這些面向，而是藉由郭沫若的創作、文學批評與回憶錄，指出其表現主義的色彩。

1　例如：1939 年出版李何林的《近二十年中國文藝思潮論》，直到 1950 年之後王瑤的《中國新文學史稿》，都以「為藝術而藝術」、「浪漫主義」的觀點來看待創造社。俞兆平：《浪漫主義在中國的四種範式：魯迅、沈從文、郭沫若、林語堂》（桂林：廣西師範大學出版社，2011 年），頁 103-110。

2　郭沫若：《郭沫若全集》第 16 卷（北京：人民文學，1989 年），頁 10。

3　伍世昭認為郭沫若早期詩學所受的西方影響，包括浪漫主義、表現主義、佛洛依德主義、尼采學說與柏格森的生命哲學。伍世昭：《郭沫若早期心靈詩學》（上海：上海文藝出版社，2003 年），頁 58-89。

　　郭沫若早期作品之中，《女神》以其氣吞宇宙的狂飆氣勢與奔放叫喊，成為五四文學傳達個性解放的最強音。徐行言與程金城的研究認為：

> 它們的表現主義的色彩勝於一般意義上的浪漫主義。在思想意識和精神特質上，詛咒和破壞舊物，呼喚創造精神，極力誇大自我力量，蔑視一切威權、傳統和偶像；在藝術風格上，採用象徵、誇張、變形的方法，無視傳統藝術規範，詩歌格式上的隨意、重複，語言的粗獷等等，都與表現主義的藝術特徵十分吻合。文學史家已有定評的《女神》"火山爆發式的激情，狂濤巨浪般的氣勢"的藝術特色，與表現主義更為切近。[4]

由母題上批判傳統、重視創造，以及文字的粗獷、風格的變形，主張較之於浪漫主義，《女神》更為接近表現主義。在觸及浪漫主義與表現主義的異同之時，認為二者之間具有接續的傳承關係，然而，就「宣洩情感的強烈程度、形式的非理性與非邏輯化、觀念性主題和寓言情境諸點上，後者顯然突破了前者」[5]。換言之，表現主義是浪漫主義的深化與強化。然而，筆者認為就西方文藝思潮的發展而言，二者雖然都以熱烈的感情反對冷酷的理性，但是歷經第一次世界大戰浩劫的表現主義，與浪漫主義對抗啟蒙運動的背景，二者的歷史語境、美學手法甚至是認識論的差異，已非強化與深化的關係可以概括。本文試圖由郭沫若的文學評論與實踐，闡釋其早期作品所蘊含的表現主義思想內涵與美學特色。

一、由內而外

　　根據杜博妮觀察 20 年代中國文壇引進西方前衛文學理論的情況，她認為創造社雖然沒有像《小說月報》或《東方雜誌》，出現表現主義或未來主義的相關評論或

4　徐行言、程金城：《表現主義與 20 世紀中國文學》（合肥：安徽教育出版社，2000 年），頁 107-108。

5　同上註，頁 258。

譯著，但是創造社諸子卻是以參與者而非旁觀者的立場，加入當時國際性的文藝思潮，換言之，郭沫若與郁達夫都自視爲跨國流動前衛藝術的一部份，攻擊以文學研究會爲代表的寫實主義。其中又以郭沫若最熱情地回應前衛思潮的召喚，由於泰戈爾（Rabindranath Tagore,1861-1941）、惠特曼與歌德（Johann　Wolfgang von Goethe,1749-1832）的影響，使得郭沫若早期的文學觀，主張藝術應是作家主觀情感的表現，並且藉由歌德連繫他對表現主義的認識[6]。《創造十年》（1932）的回憶錄裡，郭沫若敘述當時翻譯《浮士德》的情況，他將這個階段的創作視做歌德式的影響，除了歌德的作品之外，催化這個影響的還有新浪漫主義（Neo-Romanticism）與表現主義（Expressionism），他提及：

> 特別是表現派的那種支離滅裂的表現，在我的支離滅裂的頭腦裡，的確是得到了它的最適宜的培養基（Naehrboden），妥勒爾的“轉變”，凱惹爾的“加勒市民”，是我最景仰的作品，那一派的人有多少是崇拜歌德的，特別把歌德的“由內而外”（Von Innen nach Aussen）的一句話作爲了標語，在把浮士德第一部譯過了之後的我，更感覺著了骨肉般的親熱。[7]

文中「支離滅裂的頭腦」指的是郭沫若爲精神衰弱的症狀所困，由於媒妁婚姻的失敗、東京生活的積勞之遠因，以及就讀第六高等學校醫科與興趣不符、課堂聽講爲重聽所苦的近因，造成他失眠、胸痛、頭痛暈眩等身心上的痛苦[8]。《浮士德》正是作家在此身心狀態下投了他的嗜好。凱惹爾（Georg Kaiser）與妥勒爾（Ernst Toller）是著名的表現主義劇作家，《加勒市民》（*The Burghers of Calais*）捨身取義的新人（New Man）形象，《轉變》（*Transfiguration*）裡主角所經歷的懵懂愛國者到熱情革命家的轉變，不僅鼓舞身心俱疲的郭沫若，也預言他未來的路向。

6　Bonnie S. McDougall, *The Introduction of Western Literary Theories Into Modern China 1919-1925.*（Tokyo: The Centre for East Asian Cultural Studies, 1971），pp.191-197.

7　郭沫若：《創造十年》（香港：匯文閣書店，1972 年），頁 94-95。

8　David Tod Roy, *Kuo Mo-jo:The Early Years.*（Cambridge, Massachusetts: Harvard University Press, 1971），PP.59-60.

在這段憶文裡，郭沫若透露了他連結歌德與表現主義的基礎正是「由內而外」，亦即反對理智與現實的束縛，以心理活動爲優先的價值觀。浪漫主義將情感作爲認識論的起點，唯有情感爲藝術家所獨佔，才是一切創造力的泉源。正如郭沫若爲《少年維特的煩惱》所寫序文裡，言及自身與歌德思想的共鳴之一是「主情主義」，亦即相較於理智，感性才是眞正的價值所在：「他智所能知，什麼人都可以知道，只有他的心才是他自己所獨有。他對於宇宙萬匯，不是用理智去分析，去宰割，他是用他的心情去綜合，去創造」 [9]。作品訴諸情感表現的自由奔放甚至是氾濫，其中天人合一的綜合，也是以情感的出發點去進行創造。然而，相較於浪漫主義懷疑、逃避社會現實，親近崇高而原始的自然，表現主義對於包括自然在內的一切外在現實，卻是抱持抽離與質疑的態度。這一主觀唯心論的世界觀，嚴厲抨擊自然主義與印象主義受制於外在現實，停留於膚淺的表象，並且進一步指出外在現實的虛構性質。正如賓薩斯（Kurt Pinthus）所言：「我們之外的任何一切事物皆非眞實，當我們藉助精神力量將它轉化爲眞實時才首度爲眞」 [10]，藝術家應當以飽滿的精神穿透力、感情的強烈與爆炸力去戰勝現實，掌握本質。另一位表現主義運動大將埃德施密特（Kasimir Edschmid）也有相似的看法：

> 作爲外在現實而出現的東西不可能是眞實的。眞的現實一定要由我們去創造，事物的意義一定要加以挖掘。不要滿足於人們所信奉的、臆斷的、標示出來的事實。一定要純粹地，不加歪曲地反映世界的形象，而這一形象只存在於我們自身。 [11]

重複外在世界是毫無意義的，表現主義認爲藝術的職責在藉由震顫的效果，直抵事物的核心，探尋現實的普遍性原則並重新創造世界，其所根據的不是因果、道德或

---

9 嚴家炎編：《二十世紀中國小說理論資料》（北京：北京大學出版社，1997 年），頁 206。

10 Richard Murphy, *Theorizing the Avant-Garde: Modernism, Expressionism, and the Problem of Postmodernism.*（U.K. Cambridge: Cambridge University Press, 1999），p.57.

11 卡·埃德施密特：〈論文學創作中的表現主義〉，袁可嘉等編選：《現代主義文學研究》（北京：中國社會科學出版社，1989 年），頁 434。

邏輯，而是內在的精神力量，訴求情感強度的表現。

　　羅伊（D. Roy）認為郭沫若在歌德影響下，所作的詩劇：《棠棣之花》、《女神之再生》、《湘累》與《孤竹君之二子》，其實驗性質符合了表現主義戲劇，以觀念的傳達替代戲劇動作、人物以典型替代個性、稀釋的背景以及毫無心理發展等特點。[12]《湘累》即表現了郭沫若如何將歷史人物－屈原，加以抽象化成為精神病態的類型，憑藉屈原的軀殼訴說當時自己的生活實感。歷史上心懷國事、滿腔憂憤的屈原，成為精神瘋癲、意識錯亂、幻妄叢生的憔悴之人。他誤識自身為舜，將遭楚王冷落流放的際遇投射予舜，陳述被禹流放異鄉的苦楚：「他辛勤了八年，果然把洪水治平了。天嚇得人都讚講他的功勞，……所以我才把帝位禪讓給了他。啊，他卻是為了什麼？他，他為什麼反轉又把我逐放了呢？…我真好苦呀」[13]！不僅是意識顛倒錯亂，文中屈原進一步描繪他精神病態的癥狀：

> 我的腦袋便成了一個灶頭；我的眼耳口鼻就好像一些烟筒的出口，都在冒起煙霧，飛起火星起來，我的耳孔裡還烘烘地只聽著火在叫；灶下掛著的一個土瓶──我的心臟──裡面的血水沸騰著好像乾了的一般，只迸得我的土瓶不住地跳跳跳。[14]

以燃燒正烈、火星迸飛的爐灶，燒著水早已蒸散的土瓶，比喻身心焦灼、煩躁欲狂的心理狀態。作者還運用話語的復沓，具體表現無法抑止的紊亂躁狂：

> 我這麼正直通靈的人，我能忍耐得去學娼家慣技？……我能把我的生命，把我至可寶貴的生命，拿來自行蹂躪，任人蹂躪嗎？我效法造化底精神，我自由創造，自由地表現我自己。我創造尊嚴的山岳、宏偉的海洋，我創造日月星辰，我馳騁風雲雷雨，我萃之雖僅限於我一身，放之則可氾濫乎宇宙。[15]

12　同註8，p.97.
13　郭沫若著，陳永志校釋：《《女神》校釋》（上海：華東師範大學出版社，2008年），頁20。
14　同上註，頁21。
15　同上註，頁23。

以主詞加動詞的排比句法，也就是作者所說的定型語言（stereotypical language），同義反覆地堆疊積累的句型，傳達屈原「深心中海一樣的哀愁」。整部詩劇主要由女須與屈原之間的對話構成，然而，女須的簡短話語在整個作品所佔的位置可說是無足輕重，可說是爲了鋪陳屈原瘋癲倒識的冗長獨白而存在。劇作將洞庭湖場景、妙齡女子的合唱、女須性格等加以壓縮減除，以便釋放屈原憂愁鬱結的心理能量。同時，屈原這一主角的心理歷程或性格刻畫也被簡化到原型的神話模式，讀者所見的是滿腔煩憂、欲投水尋求解脫的憔悴老者。換言之，郭沫若試圖在屈原身上刻畫的其實是瘋癲的原型，他透過屈原展現自身對於精神病理學的觀察，這個觀察不只是出於一個醫科學生的知識生產，同時也是他自我檢視當時飽受精神衰弱之苦的身心症候：

> 我雖然不曾自比過歌德，但我委是自比過屈原。就在那一年所做的"湘累"，實際上就是"夫子自道"。那裏面的屈原所說的話，完全是自己的實感。……我當時實在是有些燥性狂的徵候，領著官費，養著老婆兒子，實際上不外是一條寄生蟲的我。[16]

媒妁婚姻導致家庭裂痕、想要棄醫從文卻不得妻子認同等因素，造成郭沫若身心上的痛苦，油生萬般不由己、天地竟無容身之處的慨嘆，因此，藉《湘累》直抒胸臆煩躁焦灼之苦。正如劇中屈原復沓的獨白所示，尊嚴的山岳、宏偉的海洋、日月星辰與風雲雷雨，皆由我所造造。一切自然事物，無非經由作者想像的創造力示現，這一概念呼應浪漫主義對於創作者位置的高度肯定，而表現主義也有相近的思考，正如賓薩斯提醒作家：「我們不要把微觀世界投影和結合到這個世界裡去，而要把宏觀世界投影和結合到我們的微觀世界中來。從膨脹到凝聚！不是官能的震撼，而是靈魂的震撼」[17]！內在的微觀世界才是眞實的核心，一切外在的宏觀世界，不過是以內在爲光源的投影與再現。依此，《湘累》劇中所創造的屈原角色，正是當時

16　同註 7，頁 96-97。

17　同註 11，〈論近期詩歌〉，頁 411。

幾近癲狂的作家投影，郭沫若試圖捕捉的不是歷史洪流中的屈原性格，而是自身焦灼鬱結的精神狀態，而他所依恃的正是內在奔湧氾濫的情感力量。

　　郭沫若將歌德與表現主義連結的作法，可說有理論上的根據。表現主義的旗手之一巴爾（Hermann Bahr），在專著《表現主義》裡（*Expressionism*,1914），便將表現主義運動視為歌德主觀論（subjectivism）的延伸，這一主觀論以郭沫若的說法而言就是主情主義。由郁達夫對巴爾此書的瞭解程度，以及郭沫若與郁達夫的密切往來，高利克甚至認為郭沫若本身即熟悉此一著作[18]。然而，如果將郭沫若此時的思考，放到他整體思想發展的脈絡來看，當郭沫若徹底成為馬克思主義的信徒之後，歌德便是他亟欲擺脫的不良影響。此外，雖然青年郭沫若嗜讀司各特（Walter Scott）《艾凡赫》（*Ivanhoe*）等英雄主義色彩濃厚的浪漫小說[19]，但是，青年郭沫若也注意到 1917 年蘇俄十月革命，由〈我們的新文學運動〉（1923）一文，呼籲作家起身「反抗資本主義的毒龍」，打破資產階級因襲樣式的劣根性，「要如火山一樣爆發，要把一切的腐敗的存在掃蕩盡，燒葬盡，迸射出全部的靈魂，提供出全部的生命……要以生命的炸彈來打破這毒龍的魔宮」[20]。這一融化一切外來之物的「自我」，並非浪漫主義裡訴諸個人反抗、孤獨而悲壯的英雄，而是在赤光之中，與被壓迫者相見，與群體一同到民間的新人。

二、現與再現

　　郭沫若早期作品的新人形象，通常是銘刻在一個以泛神論為基礎的太陽宇宙，這個宇宙反映了五四運動時期，知識份子渴求破舊立新的心理，也是郭沫若表現自

18 高利克：〈郭沫若：從唯美印象主義到無產階級批評〉，陳聖生等譯：《中國現代文學批評發生史 1917-1930》（*Genesis of Modern Literary Criticism 1919-1930*）（北京：社會科學文獻出版社，1997 年），頁 39。

19 高利克：〈郭沫若的《女神》：與泰戈爾、惠特曼、歌德的創造性對抗〉，伍曉明、張文定等譯：《中西文學關係的里程碑 1898-1999》（*Milestones in Sino-Western Literary Confrontation 1898-1999*）（北京：社會科學文獻出版社，1997 年），頁 37-38。

20 同註 2，頁 4-5。

我的獨特方式。作家所創造的新世界,是一與一切的相互融合、破壞與生成流轉不息的萬匯轉徙。郭沫若所接觸的泛神論思想可謂中西兼具、混合駁雜。他經由研究王陽明的思想,加上早晚例行的靜坐,徹悟這個萬物流轉不息的形上世界。之後由此起點,貫穿老莊思想、印度《奧義書》、乃至於歐陸思想家斯賓諾莎[21](Baruch Spinoza)。〈三個泛神論者〉一詩即是詩人由詩歌的方式,表達對於哲人的喜愛與讚揚。

　　就早期作品而言,以《女神》最爲鮮明地體現郭沫若心目中,萬匯生息的泛神論世界觀,加諸修辭所表現的雷霆萬鈞、吞吐山河的雄渾氣勢,特別引人注目。郭沫若曾經自述創作《女神》之時,美國詩人惠特曼對他的影響:「尤其是惠特曼的那種把一切舊套擺脫乾淨了的詩風和五四時代的暴飆突進精神十分合拍,我是徹底地爲他那雄渾豪放的宏朗的調子所動蕩了」[22]。由於閱讀《草葉集》所引起的共鳴激盪,使得郭沫若生產了〈立在地球邊上放號〉、〈鳳凰涅槃〉、〈天狗〉等陽剛而粗暴的詩作。將《女神》與《草葉集》相較,除了挪用惠特曼排比的鋪陳與呼告(apostrophe)手法之外,二者的語調顯然不同。較之於惠特曼磅礡宏肆,郭沫若則在豪放之外,更顯得粗暴露骨,而遭當時評論人嫌棄《女神》的「粗、直、露」[23]。然而,這一張狂肆放的呼喊語調,是體現《女神》蘊含之物力論(dynamism)的結果。不同於神秘主義的泛神論訴諸靈魂的會通,對郭沫若而言,「力」才是創生萬匯的本源,其具體表現也就是詩人經常歌頌的對象-太陽。正如高利克所言:

> 他是從對於太陽的一種現代科學解釋出發的。他的太陽是我們太陽系中最巨大的"實體",它雖然沒有生命,卻是地球的光與熱、能量與生命的來源。在創作其太陽頌歌時,郭沫若承認存在著一個"無始無終"的單一實體,但他可能並不相信一個"全能全智"的上帝。[24]

21　同註 19,頁 39-40。
22　同註 13,頁 67。
23　同上註,頁 90。
24　同註 19,頁 46。

由現代科學的角度而言，太陽是唯一最巨大的實體，同時能量藉由這個實體遍布宇宙萬物、周流一切，因此，太陽是一也是一切。就泛神論的思想形態探討，則郭沫若較爲接近王陽明心物一體的學說，神與自然二者，他認爲神優先於自然：「一切的自然只是神的表現，自我也只是神的表現。此力即是創生萬匯的本源，……自我之擴張，以全部精神以傾倒於一切」**25**。換言之，郭沫若的泛神論思想仍是以唯心主義作爲基礎。

　　由心物合一的唯心主義爲基礎，郭沫若得以創造一個屬於現代的神話，這個神話宣告傳統舊世界的毀滅，新鮮的太陽正蓄勢等待群眾的創造，詩劇〈女神之再生〉即可爲證。開場由三位女神走下壁龕，敘述武夫蠻伯惡鬥交戰、罪惡之聲交鳴的舊世界，同時預示「新造的葡萄酒漿不能盛在那舊了的皮囊，……不能再在這壁龕之中做甚神像」！破敗的舊世界必須徹底毀滅、與之決裂，「爲容受你們的新熱、新光，我要去創造個新鮮的太陽」！繼而刻畫顓頊與共工爲奪天下權位殺戮戰場，共工在節節敗退的頹勢下，命黨徒們撞破北方天柱－不周山，引起電火雷鳴、天蓋傾倒、黑煙四起，顓頊、共工及其黨徒全部覆滅，天地沈入一片渾沌的黑暗，漆黑中傳來女神們的聲音，敘述破裂敗壞的舊世界已不中用，不值得五色彩石拼補，取而代之的是遍照天球內外的新造太陽，齊聲合唱歡迎萬千金箭的熱烈新陽。然而，劇本並非結束在黑暗中女神們的歡唱，在此作者以後設的手法，安排舞台燈光一亮，白幕前舞台監督登場，告知台下觀眾莫再枯坐苦等光明，「諸君，你們要望新生的太陽出現嗎？還是請去自行創造來」**26**！這一製造審美距離的疏離效果，不僅破壞觀眾沈浸神話世界的幻覺，同時也是作者藉舞台監督的角色，呼籲群眾與其坐而渴慕光明，不如起而創造新陽。這個新陽所投射的熾熱膨脹的自我，不是浪漫主義裡孤獨悲壯的英雄，也並頌揚全知全能的唯一眞神，而是一個秉持著無產階級精神，預備與世界各地被壓迫民族團結合作的新人。泛神論爲底蘊的太陽，是一也是一切，以力或者火的形式，遍布天地萬物，是熱情澎湃的郭沫若自我，也是郭沫若所期待的、揭竿起義反抗資本主義這條毒龍的底層人民。

---

25 同註 9，頁 206-207。

26 郭沫若：《郭沫若全集》第 1 卷（北京：人民文學出版社，1989 年），頁 8、14。

　　由於心物之間的內外一體、融合為一。詩人內在熱烈的精神，與太陽所象徵的宇宙能量，能夠相互交流、匯聚合一為力的展現。例如：〈筆立山頭展望〉：

　　　　大都會的脈搏呀！
　　　　生的鼓動呀！
　　　　打著在，吹著在，叫著在，……
　　　　噴著在，飛著在，跳著在，……
　　　　四面的天郊烟幕朦朧了！
　　　　我的心臟呀，快要跳出口來了！
　　　　哦哦，山岳的波濤，瓦屋的波濤，
　　　　湧著在，湧著在，湧著在，湧著在呀！
　　　　萬籟共鳴的 Symphony，
　　　　自然與人生的婚禮呀！
　　　　彎彎的海岸好像 Cupid 的弓弩呀！
　　　　人的生命便是箭，正在海上放射呀！
　　　　黑沉沉的海灣，停泊著的輪船，進行著的輪船，數不盡的輪船，
　　　　一枝枝的煙筒都開著了朵黑色的牡丹呀！
　　　　哦哦，二十世紀的名花！
　　　　近代文明的嚴母呀！

由「打著在、跳著在」六個電報式的排比句型，凸顯都會生活運轉的進行式，應和著郊外煙幕朦朧、工業蓬勃進展的節奏，由此聆聽都會節奏的我不禁受其感染，心臟即將跳出口來。接著突然將視角放大至整個開闊的都會與自然，山岳與屋瓦正似波濤一般洶湧浩蕩，體現自然與人生共鳴的和諧無間。最後，輪船熙來攘往發展媒鐵事業，其排放的黑煙猶如一朵朵黑色牡丹，盛讚它是近代文明的嚴母。較之於浪漫主義對原始自然的敬畏與崇尚，郭沫若此詩卻傳達他對工業文明、都會發展的讚揚。郭沫若對於科學是抱持著肯定，甚至是崇奉的態度，由他發表的〈論中德文化書－致宗白華兄〉一文，把第一次世界大戰的起因歸咎於資本主義，或云「資本主

義下的科學文明可詛咒，科學文明自身不可詛咒」[27]。俞兆平認為 1930 年之前中國
文壇所接收的浪漫主義，是以盧梭（Jean-Jacques Rousseau）學說為主，盧梭將科學
視作危害自然與人性的巨大威脅，由於郭沫若無法認同盧梭敵視科學的態度，因而
選擇了表現主義[28]。至於德國表現主義作家對待科學的態度，可說是複雜不一，雖
然許多作家反對工業化及都會文明所虛構的現實，對於人性的扼殺，不過也有如布
萊希特（Bertolt Brecht）對柏林城市的機械和技術，予以讚美的聲音。撰寫《女神》
之時的郭沫若尚未成為馬克思主義的信徒，較之於馬克思、恩格斯，數理邏輯家羅
素（Bertrand Arthur）與優生學家高爾頓（F. Galton）的學說，更為吸引他[29]。由浪
漫主義反抗科學理性、工業文明的意圖，對照青年郭沫若的思想內涵除了傳統哲學
之外，還包括了新穎的科學發現，我們於此可以觀察到郭沫若與浪漫主義之間的歧
出，以及因此接近表現主義的可能。

　　高利克研究二〇年代郭沫若所從事的文學批評，即認為 1923 年發表的文學評論
體現了表現主義的精神。除了郭沫若為《創造周報》所寫的發刊詞：〈創世工程之
第七日〉的結尾，呼喊著「我們是要重新創造我們的自我。我們自我創造的工程」，
展現自我更新的企圖之外，最為研究者津津樂道的是〈文藝的生產過程〉一文裡，
郭沫若引用朗慈伯格教授（Prof. Landsberger）所言：「藝術是現，不是再現」（Kunst
ist Gabe, nicht Wieder）。根據高利克考證這句話的來源是表現主義刊物《狂飆》（Der
Sturm）的發行者瓦爾登（Herwarth Walden）之筆[30]。郭沫若解釋藝術製作的生產過
程中，現與再現的意涵：

　　　　什麼是現？這是從內部發生，這是由種子化而為樹木，由雞卵化而為雞雛。
　　　　什麼是再現？這是微生高的醋，……向鄰人轉借來的醋不是製作，向自然轉

27　同註 13，頁 85。

28　俞兆平：《浪漫主義在中國的四種範式：魯迅、沈從文、郭沫若、林語堂》（桂林：廣西師
　　範大學出版社，2011 年），頁 103-110。

29　同註 19，頁 62。

30　同註 18，頁 37-38。

> 借來的醋也不是製作，一切從外面借來的反射不是藝術的表現。藝術是從內
> 部發生。它的受精是內部與外部的結合，是靈魂與自然的結合。[31]

現是由內而發的自然生成，再現雖亦由內而發，卻不是取借外在的反射，而是內部
與外部、靈魂與自然的結合。郭沫若以懷胎十月比喻這一結合的過程。藝術的製作
不是取借外在，而是結合內外的適當醞釀，由此透露郭沫若反對藝術淪為外在現實
的摹寫與反映。〈自然與藝術－對於表現派的共感〉一文，將這個想法更為清楚地
闡述，他認為西方從中世紀到十九世紀的文藝都是受動的文藝，也就是受制於外在
的、摹仿的文藝，從亞里士多德的"藝術乃自然的摹仿"開始，藝術即淪為奴隸，
聽命於自然、教會或市儈，「近代的文藝在自然的桎梏中已經窒死了」。因此，郭
沫若主張藝術家的創造力，「剪裁自然而加以綜合創造」，使文藝從自然的束縛中
解放，並將此希望寄託於德國表現主義作家：「藝術家不應該做自然的孫子，也不
應該做自然的兒子，是應該做自然的老子！德意志的新興藝術表現派喲！我對於你
們的將來寄以無窮的希望」[32]。擅於創造的表現主義藝術家，能夠奪回藝術的主導
權，甚至是賦予自然生命，「做自然的老子」正如表現主義批判自然主義與印象主
義，二者猶如快照技藝：「如果要表現自然，那也只是片斷，如果表現生活，那也
只是瞬間」，反對由外部強加的現實，追求的「不是現象與裝飾，而是本質，是心
臟和神經」。恢復人凌駕於世界的主宰，「最重要的是人，而不是世界。"世界始
於人"」[33]。

　　第一次世界大戰的經歷，人類已失去了理性所支撐的優越地位，表現主義者強
烈質疑啟蒙時代以來所建立的現實與秩序，而寫實主義不過是虛假現實的複製，印
象主義只是瞬間、片斷的什錦拼盤。表現主義者信任的是創作者的主觀精神與情感，
「他不是看見（see），他看（look）。他不描寫，他體驗，他不複製，他塑造」[34]，

31　郭沫若：《郭沫若全集》第 16 卷（北京：人民文學出版社，1989 年），頁 217。

32　同上註，頁 215

33　同註 11，頁 412、423。

34　弗內斯（R. S. Furness）著，艾曉明譯：《表現主義》（Expressionism）（北京：崑崙出版社，
　　1989 年），頁 46。

因此，盧卡奇認為其世界觀就是主觀唯心論的世界觀[35]。另一方面，表現主義者之所以追求主觀精神與力量的體現，也肇因於話語與經驗的分離。二十世紀初佛洛依德、尼采、愛因斯坦等學說，已經動搖西方思想的根基，理性與宗教的價值體系逐步分崩離析，表現主義者不願再由這些虛假的意識型態限制主體，由奪回話語權的主體重新塑造世界。如賓薩斯所言：「反時代與反現實的鬥爭已告展開。我們開始把周遭的現實還原為虛幻，開始透視表象，洞悉本質，開始以攻心來圍困、摧毀敵人」[36]。表現主義者捕捉的是由主觀所創造的幻象（vision），在幻象中探尋事物背後的本質。同時，這個幻象作為反話語（counter-discourse），揭露人們所倚賴的具體現實，其本質不外乎話語所建構的虛構，充滿各種假定的虛構話語，總是相對的，沒有絕對穩固的意識型態可宣稱為真理[37]。

　　所以，表現主義者鼓勵創作者秉持極端個人的視角，去創造更新的世界，由強烈的主體意念所創造的真實，揭穿主流價值的假象，經由扭曲變形、蒙太奇等手法，將人們所謂的“自然”重新編碼。《女神》以泛神論為基礎所體現的太陽宇宙，可說是詩人以極端自我的視角所編碼的新世界，在整個破舊立新的五四文化運動裡，相較於章士釗、學衡派等捍衛傳統文化的保守陣營，或高唱「德先生」與「賽先生」等《新青年》派，二者所建構的主流話語，郭沫若卻藉由《女神》以反話語的方式建立心之所趨的幻象，這個幻象記錄了他當時所倚恃的世界觀，也就是《鳳凰涅盤》裡死亡與再生循環往復的宇宙，火光四射、與一切和諧共處的世界，這是以唯心主義泛靈論為本質的新世界，同時，以其極端個人風格的方式表現獨特的自我。杜博妮認為郭沫若的表現主義特色在於原始主義（primitivism），他的某些詩作傳達了對於兒童與原始人的渴慕嚮往[38]。然而，筆者認為郭沫若的表現主義特色，在於內容上重新創造一個由主觀唯心出發的泛神世界，以及修辭所散發的強度與激情。最典型的代表作〈天狗〉：

35　盧卡奇：〈表現主義的意義與沒落〉，李奭學譯：《中外文學》第 18 卷第 4 期（1989 年 9 月），頁 103。

36　同上註，頁 104。

37　同註 10, pp.54-56.

38　同註 6, p.200.

我是一條天狗呀！
我把月來吞了，
我把日來吞了，
我把一切的星球來吞了，
我把全宇宙來吞了。
我便是我了！
我是月底光，
我是日底光，
我是一切星球底光，
我是 X 光線底光，
我是全宇宙底 Energy 底總量！

我飛奔，
我狂叫，
我燃燒。
我如烈火一樣地燃燒！
我如大海一樣地狂叫！
我如電氣一樣地飛跑！
………
我飛跑，
我剝我的皮，
我食我的肉，
………
我在我腦筋上飛跑。

我便是我呀！
我的我要爆了！

這首詩的內容呼應《女神》自我與萬物融合的泛神論,由於心已與物一體,內外界線已泯無間,因此,詩人可以膨脹為吞吐宇宙的天狗、燃燒的烈火、狂叫的大海,也可以壓縮到渺小的細胞,在脊髓與腦筋上飛跑。尤其是為了具體表達萬匯本源,也就是「力」的概念,除了宇宙之光,詩人不斷強調「飛跑」的動作,最後甚至「爆發」的我,刻畫能量的形態。第一段末尾「我便是我了」,暗示自我的更新,換言之,我之所以能夠便是我,是拋卻了舊日的頹喪苦痛,徹悟一個奇異世界而轉活。不同於表現主義反昇華(de-sublimate)、反審美(de-aestheticized)的翻轉手法,郭沫若運用淺顯率直、不加修飾的句子,排比復沓醞釀詩作所累積的強度,直到最後以「我的我要爆了」描繪能量已達極致。這種直抒胸臆、任情宣洩的手法,難免遭當時文人嫌棄「粗、直、露」,卻是青年郭沫若再現膨脹飽滿、熱烈奔放的自我,所開拓的美學視野。

三、新生的革命家

接觸馬克思主義思想的郭沫若,發現過去所灌注的宇宙能量,所織就的龐大偉構(monumentality),在不斷膨脹與重複的自我指涉(self-referentiality)之下,陷入空洞虛無的困境,尤其是研究了日本馬克思主義者－河上肇的著作之後,認識到社會主義尚未實現的文藝作品,只是文藝青年的春夢或酒精中毒者的幻覺,文學必須聯繫人類活動、反映生活,於此覺悟,邁向革命的道路。

就文學批評的範圍而言,高利克認為「郭沫若的著作成了引人注目的綜合體,其中結合著關於藝術作品本質的表現主義觀點和以達到目的為要旨行動主義要求」。因此,他更接近德國文壇以《行動》(Die Artion)刊物為代表的左翼表現主義團體。〈我們的文學新運動〉、〈國家的與超國家的〉等文章,呼應表現主義批判戰爭、反對資產階級與帝國主義的立場,以及團結世界各地被壓迫民族的熱情的國際主義色彩[39]。當時德國許多表現主義者,加入共產黨投入社會運動或革命的行列,正如埃德施密特所言:「因為他們愛人,所以他們是政治的:他們要的是愛,

---

[39] 同註18,頁40-42。

而不是權力」[40]。左翼表現主義作家之中，郭沫若特別欣賞的劇作家托勒，除了藉作品宣揚左傾政治理念之外，他也參與巴伐利亞蘇維埃革命，並因此入獄五年。對郭沫若而言，藝術家與革命家是可以並行不悖的，〈藝術家與革命家〉（1923）一文闡述二者的共同基礎：「一切真正的革命運動都是藝術運動，一切熱誠的實行家是純真的藝術家，一切志在改革社會的熱誠的藝術家也便是純真的革命家。……我們是革命家，同時也是藝術家。我們要做自己的藝術的殉教者，同時也正是人類社會的改造者」[41]。政體就是藝術品，為政就是一種藝術創作，另一方面，藝術家也可利用作品宣傳革命思想，言說與行動一樣有效。同時，他批評那些主張為藝術而藝術的文人，終究是逃避現實的象牙塔頑民。

　　正如〈朋友們愴聚在囚牢裡〉一詩末尾，詩人呼籲朋友們「我們到兵間去吧！我們到民間去吧」[42]！文藝家應當走出書房畫室，步入民間實地接觸民眾的生活，藝術不是康德所說的「無目的之合目的性」，而是運用文藝參與政治與社會的變革。對文學家而言，實踐的第一步即是與工農民眾打成一片。正如〈我們在赤光之中相見〉（1923）所示：

> 長夜縱使漫漫，
> 終有時辰會旦；
> 焦灼的群星之眼喲，
> 你們不會望穿。
>
> 在這黑暗如漆之中
> 太陽依舊在轉徙，
> 他在砥礪他犀利的金箭
> 要把天魔射死。

---

40 同註 11，頁 445。

41 郭沫若：《郭沫若全集》第 15 卷（北京：人民文學出版社，1990 年），頁 192-193。

42 郭沫若著，劉納編選：《郭沫若》上卷（北京：華夏出版社，1997 年），頁 107-108。

太陽雖只一輪，

他不曾自傷孤獨，

他蘊含著滿腔的熱誠

要把萬匯蘇活。

轟轟的龍車之音

已離黎明不遠，

太陽喲，我們的師喲，

我們在赤光之中相見！[43]

縱然社會現實仍被資本主義的毒龍盤據，黑暗的壓迫依舊籠罩著底層人民，然而，太陽始終不曾沒落，卻是時刻砥礪金箭、懷抱滿腔熱誠。詩人以太陽自喻，除了學習馬克思主義的革命理論之外，也試圖藉由文學創作的感染力，號召群眾一同邁向革命。詩人意識到為了實現社會主義，詩人必須與群眾相互依存，連結的基礎正是馬克思主義思想。文學為無產階級效命，以滿腔熱情喚醒沈睡的群眾，經由馬克思主義建立共同的理念，一起將熾烈熱誠付諸實踐，讓大地響起轟轟的龍車之音，那麼最後，我們終能在赤光中相見。赤光既暗示馬克思主義，也指涉滿腔熱血以及共創未來的一片光明。

　　即使是觀察郭沫若成為馬克思信徒之後的文學批評，他主張文學的本質在於感情：「文學的本質是始於感情，終於感情的……作家的感情愈強烈愈普遍，而作品的效果也就愈強烈愈普遍」[44]。當時他創作許多呼喊人們加入革命先鋒行列的文字，蘊含著飽滿充沛的情感。正如盧卡奇剖析表現主義的美學觀，在於試圖穿越表象，掌握本質，要掌握本質，則必須以情感作為方法[45]。從這個角度而言，成為馬克思信徒的郭沫若，依然是一個表現主義者。

43　同上註，頁110。

44　同註18，頁52。

45　同註34，頁118。

徵引文獻

McDougall, Bonnie S. *The Introduction of Western Literary Theories Into Modern China 1919-1925.* Tokyo: The Centre for East Asian Cultural Studies, 1971

Murphy, Richard. *Theorizing the Avant-Garde: Modernism, Expressionism, and the Problem of Postmodernism.* U.K. Cambridge: Cambridge University Press, 1999

Roy, David Tod. *Kuo Mo-jo :The Early Years.* Cambridge, Massachusetts: Harvard University Press, 1971

弗內斯（R. S. Furness）著，艾曉明譯：《表現主義》（*Expressionism*），北京：昆侖出版社，1989 年。

伍世昭：《郭沫若早期心靈詩學》，上海：上海文藝出版社，2003 年。

俞兆平：《浪漫主義在中國的四種範式：魯迅、沈從文、郭沫若、林語堂》，桂林：廣西師範大學出版社，2011 年。

徐行言、程金城：《表現主義與 20 世紀中國文學》，合肥：安徽教育出版社，2000 年。

袁可嘉等編選：《現代主義文學研究》，北京：中國社會科學出版社，1989 年。

高利克（Marián Gálik）著，陳聖生等譯：《中國現代文學批評發生史 1917-1930》（*Genesis of Modern Literary Criticism 1919-1930*），北京：社會科學文獻出版社，1997 年。

———，伍曉明、張文定等譯：《中西文學關係的里程碑 1898-1999》（Milestones in Sino-Western Literary Confrontation 1898-1999），北京：社會科學文獻出版社，1997 年。

郭沫若：《郭沫若全集》第 15 卷，北京：人民文學出版社，1990 年。

———，《郭沫若全集》第 16 卷，北京：人民文學出版社，1989 年。

———，《創造十年》，香港：匯文閣書店，1972 年。

郭沫若著，陳永志校釋：《《女神》校釋》，上海：華東師範大學出版社，2008 年。

———，劉納編選：《郭沫若》上卷，北京：華夏出版社，1997 年。

盧卡奇：〈表現主義的意義與沒落〉，李奭學譯：《中外文學》第 18 卷第 4 期（1989 年 9 月），頁 92-133。

嚴家炎編：《二十世紀中國小說理論資料》，北京：北京大學出版社，1997 年。

魯迅與三十年代中國「新興木刻版畫」 ——一個跨藝術案例的考察

李桂芳

輔仁大學跨文化研究所比較文學博士候選人

摘 要

　　版畫藝術在中國民間流傳甚久，惟三十年代被歸類於「新興」藝術範疇。中國「新興木刻版畫」之所以被視爲三十年代不容忽視的視覺媒介（visual media），除了魯迅加以提倡之外，學院和民間的青年版畫家也爭相熱衷而蔚爲風潮。受矚目的是，魯迅這位新興版畫倡導者，適時選定版畫作爲推行新興藝術運動的主流，期望版畫能肩負藝術系統的交流。因此，我們可由魯迅催生和促進「木刻版畫」的美學觀爲探討核心，反思中國現代版畫從傳統到新興圖像歷程的轉變。魯迅如何推行進步美術團體的交流，以及相關譯文雜誌的發行、青年版畫家爲數衆多的「肖像畫」如何突顯特殊的藝術力量。在大衆造型的語意形象，我們也將觀察青年版畫家如何透過大衆造型的對象化（objection）問題來思索民間形式，並援引普羅文藝當時的理論和版畫作品爲實例，論述中國「新興木刻版畫」之力的美學與自我戲劇化（tableau）的空間風格。左翼知識分子在中國三十年代，對於社會發展方向，具有舉足輕重的歷史條件和驅動力；同時，革命話語（discourse）在民族解放、階級矛盾的政治衝突中輾轉，是現代政經社會的一幅歷史長軸，也是無數受難生靈的圖文

浮世繪。本文考察三十年代具關鍵性影響的文藝理論和版畫作品，在文藝主體的發展上提出美學文本與政治社會的聯繫，進而展現其時代的思辨空間。

關鍵詞：魯迅、中國新興木刻版畫、革命文學、大眾化理論、跨藝術

　　本文藉由跨藝術的探討，反思三十年代中國「新興木刻版畫」所提供的視覺事例與傳播效應，其圖像風格是如何具備物質與意識型態的關鍵里程碑，而在大眾化理論的催化下，其如何由視覺媒介展開相關藝術與社會的辯證[1]；中國「新興木刻版畫」形塑的尖銳線條、大眾造型和戲劇化場景，如何在在說明大眾圖像背後的心理情感與表現，同時根源於傳統，又融入異國文化而產生新風格。「新興木刻版畫」之所以屬於新的藝術範疇，並深具革命的形式與作用，來自魯迅的催生和熱切主持「木刻講習會」，相當程度地反映了版畫從傳統到新興的圖像歷程，及其重要美學觀念的轉變。因此，本文著重魯迅與「新興木刻版畫」的關係，同時也考察重要的文藝刊物對版畫藝術的推行與譯介，並說明相關美術團體，如：「左翼美術家聯盟」、「一八藝社」，以及左翼刊物如《拓荒者》、《萌芽》如何在日益高漲的左翼風潮裡，思索民間形式與大眾造型；當我們在探討物質形象和意識形態，還有階級、美學與文本政治之時，同時也面對下列相關問題：藝術創作與藝術運動如何結合、風格如何統一？其藝術形式與內容、藝術的自律性，和意識形態的表達如何協調、矛盾，藝術家如何折衝，新興版畫何以為大眾所接受；藝術創作者的個人獨特性和風格更是不容忽視的，而優異的作品又是如何延展版畫創作的豐富面貌。也就是說，在革命話語的集體歷史向度——文學與圖像——除了呼應歷史情境的寫實作品之外，仍存有不同於歷史維度的分歧與差異。這是經由圖像作品所能表現革命型態的觀察路徑，也是我們進入中國三十年代大眾化論辯所以把握的最佳物質形態。

一、形式與複製：民間文藝的圖像思維

　　「版畫」作為中國民間工藝的一支，源流甚早。以目前發現最早的木刻版畫〈金

---

[1] 觀察「版畫」值得注意的構成元件之一，即是「版畫」創作特別是離不開「材料」（material）的特殊性；或者說，這項「物質」的存在，可說包含兩種以上的媒介物，既融合圖像與再現物的關係，又同時包含圖像與物質的實在依據。雖然，基於各式創作媒材和製作方法的不同，有了「木版」、「銅版」、「石版」等區分，但是我們在討論視覺圖像與再現的關係時，卻往往易忽略就「材料」本身所具備的媒介性質。

剛般若經〉（西元 868 年）來看，木刻版畫起源與佛教經典傳刻有關；早期木刻版畫佛像、神像等「宗教畫」的題材爲多。除了刻畫宗教典籍，後來的大量作品廣泛運用在生活各層面，例如，獨立印刷的畫譜、民間戲曲、小說與傳奇等，均因木刻版畫達成普遍流通。民間生活廣泛使用版畫，可見中國傳統社會極其熟稔這種圖像工藝。民國初年，鄭振鐸重新整理「民間文藝」所提出的看法，有助於我們探討中國古典藝術史料的應用，以及藝術生產、歷史和社會的關聯，並突顯造型藝術根源力量的重要性。

> 它主要的是表現人間，表現社會生活。它有力地扶持著中國人物畫的優秀傳統。這個傳統在號稱「正統派」的中國繪畫裡是搖搖欲墜，「爲細以甚的」。木刻畫家們忠實地、而且創造性地傳達出歷代人民生活與社會面貌。這是在別的部分的造型藝術裡不容易見到的。[2]

鄭振鐸在《中國古代木刻版畫史略》，著重傳統版畫藝術與民間生活的關聯性，相當肯定傳統木刻版畫的藝術地位。他不認爲傳統版畫是「附庸」藝術，而是「人物畫」在古典藝術史的「正名」；傳統版畫的獨立美學性格也絕不僅在精美插圖或名畫複製，應視爲中國傳統造型藝術中特有的形式之一，並特別看重它的「大眾化」特性。木刻版畫的圖／文對照形式如何牽動閱讀／傳播效益，形成民間生活的重要部分；木刻版畫提供中國藝術相當重要的人物畫傳統，這種造型藝術傳統究竟如何開始感染民間生活，都是正統藝術史經常忽略的問題。

　　版畫生產，在過去幾乎無刻工署名。傳統版畫最主要的生產機制始於「行幫」組織的出現，比較複雜的產製問題還包括師徒制倫理；這和民間的倫理生活亦有所關聯，同時也深深影響著這支民間工藝的傳承。傳統木刻版畫在十九世紀末葉逐漸爲西洋印刷術侵襲，趨於沒落。傳統木刻版畫被當作是民間社會一項「通俗」藝術形式，傳頌不已的神仙傳奇、忠孝節義、宗教故事，還有戲曲小說等，造就不少頗具民間趣味的圖像；傳統刻工賦予這些生動鮮明的人物和故事，也滿足一般民眾的

2　鄭振鐸：《鄭振鐸全集》（石家莊：花山文藝出版社，1998 年），頁 290。

願望[3]。因此，傳統木刻版畫是一種現實生活時需說明的貼切表達，也是增益民間本色的生活藝術。不論是表達祈福願望的年節版畫，或是展現民間工藝性格的各式生活集錦，當木刻版畫與民間社會相互交融而成就工藝內容，也顯示其更爲普遍地被運用在日常生活的技藝觀賞[4]。「民間年畫」的應用，正是此一功能性的補充。

　　描述日常生活的民俗版畫，因爲兼具娛樂、技藝與經濟等功能，且隨著印刷術發達而更加廣爲流傳；這也是傳統木刻版畫，又稱「複製版畫」的原因。此一「複製」特性，形成傳統木刻版畫的技藝慣例，也因此得以延續其美學[5]。版畫的運用在明代更起顛峰，從藩王府印工的考究到民間各地極其興盛的印刷經營，我們都可以看到版畫存在普遍流傳的印本。魯迅強調中國舊書上的繡像、畫本以及新聞紙上的單張花紙，這樣在文字內容中插圖的傳統圖畫形式運用，都不應僅視爲民間工藝。除了純文字的典籍刻本，版畫作爲圖畫形式的插圖功用，在傳統社會具有提供大衆閱讀和理解讀物的重要性。

　　　　書籍的插畫，原意是在裝飾書籍，增加讀者的興趣的，但那力量，能補助文
　　　　字之所不及，所以也是一種宣傳畫。這種畫的幅數極多的時候，即能只靠圖
　　　　像，悟到文字的內容，和文字一分開，也就成了獨立的連環圖畫。[6]

魯迅在〈連環圖畫的辯護〉，更加推崇插圖的功用，正因爲他深諳文字內容運

3　恰如魯迅所言「降至明代，為用愈宏，小說傳奇每作出相，或濁如畫沙，或細如擘髮，亦有
　　畫譜累次套印，文彩絢爛，奪人目睛，視為木刻之盛世。」據此，魯迅透過媒材的特殊性，
　　將各種應用不同的印刷術，推至明代，蔚為大觀。

4　民間年畫大多被視為雅俗共賞的藝術形式，它體現了民間文化的觀念以及民間的審美趣味。
　　但它同時也具有較強烈的觀念性繪畫，其所體現的是作為一種對自然崇拜的物化形式的表
　　現，隨後又像是人們祈福或避難時，對美好生活的祝願。唐家路、潘魯生：《中國民間美術
　　學導論》（哈爾濱：黑龍江美術出版社，2000 年），頁 37-38。

5　包括了蘇州「桃花塢」，安徽的徽州等，舉凡反映人民心願的民俗版畫，也就大量的取材自
　　常民生活和民間想像，在這類以日常生活為描述的生活民俗版畫，基本上突顯出傳統版畫的
　　醞生與生活運用有所關連。

6　魯迅；張望編：《魯迅論美術》（北京：人民美術出版社，1982 年），頁 99。

用圖畫的傳統意涵；因此，他能欣賞插圖藝術，肯定連環圖畫與書報插畫的「宣傳」性質。魯迅還強調插畫可以獨立出文字內容，獨自顯露圖像意識。大眾（觀看者）的閱讀（傳播）效益被重視，插畫的圖畫要素被加強，插畫在圖／文並置的效果就更加顯要，而呈現複數媒材的想像作用，不再只是文字中的形式裝飾；它帶給一般社會大眾閱讀通俗讀物的樂趣，也造就啓蒙教材另一項視覺效益。生活語言（或圖像）的描述方式，爲何能將「藝術的生活」與「生活的藝術」相互作用；若從形式的分類概念切入，我們就可以明白是因爲傳統木刻版畫的圖式傾向，以及民俗工藝的生活趣味，被重新審思及運用，使得版畫藝術與日常生活在功能上相得益彰。

　　傳統木刻版畫在現代中國遭到漠視，不僅因爲日新月異的西方印刷術相繼引入，也因爲其逐漸失去獨特的創意。傳統木刻版畫是「複製木刻」製版後一再利用的生產過程，完成品並非任何個人的獨立創作；一件作品需藉多工因襲合作，且是一再的「模仿」作業，藝術性就在這樣的生產程序中喪失了。儘管如此，傳統木刻版畫的人物造型如何與其衍生的藝術社群，在民間生活裡聚合爲結構體；這些人物造型又如何塑造傳統版畫藝術的核心形象，而形成圖式系統的標準，仍然值得繼續討論。這些人物造型在傳統風格裡的「禁錮」卻能表現出民間文化的框架，具備「眞實性」；傳統木刻版畫造型元素的「再現」目的，也相關「複製」問題、理論與實際的互動原則。構成這類功能的圖像符號，能夠標示傳統美學的決定性地位。

> 所謂創作底木刻者，不模仿，不複刻，作者捏刀向木，直刻下去……這放刀直幹，便是創作底版畫，首先所必須，和繪畫的不同，就在以刀代筆，以木代紙或布。……因爲是創作底，所以風韻技巧，因人不同，已和複製木刻離開，成了純正藝術。[7]

魯迅這樣談中國現代版畫與古典傳統的關係，並不全然否定傳統版畫，而是強調「新興版畫」躍入純正的藝術範疇，在於它追求創作的獨立性。傳統版畫創作畢竟是以

7　魯迅：《近代木刻選集（1）》（上海：朝花社，1929 年），收入張望編：《魯迅論美術》，頁 52。

經濟需求而成爲社會生產的一部份，不斷抄襲、模仿和複製，極易流於寫實的貶抑，而結合生活的情感亦無關乎藝術屬性的意識。[8]但是，正是因爲傳統版畫可以「複製」而量產，得以進入民間生活爲社會所接受；因此，雖然僅是圖畫形式的物體複現（copied）實象，傳統木刻版畫的「通俗」，卻具有「眞實」和「民間」生活的審美意義。

> 寫實主義的問題並非在於圖畫和物體之間始終如一、或絕對的關連性上，而是此兩者之間，在再現系統之中的運用，以及準則的問題。[9]

郭德曼（Nelson Goodman）在《藝術的語言》（*Language of Art*），表示寫實主義作爲眞實的取徑是大有問題的。但是，對於藝術世界的眞實性以及重現眞實的可能，他也同意「再現」是藝術世界的首要認識途徑，只是以爲「再現」的表現有其不同屬性的差異：

> 將『再現』的屬性，一方面視爲等同於語意指涉的行爲，但另一方面，卻視其爲區別詞語描繪的各式表徵……客體再現的過程，其最大的近似值幾等於自身。因此，相似（resemblance）不是再現，相似性可定義爲反射性（reflexive）以及對稱的（symmetric），同時，相似性在任何標準之下，並不提供充分條件足以建立再現。[10]

郭德曼所強調的「再現」是重構眞實（Reality Remade），客體圖像的再現，是在

8　傳統「木刻版畫」爲人們所熟知的造型和主題不外是「吉慶祥瑞」、「神仙題材」、「神話題材」等表現民間信仰與祈福願望的素材，這些著重人與造物之間和諧相親的色彩，實肇因於民間工藝造物的整體意識與「天人合一」、「情景合一」的文藝思想有關。參考唐家路、潘魯生，《中國民間美術學導論》（哈爾濱：黑龍江美術出版社，2000 年），頁 110-111。

9　Nelson Goodman, *Language of Art: An Approach to a Theory of Symbols*（Indianapolis: Hackett, 1976），p38.

10　Ibid, pp3-4.

一種外延意義（denotation）的指示中被呈現；外延意義因此成為再現標的，「相似性」是所依據的符號分野和命名。在「再現」的過程中，藝術表現之「物」與客體有其相似值；藝術世界的「物」與對象物之間形成的再現關係是主體認知結果和意識內容。審美經驗中的體驗和情緒活動，成就了藝術世界重構及表現「真實」的符號關係。

傳統木刻版畫的構圖創意逐漸趨疲，「實用」和「利益」的生活「趣味」形成一種超穩定的符號慣例；就風格而言，中國傳統木刻版畫畢竟是一種有內容相對應的特別設計樣式（a style），也是一種民族的風俗習慣（a manner）；這都是風格的條件。我們也就不能決斷否定傳統「木刻版畫」模仿生活的題材，沒有其依據的中國生活思想和再造「現實」的想像。肯定或認同於生活的「同俗性」所產生的那種「寫實」正是中國傳統木刻版畫的價值和符號。因此，就歷史之持續性而言，哪些特質被延續下來或者中斷再轉變，仍然是討論版畫生產原理的重要線索。

根據王受之指出，清末以後的傳統繪畫形式趨向沒落，程式化、規範化是弊病。這是一個初步社會成因的歸納，而我們要繼續探討的是：版畫中的人物形象在文化系統中的「符碼化」訊息。人物造型在傳統文化中的符碼化，是它和民間生活，以及社會現實之間價值交錯網絡的過程；這樣建立起來的大眾形象，自然有其皈依的文化規範和價值體系。現代「中國新興版畫」在這根源成長及突破，反映其對應的新社會關係；就創作而言，是傳承傳統版畫圖像語彙形成諸類固定母題的繼承和改寫。

二、「新興版畫」作為一種藝術的範疇：
　　魯迅為何要譯介版畫？

「形式」的重要性，是魯迅初期推展木刻版畫的核心思想；他主張的木刻版畫基本形式與內容，可能做為探討革命文藝的起源。回溯他早期針對木刻版畫本質所做的探索和延伸發展，我們可能進一步理解魯迅提倡木刻版畫運動以及譯介歐、俄美術的企圖。木刻版畫的新興運動，除了確立一個創作主體的「世界觀」問題，還

有辯證歷史社會發展法則的表現。

> 我以為名木刻，大有發揚，但大抵趨於超世間，否則即有纖巧之憾。惟漢人石刻氣魄深沉雄大，唐人線畫流動如生，倘取入木刻，或可另闢一境界。[11]

魯迅認為以中國藝術發展大致分為兩大不同階段，而他讚許的藝術形象是漢唐氣韻生動的風采；魯迅致李樺書信中提到的，就是他對漢唐與宋元明清以後繪畫發展的判準。他以藝術貼近民間生活的情感與精神肯定漢唐藝術的形象；就魯迅這樣的批評家來說，他對版畫作品的感受也正是他評斷審美價值的立場。但是，他還看重木刻版畫的功能性，他轉向關注版畫，以為這種大眾藝術具有公眾領域的接受性，能夠用以批判貴族階層藝術（特別是文人畫的系統）的「虛假意識」。

「新興木刻版畫」作為中國現代藝術範疇底個殊創作樣態，王伯敏的研究指出：中國傳統木刻版畫擅「陽刻」的手法，已成為常見的版畫鏤刻方式，而他認為這與繪畫上的線條相應稱是民間非常喜聞樂見的一種方式[12]。就創作形式的圖像要素來看，它強調「陰刻」或「陰陽刻」和傳統木刻版畫所擅「陽刻」的手法是兩異的。傳統版畫不常出現黑白對照的鏤刻方式，黑白對照也不明顯，刻工講究「千容百態，遠近離合，具在刀頭之精」，專注刻線精美的作品。現代版畫因為構圖強調光源，黑白對照鮮明，富有戲劇感[13]。雖然明代版畫的畫面組織，也有類似舞台的造型，但到底還是僅就背景空間的構圖思想。

魯迅在《木刻創作法‧序》，開宗明義即說中國版畫屬「複製木刻」而非「創作木刻」。魯迅等人藉由引介西洋版畫的創制法，特意說明版畫「藝術活動」在創

11　同註 6，頁 309。

12　王伯敏：《中國版畫史》（北京：中國青年出版社，1995 年），頁 82。

13　直到四〇年代初期，「向民間學習」是解放區版畫的創作熱潮，特別是在延安魯藝剛成立之初，即有版畫家嘗試創作「新年畫」，其用意便在於「新興木刻版畫」借鏡國外素描的明暗法所呈現的人物形象，並非能夠讓廣大的農村人民認知到勞動與鬥爭的精神，群眾由於並不習慣那「陰陽刻」或「陰刻」的手法，以致於有某些作品被稱為「陰陽臉」的人物形象，反而帶來反面的效果。參考范夢：《中國現代版畫史》（北京：中國青年出版社，1997 年），頁 67。

作上的特殊，企圖在圖像的理論與實踐的接合點將「刻者」與「印者」結合。因此，魯迅介紹版畫的源起以及形式創制，均企圖爲版畫的創作型態定位。他強調版畫的趣味性（好玩）、方便性（簡便），還有實用性（有用），而將「新興木刻版畫」視爲「合於現代中國的一種藝術」；因爲它可以獲得廣大民眾的喜好，如是也意味著，魯迅同時思索這種新的藝術形式如何可能預示新世界的到來。

一九二八年起，魯迅與柔石、崔眞吾、王方仁組織「朝花社」刊行《藝苑朝華》，先後譯介紹歐、俄現代藝術理論和版畫圖冊；目的在「介紹東歐和北歐的文學，輸入外國版畫，因爲我們都以爲應該來扶植一點剛健質樸的文藝。」一九三一年，魯迅又辦理「木刻講習會」，邀請日本友人內山完造的胞弟內山嘉吉擔任主持，自己擔當翻譯；「木刻講習會」的緣起與中國現代版畫的勃興有極爲密切的關係。《藝苑朝華》向青年人介紹的第一批美術啓蒙畫籍，有《近代木刻選集1》、《近代木刻選集2》、《路谷虹兒畫選》、《比亞茲萊畫選》、《新俄畫選》等五集；《新俄畫選》比其他四本選集的畫作甚多，魯迅且在前言的《小引》，說「多取版畫」實際上是爲了推行「新興木刻版畫」的革命性與普及性：

> 又因爲革命所需要，有宣傳，教化，裝飾和普及，所以在這時代，版畫——木刻，石版，插圖，裝飾畫，蝕銅板——就非常發達了……多取版畫，也另有一原因：中國製版之術，至今未精，與其變相，不如且緩，一也；當革命時，版畫之用最廣，雖極匆忙，頃刻能辦，二也。[14]

魯迅推行「新興木刻版畫」的用意在普及革命藝術的宣傳特質，將「新興木刻版畫」當作無處不在傳播和表達革命特性的藝術媒介；可見魯迅對傳統木刻版畫不滿的，是傳統版畫的藝術風格依附於某種階級意識型態的思維，在形式語言的選擇上它是非社會性，也非革命性的。既然推行「新興木刻版畫」與「宣傳性」有如此重要連結，版畫創作者的角色就不能只是藝術家爲了謀生或者僅把藝術活動當作消遣和趣

---

14 魯迅：《藝苑朝華第一期，第五輯，新俄畫選》，1930年，收入張望編：《魯迅論美術》，頁76。

味的體認；選擇作爲進步青年的版畫家，必須直接地深入不同物質條件與介入群衆的角色認知，形成藝術家與知識份子角色交互重疊的信念，也藉此角色扮演時代認定青年的共通特質。

「左翼美術家聯盟」成立之前的兩支重要進步美術團體之一，是在民國十八年成立「一八藝社」[15]；它以杭州和上海爲據點，成立初期由杭州國立藝專校方領導。這個官辦藝術團體，舉辦過的展覽和出版內容均與現實社會無關，導致陳鐵耕、陳廣、劉志仁等進步青年的質疑，而徹底進行成員改組；「一八藝社」堪稱當時最早的革命美術團體。另一個重要進步美術團體是「左翼美術聯盟」，它以其前身「時代美術社」的成員爲主（如許幸之、葉沈），在一九三○年成立；並且結合當時進步文藝刊物《拓荒者》、《萌芽》的出刊，將左翼美術運動置於中國共產黨的領導。這些革命團體確立了普羅藝術的成立，可見三十年代前期「新興木刻版畫」的創作活動伴隨與日遽升的左翼風潮，形成新興勢力，讓左翼青年對革命號召的旗幟產生憧憬。

進步美術社團的相繼大串聯，讓左翼青年對革命號召的旗幟產生憧憬，其中又以一九三一年魯迅邀請日人內山嘉吉講習的「木刻講習會」影響最大。「木刻講習會」自一九三一年八月十七日至二十二日，在上海北四川路底長春路面北的日語學校內辦理，爲期不到一週，但其參與成員陳鐵耕、陳廣、李岫石等人日後盡心於版畫創作可以看出的是這段緣起。魯迅成立木刻講習會之後，美術版畫創作社團風起雲湧，重要的畫會包括「春地畫會」、「野風畫會」、「鐵馬版畫社」等等。美術學校教師李樺在上海發起的「現代版畫會」還與日本的「黑白社」建立起創作的交流會，是衆多畫會中深具潛力的創作集團之一；「鐵馬版畫社」借用「十月革命」後蘇聯農民對拖拉機的稱呼爲名，重要成員力群、沃渣等人，亦將技巧琢磨提高，與魯迅的關係至爲密切。「木刻講習會」實現了魯迅冀能推動新興版畫，以及吸引美術青年的創作風潮，在在標誌了魯迅在「新興木刻版畫」運動中具有重要的啓蒙地位。

版畫的藝術價值、中西文化的交流與社會使命的反映，在探討中國現代版畫出

---

15 范夢：《中國現代版畫史》（北京：中國青年出版社，1997年），頁 14-16。

路時，木刻版畫面臨的正是從媒材出發追求藝術創作的獨立性；現代版畫藝術家在歷經對藝術價值的重新定位，也企圖尋求大眾情感的認同。陳鐵耕的〈母與子〉（1933）（圖1）當然足以說明這樣的新興發展；畫作的題材是一種通俗的日常生活影像，母與子正有事煩惱，也頗能被大眾的情感認同。孩子身體邊緣的逆光，當是背負的夕陽，那也是母親側臉的視向。門外側牆光影浮現的模糊圖像，當然不會是竹架上掛滿農作物，而是牆面剝落現出的簡陋築架和泥團，充滿可想像的藝術蘊含。

圖1：陳鐵耕：〈母與子〉，木版 21.5×12.5cm，1933。

魯迅〈論『舊形式的採用』〉，除了討論自己為何提倡木刻版畫作為現代美術的主要圖像框架，也回應聶紺弩針對他的筆伐。聶紺弩認為新形式的探求不能機械

性絕斷舊形式；魯迅以爲這個說法顯然誤會他譯介木刻版畫的用意。魯迅再次強調
這樣的說法是老生常談，「內容」和「形式」本來就是不能機械性分開的，他只是
加以延伸思考「作品」和「大眾」的不能機械性分開。魯迅進一步表示，對吸收舊
形式也是新形式的探求內容。魯迅有意比對古代貴族（有閒者）藝術與平民藝術在
階級屬性的對立面，但他仍舊設問：爲何古代的民間藝術在現代中國並未曾消亡？
魯迅提供的答案在於：這是大受「消費者藝術的影響」。

> ⋯⋯正是前進的藝術家的正確任務；爲了大眾，力求易懂，也正是前進藝術
> 家正確的努力。舊形式的是採取，必有所刪除，既有刪除，必有所增益，這
> 結果是新形式的出現，也就是變革。*16*

魯迅不斷強調「版畫」與「大眾」的關係，正是希望提高藝術的實用功能，但是，
藝術家如何運用媒介變化擷取新形式與內容的藝術生產問題，是更重要的；在傳統
文藝雅／俗文化上辯論木刻版畫的形式，無關緊要。實際上，魯迅的思慮要點是這
個形式的傳播速度以及相關的刻工和刻材取得便利；奠定這樣的形式基礎，它的內
容立即可成爲大眾反思的具體媒介。

　　提倡版畫作爲新興藝術的自發性媒介，是否有歷史經驗可以支持；魯迅這樣揭
示新藝術的誕生，是否認識藝術結構本身的現實經驗，或者版畫自身的確具備特有
美學？就前者而言，我們必須回顧日常生活的概念中，傳統技藝的版畫如何凝積傳
統圖像思維的意涵；就後者而言，它意味著中國新興版畫的表現形式與西歐圖像是
能相互譯介的，因此確實有可能從模仿的練習中探索中國現代藝術自主的表現和內
容。「新的木刻是剛健、分明，是新青年的藝術，是好的大眾藝術。」*17*；就魯迅
的想法，現代版畫若能與大眾情感結合，形成整體革命話語的認知型態，情感加入
了認知的要素，對照結構之中也會包含創作者情感的體驗。魯迅確定「木刻版畫」

16　同註 6，頁 129。
17　同註 6，頁 126。

在藝術品和技藝之間的形式意涵，雖然不脫藝術實用功能，卻可藉由當時的譯作引介藝術家風格的多元面向和活潑變異。

三、以刀代筆：大眾造型之力的美學

　　黑白木刻版畫對比鮮明的形象，也激烈地表現出藝術形象與現實局勢的互動。魯迅想推展「木刻版畫」成為「作者和社會大眾的內心的一致的要求」；作者與社會大眾內心達成一致的要求，當然會是有一定意涵交集的圖像，趨向「一致的要求」也足以確定中國現代木刻版畫的萌芽與復生。因此，「大眾」造型作為再造社會現實的語意，既是新興版畫藝術家訴諸藝術的共同對象，也是一體之上的個別情感感染。但是，「藝術」結合「生活」能夠涵蓋多少先天的對立，以及在革命意識型態的有限空間中表現怎樣的涵融原則；在「木刻版畫」造形藝術和大眾（民族）的情感結合上，可能透露藝術情感起源是否存在謬誤或是否謬誤。「大眾」以及訴諸「大眾」，究竟是什麼意義，因此，有必要繼續探討。

圖2：
陳鐵耕：〈殉難者〉，木版，1933。

圖3：
許天開，〈囚徒〉，木版，16.5×21cm，1933。

　　在上面兩個試舉的圖例中，若單從圖2看「殉難者」的主題，畫面已經完全表現對受害者的同情與哀悼，卻不是宣傳媒介刺激感官的簡單構圖，或者強烈對比。各具意義的線條組、斑條和斑塊橫豎錯置成的圖像占滿大部分空間，僅留下小範圍的圍牆作為背景，襯出前場的劇場效果。盤據遠景的磚塊線條密織成牢籠意象，這種佈滿橫線的組圖，還有躺在前景地上的殉難者，他的龐大身影一覽無遺展現絕望的符號。在橫線組之間就是占滿中景以縱線組構成的群眾圖像，黑白的光影充分表現了沉默哀悼的感情；群眾背後那道圍牆上有一縱向裂痕，當然也是表現創作者感情的圖像語言。值得注意的還有殉難者的姿勢，他是在畫面的透視線軸上躺在群眾的腳下，這個方向暗示他的來處以及彼此緊密的關係，而不是一種第三者。

　　圖3，刻畫兩位囚徒被鎖在囚房裡。一角小窗更顯囚室的黑暗，以及自由的珍貴。圖畫造型同媒體宣傳強調重點的思維，但是這局部特寫當也是為表現囚犯表情需用較大的空間；因此，這是形式與內容的一致表現。小窗口是透視主軸的源起方向，前景的人頭卻比中景的人頭瘦小；雖然這也可能是前者身材比較弱小的緣故。但是，前者展現的粗大臂膀和手掌也明顯表示這構圖的非寫實佈局。斜下的眉眼畫出囚徒的悲哀，前者腫脹的手掌，看起來是擱在鐵鏈上休息，張口呼痛；後者的雙手，也被特別誇大畫出，卻強壯有力想扯斷窗欄，張口也就另有憤怒的表情。囚徒在黑暗的囚房裡呼天搶地哀嚎和乞求，也可能是這版畫觀賞時的另一種想像。不同的想像，可以產生不同的訴求；如此，擱在鐵鏈上一隻特別腫脹的手，也可能讓觀賞者在兩張顫慄的臉孔上想像他們的身體正在忍受鞭撻的劇痛。

　　這些身體意象的陳列把局部空間的流動定格，我們在無意識中猝遇扭曲的肉體片段；即物現身的空間，除了作品本身領悟的歷史事件，一股無法言說的內在脈絡隱喻了肉體的境遇——那是藝術家以理想相對解讀生活的逆旅，透過形象語言，讓我們意識並理解藝術語言所描述的生活現實。創作媒材、原創性與藝術脈絡之間，有其各自的語言與非語言符號系統，上列的圖例說明了新興「木刻版畫」如何在藝術美學的範疇裡一統三者的關係；強調階級和身份屬性的左翼美術，在對藝術和社會這樣雙重的特定目標，找到了「進步」的藝術風格和思考。強烈的矛盾衝突，是這樣的新興畫家藉以確認和聯繫革命的話語系統，也是他們引起革命家和革命群眾矚目的位置；在認識以及宣告他們對於自己創作指涉物的認識，他們找到的「符號」

範圍就大於馬克思文學／藝術社會現況反映論可以解釋的了；以隱喻或象徵的圖像形式建立一套符號系統，透過視覺快速且直接述求人的直覺，詮釋主體與外在世界的關係和問題，確實是可能逾越文字和語言所遭受最終極限的「藝術」方法。但是，當革命話語愈演愈烈，啓蒙、理性與文明圖式的建構幾乎化身爲政治符號的動力源頭，論述也越加合理，魯迅的質疑也更加深切並且透視了啓蒙心靈的黑暗面。

　　無論如何，目睹飢餓的苦難，我們認識現實也會爲黑白刻痕浮出的雕像人物顫動；肖像翻湧令人戰慄的情感，一幅幅黑白對照的心靈圖像如同歷歷指證流血廝殺的戰場、曝屍遍野的魔域以及更多無數生活底飢餓與疾苦；「失望的母親、無父的孤兒、沈默的犧牲，伴隨著眞正的中國。」（路翎）[18]，這樣的罪惡眞相。因此，也就有張致平刻畫的絕望邊緣遊民〈丐〉，被巨大黑幕籠罩的樣態。張致平另有一幅〈負傷的頭〉（見圖4），深刻的法令紋似是顯示復仇的堅定決心和意志。

圖4：張致平，〈負傷的頭〉，木版 18×13.4cm，1934。

---

[18] 路翎：《財主的兒女們》（北京：人民文學出版社，1985年），頁819。

　　這樣的版畫作品到底怎樣「再現」大眾，我們首要注意的是邊界外框如何形成，以及如何指示畫中圖像的所在和敘述的經過。見方的外框加上複數材質的材料；其中的局部取景猶如框架的設立，也是局部切割（the act of cutting out）之後的現出。因此，除了解讀框架內的意義，框架所形成的再現過程仍是取決意義的重要時刻；木刻版畫使用這樣的特殊技法，以黑白鮮明的對比切割出戰慄場景再次突顯出大眾造型的多義性。刀的筆觸清晰可見，反差效果能在細緻上更加感情強烈；如此和大眾「共鳴」，也可以說藉由形式而呈現的美學情感。

　　羅蘭‧巴特（Roland Barthes）在〈狄德羅、布萊希特、愛森斯坦〉（Diderot, Brecht, Eisenstein），討論形式的運作在「再現」過程的重要性，以及如何從語意形象來看待混含在文本／圖像背後的社會語境和意識型態：「我們該如何獲取再現的構造基礎？物戀主義者的主體選擇要求介入定格化（tableau）的過程，這需與律則有關：「社會的律則、鬥爭的律則、意義的律則……」[19]。除了形式運用的特殊性，「木刻版畫」在外框形成的空間中切割出指涉物，呈現「如何」被置入「眞實」的意義，也頗富戲劇化。在這些戲劇場景擷取的框架裡，版畫創作的動／靜溝通（表現），揭露並賦予一連串最富孕育時刻的表徵；那麼，我們所能分辨最富意義的片刻是那鮮明烙印，還是發掘阻隔在意義系統底層的隱義呢？巴特說的「再現」，是意義結構中的層級化和分類，也因此再現的過程正是屬於歷史的、經濟的和威權的意義建構。因此，逼近眞實的一種，在歸類動／靜態的動作（action）以及區分局部定格的意義指向，成爲不及物表義行爲下說出「現實」意義的話。

　　當現實意義被化約在最精簡的局部片刻的放映，它「突破」了眞實的侷限，也打破有關主體的種種基礎設問。在革命文學時期「大眾化」概念思維下尋求共通性的「大眾」造型，以及所謂爲了大眾力求文藝傳播努力的正確方向，究竟是要在藝術世界與眞實社會的進路上分門別類出具有經驗意涵的創作美學，還是嘗試介入藝術產製過程以藝術創作爲社會定位？「普羅」（Proletarian）、「大眾」（Masses）的形象創造，幾乎是中國三十年代整體文藝發展的重要思考對象。從「文藝大眾化」

---

19 Barthes, Roland. *Reflections: Essay, Aphorisms, Autobiographical, Writing*（New York: Schocken, 1986），pp.76-77.

到「大眾化文藝」的論爭，在在都反映出革命文藝如何接近大眾並結合大眾的情感、思想與意志；如此率先思考普羅文學的出路當是可以「形式」的把握作爲解放的終極。也因此，革命文學論戰以來，以文藝改造現實的思考及創作方法，「普羅文學」之所以取代「革命文學」，也不再僅象徵性揮喊革命口號。

四、詩性的空間文本：戰慄的審美生理學

魯迅在革命前夕，寫作了《傷逝》、《徬徨》與《孤獨者》，直到一九二七年，《野草》的出版，此間的創作，均難逃一股頹唐而絕望的心靈漩渦；《野草》這本散文詩集的出現，魯迅藉由詩中大量重複的夢境、超現實意象，以及鬼氣噪嘯的荒原場景，象徵他走入近乎沒有出路的罪惡之途。在這裡，我想特別舉《野草》中的〈頹敗線的顫動〉來討論，也許更有助於我們閱讀戰慄的審美生理學。〈頹敗線的顫動〉是一篇敘述「夢中夢」的災難寓言，幾乎也可說是，魯迅在《野草》集中反覆出現的自我影像，我們看見魯迅一方面延續中國新文學發展以來最常被描寫的飢餓圖像[20]：在夢中貧瘠的家屋，小女孩索喚母親豐腴的身軀，然而，面容枯槁而年輕的母親，卻只有在接近破曉時分的短暫安適裡，對女兒輕語說道：「還早哩，再睡一會罷！」終究，母女倆仍舊以再度沈睡來填補巨大的飢餓……魯迅以憂傷的抒

---

20 「飢餓」的主題，可視爲中國現代文學開展以來的重要主題之一。如果，我們深爲這對母女兩異形象所震駭的話，接下來，則提供我所要說明的關於心理與物質的辯證關係。王德威在討論女性形象與飢餓符碼時，認爲「國家飢饉常藉一種女性意象重現，有關受苦受難的形象，女性已被物化爲一近便的象徵……男性面對現代中國種種匱乏的物質與精神現象時，對飢餓與女性關係（不無可議的）神秘化的處理。」王德威：《如何現代，怎樣文學》（臺北：麥田出版社，1998年），頁207。我們可以這樣來理解現代中國的飢餓欲望，正是一種精神匱乏的象徵，它不單單只是來自於社會物質的匱乏，更大的不安是來自於現代歷史開展以來的精神匱乏。相對於西方形象的強盛先進，現代中國的自傷與失落，卻經常迷失在自我形象之中。此外，李歐梵在討論魯迅與西方現代藝術的關係時，也曾論及魯迅對西方藝術史的女性愛欲原型投注了相當程度的目光，也造就他成爲革命先鋒另一股「現代」氣味。李歐梵：〈魯迅與現代藝術意識〉，收入李歐梵：《鐵屋中的吶喊》（臺北：風雲時代出版社，1995年），頁289。因此，魯迅作品接收並轉化該原型，並得以延展文字書寫的空間，我們如何看待此一詩語言的可能性？

情形式，透過篇中主角的獨白，描述主角身陷飢餓的夢魘，把夢中饑餓的母女留在心中，歷歷如繪，盼望她們在驚愕的夢底，可從容度過不安；然而，關於夢的敘事者，卻經歷了兩段不同的心理時間，如果我們拿這兩段心理時間來比較，我們似乎僅僅能夠分辨的是，標誌夢境的前後的差異而已。然而，詩中一貫的情感修辭反覆層遞，例如「飢餓、苦痛、驚異、羞辱、歡欣的顫動。」諸多不斷高舉的負面情感，像龐大的形象佔據恐怖的面容，以致成為敘事者目睹夢境，卻又不斷被周圍暗影壓縮的信息。我們可以更為深入地探討其中敘事者的聲音與夢境的視象，到底是如何縫合為一？或者說，傳遞夢境文本的工具與視景如何隨著時間的移動，而改變空間文本的敘事呢？關於夢的推演，又如何同時讓敘事者脫口說出「我夢見自己在作夢。」這裡所呈現的空間視角是雙重的，一端是敘事者看見自己為夢魘所囚禁的精神牢籠，他難以推離夢魘的雙手，就像壓在胸口沈甸甸的巨石，按住無法訴說的內在搏動；另一端，卻又將目光擲向遊蕩於荒野的母親，一如質地堅硬的雕像，這位母親恍不知身在何方？母親的驚懼與恐怖，隨著敘事者在雙重空間的視域中，交錯詩語言的分裂情境。

　　我們也許可以回過頭來閱讀詩語言和圖像之間如何對話的可能。一九三六年，魯迅曾用「三閑書屋」的名義編選並出版《凱綏‧珂勒惠支版畫選集》。另外，魯迅亦收集了多幅珂勒惠支（Käthe Kollwitz　1867-1945）的簽名原作，如〈農民戰爭〉（The Peasant War, 1906-1908）、〈織工〉（The Weavers, 1897）等銅版畫。當時魯迅致力引介德國女版畫家凱綏‧珂勒惠支，更是有相當多的作品呈現出災難的圖像。從這裡，我們能夠看得出這兩位藝術家關懷的共通主題，而這也正好說明魯迅在此時期的寫作，多少表現出受到版畫引介的視覺衝擊和影響；珂勒惠支的創作主題，大多探討戰爭與死亡的人性悲劇，以及她經常著迷於創作「母與子」的精神原型。例如，珂勒惠支有一幅〈沈睡的母親與孩子〉（Mother & child sleeping）的版畫，除了目睹飢餓現實的苦難之外，也許，我們更深深為沈睡在夢中的那對母子形象所顫動──正如同魯迅筆下的夢境一般，小孩蜷曲著屏弱的身體，因著飢餓而顫動。而「女人與孩子」的系列作品中，〈死亡〉一圖，亦是將孩子的臉頰深埋於木版畫下，孩子的臉頰逆光於黑夜，像是被踩熄的灰燼，忍受著不堪撫觸的悲傷，同時加深了無助的家屋由著飢餓與貧窮所帶來的不尋常的爭鬥，母與子，是歷劫的

心靈，也是從明暗中復仇的身體，他們近乎痙攣劃過臉龐的沉睡，卻也是逐漸逼近
詛咒的控訴，無法重燃光亮的童年，一如刻刀彼端，向他們投刺而去的戰慄，刀鋒
是瞬間的急浪，切割睡夢中看似無聲無息的靜止姿態。

圖 5：Käthe Kollwitz，〈沈睡的母親與孩子〉（Mother & child sleeping），1919。

圖 6：Käthe Kollwitz 組畫〈戰爭之六．母親們〉（The Mothers plat6 from War），1921。

　　另外，我們也可以從珂勒惠支的組畫〈戰爭之六．母親們〉（The Mothers plat6
from War），發現該作品竟如魯迅筆下的主角再度入夢之後，這個母親，看似張開
眼瞳，狂亂奔馳於暗寂的荒野，她近乎歇斯底里地鼓舞著目光的殘暴，因而，備受
現實催逼的負荷，也愈形加重，珂勒惠支組畫中的母親們是這樣一群戰戰兢兢的婦
人，全數擁抱在黑暗、寒愴的一隅，窄仄的場景，三位母親相互愛撫擁抱，疲倦掉
落下來，為著弱小的孩子，給予屈身遮蔽的小小安慰。魯迅形容這位近乎「骨立的
石像似」的母親，竟懷著厭惡與恐怖，也像流動著一股混濁的目光，在發出「無詞
的言語」的同時，彷彿將周遭的災難，捲入風雨降臨的夜幕，即將淹沒灌頂的波濤
駭浪，每一分、每一秒，都襲擊著受難者的靈魂與肉身，而他們卻來不及逃離恐懼
的咆哮，以致於我們有一種近乎恍惚的暈眩，以為重臨災難現場。

眷念與決絕，愛撫與復仇，養育與殲除，祝福與詛咒……。她於是舉兩手盡量向天，口唇間漏出人與獸的，非人間所有，所以無詞的言語。當她說出無詞的言語時，她那偉大如石像，然而已經荒廢的，頹敗的身軀全面都顫動了。這顫動點點如魚鱗，彷彿暴風雨中的荒海的波濤。[21]

魯迅曾熱烈地爲珂勒惠支在中國受到的冷淡抱屈，因此，他特別編選了她的木刻特集，以便介紹給中國的讀者——這位「用了陰郁和纖穠的同情，把這些收在她的眼中，她的慈母的腕裡了。這是做了犧牲的人民的沉默的聲音。」（魯迅引述法國羅曼·羅蘭（Romain Rolland）對珂勒惠支的評語）在選集的序言裡，可以讀出魯迅力贊珂勒惠支的作品，乃出自於她作品中獨特的憂鬱特質，而這一股雖然悲哀的氣氛，卻是對「榨取人類者的無窮的憤怒」，魯迅提到：

她以深廣的慈母之愛，為一切被侮辱和損害者悲哀，抗議，憤怒，鬥爭；所取得題材大抵是困苦，飢餓，流離，疾病，死亡，然而也有呼號，掙扎，聯合和奮起。[22]

郭德曼也認爲在寫實主義的標尺下雕塑遠比繪畫更適合模仿；肖像——特別是青銅和半身塑像，能在許多照面變動的人性線條上描述多樣的表情，把握人多樣或獨特經驗的統合，而賦予頭部「眞實」性；肖像雕塑藝術透顯出的自負是寫實繪畫難以捕捉的。這樣既是有形又是抽象——前者得自肉身形狀的呈現，後者則來自從非正面的角度觀看那些材料的抽象組合。爲了看起來像是（look right），不正剛剛好固置，以及統整出一定的規則，而一件物體如何看起來像是憑藉著它的原初，而又有距離的兀自發光，但這一切都超乎我們訓練、習慣和關懷之上。[23]

21　魯迅：《野草》（臺北：風雲時代出版社，1993年），頁65。

22　魯迅：〈凱綏·珂勒惠支版畫選集·序目〉，收入張望編：《魯迅論美術》，頁168。

23　同註9，pp.19-20.

　　關於版畫媒材的運用和藝術功能，就實際需求看來，作為現代藝術的重新評估，有助個別藝術活動的伸展，魯迅亦援引德國表現主義的譯介，並概括該系列圖譜的變異風貌。魯迅對表現主義的釋義表示：它來自於現實的鬥爭，也是對於「自然物體的變形和改造，──再有著真的藝術底表現底衝動的藝術家，也是不得已的內心的要求」。就當時諸多譯介文字來看表現主義對中國現代文藝思想的影響，在於文藝上的反抗形象以及打破文明壓迫的先聲；這深刻化的情緒揭示，為時人重視而脫離五四狂飆時代的浪漫主義並轉入個體我的內心表達。木刻版畫作為視覺語言的表達，素材多元豐富，傳神生動，相當接近表現主義強調人物造型的主觀想像；這樣特殊的視角適宜揭露社會現象的本質，以及呈現文明扭曲的特異形象。

　　　　表現主義卻是對現實的爭鬥、現實的克服、壓服、解體、變形、改造。表現
　　　　派又排斥象徵。她們是在搜求比起「奇怪的花紋」似的象徵來更強烈、深刻，
　　　　有著詩底效力的簡潔、直接濃厚的言語。[24]

如同德國表現主義藝術家克爾西納（Ernst Ludwig Kirchner）自承從現實的動感中捕捉固定化的內在圖景，足以深刻地展現個別造型在畫面中的孤立；將人的局部定格或放大的，展現在圖像上的思考會連帶使人的主觀情緒被擴大。人在環境決定論的當下遭歷的痛苦極境，透過構圖的強烈特寫和單一色調的強調，能表現木刻版畫這種媒材的特殊性質，成為洞察黑暗現實的最佳藝術形式。這項藝術特質突出了再現物相對的藝術家洞察力；在對比清晰的黑白反差之中，視覺化的黑白圖像揭示了「寫實與再現」的矛盾與衝突，也激發了關於一批判黑暗的最佳效果。

　　另一方面，中國三〇年代新興版畫的發展，深受俄國的影響；主要是無產階級文化運動和構成主義。蘇聯藝術家在發展「社會現實主義」藝術的過程中，「民族美術」受到相當的重視。因此，當我們關注大眾造型與主體位置的關係，時時為革命話語密合的主體是否流於為幻覺所掩蓋？魯迅特別著眼於蒲力汗諾夫（George Valentinovitch Plekhanov）關於藝術──生產的問題：蒲氏在提問「藝術是什麼？」

---

[24] 魯迅：《壁下譯叢》（上海：北新書局，1929年）。

的同時（補正托爾斯泰的定義），亦將藝術斷定爲感情與思想的具體形象表現，從而申論具體形象也是社會現象的反映。除了表明唯物立場，他也批評唯心史觀，並援用達爾文的生物學論點作爲探討美感起源的假設基礎：

> 美的概念，……在種種的人類種族中，很有種種，連在同一人種的各國民裡，也會不同。……在文明人，這樣的感覺，是和各種複雜的觀念以及思想的連鎖結合著……文明人的美的感覺，……分明是就爲各種社會底原因所限定的。[25]

魯迅認爲蒲氏的美學觀點，會「從生物學到社會學去」將人類作爲一種「物種」研究；該如何擴展到物種的歷史命運，正是「人類的美底感情的存在的可能性（種的概念），是被那爲它移向現實的條件（歷史底概念）所提高的」[26]。此美學的認知型態，是以達爾文進化論作爲唯物歷史階段論發展的基礎；魯迅認爲這是一種客觀事實，足以探討藝術形象在不同歷史階段演進的可能性，而作爲藝術生產問題的重要說明。魯迅接著又說明，藝術創作若欲符合蒲氏的美學觀點，不可能僅是藝術形式與內容如何對應的問題，而是該創作法需有解釋性與預測性；「解明了生產力和生產關係的矛盾以及階級間的矛盾，以怎樣的形式，作用於藝術上；而站在該生產關係上的社會的藝術，又怎樣地取了各別的型態，和別社會的藝術顯出不同」[27]。魯迅在譯文序的結論，雖然傾向接受蒲氏探討美與社會的論辯，但對於蒲氏依據舊的人種學分類來說明原始民族的形象生產問題，仍持質疑的態度[28]；「美」爲人而存在，所以其體現的鬥爭的美感在於：

25　魯迅：〈譯本序〉，收入普列漢諾夫（G.V. Plechanov）：《藝術與社會生活通信》（臺北：弘文館出版社，1986年），頁26。

26　同前註，頁27。

27　同前註，頁27-28。

28　同前註，頁29。

為了生存而和自然以及別的社會人生的鬥爭上有著意義的東西。功用由理性
而被認識，但美則憑直覺底能力而被認識。享樂著美的時候，雖然幾乎並不
想到功用，但可由科學底分析而被發見。所以美底享樂的特殊性，即在那直
接性，然而美底愉樂的根柢里，倘不伏著功用，那事物也不見得美了。[29]

魯迅特別說明的──生產媒介與對象物的關係──也正是蒲氏在尋求理論與實踐
的接合點：文學與社會生活之間的對稱性；這是對象化系統之下形成的藝術脈絡。
在此相對應的生產關係下，寫實主義的美學可能突顯藝術形象運用的極限。魯迅在
給青年版畫家李樺的書信中提到「木刻卻已得到了客觀的支持，但這時候就要嚴防
它的墮落和衰退……它能使木刻的趣味降低」[30]。三十年代的版畫是否以風格的建
立和轉向作為反動，或是它仍然受限於現實主義假設的正當性所建立起的美學；我
們必需再度檢視此知識體系的建構，深入文字／圖像文本之中，探討方法、態度及
材料的特殊呈現，而非將文字／圖像的語言固定在政治語言的絕對性。如此說明語
言／非語言關係的「眞實性」可能存於社會契約之外的場域，也正是風格論交互衝
擊、琢磨的所在。

五、結 語

我們藉由跨藝術的討論，探究「中國新興木刻版畫」在革命文學時期的創作思
維與傳播效益。由於，版畫傳統本就深具民間性，再加上人物畫在古典藝術史遭受
忽視，以致到了大眾化論辯高漲的年代，版畫的大眾造型便成為有利的藝術表達。
然而，我們也發現，魯迅的倡導不僅在此，除了鼓勵青年藝術家投入創作熱情，同
時也賦予「中國新興木刻版畫」作為獨立畫種的需求；因此，藉由魯迅為何譯介版
畫？以及介紹其他相關不同於寫實風格的現代作品，足以印證其藝術思維的深廣。
同時，我們也認識到「中國新興木刻版畫」的圖像語言，在藝術互文的交涉關係下，

---

29 同前註，頁 28。
30 同前註，頁 34。

顯示即使在革命氛圍高漲的年代，仍然不能以單一功能去化約不同藝術個體的表現，藉此，正足以說明在寫實風格的要求與目標下，仍有不少異質風格的表現，而新興木刻版畫藝術除了作為傳統工藝的繼承者，又在革命年代扮演著相當重要的前衛角色，革命文學時期的知識生產者，究竟抱持著怎樣的社會期待？他們投注於社會和國家的集體力量，又如何各自牽制與融合？這是經由視覺作品所表現價值意識的最佳觀察路徑，也是我們進入大眾化論辯最直接把握的物質／視覺形態。

徵引文獻

王伯敏：《中國版畫史》（臺北：蘭亭書局，1996 年）

王德威：《如何現代，怎樣文學》（臺北：麥田出版社，1998 年）

范夢：《中國現代版畫史》（北京：中國青年出版社，1995 年）

唐家路、潘魯生：《中國民間美術導論》（哈爾濱：黑龍江美術出版社，2000 年）

魯迅：《野草》（臺北：風雲時代出版社，1993 年）

張望編：《魯迅論美術》（北京：人民美術社，1982 年）

上海魯迅紀念館、江蘇古籍出版社編：《版畫紀程：魯迅藏中國現代木刻全集》（上海：江蘇古
　　籍出版社，1991 年）

鄭振鐸：《鄭振鐸全集》（石家莊：花山文藝出版社，1998 年）

《近代木刻選集 1》（上海：朝花社，1929 年）

《近代木刻選集 2》（上海，1929 年）

魯迅編：《路谷虹兒畫選》（上海，1929 年）

《木刻紀程》（上海：鐵木藝術社，1934 年）

魯迅編：《引玉集》（上海：三閒書屋，1934 年）

普列漢諾夫（G.V. Plechanov）：《藝術與社會生活通信》（臺北：弘文館出版社，1986 年）

Barthes, Roland. *Reflections: Essay, Aphorisms, autobiographical, Writing*. New York: Schocken.
　　1986.

Nelson Goodman. *Language of Art:An Approach to a Theory of Symbols,* Indianapolis（Hackett）1976.
　　（6th printing 1988.）

Kollwitz, Käthe. Selected with introd. by Carl Zigrosser. *Prints and drawings of Kathe Kollwitz*. New
　　York:Dover Publications. 1969.

Kollwitz, Käthe. *Kathe Kollwitz*. Die Blauen Bucher. 1990.

Kollwitz, Käthe. *Käthe Kollwitz /Elizabeth Prelinger: with essays* by Alessandra Comini and Hildegard
　　Bachert.1992.

中國知識分子革命實踐的路徑──
從韋護形象與丁玲的瞿秋白論談起

徐秀慧

彰化師範大學國文系副教授

摘　要

　　眾所周知，1930 年丁玲發表了一篇以瞿秋白的形象爲主人公的小說〈韋護〉。小說描寫從事革命工作的知識份子韋護與嘉麗陷入熱戀，卻因爲意識到耽溺於愛情妨礙了革命工作，在革命與愛情不可得兼的情況下，選擇不告而別地揮別了戀人。〈韋護〉在 1930 年革命加戀愛小說的熱潮中，沿用了《封神榜》中護法韋馱尊天菩薩的典故，象徵了犧牲自我的愛情而投身於革命的形象來描繪革命精神。瞿秋白去世以後，丁玲於 1939 年 11 月 27 日在香港的《星島日報》的《星座》副刊上首次發文談論瞿秋白犧牲前的遺作〈多餘的話〉。此後，又分別在 1942 年的〈風雨中憶蕭紅〉，1946 年瞿秋白逝世十一周年寫下的《紀念瞿秋白同志被難十一周年》，以及 1980 年寫下的《我所認識的瞿秋白同志──回憶與隨想》與 1985 年的〈早年生活二三事〉等多篇文章中寫下對瞿秋白的回憶與評價，並以〈韋護精神〉提倡瞿秋白的革命精神。本文的目的即在藉由梳理從小說〈韋護〉中對瞿秋白的形象塑造，到瞿秋白犧牲就義後，丁玲論述瞿秋白的多篇文獻中，對比丁玲與瞿秋白對革命的態度，並從中尋找一些線索，談論中國革命思潮的變化與實踐的轉折。

關鍵詞：韋護精神、革命加戀愛小說、理論與實踐、丁玲、瞿秋白

一、浪漫自我的實現：革命與戀愛

丁玲的小說〈韋護〉[1]，1930 年 1 月至 5 月連載於《小說月報》上，以瞿秋白與王劍虹戀情作爲素材，描述了革命意識克服了羅曼諦克的自我意識。瞿秋白去世以後，丁玲在不同時期對瞿秋白的回憶與評論，呈現了側重於不同面向的敘述，這些敘述內容，儘管因爲丁玲的處境與心境的差異而有不同的體悟與感觸，但始終有其一貫性，都是出自於一心向著革命實踐之路的眞誠敘述，呈現了丁玲呼應著中國革命發展階段性的心路歷程。今日重看丁玲的瞿秋白論，不能去歷史化地看待這些不同面向的敘述，就認爲丁玲的敘述前後矛盾。

有關丁玲的瞿秋白論，相關的研究，舉其要者有張志忠考察丁玲關於「韋護」的敘述時指出：「在不同時期所言，有著明顯的差異，每次講述，既有重合，也有交叉和內在矛盾」，藉由「丁玲對小說中的韋護與麗嘉之間和現實中的瞿秋白與王劍虹的感情關係的不同描述，解讀不同語境下丁玲對這一命題的敘述要旨及其不同的述說心態。」[2]秦林芳的研究則指出丁玲的瞿秋白書寫：揭示了瞿秋白作爲"戰士"和"文人"的雙重身份和二重人格。「丁玲的"瞿秋白書寫"多次轉移了自己的視點和重心。這顯示出了在"政治"與"文學"的張力場中丁玲自我意識傾向的波動和遷移。瞿秋白這個被書寫的"他者"，實際上成了人們觀照丁玲複雜"自我"的一面鏡子。」[3]張志忠與秦林芳的研究，無論是從敘事學的角度或是從主體敘述的視角，共同考慮到了丁玲所處的文化語境與場域性的差異，導致丁玲對瞿秋白論述的差異，並隱含了自我投射與告白的敘述策略，對本文頗具啓發性。

丁玲在中共革命重要的轉折期，總是會想起瞿秋白，有時也會論及〈韋護〉。我想要藉由丁玲的韋護形象塑造與瞿秋白的論述，對比瞿秋白的〈多餘的話〉，以

1　丁玲：〈韋護〉，《丁玲全集》第 1 卷（石家莊：河北人民出版社，2001 年），頁 3-111。下文中引自《丁玲全集》之引文，僅在文中標明卷數與頁數，不再一一做注。

2　張志忠：〈關於"韋護"的幾種敘述──現代作家創作發生學研究之一〉，收錄於《新氣象 新開拓──第十次丁玲國際學術研討會文集》（上海：同濟大學出版社，2009 年），頁 107。

3　秦林芳：〈論丁玲的"瞿秋白書寫"〉，《江蘇社會科學》2013 年第 6 期，頁 168。

丁玲和瞿秋白作爲中國知識革命者的代表，探討中國知識分子革命實踐的路徑。筆者認爲丁玲對瞿秋白的論述，儘管側重的面向有所不同，但自始至終都對瞿秋白的革命精神予以肯定，丁玲從未懷疑過瞿秋白對革命的實踐與奉獻。甚至當丁玲因爲好友王劍虹與瞿秋白的熱戀而感到寂寞，決定離開上海時，丁玲在 1980 年〈我所認識的瞿秋白同志〉中回憶道當王劍虹「完全只是秋白的愛人」時，她告別了這位摯友「好友啊！我珍愛的劍虹，我今棄你而去，你將隨你的所愛，你將沉淪在愛情之中，我將隨秋白走向何方呢？……」（第 6 卷，頁 43）丁玲至晚年顯然還是認定當她與王劍虹還徘徊於馮雪峰所謂「個人主義的無政府性加流浪漢（lumken）的知識階級性」時，她遇到了上海大學「最好的教員」瞿秋白，引領著她走向她往後的人生道路。

　　從私人情誼來說，丁玲對於瞿秋白與王劍虹的戀愛悲劇，從不隱諱她爲王劍虹生病時瞿秋白不在身邊感到不平，無論是〈韋護〉或是 1931 年的公開演講〈我的自白〉，她都將這場悲劇歸咎於有著矛盾的二元性格的韋護（瞿秋白）。〈我所認識的瞿秋白同志〉中提到當時的心境：「我心想：我不管你有多高明、多麼了不起，我們的關係將因爲劍虹的死而割斷，雖然她是死於肺病，但她的肺病從哪兒來，不正是從你那裏傳染來的嗎？」（第 6 卷，頁 46）丁玲也在此文坦承她曾經對於瞿秋白在王劍虹病逝後幾個月[4]即與楊之華結爲連理無法諒解，有很長的一段時間，丁玲因此有意疏遠瞿秋白。

　　丁玲在塑造「韋護」形象時，雖然受限於她當時的生命體驗，無法具體描寫投身於革命工作的「韋護」，而側重於描寫戀愛中的「韋護」。但〈韋護〉正是因爲描寫了受到五四啓蒙精神、個性覺醒的革命知識者，在革命的浪潮席捲底下，陷入文藝與政治、個人與集體、戀愛與革命之間無法調和的矛盾性，而寫出了那一代知識革命者的形象風貌。丁玲對「韋護」的形象塑造以及對瞿秋白的評價，完全展現了丁玲公、私領域分明的理性與感情。在懷念王劍虹的私人情誼上，她無法對瞿秋白與楊之華這對「愛人同志」感到釋懷，所以她在〈韋護〉中不但描寫了韋護在俄國的風流史，也讓她在訣別麗嘉的信中自我懺悔道：「韋護又有了流氓行爲，又欺

4　王劍虹 1924 年 7 月病逝，瞿秋白與楊之華於同年 11 月結婚。

騙了女人」、「韋護終究是物質的，也可以說是市儈的，他將愛情褻瀆了，他值不得麗嘉的深愛呵！」（第 1 卷，頁 108、109）。雖然理性上丁玲明白王劍虹「沒有失戀，秋白是在他死後才同楊之華同志戀愛的，這是無可非議的」。理性上她無法苛責瞿秋白，但這應該是後設的理解。丁玲坦承她當時還曾向譚惕吾傾訴她對瞿秋白的怨氣，譚惕吾勸導她，丁玲聽進去了，但也因此疏遠了譚惕吾，她和瞿秋白同在北京時，「反而好像不認識一樣」（第 6 卷，頁 49）。

　　寫在瞿秋白與楊之華婚後六年的〈韋護〉，丁玲似乎還想要給自己一個理由，解釋瞿秋白何以在王劍虹病逝後短短的幾個月時間，就可以很快地接受楊之華的愛情？寫作〈韋護〉時，丁玲已經見識過瞿秋白和楊之華「愛人同志」的婚姻。所以丁玲描寫韋護發現自己可能愛上麗嘉時，希望自己可以抗拒愛情的誘惑：「他很懷疑麗嘉，他確定這並不是一個一切都能折服他的人」（第 1 卷，頁 65）。丁玲在 1931 年的演講時提到〈韋護〉，寫的是他的一個作家朋友，並說明她寫的這位朋友（即瞿秋白）的苦惱：

> 他曾說，他愛她並不如她誠懇的那樣，他只以為那女人十分愛她，而他故意寫詩，特意寫的那樣纏綿。他心中充滿了矛盾，他看重他的工作甚於她。每日與朋友都是熱烈談論一切問題，回家時，他很希望他的 Lo-ver 能把關於他的工作，言論，知道一點，注意一點，但她對此毫無興趣。他很希望得到一個心目中所要求的一個愛人。他曾老老實實的對我這樣說過」[5]

丁玲在這場演講中雖然講述的是瞿秋白感到戀愛與革命工作的衝突，但卻也在無意中透露出她能夠理解楊之華與王劍虹對於瞿秋白來說，當然是楊之華更能滿足瞿秋白對「愛人同志」的想望，可以使革命與戀愛相得益彰。丁玲在塑造麗嘉與韋護的戀情與革命的矛盾時，丁玲情感上不能不為她的摯友王劍虹抱屈，但是 1934 年瞿秋白被派去蘇區工作，黨的要求一樣使瞿秋白訣別了愛妻楊之華，並且從此天人永

---

[5]　丁玲：〈我的自白——在光華大學的演講〉原載《讀書月刊》第 2 卷第 4、5 期合刊（1931 年 8 月 10 日），轉引自袁良駿編：《丁玲研究資料》（北京：知識產權出版社，2011 年），頁 82。此文為記者紀錄的文字。

隔。1985 年當丁玲寫〈早年生活的二三事〉又更客觀、理性地講述瞿秋白、王劍
虹與楊之華的戀情時，則寫道：

> 王劍虹死後，瞿秋白和楊之華戀愛。瞿秋白說只有兩個女子最了解他，能批
> 評他，一個是天上的女子王劍虹，一個是世上的女子楊之華。他寫履歷的時
> 候第一個妻子寫的是王劍虹。他和王劍虹認識一年，同居才半年。王劍虹死
> 後，遺體放在四川會館。當時瞿秋白正好到廣州去參加第一次國共合作的會，
> 這個會他是非去不可的。（第 10 卷，頁 306）

顯然丁玲生前一年已經全然釋懷她爲王劍虹感到委屈的感傷。丁玲出於爲王劍虹抱
屈的意識開始創作〈韋護〉，但〈韋護〉卻成了丁玲克服五四浪漫意識的首篇之作。
雖然丁玲對瞿秋白有不諒解，丁玲依舊依循瞿秋白對韋馱菩薩精神的自我期許，塑
造了瞿秋白犧牲自我、奉獻於革命的韋護形象。

　　儘管韋護的革命形象不夠具體，但小說還是多次鋪陳了韋護不可磨滅的革命信
仰，一開場就說「他目前全部的熱情只能將他的時日爲他的信仰和目的去消費」，
當他發現自己可能愛上麗嘉時，即抗拒著這段戀情：「他並不反對戀愛，並不怕同
異性接觸，但他不希望爲這煩惱，讓這些占去他工作的時間，使他怠惰」，雖然這
不過是「生命的自然需求」（第 1 卷，頁 65、109）。當他從熱戀中清醒過來，他
明白所想望的與麗嘉學魯賓遜漂流到無人小島共度餘生，不過是自欺欺人。韋護並
不在乎被同志攻擊，促使他眞正下定決心離開麗嘉的原因是他無法違背自己的信
仰：

> 他已不能真真做到只有麗嘉而不過問其他的了。唉，若是在以前，當他驚服
> 和驕恃自己的才情的時候，便遇著麗嘉，那是一無遺恨和阻隔的了。而現在
> 呢，他在比他生命還堅實的意志裡，滲入了一些別的東西，這是與他原來的
> 個性不相調和的，也就是與麗嘉的愛情不相調和的。他怠惰了，逸樂了，他
> 對他的信仰，有了不可饒恕的不忠實；而對麗嘉，也一樣的不忠實了。（第
> 1 卷，頁 103）

〈韋護〉中多次鋪陳韋護的二元性格。韋護給麗嘉的訣別信中也提到,將他深愛的那些文學書籍與詩作,一併送給麗嘉。丁玲於此處將文學志趣與革命工作完全對立起來,也顯現出寫作〈韋護〉時丁玲自身對文學與改革社會的認知。受到五四的啓蒙思潮、個性解放的影響,丁玲從〈莎菲女士的日記〉以來,即把文學、自由戀愛當成是自我的實踐。到了寫作〈韋護〉時,因爲受到瞿秋白的影響,丁玲將韋護的革命信仰、意志與實踐也納入自我實踐的可能之一。但是此時的丁玲也和瞿秋白在〈多餘的話〉流露出的將戀愛與革命、文學與政治視爲是矛盾的二元性。丁玲是到延安時期的革命實踐中,經過革命工作的體驗與整風運動才逐漸克服了這種革命與戀愛、政治與文學的二元性。丁玲塑造的韋護形象與瞿秋白在〈多餘的話〉[6]的自剖卻有著高度的重疊,這也說明了 1930 年代左翼文學的實踐,只能是中國普羅文學的轉折期。五四的啓蒙思潮、個性解放與歐化的白話文體,都必須經過瞿秋白在 1930 年代從蘇聯引進的「文藝大眾化」的時代課題中,逐一克服革命知識者從封建意識解放出來的自我意識,並在延安根據地進一步完成與群眾意識的結合。而在此過程中,丁玲的普羅文學的實踐過程與路徑是完成革命知識者「文藝大眾化」的最佳言詮。

二、〈韋護〉、〈多餘的話〉與丁玲踏上革命之路

　　這一節我將進一步對比〈韋護〉中的韋護形象與〈多餘的話〉中瞿秋白的自剖,進一步探討丁玲以她的敏銳度從革命的前行者瞿秋白身上意識到了政治與文學的二元性,直到胡也頻被國民黨殺害、丁玲自己也被國民黨拘禁三年,直到延安時期的寫作,丁玲對此一政治與文學的二元意識始終抱持著高度的自覺與警醒。

　　瞿秋白就義前的〈多餘的話〉完全無悔於作爲革命人的一生,但對於自己只是個「一個半吊子的文人」卻被推上中共政治領導人的位置,認爲是「歷史的誤會」。

6　瞿秋白:〈多餘的話〉,《瞿秋白文集‧政治理論編 7》(北京:人民出版社,1981 年),頁 717。全文根據中央檔案館保存的國民黨政府檔案手抄本刊出,並將之與 1937 年上海《逸經》半月刊發表的全文比對,一一注明《逸經》版遺漏的幾段文字,瞿秋白手稿至今未見。

瞿秋白在〈多餘的話〉中帶著俄國文學史上「多餘的人」的負罪意識無情地自剖，[7] 說自己是個「脆弱的二元人物」，始終沒有脫去出身於紳士階級的紳士意識：

> 我家的田地房屋雖然在幾十年前就已經完全賣盡，而我小的時候，卻靠著叔祖伯父的官俸過了好幾年十足的少爺生活。紳仕的體面"必須"維持。我母親寧可自殺而求得我們兄弟繼續讀書的可能；而且我母親因為窮而自殺的時候，家裡往往往往沒有米飯煮的時候，我們還用著一個僕婦（積欠了她幾個月的工資到現在還沒有還清），我們從沒有親手洗過衣服，燒過一次飯。
>
> 　直到那樣的時候，為著要穿長衫，在母親死後，還剩下四十幾多元的裁縫債，要用剩餘的木器去抵債。我的紳士意識——就算是深深潛伏著表面不容易覺察罷——其實是始終沒有脫掉的[8]

對於紳士意識的自省，瞿秋白在《餓鄉紀程》也曾寫道：「母親死時遺下的債務需得暫時有個交托，——破產的"士的階級"大半生活築在債台上，又得保持舊的"體面"，不讓說是無賴呵！」[9]為著讓瞿秋白兄弟得到親族的救濟繼續讀書，瞿秋白的母親金衡玉女士寧可自殺的犧牲意識，對瞿秋白處處壓抑自我意識、為革命大局著想不無影響。他到臨死前還掛記著積欠洗衣婦的工資，對於紳士為維持體面生活的虛偽性也有著深刻的批判。

丁玲描寫韋護陷入廢織廢耕的戀情時，說「原來就有一部分人不滿意他的有禮貌的風度，說那是上層社會的紳士氣派」，而他自己也感到矛盾的痛苦：

> 他在自己身上看出兩種個性和兩重人格來！一種呢，是他從父母那裡得來的，

7　有關「多餘的人」與〈多餘的話〉的互文性，參見陳相因：〈「自我」的戲碼與符碼：論瞿秋白筆下「多餘的人」與〈多餘的話〉〉，臺灣師範大學國文系主辦「2013 第三屆敘事文學與文化國際學術研討會」，2013.10.25-26。

8　同註 6，頁 701。

9　瞿秋白：〈餓鄉紀程〉，《瞿秋白文集・文學編 1》（北京：人民出版社，1981 年），頁 17。

那一生潦倒落拓多感的父親，和那熱情、輕躁以至於自殺的母親，使他們的兒子在很早便有對一切生活的懷疑和空虛。因此他接近了藝術，他無聊賴的以流浪和極端感傷虛度了他的青春。若是他能繼續舞弄文墨，他是有成就的。但是，那新的巨大的波濤，洶湧的將他捲入漩渦了，他經受長時間的衝擊，才找到他的指南，他有了研究馬克斯列寧等人著作的趣味。（第1卷，頁101）

丁玲也將瞿秋白的負咎意識表現在韋護身上，小說中除了透過韋護之口道出自己身上也殘留著「名士的遺毒」（第1卷，頁22），又描寫他為張羅住處考慮得太多：

> 他必須找一個乾淨的房子，和一個兼做廚子的聽差。但是不知所以然的，他常常為一些生活得很刻苦的同志弄得心裡很難受，將金錢光花在住房子和吃飯就花費那麼多，仿佛是很慚愧的。他的這並不多的慾望，且是正當的習慣（他自己橫豎這樣肯定），與他一種良心的負咎，也可以說是一種虛榮（因為他同時也希望把生活糟蹋得更苦些）相戰好久。結局是另一種問題得勝了。就是他必須要一間較清淨的房間，為寫文章用。（第1卷，頁39）

當麗嘉第一次來到韋護的住處時，「房裡的裝潢，使麗嘉微微驚駭了一下，但隨即便坦然了。她看出這房子的主人沒有一點與這些精緻的東西不相調和」（第1卷，頁70）。顯然無論是瞿秋白或丁玲，當他們接受了無產階級革命文學的思潮洗禮後，他們所接受的那套無產階級革命的意識，嚴酷地檢驗著他們身上「小布爾喬亞」的習氣。瞿秋白在〈多餘的話〉中反省自己身上殘留的紳士意識和馬克思主義的二元意識時，寫道：

> 我二十一歲，正當人生觀形成的時期，理智方面是從托爾斯泰的無政府主義很快就轉到馬克思主義。人生觀或是主義，這是一種思想方法——所謂思路；既然走上了這條思路，卻不是輕易就能改換的。而馬克思主義是甚麼呢？是無產階級的宇宙觀與人生觀，這同我潛伏的紳士意識，中國式的士大夫意識，以及後來蛻變出來的小資產階級或是市儈的意識，完全處於敵對的地位；沒

落的中國紳士階級意識之中，有這樣的成分：例如假惺惺的仁慈禮讓，避免
鬥爭……以致寄生蟲式的隱士思想。完全破產的紳士往往變成城市的波希美
亞──高等遊民，頹廢的，脆弱的，浪漫的，甚至是狂妄的人物，說實在些，
是廢物。我想，這兩種意識在我內心不斷的鬥爭，也就侵蝕了我極大部分的
精力。我得時時刻刻壓制自己的紳士意識和遊民式的情感，極勉強的用我所
學到的馬克思主義的理智來創造新的情感，新的感覺方法。可是無產階級意
識在我的內心始終中沒有得到真正的勝利的。*10*

另一方面瞿秋白也說：「同樣要說我已放棄了馬克思主義，也是不確的。」並在〈多
餘的話〉中花了非常多的篇幅反省自己在政治工作上的失敗，他一一交代了從盲動
主義到立三路線自己對於中國革命情勢的誤判，「既沒有指出立三的錯誤路線，更
沒有在組織上和一切計畫及實際工作上保障國際路線的執行。實際上我的確沒有認
出立三路線和國際路線的根本不同。」*11*
　　張秋實根據解密的俄羅斯檔案中，研究了瞿秋白與共產國際關係，他的研究指
出：共產國際對李立三路線的認定不斷改變，是因為米夫、王明的宗派主義不斷地
在莫斯科方面搞政治鬥爭。中共六屆三中全會之後，瞿秋白在共產國際方面的影響
仍然存在。1931 年 1 月六屆四中全會前後，在米夫精心運籌下，瞿秋白為承擔李
立三錯誤路線的政治責任，被撤銷了政治局委員的身分。1931 年 5 月 17 日共產國
際執委會要求瞿秋白擔任中共中央駐共產國際的代表，遭到國際共產駐上海的遠東
局的米夫的反對，最後是由王明 10 月到莫斯科出任代表一職，直到抗日戰爭開始
後才回國。六屆四中全會後，王明已經成功地獲取國際共產的信任取得中共的領導
權，雖然名義上是向忠發擔任黨的總書記，實權卻是掌握在年輕氣盛的王明手中。
張秋實認為瞿秋白在六屆四中全會以後，"謝絕" 了米夫代表遠東局對他做出蘇區
中央局九人委員之一的工作安排，除了因為身體不好，還在於他想退出黨內複雜政
治鬥爭的漩渦。*12*

10　瞿秋白：〈多餘的話〉，頁 701-702。

11　同上，頁 707、710。

12　張秋實：《瞿秋白與共產國際》（北京：中共黨史出版社，2004 年），頁 317-349。

　　瞿秋白對於自己服從於國際共產的指示，卻依舊無法勝任的政治工作，自責於「脆弱的二元人物」性格所造成；並且認爲「這種二元化的人格，我自己早已發覺——到去年更是完完全全瞭解了已經不能夠絲毫自欺了」。這裡的「去年」，就是他必須離開上海、告別愛人楊之華，告別與魯迅一起從事的俄國文學的翻譯工作，接受黨的安排到瑞金辦蘇區中央教育的任務。丁玲稱瞿秋白在上海的左聯時期是「金黃色的生活」。顯然，瞿秋白對於這段將文學與政治、戀愛與革命結合的「金黃色的生活」仍有所眷戀。[13]因而，在就義前道出自己不適合從政的心境。〈多餘的話〉全文雖然未提到魯迅，但是瞿秋白唯一肯定自己的是「僅有一點具體智識，那就只有俄國文罷。假使能仔細而鄭重的、極忠實的翻譯幾部俄國文學名著」，是一個最愉快的夢想。而這正是魯迅極其看重的瞿秋白關於俄國文學與文藝理論的翻譯貢獻，給予「信而且達，並世無兩」[14]的高度評價。

　　〈多餘的話〉並無悔於成爲一個馬克思主義者，而說道：「我對社會主義或共產主義的終極理想，卻比較有興趣」。瞿秋白自認爲是「脆弱的二元人物」性格，以至於對文學與政治感到無法調和的矛盾。關於文學與革命，文學與政治的關係還是魯迅說得比較清楚：

> 我每每覺到文藝與政治時時在衝突之中；文藝和革命原不是相反的，兩者之間，倒有不安於現狀的同一。惟政治是要維持現狀，自然和不安於現狀的文藝處在不同的方向。[15]

懷抱社會主義終極理想走上革命道路的瞿秋白當然無法調和文學與政治的歧途，反而是當他淡出政治舞台，在上海與魯迅共同合作領導左聯時期，能夠將文學與革命

---

13 胡秋原曾經評價〈多餘的話〉「是一篇政治的散文的葬花詞」，見〈胡序——瞿秋白論〉，收入姜新立：《瞿秋白的悲劇》（臺北：幼獅文化出版公司，1982 年），頁 20。

14 魯迅：〈紹介《海上述林》上卷〉，原題〈《海上述林》上卷出版〉，載於《中流》第 1 卷第 6 期（1936 年 11 月 20 日），王世家、止庵編：《魯迅著譯編年全集第貳拾卷》（北京：人民出版社，2009 年），頁 286。

15 魯迅：〈文藝與政治的歧途〉，《魯迅著譯編年全集第捌卷》，頁 536。

的志趣結合發展得很好，所以他總結自己的政治生涯是「歷史的誤會」。

　　瞿秋白犧牲後，魯迅抱病將瞿秋白翻譯的理論的文學作品，編輯了上、下卷的《海上述林》，上卷的部份主要是左翼文藝理論，下卷則是詩、劇本和小說等文藝作品。1936 年以"諸夏懷霜社校印"的名義發行。《海上述林》的內容完整呈現了瞿秋白翻譯馬列主義文學理論與俄國文學的成果，展現了中國普羅文學發展在 1930 年代此一轉折期借鏡蘇聯的重要成果。瞿秋白犧牲前仍無法忘情文學志業，正如胡也頻就義前寫給丁玲的信中所言，他估計總有那麼二、三年的徒刑，他天天聽獄中同志講故事，生活並不枯燥和痛苦，這些同志都有很豐富的生活經驗，他有強烈的寫作欲望，相信可以寫出更好的作品，要丁玲多寄些稿紙給他。[16]1933 年至 1936 年期間，丁玲自己也身陷國民黨的軟禁，卻能夠多次婉拒國民黨特派員的寫作邀請，丁玲終究沒能忘記胡也頻犧牲前對於普羅文學的熱情與未竟的志業。因此，後來丁玲在陝北第一次看到〈多餘的話〉時，她完全能夠理解瞿秋白的心情。

　　寫於 1929 年冬的〈韋護〉，自 1930 年問世以來，即被公認爲是丁玲從五四時期的自我意識轉向革命意識的轉折期之作，錢杏邨率先指出是「"革命的信心"克服了 "愛情的留戀"」[17]，馮雪峰肯定丁玲的〈韋護〉「已經有一條朦朧的出路了。彷彿已在社會中看見新東西了」[18]，茅盾也認爲是「是丁玲思想前進的第一步」[19]。同時，這些來自革命陣營的評論家，也都共同從普羅文學的視角指出了〈韋護〉的不足。錢杏邨認爲：「這一部長篇依舊是一部戀愛小說，與革命沒有深切的聯繫」[20]。馮雪峰指出〈韋護〉還帶有丁玲早期作品中「個人主義的無政府性加流浪漢（lumken）

16　丁玲：〈一個真實人的一生——記胡也頻〉，《丁玲全集 9》，頁 77。

17　錢謙吾：〈丁玲〉，收錄於《現代中國女作家》（上海：北新書局，1931 年），轉引自袁良駿編：《丁玲研究資料》（北京：知識產權出版社，2011 年），頁 200。

18　何丹仁：〈關於新的小說的誕生——評丁玲的《水》〉，原載《北斗》第 2 卷第 1 期（1932 年 1 月 20 日），轉引自袁良駿編：《丁玲研究資料》，頁 213。

19　茅盾：〈女作家丁玲〉，原載《文藝月報》第 2 號（1933 年 7 月 15 日），轉引自袁良駿編：《丁玲研究資料》，頁 217。

20　錢謙吾：〈丁玲〉，轉引自袁良駿編：《丁玲研究資料》，頁 201。

的知識階級性加資產階級頹廢的和享樂而成的混合物」[21]的傾向。茅盾也批評說：「但在全體上，除了寫麗嘉那種熱情的狷傲的個性以及模糊的政治認識而外，那位男主角韋護是表現得並不好的。那時候（大約是一九二三～二四年罷）的社會情形沒有真切地描寫也是一個缺點」[22]。

茅盾的批評確實很中肯，〈韋護〉雖然是以瞿秋白作為主人公的形象命名的小說，但是小說基本上是以麗嘉的視角看待「韋護」的。與其說是以麗嘉的視角，不如說是以當時丁玲的視角看待瞿秋白的，而當時尚未實際參與革命工作的丁玲，確實無法深刻地描寫"韋護"的革命工作。小說中麗嘉的性格奔放，幻想著到法國去，年紀比珊珊小，受到珊珊的照顧，與其說麗嘉是王劍虹的投射，不如說是丁玲自己的投射。丁玲在 1931 年的公開演講時就曾表示：「那時我每天都在沉思默想：假使我是書中的女人時，應怎樣對付？」，「我現在覺得我的創作，都採取革命與戀愛交錯的故事，是一個唯一的缺點，現在是不適宜的了。不過那還是去年寫成的，與現在的環境又大大不同了」[23]。何以才一年的時間，丁玲就有這麼大的轉變？那是因為 1931 年的 2 月，丁玲歷經了另一半胡也頻犧牲的「左聯五烈士」事件。胡也頻的犧牲，對於丁玲以實際行動參與革命，有重大的影響。

丁玲在演講中也提到胡也頻鼓勵丁玲寫作〈韋護〉，當丁玲一度想放棄時，胡也頻鼓勵丁玲「權當它是一件歷史敘述一下吧」，完成後，胡也頻的批評是「太不行了，必須重寫」，致使兩人「為此大吵特吵起來。結果，我又重寫一遍」。[24]當時的胡也頻比丁玲還要早信仰革命，丁玲多次提到胡也頻革命覺悟的歷程：「也頻卻是一個堅定的人。他還不了解革命的時候，他就詛咒人生，謳歌愛情；但當他一接觸革命思想的時候，他就毫不懷疑，勤勤懇懇去了解那些他從來沒有聽到過的理論。他先是讀那些馬克思主義的文藝理論」（第 9 卷，頁 68），又說：

---

21 何丹仁：〈關於新的小說的誕生——評丁玲的《水》〉，袁良駿編：《丁玲研究資料》，頁 211。

22 茅盾：〈女作家丁玲〉，袁良駿編：《丁玲研究資料》，頁 216。

23 丁玲：〈我的自白——在光華大學的演講〉，轉引自袁良駿編：《丁玲研究資料》，頁 82。

24 同上。

也頻在二八、二九讀了大量的魯迅和雪峰翻譯的蘇俄文藝理論書籍，進而讀了些社會科學、政治經濟學、哲學等書。他對革命逐漸有了理解，逐漸左傾，二九年寫了《到莫斯科去》，三○年寫了《光明在我們前面》。（〈胡也頻〉，第 6 卷，頁 96）

胡也頻的《到莫斯科去》、《光明在我們前面》[25]一樣是以革命加戀愛的模式，分別描寫身爲黨國要人的少婦和無政府主義者的女主人公，受到戀人的啓蒙加入到革命的實踐中。〈韋護〉雖然取材於瞿秋白和王劍虹的戀情，但是我認爲其中也投射了丁玲和胡也頻兩人的戀情和革命實踐的體驗。丁玲說：

我也不喜歡也頻轉變後的小說，我常說他是"左"傾幼稚病。我想，要麼找我那些老朋友去，完全做地下工作，要麼寫文章，我那時把革命和文學還不能很好地聯繫著去看，同時英雄主義也使我以爲不搞文學專搞工作才是革命。（〈一個真實人的一生——記胡也頻〉第 6 卷，頁 68）

當時正在寫作〈韋護〉的丁玲還無法理解胡也頻對革命的覺悟與信仰，丁玲曾回憶道，胡也頻告訴丁玲：「要懂得馬克思主義也很簡單，首先是你要相信他，同他站在一個立場」，丁玲的反應是：「我不相信他的話，我覺得他很有味道。當時我的確不懂得他的，一直到許久的后來，我才明白他的話」。左聯成立以後，胡也頻「擔任工農兵文學委員會主席，他很少在家。我感到他變了，他前進了，而且是飛躍的，我是贊成他的，我也在前進，卻是在爬。我大半都一個人寫我的小說《一九三○年春上海》。」（〈一個真實人的一生——記胡也頻〉第 9 卷，頁 68、70）

到了 1933 年時，丁玲還曾經爲〈韋護〉被當成普羅文學批評申辯：

我沒有想把韋護寫成英雄，也沒有想寫革命，只想寫出在五卅前的幾個人物，所以有幾天，每天都寫五千字，人非常興奮，快樂。到《小說月報》登載，

25　胡也頻：《胡也頻選集》（下）（福州：福建人民出版社，1981 年）。

　　自己重來讀到的時候，才很厲害的懊惱著，因為自己發現只是一個很庸俗的
故事，陷入戀愛與革命的衝突的光赤式的陷裡去了。*26*

1932 年革命加戀愛小說的公式化已經被清算了，所以丁玲當時也自認為「陷入戀
愛與革命的衝突的光赤式的陷裡去了。」那是因為寫於 1930 年的〈韋護〉，當時
的丁玲對於革命文學、對於黨的領導和集體主義始終抱持著觀望的態度。然而，丁
玲後來在 1980 年重新評價〈韋護〉時，表示：

　　我想寫秋白、寫劍虹，已有許久了。他的矛盾究竟在哪裡，我模模糊糊地感
　　覺一些。但我卻只寫了他的革命工作與戀愛的矛盾。當時，我並不認為秋白
　　就是這樣，但要寫得更深刻一些卻是我力量所達不到的。（（第 6 卷，頁 49）

事隔五十年後，丁玲對於自己創作〈韋護〉的侷限非常坦白。丁玲在這篇回憶文章
中也提到瞿秋白後來曾寫信給丁玲署名「韋護」，並曾當著丁玲的面說應該為丁玲
和胡也頻的小孩取名為「韋護」，丁玲說道：

　　我心裡正有點懷疑，他果真喜歡〈韋護〉嗎？而秋白卻感慨萬分的朗誦道 "田
　　園將蕪胡不歸！"我一聽，我的心情也沉落下來了。我理解他的心境，他不是
　　愛〈韋護〉，而是愛文學。他想到他最心愛的東西，他想到多年來對於文學
　　的荒疏。那麼，他是不是對他的政治生活有些厭倦了呢？後來，許久了，當
　　我知道一點他那時的困難處境時，我就更為他難過。我想，一個複雜的人，
　　總會有所偏，也總會有所失。在我們這樣變化激劇的時代裡，個人常常是不
　　能左右自己的。（第六卷，頁 50）

　　誠如茅盾對〈韋護〉的批評與丁玲後來的坦誠，〈韋護〉沒能深刻地描繪出韋

---

26 丁玲：〈我的創作生活〉，載《創作的經驗》（上海：天馬書店，1933 年），轉引自袁良駿
　　編：《丁玲研究資料》，頁 92。

護犧牲自我、獻身於革命的社會整體性，那是因爲當時的丁玲對於革命者「常常是不能左右自己」還沒有深切的體會。然而丁玲「模模糊糊」感受到瞿秋白在戀愛與革命、文學與政治的二元性所創作的〈韋護〉，作爲她克服自我意識，轉向社會、轉向革命寫作的首篇，在丁玲的創作史上卻像是一盞明燈。

　　〈韋護〉是丁玲從描寫女性浪漫情愛的主題轉向革命意識的首篇之作，瞿秋白這位革命戰士的前行者，讓丁玲克服了五四運動以來解放自我的「羅曼諦克」情結。〈韋護〉的結尾，改寫了王劍虹病故的悲劇，以麗嘉從失戀中覺醒，「唉，什麼愛情，一切都過去了！……我們好好做點事業出來吧」，展現了丁玲對知識女性尋求自我出路的期許。同時也預言了胡也頻犧牲後，丁玲毅然投身革命工作的決心。歷史的造化，讓後來的丁玲不僅走上了「韋護」的道路，並透過在延安的革命工作與在創作中實踐著瞿秋白提倡的「文藝大眾化」理論，逐步地將文學與革命的理想主義合而爲一。

　　瞿秋白犧牲後，丁玲的瞿秋白論述，在不同的歷史階段，也展現了她自身在革命實踐的過程對知識份子的自我改造、自我實現與革命現實的反思。在此過程，丁玲自身革命實踐歷程，也如同她所塑造的「韋護」一樣，訣別了視文學與愛情爲自我實現的浪漫情懷，一步一步邁向革命實踐之路。

　　瞿秋白在遺言〈多餘的話〉中來不及實踐的：「很想仔細的親切的嘗試實際生活的味道。譬如“中央蘇區”的土地革命已經有三四年，農民的私人日常生活究竟有了怎樣的具體變化，他們究竟是怎樣的感覺。我曾經去考察過一兩次。一開口就沒有“共同的語言”」[27]。瞿秋白就義臨死前沒有忘記他對文藝大眾化的提倡，感嘆自己沒能深入群眾的生活，與無產大眾建立「共同的語言」。從丁玲後來走向延安的革命道路，並完成了反映土地改革之作〈太陽照在桑乾河上〉，丁玲確實完成了瞿秋白來不及實踐的文學與革命結合的遺志。

27　瞿秋白：〈多餘的話〉，頁 717。

三、面向人間的「韋護精神」

丁玲在〈與友人論瞿秋白〉的短文，留下了她第一次對〈多餘的話〉的評價：

> 秋白詩原文並未見，在「逸經」上也見過，並有「多餘的話」。有些人以為
> 造謠，因為他們以為有損與秋白。我倒不以為然，我以為大約是秋白寫的。
> 秋白是一個末落的官紳子弟出身，受舊的才子佳人薰染頗深，但他後來投身
> 政治，中國革命事業為中共領導人之一，卒至犧牲。人說慷慨犧牲易，從容
> 就義難。秋白真是從容就義，不為不光榮。但秋白自然在感情上，在私人感
> 情上，難免有些舊的殘餘。中共以前生活亦較散漫，所以還沒有些空閒溫習
> 舊的感情，在他情感上雖還保存有某些矛盾，在他在平生卻並未放縱牠，使
> 牠自然發展過，他卻是朝著進步方向走的。這種與自己做鬥爭，勝利了那些
> 舊的，也不為不偉大，小資產階級，知識分子到共產主義中來的途程原來就
> 是艱苦的。所以我並未覺得於秋白有損，不過秋白能連這些多餘的話也不說，
> 無人瞭解的心情也犧牲了吧不更好些麼！ **28**

當時有些人懷疑〈多餘的話〉是國民黨捏造的，丁玲不但肯定是瞿秋白寫的，而且
認為未損於瞿秋白的光榮犧牲。丁玲認為瞿秋白儘管在情感上保有舊的殘餘，但他
並未放縱它，而是「與自己做鬥爭，勝利了那些舊的，也不為不偉大」。此一看法，
丁玲在寫作〈韋護〉時，即已經有所體認。「他的才情呢，逸興呢，一切都已疏遠
了......他一想起過去的生活，想起他被二十世紀的怒潮所沖激的變形，他真感到有
點偉大得可驚嘆！」（第 1 卷，頁 22）

---

28 丁玲：〈與友人論瞿秋白〉，香港《星島日報・星座》446 期（1939.11.27）。此文的發現由
　　劉濤率先提出，見劉濤：〈丁玲論瞿秋白的一篇佚文〉，《魯迅研究月刊》，2012 年第 4 期，
　　頁 56-58。劉濤說他是看到香港《大風》第 56 期（1939.12）轉載了丁玲這篇文章，文末註明
　　是 11 月 27 日《星座》，他推測是 1939 年的《星座》，但他還沒有到香港查閱此文。拜網路
　　資料庫之賜，我將香港中文大學資料庫中找到《星座》的這篇文章，附錄於文後。

1939 年丁玲寫這篇短文時，她從 1936 年脫離國民黨的監視軟禁到陝北、延安地區歷經三年的革命生活，距離文藝整風還有三年的時間。丁玲從先後擔任「中國文藝協會」的主任與「西北戰地服務團」的主任等革命工作中得到了歷練。蘇敏逸研究丁玲一生的創作轉折，她指出：「對丁玲個人來說，從事革命事業並非毫無爲難與勉強」，丁玲曾經對於擔任「西北戰地服務團」的主任感到懊喪：「她認爲自己是寫文章的人，以此身分帶領革命隊伍，從事演戲、唱歌、行軍、開會、弄糧草、弄柴炭等工作，不但不適宜，而且沒經驗更沒興趣」。但是丁玲勉力爲之，並在日記中提出對自我的提醒、改造，包括對群眾的認識與態度，對集體運動與領導的方式，提醒自己要「確立信仰」，丁玲並體悟道：「我不是一個自由的人了，但我的生活將更快樂」[29]。所以丁玲評價瞿秋白的生命歷程「小資產階級，知識分子到共產主義中來的途程原來就是艱苦的」，也道出了自己在延安地區從事革命實踐的體悟。

但是我們同時也注意到丁玲在〈與友人論瞿秋白〉的結語，卻話鋒一轉：「不過秋白能連這些多餘的話也不說，無人瞭解的心情也犧牲了吧不更好些麼！……」此時中共組織部審查她被捕、被禁經過的結論還沒有下來，直到一年後的 1940 年才落實爲：「根據現有材料看來，說丁玲同志曾經自首沒有具體證明，因此自首的傳說不能憑信，但丁玲同志沒有利用可能（雖然也有顧慮）及早離開南京（應該估計到住在南京對外影響是不好的），這種處置是不適當的。」[30]丁玲以她的政治敏感度，出於對瞿秋白的同情與尊敬，似乎預感到〈多餘的話〉對於不瞭解瞿秋白者將發展出不利於瞿秋白的論調。丁玲後來也說：

> 我也自問過：何必寫這些〈多餘的話〉呢？我認爲其中有些話是一般人不易理解的，而且會被某些思想簡單的人、淺薄的人據爲話柄，發生誤解或曲解。

---

29 蘇敏逸：《女性・啟蒙・革命——丁玲文學與中國現代文學的對應關係》（臺北：臺灣學生書局，2012 年），頁 175-176。

30 1940 年 10 月 4 日〈中共組織部審查丁玲被捕被禁經過的結論〉，《丁玲全集》第 10 卷，頁 106。

但我絕不會想到後來"四人幫"竟因此對他大肆汙衊，斥他為叛徒，以至挖墳掘墓、暴骨揚灰。（第 6 卷，頁 54）

丁玲經過「西北戰地服務團」主任一職的歷練，1939 年又到馬列學院學習。終於在 1940 年以後陸續寫出〈我在霞村的時候〉、〈在醫院中〉、以及〈夜〉等以根據地為背景的成熟之作。這幾篇小說仍舊維持丁玲以知識分子的視角的敘述。丁玲當然沒有想到〈我在霞村的時候〉、〈在醫院中〉後來讓她飽受批判。〈我在霞村的時候〉向來被認為以貞貞對立於農民封建意識的殘留，但是筆者以為〈我在霞村的時候〉翻轉了身為農村指導員的敘述者「我」與貞貞的「啓蒙」位置，「我」為了貞貞的幸福，也曾想過勸貞貞不要再與夏大寶鬥氣，然而貞貞考慮的卻不再是個人的幸福：「人也不是只是父母的，或自己的」。讓指導員的「我」反而在貞貞身上上了一課。〈在醫院中〉雖然透過努力工作的陸萍揭示根據地醫療機構的落後、因循與人力、物資的匱乏，使丁玲被冠上「反集體主義的，是在思想上宣傳個人主義」[31]。但筆者卻認為，丁玲對於陸萍天真、自以為是的理想主義並非沒有批判，丁玲為何在文末安排一個被誤診而鋸斷雙腿的老同志對陸萍進行的規勸，使陸萍領悟到「人是在艱苦中成長」的？無論是〈我在霞村的時候〉的敘述者「我」，或是陸萍，其實都隱含了丁玲對知識革命者對自我改造的自省意識在其中。

　　1942 年 3 月丁玲發表〈"三八"節有感〉後引起一些爭議，在毛澤東親自主持的幹部學習會議上，說：「〈"三八"節有感〉雖然有批評，但還有建議。丁玲和王實味也不同，丁玲是同志，王實味是托派」。對此，丁玲回憶道：「毛主席的話保了我，我心裡一直感謝他老人家。文藝整風期間，只有個別單位在牆報上和個別小組的同志對〈"三八"節有感〉有批評」（〈片斷回憶〉第 10 卷，頁 280）。緊接著就迎來文藝整風的座談會，5 月底毛澤東做完〈講話〉結論後，照相時還調侃丁玲說：「丁玲在哪裡呢？照相坐近一點，不要明年再寫〈"三八"節有感〉」[32]，

31　燎螢：〈"人……在艱苦中成長"——評丁玲同志的《在醫院中》〉，袁良駿編：《丁玲研究資料》，頁 234。

32　黎辛：〈野百合花·延安整風·再批判〉，轉引自王增如、李向東：《丁玲年譜長編》（上卷）（天津：天津人民出版社，1982 年），頁 173。

顯示整風運動對丁玲的批判還沒那麼緊張。但是敏銳如丁玲卻在此前一個月懷念年初病逝於香港的蕭紅的散文中，想起了瞿秋白：

> 昨天我又苦苦地想起秋白，在政治生活中過了那麼久，卻還不能徹底地變更自己，他那種二重的生活使他在臨死時還不能免於有所申訴。我常常責怪他申訴的“多餘”，然而當我去體味他內心的戰鬥歷史時，卻也不能不感動，哪怕那在整體中，是很渺小的。（〈風雨中憶蕭紅〉，第5卷，頁135）

　　踏上瞿秋白革命實踐的道路，來到延安的丁玲，在這篇感懷的文章流露出較爲複雜的思考，透顯出歷經喪夫、被捕、等待審查的丁玲在整風運動前藉由憶故人以自我勉勵的心情寫照。文章開頭寫下雨天悶在窯洞中的心境轉折：

> 世界上甚麼是最可怕的呢，決不是艱難險阻，決不是洪水猛獸，也絕不是荒涼寂寞。而難以忍耐的卻是陰沉和聒絮；人的偉大也不只是能乘風而起，青雲直上，也不只是能抵抗橫逆之來，而是能在陰霾的氣壓下，打開局面，指示光明。（第5卷，頁134）

丁玲先是想起了「一切爲了黨」的馮雪峰，即使受埋怨也沒有感傷。接著去體會瞿秋白內心的戰鬥，然後才描述她與蕭紅交往的經過。丁玲描述與「沒有一句話是失去了自己的」蕭紅的談話，並感嘆當初沒能說服蕭紅來延安：

> 延安雖不夠作爲一個寫作的百年長計之處，然在抗戰中，的確可以使一個人少顧慮於日常瑣碎，而策劃於較遠大的。並且這裡有一種朝氣，或者會使她能更健康些。（第5卷，頁137）

從文中可以看出丁玲儘管感受到整風即將開始的氣氛，但她還是認爲延安是富有朝氣而有助於實踐理想的生活的。接著她又說：「人的靈魂假如只能拘泥於個體的偏狹之中，便只能陶醉於自我的小小成就。我們要使所有人都能有崇高的享受，並爲

這享受而做出偉大犧牲。」（第 5 卷，頁 137）這不獨是對蕭紅堅持為自我而活卻
潦倒病逝的生命感到惋惜，並且期許自己能夠為集體的崇高的理想生活而奮鬥。文
末並表明自己要為屈死的和未死的朋友堅持下去，從這樣的結語看來，丁玲在這篇
文章中感嘆瞿秋白「那種二重的生活使他在臨死時還不能免於有所申訴」，卻仍然
為瞿秋白戰鬥到死感到肅然起敬，對瞿秋白的犧牲「哪怕那在整體中，是很渺小的」
評價，則不無自我勉勵的意味。

　　1946 年丁玲寫了一篇〈紀念瞿秋白同志被難十一周年〉談論文藝大眾化的問
題，說明自己對此一創作問題的體悟。在這篇文章中，丁玲說她在延安文藝座談會
後，反覆讀反主席的講話，都不能不想到秋白同志。她首先肯定秋白同志給了她很
多教育，先是在立場上，指出文藝應該為大眾服務，

> 在那個時期，秋白同志的文章，我大半都讀過。我在他的影響和鼓勵下，曾
> 努力去創作，努力從各方面去嘗試，但距在延安毛主席文藝座談會講話時是
> 十年了。十年之後我才認識我那時並沒有真正了解秋白同志的文章。我才明
> 白我還需要"挖心"。我很難受我"脫胎換骨"之難，我曾經想過，假如秋
> 白同志不死，我也許會羞於見他的啊！可是現在又四年過去了，我又有甚麼
> 成績呢？（第 5 卷，頁 267）

這一年也是丁玲開始著手寫作反映土地改革的〈太陽照在桑乾河上〉，丁玲在這篇
紀念文章中提到她為形式問題感到苦惱：

> 整風以後，我在工廠、農村都稍稍跑了一時，時間雖不多，卻搜到一些素材，
> 當我想執筆寫它的時候，我忽然想到一個問題。用甚麼形式？我一直到這個
> 時候才真正對秋白同志所反對過的歐化形式起了根本的懷疑。（中略）因此，
> 急切要產生的確繼承了中國民間形式的優美、而又有創造、完全使用新的語
> 言、從老百姓那裡提煉出的語言的作品，便實在不是一件容易的事了。雖然
> 這還有著許多困難，但方向卻要清楚，主要是從中國民間形式上去吸取外國
> 的革命的進步的文藝，要如同秋白同志說的："應當運用說書、灘簧等類形

式。……利用流行的小調，夾雜著說白，編成記事的小說；利用純粹的白話，創造有節奏的大眾朗誦詩；利用演藝的體裁創造短篇小說的新形式。……至於戲劇，那就辦法更多了。這在實際工作開始之後，經驗還會告訴我們許多新的方法，群眾自己會創造許多新的形式。"而對於歐化語言、格式的白話文，秋白同志也罵得很透骨。（第5卷，頁268）

丁玲在文末說：「今天想到秋白同志而生許多感慨的時候，卻不免也有一些慰藉，就是秋白同志所希望的文藝，在毛主席在延安文藝座談會講話以後漸漸萌芽了」；並以「我個人失去了一個最可懷念的導師的心情，同時對革命卻又懷著堅定的樂觀來紀念秋白同志」。筆者認為丁玲在這篇文章中坦言自己"脫胎換骨"之難，說自己反覆閱讀毛澤東的「講話」，都使她重新回過頭去學習瞿秋白關於文藝大眾化的主張。在對照她日後寫出的〈太陽照在桑乾河上〉與整風前作品的形式和語言來看，丁玲在此展現了她對於整風學習運動的積極與熱情。

　　李陀在〈丁玲不簡單〉一文中論述了丁玲在整風運動前後的寫作轉變，以及丁玲在毛文體形成的話語生產過程中所佔據的位置。李陀認為丁玲作品展現了現代文學尚未成熟的淺陋和粗糙，這是相對於早熟的魯迅、蕭紅和張愛玲而論的。李陀並未深論此一審美品格的評價標準為何？筆者並不認為丁玲一貫以自我實踐之歷程發展出來的文體或主題意識就是粗糙的。不過，李陀在這篇文章中，指出西方文化圈向來期待文革時代受難的作家以壓迫／抵抗的敘事來談論他們的受難經驗，丁玲復出以後的回憶與談話卻使西方失望。針對西方這種壓迫／抵抗的敘事，或者是李澤厚以"啓蒙"隱喻對現代性的追求，以"救亡"隱喻對現代性的拒絕，李陀認為以這兩種二元對立的模式去解釋中國當代歷史不過是管窺蠡測。李陀認為整風運動，基本上是學習一套新的話語的運動，問題是僅僅依靠政治壓力是否可以使千千萬萬的知識份子改變自己的語言而接受另一種語言？他從印度歷史學家帕忒‧察特杰（Partha Chatterjee）對國家民族主義與殖民主義的論述中得到啓發，指出現代性話語的擴張在世界範圍總是與反帝國主義的大歷史語境相關。

　　李陀將毛文體放在現代性話語的擴張去考察，認為毛文體根本上是一種中國化了的現代性話語，毛文體所具備的雙重性是同樣依賴政治壓力的三民主義明顯缺乏

的，此一雙重性展現在：一方面反對帝國主義和殖民主義，反對以自由主義、個人主義為標誌的種種資產階級的文化價值，另一方面主張民族獨立以建設現代化的民族國家，主張在傳統和現代二分的前提下實現由傳統社會向現代社會轉化。並且召喚了成千上萬的知識分子積極參與這種話語的生產，使他們為毛文體的再生產貢獻熱情、才華和最美的青春歲月。李陀認為在毛文體的形成、發展的歷史過程中，丁玲對毛文體的再生產具有典型的意義，我們應該以當今的語境相應的一套新的語言去面對那一代知識分子的歷史。[33]

　　而賀桂梅從女性主義的角度認為被納入延安文化體制的丁玲，只能使自己極力融入集體之中，就像丁玲復出後作品中的模範黨員杜晚香一樣，僅僅是一個黨國的"齒輪和螺絲釘"，原有的自主空間已不復存在。[34]但是筆者以為整風學習運動後脫胎換骨的丁玲的自我主體位置並未消失，她將自我實踐與集體革命結合在一起，並且在歷次運動中從群眾中獲得溫暖和力量。與群眾在一起，使她克服了沒落的紳士階級的瞿秋白臨死前都還不放過自己、對自我進行審判的二元性格，丁玲透過革命實踐完成了對自我主體的重建，這種與群眾結合在一起的自我主體的誕生，是現代中國社會革命的特殊歷史階段的產物。丁玲九死一生的歷經國、共內戰兩條政治路線的鬥爭，當她選擇了與集體的革命生死與共的延安道路時，就已經為自我主體選擇了一個告別個人主義實踐的路徑。女性主義的視角向來也只能是知識女性才擁有的資源，在資本主義的消費社會中更不可能實踐女性主體。而丁玲透過整風運動與群眾結合的革命實踐路徑，使自我脫去菁英意識、脫去性別意識，回歸到我是群眾中的一份子的"人類人"的主體，此一主體讓丁玲挺過種種的政治壓迫，其魅力並不遜於一個"女性作家"的桂冠。

　　1981 丁玲在哥倫比亞大學的演講中，說她在北大荒養雞時，並沒有想過是大材小用。這與她在延安地區擔任「西北戰地服務團」的主任而感到懊喪、仍舊懷抱著「作家意識」的丁玲已經是另一個丁玲。而演講中丁玲對共產黨的評價，也很有

---

33 李陀：〈丁玲不簡單──革命時期知識分子在話語生產中的複雜角色〉，《北京文學》1998年第 7 期，頁 29-39。

34 賀桂梅：〈知識分子、女性與革命──從丁玲個案看延安另類實踐中的身份政治〉，《當代作家評論》2004 年第 3 期，頁 112-127。

意思，她認爲中國共產黨從事的平反運動，等於承認過去整你整錯了，這一點：中國共產黨是很偉大的，敢於承認錯誤，這種事在古今中外似還少見。換言之，她對於自己挺過文革，充滿了自信與驕傲。她的自我主體，還不小於黨國。丁玲回憶瞿秋白時，也指出：

> 《多餘的話》是可以令人深思的。但有些遺憾，它不是很鼓舞人的。大約我跟黨走的時間較長，在下邊生活較久，嘗到的滋味較多，更重要的是我後來所處的時代、環境與他大不相同，所以，我還是願意鼓舞人，使人前進，使人向上，即使有傷，也要使人感到熱烘，感到人世的可愛，而對這可愛的美好的人世要投身進去，但不是惜別。我以爲秋白的一生不是"歷史的誤會"，而是他沒有能跳出一個時代的悲劇。（第6卷，頁58）

換言之，丁玲認爲自己的一生，超克了時代、環境加諸在他們那一代知識分子的課題。1980年6月，丁玲在《韋護精神》一文中，重申「秋白同志革命的一生和他在革命中的巨大貢獻，他在鬥爭中的表現和最後的從容就義，證明了他是人間的眞正的韋陀菩薩，是眞正的共產黨員」，並以「韋護精神」定位瞿秋白。有意思的是，丁玲翻轉了瞿秋白所說的面向佛陀的韋陀普薩的典故：「讓韋護們轉過身來，面向紅塵，面對現實，使用多種武器，克服障礙，爲實現四個現代化而奮鬥」（第8卷，頁92）。這個「面向人間的韋護精神」，其實已經不是青年時被捲進馬克思主義信仰，透過馬克思主義仍無法克服紳士階級的文人意識的瞿秋白所言嫉惡如仇的韋陀菩薩，而是已經接近佛陀普渡眾生的精神。「面向人間的韋護精神」正是丁玲繼承瞿秋白未竟的志業，完成了一代知識分子在中國邁向現代民族國家的歷史階段，透過整風運動學習毛文體的再生產，從而將自我主體與群眾結合的革命實踐的遺產，丁玲號召以此歷史遺產繼續爲實現中國化的現代化社會而努力，則是後繼的知識分子該有的精神意識。

附　錄

星島日報　　星座　　第四四六期　1939年11月27日

與友人論瞿秋白

丁玲

秋白詩原交並未見，在「逸經」上也見過。並有「多餘的話」。有些人以爲是造謠。因爲他們以爲有損與秋白。我固不以爲然，我以爲大約是秋白寫的。秋白是一個末落的官紳子弟出身。受舊的才子佳人薰染頗深，但他後來投身政治，中國革命事業爲中共領導人之一。卒至犧牲。人說慷慨犧牲易，從容就義難。秋白眞是從容就義，不爲不光榮。但秋白自然存感情上，作私人感情上。難免有些舊的殘餘，中共以前生活亦較散漫，所以還沒有些空閒溫習舊的感情，在他情感上雖還保存有某些矛盾，在他在平生卻並未放縱地，使地自然發展過，他却是朝着進步方向走的。遺種與自己的鬥爭，勝利了那些舊的，也不爲不偉大。小資產階級，知識份子到共產主義中來的途程原來說是觀苦的。所以我並未覺得於秋白有損，不過秋白能連遺些多餘的話也不說，無人了解的心情也犧牲了吧不更好些麼！……

徵引文獻

一、專書

丁玲著　張烱主編：《丁玲全集 1-12》（石家莊：河北人民出版社，2001 年）。
王增如、李向東：《丁玲年譜長編》（上卷）（天津：天津人民出版社，1982 年）。
王世家、止庵編：《魯迅著譯編年全集》（北京：人民出版社，2009 年）。
胡也頻：《胡也頻選集》（下）（福州：福建人民出版社，1981 年）。
胡秋原〈胡序——瞿秋白論〉，收入姜新立：《瞿秋白的悲劇》（臺北：幼獅文化出版公司，1982 年）。
袁良駿編：《丁玲研究資料》（北京：知識產權出版社，2011 年）。
張秋實：《瞿秋白與共產國際》（北京：中共黨史出版社，2004 年）。
瞿秋白：《瞿秋白文集・政治理論編 7》（北京：人民出版社，1981 年）。
瞿秋白：《瞿秋白文集・文學編 1》（北京：人民出版社，1981 年）。
蘇敏逸：《女性・啓蒙・革命——丁玲文學與中國現代文學的對應關係》（臺北：臺灣學生書局，2012 年）。

二、論文

（一）期刊論文

李陀：〈丁玲不簡單——革命時期知識分子在話語生產中的複雜角色〉，《北京文學》1998 年第 7 期，頁 29-39。
秦林芳：〈論丁玲的“瞿秋白書寫”〉，《江蘇社會科學》2013 年第 6 期，頁 168-173。
賀桂梅：〈知識分子、女性與革命——從丁玲個案看延安另類實踐中的身份政治〉，《當代作家評論》2004 年第 3 期，頁 112-127。
劉濤：〈丁玲論瞿秋白的一篇佚文〉，《魯迅研究月刊》，2012 年第 4 期，頁 56-58。

（二）論文集論文

張志忠：〈關於"韋護"的幾種敘述──現代作家創作發生學研究之一〉，《新氣象新開拓──第十次丁玲國際學術研討會文集》（上海：同濟大學出版社，2009 年）。

（三）會議論文

陳相因：〈「自我」的戲碼與符碼：論瞿秋白筆下「多餘的人」與〈多餘的話〉〉，臺灣師範大學國文系主辦「2013 第三屆敘事文學與文化國際學術研討會」，2013.10.25-26。

三、報紙

丁玲：〈與友人論瞿秋白〉，香港《星島日報・星座》446 期（1939 年 11 月 27 日）。

娜拉走後怎樣：師陀《馬蘭》與五四婦女解放論述

彭明偉

交通大學社會與文化研究所助理教授

摘　要

　　《馬蘭》是師陀（1910-1988）第一部長篇小說，也是耗費作者時間心力最大的一部作品，對師陀個人的創作與思想的轉變歷程具有獨特意義。從現代文學史來看，《馬蘭》在五四婦女解放和三十年代左翼革命兩個議題上都有深刻的反思繼承與批判性推展，具有文化史的特殊意涵。即便就小說藝術的開創性和成就來看，《馬蘭》這部長篇小說受到嚴重低估。故事以抗戰前九一八事變前後的北平爲背景，女主角馬蘭本爲外省的女中學生，跟隨有左傾思想的老師喬式夫離家私奔到北平同居，在 1930 年代左翼革命思潮中展開了以馬蘭與李伯唐爲主線的戀愛故事，馬蘭在愛情受挫後輾轉加入共產黨，投身革命運動，領導山區游擊隊，而李伯唐則迷失人生方向，頹唐不振。本文將探討《馬蘭》如何繼承五四婦女解放論述，師陀如何進一步思索馬蘭這樣的女性在 1930 年代左翼革命浪潮中的命運。有鑑於《馬蘭》這部長篇尚未受到研究者的重視，本文在此將特別探討這部長篇本身的藝術創作特點與其在文學史的意義。

關鍵詞：師陀、《馬蘭》、個性解放、婦女解放、自由戀愛、左翼革命

一、引 言

　　《馬蘭》（1948）是師陀（1910-1988）第一部長篇小說，也是耗費作者時間心力最大的一部作品，對師陀個人的創作歷程有獨特意義。從現代文學史來看，《馬蘭》在五四婦女解放和三十年代左翼革命兩個議題上都有深刻的反思繼承與批判性的推展，師陀在抗戰時期藉這部作品回顧反思了五四與三十年代流行的重要話題，梳理了婦女與啓蒙運動和革命運動的關聯。目前師陀在文學史上被定位爲抗戰時期上海的代表性作家，以短篇小說集《果園城記》和長篇小說《結婚》而著稱，而《馬蘭》就其小說藝術的開創性和成就以及文化史的特殊意涵而言都堪稱是傑作。夏志清在 1960 年代以英文撰寫《中國現代小說史》曾將師陀與張愛玲、錢鍾書等人並列，專章談論師陀小說，不過主要談他的另一部長篇《結婚》，而少談《馬蘭》，他稱「《結婚》的成就在現代中國小說中實在是罕有其匹的」，而《馬蘭》則是「笨拙的諷刺作品」。[1]在此之後，尹雪曼談論抗戰時期的小說時曾特別分析師陀的《果園城記》，不過幾乎沒有談及《馬蘭》。[2]隨著 2004 年劉增傑編校的五卷八冊版《師陀全集》及全集續編整理出版（河南大學出版社），在中國大陸師陀研究有了新的開展，而在臺灣除了一部研究師陀小說的碩士論文[3]，師陀作品仍是乏人問津。解志熙概括師陀在抗戰前後 16 年間的創作高峰期表示：「《里門拾記》、《果園城記》、《無望村的館主》、《馬蘭》、《結婚》五部都允稱中國現代小說的佳作以至於傑作」。[4]且不論在兩岸，《馬蘭》這部長篇都尙未受到研究者的重視。有鑑於此，本文將特別探討這部長篇本身的藝術創作特點與其在文學史的意義，希望能將師陀這位陌生的作家以及《馬蘭》這部不爲人知的作品介紹給臺灣的讀者。

1　夏志清著、劉紹銘編譯：〈師陀〉，《中國現代小說史》（臺北：傳記文學出版社，1991 年），頁 464。

2　尹雪曼：〈師陀與他的《果園城記》〉，《抗戰時期的現代小說》（臺北：成文出版社，1980 年），頁 135-153。

3　陳虹霖：《師陀小說研究》（臺北：淡江大學中國文學系碩士論文，2008 年），頁 1-85。

4　解志熙：〈現代中國「生活樣式」的浮世繪——師陀小說敍論〉，收錄在劉增傑、解志熙編校《師陀全集續編·研究篇》（鄭州：河南大學出版社，2013 年），頁 655。

　　《馬蘭》這部小說的創作始於抗戰之初，在 1941 年年底太平洋戰爭爆發後不久，作者完成二稿並在上海的刊物連載，但女主人公馬蘭的故事在抗戰前已有了雛形，師陀在 1936 年曾發表過一篇短篇〈馬蘭〉敘述女學生馬蘭與左翼青年的故事，這顯示婦女解放與左翼運動是師陀長久思考的問題。《馬蘭》的故事以九一八事變前後的北平爲背景，女主角馬蘭本爲外省的中學女學生，受到有左傾思想的老師喬式夫啓發與引誘，遂跟隨老師離家私奔到北平同居，故事由此展開了以馬蘭的戀愛受挫與蛻變以及北平的左翼文藝青年的墮落或頹廢爲兩條敘事線索，馬蘭後來加入共產黨，投身革命運動，領導山區游擊隊，最後據說與革命導師莫步獨同居。

　　小說主要人物爲非左翼的知識青年李伯唐和來自外省鄉村的女學生馬蘭，其餘喬式夫、莫步獨、楊春和朱秉午等人物則是混跡北平的左翼文化圈，另外還有丑角人物軍閥鄭大通。以政治立場來區分，莫步獨是老成持重的知識分子共產黨員、楊春是工人出身的無產階級共產黨員、喬式夫是進步的知識分子，而李伯唐則是沒有明確政治理念的虛無的知識分子，朱秉午則是輕浮世俗的知識分子。除了莫步獨有堅定的革命信念和革命思想的正面形象外，其餘人物各有其缺陷。不過，莫步獨這位正面人物在整部作品分量不多，且形象也並不鮮明飽滿，師陀對他並不特別感興趣。師陀的小說人物沒有一個是完美的英雄，每個人物都是有缺點、有侷限的凡人，卻也釋放出更爲複雜豐富的人性樣貌。

　　《馬蘭》全書共有四卷，小說內容主體爲李伯唐的手札（卷一、卷二及卷四），一部分爲馬蘭的手札（卷三），這兩部分交織對照，以李伯唐爲第一人稱敘事者，主要講述了李伯唐和馬蘭的戀愛故事，兼及馬蘭與喬式夫、楊春、鄭大通以及莫步獨等男性的交往（戀愛？）故事。馬蘭與李伯唐及其他男性的戀愛故事呈現出兩種版本，「我」李伯唐的手札代表男性觀點的版本，馬蘭的手札則代表女性觀點的版本，兩者觀點有所重疊可相互補充，但引人注意的應是兩者觀點的差異對照。作者師陀的立場明顯是同情馬蘭，對於李伯唐及其他男性人物則加以諷刺批評。

　　長篇《馬蘭》的故事可概括爲：馬蘭的思想蛻變、死而復活。故事敘述女學生馬蘭如何逃離農村、逃避父權，在 1930 年代初期左翼革命浪潮洶湧的北平展開了愛情與思想的漫遊，這其間經歷了死去活來的人生愴痛，最終馬蘭蛻變爲堅強的革命者，從死地復活。馬蘭經歷過男性加諸的種種屈辱，而能自我蛻變，思想變化巨

大，展現像野草馬蘭[5]一般頑強的生命力。相較之下，李伯唐雖然遭受政治牢獄之災，但出獄後他的思想仍沒有多大變化，在 1930 年代迷失了人生方向，陷入了虛無的困境。如小說開頭〈小引〉中李伯唐回顧過往種種所感慨的：「命運已經將我們安排在斜坡下面，我們沒有力量反抗它，過去的全在我們後面，我們不能返過去從新生活。在我們前面，剩下的卻又是一片虛無。」[6]

　　除了馬蘭和李伯唐這兩位主要人物外，反面人物鄭大通是小說中形象最為鮮活的人物，他卻也是容易被忽視的[7]，而在故事裡必不可少的人物。即便放在現代小說史來看，在魯迅的阿 Q 誕生（及被槍斃）之後，鄭大通可算是少數令人印象深刻的丑角，其一言一行無不逗趣，同時整個人又浸染在傳統中國社會的人情世故中，展現出文化意義。我個人閱讀《馬蘭》的過程有種柳暗花明的奇特感受，作品前兩卷情節進展緩慢，看似散漫無章，讀起來較為沈悶，第三卷馬蘭的手札出現後才有亮點，馬蘭的手札也讓前兩卷鮮活起來。第四卷也很活潑，主要多虧了鄭大通這粗野直率的丑角。以下我將以鄭大通、李伯唐和馬蘭三位人物為主，來談師陀如何反思自由戀愛、左翼革命與欲望以及婦女解放等五四以來的文化思想主題。

二、自由戀愛之毒

　　師陀從 1930 年代初發表作品以來，一直關注中國婦女的命運，他承繼五四以來魯迅基於「立人」的立場對自由戀愛與婦女解放的思考，發表於抗戰前的小說集《里門拾記》和散文集《黃花苔》裡有多篇是以農村婦女或知識女性為題材，師陀

5　師陀曾解釋說：「馬蘭是我們鄉下的一種野草，夏天開青蓮色花，一般沒有人種，只做地界用才種，因為它的生命力很頑強，如果不有意挖出來，它是很難得死的。」見師陀：〈談《馬蘭》的寫成經過〉，收入劉增傑編《師陀研究資料》（北京：知識產權出版社，2010 年），頁 82。

6　師陀：《馬蘭》，《師陀全集 3》（開封：河南大學出版社，2004 年），頁 281。

7　如趙江榮：〈革命啟蒙敘事的悖論──師陀《馬蘭》對意識形態壓抑的揭示〉，《上海師範大學學報（哲學社會科學版）》（2009 年 1 月），頁 104-108。趙氏此文主要分析喬式夫的革命話語對馬蘭的壓抑，文中稍稍談及李伯唐，但幾乎沒有分析鄭大通這個人物。

無不以同情的態度描寫中國婦女的遭遇。例如《黃花苔》裡有一篇短文〈娜拉的下落〉繼續追問「娜拉走後怎樣」，師陀描寫北伐國民革命時期的知識女性革命者，同情這些中國的娜拉反抗「封建」勢力，但無論她們作風如何大膽自由、如何前仆後繼掙扎，依舊陷在封建傳統的牢籠裡，不免仍是男性的玩物。師陀說：「這些都是無辜的女子，她們也需要反抗封建勢力的毒淫，無如所落入的依舊是封建的圈套，這樣便糊里糊塗被利用，被蹂躪了一番，結果且倒了大霉。大概是將『封建』看得太滑稽了罷。[8]」師陀以不無嘲諷的方式表達了他的沈痛，進步的新女性在未能改變中國現實之前，已成了革命運動的犧牲品。五四的啓蒙運動創造了中國的娜拉，但他們在追求個性解放與個人獨立的道路上仍須漫長而艱苦跋涉。

　　馬蘭也是千萬個中國的娜拉裡頭的一個，她是 1930 年代左翼運動盛行時期的娜拉，受了老師喬式夫的啓發或蠱惑，她逃離了鄉下的家，跟著自己的老師私奔到北平，但馬蘭在這開放的大城裡過得又如何呢？她所追求的個性解放的理想又實現了多少呢？師陀談起創作長篇《馬蘭》的構想時曾表示：

> ……先前我見過也聽說過不少這種事情，她們被環境逼迫或被希望刺激，有的學生跟他們的先生逃出去了。男女雙方都有我的熟人，他們自然不曾為他們的將來詳細思考準備，結果雙方或一方感到失望。這是一樣的。我根據這種事情展開馬蘭的歷史，或是說我的想像。[9]

如同魯迅小說〈傷逝〉（1925）裡的女主人公子君受了男主人公涓生的啓蒙而做了個性解放的急先鋒，她毅然覺悟要遵循自由戀愛的原則，喊出「我是我自己的，他們誰也沒有干涉我的權利！」她與啓發她從家庭解放出來的涓生同居，結果兩人在步入家庭生活後，兩人的愛情便夭折於現實環境的壓迫、庸俗的日常生活和人性的自私與厭煩。自由戀愛是藥還是毒？根植於個人主義價值觀的自由戀愛非但未能帶

8　師陀：〈娜拉的下落〉，《師陀全集5》（開封：河南大學出版社，2004 年），頁 25。

9　師陀：〈《馬蘭》成書後錄〉，收入劉增傑編《師陀研究資料》（北京：知識產權出版社，2010 年），頁 63。

給子君幸福，反倒引發了新的兩性關係的悲劇。故事中的男性作為女性的啓蒙者，他所宣揚的新思想並未能帶給追求解放的新女性幸福的許諾，迎向她們新生活的反而是接二連三的磨難。〈傷逝〉裡都是男主人公觀點的敘述，而女主人公子君則沉默、沒有發言權。在魯迅和師陀的妙筆下，揭露出〈傷逝〉裡的涓生和《馬蘭》裡的喬式夫及其所代言啓蒙與革命的話語有其虛妄、虛僞的一面。

　　不論是魯迅或師陀，他們對五四以來的自由戀愛與個性解放的話語並非全盤接受，而是有所懷疑、有所反省。建築在個人主義的價值觀基礎上，自由戀愛的口號對於傳統的家庭與父權有其解放的進步意義，即便如此，新的同居生活中的兩性關係依然隱藏了某種權力關係。兩性關係的不平等的權力結構倘若未能改變，那麼距離兩性平等的境界還很遙遠，樂觀的啓蒙主義反倒成爲一種不切實際、輕浮的許諾。個體的自由與兩性的戀愛關係本身有其根本的矛盾衝突，自由戀愛有其積極的反抗意義，但可能是一種新的幻覺。丁玲筆下的莎菲女士在兩性的愛情權力鬥爭中受挫而陷入虛無，顯示了自由戀愛的病態發展。

　　在師陀看來，自由戀愛是一種毒，類似迷幻藥，使人意亂情迷，對女性如此，對於男性亦然。例如工人出身的楊春愛慕馬蘭，即便馬蘭早已離他而去，而楊春仍念念不忘舊情。李伯唐說：「現在我才看出來，楊春中了戀愛毒，對馬蘭的單戀老煎熬他，使他趨向虛無暴亂。[10]」李伯唐自己也中戀愛的毒，在故事最後與馬蘭別離前，他對馬蘭傾訴、吐露衷曲說：

> 「……我看過你的日記——喬式夫走後，我去收拾東西，在爛紙堆裡找到的。我看過不知多少遍。每看一次，我就像吃了毒藥。」[11]

李伯唐、鄭大通、楊春和馬蘭無不身受戀愛之害，自由戀愛並未能帶來眞的個性解放，例如故事中唯一的女性人物馬蘭陷入另一種以男性爲中心的兩性關係和現代家庭生活的牢籠。全篇故事中，唯有馬蘭在遭受戀愛的毒害摧折後能夠復原，而解她

---

10 師陀：《馬蘭》，《師陀全集 3》（開封：河南大學出版社，2004 年），頁 422。

11 師陀：《馬蘭》，《師陀全集 3》（開封：河南大學出版社，2004 年），頁 430。

的戀愛之毒的正是莫步獨所代表的理性剛健的革命的藥，馬蘭在參與左翼革命運動
的過程中，才逐步認清自己生命的方向。

　　《馬蘭》主要敘述 1930 年代北平左翼青年圈子的故事，雖可歸入 1920 年代中
期興起的革命小說之流，但小說結構較為特別，師陀描寫的重心也有所偏移。解志
熙認為：「他無意塑造革命的『典型人物』，而旨在分析各種人物『革命行為』的
動機與實際。這正是《馬蘭》的獨特性之所在——它不是一部鼓吹革命的左翼小說，
而是一部解剖當時的激進青年『革命行為方式』的小說。[12]」在革命潮流中，革命
的姿態有時不免成為一種時髦。不僅如此，師陀更進一步顛覆一般革命小說的革命
加戀愛的結構，而是改為戀愛加革命：以戀愛為中心，革命時代為背景；以馬蘭為
中心，左翼青年退居其次。陳建華歸結 1930 年代的革命小說時表示：

> ……如果說「革命加戀愛」小說的最初動力在於如何使革命通過戀愛而得到
> 自然化，由是融入血脈而變得天經地義，當此過渡性任務一旦完成，即「歷
> 史必然」的鐵律一旦建立，革命自身已具道德權威，於是戀愛在文學中的表
> 現多半成為革命的點綴或商業上的效果。就現代中國更為深刻的文化變遷而
> 言，「革命加戀愛」所起的作用，在於將小說話語從私人空間轉向公共空間，
> 與現代民族國家的建構及其權力的擴張相一致。[13]

對照之下，「《馬蘭》中勾魂攝魄的不是其中的革命故事，而是個人命運纏結出來
的情感糾葛。[14]」不僅如此，師陀更將自由戀愛與婦女解放視為革命運動不可分割
的一環，他用馬蘭被解放、被啟蒙的程度來檢驗左翼革命運動的成功與否。師陀頌
揚真摯的愛情，嘲諷輕浮、趕時髦的假革命，從兩性的愛戀關係的角度來思考啟蒙

12　解志熙：〈現代中國「生活樣式」的浮世繪——師陀小說敘論〉，收錄在劉增傑、解志熙編
　　校《師陀全集續編·研究篇》（鄭州：河南大學出版社，2013 年），頁 671。
13　陳建華：〈「革命加戀愛」與女性的公共空間想像〉，《革命與形式：茅盾早期小說的現代
　　性展開，1927-1930》（上海：復旦大學出版社，2007 年），頁 57。
14　王欣：《師陀論》（南京：南京大學出版社，2011 年），頁 108。

與革命運動對人性與生活的解放意義。[15]由此來看，師陀對婦女解放和左翼運動的問題思索之深度或許超越了蔣光慈和茅盾。

三、鄭大通「要戀她的愛」

自由戀愛口號雖然源自五四的知識圈子，但以自由與兩性平等的方式來戀愛這回事並非知識青年的專利，《馬蘭》裡不僅描寫知識青年李伯唐與馬蘭間的愛戀角力，還寫鄭大通、楊春等非關知識階級、不是青年的人物也染上流行的戀愛之毒，對於戀愛有熱切的需求渴望。這是師陀小說獨到之處，見人所未見，發人所未發。先不論馬蘭眼中丰姿翩翩的騎士李伯唐，即便是開口閉口都是髒話的、粗鄙的鄭大通和地位卑下的楊春也感染了五四新文化的氣息，發現了兩性「戀愛」這回事，有戀愛的需求，採取的「自由」、文明的手段而非暴力脅迫的方式來求愛。

師陀別具隻眼，在非知識分子人物的身上也發現了他們的愛戀情欲的活動。特別是鄭大通，在故事中雖是反面人物、丑角，而師陀能不落入窠臼，正視他作為一個人有其情欲需求，使得他的形象和性格有了最豐富的細節，所以鄭大通這人物展現在讀者眼前的不單是一個刻板印象的軍閥老粗，他就是鄭大通這個有血有肉的粗人。如李伯唐所形容：「鄭大通原來是這種匹夫：他的身體是騎馬練出來的，非常強壯；又因為性格接近原始，不想做聖人，也不想做善人，除了自己不想別的，生平連下地獄都不怕，當然也不會拿問題苦惱自己。所以時間不能動搖他，生命頑固的像個畜牲。[16]」然而這樣無所畏懼、無所煩惱的鄭大通，不免也過不了情關，最後還為了馬蘭而丟了老命。

例如在卷四第三章，年過半百的鄭大通正和馬蘭享受談戀愛的甜蜜滋味，他力勸自己往日的屬下李伯唐找要找老婆，最好找個女學生。師陀生動地描寫：

---

15 目前專門談論《馬蘭》的研究論文並不多見，如趙江榮：〈革命啟蒙敘事的悖論——師陀《馬蘭》對意識形態壓抑的揭示〉，《上海師範大學學報（哲學社會科學版）》（2009 年 1 月），頁 104-108。趙氏此文著重談革命啟蒙主義，未能就故事中自由戀愛這一主題加以探討。

16 師陀：《馬蘭》，《師陀全集 3》（開封：河南大學出版社，2004 年），頁 398。

「你就沒有好話——他奶奶找個老婆，還不容易！」他說，「你要是還沒娶，我給你介紹個女學生。要娶老婆，還是娶女學生，又識字，又漂亮，又會自由戀愛。我頂贊成自由戀愛；娶個泥塊子，認識都不認識，還有雞巴的趣味！」**17**

馬蘭先前已參加共產黨，被黨派赴到鄉村小學教書以便與「乾爹」鄭大通接近，而鄭大通自認「解救」了馬蘭，將馬蘭帶回民團司令府邸供養打扮起來，當成是自己的情人。

　　在卷四第四章，馬蘭連夜逃離府邸後，鄭大通知悉了馬蘭與李伯唐過往的關係，他一早急著到旅館找李伯唐要人。鄭大通這回看來對馬蘭動了真情，他對李伯唐表明：

「我們不要舅子的關係！你也別管她是我的什麼人——你們過去戀愛，我他奶奶不管；我們現在戀愛，你也別管。我頂贊成自由戀愛，我戀她的愛，可不是強迫她；她不肯嫁給我，就她奶奶的算了。反正我就是要戀她的愛。」**18**

人老就不能談戀愛嗎？李伯唐質疑他和馬蘭兩人的年紀相差太懸殊，他憤憤地反駁說：

「我的年紀他奶奶的怎麼樣？我不管她對我好不好，我就是他奶奶的要找她。我戀她的愛，我對她好，她又不是石頭刻的，總有一天，她會回心轉意。」他憤憤站起，拿起手杖就準備走。**19**

土皇帝鄭大通稱霸地方、位高權重，為人雖粗俗下流，在師陀筆下卻是個性情中人，

17　師陀：《馬蘭》，《師陀全集3》（開封：河南大學出版社，2004年），頁404。
18　師陀：《馬蘭》，《師陀全集3》（開封：河南大學出版社，2004年），頁414-415。
19　師陀：《馬蘭》，《師陀全集3》（開封：河南大學出版社，2004年），頁415。

直率可愛極了。他急著找馬蘭而流下老淚，再三強調自己服膺自由戀愛的理念，勇往直前熱烈追求馬蘭的愛，不惜一切代價來贏得馬蘭的芳心。師陀描寫軍閥鄭大通做爲權力者、壓迫者的形象有些模糊，他飽受戀愛之苦折磨的受害者形象反倒較爲鮮明，這性情中人的可笑滑稽反而讓讀者印象更深。相較之下，楊春的形象較爲單薄刻板，工人出身的無產者，地位卑下，他坦率表達自己對馬蘭的愛慕，而馬蘭打從心底並不瞧得起他。他仰望著馬蘭，努力討好取悅馬蘭，嫉妒小資產階級李伯唐。楊春在最後故事結尾與李伯唐重逢，他坦言：

> ……「你不知道那時候我對你有多嫉妒──人家總覺得你有一種天生的高傲，不管對什麼事，你總不放在眼裡。這教人真不痛快。現在我說開罷，後來我嫉妒的才叫厲害，特別對你的高傲──你壓根就不把我當回事，這話對不對？──可是後來我知道她愛的是你，我簡直恨你。於是乎我就想法破壞你，把她從你旁邊拉開──」[20]

在鄭大通和楊春的對照之下，知識分子如喬式夫和李伯唐等的言行不一的虛僞被突顯出來，裹足不前的猶豫性格也更爲鮮明。師陀從開頭便不斷揶揄革命聖人喬式夫之虛僞，到故事結尾也還不斷嘲諷小資產階級李伯唐的懦弱與蒼白。

　　從現代文學史來看，師陀創造出鄭大通這一反面的丑角是一大成就。師陀談起鄭大通就有滿肚子戲，談起其他人物則乏味多了，沒有多少光彩。在整部小說中卷四的篇幅最大，而鄭大通正是卷四的主角。師陀文革後曾解說鄭大通的原型，他一說到鄭大通就得意興奮，在批判的言辭間難掩他對這人物的由衷喜愛。[21]在《馬蘭》發表之前或說在創作《馬蘭》的同時，師陀發表了中篇小說《無望村的館主》（1941），故事裡的主人公陳世德也是個反面的丑角，他本是個地主少爺，整日無所事事，橫行鄉里，甚至奸污良家婦女。師陀在刻畫陳世德這人物時也採取類似刻畫鄭大通的

20　師陀：《馬蘭》，《師陀全集3》（開封：河南大學出版社，2004年），頁435。

21　師陀：〈談《馬蘭》的寫成經過〉，收入劉增傑編《師陀研究資料》（北京：知識產權出版社，2010年），頁72-82。

方式，一方面以喜劇手法「丑化」陳世德的荒唐行徑，另一方面則將他視爲普通人深入其內心世界，深刻挖掘他自作孽自食苦果的精神折磨。在師陀手裡，鄭大通除了軍閥土皇帝的刻板形象之外，被賦予更爲豐富的人性細節，他粗野而直率可愛，即便年近花甲也要身體力行五四的自由戀愛的新道德，他飽嘗戀愛之苦而終不悔。由此一例，我們可讚揚師陀的小說確實不落俗套，他開拓了小說新的視野、探索更複雜的人性世界。

四、李伯唐的愛欲與權力

　　師陀在《馬蘭》裡採取李伯唐第一人稱講述故事的視角，並以私密的手札體裁，讓「我」李伯唐自己向讀者諸君告白，如實回顧他和馬蘭的戀愛經過，以及馬蘭周旋於不同階級、不同思想立場的男性間的愛情故事，折射出 1930 年代北平的社會思想風氣。在 1930 年代左翼文化盛行之際，知識青年李伯唐被歸爲小資產階級，他沒有明確的政治信仰，沒有積極的社會理想，在情場受挫後頹唐蒼白，但依舊散發讀書人的文化修養的風采，吸引著馬蘭這樣出身鄉下的女學生。當然，在故事中李伯唐和馬蘭相互傾心的愛情故事隱約間仍是循著古典小說裡才子與佳人相戀的老路子，師陀藉此兩人的戀愛故事來刻畫李伯唐這位沒有信仰的知識青年自身的空虛與頹唐，或如師陀在文革後所說：「我的中心思想是通過戀愛故事，非共產黨員的知識分子是失敗者，暗示他們在政治上也是失敗者，至少沒有前途，沒有出路。[22]」這裡指的失敗者，除了革命聖人喬式夫，主要是指李伯唐這樣非共產黨的知識分子。師陀固然想寫出李伯唐在 1930 年代的思想困境，不過在我個人閱讀此書的過程中，印象更深的倒不是李伯唐之思想保守或反動，而是李伯唐和馬蘭這兩人之間曲折多變的愛欲和權力的糾葛。反過來說，師陀從兩性鬥爭的戀愛政治學，揶揄了李伯唐在政治思想和人格修養的侷限，也寫出人性裡權力欲望流動的眞實樣貌。

　　在小說開頭鬧洞房的一幕之後，馬蘭作爲喬式夫的同居人的身分已經公開，受

22　師陀：〈談《馬蘭》的寫成經過〉，收入劉增傑編《師陀研究資料》（北京：知識產權出版社，2010 年），頁 76。

到北平左翼青年圈子的承認，後來李伯唐和馬蘭的相互傾心，形成了一個典型的三角戀愛的難題。李伯唐原本為先前一段情傷所困並未留意馬蘭這個人，對她更無所謂的好感，反倒是馬蘭注意李伯唐的言行與眾不同，漸漸感覺他的丰姿出眾，便屢屢找機會接近李伯唐。

　　有一回馬蘭到李伯唐住處，替他收拾書房，李伯唐初次感受到眼前這位女子的魅力。師陀透過李伯唐的欲望之眼，寫出李伯唐在面對馬蘭青春肉體時那種欲望的窺視。李伯唐寫道：

> ……她懶懶靠在我對面沙發裡，眼睛矇矓疲倦，腳微向外伸出，白襪子上模糊顯出兩條光暈，曼妙、豐滿，惹人注目。一種嬌弱姿態，令人想起華宴徹宵，獨留在深夜中的醉女。23

李伯唐面對自身欲望時採取壓抑的方式，假正經真壓抑，隱藏他與馬蘭之間的愛戀。可是不久，兩人感情迅速增溫，馬蘭對李伯唐的魅力與日俱增。在卷一第五章，師陀寫出三角關係的精采一幕：李伯唐與馬蘭的愛欲勾纏不休，中間還夾雜著置身事外、渾然不覺的喬式夫。李伯唐寫道：

> 我跟她走進上房，喬式夫正望著空中出神。我們談他的工作，他自稱最近曾為馬克斯的某段文章求得解釋。隨後一陣輕微的窸窣聲，像光亮的一閃，馬蘭從她自己房子裡出來。她穿著鵝黃線織上衣，黑領帶，頸子上一條蛋青色薄綃，下面是玫瑰紫麻紗裙子，優雅輕盈，教人想起她腳下踩的不是地，灰塵不敢朝她身上沾，她裙子的每條皺褶都該讚頌。
>
> 「今天她怎麼了？」連喬式夫也露出這個意思。
>
> 然而這還不是她令人驚嘆的全部，青春才是真美。從瀰漫於眉目間的某種光輝上，足見她正被不可解說的歡樂陶醉。她微笑著迅速從我們中間走過，甚至沒有招呼我們，沒有向我們點頭，連看都不曾向我們看。……24

---

23 師陀：《馬蘭》，《師陀全集3》（開封：河南大學出版社，2004 年），頁 306。

平時只會談馬克思、列寧的喬式夫，呆板無趣的喬式夫，這回也為精心打扮的馬蘭所驚艷，但他未曾察覺馬蘭和李伯唐間的情愫。馬蘭為李伯唐打扮，她飄揚的青春活力，優雅輕盈的風采都是為李伯唐一人而散發的，而李伯唐這正經人也被馬蘭的魅力所征服了。

在兩人感情熾烈不可收拾之際，馬蘭期待李伯唐向她表白，然而李伯唐居然考量喬式夫與馬蘭的「名分」，在所謂的道義、美德之前退步了，他言不由衷地對馬蘭說：「現在讓我們和解罷，馬蘭，過去我們是朋友，將來，我們要像姊妹。」[25]望著馬蘭氣憤離去的背影，李伯唐事後回憶起來十分懊悔，他說：「全是謊言，我說的全是！它們多下流，多卑鄙！汗從我臉上留下來，我無地自容跑出去。[26]」李伯唐在道德理智上的掙扎顯示了他在這場感情角力中的怯懦，相較之下，馬蘭則大膽無畏許多，這當然也與她對於喬式夫毫無情感，乃至對喬式夫的虛偽有所憎惡有關。

不過真正阻礙李伯唐和馬蘭兩人情感發展的根本因素還是男性對女性的支配權力，具體展現為李伯唐和喬式夫等其他男性自認可以「拯救」女人，將馬蘭從困境中解放出來。師陀描寫李伯唐身上有一股知識分子的傲氣，在馬蘭面前展現出一種男性優越感，特別在李伯唐對馬蘭「下字條」的一幕展露無遺。李伯唐聽聞讕言：「人家說她是老喬花錢買的。」氣急敗壞立刻想叫馬蘭來對質。師陀描寫他回家急切地給馬蘭寫信：

> 「有人說你壞話。我自然不會相信，只是我現在的心情，我想你會明白，即
> 使人家加到你身上一粒塵土，我也容納不下。請即刻來。」
> 寫完再看，我感到羞恥；另外換了張便條，只寫「請即來」，打發聽差交她
> 本人。[27]

---

24 師陀：《馬蘭》，《師陀全集3》（開封：河南大學出版社，2004 年），頁 319-320。

25 師陀：《馬蘭》，《師陀全集3》（開封：河南大學出版社，2004 年），頁 334。

26 師陀：《馬蘭》，《師陀全集3》（開封：河南大學出版社，2004 年），頁 335。

27 師陀：《馬蘭》，《師陀全集3》（開封：河南大學出版社，2004 年），頁 327。

他再三斟酌用語，最後下字條「請即來」三個字召見馬蘭，想當面質問，無意間流露他對馬蘭居高臨下的蔑視。

喬式夫認爲馬蘭能逃離鄉下家庭和封建婚姻的枷鎖全是他的功勞，他爲自己把馬蘭解救到北平的「義舉」而沾沾自喜，不過，師陀在故事裡刻意諷刺這種知識男性拯救女人的心態。類似的拯救義舉，還有朱秉午花錢從孤兒院買來的小丫頭，將她拯救出來做專職情人，以供自己洩欲之用。李伯唐見朱秉午當眾侮辱他包養的情人，站在眼前一個瘦小發育不良的毛丫頭，心想：

> ⋯⋯那麼誰將她拖出來？哪裡來的野心，哪裡來的愚蠢思想，教她來取這個位置？難道她也希望做太太，別人替她繡手絹？看著她無地自容的可憐神氣──不，我要說的憎惡，這裡的一切教我憎惡⋯⋯*28*

李伯唐對朱秉午的行徑深惡痛絕，不過看到這位被拯救出來的小丫頭當眾受辱的窘態，李伯唐卻也懊悔自己先前對馬蘭下紙條的侮辱傷害，轉而想找馬蘭，將她從眼前的困境拯救出來。

> 「去找她，去找她！」我在路上說，「我要儘量教她漂亮，教她幸福，教全人類感動落淚！」*29*

李伯唐也同其他男性一樣有拯救女性的權力欲望，這裡既流露出李伯唐的眞情，同時再度展現師陀高明的諷刺技巧。

即便如此，然而在馬蘭被喬式夫強姦而懷孕後，她在年底一個下雪天走投無路而向李伯唐求救，卻遭到李伯唐冷漠拒絕。這是整個故事的一個高潮與重大的轉折。在卷二第三章結尾，李伯唐的手札這樣記錄：

28 師陀：《馬蘭》，《師陀全集3》（開封：河南大學出版社，2004年），頁331。
29 師陀：《馬蘭》，《師陀全集3》（開封：河南大學出版社，2004年），頁331。

……她沒想到這會傷害我的感情，忘了「別讓你的愛人發見你的不純潔不完美同你的醜惡部分」這個愛情上的忌諱。我看她看的極仔細，「她的確可愛」！我心裡讚嘆，同時又想起這個如此可愛的人，卻是不清潔的女人，並且還是我的愛人。她的可愛反而更加教我厭惡。

「這是你們自己的事，你該去和他商量！」我說的大概是這種混賬話，然後便頹然倒在沙發上。[30]（原文加底線符號強調）

李伯唐不問整個事件的緣由，一聽馬蘭懷了孕，便油然厭惡起自己的情人之不純潔、不貞節，正如魯迅〈祝福〉裡的魯鎮人將被迫改嫁的祥林嫂視為不潔、傷風敗俗而加以鄙視排斥。魯迅在〈我之節烈觀〉批判的傳統貞操觀，在這操縱著 1930 年代知識青年李伯唐的心理，師陀深刻寫出這種禮教的陰魂不散、糾纏人心的一幕。

在馬蘭遭遇最大的危難時刻，李伯唐拒絕了她的求援，徹底傷害了馬蘭，也撕裂兩人的關係。在最該拯救的時刻而不出手拯救，男性知識分子拯救女人的論述在此全然崩壞，曝露出虛偽的一面。師陀也藉著盤據李伯唐、喬式夫等進步知識分子腦中傳統的貞操觀，從意識深層揭露出男性對女性主宰的權力。李伯唐等知識青年們用文明論述的方式巧妙地加以掩飾，對於自己所複製的父權、傳統禮教觀毫無自覺、毫無自省，所以無論是五四的啟蒙論述和三十年代的左翼革命都還未能根除這種潛藏人心的不平等的權力關係。

五、馬蘭的蛻變與復活

《馬蘭》中的第三卷是女主人公馬蘭的戀愛手札，從馬蘭的觀點講述馬蘭自己與李伯唐之間的欲望與權力關係，以及她與喬式夫和楊春之間的糾葛，時間從 1930 年 2 月 18 日至九一八事變爆發後不久。馬蘭手札堪稱是整部《馬蘭》中最精采最深刻的部份，細膩記錄女性在戀愛中的欲望活動，直逼丁玲《莎菲女士的日記》裡描寫莎菲對凌吉士之愛戀與欲求。師陀安排在第三卷有其用意，一來既可與前兩卷

---

[30] 師陀：《馬蘭》，《師陀全集3》（開封：河南大學出版社，2004 年），頁 341。

的由李伯唐觀點講述的故事相互參照補充，二來也做為馬蘭生命歷程的轉折，記錄馬蘭生活的重心從戀愛走向革命，開啓後續第四卷的故事。「當馬蘭成為敘述者時，她的心靈世界便順利地展現出來，補強了小說前段以李伯唐為敘述者時的書寫死角[31]」，馬蘭手札最重要的象徵意義在於馬蘭從被男性（李伯唐）代言而能自己言說，講述與男性中心不同版本的故事。

在手札的〈附記〉，馬蘭鄭重宣告戀愛者馬蘭已死去，預示革命者馬蘭的誕生。馬蘭以今日之我看著昨日之我，進行深切的自我反省與分析，她說：

> ……現在我能站在旁觀地位看我自己，我看我自己──或是說先前的馬蘭──像看另一個人：她曾在絕望與仇恨中生活，做過於人無益於己有損的傻事，又像被蝕的月亮，終於從黑暗裡出來。這種種全擺在目前，連她憤怒時怒目橫眉，惱恨時尋是找非，悲傷時自艾自怨，無不清清楚楚。我並不為她身受的痛苦感動。我看她正像看淘氣的小妹妹，覺得可愛而又可笑。此外，我確切感到我的腳是站在地上。在我的感覺上，先前圍繞著的霧散了，各種形體全現出輪廓──我能了然看見全城，我自己和其他的人。[32]

馬蘭從身中戀愛之毒、飽受男性羞辱，幾乎從死地而復生，轉變為另一個馬蘭。她從一個以情愛生活為中心的個人主義者轉變為能觀照分析現實社會的社會主義者，從空虛的愛情追求者轉變為革命理想的實踐者，她在所有故事人物中轉變最大。

在手札中的雜記一，敘述馬蘭隨喬式夫初到北平，從舊的家庭牢籠落入新的家庭牢籠，她不滿於自己與喬式夫的同居關係，對自己和其他女性命運感到疑惑。馬蘭說：

> 現在我同樣在這裡自問：「我們到哪裡去？」可是並不好玩。因為這新的生活和我幻想的不符，心裡像突然失了點東西。那麼世上有千萬女人，她們怎

---

31 陳虹霖：《師陀小說研究》（臺北：淡江大學中國文學系碩士論文，2008 年），頁 76。

32 師陀：《馬蘭》，《師陀全集 3》（開封：河南大學出版社，2004 年），頁 384。

麼過呢？她們的結婚生活是否和當初希望的符合？[33]

結婚生活或擬結婚的同居生活都仍將女性的生活侷限在家庭空間，使女性的發展機會受限，未能充分實踐自我。馬蘭與喬式夫之間沈悶乏味的生活使馬蘭備受壓抑，在〈傷逝〉裡子君大膽宣告「我是我自己的」之後展開了與涓生同居的生活，馬蘭也在與喬式夫同居後追問了子君也同感困惑的問題：「我們到哪裡去？」誠如劉思謙所說：

> ……中國的「娜拉」們從被男性代言到自我言說，從有史以來文學的被言說的客體到言說的主體，從對自己、對男性混沌無覺到有了比較清晰、深入的認識，貫穿於女性文學的發展過程之中。她們是被現代理性啟蒙之光所照亮的、走出了伊甸園的夏娃，她們的痛苦是智慧的痛苦。[34]

李伯唐的出現為馬蘭的生活提供一種新的想像。馬蘭初次情意萌動，十分含蓄流露初戀少女對愛慕者的欲拒還迎的矛盾心理，馬蘭寫道：

> 他把我扶上秋千便坦然走開了，又隨便，又大方，根本沒有想到我還在後面臉紅。我站在秋千上看他和喬先生談話，忽然想起個恰當比喻：他像一匹戰馬，無論站著坐著，全身都是堅定，軒昂，高貴。
> 「你是頂難看的人，」我心裡說：「假使你粗笨點就好了。你的腳太小；你美就是你醜！」[35]

師陀掌握了女性戀愛心理的神髓，實在令人驚嘆。曾有評論家談到這卷馬蘭的手札讚嘆說：「馬蘭這個高傲、敏感的女性愛上一個優秀的男子之後，既甜蜜又痛苦，

---

[33] 師陀：《馬蘭》，《師陀全集3》（開封：河南大學出版社，2004年），頁358-359。

[34] 劉思謙：〈引言：「娜拉」言說〉，《「娜拉」言說：中國現代女作家心路紀程》（開封：河南大學出版社，2007年），頁17。

[35] 師陀：《馬蘭》，《師陀全集3》（開封：河南大學出版社，2004年），頁361。

既想極力壓抑愛慕，又無力控制情感燃燒奔突的內心糾結在日記中被極其眞實而酣暢地描摹了出來。令人難以置信這竟是一個男性作家對女性聲音的代言。³⁶」

　　李伯唐的身影映入馬蘭的心房後，馬蘭才初次發現了自己生命裡有另一面的情欲湧動，愛戀上李伯唐帶給馬蘭的生活帶來新的氣息，也開啓了馬蘭自我認識的契機，這是在此之前與革命聖人喬式夫同居生活所未曾有的。馬蘭、李伯唐和喬式夫的三角關係已確定馬蘭和李伯唐爲主要的，馬蘭和喬式夫則淪爲次要的。在李伯唐的對照下，喬式夫成爲可笑的配角，僅供襯托之用。

　　隨著愛慕之情加深，師陀描寫馬蘭懷春犯了花痴，朝思暮想著李伯唐的身影的同時，透露出革命與戀愛間的矛盾關係。馬蘭攤開喬式夫要她看的革命書籍，不禁感嘆說：

> ……什麼全做不成，空著手沒地方安排。沒有辦法，我只得拿起書──《國家與革命》。不料我這裡剛翻開，他的眼睛便現出來，在每一頁每一句每一個字間，嚴肅、溫柔、又亮又大，直盯著我，弄的我不能集中注意力，心虛漂漂像個浮在水面上的葫蘆。我發狠要排除他，咬緊牙關硬朝下翻，可是字排列著，沒有生氣，沒有感覺，像個鐵鑄的啞巴。於是我換一本，拿起《藝術與社會生活》，翻開用大聲讀：
>
> 初期寫實主義者們底，保守的，有部分甚至是反動的，那思想形態，並不曾……³⁷

馬蘭所心心念念思慕的都不在列寧《國家與革命》、普列漢諾夫《藝術與社會生活》這些詰屈聲牙的革命理論書裡，顯示馬蘭在此時與左翼革命運動的隔閡，喬式夫灌輸的革命理論教條枯燥乏味、不能進入馬蘭心眼裡。反倒是不在革命理論書籍裡的

36　王欣：《師陀論》（南京：南京大學出版社，2011年），頁155。
37　師陀：《馬蘭》，《師陀全集3》（開封：河南大學出版社，2004年），頁363。

李伯唐卻無時不刻緊緊揪著馬蘭的心緒。之後馬蘭從李伯唐的書架上拿起托爾斯泰的長篇《復活》來看，馬蘭寫道：

> 今天站在他書架前面，看見一部小說：托爾斯泰的《復活》。從前我看過文學書，卻從來不曾想到，小說原來比理論書更容易和我接近。因為它沒有教訓氣息，和它對面，如對朋友，不是理論書的像個牧師。[38]

馬蘭讀《復活》讀得津津有味，感覺親切有味，對照之下，革命理論書的說教味則濃厚多了，讓人不易親近。如王欣談到：

> ……《馬蘭》不僅有著關於啟蒙的思考與質疑，還是一個源於生命內在體驗的青春書寫，它們互相闡釋，交替推進。與許多啟蒙文學敘事著力講述被解救出的女子在先生啟蒙中很快走上革命道路不一樣，師陀避開宏大的政治話語，注目於個體生命的脈動，在對個體生命性情的探尋與抱慰中，實現對「啟蒙」的異質想像。[39]

馬蘭能與《復活》女主人公喀瞿莎產生強烈的共鳴。有一回李伯唐搭火車到外省旅行，馬蘭對李伯唐的思念與《復活》裡喀瞿莎在火車站等候情人南赫劉道甫的到來那段著名小說情節交疊起來。馬蘭寫道：

> 「到車站去！到車站去！」我的心向我呼喊，在內部對我反抗，不停的重複著這幾個字，直到失去意義，像被水浸濕的圖畫，淹沒在一片灰色中為止。[40]

師陀《馬蘭》寫馬蘭期待見到心上人的心情，反用了《復活》裡懷有身孕的喀瞿莎

---

[38] 師陀：《馬蘭》，《師陀全集3》（開封：河南大學出版社，2004 年），頁 368。

[39] 王欣：《師陀論》（南京：南京大學出版社，2011 年），頁 107。

[40] 師陀：《馬蘭》，《師陀全集3》（開封：河南大學出版社，2004 年），頁 372。

與情人擦身而過，求助無門以致深感絕望。火車站的這一錯過成了喀瞿莎與南赫劉道甫的訣別。師陀自陳《馬蘭》一書曾受到萊蒙托夫《當代英雄》的影響，其實托爾斯泰《復活》的影響是直接展現在馬蘭的思想和懷孕求援等故事情節，當然也是不可忽視。

　　馬蘭與李伯唐兩人由相互傾慕而產生分歧的轉折，就從下字條事件開始浮現出來，如果將馬蘭對這事件的反應與李伯唐相對照，則可看出彼此的高度反差所產生的濃厚諷刺意味。馬蘭收到李伯唐「請即來。」的字條後滿心歡喜，馬蘭寫道：

> 甜蜜的賴在床上，我隔會從枕頭底下拿出他的字條看看（其實早已看了無數回），上面仍舊寫著：「請即來。」這三個字無處不在：窗戶上寫的是，頂棚上寫的也是；小雀叫的是，布穀鳥叫的也是。[41]

她的歡欣期待迎來的卻是羞辱，李伯唐與馬蘭的矛盾浮現出來，性格的差異和現實的阻隔也攤在兩人之前。演變到後來，馬蘭懷孕後想求助李伯唐而遭到拒絕，在這懷孕風波後，馬蘭和李伯唐的情感已不可挽回。

　　兩人之後便分道揚鑣，各自走上不同的道路，馬蘭在絕望、怨恨與墮落中掙扎，接近革命運動，最後成為信念堅定的共產黨人，李伯唐則是委靡不振，成了蒼白虛無的小資產階級。馬蘭如何渡過人生困境而皈依革命、歸信共產主義的環節中有諸多空白，作者師陀交代不清，模糊處理，也反映了他對左翼革命的理念與實踐還是有所保留。劉增傑認為這是師陀的敗筆，他表示：「我們理解作者的美好願望，但由於在此之前對馬蘭性格的這一側面缺乏應有的揭示，而馬蘭此時的行動又充滿著一種神祕的、浪漫的色彩，因此，我們並不認為關於馬蘭結局的描寫是作品的成功之筆。[42]」李伯唐與馬蘭在山區重逢時想要兩人重修舊好，但馬蘭以革命事業為重，斷然拒絕了李伯唐。馬蘭對李伯唐說：

41　師陀：《馬蘭》，《師陀全集3》（開封：河南大學出版社，2004年），頁373。
42　劉增傑：〈師陀小說漫評〉，收錄在劉增傑編《師陀研究資料》（北京：知識產權出版社，2010年），頁286。

「請你原諒，伯唐。我有我的難處。這是鄉下，比不得城裡，假使我太隨便，他們會瞧不起我。以後說話辦事，失去他們的信任，處處都是困難。」[43]

李伯唐打出悲情牌，最後想以往日舊情挽回馬蘭，馬蘭堅決回覆李伯唐說：

「別為難我，伯唐。你靜心想想就知道：現在晚了。如果我們共同生活，還是跟過去和喬式夫一樣，見天教我看看書，談談宇宙，泡茶敬菸，陪人家閒聊，自然辦不到；如果我繼續做現在的工作，將來要連累你——你縱然大量不怪，可是只要想想，我活得下去嗎？」[44]

這時的馬蘭已經過蛻變，革命事業成為她生命的中心，在舊情人面前毅然決然地割捨兒女私情的牽絆。這時平靜的家庭生活、家庭主婦的角色反而束縛了馬蘭的生命力，她再次走出家庭成為革命者而不再回頭，也只有投身革命鬥爭，她才能「活得下去」。馬蘭的蛻變歷程類似女作家丁玲的經歷，丁玲「透過小說的寫作務實地思考眼前包括愛情、婚姻、寫作、革命等等各種人生可能的出路，思考啟蒙與革命之間複雜的辯證關係，最後在胡也頻遇難後走上革命之路。[45]」

在故事結尾充滿浪漫的想像，馬蘭成了槍法神準的山區游擊隊領導人，她的故事固然令人神往，不免如夏志清所批評的充滿了傳奇色彩。身陷上海孤島的師陀對廣大中國農村的革命鬥爭局勢的認識畢竟還是有限的，他最後賦予了馬蘭俠女形象。馬蘭走出家庭，投入革命的大熔爐，這結局似乎回答了她自己先前所提問的：「我們到哪裡去？」馬蘭——1930 年代革命浪潮中的娜拉，在歷經男女愛戀的磨難後獲得了痛苦的智慧，將愛戀的欲望轉化成為革命的動力，在革命運動中找到生

---

43 師陀：《馬蘭》，《師陀全集 3》（開封：河南大學出版社，2004 年），頁 429。

44 師陀：《馬蘭》，《師陀全集 3》（開封：河南大學出版社，2004 年），頁 432。

45 蘇敏逸：〈「亭子間」與「十字街頭」：蔣光慈、丁玲「革命＋戀愛」小說之比較〉，《女性・啟蒙・革命：丁玲文學與中國現代文學的對應關係》（臺北：臺灣學生書局，2012 年），頁 151。

命的方向。這種人生出路是在大時代中個人的抉擇，也是個人意志與革命理念的匯流。

　　師陀雖非共產黨員，但他對馬蘭走進鄉村參加革命運動尋求出路的敘述，與同一時期解放區作家趙樹理、孫犁等對農村婦女獲得解放的故事相互輝映，但與丁玲對解放區農村婦女的遭遇觀察有所出入。不過，在今天重新思考中國婦女與革命運動的議題時，如賀桂梅所說：「需要正視並討論在作為一種社會機構的婚姻和家庭領域存在的這些問題。……唯有這些問題被解決，女性與革命議題才能得到更進一步的有效結合，而傅里葉所謂整個社會制度的『文明』程度才能得到更進一步的提高。[46]」師陀是少數長久從文明的程度來思索婦女解放問題的男性作家，《馬蘭》碰觸家庭生活與革命事業的衝突問題，師陀將馬蘭參加革命運動視為婦女解放運動的一部分，由婦女解放這一特殊的角度反思五四「人的解放」訴求的真諦。

六、結論

　　馬蘭走出家庭後，只能不停流浪，不停追求。在故事結尾，馬蘭走向革命。馬蘭和李伯唐兩人何者代表 1930 年代中國的「當代英雄」呢？師陀沒給明確的答案。或許李伯唐的務實和馬蘭的浪漫都是師陀所嚮往的兩面：在獨立的知識分子與獻身的革命黨人之間擺盪。

　　《馬蘭》這部小說其實由同一故事的兩性詮釋版本交織而成，構成參差對照的效果。由李伯唐的手札與馬蘭的手札來看，兩人知識權力地位的落差影響彼此對戀愛的認知。馬蘭從愛戀李伯唐到最後跟隨在革命導師莫步獨，顯示從強調五四的個人情欲模式，轉而認可為左翼革命的個人獻身模式。故事結尾李伯唐對愛情的執著，顯現出其軟弱，而馬蘭鳴槍射擊以示對李伯唐的愛情告白的拒絕，則顯現其蛻變為革命者的堅強。李伯唐的落後不前，更彰顯出馬蘭的進步與果決。唯有革命理想的藥可解戀愛之毒，馬蘭的健康蛻變與李伯唐的病態虛無形成強烈對比。

---

[46] 賀桂梅：〈現代文學中的女性與革命──以丁玲為中心〉，《女性文學與性別政治的變遷》（北京：北京大學出版社，2014 年），頁 82。

　　《馬蘭》這部本作品具有多重的重要性。就現代文學史而言，《馬蘭》首先承續五四女性解放議題，將這議題帶入 1930 年代的革命時代背景來重新思考。此外，質疑五四的個人主義、個性解放與自由戀愛訴求，思考個性解放與獻身革命之間結合的可能性，個人的人生方向與革命運動的方向有可以結合的契機。再者，這部作品顛覆革命小說的窠臼，將革命加戀愛的結構改爲戀愛加革命的小說結構，以兩性的戀愛生活爲焦點，革命運動成爲時代背景。就師陀個人創作而言，這是他的第一部長篇，耗費大量心血寫作，反映了 1930 年代初期知識分子的信仰空虛與人生方向摸索，也反映他個人在追求愛情與政治信仰的困惑吧。

徵引文獻

一、專書

劉增傑編校：《師陀全集》（全五卷八冊）（開封：河南大學出版社，2004 年 9 月初版）

劉增傑、解志熙編校：《師陀全集續編》（全二冊）（鄭州：河南大學出版社，2013 年 5 月初版）

劉增傑編：《師陀研究資料》（北京：知識產權出版社，2010 年 1 月初版）

王　欣：《師陀論》（南京：南京大學出版社，2011 年 12 月初版）

陳虹霖：《師陀小說研究》（臺北：淡江大學中國文學系碩士論文，2008 年）

夏志清著、劉紹銘編譯：《中國現代小說史》（臺北：傳記文學出版社，1991 年）

尹雪曼：《抗戰時期的現代小說》（臺北：成文出版社，1980 年）

陳建華：〈「革命加戀愛」與女性的公共空間想像〉，《革命與形式：茅盾早期小說的現代性展開，1927-1930》（上海：復旦大學出版社，2007 年）

劉思謙：《「娜拉」言說：中國現代女作家心路紀程》（開封：河南大學出版社，2007 年）

蘇敏逸：《女性・啓蒙・革命：丁玲文學與中國現代文學的對應關係》（臺北：臺灣學生書局，2012 年）

賀桂梅：《女性文學與性別政治的變遷》（北京：北京大學出版社，2014 年）

二、論文

趙江榮：〈革命啓蒙敘事的悖論——師陀《馬蘭》對意識形態壓抑的揭示〉，《上海師範大學學報（哲學社會科學版）》（2009 年 1 月），頁 104-108。

批判與擁護：楊逵的兩個「糞現實主義」

白春燕

清華大學臺文所博士班

摘　要

　　在 1943 年發生的糞現實主義論爭中，楊逵於該年 7 月以〈擁護糞現實主義〉一文對西川滿做出諷刺性的反論，表達認同糞現實主義的態度。然而，早在 1935年的 7、8 月間，楊逵在批判日本浪漫派標榜的新浪漫主義時，引述自己寫給日本浪漫派作家龜井勝一郎的信件，將當時自稱為真正現實主義作家的作品嚴厲批判為糞現實主義。我們在此看到楊逵對於糞現實主義表現出既批判又認同的矛盾態度。本文主要以分別在日本和臺灣提出糞現實主義批判的林房雄和西川滿的論述為出發點，首先，辨析林房雄批判的糞現實主義內涵、以及他批判時的文學態度，以此檢視楊逵在 1935 年批判的糞現實主義為何。接著，從西川滿的文學論述辨析他批判的糞現實主義內涵及批判時的文學態度，檢視楊逵 1943 年支持的糞現實主義的內涵。最後，比較楊逵分別批判及擁護的糞現實主義的內涵，釐清造成楊逵此一矛盾態度的原因，其實乃是發自同一文學態度的批判和擁護。

關鍵詞：糞現實主義、浪漫主義、楊逵、林房雄、西川滿

一、前　言

　　在臺日人作家西川滿在 1943 年 5 月於《文藝臺灣》（1940.1-1944.1）發表〈文藝時評〉，擁護以泉鏡花爲代表的日本傳統文學，指出臺灣主流文學的現實主義是明治以後從歐美傳來的文學手法，只一味關心虐待繼子、家庭糾葛等問題，不願面對勤行報國及志願兵等現實動向，將之斥爲糞現實主義。此文發表之後，引來世外民、吳新榮、楊逵等人的反駁，形成所謂的糞現實主義論爭。楊逵於 1943 年 7 月在《臺灣文學》（1939.6-1943.8）發表〈擁護糞現實主義〉，將現實主義喻爲糞便，如同農作物沒有糞便就無法成長一樣，人們沒有現實主義就活不下去，以此強調現實主義（糞便）的重要性。此文對西川滿做出諷刺性的反論，表達了對於糞現實主義的認同態度。然而，這不是楊逵第一次提到糞現實主義。早在 1935 年 7 月，楊逵在《臺灣新聞》連載〈新文學管見〉時便已提及。楊逵在該文指出，有些寫了無聊的作品又說是現實主義正途的作家，將他們批判爲糞現實主義，他表示十分贊同。我們在此看到楊逵對於糞現實主義，表面上呈現先批判後擁護的矛盾態度，實則不然。

　　研究者趙勳達將兩個糞現實主義視爲相同，認爲楊逵對於糞現實主義的態度之所以從否定轉變到肯定，是因爲大東亞戰爭爆發促使他的文學觀急遽改變所致。[1]另外，日本學者垂水千惠指出，「糞現實主義」一詞並非由西川滿發明，而是日本文壇在 1935 年林房雄批判《人民文庫》（1936.3-1938.1）派作風時膾炙人口的詞彙，並且將〝西川滿批判《臺灣文學》派作家的作品爲糞現實主義〞，與〝林房雄批判《人民文庫》派的作品爲糞現實主義〞對等起來，考察「林房雄與臺灣文學」、「《人民文庫》與《臺灣文學》」之間的接點，做出結論：1943 年西川滿所屬的《文藝臺灣》派和以臺灣寫實作家爲主的《臺灣文學》派的對立，其實是繼承自 1930 年

1　趙勳達：〈大東亞戰爭陰影下的「糞寫實主義」論爭──以西川滿與楊逵爲中心〉，《楊逵文學國際學術研討會論文集》（臺中：靜宜大學，2004 年 6 月），頁 18-19。

代《日本浪漫派》（1935.3-1938.8）和「《人民文庫》的對立[2]。相較於趙勳達將兩個糞現實主義等同視之，垂水千惠從日本文壇舉出證據說明這是兩場不同的論爭，後者對於前者具有繼承性。但誠如黃惠禎指出的，「垂水尚無法對分別發生於日本和臺灣的兩場文學論爭提出關聯性的有利解釋，兩者相關的推論恐怕還有待更多資料的佐證」[3]，《日本浪漫派》和《人民文庫》的方向雖然不同，但都是從普羅文學運動退潮期的普羅派陣營發展而來，而由西川滿等在臺日人作家組成、強調耽美浪漫的《文藝臺灣》、與由張文環等臺灣本土作家組成、提倡寫實主義重要性的《臺灣文學》之間，並不具有這樣的脈絡；再者，林房雄被喻為很會轉向的作家[4]，在不同時期分別具有普羅文壇健將、退潮期普羅文學家、日本浪漫派擁護者、日本主義文學擁護者、極右派等身分。林房雄是抱持著怎樣的文學態度批判糞現實主義呢？該糞現實主義的內涵又是什麼呢？若無法釐清這兩個息息相關的問題，便無法直接將林房雄對等於擁護日本傳統文學的西川滿。因此，「林房雄《日本浪漫派》＝西川滿《文藝臺灣》」、「《人民文庫》＝《臺灣文學》」這個二元對立結構，必須對於兩場論爭的內涵加以辨析之後才得以成立。

　　本文首先辨析林房雄批判的糞現實主義內涵及批判時的文學態度，以此檢視楊逵在 1935 年批判的糞現實主義為何。接下來，從西川滿的文學論述辨析他批判的糞現實主義內涵及批判時的文學態度，檢視楊逵 1943 年支持的糞現實主義的內涵。最後，比較楊逵分別批判及擁護的糞現實主義的內涵，指出糞現實主義在兩個不同的時空裡具有剛好相反的內涵，而楊逵的文學立場始終如一，這就是導致楊逵對於糞現實主義表現出既批判又認同的矛盾態度的原因。

2　垂水千惠：〈「糞リアリズム」論争の背景──『人民文庫』派批判との関係を中心に〉（〈「糞現實主義」論爭的背景──以批判《人民文庫》派的關係為主〉），《文学の闇／近代の「沈默」》（橫濱：世織書房，2003 年 11 月），頁 407-425。

3　黃惠禎：〈楊逵與糞現實主義文學論爭〉，《臺灣文學學報》第 5 期（政治大學中文系，2004年 6 月），頁 201。

4　「これほど目立つ「転向」を繰り返した作家は珍しい。」〈物故会員林房雄〉，《日本ペンクラブ・電子文芸館》（http://www.japanpen.or.jp/e-bungeikan/novel/hayashifusao.html），2014 年 8 月 10 日查閱。

二、1930 年代日本糞現實主義論爭

日本自然主義源於西歐因自然科學進步而興起的自然主義文藝思潮,主要受到法國小說家埃米爾・左拉(Émile François Zola)影響,主張不加入個人主觀、只以客觀來描繪事物原始樣貌。後來,田山花袋標榜無技巧、露骨的描寫,《蒲團》(1907)是他的理論實踐。《蒲團》是日本自然主義文學的代表作品之一,被視爲私小說的發端,將日本自然主義導向只注重暴露現實、描寫身邊瑣事的私小說樣式[5]。不過,西歐自然主義裡的社會性後來被日本普羅文學理論旗手藏原惟人繼承下來,他從無產階級的立場提出了「無產階級現實主義」(プロレタリア・リアリズム,普羅列塔利亞現實主義)理論[6],也成爲後來楊逵承襲的主要理論內涵。

《人民文庫》是當時中堅流行作家武田麟太郎爲了反抗以「文藝懇話會」(1934.1-1937.7)爲代表的法西斯主義,在 1936 年 3 月集合了普羅派新進作家們創設的雜誌[7],該雜誌的風格慣被稱爲「糞現實主義」。同時代作家平野謙指出《人民文庫》派的這個慣稱確實存在,但不確這個評語是否發自林房雄之語[8]。不過,從垂水千惠爲我們展示的證據[9]及筆者找到的其他佐證[10],大致可以確定是出自林房雄之語。不過,糞現實主義一詞主要代表著普羅正統派的批判立場。《人民文庫》

5　長谷川泉:〈自然主義〉,《近代日本文学思潮史》(東京:至文堂,1974 年 4 月),頁 44-53。

6　藏原惟人:〈プロレタリア・レアリズムへの道〉,《戰旗》(1928 年 5 月)。引自新日本出版社編集部編:《日本プロレタリア文学評論集》4 卷(東京:新日本,1990 年 7 月),頁 116-124。

7　「排擊文藝懇話會、發展正統的現實主義、旺盛的散文化,簡言之,就是文化的擁護、以及正確的、有高度性質的小說之大眾化──爲了這個目的,我們竭盡微薄力量一路走來。」武田麟太郎:〈挨拶〉,《人民文庫》2 卷 4 號(東京:人民社,1937 年 3 月),頁 1。

8　平野謙:〈『人民文庫』の問題〉,《文学・昭和十年前後》(東京:文藝春秋,1972 年 4 月),頁 270。

9　同註 2,頁 411。

10　「在(《人民文庫》)創刊當時,報紙上充斥著林房雄那種頹廢的、信口開河的評語『糞現實主義』,至今已不復見。」丸山進:〈糞リアリズムの打破〉「祝辞」,《人民文庫》2 卷 4 號(1937 年 3 月),頁 10。

派除了正面遭受《日本浪漫派》的攻擊，還受到相同陣營的普羅正統派的指責[11]。普羅正統派基於《人民文庫》派欠缺「無產階級現實主義」（プロレタリア・リアリズム，普羅列塔利亞現實主義）的目的意識性，認爲它不是眞正的現實主義，惡評爲「糞現實主義」（クソ・リアリズム）[12]。筆者發現，「普羅」的發音「プロ」（puro）與「糞」的發音「クソ」（kuso）極爲相近，可能因爲有這個巧妙的諧音，才被拿來當作揶揄之名吧。他們站在擁護無產階級現實主義的立場，對於欠缺目的意識性的「人民文庫派」的文學風格，謔稱爲糞現實主義，使得這個名稱定型，成爲有固定指涉對象的慣稱。

關於當時所謂的普羅正統派，平野謙指出是舊「納爾普」（日本作家同盟）主流派作家，即以《文學評論》（1934.3-1936.8）爲重要據點的德永直、森山啓、窪川鶴次郎、中條百合子等人[13]。而同爲《文學評論》主要作家的林房雄活躍於普羅文學運動興盛時期，在 1930 年 7 月因違反治安維持法入獄，於 1932 年 4 月轉向出獄之後，在 1932 年 9 月於《新潮》發表〈以作家之姿〉（〈作家として〉）[14]，表明欲脫離政治的束縛，要以作家的身分來創造無產階級的文藝復興。即使在「納爾普」解散、日本普羅文學運動退潮之後，也仍以樂觀的態度暢談普羅文學的光明

11　「《人民文庫》在外面得到了強力的支援。雖然舊作家同盟系統的所謂正統派將《人民文庫》的小說斥責爲「糞現實主義」，但仍得到了來自於讀者的支持。」高見順：〈ファシズムの波〉，《昭和文學盛衰史》（東京：文藝春秋，1987 年 8 月），頁 373。

12　「《人民文庫》執筆群揭示『散文精神』做爲創作口號。所謂『散文精神』──若採用當時惡評的話法──就是『糞現實主義』。這是將之前普羅文學運動的口號『無產階級現實主義』中抽離『主題積極性』和『黨派性』，描寫的不是『勞工』和『農民』，而是『人民』和『庶民』的現實。也就是說，作者在深入人民的生活時，不需要有『第一要以無產階級前衛的「眼」來觀看世界』（藏原惟人〈前往無產階級現實主義的道路〉《戰旗》1928 年 3 月（筆者注：3 月爲誤植，應爲 5 月））這樣的意識。」桑尾光太郎：〈「左翼くずれ」からの脱却──高見順の転向と戰時体制の進展──〉，《人文》第 3 期（学習院大学，2004 年），頁 96。

13　平野謙：〈『人民文庫』の問題〉，《文学・昭和十年前後》（東京：文藝春秋，1972 年 4 月），頁 264-265。

14　林房雄：〈作家として〉，《新潮》（1932 年 9 月）。引自野間宏編：《日本プロレタリア文学大系》6（東京：三一書房，1969 年），頁 220-228。

前途*15*。從林房雄做爲《文學評論》主要作家的身分、以及他對於普羅文學未來念茲在茲的態度看來，1934 年當時的林房雄應屬於正統派成員。因此，本節將以林房雄做爲考察對象，辨析其批判的糞現實主義內涵及批判時的文學態度，並且進一步檢視楊逵在 1935 年批判的糞現實主義爲何。

（一）林房雄排斥的糞現實主義

　　《人民文庫》派之所以受到批判，與《人民文庫》主持人兼出資者武田麟太郎的「市井事物」小說極有關連。武田麟太郎在 1929 年以小說〈暴力〉登上普羅文學舞臺，這部作品以新感覺派的手法搭配馬克思主義的認知寫成，雖然具有新鮮的風格，也因此被排除在正統馬克思主義文學之外。在 1932 年，他爲了反抗普羅派的指導方針「主題的積極性」，試著深入庶民生活心理底層來進行文學實踐，因此開始書寫「市井事物」*16*小說。這種專寫庶民風俗事物的市井事物小說被宮本百合子稱爲「市井式的現實主義」*17*。評論家川口浩在 1934 年 4 月提倡以「否定的現實主義」來重建普羅文學；並肯定武田麟太郎的作品，指其能夠曝露社會黑暗面，是「否定的現實主義」的萌芽*18*。另一方面，林房雄在次月發表〈普羅文學當前的諸問題〉（〈プロレタリア文学当面の諸問題〉）*19*，指責武田麟太郎的作品欠缺追求正確生活的熱情，在面對社會不公、虛僞及庸俗時，沒有從心底發出激怒之情，評之爲「可疑的現實主義」。但林房雄在批判的最後，強調這不是絕對的過失，只是一個小小的偏向。相較於林房雄平日快人快語、有話直說的評論作風，這算是極爲溫和的勸說。事實上，在《人民文庫》創刊之前，林房雄對於武田麟太郎及《人

---

15 粟原幸夫：〈崩壞の理論〉，《プロレタリア文学とその時代》（東京：平凡社，1971 年 11 月），頁 253。

16 平野謙：〈昭和十年前後〉，《昭和文學史》（東京：筑摩書房，1970 年），頁 149、209。

17 宮本百合子：〈解說〉，《風知草》（東京：文藝春秋新社，1949 年 2 月）。引自「青空文庫」（http://www.aozora.gr.jp），2014 年 8 月 17 日查閱。

18 川口浩：〈否定的リアリズムについて──プロレタリア文学の一方向──〉，《文學評論》1 卷 2 號（1934 年 4 月），頁 12-13。

19 林房雄：〈プロレタリア文学当面の諸問題〉，《文學評論》1 卷 3 號（1934 年 5 月），頁 126-127。

民文庫》舊普羅派新人們一直照顧有加，只要有機會就努力推銷這些作家的作品[20]。由林房雄此時的輕聲指責，可以看出他將武田麟太郎等人視爲同樣身爲普羅派陣營的朋友。而這裡所謂的「一個小小的偏向」，指的是武田麟太郎的現實主義走偏了，可以視爲糞現實主義批判的一環。

　　之後，林房雄轉往日本浪漫派，在 1934 年 10 月 17 日出版紀念兼入獄送別會當晚，他在酒酣耳熱之際喊出「日本浪漫派萬歲」[21]宣言，此即爲楊逵曾指出的日本浪漫派的起源[22]。林房雄留下了這個宣言之後慷慨入獄，卻在普羅派之間引發不小的議論。1934 年 12 月，德永直斥責林房雄已不再是普羅文學家[23]，高見順也表示，早在林房雄在 1934 年 9 月發表於《文學界》的〈對現實主義的片斷感想〉（〈リアリズム斷想〉）一文，就可以看出他心中已經燃起浪漫精神，只是當時仍對現實主義懷有執著與眷戀[24]。由此可知，林房雄在 1934 年 9 月已經出現日本浪漫派的傾向，並且在 1934 年 10 月 17 日喝酒助興下表露出來。接著，林房雄在 1935 年寫出《浪漫主義者手札》（《浪漫主義者の手帖》），主張背離馬克思主義文學，正式表達擁護日本浪漫派的決心。

　　在林房雄入獄期間，保田與重郎及龜井勝一郎在 1935 年 3 月創設《日本浪漫派》。根據林房雄的回憶，當時身繫囹圄的他已約定出獄後就加入《日本浪漫派》，但由於林房雄是《文學界》（1933.10-1944.4）創刊人之一，另一位創刊人小林秀雄以《文學界》沒有他就會倒閉爲由，要求他不要加入《日本浪漫派》。因此林房

20　大宅壯一：〈文壇私鬪時代（六）〉，《東京日日新聞》（1936 年 5 月 10 日）。

21　〈林房雄氏出版記念会〉，《文學評論》1 卷 10 號（1934 年 12 月），頁 37。

22　「日本浪漫派標榜新浪漫主義。根據我的記憶，起源是即將服刑的林房雄在入獄送別會上的吶喊。」楊逵：〈新文學管見〉，《臺灣新聞》（1935 年 7 月 29 日～8 月 14 日）。引自彭小妍編：《楊逵全集》第 9 卷（臺南：文化保存籌備處，2001 年），頁 289。

23　「在先前他（筆者注：林房雄）的『出版紀念會』、也算是入獄前的送別會上，他在最後致詞時，跟久米正雄一起吶喊『日本浪漫派萬歲』。……他已經不再是普羅文學作家了。」德永直：〈プロレタリア文壇の人々〉，《行動》2 卷 12 号（1934 年 12 月），頁 198。

24　高見順：〈浪曼精神と浪漫的動向〉，《文化集團》2 卷 12 號（1934 年 12 月），頁 27-34。

雄最後並沒有成爲《日本浪漫派》同人,實際刊載的作品也只有一篇詩作[25]。所以,林房雄雖然擁護日本浪漫派,但不是《日本浪漫派》成員,也不是核心人物。

《人民文庫》被視爲最後一個支持人民戰線的左派文學團體,爲了避開政府當局的舉發,將他們提倡的現實主義以「散文精神」名之[26]。文藝懇話會是政府當局爲了文化統制而設立的文藝機關,雖打著文藝復興的名號,但實質上是爲了「將法西斯的手伸入文學之中」[27]而設立的。林房雄和武田麟太郎都是從普羅派轉來的《文學界》同人,在林房雄開始擁護文藝懇話會之後,兩人漸漸形成對立關係。

林房雄從 1936 年 4 月開始對武田麟太郎及《人民文庫》展開強烈的批判。他在 1936 年 4 月於《文學評論》發表〈文藝時評〉,對於《人民文庫》反對文藝懇話會之事感到氣憤,認爲《人民文庫》作品充滿陰暗的失敗感,將之惡評爲「屑小說」(垃圾小說)[28];接著在次月於《文藝》發表〈感傷的擁護〉(〈感傷の擁護〉),批判《人民文庫》只會寫小說,根本算不得是人民文學,武田麟太郎的市井事物小說只配刊載在下流報紙的地方社會版。

原本林房雄在 1935 年出獄前就爲了謀求普羅作家再次團結,提議成立「作家俱樂部」(1936.1-1938.1)[29]。後來作家俱樂部如願成立,不料林房雄卻辭去該俱樂部委員一職,還發表了「普羅作家廢業宣言」。從他 1936 年 3 月在《日本評論》發表〈浪漫主義者的夢——現實主義啊,訣別了——〉(〈浪漫主義者の夢——リアリズムよ、さようなら——〉)一文可知,他已正式與現實主義訣別,奔向浪漫主義。另外,他在 1936 年 4 月《文學界》發表的〈同人座談會〉說明他爲何反對

---

25 林房雄:〈思い出と述懷〉,《日本浪曼派とはなにか 復刻版「日本浪曼派」別冊》(東京:雄松堂,1971 年 12 月),頁 111-112。林房雄自承未加入《日本浪漫派》,不過他的名字出現在同人名單裡。〈『日本浪曼派』同人一覽〉,《日本浪曼派とはなにか 復刻版「日本浪曼派」別冊》(東京:雄松堂,1971 年 12 月),頁 169。

26 那珂孝平:〈「人民文庫」から見た「日本浪曼派」——一つの感情記錄——〉,《日本浪曼派とはなにか 復刻版「日本浪曼派」別冊》(東京:雄松堂,1971 年 12 月),頁 37。

27 同註 11,頁 366。

28 林房雄:〈文藝時評〉,《文學評論》3 卷 4 號(1936 年 4 月),頁 62。

29 林房雄:〈作家クラブのこと〉,《文學評論》2 卷 10 號(1935 年 9 月),頁 118-119。

現實主義，理由是「普羅作家依循現實主義寫出的作品都是完全黑暗的小說」[30]。

　　因此，原本是普羅正統派的林房雄在 1934 年 9 月左右開始傾向日本浪漫派，並且進一步在 1936 年 3 月主動放棄普羅作家身分，擁護文藝懇話會。這個轉變反映在他對於武田麟太郎的批判。在 1934 年，他以普羅派文學家的立場擁護眞正的現實主義，將武田麟太郎的市井式現實主義評爲糞現實主義。但在 1936 年，他從普羅派出走，迎向日本浪漫派和文藝懇話會所代表的日本主義風潮，徹底放棄現實主義，將市井式現實主義惡評爲「垃圾小說」。誠如森山啓對林房雄說的：「你是最早將這種現實主義稱做『糞現實主義』的人喔。但是現在你已轉而提倡浪漫主義，那麼所有的現實主義，包含那些非常出色的現實主義，全部都變成『糞現實主義』了」[31]。也就是說，在林房雄擁護日本浪漫派之後，他原本批判的糞現實主義在內涵上也變質了：他原本站在普羅派的立場擁護眞正的現實主義而排斥偏向的現實主義——糞現實主義；但當他站到對立面的浪漫主義立場時，不管是眞實的或是偏向的現實主義，都全部否定了。林房雄從現實主義轉往浪漫主義，使得糞現實主義的內涵從偏向的現實主義轉變成不論偏向與否的各種現實主義。

　　從以上的整理可知，由於林房雄在文學態度上的變化，使得他批判的糞現實主義在內涵上跟著改變。1934 年的林房雄站在普羅派文學家的角度，追求眞正的現實主義，以偏向的現實主義爲由批判糞現實主義。對於這個階段的林房雄而言，糞現實主義的內涵是一種偏向的現實主義。但是對於在 1935 年捨棄普羅派文學家身分、站在現實主義對立面的林房雄而言，糞現實主義的內涵則變成了不分偏向與否的所有現實主義。接下來，筆者將從楊逵的評論及他談及的日本文學家的論述來指出，楊逵在 1935 年對於糞現實主義的批判，便是沿著林房雄 1935 年批判糞現實主義的這個日本文壇脈絡所做出的發言。

---

[30] 治田一：〈逆立せる「社會主義的リアリズム」〉，《文學評論》3 卷 4 號（1936 年 4 月），頁 80。

[31] 〈文學界同人座談會（第三回）〉，《文學界》3 卷 3 號（1936 年 3 月），頁 163。

（二）楊逵排斥的糞現實主義內涵

　　楊逵在 1935 年 7 月連載於《臺灣新聞》的〈新文學管見〉一文中，主張排斥糞現實主義。楊逵曾經收到由普羅派轉往日本浪漫派的理論家龜井勝一郎致贈的《日本浪漫派》雜誌，因而寫了讀後感做為感謝。後來加上標題「新浪漫派批判」，摘錄於〈新文學管見〉中。這篇讀後感主要針對龜井勝一郎在 1935 年 4 月發表於《日本浪漫派》的〈前往沒有奴隸的希臘國度〉（〈奴隷なき希臘の国へ〉）一文所做的回應。龜井對於當時日本現實主義作家做出了以下的批評：

> 這兩三年流行著日本式的現實主義，除了實話作家的實話式的努力之外，什麼都沒有。以社會主義現實主義為盾牌來模糊自己在政治上的失敗，讓原本高昂激烈的浪漫精神變得窒息，是可憎的敵人；聲稱是描寫勞工農民的生活，卻墮入低調浮薄的實話作品，是文學的害蟲。尤有甚者，那些寫著瑣碎的市井小事或戀愛故事，憑著故作老成的隻字片語，就認為自己是與現實格鬥的作家，即使將他們稱為糞現實主義者，還嫌浪費了呢。[32]

　　龜井所指的實話小說是從 1929 年流行起來的文類，意指以事實為基礎的小說，不過實話小說家在創作時，會傾向以少見或異常的事實做為題材。其原因是，現實主義文學因為墮落為專寫身邊事物及心境的小說，最後失去了大眾的喜愛，所以後來轉而強調客觀性，要以記錄事件的方式來取代作家的主觀性[33]。龜井指出，普羅派作家在普羅運動衰退之後開始書寫的實話文學扼殺了高昂激烈的浪漫精神。其中最可惡的是市井事物小說，全然脫離現實主義的本質，連稱他們為糞現實主義都不值得。由此看來，武田麟太郎的市井事物小說被視為糞現實主義之事，已是文壇裡的既定認知。雖然龜井和林房雄同為日本浪漫派擁護者，但此時的林房雄已經宣佈背

32　龜井勝一郎：〈奴隷なき希臘の国へ〉，《日本浪漫派》1 卷 2 號（1935 年 4 月），頁 12-13。

33　平林初之輔：〈昭和四年の文壇の概観〉，《新潮》26 年 12 號（1929 年 12 月）。引自「青空文庫」（http://www.aozora.gr.jp），2014 年 8 月 17 日查閱。

離馬克思主義文學及現實主義，而龜井仍然堅持應有眞正的現實主義。原本是普羅派理論家的龜井勝一郎成爲《日本浪漫派》同人之後，在論述時仍會不自覺地採用馬克思主義的理論模式[34]。有別於前述普羅正統派以欠缺目的意識性爲由，龜井認爲市井事物小說造成浪漫精神被扼殺，因此予以批判。很顯然地，這是龜井站在擁護浪漫主義的立場所發之言。楊逵對於龜井的批判所做的回應是：

> 現今許多現實主義作家，並不是眞正的現實主義者，而只是自然主義的亞流。……自然主義只沉溺於黑暗面、頹廢面，看不到理想，現今所謂的「現實主義者」們也沒有脫離這個趨勢。／眞正的現實主義是要捕捉人與社會、或人與人之間在眞實狀態下的關係。／現今許多作家寫了一堆無聊的作品，又說這才是現實主義的正途。嚴厲批判他們爲糞現實主義，我是十分贊同的。[35]

楊逵這一段話寫於討論浪漫精神之前的段落，表明自己與龜井一樣，都抱持排斥糞現實主義的態度。這顯然是楊逵依循當時日本文壇的脈絡：「武田麟太郎的市井式現實主義＝糞現實主義」所做的發言。楊逵認爲其發生的原因在於它是自然主義亞流的現實主義的一種表現。

　　關於走到自然主義亞流的現實主義，依照藏原惟人的解釋，就是自然主義現實主義。藏原指出，近代資產階級文學的自然主義秉持現實主義出發，但由於他們不具有社會科學者的客觀性，使得他們的現實主義無法呈現整體性的描繪；並且爲了克服自然主義現實主義，提倡能夠站在普羅階級立場來描繪現實的「無產階級現實主義」[36]。這個論點相同於楊逵在〈新文學管見〉一文結論時的「以屹立不搖的世界觀來掌握眞實的現實主義」[37]的主張，都是要站在無產階級立場來眞實地描寫現

34　保田與重郎：〈近代終焉の思想〉，《作家の自序 97 保田與重郎》（日本図書センター，1999年 4 月 25 日），頁 133-134。

35　同註 22，頁 290-291。

36　同註 6，頁 124。

37　同註 22，頁 299。

實。也就是說，楊逵排斥的糞現實主義在內涵上是欠缺社會科學客觀性的自然主義亞流的現實主義、即自然主義現實主義。

　　在 1935 年這個時間點，龜井和林房雄都站在擁護日本浪漫派的立場批判糞現實主義。兩人的差異在於，龜井仍堅持追求現實主義，但林房雄已將之揚棄。1935 年的龜井和林房雄都與此時楊逵站在普羅派立場進行批判的態度有差異。不過，比較 1935 年的楊逵和林房雄在稍早 1934 年認知的糞現實主義，可知兩人分別將糞現實主義認定為自然主義亞流的現實主義、及偏向的現實主義。兩者雖然在用詞表現上有所差異，但都是站在普羅派的觀點、為了追求真正的現實主義而排斥糞現實主義所表現出的文學態度。因此，1935 年的楊逵和 1934 年的林房雄在面對糞現實主義時的文學態度是一致的。

　　另一方面，雖然楊逵和龜井都為了尋求真正的現實主義而批判現實主義，但兩人之間仍存在著差異，那就是對於浪漫主義的見解。楊逵以〈送報伕〉為例，解釋浪漫精神裡有「夢想及幻想」和「理想」兩種不同的性質：

> 在遇到伊藤後，直到回臺的這一段期間，主角「我」的浪漫在性質上有很明顯的轉變。若以夢想來說，最初想要出人頭地的想法和最後為了村莊而戰的決心都是夢想；而以幻想而言，兩者都不能不算是幻想（以龜井兄的用語來說），但是最後的結局明顯有科學的根據，這一點與剛開始的夢想在性質上有所差異。為了把它和夢想及幻想區隔開來，我想稱之為理想；若用浪漫一詞將之概括，不知是否恰當。不知龜井兄的意見如何？

> 但是，若將之套用在現實主義，我想就能夠充分說明。就是龜井兄所說的真實的現實主義。[38]

楊逵認為主角「最初想要出人頭地的想法」和「最後為了村莊而戰的決心」都可以稱為夢想，若依龜井的說法，則都可以稱為幻想。幻想一詞出自龜井於 1934 年 12

---

[38]　同註 22，頁 291。

月在《理論》發表的〈關於〈被囚禁的大地〉──以「木村」為中心的感想──〉（〈「囚はれた大地」について──「木村」を中心の感想──〉）一文。龜井此文評論平田小六的農民小說〈被囚禁的大地〉，引用莫泊桑的話：「優秀的現實主義者都應自稱為幻想家」，並且主張幻想能夠引導出強大的能動精神，該作品之所以能夠免於淪為通俗小說，就在於平田小六將能動精神交織在小說之中[39]。此文不曾出現浪漫字眼，顯然是楊逵將這個「幻想」視為龜井主張的「浪漫精神」所做出的理解。楊逵為了區分浪漫精神裡的不同性質，將遠離現實的想法稱為「夢想及幻想」，而將有科學根據、合乎現實的決心稱為「理想」。因此，楊逵並不反對浪漫主義，但只願意擷取有理想性的浪漫精神，而龜井卻將不切實際的想法和有科學根據的決心概括承受、混為一談，這正是楊逵批評日本浪漫派的所在。

　　接著，楊逵進一步指出浪漫主義與現實主義的關係。龜井指出，科學精神是浪漫主義的根本精神，日本的作家們之所以會墮落成狹隘的心境小說，就是因為不具備這種浪漫精神。而且，只要是真正的浪漫主義者就能成為真正的現實主義者[40]。楊逵也認為〝有科學根據、合乎現實的「理想」才是真正的浪漫主義〞這個概念可以套用於現實主義，也就是說，有科學根據、合乎現實的「理想」才是真正的現實主義，而這也是龜井追求的真正的現實主義。由此可知，楊逵認為浪漫主義與現實主義是一體兩面、相輔相成的概念，兩者都必須在有科學根據、合乎現實的「理想」的支撐下才得以成立。

　　綜上所述，糞現實主義是 1934 年林房雄等普羅正統派站在擁護無產階級現實主義的立場，以欠缺目的意識性為由，對於武田麟太郎等《人民文庫》派所做的責難。1934 年林房雄批判的糞現實主義在內涵上是〝偏向的現實主義〞；當時他採取的文學態度是，站在馬克思主義者的立場、為了擁護真正的現實主義所做的批判。在 1935 年，林房雄的文學態度發生變化，轉向支持日本浪漫派、放棄現實主義，使得其原本批判的糞現實主義在內涵上變成了〝不論偏向與否的各種現實主

39　龜井勝一郎：〈「囚はれた大地」について──「木村」を中心の感想──〉，《理論》1　卷（ナウカ社，1934 年 12 月），頁 65-78。

40　同註32，頁 16、19。

義〞。另一方面，楊逵排斥的糞現實主義在內涵上是欠缺社會科學客觀性的自然主義現實主義，其文學態度與 1934 年的林房雄一致，都是站在馬克思主義者的立場、為了擁護真正的現實主義而發；這也對立於林房雄 1935 年放棄現實主義之後所表現的文學態度。從楊逵與 1934 年林房雄在文學態度上的一致性可以進一步佐證，1935 年楊逵支持批判的糞現實主義（＝欠缺社會科學客觀性的自然主義現實主義），以及 1934 年林房雄等日本普羅派批判的糞現實主義（＝以〝武田麟太郎的市井式現實主義〞為主的偏向的現實主義），都是為了堅守無產階級立場所做的努力，兩者在內涵上是相通的。

另外關於浪漫主義的態度，楊逵肯定具有理想性的浪漫精神，排斥龜井混淆不清的浪漫論述。不過，楊逵肯定龜井「只要是真正的浪漫主義者就能成為真正的現實主義者」的看法，認為浪漫主義與現實主義是一體兩面、相輔相成的概念。

三、1943 年臺灣糞現實主義論爭

經由前一小節的討論，本文已經釐清楊逵 1935 年排斥的糞現實主義時的文學態度與 1934 年的林房雄是一致的，兩者都是站在馬克思主義者的立場、為了擁護真正的現實主義而發。接下來將進入 1943 年臺灣文壇關於糞現實主義論爭的討論。西川滿在 1943 年 5 月《文藝臺灣》發表〈文藝時評〉將臺灣作家的現實主義文學惡評為糞現實主義之後，《臺灣文學》派的作家們紛紛為文反駁，形成了《文藝臺灣》派對上《臺灣文學》派的激烈論爭。關於這場論爭的過程，除了前述趙勳達、垂水千惠、黃惠禎之外，還有曾健民、林巾力、柳書琴[41]等人做過討論，故不再重述。本節只專注於討論西川滿批判的糞現實主義的內涵及其批判時的文學態度，目的是為了釐清楊逵 1943 年支持的糞現實主義的內涵。

---

[41] 曾健民：〈評介「狗屎現實主義」論爭〉，陳映真、曾健民編：《噤啞的論爭》（1999 年 9月），頁 109-123。林巾力：〈西川滿「糞現實主義」論述中的西方、日本與臺灣〉，《中外文學》34 卷 7 期（2005 年 12 月），頁 145-174。柳書琴：〈誰的文學？誰的歷史？——日據末期臺灣文壇主體與歷史詮譯之爭〉，《新地文學》4 期（2008 年 6 月），頁 38-78。

（一）西川滿批判的糞現實主義內涵

西川滿有名的糞現實主義批判出現於前述〈文藝時評〉一文當中：

> 大體上，向來構成臺灣文學主流的糞現實主義，都是明治以降傳入日本的歐美手法，一點也無法讓喜愛櫻花的我們日本人產生共鳴。如果還有片鱗半爪的淺薄的人道主義，倒也還好。它那嚴重的低級庸俗、毫無批判性的生活描寫，哪裡能有什麼日本的傳統。

> 我認為本島人作家更是如此。真正的現實主義絕非如此。在他們依舊關注虐待繼子或家族糾葛的問題，認真地描寫這些風俗民情的當下，本島新一代的青年早已在勤行報國或志願兵方面展現了熱烈的行動。身為現實主義作家卻無所自覺，不願面對現實，這是多麼諷刺啊！[42]

西川滿是一位「藝術至上主義色彩濃厚」[43]的文學家，以愛好浪漫的、異國情調的文學知名。他認為臺灣作家的現實主義文學表現嚴重低級庸俗，充斥著毫無批判性的生活描寫，不具日本的傳統，將之斥為糞現實主義。乍看似乎與本文前一節討論的林房雄以浪漫主義排斥現實主義的態度相同。不過，他又指出何謂真正的現實主義，那就是要面對當下的現實動向，亦即應描寫勤行報國及志願兵的事實。由此論述看來，西川滿並不排斥現實主義，但是將描寫現實的題材予以限制，以勤行報國及志願兵等大東亞戰爭動向為題材的作品才算是現實的描寫。

西川滿除了不排斥現實主義之外，還推崇以泉鏡花為代表的浪漫主義：

42　西川滿：〈文藝時評〉，《文藝臺灣》6卷1號（1943年5月），頁38。

43　辻義男：〈浜田隼雄論——一連の短編小説を中心に——〉，《臺灣公論》8卷8號（1943年8月），頁67-74。引自中島利郎等編：《日本統治期台湾文学台湾人作家作品集》5卷（東京：綠蔭書房，1999年），頁113、120。

　　我之所以要抬出已被視為無用之人的鏡花來談論，主要是因為想考察鏡花作
品中的傳統精神。有人稱他為浪漫派，也有人稱他是高踏派，見仁見智。即
使他是浪漫派，也與那些和糞現實主義為伍的、臺灣常見的頹廢的歐洲浪漫
主義的信奉者的作品大相逕庭。

　　（中略）

　　我想說的是，我們應該學習像鏡花那樣的大作家值得效法之處，在大東亞戰
爭之中力圖樹立真正的皇國文學，而不是投機文學。

　　（中略）

　　那些所謂模倣歐美手法的糞現實主義作品，即使譯成歐美的文字，也不會讓
歐美人看在眼裡，只會受到藐視罷了。作為日本文學家的我們，不是應該創
作一些歐美人怎麼也寫不出來的，具有傳統精神的作品嗎？我們要把英美色
彩的東西從文學的世界排除出去！這就是我此刻把鏡花抬出來的最大原
因。**44**

西川滿推崇泉鏡花的理由在於其作品具有日本傳統精神，有別於當時流行於臺灣、
從歐洲傳來的「頹廢」的浪漫主義。也就是說，臺灣的浪漫主義因為是歐洲傳來的，
所以是頹廢的；泉鏡花的浪漫主義因為具有日本傳統，所以是值得推崇的。但由張
曉寧的研究可知，泉鏡花開創的神秘浪漫主義「虛幻美」有其歐洲浪漫主義的淵源。
泉鏡花的文風原本以離奇突兀的故事情節及獨樹一格的敘事手法著稱，後來在英國
浪漫主義及歌德式小說的影響之下，形成了獨特的寫作風格──文學風格帶有傳奇
的神秘浪漫主義色彩，用語具有日本古典文學的雅致風韻，寫作技巧則融入了歐洲
文學的作風。不過，泉鏡花的文學藝術雖然受到推崇，但由於其思想性落後而被視

---

44 同註42。

為異端，被排除在主流文學之外[45]。西川滿也指出泉鏡花已被視為無用之人，但因其繼承了日本傳統文學及日本文化的精髓，故仍然拿來做為宣傳日本傳統文化的樣板人物。然而，西川滿為了與歐洲傳來的浪漫主義做區隔，因而迴避了泉鏡花的文學表現受到英德兩國浪漫主義影響這個事實，只著重於凸顯其繼承日本古典文風的特點。

　　由此可知，西川滿雖然批判糞現實主義及從歐洲傳來的浪漫主義，但並非全面排斥現實主義及浪漫主義，換個說法，他其實只在意是否具有日本傳統精神，並不關心現實主義及浪漫主義等文學創作手法。原因是他真正想要排斥的，是位於「日本」對立面的「美英色彩」。也就是說，現實主義也好、浪漫主義也好，只要沾染了「美英色彩」，都應極力排除。趙勳達指出，西川滿在「雕琢／粗糙」、「真正的現實主義／糞現實主義」、「題材：勤行報國／家族、家庭」、「皇國文學／投機文學」、「有日本精神／沒有日本精神」、「日本傳統／英美色彩」這六個層次表現出二元對立的思考邏輯[46]。不過，西川滿對於浪漫主義的看法也有同樣的表現，因此筆者欲補充一點，即「繼承日本傳統的泉鏡花浪漫派／來自歐洲的浪漫主義」。我們從這些二元對立的元素可以看出，西川滿判斷好壞的標準只有一個，那就是有無日本傳統，目的是為了突顯日本價值，以響應大東亞戰爭體制下「排擊美英思想」的方針[47]。由此看來，西川滿此時的文學態度已經從耽美浪漫轉變成要以文學報國的日本主義了[48]。

45　張曉寧：〈論日本的"泉鏡花熱"與"泉鏡花現象"〉，《瀋陽師範大學學報（社會科學版）》30（2006 年 3 月），頁 121-123。

46　同註 1，頁 11。

47　浜田隼雄的論述可以做為佐證：「不要只喊口號，我們應該以作品來奉公才是。／希望大家在習慣說出〝思想戰〞、〝美英思想排擊〞等口號的同時，也能更謹慎地反省自己的一言一行，注意自己不經易的行動是否有變成反日本的情事。／戰爭愈激烈，英美的壞思想更會將魔手伸到我們之間。」浜田隼雄：〈文藝時評〉，《文藝臺灣》6 卷 3 號（1943 年 7 月），頁 85-86。引自中島利郎等編：《日本統治期台湾文学台湾人作家作品集》5 卷（東京：綠蔭書房，1999 年），頁 78-79。

48　吳新榮的陳述進一步證實西川滿文學態度的轉變：「我風聞西川滿早已不知在何時拋棄了『美的追求』，而以『悲壯的決意』再出發了」吳新榮：〈好文章・壞文章〉，《興南新聞》（1943

關於西川滿文學態度的轉變，王向遠考察日本浪漫主義演化成日本法西斯主義文學的過程可以提供我們做爲參照。王向遠指出，這個演變裡存在著一個內在邏輯：日本浪漫派主張唯美、純藝術，所以研究古典；由研究古典發現天皇，進而發現以天皇爲源頭的日本大和民族，於是產生了日本民族主義和國家主義，而這種極端的民族主義和國家主義勢必走向反動的法西斯政治[49]。西川滿並非日本浪漫派的同人，但他同樣主張耽美的、浪漫的、藝術至上的文學，也確實轉變爲日本主義，並且進一步協力國策、讚美戰爭，因此完全符合這個演變邏輯。

綜上可知，一心一意想要文學報國的西川滿，對於臺灣作家無視於時局動向的文學表現，自然感到惱火。他爲了排擊美英思想，採取「日本傳統／英美色彩」的二元對立模式，以勤行報國及志願兵等具有日本精神的現實主義，排斥以歐洲傳來的現實主義手法寫成的、專注於黑暗面現實的臺灣作家作品；以具有日本傳統精神的泉鏡花浪漫派，排斥當時流行的歐洲浪漫主義。因此，我們已經明白，由於西川滿是站在協力國策、文學報國的立場做出了批判，文中有著濃厚的政治意識形態，而其對於文學創作手法的討論則顯得薄弱。關於其所斥責的糞現實主義，其內涵則是受到美英壞影響而不具備日本精神的臺灣作家現實主義作品。

（二）楊逵擁護的糞現實主義內涵

對於西川滿批判臺灣作家現實主義作品因受到美英壞影響而不具備日本精神之事，楊逵於 1943 年 7 月在《臺灣文學》（1939.6-1943.8）發表〈擁護糞現實主義〉（〈糞リアリズムの擁護〉），將現實主義喻爲糞便，強調現實主義（糞便）的重要性，如同農作物沒有糞便就無法成長一樣，人們沒有現實主義就活不下去：

　　沒有糞便，稻米就無法結實，青菜也長不出來了。／這正是現實主義。／是

年 5 月 24 日）。轉引自曾健民：〈評介「狗屎現實主義」論爭〉，陳映真、曾健民編：《噤啞的論爭》（1999 年 9 月），頁 135。

[49] 王向遠：〈"戰國策派"和"日本浪漫派"〉，《中國現代文學研究叢刊》1997 年第 2 期，頁 213。

完完全全的糞現實主義。[50]

楊逵在西川滿提出糞現實主義批判之後做出回應，卻以〈擁護糞現實主義〉做爲標題，表面上好像是附和西川滿的意見，其實是採取曲解的方式來諷刺性地回應。就字義上來說，西川滿所謂的「糞」，應是形容詞，即「像糞便似的」，意指臺灣作家的現實主義是像糞便一樣的現實主義；楊逵所謂的「糞」，意指「糞便」，做爲名詞之用，也就是「糞便＝現實主義」，所以楊逵擁護的是「糞便」，也就是臺灣作家的現實主義。

　　事實上，西川滿在次月對於自己所批判的糞現實主義做了進一步的解釋：

> 對於不忍卒睹的髒汙、可厭之物及殘酷之事特別感興趣，還得意洋洋地寫了出來，這根本就是令人難以忍受的自然主義亞流。[51]

西川滿認爲以《臺灣文學》爲首的臺灣作家們的作品是自然主義的亞流，無視於勤行報國及志願兵等光明面的現實，只熱衷於書寫屬於黑暗面的現實，即髒汙、可厭、殘酷之事，是他無法忍受的。楊逵對此的回應是：

> <u>如果西川氏所輕蔑的，是這種自然主義式的虛無主義的話</u>，在這一點上，<u>我也有同感</u>；但是如果排斥自然主義到連糞現實主義也非排除不可的話，不客氣地說，那就不得不變成海市蜃樓之物，如同沙灘上的樓閣，變得與自然主義式的虛無主義相差無幾。因為兩者在扼殺寫實精神上是一致的。（底線為筆者所加）[52]

---

50 伊東亮（楊逵）：〈糞リアリズムの擁護〉，《臺灣文學》3卷3號（1943年7月31日），頁18。

51 西川滿：〈文藝時評〉，《文藝臺灣》6卷2號（1943年6月），頁26-27。

52 同註50，頁18。

楊逵指出，如果西川滿輕蔑的是自然主義式的虛無主義的話，他有所同感。但是自然主義亞流原本應只指涉「自然主義式的虛無主義」，西川滿卻將具有批判性浪漫主義精神的「糞現實主義」也一併排斥，這是楊逵無法認同的。楊逵提出反駁時使用了「如果……的話，我也有同感；但是……」這種句型，是其論述時常見的手法。這種句型也是日語裡慣用的先肯定、後否定的說法，先肯定是為了表示客氣或婉轉，後否定才是真正的主張。由該構句可以看出，楊逵非常清楚西川滿排斥的自然主義亞流不只是自然主義式的虛無主義，還包含了能夠直視現實的糞現實主義。這樣一來，在西川滿追求真正的現實主義裡，寫實精神已經被扼殺，變得跟自然主義式的虛無主義沒有兩樣。

　　楊逵在肯定糞便的效用之後，接著點出浪漫主義與現實主義的關係：

> 看看那澆了糞便後閃著艷光的菜葉，那麼快速抽長的植物，這是多麼豐饒的浪漫啊！／只看到黑暗面，只描寫黑暗面，而看不到其中洋溢的希望，看不到其中沉積的誠實，以這樣的虛無主義者們的自然主義式的眼光來看的話，是無法體會到這種浪漫的。

> 我們一定要直視現實，看透隱藏於肯定面中的否定要素，專心一意地加以克服；同時，也要將沉積在否定面中的肯定要素加以培養，以自己的力量將否定面轉換成肯定面。／這才是一個健全的、而不是荒唐無稽的浪漫主義。[53]

首先，我們應該注意，楊逵所謂的「否定面」一詞，為蘊含民族差別與階級分化之「社會矛盾」一詞的隱語；「健全的浪漫主義」亦即「進步的浪漫主義」。其次，他指出有兩種不同的現實主義，一是「自然主義式的虛無主義」，一是「糞現實主義」。相同點在於兩者都描寫黑暗面，差異點在於後者能夠看到黑暗中洋溢的希望，而這是浪漫主義作用於現實主義所促成的。因此，現實主義和浪漫主義不是對立的，而是相輔相成的。現實主義因浪漫主義而能夠從黑暗面及否定面長出希望之花，成

---

[53] 同註 50，頁 18-19。

為真正的現實主義（也就是糞現實主義）；浪漫主義因為能夠直視現實，將否定面轉變為肯定面，才能夠成為具有批判性的進步浪漫主義。

最後，楊逵明確指出區分自然主義式的虛無主義和糞現實主義的方法：

> 問題在於：我們應該看這些作品是除了描寫否定面之外什麼也沒有表現的虛無主義，或者是站在其現實之上表現了怎樣的惡戰苦鬥、怎樣的建設性意志。[54]

因此，兩者的區別在於能否展現建設性的意志。也就是說，自然主義式的虛無主義只是描寫現實的否定面而無進一步作為，而糞現實主義則是在描寫否定面之餘，因為結合了進步的浪漫主義，所以能看到否定面裡的希望，進一步產生與黑暗的現實惡戰苦鬥的動力，得以展現建設性的意志，這就是楊逵欲擁護的糞現實主義。相對於此，西川滿的現實主義卻只注重勤行報國及志願兵等光明面的現實，此乃因為其結合的是無法直視否定面現實的、荒唐無稽的浪漫主義，故無法將否定面轉變為肯定面，簡直跟自然主義式的虛無主義沒有兩樣。

附帶一提，有別於西川滿從政治意識型態出發，楊逵關注的仍然是文學理論的創作問題。或許是為了自保，當楊逵對於糞現實主義做過文學理論闡述之後，開始正面迎向西川滿攻擊的真正目標「沒有日本精神」。楊逵語氣肯切地說道：

> 我們一直孜孜不息地努力體會日本精神，……但包括我們在內的全體臺灣本島人還無法從生活中完全體會這種精神。因此，現實中還存在著虐待繼子、家庭糾紛等西川氏不欲見到的各種現實。對我們而言，我們無法像西川氏那樣不去直視這些否定面。我們要從其中找出肯定的要素，即使是微小的，也必須加以培養不可。因為我們無法將之抹殺。即使對於現實只有百分之一的

---

[54] 同前註，頁21。

份量，我們也要將它加入。我相信這就是奉公精神，而奉公運動的目的也在
於此。⁵⁵

楊逵首先承認臺灣本島人很努力地在體會日本精神，但目前還無法完全體會，所以
社會中才仍然存在著否定的現實。然而直視否定面來找出並培養肯定的要素，就是
一種奉公精神，也是奉公運動的目的。楊逵將糞現實主義解釋成奉公精神的表現，
即使現階段其日本精神還不充分，但努力的方向是正確的，以此將糞現實主義直視
否定面的作法予以合理化。因此，面對西川滿批評糞現實主義不具有日本精神，楊
逵可以大言不慚地回應：雖然還不充分，但我們正朝著正確的目標邁進。

　　綜上可知，1943 年發生於臺灣的這場糞現實主義論爭裡，西川滿站在協力國
策的立場提出批判，他批判臺灣作家現實主義作品受到美英壞影響而不具備日本精
神，故斥為糞現實主義。楊逵為了反諷西川滿、也為了強調直視否定面現實的重要
性，直接承襲西川滿的糞現實主義說法；而其所擁護的糞現實主義，在內涵上是結
合了進步的浪漫主義、而能以建設性的意志來直視並對抗否定面的現實主義。

四、結　語

　　日本文壇在 1934 年發生糞現實主義論爭，林房雄等普羅正統派站在擁護無產
階級現實主義的立場，以欠缺目的意識性為由，將武田麟太郎等《人民文庫》派作
品斥為糞現實主義。林房雄批判的糞現實主義在內涵上是以〝武田麟太郎的市井式
現實主義〞為偏向的現實主義。楊逵在 1935 年贊成清理的這個糞現實主義就是林
房雄批判的糞現實主義，而其內涵是欠缺社會科學客觀性的自然主義現實主義。兩
人都是為了堅守無產階級立場所做的努力，兩者在內涵上也是相通的。另外，楊逵
排斥龜井勝一郎混淆不清的浪漫論述，主張具有理想性的浪漫精神才是真正的浪漫
主義。不過，楊逵主張浪漫主義與現實主義是一體兩面、相輔相成的概念，與龜井
在「只要是真正的浪漫主義者就能成為真正的現實主義者」這個看法上是一致的。

---

⁵⁵ 同前註。

　　另一方面，1943 年在臺灣發生的糞現實主義論爭，是《文藝臺灣》主導人西川滿從協力國策的立場出發，以只重視描寫否定面現實爲由，將《臺灣文學》派作家斥爲糞現實主義。西川滿批判的糞現實主義在內涵上是受到美英壞影響而不具備日本精神的臺灣作家的現實主義作品。楊逵爲了反諷西川滿、也爲了強調直視黑暗現實的重要性，直接承襲西川滿的糞現實主義說法。楊逵所擁護的糞現實主義在內涵上是結合了進步的浪漫主義、而能以建設性的意志來直視並對抗社會矛盾的現實主義。

　　楊逵在 1935 年的文學立場是爲了確認眞正的現實主義以堅守無產階級立場；到了 1943 年，其論述一樣表現出爲了堅守眞正的現實主義的文學態度，但卻不再提及無產階級立場。這是因爲日本帝國及其殖民地臺灣已進入大東亞戰爭體制，不允許任何不利發動戰爭的言論，無產階級話語已成爲禁忌。楊逵在 1935 年排斥的糞現實主義，是欠缺社會科學客觀性的自然主義現實主義；楊逵在 1943 年擁護的糞現實主義，是眞正的現實主義，因其結合了進步的浪漫主義、而能以建設性的意志來直視並對抗否定面。因此，楊逵對於糞現實主義之所以表現出既批判又認同的矛盾態度，是因爲糞現實主義在兩個不同時空裡具有剛好相反的內涵，而楊逵的文學態度始終不變所致。也就是說，楊逵面對兩個內涵完全相反的糞現實主義時，秉持其始終如一的文學態度做出判斷，分別予以排斥及擁護。通過楊逵對於糞現實主義的批判及擁護論述的考察，我們已經明白 1934 年發生於日本文壇的糞現實主義論爭與 1943 年發生於臺灣文壇糞現實主義論爭具有相反的內涵，因此後者繼承前者的說法便無法成立。我們也可確知，楊逵的文學態度沒有跟隨國家戰爭體制而滑移，仍然堅持著以浪漫主義與現實主義互爲表裡的眞實的現實主義。

徵引文獻

一、專書

（一）古籍

《人民文庫》復刻版，不二出版，1996 年 6 月。全 26 冊，別冊 1。（東京：人民社，本庄陸男編，1936 年 3 月～1938 年 1 月）。

《文學界》復刻版，東京：日本近代文學館，1975 年。全 25 冊（東京：文化公論社，1933 年 10 月～1936 年 11 月）。

《文學評論》復刻版，東京：ナウカ社，1984 年 1 月，全 8 冊。（東京：ナウカ社，渡邊順三編，全 31 冊，1934 年 3 月～1936 年 8 月）。

（二）近人著作

大久保典夫等：《日本浪曼派とはなにか　復刻版「日本浪曼派」別冊》（東京：雄松堂，1971 年 12 月）。

中島利郎等編：《日本統治期台湾文学台湾人作家作品集》5 卷（東京：緑蔭書房，1999 年）。

平野謙：《文学・昭和十年前後》（東京：文藝春秋，1972 年 4 月）。

長谷川泉：《近代日本文学思潮史》（東京：至文堂，1974 年 4 月）。

保田與重郎：《作家の自序 97 保田與重郎》（日本図書センター，1999 年 4 月 25 日）。

高見順：《昭和文學盛衰史》（東京：文藝春秋，1987 年 8 月）。

陳映眞、曾健民編，《噤啞的論爭》（1999 年 9 月）。

野間宏編：《日本プロレタリア文学大系》全 9 冊（東京：三一書房，1969 年 7 月）。

粟原幸夫：《プロレタリア文学とその時代》（東京：平凡社，1971 年 11 月）。

彭小妍編：《楊逵全集》第 9 卷（臺南：文化保存籌備處，2001 年）。

新日本出版社編集部編：《日本プロレタリア文学評論集》全 7 卷（東京：新日本，1990 年 7 月）。

二、論文

王向遠：〈〝戰國策派〞和〝日本浪漫派〞〉，《中國現代文學研究叢刊》1997 年第 2 期，頁 205-216。

林巾力：〈西川滿「糞現實主義」論述中的西方、日本與臺灣〉，《中外文學》34 卷 7 期（2005 年 12 月），頁 145-174。

垂水千惠：〈「糞リアリズム」論爭の背景──『人民文庫』派批判との関係を中心に〉，《文学の闇／近代の「沈黙」》（横濱：世織書房，2003 年 11 月），頁 407-425。

柳書琴：〈誰的文學？誰的歷史？──日據末期臺灣文壇主體與歷史詮譯之爭〉，《新地文學》4 期（2008 年 6 月），頁 38-78。

桑尾光太郎：〈「左翼くずれ」からの脱却──高見順の転向と戦時体制の進展──〉，《人文》第 3 期（学習院大学，2004 年），頁 91-113。

黃惠禎：〈楊逵與糞現實主義文學論爭〉，《臺灣文學學報》第 5 期（政治大學中文系，2004 年 6 月），頁 187-224。

張曉寧：〈論日本的"泉鏡花熱"與"泉鏡花現象"〉，《瀋陽師範大學學報（社會科學版）》30（2006 年 3 月），頁 121-123。

趙勳達：〈大東亞戰爭陰影下的「糞寫實主義」論爭──以西川滿與楊逵爲中心〉，《楊逵文學國際學術研討會論文集》（臺中：靜宜大學，2004 年 6 月），頁 1-30。

三、報刊文章

大宅壯一：〈文壇私鬪時代（六）〉，《東京日日新聞》（1936 年 5 月 10 日）。

四、網路資料

《日本ペンクラブ・電子文芸館》（http://www.japanpen.or.jp）
《青空文庫》（http://www.aozora.gr.jp）。

滿洲國女作家朱媞的越境書寫

呂明純

國立中正大學專案助理教授

摘　要

　　1940 年代初期形成的大東亞體制，在地理學上畫出了大東亞圖景，並以此空間形塑了大東亞的共同體想像。本文試圖探討滿洲國女性與帝國空間的互動關係，並透過女作家朱媞的小說文本，梳理大東亞體制後期的女性認同，並探討她越境或流動的主題書寫，是如何在急速擴張的共同體下，以另類方式回應著大東亞的疆界地理和國族想像。

　　「國族」這個文化人工製品，是由地圖、旗幟、建築物、紀念碑、共同習俗或運動，以及政治修辭所共同建構而成。然而無論是地理學上的固定疆界，還是人種學上的族群分隔，這些足以用來建構共同體的文化符碼，女作家朱媞似乎並不著迷，而是在小說文本中發展出一套獨特的回應策略。儘管被文壇視爲具有鄉土色彩，朱媞的女性小說書寫場景卻甚少固著於滿洲國境內的一地，她熱衷書寫的，是文本中不斷出現穿越邊境而來、復又失望而去的異國女子，或是在邊境遊蕩，拒絕被家庭結構綁死的女性形象，這樣的呈現，是否暗示著女性對固有國家想像的一種抗議或解構？透過筆下這些輕巧在邊界越境來去的女人們，朱媞對於國家共同體的召喚，展示出何種姿態？

　　在精密爬梳過朱媞的小說後，本文認爲，在彼時高度統制化的文學環境中，朱

媞以一種曲折隱晦的方式，表達了女性對所謂「五族協和」、「王道樂土」的新興國家的不響應。本文企圖進一步透過朱媞不固著於特定地域的流動書寫，來討論女性書寫如何能讓認同感的形塑從土地解放出來，是否可能在移動過程中和外在世界互動，一步步確立著自己的女性主體。

關鍵詞：滿洲國、女性文學、朱媞、張杏娟、旅行書寫

一、前　言

在日本軍國主義規劃中，1940 年代初期形成的大東亞體制，在地理學上重新形塑了一個大東亞圖景，並以此空間形塑了東亞共同體的想像。本文試圖以性別的角度，探討大東亞圖景中女性與帝國空間的互動關係，希望透過滿洲國女作家朱媞的小說文本，梳理大東亞體制後期的女性鄉土認同，並探討她越境或流動的主題書寫，是如何在急速擴張的共同體下，以另類方式回應著大東亞的疆界地理和國族想像。

「國族」這個文化人工製品，是由地圖、旗幟、建築物、紀念碑、共同習俗或運動，以及政治修辭等共同建構而成。從 1932 年滿洲國成立開始，滿洲國官方就持續地透過各種方式形構五族協和的國家認同。然而，無論是地理學上的固定疆界，還是人種學上的族群分隔，這些足以用來建構想像共同體的文化符碼，滿洲國女作家朱媞似乎都並不著迷，而是在小說文本中發展出一套非常獨特的回應策略。

朱媞的女性書寫場景甚少固著於國境的一地，她熱衷書寫文本中不斷出現穿越邊境而來、復又失望而去的異國女子，或是在邊境遊蕩，拒絕被父權家庭結構給綁死的女性形象，這樣的呈現，是件非常值得注意的事。

有趣的是，儘管不熱衷不著迷，但在所謂大東亞共榮圈的版圖擴張、而滿洲國作為共榮圈一個主權獨立國家之際，朱媞卻被當時評論家「視為」具有鄉土色彩的女性小說家。本文試圖討論的是，朱媞諸如此類的越境書寫，是否暗示著女性對固有國家想像的一種抗議或解構？透過筆下這些輕巧在邊界越境來去的女人們，朱媞對於國家共同體的召喚，展示出何種姿態？在彼時高度統制化的文學環境中，朱媞是否以一種曲折隱晦的方式，表達了女性對所謂「五族協和」、「王道樂土」的新興國家的不響應？本文企圖進一步透過朱媞不固著於特定地域的流動書寫，來討論女性書寫如何能讓認同感的形塑從土地解放出來，是否可能在移動過程中和外在世界互動，一步步確立著自己的女性主體。

二、作家生平

　　滿洲國後期的重要女作家朱媞，本名張杏娟，1923 年 3 月 16 日出生於河北寶抵，[1]幼年舉家遷居至吉林，從吉林女子中學附設的師範班畢業後，便陸續到吉林、長春、哈爾濱等地教書，同時也持續發表小說散文筆耕不輟。1944 年，朱媞放棄教職，專心致力於文學創作，並出版了可能是滿洲國時期出版最後一本小說集《櫻》。

　　在滿洲國女性文學史上，1943 年才開始初試啼聲的朱媞，是個很晚加入的生力軍。北滿初期哈爾濱文壇上光芒萬丈的蕭紅、白朗，早就在 1934、1935 年就逃亡至關內，繼起的梅娘、吳瑛、但娣、左蒂等人，斐然成章也比她的年代還早，而曾在通俗文學中獨領風騷的女作家楊絮，在婚後和戰爭後期，也幾乎為生活所困頓而收筆。朱媞出道的年代，其實正是滿洲國後期、文學條件緊縮惡劣，以致於大部分作家都潛心向內、不再輕易為文發言的年代。[2]但她的創作，卻有著強烈的個人特色，直接從朱媞的幾篇作品談起。

三、大黑龍江的憂鬱

　　〈大黑龍江的憂鬱〉是朱媞發表的第一篇小說，[3]是以一個俄國女子為主角、敘述風格悲傷沉靜的小說文本。

　　這篇小說的情節概要如下：原來在黑龍江北岸和情人過著平靜快樂日子的俄國女子亞娜，在一次性愛的出軌中改變自己的命運。由於相信中國漢子天花亂墜的謊

1　相較於許多生平不詳的早期女性創作者，張杏娟（朱媞）生平在滿洲國女作家中算是非常清晰的。2010、2011 年，時就讀清華大學歷史研究所的博士生柯小菁曾到瀋陽對當時已經八十八歲的張杏娟本人進行兩回口述採訪，並於 2012 年整理刊行於《文訊》雜誌第 32 期。

2　朱媞活躍時間是大東亞後期（用滿洲國的年號來說是在康德年間），關於滿洲國建國之初（年號大同）官方標舉的復古保守家庭倫理思想，可參考劉恆興〈王道之行，始於齊家：「滿洲國」大同時期家庭倫理思想論述〉，《漢學研究》第 32 卷第 2 期（2014 年 6 月），頁 231-264。

3　朱媞：〈大黑龍江的憂鬱〉，《櫻》，（新京：國民圖書株式會社，1944 年），頁 1-28。

言，她拋棄了真心相愛的情人莫托夫，與這個萍水相逢的男人渡江來到「新滿洲」。然而到了這個傳說中的美好「新天地」後，亞娜的生活過得並不如意，又在懊悔中生下其實是俄國情人的女兒盧麗，這種苦悶沈默的日子，直到滿洲丈夫死後，這對異國母女被趕出家門為止。

小說從江面上旅行的母女開始敘述。在這有著豆芽新月的美麗的夜，聽著水波擊著船舷清脆聲響的媽媽亞娜，忍不住回想起好多年沒有跳過的舞曲旋律，以及她青春時的種種快樂的回憶：「媽媽拾起一張淡忘已久的臉型，平整的臉上沒有皺紋，濃濃的眉毛，寬大的嘴唇，藍得像海水一樣的兩隻瞳子；媽媽想起了這些，身上起始有輕度的痙攣了。……從一次聖誕節的晚上，媽媽記得那就是一個這樣的夜，月亮還沒有圓的夜里，兩個人憑著窗口望伏在不十分明亮的星光下流動著的一條江水，江風不時吹過枯焦了的窗前的藤蘿，有時把那葉片颳上了媽媽的臉。但是，不知道為為什麼，媽媽打那以後就把憂鬱推開了。」

在江的那一邊，當年這對年輕的俄國戀人，在鄉間爬滿藤蘿的赭紅色小屋中過著簡單而甜蜜的日常生活。直到一個「可憎的秋天」，俄國情人為了買賣而到外地遠行，而一個異鄉人（日後的滿洲丈夫）趁機渡江來到窗口誘惑她，在一個美麗宵晚，耐不住寂寞孤獨的亞娜「容諾了那條影子貪婪的慾求」。

受了異鄉人的誘惑和拐騙，亞娜對於俄國情人的愛情動搖了：「**說是，在江那邊的平原上有千百畝的熟地，是富有的資產階級，有名譽的職銜，有商號，有房舍，如果一塊兒回去是永遠會幸福的。**」[4]孤注一擲的她，在遠行情人歸來後便向他攤牌，決心隨著這個異國漢子渡江去開創這個美麗的新天地。

可惜，過了江後的新滿洲，卻不如異國情人口中的謊言美麗，「這里的生活並不太富裕，蓋著一層煙的土城，沒有舞廳和酒場，沒有可值得享樂的設施，也吃不著了家鄉風味的麵包，僅是並不可口的米飯……**媽媽的一切希冀都兌成了空泡和夢想。日子於媽媽了一種可咒詛的存在。**」[5]

4　本文之粗體字皆非原文，為作者方便後續論述所加，特此說明之。

5　朱媞：〈大黑龍江的憂鬱〉，《櫻》，（新京：國民圖書株式會社，1944 年），頁 7。

發覺受騙上當的亞娜已經沒有回頭路，沒多久，「一頭金髮和藍得發青的眼珠」的女兒盧麗誕生了，亞娜心知這其實是舊情人的女兒，但什麼都沒有再說：「看著她平整的臉型，就想起另一個人」。到了女兒 15 歲這年，盧麗名份上的滿洲父親過世了，心如死水的亞娜打算效法這塊土地上女人守孀帶大小孩，沒想到滿系的家庭組織，並沒打算給一個異族女人這種權利，這對被逐出的母女，只好離開這個家族和國家，登上下江行的汽船，在邊境上繞過一個一個沿江的城鎮。

仍然深愛著亞娜的老情人莫托夫，聽聞消息找到江輪上，強烈希望亞娜和親生女兒盧麗能夠回家鄉團聚。耐不住女兒要求的媽媽只得勉強答應，但故事的轉折高潮，在三人踏上陸地、在江船重新啓航的前刻，亞娜謊稱要拿一樣忘的東西回頭上船，重新回到大黑龍江，隻身孤獨繼續她的飄蕩。這個俄國女人，固執地拒絕再度踏上土地，把幼女交還給親生父親後，孑然一身的她，選擇在邊境江面上上下下地穿行：「大黑龍江呵！你穿透了我底胸膛！媽媽底眼底下看見了無數的希望底波躍……媽媽底眼底下只是一片汪洋……」。

在大東亞共榮成立後的 1943 年，朱媞這篇小說，可說是意味深長。在官方文藝政策要求書寫標榜五族協和、健康光明爽朗的文學的時刻，朱媞書寫了俄系女子亞娜受騙上當的全歷程。在黑龍江的那邊（滿洲國境內），其實根本沒有想像中的良田商號和資金房舍，日子根本就是一種可咒詛的存在。透過亞娜之口，朱媞從女性實際面對生活的角度，破解滿洲國的「王道樂土」、「五族協和」的神話，而女主角亞娜拒絕踏上任一方的土地，而在黑龍江面上來回穿行，也是個象徵意味濃厚的意象──由於在父系的國族家庭之間始終找不到歸屬感，亞娜拒絕被「人妻」、「母親」的附屬身份給收編定位，決心要在體制之外當個孑然一身的飄零者。

值得注意的是，關於這篇小說，朱媞在《櫻·自序》中有言：

> 「大黑龍江的憂鬱」發表的同時，編者某君曾在寄給我的書簡裏披陳過他的意見：──那樣很美的文章的魅力，意境──倘如用我國人評文的見地來說──是很能吸引讀者的。我對於你的關於自然的描寫，寫著滿洲的大平原，江流的風景，感到了親切的偏愛。

接著，評文家某君在「中國評論」上也曾有過關於這篇文字評論的刊載。其中，特別這樣指出：——這故事頗有鄉土色彩。

其實，我寫這篇東西的時候，**除掉了曾致力於渲染鄉土的氣味之外，我也另有其一點小小的的意識在**。無疑義的，讀過這冊書的人立刻就可以看得出，這種意識在「櫻」里就更清楚地刻劃出它的正面。**我始終覺得女人本身的生活如果必須仰賴於男人的供給，則於女人這將是一種絕大的恥辱**。當然，我並不是反對兩性生活者，我是進而研討著怎樣才能使兩性生活更合理，更有秩序地組織起來。也唯有兩性的生活才是人類永遠發揚不已的動脈。不過，**做為女人的應該始終持有要獨自生活下去的這種最後的自覺與野望，這樣才能完成女人的本身**。[6]

面對評論家關於她筆下的風光帶有「鄉土色彩」的陳述，朱媞委婉地強調：在「除掉了曾致力於渲染鄉土的氣味」外，她自覺地加入了性別觀點。透過小說中主角亞娜的拒絕被收編，朱媞很清楚點明：她想強調的，是女性在脫離男人獨自生活下去的這種「自我完成」。追求愛情的亞娜，在隨著滿洲情人渡江進入家庭體系後，深深感覺到後悔與鬱悶，她最終對莫托夫愛情的拒絕，正代表著朱媞在她身上所寄託的女人的覺醒，是一種「最後的自覺與野望」。

關於〈大黑龍江的憂鬱〉的書寫動機，朱媞寫成近七十年後受訪時，還念念不忘提及：「我曾經寫過一篇短篇小說〈大黑龍江的憂鬱〉，描寫白俄婦女在異國受到各種壓迫和欺凌，無法回到祖國，即使有機會回到故鄉，也要忍受各種生活煎熬。我在吉林接觸她們的機會不太多，在一次初中畢業旅行途中，學校老師帶著我們到哈爾濱旅遊。那一次，我們在江輪上碰到許多白俄女人，從她們的談話中吐露的生活困境，在我內心產生了巨大的衝擊。」「我打從內心裡非常同情她們，雖然我沒有力量幫助她們，但親眼目睹她們的處境後，感同身受，幾經蘊釀，終於寫成〈大

---

[6]　朱媞：〈序〉，《櫻》，頁 2-3。

〈大黑龍江的憂鬱〉。」[7]算是交待了小說書寫的真實契機。

朱媞的性別關懷不分種族國籍，在所有壓迫中，她最介意的，可能還是婦女受到的壓迫，朱媞曾不客氣地提問：「**在日本人的統治下，我最關心的是婦女的處境。**我經常思索，中國的老百姓們沒有人不受苦，為什麼在這些勞苦大眾中，最痛苦的還是婦女？」「我們東北女性，反抗的意識雖然很強，但是在高壓政策統治下，發揮不出來，只能在內心世界，積壓著憂鬱、憤怒的情緒。」[8] 同樣在受帝國主義壓迫的殖民情境下，朱媞的性別意識特別尖銳，這種傾向，在她接下來的創作中看得非常明顯。

四、夢與青春

不只〈大黑龍江的憂鬱〉這篇用女性角度解構鄉土，朱媞有一系列小說，都同樣扣緊了禁錮家庭中的不快女人的心境。在寫於 1943 年的〈夢與青春〉裡，女主角同樣是渡江到滿洲國的俄系女性。住在江邊的國境上，沙夏這個不快樂的年輕妻子，面對著丈夫嘉，總感覺到愁悶和厭倦，她自覺對他沒有愛情，而每當想起學生時代和舊情人在江上的種種回憶，就更是無法抑止她的哭泣：「沙夏自己覺得命運彷彿也正運到了秋天，秋天走入了沙夏的狹隘的胸肺了。」、「她記得，她記得很清楚，她怎樣把童年的日子丟給這條江水，怎樣同她的年青的愛人遊嬉在江上，後來呢？後來，為了一點點愛情的猜嫉，竟逃出了她的家，越過了這道寬廣的江水，和一個並沒有愛情的男人開始了同居的日子」。[9]

相似的意象，同樣的場景：這個渡江而來的的異國女子沙夏，和亞娜一樣，在「新滿洲」這個號稱「五族協和」的新天地中生活得並不快樂。無論丈夫嘉如何曲意承歡地想討她歡心，甚至「從百里外的城鎮買來了製麵包的火烤具，用家裡的麥

7　柯小菁整理、張杏娟口述：〈女性之眼，時代之影：東北老作家張杏娟口述〉，《文訊》第 32 期（2012 年 6 月），頁 90。

8　同前註，頁 90。

9　朱媞：〈夢與青春〉，首刊於《華文大阪每日》第 10 卷第 7 期（1943 年 4 月 1 日），總號第 107 號，頁 42-43。今據本為朱媞〈夢與青春〉，《櫻》，頁 32。

子磨成了潔白的麥粉，就作起麵包來」，可「每個晚餐桌上，都擺上了熱的麵包和乳酪。但是沙夏並吃不許多，才嚐一嚐便放下了。」這個一心思念著舊日的妻子沙夏，對於丈夫只能報以苦笑。這抹苦笑，不妨視作女性對於父權體系和民族融合神話的回應。終於在一個黑夜，沙夏自覺不可再辜負自己的夢與青春，甩開了丈夫的呼喊，決心去追求自我：

> 沙夏從熟稔的，破舊的門洞跑出來了。她竭力掙脫開抓緊她的肩部的手掌。她用她的最大的勇氣拒絕了她的男人的呼喚，她再什麼也不想地從門洞跑出來了。
>
> 門外丟在一片昏黑裡。
>
> 茫茫的江水，茫茫的夜，北地的涼風吹動了黑莽莽地長蛇呵！[10]

女主角沙夏的甩門出走，可以視為一種對父系家庭制度的反抗。事實上，如同蕭紅從呼蘭河到香江跋涉千里的出走，滿洲國女性作家們，對於「出走」這個行動似乎沒有太多顧忌，前仆後繼用肉身加以實踐。朱媞本人也曾經如此，婚後用身體親自回應這種行動，在接受探訪時，朱媞直言：

> 大女兒三歲的時候，我的內心世界開始起了一些變化。慢慢地能夠和外邊的世界、殘酷的現實貼近了，逐漸地能夠知道一些事了，想要進一步了解國家民族的處境，所以內心裡邊就升起一種倦怠，厭倦天天當母親、養孩子的生活，想要衝出這道藩籬。那一年我大概是二十三歲，我當時心裡面成天只想著，怎樣能逃出這個傳統社會，離開一成不變的生活圈子。後來我終於下定決心，一個人，單槍匹馬，毅然離家出走。我記得當時是三月份，天空陰陰

---

10 同前註，頁40。

鬱鬱，飄著小雨，我穿了一件棉袍，然後把公公、婆婆撂下，女兒也撂下，頭也不回地走了。[11]

以和〈夢與青春〉相似的筆調，朱媞自道她厭倦日復一日的傳統母職和想要掙脫婚姻家庭桎錮的心境。但比易卜生筆下娜拉更複雜的，是小說中的女主角沙夏身上所承載的多種意涵。由於設定了是白俄女子和滿系男性的跨族群婚姻，這種決裂與出走，讀來格外有種反諷的重量。透過這些越境來到滿洲國境內、嫁入滿人家族的俄國女子，朱媞除了著眼女性在婚姻家庭中鬱悶不快的心境，更進一步呈現所謂「五族協和」的官方神話，在落實到日常生活時，族群融合的新家庭中的兩造所不得不面對的難堪現實。

關於五族融和議題，滿洲國官方標舉出來的目標一直和實際情況有著巨大落差。評論家尾崎秀樹曾謂滿洲作家群所具有的「執著的表情」：即其對於各自文化傳承的執著，和各自民族特色的堅守。[12]關於異民族之間的交流，《新滿洲》曾經滿懷雄心壯志地做一個專輯〈五族女性決戰生活譜〉，在當期〈編後語〉中，編輯自述這是一個：「國內外未曾有的計劃，這期由本誌占先的，將構成滿洲帝國的五大有力民族之少女，集攏於一處，我們對此日、滿、鮮、蒙、露的五系代表少女，來徵詢她們決戰下的生活譜，眞堪爲本誌的一大創作。」

儘管如此大張旗鼓，並由女作家「拜特」訪問五位足夠代表族群親善的各族女性，但其中原籍俄國南部城市「烏發」、而後生長在吉林、現職新京語學院講師的俄系代表「邱馬扣娃」，卻在訪談中坦率地自承她從來沒有和滿人女性交往過：「眞抱歉得很，雖然在滿洲住的不算不久，卻沒有和滿人女性怎樣交往過，由外表看來，我覺得滿人女性都很溫柔、親切，優美，有機會的話，倒很希望和滿洲女性作個朋

---

11 柯小菁整理、張杏娟口述：〈女性之眼，時代之影：東北老作家張杏娟口述〉，《文訊》第32 期（2012 年 6 月），頁 92。

12 在試圖概括滿洲國作為一個所謂五族共和複合民族國家的各民族創作理念時，尾崎秀樹認定：各民族特有的文化傳統，早就在他們那裡紮根，「我只能看到那些執著的表情。」見（日）尾崎秀樹：《舊殖民地文學的研究》（臺北：人間出版社，2004 年），頁 117。

友，因為我對於滿洲的一切，都很傾心，愛吃支那料理，愛逛滿式舊街，愛看上海電影。」*13*

　　從邱馬扣娃這些客氣而生份的回覆中可看出：就算已經是特意選出的俄系女性代表，滿洲國國策所期許的、跨越民族的無間情誼，實際上的建立並不容易。五族間不同的文化背景、語言風俗、飲食習慣、宗教信仰，讓異文化的碰撞遠遠沒有官方所陳述得這麼完美和諧，而是處處充斥著難以跨越的鴻溝。而在朱媞的小說最終，這些試著跨越的女人，最後還是回到了江面，回到了水上，選擇在沒有土地的地方漂流。

　　儘管評論家認為朱媞所描述的風土民情「具有鄉土色彩」，但其實這兩篇小說中不容忽視的伏筆，便是在以田園情調來刻畫北滿風光時，朱媞有個值得注意的特色，是她筆下一再重覆出現的「邊界」概念。「邊界」的意義不只是土地的「邊界」，它還是形塑一個國族空間想像時的必備品。據安德森在《想像的共同體》中申述，所有國族想像的憑介是「有限的邊界」；「擁有主權」；而且「是個共同體」，簡言之，國族這個文化人工製品，是由地圖、旗幟、建築物、紀念碑、共同習俗或運動，以及政治修辭所共同建構而成的。在所謂的「大東亞共榮圈」版圖擴張、而「滿洲國」作為共榮圈中一個表面上主權獨立的國家之際，朱媞的女性文學，卻不斷地書寫越境而來的女子，這些女人，在驚覺受騙後越境而去，或乾脆在邊界上遊蕩拒絕被派定，在彼時高度統制化的文學環境中，這種越境書寫，是否可能暗示著女性對固有國家想像的一種抗議或解構？

　　在這樣提問前，也許可以先看看朱媞的另外一篇小說〈遠天的流星〉。

五、遠天的流星

　　除了拒絕家庭制度的俄裔女性外，朱媞的女性描寫，還有一部分是幾乎抽離滿洲國現實生活以外的存在。朱媞的〈遠天的流星〉，寫的是一個在豪華遊輪歌舞團上的美貌歌手「瑪丹」（Modern？）浪跡天涯的故事。瑪丹本和一個詩人相戀，

---

13 總編：〈五族女性決戰生活譜〉，《新滿洲》第 5 卷第 9 號（1943 年 9 月），頁 102-108。

可當她提出相守終生的要求時，對方卻推託躊躇了，最後瑪丹獨自悒鬱地上船，並在海航的第二日就病倒了。

在逐漸療癒的海上旅程中，瑪丹和在這艘船上醫治她的靦腆年青醫師滋生曖昧情愫，然而事情的發展出乎意料，在慶祝瑪丹康復的夜總會上，過於興奮的瑪丹，在酒醉後的意亂情迷中，失身於新認識的、魁偉強壯的操舵手，酒醒後自覺卑污的她，無法再向年青醫師索求愛情，可她也無法和過於殘暴的操舵手共度一生……於是在行程即將結束之際，再沒有力量活下去的瑪丹，永遠失蹤在黑沉沉的海水和遠天。[14]

在情愛上歷經了詩人、醫生到操舵手，朱媞筆下的瑪丹，其投海最直接的原因是愛情上的失望與挫敗。然而若從朱媞一貫的書寫關懷主題來看，在這時空背景不明、國籍也曖昧不清的受挫故事中，「海上歌舞團女主角」的特殊設定，卻是非常有趣的線索——不再有任何土地或疆界的牽絆，這個故事發生場景的「海上豪華遊輪」，是個隨時隨地在移動著的、沒有邊境的虛幻所在，如同〈夢與青春〉中俄裔妻子沙夏一般，歌手瑪丹自苦於愛情的追求，但最後又和飄蕩在黑龍江面上的亞娜一樣，她也決心不隸屬於任何一塊國土——瑪丹在船行靠岸前一夜的投海，也許可以視為她對國界、對任何一塊土地上所執行的家庭制度的一種絕望凜然的抗議——就算這個家庭制度根植於愛情，但在〈遠天的流星〉這篇小說中，所謂愛情，其實也是個完全不可靠的東西。

從〈大黑龍江的憂鬱〉中的亞娜，到〈夢與青春〉的沙夏，以及〈遠天的流星〉中的瑪丹，這些小說中的女主角，幾乎無例外地抗拒進入社會體制，自外於土地和有形無形的俗世規範。面對筆下這些黯淡的結局，朱媞後來雖然自承她的主角缺乏反抗能量，但也委婉地點明，在滿洲國高壓文藝統治下的書寫者其實毫無言論自由可言，不曾在這個政治體制下求生存的人，根本很難理解這種統制壓力：

---

14 朱媞：〈遠天的流星〉，首刊於《新潮》第 1 期第 7 卷，頁 82-88。引文見朱媞，《櫻》，頁 83-98。

我寫的小說，雖然有大社會不公的影子，最後卻沒有給主角強而有力的衝擊與反抗行動，結局都是蒼白無力的，我自認為寫得不成功，太貧弱了。其實，在現實的威逼之下，不得不考量當時來自統治階級的巨大壓力，無孔不入。簡單一句話，在日本人的統治底下，沒有自由可言。華北與上海的人們，沒有遭遇我們東北人這樣的經歷，在偽滿統治下長達 14 年，有志難伸，有苦難言。*15*

儘管無法寫出正面衝撞體制、控訴不平不義並且打造新天地的女英雄，但透過一些曲折隱晦的書寫，朱媞以象徵性的筆法，幽微呈現當時婦女的生存困境，並在字裡行間，隱含著她對滿洲國後期文藝政策、大東亞體制國族認同的不以為然。

六、滿洲國後期之文藝統制

在大東亞共榮圈形成後，逐漸加強的文藝統制，讓作家只能以一種曲折隱晦的方式，表達了對這個所謂「五族協和王道樂土」新興國家的不滿。作為一個表面上主權獨立的新國家，滿洲國與日本的相互關係演變是很耐人尋味的事。自從 1940 年溥儀頒布《國本奠定詔書》，明言滿洲國乃「仰賴天照大神之神庥與天皇陛下之保佑」，「國本定為惟神之道……命國民遵定此帝意，不斷努力」後*16*，「神道」和「天照大神」成了滿洲國的主要宗教；而這種唯日本馬首是瞻的依附關係，隨著大東亞體制進入後期，而得到更進一步的強化。

在日本發動太平洋戰爭後，1942 年 3 月 1 日，溥儀在《建國十周年詔書》中，

---

15 柯小菁整理、張杏娟口述：〈女性之眼，時代之影：東北老作家張杏娟口述〉，《文訊》第 32 期（2012 年 6 月），頁 90。

16 （日）滿洲國史編纂刊行會：《滿洲國史（總論）》（1970），682 頁。此筆資料轉引自：東北淪陷十四年史總編室、日本殖民地文化研究會編：《偽滿洲國的真相——中日學者共同研究》（北京：社會科學文獻出版社，2010 年），頁 36。

進一步命令國民要「獻身於大東亞戰爭，奉翼『親邦』之天業」。[17]此後在 1942
年 12 月 8 日頒布、配合太平洋戰爭開戰一年而出現的《滿洲國基本國策大綱》，
「親邦」這一用詞也再度出現，隨即在一般政策文件及報紙雜誌上迅速普及開來。

　　透過詔書這種體現國家最高意志的文書，可以確認表面上主權獨立的滿洲國政
府，實際上面對日本殖民統治的低下姿態。隨著戰爭升級，日本軍國主義開始鼓吹
法西斯決戰文學，以期將文學完全納入意識型態的統制，全力宣傳「尚武增產」、
「勤勞奉仕」的樣板文章。就是在對「親邦」指導布局的全盤接受之下，滿洲國文
學環境，也隨著 1941 年頒布的《藝文指導要綱》，而進入一種全面接受文藝統制
的高壓狀態。[18]

　　大體來說，這份頒布的《藝文指導要綱》，是日本軍國法西斯文藝統制的全面
開展。可分為宗旨、我國藝文的特徵、藝文團體組織的確立、文藝活動的促進、文
藝教育及研究機關等五部分，明確定下了以建國精神為基調的文藝創作、培養與普
及。內容上不但強調以所謂「八紘一宇」的「建國精神」作為文藝目標，更明確地
規定「不許寫黑暗面」，嚴禁流露悲觀失望的情緒。而其中最值得注意的，是《藝
文指導要綱》的第二項已經明訂了「我國藝文的特徵」該有的面貌：

　　1.我國藝文乃以建國精神為基調，故應是充分體現八紘一宇大精神之美的體
　　現，以移植至此國土的日本藝文為經，以原住民族固有之藝文為緯，吸取世
　　界藝文精華而渾然一體，獨自之藝文。
　　2.我國藝文乃應國民各階層及各民族、易親近之藝文，故應典雅、壯麗、健
　　全，以將來佔據世界藝文最高峰為目標。

---

17 這份詔書，除了要求國民對大東亞戰爭進行不可懷疑的支援，值得注意之處，乃日本的地位，
　　已經從早期的友邦、盟邦，上昇到了「親邦」位置，直接了當地把日本和滿洲國的關係定位
　　為「父子」，成為一種絕對而不可違逆的上下關係，明文記載在詔書中。（日）滿洲國史編
　　纂刊行會，《滿洲國史（上）》（1970），703 頁。此筆資料轉引自：同前註，頁 36。
18 1941 年 3 月，滿洲國弘報處召集全滿洲各地文話會有關人士，召開藝文政策懇談會，由處長武
　　藤富男親自為這份即將發布的《要綱》做了說明，會後隨即頒布了這份文藝指導最高的原則。

3.我國藝文乃是促進國家建設進行為目的的精神生產過程及產物。故將其給
予國民大眾以美好、以快樂，使國民情操更純潔、更高尚，給予國民生活以
歡快與力量，又以其發展與滲透，鞏固國民之團結，創造優秀國民之特徵，
以固國家之基礎，以助國家之生成與發展，以貢獻東亞新秩序之建設，又以
貢獻世界文化發展之藝文。[19]

除了要從文藝上共構明朗快樂的建國精神，培養國民正確的純潔情操，這份充滿進
攻世界野心的要綱，也看得出狂熱軍國主義思想。尤其從第三點，可以格外看得出
「聖戰」其間的國家至上主義。要放在這樣的脈絡下理解，才能突顯朱媞熱衷書寫
不快樂女性的「（反？）鄉土」小說所潛在的抗議性質。《藝文指導要綱》一公佈，
新京廣播電臺立即主辦了「文藝之夕」座談會，討論「對藝文活動及今後文學的進
路」，隨後在綜合性刊物《新滿洲》中，刊出〈藝文家對藝文政策語〉，被點名的
執筆者一致表示其擁護《要綱》精神，「不寫黑暗，要建樹明朗的文學」。自此，
整個滿洲國文藝界，自願或非自願地進入總動員，從創作到理論，都被要求成為能
夠「完遂聖戰」的修辭戰場，[20]文藝統制進入前所未有的高壓狀態。

　　在此基調下，滿洲國文壇充斥著大量思想明朗，增產助戰、滅敵興亞、聖戰必
勝等響應國策的官樣文章。這部分，集中表現在參予大東亞文學者大會的作家的發
言，[21]以及以《藝文志》雜誌中的作品特輯、徵文，還有「弘報處」以「弘報班」
的形式，派遣作家到工礦、農村、部隊、華北佔領區視察後所寫的報導文學。

　　值得注意的是，1944 年《藝文志》召開了「怎樣寫滿洲」的座談會，針對滿
洲建國後一直占有重要地位的鄉土文學提出批判。首先，它指責「原來」的鄉土文

19　（日）尾崎秀樹：《舊殖民地文學的研究》，頁 143。

20　施淑：〈「大東亞文學」在「滿洲國」〉，收入李豐楙編：《文學、文化與世變》（臺北：
　　中研院文哲所，2002 年），頁 622。

21　分別在 1942、1943、1944 年召開的三次大東亞文學者大會，代表滿洲國出席的滿系作家計有
　　第一次——古丁、爵青、小松、吳瑛；第二次——吳郎、田兵、古丁；第三次——古丁、爵
　　青、田魯、疑遲、小松。第一次大東亞文學者大會後，與會的女作家吳瑛在歸來之後，曾有
　　這樣的感言：「大東亞戰爭，不是全為武力的戰爭，而是包括了精神的戰爭」。

學所描寫的不過是「殘敗的人物和殘敗的自然」。其次，它鼓吹作家寫鄉土「如德意志所提倡的『血與土』的精神」，而「法國傳統主義作家巴里斯所倡導的『土與死者』的精神，實在可作為滿洲文學的精神。」對此，施淑的看法是，「這些觀點直接了當地宣告法西斯文藝的要求，同時賦予建立在這種精神要求上的大東亞文學在滿洲國的正當性及合法性。[22]座談會後，彷彿作為範例一般，《藝文志》密集地刊登了合乎會議訴求的小說，如石軍宣傳增產報國、挺身蹶起、恢復黃種精神、反對英美物質主義的〈新部落〉；還有疑遲描寫民族協和、復興東亞的《凱歌》三部曲。而《藝文志》1944 年的〈西南紀行〉專輯，則是實地踏查的報導文學，文章之後還附有「關東軍檢閱濟」的字樣，以示透過大東亞文學的認證。

　和這樣的文學要求相比，朱媞的女性小說，可以說是非常不符合當局期待。在日後和丈夫李柯炬合寫〈1942 至 1945 年東北文藝界一窺〉一文中，朱媞曾如此回顧著大東亞後期滿洲國文壇的肅殺風氣：「1942 年，對於東北淪陷時期的文藝界來說是個分水嶺……那以後由於侵略戰爭的失利，由於物資的嚴重匱乏，……對文藝界實行殘酷鎮壓。其具體作法是：1.逮捕一切有進步傾向或有反滿行動的作家，投入監獄；[23]2.嚴格審查報刊文藝園地及作品集，製造各種藉口迫令銷毀，或撕頁、撤稿，在讀者與作者之間設置障礙；[24]3.強制雜誌減頁，壓縮文藝發表園地，報紙合併改刊，[25]且供應土造紙，油墨失色，使讀者欲讀不能。」[26]

22　施淑：〈「大東亞文學」在「滿洲國」〉，頁 622。

23　繼季瘋被捕之後，長春《興亞》雜誌的辛實，《新潮》雜誌的吳源湘，《青年文化》的王天穆，哈爾濱作家沫南、陳媞，瀋陽的田賁等先後被捕入獄。

24　被全部銷毀的有也麗的《黃花集》、石軍的《麥秋》、楊絮的《我的日記》等。山丁的長篇小說《綠色的谷》被勒令撕頁並蓋上「削除濟」的紅印，變成不完整的作品，韋長明的中篇小說載在《新潮》1944 年 7 月號，被命撕掉篇首的 61-62 頁，變成沒頭，8 月號上編輯聽命乾脆撤掉，又成了沒尾。

25　所有期刊全部減頁。《新滿洲》從 120 頁減至 60 頁，《新潮》從 120 頁減至 49 頁，《興亞》從 125 頁減至 50 頁。後來陸續停刊文藝園地。

26　李柯炬、朱媞：〈1942 至 1945 年東北文藝界一窺〉，《東北淪陷時期文學國際學術研討會論文集》（瀋陽：瀋陽出版社，1992 年），頁 405-409。要補充說明的是，雖有官方打壓因素，但日本帝國在戰爭後期物資極度缺乏，也加劇了這種出版不流通的狀態。

　　這些官方的打壓是不分性別的。但比起色彩鮮明、熱中於參與文藝論戰和理論建構的男性文人，這套主要規範滿洲文話會等團體的《藝文指導要綱》，以及隨之而來的文藝鎮壓，對於大部分遊走在派系間、缺乏特定文學團體歸屬的女性創作者，衝擊其實相對較小。最主要的原因，一可能是被定位成家庭娛樂性質、以致於檢查也相對鬆散的女性刊物大量勃興，讓這些女作家有了更多發表空間；[27]此外，許多女作家如但娣、朱媞和吳瑛，後期都偏好於《華文大阪每日》投稿。[28]作為一份由日方發行的華文刊物，《華文大阪每日》的身段相對柔軟。

　　對於這個現象，朱媞自己是如此認知並試圖提出解釋：「日本國內的新聞出版雖然也在戰時體制下加強審查管理，但日本終究和殖民地的東北有很大差異，尤其是『華文』刊物不得不對之放鬆一些。……當著東北的文藝界瀕於被扼殺的絕境時，這家刊物（指《華文大阪每日》）擴展了文藝篇幅，不繼地刊出小說、散文、詩歌各種特輯，組織文藝評論的稿件，開闢《文筆人象贊》、《文藝消息》等專欄，辦得有聲有色，而且印刷精美，從不脫期，深受作者和讀者的喜愛，為東北淪陷時期

27　在 1932 年「滿洲國」成立後的數年間，出版界還沒有多大的活動能力，尤其是商業性出版比較薄弱。1934 年，在「滿洲國」和關東州的日本人發行的雜誌約 230 餘種，其中，在「滿洲國」的刊行物不過佔 28% 以下，而且多是官廳、會社、學校出版的機關刊物。在這種情況下，為了滿足日本人的讀書需要，就從日本輸入雜誌和書籍。1942 年，在「滿洲國」銷售的出版物中有 80% 是從日本輸入來的，尤其是女性雜誌多得更為驚人。據 1943 年 1 月的統計，《主婦之友》賣出 87000 份，《婦女俱樂部》賣出 58000 份，《婦人公論》賣出 13000 份，這些雜誌都很暢銷。再加上《婦女界》、《新女苑》、《婦人畫報》等 8 家雜誌，總計銷量達 17600 份。見東北淪陷十四年史總編室、日本殖民地文化研究會編，《偽滿洲國的真相——中日學者共同研究》，頁 182。

28　《華文大阪每日》創刊於 1938 年 11 月，直到 1945 年 5 月，歷時 6 年 7 個月，共發行 141 期，號稱發行量達數十萬冊，銷售網遍及日本內地、滿洲國、日軍在華佔領區、殖民地臺灣等地，是中日戰爭期間日本軍國主義政府最主要的文化統制刊物。其發行方式多採半月刊形式，而在內容編排上，則自第 1 卷欄目定為：論評、文壇、藝苑、小說、新聞、雜組、日本介紹、後期續各卷期，大都僅隨時局變化和政策性需要作局部的調整和更動。日本學者岡田英樹認為《華文大阪每日》實質上是「向中國大陸民眾宣揚日本國策的情報誌」，是「中文的大東亞共榮圈」。施淑，〈大東亞文學共榮圈——《華文大阪每日》與日本在華占領區的文學統制〉，頁 41-72。

文學的發展做出了貢獻。」[29]對她而言,當這些女性作家的創作被放置在大東亞華文讀書市場的脈絡,面向整個亞洲,也許可以暫時地從高壓政策下的滿洲國文壇脫離,得到些許喘息的空間。

在大東亞共榮圈形成後,逐漸加強的文藝統制,讓朱媞只能以一種曲折隱晦的方式,表達了她對這個所謂「五族協和王道樂土」的新興國家的不滿。透過筆下這些輕巧在邊界越境來去的女人們,朱媞對於國家共同體的召喚展示出一種不響應的漠然姿態。這種漠然,在她的渡渤海三部曲中,又有了新一層的演繹。

七、渡渤海三部曲

朱媞的〈雁〉、〈藻〉、〈櫻〉三部短篇小說是同一個故事的上中下集,有時不完整的精簡版本,會以〈渡渤海〉的名稱發表,姑且稱之為長篇的「渡渤海三部曲」。[30]這個組合起來的長篇,主要寫一個年輕媽媽的成長故事,在小說一開始,這本在山東農村帶孩子的女人,丈夫去滿洲國發展五年全無音訊,而不時又有他再娶、違反統制法入獄的傳言傳回,這些心頭疑雲,加上家鄉荒年,讓這個等得心慌意亂的媽媽,決心變賣家產,帶著幼兒渡渤海萬里尋夫。

為了追求夫妻「團圓」和維持「家庭」的完整,這個大門不出、二門不邁的傳統女性,冒險走上遙遠的旅程,毫無頭緒地打聽失聯五年的男人。這在開始設定中性格善良膽小的女人,在這趟萬里尋夫的路程,可說是一路受騙上當,學習和整個變動世界中的人群互動。在大沽口,受限於沒有男人的單身女人不許登船的規定,

---

29 李柯炬、朱媞,〈1942 至 1945 年東北文藝界一窺〉,頁 407。

30 朱媞的〈雁〉、〈藻〉、〈櫻〉三部合起來是一個故事,在《長夜螢火》中作為單篇發表時定名為〈渡渤海〉。根據 Norman Smith 的研究,《新潮》接受了這篇長篇小說,但是審查官審讀之後禁止出版。(加)諾曼‧史密斯:〈大黑龍江的憂鬱:朱媞作品中的女權主義〉,收入張泉編:《抗日戰爭時期淪陷區史料與研究》第一輯(南昌:百花洲文藝出版社,2007年),頁 160-174。然而筆者在《興亞》第八卷第九期上找到朱媞發表的〈渡渤海〉,內容為第一部〈雁〉,只是和所雇男人在船上的部分作了少數更動。小說現據本為朱媞《櫻》,頁 121-161。

她在旅館伙計的說服下雇用了一個男人佯稱丈夫，以騙過官方檢查。但在渡渤海的船上，媽媽每夜都被這個男人合法強暴，而等到下碼頭，這個男人還搶了她的包袱逃走。

帶著孩子的媽媽最後坐上了火車，一路找到了丈夫最後被目擊的地點巴堡。但在巴堡，她卻沒找著丈夫。盤纏用盡的母親只得鼓起勇氣到旅館落腳，以作飯來抵母子兩人的店錢房錢，但她又得面對旅館老闆夜裡的性侵犯，幾天後，忍無可忍的媽媽終於反抗，打傷了這同族的強姦者，而被逮去縣城判了傷害罪。在牢裡，「媽媽望盡每一個黃昏，每一個黎明，媽媽想起了恥辱的渤海，飢饉的大陸，和殘暴與淫虐，彷彿都不啻是昨日的事情似的。」[31]

被關十天後，媽媽帶著孩子和其他犯人一起出發，到新的土地上拓荒。在落地生根幾個季節後，這個女人完全從勞動中得到了自給自足的滿足感和愛，「**和從前比，媽媽完全判若兩個人。媽媽好像忘了家，忘了自己的丈夫，忘了一切**。媽媽只是記著自己的孩子，怎樣使他長大，使他成為一個更有用的人。」

在荒地幾年後的某天，她從經過的一隊罪犯礦工隊中認出自己丈夫，原來他真如傳聞在滿洲國入獄，在歷盡艱辛的短暫重逢後，馬上就是傷感的話別，丈夫這個被監視著的隊伍，馬上又得開往下一個礦區去。然而此刻的媽媽，還是滿懷希望地開墾眼前的土地，並已經知道自己能夠獨自帶大自己的孩子。

這是朱媞大篇幅的代表作。在這個長篇女性成長故事中，儘管主角一開始渡渤海的動機是尋找失聯丈夫，但這個女人，最後卻在經歷一連串的旅行和移動中改變自己，得到新的視野和力量，而以一種和出發前完全不一樣的全新姿態，在邊境的荒地站起來生活。從一個被男人多瞄一眼就臉紅的小媳婦，到在巴堡旅館奮力抵抗性侵而打傷男人的女人，再到最後沉默地目送丈夫遠去、相信可以靠自己帶大孩子的堅強女性，正在一連串的「移動」中，這個女性主體，也隨時和週遭做著互動和回應。

朱媞在 1944 年寫下：「我始終覺得女人本身的生活如果必須仰賴於男人的供給，則於女人這將是一種絕大的恥辱。」「做為女人的應該始終持有要獨自生活下

---

31 朱媞：《櫻》，頁 149。

去的這種最後的自覺與野望，這樣才能完成女人的本身。」[32]而在近七十年後受訪時，年近九十歲的老太太朱媞，仍然一再強調女性絕對應該追求自我成長：「中國婦女，沒有受教育的機會，一個空空的腦子，裡頭什麼都沒有，政治上太無知，什麼也不了解，沒有特別想要追求和奮鬥奪取的目標，只知道要倚靠男人吃飯。我覺得婦女應當贊成自立生活的能力，追求獨立自主的精神。」[33]

這種女性的成長，往往在移動之中完成。要是呼應朱媞本人的生平經歷，她也曾透過長距離移動來開拓眼界並建構女性自我。在 23 歲那年，少婦朱媞撇下稚女和公婆離家出走，從長春到吉林歷經了一百多里路，衝出好幾道封鎖線，最後在丈夫李柯炬的協助下，落腳在哈爾濱工作。[34]重新回到文本，透過這個渡渤海的女性所經歷的一連串改變，朱媞同步標舉出心目中「完整女性」應該要有的面貌。小說最後女主角「在邊疆開墾」的光明結局，非常合乎滿洲國當時的現行文藝政策，這也許是「渡渤海三部曲」得以在 1944 年這個環境非常緊縮的年份出版的原因之一，但除開這個結局不論，這個渡海女性在小說最後，也的確成就了另一種女性主體。

值得注意的是，從朱媞以俄裔女性或海上賣藝女歌手為主角的一系列跨界流動小說，到這個從山東鄉村一路帶著小孩、走海路陸路、換了馬車汽船火車等數種交通工作移動旅行的女人，有一個很明顯的特徵浮現出來：朱媞所書寫的女性，總是處於一種移動的狀態，不論是自發性地選擇在江面上來來回回飄蕩的亞娜，或是為了尋夫被迫四處打聽消息的渡渤海中的媽媽，這些文本中的女性們，總不固著於一個「家」或「土地」的定點，但這些移動中的文本女性所展現出來的姿態，卻和在父系文學史中移動的旅行書寫大相逕庭。

從以前到現在，表面看似無關性別的、中性的「旅行理論」或「旅行書寫」，細究起來往往是男性中心的，充滿著性別隱喻。由於自古以來認為女性的生活空間理所當然在家裡，所以「女人移動」的歷史一直便遭致忽略。多摩須（Domosh）指出，地理探險的英雄歷史，以及這門學科的歷史和哲學，都將女性排除在外，儘

32　朱媞：《櫻》，頁 2-3。

33　柯小菁整理、張杏娟口述：〈女性之眼，時代之影：東北老作家張杏娟口述〉，《文訊》第
　　32 期（2012 年 6 月），頁 90。

34　同前註，頁 92。

管歷史上有許許多多的平凡女人也曾置身帝國行囊而隨之移動，比如外交官的妻子、殖民地行政官員的女眷、軍隊的營妓，但這些女人的思想和情感，從來不載於官方的文件與條約，只能片語飛鴻地記錄在家書和日記。[35]

此外，開普蘭（Caren Kaplan，1996）對於以旅行爲隱喻，以及做爲一種社會實踐的觀點也有所保留——這通常是將旅行視爲增加旅行者（通常是白種資產階級西方男性）文化資本的活動。事實上，西方（其實是男性的）旅行書寫，往往傾向於建構自己成爲通俗英雄，奮力抵抗，克服種種困難和誘惑。女性地理學者 Linda McDowell 認爲「很顯然的，他們最大的迷戀對象是自己，而不是他們在旅途中遇到的『異己』。這些是焦躁不安且略顯世故的年代裡，男孩自身的冒險故事」。因此，她認爲除了認定這些根本就是「逃避承諾的男人否認或拒絕在家裡由妻子和母親提供的固定、照護和撫育女性價值」這個結論外，「很難有任何其他結論」。[36]

古老固有的旅行書寫對於女性如此不友善，於是女性主義學者向來試圖開發出自己的旅行理論路線。克里福特認爲：

> 旅行，浮現成為日益複雜的各種經驗；跨越和互動的實踐，擾亂了許多關於文化的共同假設的地域主義。**這些假設中，真實的社會存在是(或應該是)以邊界分明的地方為核心……**。寓居被設想為是集體生活的地域的場所，旅行不過是種補充；**根著總優先於路徑。**但是，我開始問道，**如果將旅行視為複雜且普遍的人類經驗光譜而予以解放，那麼會如何？**[37]

他提示了我們一種全新的思考，跳脫涇渭分明的「邊界」假設和地域主義，而能夠用新的視角來思索「旅行」這回事。事實上，人類移動和相遇的過程，都是長時間建置而複雜的。「文化中心、個別的區域與領土，並不先於接觸而存在，而是透過

---

[35] （英）Linda McDowell 著，徐苔玲、王志弘譯：《性別、認同與地方》，（臺北：群學出版社，2006），頁 276-302。

[36] 值得一提的是，藉由脫逃來抵抗的故事，也忽略了那些保持靜止的人，從事抗爭和獻身變革的可能方式。Linda McDowell 著，徐苔玲、王志弘譯：《性別、認同與地方》，頁 282。

[37] 同前註，頁 283

挪用和規訓人與物不斷遷移的關聯來支撐。」在這個基礎上，「移動」不是過程或過渡，它就是生活的本身。在不停和移動中相遇的人事物互動的同時，沙夏、亞娜和瑪丹改變了她自己，渡渤海的媽媽也回應著週遭而改變著她自己，這樣的女性移動書寫，具有一種內省的姿態，在和外部世界的互動中，修正重塑著本來的那個女性主體。這種移動書寫，不再是炫耀展示深厚文化資本的工具，也和粗暴的殖民地式旅行書寫大相逕庭。更重要的，在對於這種對於神聖邊境的踰越和跨界中，女性們也回應、或者嘲弄著滿洲五族協和及國族想像的虛妄。

八、結　論

由於不迷信被歷史的權力遊戲中的諸多偶然所劃定的國境線的神聖與絕對，朱媞筆下飄蕩在不確定的縫隙空間中的移動女性，認同並不固著於某一地域，可以說，這種女性的移動書寫，把「認同」從疆界和土地中釋放出來，而多是來自和人群互相包納的一種新的文化定位模式。這種認同，和屬地認同或者種族認同沒有直接關聯，所以更能夠超越國族主義的框架限制，而有新的切入層面。出於對國族想像必要配備（共同的國境線、共同印刷文字、習俗宗教等）的不信服或冷淡，朱媞可以自在地書寫俄裔女性和滿系家庭的衝突、可以不花費力氣去刻畫日本鬼子的異族侵略，尤其是，可以直率地書寫來自同文同種男性的性的剝削和壓迫。渡渤海的媽媽一路上所遇見的強暴者，都是她的男性同胞，而不是刻板化的強勢殖民宗主。超越了國族主義書寫框架，朱媞恰恰以女性姿態，展現超越種族的少有深度。

朱媞最大的書寫特色，是對於國境線、對於邊界的解構。透過這些移動女性的生命史，朱媞把認同從土地或疆域中解放出來，而拒絕將其作為一種滿洲國國族建構的要件。出於對固有疆域的不熱心，朱媞把移動視為生命的常態，而在流動中所建立的主體，卻更能把認同從地域或人種中解放出來，對照文藝統制中用強制手段「填補空白的滿洲人文地理」，「間接地喚起我們不經意的鄉愁」的「滿洲現地報

告」，[38]朱媞這種在地域上的含糊其詞，也許更能解消國境神話的虛妄。

　　透過文本分析，本文認爲：朱媞透過超越疆域和種族的書寫，把認同從土地中解放出來，重新形塑一個和世界在互動中改變自我的溝通模式，以和官方大力推動的現地報告論述相抗衡。透過筆下這些輕巧在邊界越境來去的女人們，朱媞對國家共同體的召喚展示出一種不響應的漠然姿態，在彼時高度統制化的文學環境中，以一種曲折隱晦的方式，表達了女性對所謂「五族協和」、「王道樂土」的新興國家的不滿。而不固著於特定地域的流動書寫，也讓認同感的形塑從土地解放出來，在移動過程中和外在世界互動，一步步確立或者建構著自己的女性主體。

---

38 在雜誌《新滿洲》上有許多「現地報告」創作，如第 3 卷第 5 期「東亞共榮圈現地報告特輯」。如乙卡〈純情之鄉的清原〉，《新滿洲》第 5 卷第 4 號（1943 年 4 月），頁 53-54。用優美的文筆介紹奉天東北邊的一個如詩如畫的小鎮；雪茹：〈古色古裝的北鎮〉，《新滿洲》第 5 卷第 10 號（1943 年 10 月），頁 99-103；桐楨：〈畫意詩情的水都〉，《新滿洲》第 5 卷第 11 號（1943 年 11 月），頁 41-42；冰壺：〈寄自東南國境的安東〉，《新滿洲》第 5 卷第 2 號頁 45-7，（1943 年 2 月）；或是「女學生作品特輯」中，綠蘋：〈龍潭山旅行手記〉，《新滿洲》第 3 卷第 10 號（1941 年 10 月），頁 119-124 等。這些徵文，都是當局有意透過文藝統制來強化滿洲國國境的人文空間建構，在地圖上再造、加強著地理上的鄉愁。

徵引文獻

一、專書

朱媞：《櫻》，新京：國民圖書株式會社，1944 年。

（日）尾崎秀樹：《舊殖民地文學的研究》，臺北：人間出版社，2004 年。

東北淪陷十四年史總編室、日本殖民地文化研究會編：《偽滿洲國的真相──中日學者共同研究》，北京：社會科學文獻出版社，2010 年。

（英）Linda McDowell 著，徐苔玲、王志弘譯：《性別、認同與地方》，臺北：群學出版社，2006 年。

二、論文

（加）諾曼・史密斯：〈大黑龍江的憂鬱：朱媞作品中的女權主義〉，《抗日戰爭時期淪陷區史料與研究》第一輯（南昌：百花洲文藝出版社，2007 年），頁 160-174。

乙卡：〈純情之鄉的清原〉，《新滿洲》第 5 卷第 4 號（1943 年 4 月），頁 53-54。

冰壺：〈寄自東南國境的安東〉，《新滿洲》第 3 卷第 2 號（1943 年 2 月），頁 45-7。

朱媞：〈夢與青春〉，《華文大阪每日》第 10 卷第 7 期（1943 年 4 月 1 日），總號第 107 號，頁 42-43。

朱媞：〈遠天的流星〉，《新潮》第 1 期第 7 卷（1944 年），頁 82-88。

李柯炬、朱媞：〈1942 至 1945 年東北文藝界一窺〉，《東北淪陷時期文學國際學術研討會論文集》（瀋陽：瀋陽出版社，1992 年），頁 405-409。

施淑：〈大東亞文學共榮圈──《華文大阪每日》與日本在華占領區的文學統制〉，《新地文學》第 1 卷第 1 期（1990 年），頁 41-72。

施淑：〈「大東亞文學」在「滿洲國」〉，收入李豐楙編：《第三屆國際漢學會議論文集：文學、文化與世變》（臺北：中研院文哲所，2002 年），頁 589-631。

柯小菁整理、張杏娟口述：〈女性之眼，時代之影：東北老作家張杏娟口述〉，《文訊》第 32 期（2012 年 6 月），頁 89-93。

桐楨：〈畫意詩情的水都〉，《新滿洲》第 5 卷第 11 號（1943 年 11 月），頁 41-42。

雪茹：〈古色古裝的北鎮〉，《新滿洲》第 5 卷第 10 號（1943 年 10 月），頁 99-103。

綠蘋：〈龍潭山旅行手記〉，《新滿洲》第 3 卷第 10 號（1941 年 10 月），頁 119-124。

劉恆興：〈王道之行，始於齊家：「滿洲國」大同時期家庭倫理思想論述〉，《漢學研究》第 32 卷第 2 期（2014 年 6 月），頁 231-264。

總編：〈五族女性決戰生活譜〉，《新滿洲》第 5 卷第 9 號（1943 年 9 月），頁 102-108。

不能說的佛地魔*：七〇年代戰爭劇情片的日本情結（1973-1979）

胡蘊玉

（國立成功大學臺灣文學系博士候選人）

摘　要

　　回顧國府遷臺之後，官方面臨整舊（去日本化）佈新（再建立中國化）的雙重任務；五〇、六〇年代一直處於恐共與反共情境，造成社會也籠罩在反攻大陸的期待與思鄉氛圍裡。緊接七〇年代的外交情勢驟變、漸次挫敗，引發社會全面的緊張情緒與檢討聲浪。當時，國內陸續出現多部符合國府政策的戰爭劇情片，透過電影的傳播來形塑當時的國家意識、宣揚民族精神與安撫民情共體時艱。

　　本文主要探討的即臺灣七〇年代（1973-1979）期間，所上映的幾部戰爭劇情片。這些影片若以呈現反共主題、凸顯國共內戰，來呼應當時的政宣主題以作為對現實的一種回應實為合理。但這些戰爭劇情片，卻恰好都跳過了對當時國家處境更為源頭與關鍵的國共內戰，反而轉向選擇那些早已過時的對日抗戰戰役，幾乎各部

---

*　佛地魔，英國作家 J.K. 羅琳的魔幻小說《哈利波特》系列中的角色。其邪惡法術高強、極度危險，一般人不敢說出他的名字。因為他在自己名字上下了咒語，一旦說出這個名字，就會被惡魔追蹤與報復。於是便形成小說中眾人都用「那個人」、「那個不能說出名字的人」等等方式來代稱他。

都以中國、臺灣的抗日活動爲主題或背景來發揮。這些既反映又迴避政治現實的戰爭劇情片，內容上缺乏直接的漢賊（國／共）對抗，結局也無法交代正邪（國／共）交鋒終於贏得勝利或正義伸張之現實處境。若官方政策的獎助鼓勵是想透過電影激發民眾愛國之情，那麼這些戰爭劇情片如何引發集體共鳴、同仇敵愾？戰爭劇情片題材的集體轉向，正是頗令人玩味的關鍵處。

關鍵詞：戰爭劇情片、七○年代、集體記憶、對日抗戰、國共內戰

前 言

　　臺灣電影圈，歷經六○年代的健康寫實與臺語電影潮流之後，於七○年代初，開始冒出很多以八年抗戰或臺灣抗日的「戰爭劇情片」[1]。除了透過國防部的資助拍攝，還有教育部鼓勵各級學校觀賞，一時之間，外交上的骨牌挫敗有了出口與心理補償。無論是冒死送國旗的女童軍、奮勇殺敵寧死不屈的將軍、以高超技術殲滅敵機的英勇飛官、為民族血脈文化香火赴死的英雄等等，種種抗日愛國行動在「殺朱拔毛」「光復大陸」等的口號裡，突兀地湧現並蔚為風潮。

　　至於這些充滿國家、民族與戰爭符號或畫面的影片，曲忠恕針對七○年代的抗戰愛國影片的研究認為：「黨國體制下的國民黨政府的民族主義文化政策，便是利用官方的優勢力量經由學校和社會教育，以「大中國意識」打壓「臺灣意識」，灌輸中國的歷史記憶，建構中華民族的想像共同體，更進一步昇華為國族認同，成為一種根深柢固類似信仰的效果。」他對這些政宣電影達到的預期目的（愛國家、愛民族、愛領袖）與成效及影響持正面肯定。[2]莊峰綱研究戒嚴時期的愛國電影後，認為戒時期的這些愛國電影對民眾的愛國民族情感、集體意識和集體情感教育具有正向的改變。[3]

1　1970 年代，臺灣出現多部相當符合當時國府政策的電影，因彼時正面臨釣魚台事件、退出聯合國、中（臺）日斷交等等國際外交挫敗；以致國內氣氛一片低迷。之前製作過抗日諜報片而創下票房的梅常齡適時接任中影廠長，受命製作鼓舞民心士氣的政治宣傳影片，並帶動當時部分電影趨勢。這些影片反應了一個特殊時代與社會情境，也常因其特殊內容被以「愛國淨化電影」、「抗日電影」、「政宣電影」、「軍事政宣片」或「戰爭劇情片」等來指稱。因顧及那時除了中影發行之外，另有香港的影業（馬氏影業、新亞公司）也參與發行，若非臺灣的國營事業系統，理應在製作發行上較不受到黨國體制的干預，但卻也推出了類似的影片，此現象應該一起討論。因此本文將採用涵蓋性較廣的「戰爭劇情片」來指稱這些以戰爭為內容，以編劇為方法的影片。

2　曲忠恕：《1970 年代中央電影公司抗戰愛國影片的歷史意義——一個民族主義觀點的分析》（臺北：國立臺灣師範大學歷史系在職進修碩士班碩士論文，2014 年），頁 90-92。

3　莊峰綱：《臺灣戒嚴時期愛國電影的政治傳播：1974-1986》，（臺北：中國文化大學中山學術研究所碩士論文，2009），頁 96。

　　在那仍處於戒嚴時期的年代，電視台只有三台無線，節目時段有限，每天午夜必須收播；所以上戲院看電影仍然象徵時髦流行的娛樂活動。電影可以造成的風潮，除了風靡街頭巷尾的明星現象；連帶著搭配電影的歌曲也能流行一時，如〈梅花〉、〈茉莉花〉、〈中國一定強〉等歌曲在七〇年代，都曾傳唱到人人耳熟能詳。電影與社會的關係，顯然不止於商業票房的利益，更深層呈現出社會心理面向與主流意識型態的工具性質。若要檢視七〇年代的戰爭劇情片，理應回顧電影在臺灣的發展過程。

一、電影做為一種工具

　　1895 年電影初興，對臺灣而言也是開始被日本統治的年代；電影隨著日本政府與業者的引進，開啟當時臺灣民眾的娛樂經驗與視野。從早期的純影像到後來加上聲音的複合形式，電影往往提供大眾一種貌似現實的幻象，無論是再現他地的現場或是模擬了異時事物的現象，都極易使人投射成一種親臨眞實的錯覺。[4]以致電影在普及化的發展過程裡，常透過「眼見為憑」的特點，被轉用成可達目的的有效工具。因此在臺灣過去的電影環境裡，時常受到政治、社會或經濟條件的箝制，而無法擺脫成為官方傳聲工具的命運。[5]

（一）日本殖民政府與電影

　　日據期間，電影即經常被當作宣傳政令的工具，對日本殖民／軍國政府而言，

4　據稱 1896 年在紐約公開放映短片 Living Pictures 時，當畫面裡的海浪衝向岩石一幕，讓現場的觀眾大為驚恐，坐在前排的駭極呼救或倉皇躲到椅背後去。黃仁、王唯：《臺灣電影百年史話》（臺北：中華影評人協會，2004 年），頁 7-8。

5　不僅在當時，甚至到了八〇年代，仍有人將電影功能視為：1.發揚民族文化 2.提供高尚娛樂 3.輔助社會教育 4.強化政治宣傳。王明我：《從民生主義育樂兩篇補述我國電影事業》（臺北：正中書局，民 76 年），頁 20-25。

無論是位處中國東北僞滿州國時的滿州映畫協會株式會社（簡稱「滿映」）[6]或據臺灣爲南進基地時，由總督府情報部設立的臺灣映畫協會（簡稱「臺映」），都同樣是官方藉著電影及其機構作爲控制社會的手段。[7]

爲了配合戰爭需求，日本殖民政府強力推行皇民化政策，直接以行政命令強硬管制所有活動，首當其衝乃賦予電影要以宣傳軍國主義、服從天皇或內化皇民精神爲其主要任務。爲了讓電影更爲有效的服務日本軍國政府的意志與行動，1933 年（昭和八年）日本國會曾提出「關於確立電影國策」的提案。[8]當時的日本電影法雖然參考了德國的電影法，但另外增加了尊皇爲主的皇道精神，從此日本政府得以全面控制了電影，使其成爲宣傳侵略和仇恨的武器，既爲軍國主義服務，也爲戰爭效力。[9]

例如 1937 年「臺灣教育會」爲了用電影振奮國民精神，徵求電影腳本的公告內容其中一條徵求事項即要求：

> 徵求配合史實對照臺灣今昔，說明今日臺灣的發展之腳本。此外，該腳本必須感念日本皇恩浩大無邊，提振國民精神，強化國民誠意，詳知臺灣現況，充分展現躍進中臺灣的全貌，以及臺灣爲我國（日本）南方發展生命線之事實。[10]

---

6 滿映，成立於 1937 年 8 月的國策機構，乃「依照日本政府規定的法律創立，執行政府的方針政策，並導入政府資金的機構」。崔婧：〈從「滿映」的籌劃看其「國策會社」性質——「滿映」前身的國策宣傳活動〉，《商業文化》，第 11 期（2010 年），頁 112。

7 甚至後來制定了「電影國策」，將宗旨明確定爲：1.教育人民有王道樂土的世界觀 2.打破向來之陋習，並使人民具有積極參加五族諧和新興國家建設之心理 3.施予建設新國家所需要的勇敢及豪強之精神。實爲透過滿映來進行文化侵略。以帶有明確目的性之文化手法，進行殖民統治與合理化殖民理由的宣傳。見楊悅：〈打著特殊標記的光影——從「滿映」看國策電影宣傳〉，《電影評介》2009 年 22 期（2009 年 7 月），頁 12。

8 1937 年日本發動侵華戰爭後，統治者開始加緊對電影的控制，禁止拍攝具有批判社會傾向的影片，而鼓勵攝製所謂「國策電影」，此風氣在 1938 年達到鼎盛。

9 成濤：〈日本的好戰電影〉，《電影評介》第 06 期（1995 年），頁 34-35。

10 黃建業、王瑋：《跨世紀臺灣電影實錄 1898-2000》（臺北：行政院文化建設委員會，2005 年），頁 128。

也經常透過播放電影提供民眾觀賞,做爲一種僞裝休閒娛樂性質取代傳統漢人的戲劇表演,形成一股新興流行風潮,實則進行政治教育或宣導。[11]此外,以電影工具來推廣或宣傳觀念的方式,在 1925 年同樣也曾被本土的文化團體「臺灣文化協會」所用。他們透過購買國外教育片與放映機,組巡迴放映隊,到各地放映影片宣揚(中華)民族意識。在在顯示了電影彼時被當作一種有效好用的新興工具。

(二)國民政府與電影

國民政府遷臺後,臺灣的電影業暫時脫離了做爲日本殖民政宣的工具;但因日方相關人員撤離,臺灣出現缺乏製片人才、大型電影公司尚未形成的窘狀,戲院播放只能充斥外片。之後陸續合併具備雛形的機構,例如「臺灣省長官公署宣傳委員會電影攝影場」,[12]後來改爲「臺灣省新聞處電影製片廠」(簡稱臺製),1954 年臺影改組爲「中央電影事業股份有限公司」等,演化成了中影、臺製、中製三大公營片場。[13]這些逐步更新成形的電影體系,也深深影響著臺灣電影後來的發展。[14]

由於國府檢討當年的失敗,認爲文藝方面是重要因素而力圖整頓,除了《新生報》、《民族晚報》等率先提倡「反共文藝」的文藝創作方針,1950 年國民黨政綱將之列入文藝工作項目,既要輔導文藝,也要指導思想。[15]1955 年,蔣中正提「戰鬥文藝」運動,在電影檢查法規定反共的製片路線,並指示要「掃除有害國家意識的意識型態」。同年新聞局成立電檢處,負責執行電影管控動作,也就是政府積極

---

11 同註 6 崔婧之文,並參見楊悅:〈打著特殊標記的光影──從「滿映」看國策電影宣傳〉,《電影評介》,2009 年 22 期(2009 年 7 月)頁 12。

12 「臺灣省長官公署宣傳委員會電影攝影場」成立於民國 34 年 11 月 1 日。司馬芬:《中國電影五十年》(臺北:皇鼎文化出版,民 72 年),頁 68。

13 焦雄屏:《時代顯影:中西電影論述》(臺北:遠流出版公司,1998 年),頁 152。

14 1947 年「臺灣電影攝製場」與隨政府遷臺的「農業教育電影公司」合併爲「臺影」,於 1954 臺影合併改組爲「中央電影事業股份有限公司」(簡稱「中影」)。之後開始接受委託或代拍影片,也在臺灣發展成一個電影體系。參見中影股份有限公司網頁。http://www.movie.com.tw/Home/index.php?option=com_content&view=article&id=49&Itemid=34

15 民國 42 年,蔣中正發表的《民生主義育樂兩篇補述》內容裡,不但對國產電影下了定義,也有具體明確的指示,使輔導電影成爲重要政策之一。同註 12 司馬芬:《中國電影五十年》,頁 8。

的進行戰鬥意識的灌輸以及防堵負面思想滲入。[16]於是當時戲院上映的往往是官營片場或民營片場的反共政宣類型電影。五〇年代國語電影的基本特色多半環繞省籍融合、團結反共、與匪戰鬥等主題，還得響應所謂「淨化電影」[17]的政策。而藝文界成立的「中國文藝協會」其宗旨也呼應了黨國的政策與意識型態，挾著國家出資專設的「中華文藝獎金委員會」的主導氣勢影響著五〇到七〇年間「反共文學」與「戰鬥文藝」的推行。[18]若以當年的氛圍來看，文藝圈充斥著反共與戰鬥意識，成為工具性的為政策服務，是主流普遍的一種趨勢。但民間另有一種受歡迎的趨勢是《薛平貴與王寶釧》（1956）之類的本土臺語片，一度產量極大。但在政府國語政策的推行、反共文藝的主導，臺語片也歷經低潮與轉型過程。但臺語片的這些基礎，為其後的國語電影提供了優秀的導演、演員等有利條件。

　　六〇年代的臺海情勢較穩定、經濟開始好轉，中影總經理龔弘提出「健康寫實」的製作路線。一度也曾拍出叫好叫座的電影，但這些以「既要溫暖又要正面的現實」以及強調傳統倫理道德的影片，後來被批有僵化樣板的現象。還有六〇年代臺灣電視台開播，影響了觀眾的選擇，健康寫實風逐漸沒落。[19]在六〇年代當時制訂的金馬獎獎勵辦法裡定義的「國語影片」，是包含了香港生產的國語影片，卻摒除了臺灣當時盛行的臺語影片。[20]當然這裡的香港影業，指的是在港右翼的同路影人，認同的是國民政府者。所以臺灣的「健康寫實」電影，強調傳統倫理與道德但被視為缺乏批判現實勇氣，[21]是溫和路線而非上海影界與香港的一些左派路線。這也說明在後來七〇年代香港電影公司出品來臺的電影，在內容上與中影所推出「戰爭劇情

16　盧非易：《臺灣電影：政治、經濟美學（1949-1994）》（臺北：遠流出版公司，1998年），頁70-71。

17　「淨化電影」是響應文化清潔運動，亦即清除「赤色的毒：為匪宣宣傳；黃色的害：色情；黑色的罪：內幕消息」見臺灣文學館「臺灣知識平台」網頁。http://www.nmtl.gov.tw/ikm/index.php?option=com_klg&task=ddetail&id=380&Itemid=238

18　劉現成：《臺灣電影、社會與國家》（臺北：揚智文化事業公司，1997年），頁34-38。

19　李道明：〈光影寫國族，前仆後繼　臺灣電影的關鍵年代〉，《劃破時空看見臺灣來時路》（臺北：前衛出版社，2008年），頁248-249。

20　同註18劉現成：《臺灣電影、社會與國家》，頁22。

21　同註19李道明：〈光影寫國族，前仆後繼〉，頁249。

片」的意識型態是相當接近。[22]當然六〇年代的電影，除了主流官方的反共片之外，也不至於烈日當空，寸草不生。

　　來到七〇年代初，香港的《唐山大兄》與《精武門》，以華人功夫打敗東洋與西洋武術稱霸天下。這種精神勝利，鼓舞華人委頓的士氣，即刻造成風潮。同時，隨著政治現實的改變，臺灣社會也同樣亟需一種情緒出口或英雄神話來激勵人心，公營電影機構開始競拍的戰爭劇情片即為一種典型。[23]自 1974-1979 年間，陸續推出多部戰爭劇情片：《英烈千秋》（1974，中影）、《雪花片片》（1974，中影）、《八百壯士》（1975，中影）、《梅花》（1975，中影）、《筧橋英烈傳》（1975，中影）、《香火》（1978，中影）、《春寒》（1979，中影）等，不但抒解當時低迷的氣氛，也滿足了觀眾與官方的心理需求，獲得很大迴響。其它電影公司也順勢推出類似的電影，如《吾土吾民》（1974，香港馬氏影業）、《茉莉花》（1977，新亞電影）等，都是在漫天烽火裡，以人人奮勇犧牲、保家、愛國、衛民族，護傳統……來呈現國家意識型態的主流影片。

二、電影外的真實世界

　　自從國共內戰（1927-1949）局勢底定，國府一路撤退迫遷臺灣。以瓜分世界為目的的軸心國軍事集團（日、德、義）被同盟國聯手圍剿，眼見大勢已去，日本終於在 1945 年向同盟國投降而宣告二戰結束。戰後國際情勢扭轉了部分二戰前的敵、盟關係。以蘇聯為首的社會主義共產國家日漸壯大，造成美國為首的自由世界資本主義國家的恐慌；也引發都想控制世界的美蘇兩國間互相敵視與較勁、嫌隙日增。雙方盟國各自展開在政治對抗、外交衝突、軍備角力及科技上的競逐。但彼時剛結束酣戰許久的各國，因民生經濟皆受損凋弊，普遍不願再啓戰事，因而處在一

22　見中影官方網站「公司簡介」，提到：「除了拍攝反共意識或主題，鼓勵民心士氣的電影，
　　當時也爭取反共影人加盟、主導成立電影團體，甚至參加影展，但仍依循同一個中心目標。」

23　1972 年中影總經理由（原）中製廠長梅常齡來接下，任內六年製作出轟動國際的《英烈千秋》、
　　《八百壯士》、《筧橋英烈傳》、《梅花》等電影，在製片、發行、宣傳、門票收入方面的
　　精準掌握都讓中影開始賺錢。同註 12 司馬芬：《中國電影五十年》，頁 78-79。

種沒有和平的和平假象裡。

美國杜魯門政府此時採取了「冷戰」（Cold War）模式，對付敵對國家乃採取「相互抑遏卻又不訴諸暴力」的模式，無論是提供戰略物資或軍火武器給盟國，都盡量將戰火拉到其他國家境內，試圖在鐵幕外築起防線，抵禦共產國家的趁機擴張。[24]在冷戰期間，鐵幕與社會主義幾乎被劃上等號關係。杜魯門主義[25]採取了圍堵來防止蘇聯擴張，並支援歐洲國家重建經濟與民主體制，以免被共產世界奪取。當時所執行的馬歇爾計畫幾乎底定了二戰後的歐洲發展與世界政治格局。國府因國共內戰的挫敗、被迫遷臺後長期籠罩在恐共氣氛下；在建設新臺灣的過程裡，時時不忘戰爭挫敗的難堪。因而來臺之初，即成立了以「一年準備、三年反攻、五年成功」為目標的光復大陸設計研究委員會（簡稱「光復會」）。該會主要功能就是配合設計與規劃出我國反攻大陸後，對中國大陸地區的施政準則與方向，以便將來重掌政權。[26]

但在五○年代兩次臺海危機[27]期間，美國的對臺政策，並不贊成以武力反攻大

---

24 例如在亞洲的越戰、韓戰以及北約組織等。見國家文化資料庫官網：http://nrch.culture.tw/
view.php?keyword=%E5%86%B7%E6%88%B0&advanced=7@MOC_IMD_001&s=144778&id=
0005773550&proj=MOC_IMD_001

25 「杜魯門主義」指 1947 年美國總統杜魯門提倡用對外援助來抵禦共產主義的政策。關於「杜
魯門主義」、「馬歇爾計畫」等，參見美國在臺協會官網：http://www.ait.org.tw/infousa/ zhtw/
PUBS/LivingDoc/trumandoctrine.htm
大維艾武德（David Ellwood）：《美國的歷史學家》，美國國務院國際資訊局出版物（線上
版）：http://www.ait.org.tw/infousa/zhtw/PUBS/Historians/chapter08.htm

26 光復大陸設計研究委員會成立於民國 43 年 11 月 25 日，當時隸屬總統府。在第一次的全體委
員會當中，總統蔣中正提出：「本會的成立，就是明白的告訴大陸上的同胞，我們正在同心
一德，研究如何打倒共匪的各種暴行，解除大陸人民的痛苦，並為他們復仇雪恨，爭取真正
的自由。這就是我們進行光復大陸設計研究工作的目的。」見中華百科，「光復大陸設計研
究委員會」詞條。http://ap6.pccu.edu.tw/Encyclopedia/index.asp。以及國史館官網，「光復大
陸設計研究委員會」。http://www.drnh.gov.tw/MainBoard_HistoricalOverview.aspx?MenuKey=
123#。

27 第一次臺海危機於 1954-1955 年間，解放軍攻佔一江山島，透過美國海軍和中華民國海軍協
助，大陳島軍民撤退到臺灣。第二次臺海危機於 1958 年，也就是「八二三砲戰」，解放軍以
榴彈砲突擊金門，但最後封鎖金門的計畫失敗。也有一說認為，若當年解放軍趁機拿下金門

陸。學者張淑雅認爲美國對此沒有公開的原因,一來爲了牽制中共,再則視此舉將破壞冷戰期間的恐怖平衡,轉而希望臺灣把「反攻大陸」精神化,也就是建設臺灣爲中華文化守護者,用正統與傳承來爭取大陸民心。除了以復興中華文化爲目標來「建設寶島爲復興基地」,也宣稱主要以「實行孫中山先生之三民主義,而非憑藉武力」來反攻。當中共歷經 1958 年大躍進、1962 年中印邊境衝突以及 1966 年文化大革命的嚴厲考驗;很明顯的,美國想法對國府確實產生相當大的牽制力,也讓臺灣錯失反攻時機。[28]

　　同樣的,臺灣後來成立了「中華文化復興運動推行委員會」(1966 年,簡稱文復會),用來保護中華文化,並與中共的文化大革命運動分庭抗禮;更重要的功能在於宣示:中華民國爲正統的中華文化代表。[29]該會也特別強調過「臺灣地區的居民祖先都來自中國大陸」。[30]由於六〇年代初的官方文藝政策鎖定於反共目標上,反共文學、戰鬥文藝在官方獎勵的推波助瀾下,中共匪幹的形象經常以被醜化與誇張化的惡棍嘴臉出現在各式藝文作品裡。描述到鐵幕內,則爲水深火熱、民不聊生景象。對國府而言,文藝工具有個很大的功能就是把抽象的(對於當下看不見或尚未見識過共產黨的民衆而言)具體化。同時也要不斷凸顯共產黨處心積慮的滲透、統戰、顛覆臺灣之危險性。例如 1962 年,編劇兼導演的潘壘,就曾以韓戰背景爲題材編寫劇本,讓電影最後一幕的戰俘營鏡頭,冉冉升起一面飄揚的青天白日

與馬祖,將使兩岸情勢變爲「分峽而治」的地理界線,導致臺灣獨立,所以毛澤東選擇放棄登陸金門的計畫。見臺灣大百科,「臺海危機」詞條 http://nrch.culture.tw/twpedia.php?id=3900。

28 見張淑雅:〈臺海危機與美國對「反攻大陸」政策的轉變〉,中央研究院近代史研究所集刊;36 期(2001 年 12 月 01 日),頁 231。

29 參見國家教育研究院資訊網,「中華文化復興運動推行委員會」詞條釋義。http://terms.naer.edu.tw/detail/1302554/?index=118 以及國史館網站「民國重要史事檢索」提到:蔣中正總統曾特頒訓詞,期勉保衛民族文化,光復大陸國土。http://210.241.75.208/scripts/newsnote/tornado/searcher.exe?p=%A4%A4%B5%D8%A4%E5%A4%C6%B4_%BF%B3%A9e%AD%FB%B7%7C&property=1%3B%2C&h=0&l=1&a=15&f=0&z=1&t=0&v=root

30 見國史館「民國重要史事檢索」http://210.241.75.208/scripts/newsnote/tornado/ searcher.exe?s=1&a=15&z=1&k=&m=0&Property=1;,&p=%A4%A4%B5%D8%A4%E5%A4%C6%B4%5F%BF%B3%B9%42%B0%CA%B1%C0%A6%E6%A9%65%AD%FB%B7%7C&b=31&v=root

滿地紅國旗，旁邊的美軍還大聲讚嘆：「They have guts!」。[31]這具有時代意義的《一萬四千個證人》反共電影，當年在臺還成為十大賣座片的第八名。[32]

自五○年代中期起，國際間幾乎每年都在討論，有關中華民國在聯合國的會籍問題，但都因議未決，危機隱而未發。然而讓臺灣真正禍不單行的外交挫敗，可說是起因於中共當時使出的親善外交、乒乓外交奏效。[33]在六○年代末，國際政治的發展曾一度讓臺灣有機會與蘇聯聯手反攻中國。但因蘇聯本身的協助提議含糊不清，且蔣中正向來不信任蘇聯，認為對方只想透過軍事合作破壞中共核武為要務，卻對推翻毛政權的政治合作視為次要。加上彼時中蘇邊境衝突逐漸有緩和跡象，對此反攻機會蔣中正在 1971 年日記裡以「今日俄國欲誘我以對匪對美，切勿為其所動也」黯然告終。[34]

1971 年季辛吉秘密訪華，是為了隔年的美國總統尼克森訪華之行鋪路。甚至尼克森向國會發表的國情諮文裡，首次稱呼中共為「中華人民共和國」以及提出希望訪問中國大陸。隨後訪中的行程引發骨牌效應，我國許多友邦國家，在此關頭選擇了承認中華人民共和國統治大陸、代表一個中國的正式地位；並在情勢、（中共）壓力或利益考量之下逐陸續與我國斷交。1971 年底我國被迫黯然離開聯合國更是一記悶棍，讓原本已自二戰結束後趨於平靜的臺灣社會，重新陷入內憂外患的雙重危機與考驗。[35]

---

31 陳煒智：〈電影資料館「潘壘編導」影展導讀〉，放映週報 449 期（2014/3/11）。（線上版）http://www.funscreen.com.tw/fan_list.asp?FaCa_No=7

32 李天鐸：《臺灣電影、社會與歷史》（臺北：亞太圖書出版社，1997 年），頁 257 附錄處。

33 1971 年間中共與美國兩國的乒乓球隊互訪的一系列事件。透過這樣的乒乓外交，實際推動 20 世紀 70 年代的中美兩國的關係恢復。金媛媛：〈「乒乓外交」初探〉，《赤峰學院學報》第 30 卷第 10 期（2009 年 10 月）頁 42-44。

34 戴鴻超：〈蘇聯提議助臺灣反攻大陸〉世界新聞網 http://www.worldjournal.com/view/ full_news/ 16225786/xarticle-%E8%98%87%E8%81%AF%E6%8F%90%E8%AD%B0%E5%8A%A9%E5% 8F%B0%E7%81%A3%E5%8F%8D%E6%94%BB%E5%A4%A7%E9%99%B8?instance=hota&n pg=1

35 1971 年 10 月時，與北京和臺北邦交的國家在數目上差不多，但到了 1973 年，與北京建交的國家數有 83 個，與我國維持建交關係的國家只剩 39 個。

　　同年間在我國國家安全會議上，由當時總統蔣中正所提出的精神標語與口號「處變不驚、莊敬自強、愼謀能斷」來試圖振奮民衆、穩定軍心。這些精神標語的功能維持到 1973 年國際間發生第一次石油危機，油價飆漲引發全面性的經濟問題時仍在運作。「處變不驚、莊敬自強」標語，經常出現在各式各樣的文宣品、郵票、學生作業簿、社區圍牆、學校川堂、機關標語等地方。這些樣板的國民精神喊話語彙，像平安符一樣無所不在，反應出的卻是集體對大環境失控的焦慮感。

三、電影作爲一種文藝形式：集體記憶與建構意象

　　根據劉現成的整理，電影被國家定位爲「藝術形式」，是源自 1929 年上海成立的「戲劇電影審查會」。而到了臺灣，非官方的定位以 1966 年度出版的《中國文藝年鑑》內文提到影劇爲文藝形式之一；屬官方正式提出的時間則爲 1968 年，國民黨的「文藝會談」訓詞裡由蔣中正明白揭示。[36]就政策面來檢視，電影被歸到國家文藝政策下來管控，乃順理成章之勢。更因國共交手的挫敗檢討，認爲在文藝運動的鬥爭失利，是相當重要的因素。因國民黨代表的右翼陣營未能有效防堵左翼勢力的滲透，也成爲國民黨失利的痛腳種種因素影響以致來臺後，國府會進行組織改造並且動用國家資源獎勵、主導藝文路線。除了專爲電影設立的金馬獎獎項，以作爲鼓勵作品或是極力拉攏香港電影右翼影人與公司的活動，另外政府也提供來臺拍攝的資助。[37]戰爭劇情片的再度興起，背後因素除了當時的政經危機、社會變動及主流認知意識之外，公營機構的強大國家主導力量，都讓當時的電影幾乎回任日據時期的宣傳工具，被迫肩負起兼具政宣與教育的功能。官方的藝文政策如金馬獎，也適時充當推手，頒發許多獎項給這些愛國的戰爭劇情片，更影響了主流美學、帶動風潮。[38]

---

36 同註 18 劉現成：《臺灣電影、社會與國家》，頁 33-34。

37 同註 19 李道明：〈光影寫國族，前仆後繼 臺灣電影的關鍵年代〉，頁 249。

38 黨國相關的獎勵如下：《英烈千秋》獲得六十四年金馬獎最佳發揚民族精神特別獎、中國國民黨中央委員六三化字三十七號獎狀、教育部（63）社字二六四八號優良教育影片及第二十一屆亞太影展最佳導演、最佳男主角獎、最佳編劇、最佳剪輯獎。《吾土吾民》獲得第六十

　　七〇年代自「退出聯合國」起，就連二戰投降後曾經承認臺北的國府為「中國政府」的日本，也繼美國後選擇與我國斷交。無視國府在戰後與日本簽訂的和平條約裡，還提「以德抱怨」、「出於對日本國民的寬厚和善意」放棄對日本索討戰爭賠償的要求；所以日本此舉加倍引起當時國人的憤慨。

　　是以重新檢視七〇年代推出這些具有時代意義與家國意識的戰爭劇情片，發現它們有一個共同路線：發揮愛國與民族精神，凝結團結意識；並且不約而同在影片中將假想敵由萬惡共匪轉向，改設定為二戰前的「日寇」，而非政治、外交現實中的日本。所以五六〇年代電影裡的日本論述，諸如中日親善、共同反共等形象，也就隨著中（臺）日斷交一去不回。**39**

（一）七〇年代的戰爭劇情片

　　用時間涵蓋的範圍來檢視這些戰爭劇情片背景，可以大約分成兩類來介紹：八年抗戰、長期抗日。

　　1.八年抗戰型：以單場戰役為表現，順勢宣揚中華民族精神與國府正統性。

　　首先選定描述 1937 年淞滬戰役裡四行倉庫保衛戰的《八百壯士》（1975），片中除了呈現國軍謝晉元團長率領四百餘人（對外號稱八百壯士），在上海蘇州河畔、孤立於英法租界間的四行倉庫以寡敵眾，成功抵抗日軍大舉侵略。並以愛國女童軍楊惠敏冒死突破封鎖、送進國旗的情節，成功讓旗幟飄揚在國軍守住的四行倉

四年金馬獎最佳劇情片、最佳編劇。《梅花》獲得六十五年金馬獎最佳影片、最佳編劇、最佳攝影、最佳錄音、最佳音樂獎項。《八百壯士》獲得六十五年金馬獎最佳發揚民族精神特別獎。《筧橋英烈傳》獲教育部頒「優良教育影片證書」及囊括六十六年金馬獎最佳影片、最佳導演、最佳編劇、最佳攝影、最佳剪輯、最佳錄音獎項。《香火》獲教育部優良影片、六十八年優良國語影片、金馬獎優等劇情片。《春寒》獲得 68 年最佳男主角獎。《茉莉花》獲六十九年金馬獎最佳男主角、最佳女配角獎。《雪花片片》獲得第二十屆亞展最感人影片、演技優異男、女主角、優異攝影獎、最動人主題音樂獎。（資料來自各影片封面所示及中影網站）

39 徐叡美：《製作「友達」——戰後臺灣電影中的日本（1950s-1960s）》（新北市：稻鄉出版社，2012 年）頁 350。

庫上頭，也摧毀日本所謂「三月亡華」[40]的計畫來宣示主權。片中還出現秋海棠式的中國全圖，上頭飄著青天白日旗，標示爲「中華民國」。並以上海市民熱烈聲援國民黨守軍來強調中華民國深得民心的「正統性」。

接著是以 1937 年淞滬戰役時，高志航、沈崇誨、劉粹剛、嚴海文等空軍英雄爲主題的《筧橋英烈傳》（1976），呈現國軍以寡敵衆、痛殲日軍木更津航空隊的英勇事跡。片中以高志航的東北老家來信，提到他過去在日本的飛行教官（島田潔）經常到家裡來威嚇家人，透露了日佔東北的背景。片中更以日方軍機航空隊當時由臺灣起飛，進行轟炸南京、筧橋等地的攻擊，我國空軍奮勇迎敵的片段，再現了二戰時日本利用臺灣爲軍事基地進行了擴張、侵略，就近進攻中國南京等地的經過。

《英烈千秋》（1974）則以抗日名將張自忠爲主軸，描述了 1940 年保衛蘆溝橋事件中，他爲了拯救志士仁人與軍令在身，堅毅忍辱、被誤爲漢奸卻不予申辯的氣節。1940 年春天，日軍進犯張自忠將軍守區，雙方血戰多時，張軍傷亡嚴重。最後決定挑選五百敢死隊，一起突襲日軍指揮所決一死戰；當日軍包圍張軍，施以條件招降，張自忠將軍毅然以自殺殉國。1974 年推出的《英烈千秋》，也是中影所拍攝的第一部以抗戰爲題的愛國電影。上映時不但票房轟動，也被譽爲中國電影史上最出色的戰爭片。[41]

2.長期抗日型：以持續抗戰爲主線，宣揚國族精神、文化傳統、民族血脈。

此類多屬二三〇年代的臺灣日據時期，或中國的「日佔區」爲時空背景。有《吾土吾民》（1974）、《梅花》（1976）、《茉莉花》（1977）、《春寒》（1979）。此四片皆描述二戰結束之前與日軍周旋、對抗期間的民衆、軍員或是教育體制內的師生，都深深以中華文化自持、以中華民族氣節爲信念的抗戰歲月。至於《香火》

---

40 「三月亡華」一說，由日本陸相杉山元提出。參考青年日報：〈台兒莊大捷〉一文：
　　http://news.gpwb.gov.tw/news.aspx?ydn=026dTHGgTRNpmRFEgxcbfcCSN9Fhd8KFbqLRgMW
　　auV%2f1AIy%2bj5o6pAR3vWK%2b07wpAcA9mI0KxrNnYV1l%2bh0WTjNNsmSwwv8zWIVF
　　KnT1NY0%3d。

41 中國時報編著：《臺灣：戰後 50 年》，（臺北：時報文化出版公司，1995 年），頁 272。提及 1974 年 8 月 22 日《英烈千秋》首輪下片，中影創紀錄淨賺一千一百萬元。

（1978）時間則自清朝跨越到二戰日本投降後，從第一代的唐山移民到臺灣、後經臺灣割讓、到第三代回到祖國抗日且落地成家的歷程。

《吾土吾民》與《茉莉花》的地點則都設定在已淪陷爲日佔區的東北爲主，由校長或老師帶領的學生面對日軍的殘暴侵略，卻都能堅持中華民族的精神而寧死不屈的抗戰過程。

《梅花》的時間由劇情裡推估應爲二戰將結束的前幾年，場景設定則以臺灣、大陸爲主。片中描述當抗戰日益激烈，日軍持續入侵中國；並以日據時期的臺灣爲主要軍事基地，戰爭場景則拉到大陸前線。影片開端以日軍爲了建設戰備用的發電廠用地，欲強制徵收強迫遷移當地臺灣人的祖墳。但中國人不輕易動祖墳的傳統，讓當地仕紳們堅持與日人交涉，卻遭到殘忍殺害。林家兄弟先後參與抗日，最終被捕入獄、慘死獄中；未能親眼見到抗戰結束、中國最終的勝利果實。

《春寒》則是唯一清楚把地點設定在日據期間臺灣的太平山林場。透過簡單的劇中角色，清楚的象徵各自所代表的意義。具豐富資源的林場如同臺灣、日籍軍官就是掠奪角色的日本軍國主義、被發配南洋充軍的長工兒子原是林場女兒心儀之人，但日籍軍官一來不但強徵林場也想橫刀奪愛。女主角最終寧可冥婚嫁給「同樣祖先是福建漳州來的中國人」（長工兒子）。

至於《香火》這部片，彷彿是集七〇年代各戰爭劇情片大成的完結篇。企圖以史詩般的敘事，一路交代了自中國沿海省分，爲了生計移民臺灣的先民歷程。不久，遭遇割臺予日，遭受不平等對待的持續抗日行動。苟延殘喘中，第三代也出生長大，都未忘記身爲中國人的血脈與香火，最後，透過赴中國參加抗戰贏得勝利，也在中國成家定居。留日中國同學的香火袋遺物，最後流傳到他手上保管，這個安排成了正統血脈得以保存的象徵。

總之，上述這兩類電影都集中火力在抗日，以短期戰役爲背景的，凸顯了國府抗戰的堅苦卓絕。以長期抗爭爲背景的，則強調了血脈文化、民族情感、國府與臺灣共同抗敵的經歷。至於這些影片出現的時間點全是在釣魚台事件以及臺日斷交之後。敏感的時間點，彷彿又點燃過去與日本對抗的記憶／仇恨，開始在電影裡再度清算舊帳。中國、臺灣與日本之間的糾葛，眞可謂治絲益棼。

（二）共同的集體記憶

日本對中國的野心遠自 1931 年開始入侵瀋陽，隨後建立偽滿州國；隔年松滬戰役入侵上海、1933 年繼續入侵華北、進攻山海關。直到 1937 年日軍趁著國共內戰正熾，見機挑起蘆溝橋事件發動攻擊，也點燃我國抗擊日本的長期戰爭。接下來的八年歲月，因雙方勢力懸殊，國軍採取持久戰略以「空間換取時間」來持續消耗敵人實力、對抗進攻，多次破壞日方速戰速決的如意算盤，卻也拉鋸的相當辛苦。對臺灣而言，自 1895 年以來的日本殖民統治期間，民間各式抗日組織活動，也長期持續不斷的對日進行各種抗爭。直到 1945 年 8 月，日本正式宣告無條件投降，中國與臺灣對日本的長期對抗方告結束。

1945 至 1949 年，抗日雖結束國共矛盾卻開始升溫，雙方戰火復燃；國軍一路挫敗，國府以中國代表接收戰後的臺灣，也被迫遷臺。當時所面對的是已具異國風情的臺灣，首要的難題是重建工作：如何去日本化？如何再中國化？[42]期間還得妥善處理與本島居民擦槍走火的二二八事件。國府大動作從空間、文化與既存觀念裡，試著進行抹除日本殖民五十年遺留的痕跡，以及皇民化的遺緒來消除差異進而恢復中國化的共同性。面對具有日本風情的城市、街道與人民，對那些隨國府遷臺的外省軍民而言，日本此符碼喚起的是充滿血淚的八年抗戰記憶。相較於本島居民而言，長期的日本殖民或開啟現代化過程、推動皇民化等集體經驗，已經開始內化為生活、過去的一部份。換言之，雙方對過去生活的集體記憶只有部分是重疊，另一部分卻是不同的。國府面臨的問題是，如何去放大彼此重疊的那一小部分？如何淡化不同的那一部份？方式之一，即要透過溯源從過去喚起被忽略的中華民族血緣，以及再次重構象徵文化的傳統與正統。

1925 年哈布瓦赫（Halbwachs,M.）提出「集體記憶」，並定義這是一種記憶的社會框架，群體成員對自身歷史的建構、挑檢與認知過程。他在談記憶的社會框架時這樣說：

---

42 黃英哲：《「去日本化」「再中國化」：戰後臺灣文化重建（1945-1947）》，（臺北：麥田出版社，2007 年），頁 223。

> 依靠社會記憶的框架，個體將回憶喚回到腦海中。換言之，組成社會的各類
> 群體在每時每刻都重構其過去。……在重構過去的行動中，這些群體往往同
> 時也將過去歪曲了。對於個體來說，的確有大量事實以及某些事實的許多細
> 節，如果沒有別人保持對它們鮮活的記憶，個體就會忘掉它們。然而，另一
> 方面，只要在構成社會的個體及群體之間保持觀點上充分的統一性，社會就
> 可生存。[43]

既然了解社會框架對集體記憶的重要性，也應了解如何建立集體記憶的重要性。這
關乎對整體與自我的認同如何建構，也對整體的凝聚與延續有很大作用。就建構主
義而言，集體記憶是對歷史的重建也是一種社會建構的過程；對功能主義者而言，
集體記憶的作用是維持群體的穩定和完整。如果針對國府與臺灣民眾過去對日本的
記憶與經驗而言，那些愛／憎相反的感受，將弱化國府對整體的領導與認同的建
立。然，人們對過去／歷史的記憶是具有選擇性的。當發現自己的記憶與周遭環境
或他人不符合，這些差異的記憶通常會漸漸淡忘；對於主流或符合多數者的記憶，
則會逐漸接受並內化為自身記憶的一部份。但這種主流的感覺如何創造？如何讓人
們區分自己是屬於那大多數還是那少數？電影作為一種重建工具，是可以順利操控
這種幻術的。

　　因為集體記憶被建構的方式，是可以透過某種社會儀式來共同經歷或銘刻。電
影當然是一種可以共同進行的儀式，當觀眾在銀幕前先接受電影播映前國歌的共同
洗禮[44]，接著所見所聞的，是透過藝術手法再現了想像的歷史，或挑揀了的歷史。
觀眾置身其境，一切場面疑幻似真的仿若昨日重現。八年抗戰的艱苦、漫長歲月的

43 莫里斯·哈布瓦赫：《論集體記憶》，（上海：上海人民出版社，2002 年），頁 303。
44 關於過去臺灣戲院播映電影前，必須先播映國歌影片、銀幕上還會顯示：「各位來賓請起立」，
　　國歌影片播畢則出現「請坐下」字樣。直到 1988 年 9 月 14 日時任宜蘭縣長陳定南手諭縣政
　　府新聞股，立即通知縣內各影劇院，自即日起停止播映國歌影片。此舉違反電影法第六與十
　　二條的規定，也與中央機關規定相牴觸。因而引起當時輿論譁然社會議論，支持與反對意見
　　爭論不休。但隨著時間，其他縣市也紛紛跟進。相關報導見〈戲院停播國歌影片於法不合 新
　　聞局以去函省府糾正宜縣〉1988.9.15《中國時報》第三版。

抗爭，那些進入歷史的戰火經驗⋯⋯即便影片播映結束，那些親身經歷感、情感投射、重構記憶與過去的作用仍繼續發揮著。

（三）建構意象

這些戰爭劇情片透過抗日橋段幫觀眾恢復與祖國的血脈（文化）連結，強化與日本的對立關係之外，也透過幾點來影響／糾正觀眾的宣傳教化：

1. 人物塑形：常以中臺兩地聯手共同抗日、體現兄弟齊心，強調都是一家人。如《香火》、《梅花》、《茉莉花》。
2. 國族議題：常以血緣相同，同祖同宗、相同堂號、同鄉同學、香火永存。來發揚民族精神、宣揚中華文化正統性。如《香火》、《吾土吾民》、《春寒》。
3. 劇情結構：善良人民被日寇侵略欺壓、掠奪資源，日本暴行引發衝突事件引起全面反抗，最後邪不勝正、天理昭彰、正義得勝。如《春寒》、《茉莉花》、《梅花》。
4. 黨國意識型態：團結為國、共體時艱、共赴國難，以及強調國府的正統地位。如《英烈千秋》、《筧橋英烈傳》、《八百壯士》、《梅花》、《香火》。

回顧這些戰爭劇情片透過這樣的手法來降低社會對祖國的抗拒意識、強化國族觀念、建構中國國族意識與認同、消除日本殖民化影響，在時代裡有它的政宣性任務以及階段性過程。所以有關日本形象在與國府不同階段的關係裡，也會有不同的變貌。如同在上述影片中，偶有少數日軍角色較具人性面，如《茉莉花》裡的醫官，但卻把他設計成是瀕臨重度酒癮者，時醒時醉與瘋狂常介乎一線間。日人當中唯獨他能秉持醫德救人而不濫殺，不惜違反軍令救了中國學生與老師。其餘各片的日軍角色多淪為喪心病狂的侵略者，豺狼般覬覦中國的資源。屬於國族議題的設計，總不斷傳遞原鄉中國的圖像。唐山過臺灣、世代相傳的祖訓、牌位、風俗與觀念，透過教育體制或家庭不斷規訓傳遞著正統的概念。而正統，也被挪用到經常出現的青天白日旗，象徵自推翻滿清以來，中華民國的嫡系正統，繼承自國父、也來自三民主義政策的實施。不過，關於國民黨政府代表的中國正統，也終究是國民黨近代歷

史視野掌握下的中國。[45]《香火》裡由中國學生拿出《三民主義》交給臺灣學生看，就是傳遞另一種黨國意識（香火）的象徵。從此點延伸到銀幕之外，強調了國府在臺灣的存在屬於血緣純正的正統中華民國。也指涉出無論是背棄臺灣的聯合國組織、斷交遠離我國的各國、包括承認了對岸政府的美國，都委屈了臺灣國府的嫡長子位置。

四、電影回應一種政治現實：打共匪行不行？

就戰後的政治現實而言，臺灣政府被國際社會逐漸排擠與忽視，是受到國共內戰的挫敗，以及東西方兩大陣營於冷戰時期對峙的影響。而國府地位的微妙轉變，來自原屬同一陣線的中（共）蘇之間，發生多次邊境衝突。美國轉向對中國示好，藉拉攏壯大己營並制衡蘇聯。同樣的，蘇聯也以武器協助為條件，吸引臺灣的國府聯手「反攻中國」各取所需。在面臨「勸進」與「壓抑」行動的選項時，國防、外交與經濟等方面都長期仰仗美國的臺灣，最終仍然被美方予以制止。因關乎雙方陣營長久的默契，臺灣必須取得美方認可；而美方的盤算是傾向讓臺灣成為「文化復興」基地，而非以武力反攻大陸。並且希望實行反攻的途徑是用「三民主義」，而非憑藉武力，來作為日後重掌政權的基礎。以致原本火藥味濃的「反攻大陸」的目標，到了六〇年代變成「光復大陸」、七〇年代又成了「反共復國」的精神化口號。[46]

1975 年美國總統福特夫婦的訪中之行，讓向來支持臺灣的美國，一夕間把國府最明確的敵人（中共）變成了美蘇默契下的中國合法代表，並且不再支持臺灣（以武力）反攻大陸。導至七〇年代間這些陸續出產的戰爭劇情片，所能打擊的對象只能是已完結的「宿敵」日本皇軍，而非情勢看漲的中共解放軍。此類抗日為主題的戰爭劇情片（而不是描述國共內戰），透過激情高漲的民族意識來宣揚愛國主義，

45　郭珊珊：《1970 年代中影系列作品的臺灣圖像——以文化研究為視域》（彰化：彰化師範大學國文研究所碩士論文，2008 年），頁 157。

46　同註 28 張淑雅：〈臺海危機與美國對「反攻大陸」政策的轉變〉，頁 286-287。

背後因素相當耐人尋味。

　　將七○年代戰爭劇情片的內容，對照當時的我方外交處境與美方政策，不難發現其中呼應之處。臺灣過去有被日本佔據的殖民歷程，在中國大陸有國土被日本侵奪的記憶，這些對抗日本的歷史經驗，即便內容與時間不盡相同，卻正是國府希望與臺灣一起重構複刻的交集與記憶。透過挑揀後的八年抗戰戰役來形塑共同敵人，也淡化「國共聯手抗日」[47]的過去，加深「中臺抗日」的情誼。不僅重建了社會集體的記憶內容，也提供屬於苦戰獲勝的心理補償。這些電影還透過複習抗日歷史的成果，溫習／回味了國共內戰所無法提供的勝利榮光。

　　從《吾土吾民》、《英烈千秋》開始到《茉莉花》、《雪花片片》的內容，都是跳過當時成為心頭大患的中共解放軍與國共內戰，轉而重現日軍侵華自東北一路強奪豪取的野心。除了侵略土地還俘虜無辜百姓，更透過破壞教育場所與體制，想徹底消滅中國與中華文化。但劇中眾人都表現出視死如歸、絕不妥協的態度與愛國情操；片中也多次出現象徵國府繼承正統的青天白日旗幟。《八百壯士》裡的上海四行倉庫保衛戰雖然打得艱辛，但仍有上海民眾們的支持以及象徵青年希望的純潔力量（女童軍）冒死前往送上青天白日國旗，即便苦戰到最後，我方正統的國旗依然在天空飄揚，也強調出國府當年是有參與抗日的。還有《筧橋英烈傳》中，我方空軍以寡擊眾、英勇殲滅日方的精良軍機與軍艦，更以至死不屈的英勇態度，贏得日軍全體行軍禮致敬的場面。在《梅花》裡，與日本軍方對抗的民眾，有時自稱是「中國人」，有時也說自己是「臺灣人」，人人穿著象徵文化傳統的旗袍與長褂。學校的老師教誨學生不要忘了「我們是中國人」。大家同樣都站在日軍的對立面、都屬反抗日本的同一陣線，也遵守著相同（中華）文化傳統與風俗（不能任意遷移祖墳），命名子孫都希望能「聚光」、「聚勇」及「繼先」。七○年代末的《春寒》與《香火》更為典型，同時安排了中國、臺灣與日本人交手的情景。《春寒》裡，

---

47 另外，中影總經理明驥曾受訪透露，當時中影受命拍攝政宣片，政策是有階段性任務「例如梅老總（梅常齡）時代，所以要拍抗戰電影，是由於中共一直宣傳抗日戰爭是其軍打的。國民黨只打自己人，不抗日，因此當時中影拍了《英烈千秋》、《八百壯士》、《筧橋英烈傳》等，將真相公開……」見黃仁：《電影與政治宣傳》（臺北：萬象圖書出版公司，1994 年），頁 434。

太平山林場主人的女兒與長工之子戀愛，劇中安排女主角發問「我聽我爸爸說，我們都是中國人，我們的祖先是從福建彰州來的。為什麼臺灣人跟中國人無關呢？」後來日本軍官不擇手段強佔農場還要橫刀奪愛，並將長工發配南洋充軍，但林場女兒始終不為所動，最後寧可冥婚也要嫁給戰死的心上人。《香火》則有唐山移民第三代留學日本，遭到日人霸凌時，中國留學生卜興漢伸手相救，因而互為好友也加入團體共同抗日。但中國留學生不幸遇難，臨死前交託身上的「香火袋」請轉給其女友。臺灣學生逃到大陸被誤為日本人差點喪命，互報姓氏發現同是西河堂林姓，遂上演對誦家訓：「大哉林姓、炎黃世宙、殷湯之後、祺可畔、長林中、周武賜姓遂繁衍、西河立堂追遠宗」誦畢還不忘驚嘆：「你還記得你的根？」「我真的回到家了！」最後歷經艱辛抗戰、雖死傷無數、終於等到日本投降。但此刻中國女學生已經歷滄桑，來自臺灣的林家第三代卻在大陸已成家有了取名「念漢」的兒子。因此女學生決定把興漢的香火袋轉交給臺灣人（林永源）好好保存延續，自己選擇轉身離去。這個原屬於「興漢」（復興漢族）[48]的香火袋清楚的揭示了現實中的政宣主題：中華民族與文化，只能靠臺灣的國府保存與發揚光大了。前中影總經理明驥先生曾於受訪時談到任內製作的《香火》感嘆：

> 《香火》的主題不但尋根也抗日，民族的情感強烈，使本省中年以上的觀眾多能熱淚盈框、熱血沸騰。曾經親身經歷這段歷史的前副總統謝東閔先生，對本片有特別的感受。他說：「《香火》是他這一輩子看過最好的電影。」這就是政宣電影的收穫，只要拍對路，拍得真實感人都有效果。[49]

這些電影，都歌頌與複習了國府過去的勝利成果以及艱辛抗日的英勇事蹟，以使榮光再現。而七○年代面對外交事務的無力與憤怒，只能透過電影的方式來對內鼓舞、團結士氣以共同面對對外關係的挫敗與難堪。並透過割裂現實的舊日本軍閥來

---

48 「興漢」此名，也同樣在《吾土吾民》裡出現，興漢中學的校長名為「杜興漢」，他為了保護學生與堅持教育是國家命脈，不惜犧牲自己生命。

49 同註47黃仁：《電影與政治宣傳》，頁436。

當復仇目標，迴避現實裡受挫的國際關係與不被認可的庶出位置。

　　但，國共內戰失利被迫遷臺的國府，繼五〇六〇的積極反共與戰鬥後，為什麼到了七〇年代的眾多挫折後，即便一片愛國聲浪，反而不能在電影裡直接了當地打擊「共匪」了？

五、不能說的佛地魔：只好打日本

　　對於國共內戰的眾多戰役與複雜歷史，牽涉到不同觀點與詮釋權而有所分歧，更因國府在內戰後屬失利的一方，以至來臺後不甚著墨於此，歷來臺灣教科書上幾乎隻字未提的「花園口決堤事件」即為一例。那是 1938 年，國軍利用黃河伏汛期間而戰略性毀堤的事件。目的是以焦土政策來對抗日軍；雖然此舉成功阻擋沿著黃河西進的精良日軍，但洪水無情，同樣也吞噬了河南、安徽、江蘇三省的人民與莊稼農田，更造成連年的飢荒流離、屍橫遍野。引發這場決堤事件的國軍，在當時聲稱黃河之所以決堤是因為日軍軍機轟炸所造成，但隨著日後許多檔案、口述與訪談的資料被公開，真實狀況才開始浮現。[50]這些引發極大爭議與批評的「花園口決堤事件」，讓國府來到臺灣後完全隱匿不提。當然在戰爭劇情片的抗日戰役挑選時，從不會考慮這段毀多於譽的舊事。

　　也正如五〇六〇堅決的「反共抗俄」之後，接下來的七〇年代，面對美國與國際間開始轉向承認中國地位、也讓我國在國際間挫折不斷，激起臺灣重新思考與檢視自我定位。國府衡量面對能量強大、武力高強的惡勢力——中共，自身卻屈居弱勢，也礙於美國以經濟與軍事為條件希望臺海維持現狀的要求下；於是，「反共」的目標與口號悄悄變形。不但讓七〇年代裡具有特殊時代任務的戰爭劇情片風潮，跳過面對距時不遠的國共內戰大小戰役，回頭描述對日抗戰時期的戰事；並且放棄

---

50 參見口述資料，熊先煜口述、羅學蓬整理：〈花園口決堤真相揭密〉，《黃花崗雜誌》，（線上版）www.huanghuagang.org/hhgMagazine/issue07/big5/29.htm。文中指出，當時下令決定要以決堤方式淹沒與阻擋日軍進攻者為國軍，且因未及事先通知當地民眾撤退,造成傷亡慘重。阻擋的日軍日程，也僅達三個月之譜，與其相較損益，犧牲眾多百姓與財產，以及後續的飢荒連年，換得的軍事成果實在太不值得。

慣用的把敵人具體妖魔化手法（反共文藝時期所慣於醜化共匪嘴臉的方式），反讓真正敵對者隱藏在舊日日本皇軍的隱形斗蓬背後。

　　電影作爲一種與現實相關的呈現手法，無論是日據時期的皇民化傳聲筒，或是作爲戰後七〇年代的興奮劑／安慰劑，都以不同的方式回應、記錄與折射了現實；也如同王德威言看待反共文學將之視爲「最佳教材」可用來驗證操作痕跡。國府面對既不能說出（美國不支持反攻大陸）也不能打擊（國共內戰沒贏幾場漂亮的勝仗）的邪惡敵手，只好在影片選材時排除，讓戰爭劇情片裡的敵人面目只有一種，就是二戰前的日本。（當然不能表現國共曾經聯手抗日那部分，更不能提到戰後臺日一度共同反共的過往）。

　　國府既然不能明目張膽的反抗用各種方式支援、協防臺灣的美國老大哥，也無能正式叫陣打擊中共「匪幫」；於是七〇年代的戰爭劇情片裡，也只能老是複習「打日本」以重溫八年抗戰的榮光。透過不斷再現當年的英勇事蹟來穩定民心，讓愛國人民穿著馬掛旗袍，像一群阿Q似的反覆自我催眠，大聲合唱：梅花梅花滿天下，愈冷它愈開，梅花堅忍象徵我們，巍巍的大中華……

徵引文獻

一、專書

王明我：《從民生主義育樂兩篇補述論我國電影事業——現階段電影政策之研究》，（臺北：正中書局，民76年）。

中國時報編著：《臺灣：戰後50年》，（臺北：時報文化出版公司，1995年）。

司馬芬：《中國電影五十年》，（臺北：皇鼎出版社，民72年）。

李天鐸：《臺灣電影、社會與歷史》，（臺北：亞太圖書出版社，1997年）。

李泳泉：《臺灣電影閱覽》，（臺北：玉山社，1988年）。

徐叡美：《製作「友達」——戰後臺灣電影中的日本（1950s-1960s）》（新北市：稻鄉出版社，民101年。）

孫慰川：《當代臺灣電影》，（北京：中國廣播電視出版社，2008年）。

焦雄屏：《時代顯影——中西電影論述》，（臺北：遠流出版公司，1998年）。

黃仁：《電影與政治宣傳》，（臺北：萬象圖書公司，1994年）。

黃仁、王唯：《臺灣電影百年史話》，（臺北：中華影評人協會出版，2004年）。

黃英哲：《「去日本化」「再中國化」：戰後臺灣文化重建（1945-1947）》，（臺北：麥田出版社，2007年）。

黃建業、王瑋：《跨世紀臺灣電影實錄1898-2000》，（臺北：行政院文化建設委員會出版，2005年）。

國家文化總會編著：《劃破時空看見臺灣來時路》，（臺北：前衛出版社，2008年）。

葉龍彥，《日治時期臺灣電影史》，（臺北：玉山社，1998年）。

盧非易：《臺灣電影：政治、經濟與美學（1949-1994）》，（臺北：遠流出版公司，1998年）。

劉現成編：《中國電影：歷史、文化與再現》，（臺北：臺北市中國電影史料研究會、中華民國視覺傳播藝術學會出版，1996年）。

劉現成：《臺灣電影、社會與國家》，（臺北：揚智文化事業公司，1997年）。

Graeme Turner：《電影作為社會實踐》，（北京：北京大學出版社，2010年）。

Halbwachs.M.莫里斯·哈布瓦赫：《論集體記憶》，（上海：上海人民出版社，2002年）。

二、論文

（一）期刊論文

成濤：〈日本的好戰電影〉，《電影評介》第 06 期（1995 年）。

李道明：〈驀然回首——臺灣電影一百年〉，《歷史月刊》158 期（2001 年 3 月 1 日）。

金媛媛：〈「乒乓外交」初探〉，《赤峰學院學報》第 30 卷第 10 期（2009 年 10 月）。

崔婧：〈從滿映的籌劃看齊「國策會社」性質——滿映前身的國策宣傳活動〉，《商業文化》第 11 期（2010）。

陳景峰：〈日治臺灣配銷型態下的電影市場〉，《臺灣學誌》第四期（2011 年 10 月）。

楊悅：〈打著特殊標記的光影——從「滿映」看國策電影宣傳〉，《電影評介》 22 期（2009 年 7 月）。

張淑雅：〈臺海危機與美國對「反攻大陸」政策的轉變〉，中央研究院近代史研究所集刊 36 期，（2001 年 12 月 01 日）。

（二）學位論文

曲忠恕：《1970 年代中央電影公司抗戰愛國影片的歷史意義——一個民族主義觀點的分析》（臺北：國立師範大學歷史學系在職進修碩士班碩士論文，2014 年）。

莊峰綱：《臺灣戒嚴時期愛國電影的政治傳播：1974-1986》，（臺北：中國文化大學中山學術研究所碩士論文，2009）。

郭珊珊：《1970 年代中影系列作品的臺灣圖像——以文化研究為視域》（彰化：彰化師範大學國文研究所碩士論文，2008 年）。

三、網路資料：

中央電影公司 http://www.movie.com.tw/Home/index.php?option=com_content&view=article&id=49&Itemid=34（2014/8/15 檢索）

中華百科全書 http://ap6.pccu.edu.tw/Encyclopedia/index.asp（2014/11/15 檢索）

中華網／馬革裹屍還：抗日名將張自忠身中七彈殉國 http://big5.china.com/gate/big5/military.china.com/history4/news3/11078476/20111108/16855332_1.html（2014/9/29 檢索）

臺灣文學館／臺灣文學知識平台 http://www.nmtl.gov.tw/ikm/index.php?option=com_klg&task=ddetail&id=380&Itemid=238（2014/11/30 檢索）

臺灣日據時期的記實影像（文化研究網站整理）（2014/9/29 檢索）http://www.srcs.nctu.edu.tw/taiwanlit/online_papers/bl_twimage.html

臺灣電影筆記 http://movie.cca.gov.tw/index.asp（2014/8/12 檢索）

臺灣電影網 http: //www.taiwancinema.com/ct_67582_258（2014/8/15 檢索）

美國在臺協會 http: //www.ait.org.tw/（2014/11/20 檢索）

財團法人國家電影中心：http: //www.ctfa.org.tw/（2014/9/30 檢索）

國史館 http: //web.drnh.gov.tw/newsnote/（2014/11/15 檢索）

國家文化資料庫：http: //nrch.culture.tw/（2014/8/15 檢索）

國家教育研究院資訊網 http: //terms.naer.edu.tw/（2014/11/30 檢索）

國軍歷史文物館 http: //museum.mnd.gov.tw/Publish.aspx?cnid=1442&p=12076 （2014/8/22 檢索）

熊先煜口述、羅學蓬整理：〈花園口決堤真相揭密〉，《黃花崗雜誌》（線上版）http:
　　//www.huanghuagang.org/hhgMagazine/issue07/big5/29.htm（2014/8/15 檢索）

戴鴻超：〈蘇聯提議助臺灣反攻大陸〉世界新聞網 http: //www.worldjournal.com/（2014/8/15 檢索）

四、相關影片資料：（1973-1979）

丁善璽導演兼編劇：《英烈千秋》（THE EVERLASTING GLORY），（中影，1973 年）。

李行導演、張永祥編劇：《吾土吾民》（LAND OF THE UNDAUNTED），（香港馬氏影業出品，
　　1974 年）。

丁善璽導演兼編劇：《八百壯士》（EIGHT HUNDRED HEROES），（中影，1975 年）。

張曾澤導演、何曉鐘、吳東權編劇：《筧橋英烈傳》（HEROES OF THE EASTERN SKIES），
　　（中影，1975 年）。

劉家昌導演、鄧育昆編劇：《梅花》（VICTORY），（中影，1975 年）。

陳俊良導演、林煌坤編劇：《茉莉花》（WHITE JASMINE），（新亞電影公司或樺梁電影事業
　　有限公司，1977 年）。

徐俊良導演、陳銘燔、林清玄、吳念真編劇：《香火》（GONE WITH HONOR），（中影，1978
　　年）。

陳俊良導演、林煌坤編劇：《春寒》（LOVE IN CHILLY SPRING），（中影，1979 年）。

京味與現代性之下的民國圖景與個人意義——以五四經典《傷逝》、《春桃》改編電影爲例

陳雀倩

國立宜蘭大學人文暨科學教育中心專案助理教授

摘　要

　　中國當代電影由五四經典改編拍攝的例子不勝枚舉,這些文本與電影或多或少皆觸及了清末與辛亥革命改朝換代的過渡時期,在電影氛圍的塑造與構圖上充滿了老北京與現代性入侵清末民初的揉雜氣味,呈現一種京味與現代性並置與衝突的文化樣貌。由老北京文化衍伸而出的屬於前朝統治者所幅射而出的帝都景象意涵,而在時移事往的年代中,老北京的圖象仍然存在,但另一部份的意義卻讓渡於由西方帝國主義所引進的租界文化所包涵的現代性,以及由於革命,將清末置換爲民國的政治現代性之意義中。這些影片除了讓人看見兩種並置與衝突的文化圖景之外,也在如是懷舊與彰顯五四經典精神的創作意圖中,顯示民初社會中的多元情境與矛盾弔詭的文化意涵。本文以水華《傷逝》、凌子風《春桃》做爲探討主軸,論析兩部影片中涉及老北京圖景和民國意象並置與接軌之處,所呈現的婦女在時代更替價值流轉的過程中,如何追求生活幻想與解決個人窘境,繼而在新舊衝突中、與尚未找

到合理方式處置現狀的過程裏，走出個人一種暫時妥協的路徑。

關鍵詞：傷逝、春桃、水華、凌子風、個人主義、民國圖像、老北京電影

一、五四經典改編的影片

　　中國當代電影由五四經典改編拍攝的例子不勝枚舉，如洗群（1915-1955）改編拍攝自老舍話劇《龍鬚溝》、焦菊隱舞台劇《龍鬚溝》的同名影片（1952）；水華（1916-1995）改編拍攝茅盾的《林家舖子》（1959）；桑弧（1916-2004）改編拍攝魯迅的《祝福》（1956）；水華亦改編拍攝魯迅的《傷逝》（1981）；謝添（1914-2003）改編拍攝老舍的《茶館》（1982）。凌子風（1916-1999）拍攝了老舍的同名小說《駱駝祥子》（1982）、許地山同名小說《春桃》（1988）。霍莊（1941-）、張帆、王志安也拍攝了老舍的《月牙兒》（1986）；王好為（1940-）則拍攝了老舍的《離婚》（1992）；岑範拍攝了魯迅的《阿Q正傳》（1981）；呂超連拍攝了魯迅的《藥》（1981）。當代文本中，吳貽弓（1938-）亦拍攝了林海音的同名小說《城南舊事》（1983）。[1]

　　這些文本與電影或多或少皆觸及了清末與辛亥革命改朝換代過渡時期的社會現象，在電影氛圍的塑造與構圖上也充滿老北京與現代性入侵清末民初的揉雜氣味，呈現一種京味[2]與現代性並置與衝突的文化樣貌。原本在歷史發展的脈絡中，

1　見附錄表格的整理。

2　所謂「京味」乃指「自覺的風格選擇和自覺的文化展示」具有老北京氛圍、民初的北京城與人的內容與風格。對於北京，最穩定的文化型態，正是由胡同、四合院體現的，正如老舍筆下的胡同文化是為有清一代旗人文化薰染過的"平民文化"。老舍聚集其北京經驗寫大小雜院，寫四世同堂的祁家四合院，寫小羊圈胡同；劉心武寫鐘鼓樓下的胡同和形形色色的胡同人家，甚至在《鐘鼓樓》中以近一節的篇幅考察四合院的建制、格局，和積澱在建築形式中的文化意識、倫理觀念；陳建功寫轆轤把胡同，寫豌豆街辦事處文化活動站……。構成胡同情調的小零碎，是經年累月才由人們製造出來，積攢起來的，因而成為了最具體實在的"文化"，具體親切到可供觸摸的情調、氛圍。構成"古城景"的，主要是人事——比如作為北京特有人文景觀的北京人的職業和職業行為。京味小說作者亦普遍注重人物的職業特點，傳統職業文化特別能夠鋪陳出對於人物性格的滲透及散發特有的生活氣味。關於京味兒的定義與內涵墨參考節錄自趙園〈話說"京味"〉，《北京：城與人》（北京：北京大學出版社，2002年），頁19、21-25。當代中國電影不乏京味兒敘事，但此文是針對較為狹義的以清末至民國北京的具有北京敘事與老北京京味兒內涵之影片。

由老北京文化衍伸而出的屬於前朝統治者所幅射出的帝都景象意涵，而在時移事往的年代中，老北京的圖象仍然依舊，但另一部份的意義卻讓渡於由西方帝國主義所引進的租界文化[3]所包涵的現代性，以及中國本身由革命，將清末置換爲民國的政治現代性之意義中。於是我們從《傷逝》、《春桃》、《茶館》、《駱駝祥子》、《月牙兒》、《離婚》、《城南舊事》等充滿老北京文化描述的影片中（並幾乎是由老舍文學作品改編拍攝而成），除了看見兩種並置與衝撞的文化圖景之外，亦在如是懷舊與彰顯五四經典精神的創作意圖中，看見了民國文化中的多元弔詭與矛盾情境，猶如《傷逝》影片中構圖的民初北京市集：唱著救世主的"洋教"信徒，表演皮影戲的，賣吃食的，賣盆景的，賣寵物的，賣藝戲耍猴子的，警察押著手腳拖著鐐銬的罪犯經過的畫面，和旁人交頭接耳涓生子君同居緋聞的「搽著雪花膏的」等種種紛擾景象——好不熱鬧的一種文化混置，存在著傳統街市和外來文化並置的畫面，夾雜著新生與混亂，北京城隨著甫掛上「民國的招牌」[4]伴隨而生的一種時代過渡中的市景，格外引人深思。

這種文化混置之中所呈現的民國現代性，其意義正如甫經過革命之後，尚待百廢待舉與重新定位的文化與精神，它既充滿了對舊文化的耽溺與裹足不前，還有尚來不及消化新文化帶來的現代性意義，促使民國成爲一種四不像及紊亂的時空圖像，而在此景孕生而出的文學電影充滿濃厚老時代電影的古樸與懷舊，連帶令人對民國圖景的錯綜複雜升起新奇的興味，這是本文想試圖探索五四經典影片中的「老

3　咸豐十年（1860 年），英國人和法國人從不情願的中國人那裏，取得了在北京建立永久外交使館的權力。清政府為將他的拒之城外，最初是讓英國人和法國人住在被英法聯軍燒毀的圓明園，然後在西城牆外，即今天英國公墓所在地，而英法公使的目的是在城內建立使館。使館區的主要大街是東西朝向的，外國人稱它為使館街。它是一條很長的街道，在靠近紫禁城的地方被分成了兩部分。兩部分用同一個地名，只是分別在地名前加上"東"、"西"二字，使館街的中文名稱是東交民巷，而清政府的行政機構：六部，就在街的西頭。元朝這裏是海關，檢查從南方來的大米和其他商品。明永樂黃帝將城牆向南移後，海關就設在哈德門了，街名成了北京人用的東交民巷。現在當人們說東交民巷時，並不僅僅指這條街，而是指整個使館區。見（美）L.C.阿靈敦、（英）威廉・盧因森著，趙曉陽譯，〈使館區〉，《尋找老北京》（北京：清華大學出版社，2012 年），頁 2-3。

4　水華《傷逝》片中涓生所言。

北京與民國」敘事中如何揉雜、流變的最大目的。

　　由於老北京氛圍與民國圖像雜陳並置的影片諸如上文列舉並不在少數，依照相近主題而言：水華《傷逝》與凌子風《春桃》寄予民初知識女性和庶民女性的個人意識與愛情選擇；謝添《茶館》和冼群《龍鬚溝》分別是不同階層人民的感時憂國民族寓言：前者反映民國變遷、後者寄託共和國新生、底層暗影與解放光明；同樣的在家國敘事方面，亦有水華的《林家舖子》勾勒鋪陳的抗日情緒和愛國主義，還有夾縫在愛國主義衝擊下尚未具備愛國意識的商人倫理。凌子風的《駱駝祥子》與王志安的《月牙兒》皆在陳述老北京市民營生和墮落世相，透露出底層百姓走向罪惡的命定；抑或是吳貽弓《城南舊事》中的孩提視角與北京記憶，流洩出那個時代氛圍中的緩慢詩意。而水華的《傷逝》與凌子風的《春桃》，前者主要鋪陳五四女性與個人主義、家庭倫理之間如何從共生、矛盾到拒斥；後者主要呈現底層婦女如何在生活現實中走出異於傳統婚姻的，一條沒人走過的路。由於主題多元和篇幅所限，未能在一文中論析殆盡，其它攸關五四經典改編電影之主題猶待他日另文爬梳探討。本文只以《傷逝》、《春桃》兩部影片中涉及老北京圖景和民國意象並置與接軌之處，婦女在時代更替價值流轉的過程中，如何追求生活幻想與解決個人窘境，而在新舊衝突中、在尚未找到合理方式處置現狀的過程裏，又是如何走出一種暫時妥協的路徑。

二、胡同小院與個人主義

　　水華[5]在 1981 年改編魯迅〈傷逝〉的同名影片《傷逝》（1981），由北京電影製片廠出品，林盈、王心剛分別主演子君、涓生。此片除了忠實地展現魯迅〈傷逝〉中涓生的個人獨白之外，也將「子君」、「阿隨」、「道路」三者結合為一個互為

---

[5]　水華（1916-1995），編劇、導演，南京人，原名張毓藩。三十年代就讀復旦大學法學院，熱心左翼戲劇活動。1940 年至延安，曾任魯藝實驗劇團導演，執導話劇《帶槍的人》等。1950年與王濱合作拍攝了名作《白毛女》，其後執導了《林家舖子》、《革命家庭》、《烈火中永生》、《傷逝》等「新中國」的經典影片。水華的電影作品只有七部，但基本都是風格嚴謹、功底紮實的作品，其中的《林家舖子》被公認為是中國民族風格電影的代表作之一。

隱喻的意象。在影片敘事中，在看了挪威劇作家易卜生（Henrik Johan Ibsen）《傀儡之家》（Ein Puppenheim）（又譯《娜拉》，影片中譯爲"諾拉"）的子君，對生活與個人的感情選擇起了大無畏的意志，然而在涓生的書桌看見擺設的雪萊圖像時卻害羞撇過頭去。於戲劇表演中，驚見諾拉的領悟，彷彿如同自己的領悟：「諾拉不能忍受做玩偶，就像中國的女性不能做底層的奴隸一樣，『我』一定要衝出封建的家庭，去做一個獨立勇敢的人。」[6]於此之後，她大無謂的與涓生陷入愛戀，與涓生尋屋同居，過著自由的兩人生活。

　　然而子君在諾拉的啓示中企圖以具體行動來作出回應與實踐時，涓生卻說道：「易卜生說他只是寫詩，他並不想給人們什麼啓示。」[7]並且論及諾拉的命運：「不是找到一個較好的丈夫，便是墮落。」似乎咬定女性只能過著一種命定的婚姻生活或者他律的社會生活。但子君卻辯駁道：「絕不可能，她是要做一個獨立的人，『她』也能做到。」[8]意謂諾拉和自己，都是已然覺醒了的，一個獨立的人。在充滿槐樹和紫藤的詩意小院中，他們倆浸淫在五四新文化運動帶來的個人主義[9]思考，認眞在探討女人（關於諾拉的）或個人的處境，子君在其撼動下，不禁也登高一呼：「我是我自己的，他們誰也沒有干涉我的權利！」這番話對涓生而言，顯然是一種新奇和吸引，他未想到這是出於一位來自傳統家庭的女性所言，而且是他所傾慕的女性，在他的旁白中：「這澈底的思想就在她的腦裡，比我還透澈，堅強得多。半瓶

6　引文凡例：正文中的引文，若未標明出處，亦即是電影與小說皆曾提及的內容，係借指爲影片中之台詞；若標明出處做註，則是影片中未提及，然本文爲論述所需，所特別引自小說內文所做的說明。如此註係爲前者；註7係爲後者。

7　論者按：只是文學的寫作，沒有益世的考慮。

8　論者按：意思是子君自己能做到，諾拉也能做到。言下之意，諾拉與子君同爲掙脫出牢籠的追求個人生活的女性。

9　在拙作〈影的告白──論魯迅的現代意識與個人主義〉已有初步梳理魯迅《野草》中的自我、個人主義，以及個人與社會的關係面向的探討，故個人主義的概念也大致是以魯迅在〈文化偏至論〉中所提及的尼采（尼佉）、易卜生（伊勃生）、克爾凱郭爾（契開迦爾）、叔本華（勖賓霍爾）等人的主觀性、真理原則、超人學說爲方向，及「必以己爲中樞，亦以己爲終極：即立我性爲絕對之自由」之論述爲主軸。見《淡江大學中文學報》第十二期（2005年6月），頁148-149。

雪花膏和鼻尖的小平面,於她能算什麼東西呢?」不僅表達對子君的欣賞和佩服,
更鼓舞了自己尚不確定的勇氣。特別是倆人私奔後,面臨街坊諸多臉色,子君卻無
所畏懼,仍然前行,涓生對她油然而生的敬意,彷彿看見未來國人的前程似景,說
道:「這幾句話很震動了我的靈魂,此後許多天還在耳中發響,而且說不出的狂喜,
知道中國女性,並不如厭世家所說那樣的無法可施,在不遠的將來,便要看見輝煌
的曙色的。」

　　在小倆口搬離藤花館(S 會館)[10]、覓到胡同小院,終於展開同居生活之際,
涓生接而面臨教育局裁員,他興起巨大的個人思考,他開始困擾於自己被羈絆的人
生:「在教育局做事情就像絆了小手一樣,日子久了翅膀變麻痺,將來忘卻了飛翔。」
以此安慰將不再是籠中鳥的自己,正好應合子君看了《傀儡之家》以後的感悟,感
悟她在舊式家庭被桎梏的一切,感悟涓生告訴她的新事物和新觀念:「你應該告訴
我,我應該知道這一切,可我既然起來了,就要向前走,而且我滿懷希望,我是我
自己的,他們誰也沒有干涉我的權力」。涓生對子君的欣賞與其說是對一位新女性
的傾慕,無寧說是對她的理想起了一種傾慕的投射,在傾慕的投射中莫不包含個人
理想的向度。在揣想晚霞爛然、清晨明朗的畫面景緻,涓生進入個人繆想的情感中,
其中的女主人公當然是子君:「她比我想得透徹,多麼勇敢的子君」!涓生終於在
幫忙子君扯毛線之際展開他如電影情節般的求愛行動,而往後經常要陷入這幕電影
場景、不斷復習兩人私訂終生功課的,反倒是子君,然這段畫面卻成為自嘲如丁等
小學生的涓生不堪回首的畫面。

　　在兩人同居生活中所面臨的一切:養油雞、養叭兒狗、與鄰居小官夫人暗鬥、
汲汲營營於每餐之後的下一餐的子君,真的陷入了如婚姻生活中的柴米油鹽醬醋茶

10 　魯迅〈傷逝〉文中所敘:「依然是這樣的破窗,這樣的窗外的半枯的槐樹和老紫藤」、「掛
　　在鐵似的老幹上的一房一房的紫白的藤花」、「依然是這樣的破屋,這樣的板床,這樣的半
　　枯的槐樹和紫藤,但那時使我希望、歡欣,愛,生活的,卻全都逝去了。」等等關於 S 會館
　　的景緻描述,似是沈延太、王長青著〈胡同裏的故居和會館〉中所述:「1912 年 5 月徐錫麟
　　同鄉魯迅先生來到北京,住進了紹興縣館的『藤花館』,開始了他的文學創作生涯」,見氏
　　著《消逝中的風情──京城胡同》(臺北:龍圖騰文化有限公司,2011 年 12 月,初版一刷),
　　頁 77。

的憂慮中，然而涓生眼中的子君卻是「加以每日的『川流不息』的喫飯；子君的功業，彷彿就建立在這喫飯中。喫了籌錢，籌來吃飯，還要餵阿隨，飼油雞；她似乎將先前所知道的全都忘掉了，常為了這催促喫飯而打斷。即使在坐中給看一點怒色，她總是不改變，仍然毫無感觸似的大嚼起來。」[11]原本以為了解但卻是隔膜——涓生頗為不能忍受看見了子君在新女性特質之外的世俗性，以為他對她的了解是不全面的，他單以為她只有理想與抱負，殊不知兩性共處的日子裏，泰半要負起瑣碎生活責任的是女性而非男性，所以她日益操煩而憔悴。子君的知識教育落到在胡同小院深處為生活尋覓藥方，連帶負擔了涓生的三餐作息，倘若她只是讀書思考，兩人生活何以為繼？水華在《傷逝》一片中的場面佈置，刻意著墨胡同小院的凡常性與兩名知識份子陷於其中的無能為力，兩者之間的反差，模糊了當時志得意滿撇開眾人的閒言冷語、毅然決然要跨出傳統門檻，追尋兩人世界的自由之意志力。無奈在落入柴米油鹽醬醋茶的現實考驗中，一個木然了，一個躊躇了，在木然的表情和躊躇的意念下，涓生數次的放生子君的愛犬——阿隨，逐步顯示他們的生活日益困窘，而小倆口終究為阿隨的放生落入一種淡化與諷刺知識的無用處境，更深刻的描繪出個人的理想終究要覆蓋在胡同小院的日常生活逆境裏，而這隻叭兒狗阿隨莫不意謂著是對涓生亦步亦趨的子君的諷喻。

　　同樣以鏡頭描繪胡同小巷與市民生活的還有凌子風[12]的《春桃》，改編自許地山短篇小說〈春桃〉，凌子風將之拍攝得相當具有老北京風味。如春桃（劉曉慶）

11　魯迅〈傷逝〉，《魯迅小說集》（臺北：洪範書店，1997年，初版五印），頁286-287。

12　凌子風（1917-1999）原名凌頌強，生於滿族書香門第世家。1933 於北平國立藝術專科學校就讀。初習油畫，後轉入雕塑系。在校期間積極嚮往革命活動，先後加入各種左翼藝術團體。1935 年考入南京國立戲劇學校擔任舞台美術專業，獲得劇作家曹禺的賞識。1937 年，七七事變爆發，全國人民奮起抗日，即將畢業的凌子風決定離開南京，奔赴延安，同時在許多抗戰電影《保衛我們的土地》、《八百壯士》中擔任角色。1938 年在革命聖地延安受重用，擔任西北戰地服務指導委員會委員長的職務，奔赴太行山晉察冀敵後抗日根據地，先後任文學部部長、藝術學校校長。1943 年返回延安，擔任魯迅藝術學院戲劇系教授，亦參與許多劇目演出。日本投降（1945）後，參加著名歌劇《白毛女》的演出。1946 年中國共產黨為組建自己的電影隊伍，委派凌子風選拔人才，籌建延安電影製片廠。1947 年加入中國共產黨，任石家莊（時為中共中央各政府機構的重地）電影戲劇音樂工作委員會主任。自 1949 年開始，先後

和向高（姜文）同住的胡同小院，在掛著蟈蟈的瓜棚底下，兩人納涼閒談，炊飯烙餅，品味晚香玉的香氣，小家雀似的夫妻生活在砌滿爛紙堆家院裏展露無比，瓜棚下無疑是最高貴的地方，也是最詩意的地方。透過鏡頭，春桃每每出門「上班去」撿爛字紙時，胡同巷口則有賣酸梅湯的老伯，專敲兩隻鍋碗（俗稱「敲冰蓋」）或響鈴兼替吆喝聲，巷弄中賣烙餅的小店鋪、賣大蔥的菜販、閒聊的婦女、嬉遊的孺子、賣布疋的攤販等等構圖，將胡同院落的大雜院生活鋪織得爛然有味。

春桃在戰亂時和丈夫李茂走失，輾轉流離到北京做了拾荒婦，因此認識了屋主劉向高。正在兩人像是夫妻般的過日子時，春桃於什刹海一帶與丈夫李茂重逢了。她帶回李茂，由此之後春桃和向高居住的院落裏成了三人行的世界。就在街坊鄰居的謠言緋語中，向高被視為是讓李茂做了「活王八」的罪人。李茂看見屋裏的炕，起了好奇心，不禁問了春桃一些話：

> 「你和那姓劉的同住在這屋裡？」
>
> 「是，我們同住在這炕上睡。」（春桃一點也不遲疑，她好像早已有了成見。）
>
> 「那麼，你已經嫁給他？」
>
> 「不，同住就是。」
>
> 「那麼，你現在還算是我的媳婦？」
>
> 「不，誰的媳婦，我都不是。」[13]

在東北電影製片廠、上海電影製片廠從事電影導演工作，該年拍攝處女作《中華兒女》（獲1950 年第五屆卡羅維發利國際電影節 "為爭取和平自由而鬥爭獎"），是共和國時期第一部在國際電影節上獲獎的影片。1949-1966（文革前十七年）年間拍攝大量影片，不無與革命主題相關，其間代表作為《紅旗譜》（1960）（梁斌）。十年文革，凌子風遭到政治迫害，被批鬥下放到五、七幹校勞動改造，留下長達十年的藝術創作空白。四人幫垮台之後，凌子風將自己創作視角集中在對現代文學名著的改編上，將老舍、沈從文、許地山、李劼人的作品一一搬上大螢幕，成就了《駱駝祥子》（1982）、《邊城》（1985）、《春桃》（1988）、《狂》（1992）（〈死水微瀾〉）中的女性形象塑造。

13 許地山〈春桃〉，賴芳伶編著《許地山》（臺北：三民書局，2006 年初版），頁206。引文係參考原著文本來輔助說明台詞外的螢幕人物表情。

在胡同小院裏，這位不是新女性的新女性回答的話爽快、直接，她豪不避諱的說道她和別人同居的現況，挑起久不為丈夫的李茂之夫權意識。

> 李茂的夫權意識被激動了。他可想不出什麼話來說。兩眼注視著地上，當然他不是為看什麼，只為有點不敢望著他的媳婦。至終他沉吟了一句：「這樣，人家會笑話我是個活王八。」
>
> 「王八？」婦人聽了他的話，有點翻臉，但她的態度仍是很和平。她接著說：「有錢有勢的人才怕當王八。像你，誰認得？活不留名，死不留姓，王八不王八，有什麼相干？現在，我是我自己，我做的事，決不會玷著你。」[14]

這是沒有受過教育的民初婦女春桃因應現實生活中的現實，遇見向高成了半路夫妻，就這麼同居下來，互相在撿破爛事業上扶持。然而撿回了丈夫，丈夫即使看不得這樣的男女關係，但恐怕也不是他可以決定的。

> 「咱們到底還是兩口子，常言道，一夜夫妻百日恩──」
>
> 「百日恩不百日恩我不知道。」春桃截住他的話，「算百日恩，也過了好十幾個百日恩。四五年間，彼此不知下落；我想你也想不到會在這裡遇見我。我一個人在這裡，得活，得人幫忙。我們同住了這些年，要說恩愛，自然是對你薄得多。今天我領你回來，是因為我爹同你爹的交情，我們還是鄉親。你若認我做媳婦，我不認你，打起官司，也未必是你贏。」[15]

在胡同小院中生活著的春桃，可以不用在意街坊鄰居的惡語或詆毀，仍舊堅持著自己「我誰的媳婦都不是」的意念，無怪乎她的「大無畏」會被同居人劉向高視為猶如夜晚才發出清香的晚香玉一樣，雖是日與塵土為伍，然而下工之後，一定梳洗乾淨，坐在瓜棚底下賞花乘涼，猶如一位仕女般的安閒，亦像是屋裏牆上貼的廣告海

---

14 賴芳伶，《許地山》，頁206。引文係參考原著文本來輔助說明台詞外的螢幕人物表情。
15 賴芳伶，《許地山》，頁206-207。引文係參考原著文本來輔助說明台詞外的螢幕人物表情。

報「還是他好」中賣煙的摩登女子一樣。這張「還是他（她）好」[16]的月份牌海報是破舊屋裏唯一一個具有現代性意義的意象；再者，透過此物件亦可稍窺向高對春桃的喜愛，甚至在後來離家出走、流落街頭的日子中，他也還是從什刹海一帶的路牆上發現相同的海報，亦彷彿如窺見春桃般的凝視畫中女子半晌功夫，睹物思情。春桃不將自己定位為何人之妻的性格與堅持，也一如新時代女性一樣表示著內心的意志──「我是我自己的，他們誰也沒有干涉我的權力」的現代性意義，雖然她並不必如子君一樣，在涓生面前如此宣示，這樣的語言即使從她這樣的勞動婦女嘴中說出，彷彿也是無意義與索然無味的。她以她自己身為底層婦女及對生活現狀的體悟，就可大無畏的說出：「我不愛聽，我不是你的媳婦」、「我誰的媳婦都不是」的話語，於是她也就可以走出一條沒人走過的、不妥協的、時人不解的道路。

　　拾荒婦女春桃前衛的婚姻觀念差可比擬「還是他好」中的摩登女性──在凌子風充滿老北京市井生活的鏡頭構圖下，除了一覽神武門的宮牆、北海的白塔、故宮的角樓、什刹海的水[17]之外，一個在烈日冷風裏吃塵土的、駱駝似的穿梭在胡同巷弄中、每天喚著「爛紙兒換洋取燈兒」，以個人意志（主義）戰勝並逃離一夫多妻制思維的婦人，誰能說她不是摩登（現代）女性？

三、市集與國人、民國與個人

　　在《傷逝》中，透過鏡頭描繪出民國市集，不外乎夾雜著傳統中國人市集如五行八作的生意行當：賣禽畜賣布匹賣字畫賣雜耍賣盆花的、甚至是宣傳宗教思想、教唱聖歌的讚頌救世主圖像[18]、或者還有押往刑場經過街市的刑犯，呈現出一種民

16　文中雖是指「他」，不如說是一語雙關的既指他（向高）或她（春桃）在彼此心目中的地位。

17　路春艷著，〈影像北京：都城的氣脈〉，《中國電影中的城市想像與文化表達》（北京：北京師範大學出版集團，2010 年 3 月一版一刷），頁 27。

18　「救世主」係為基督教徒對耶穌的稱呼。（基督）新教傳入北京，始於 1861 年倫敦會的醫療傳教士雒魏林（William Lockart）。數年之內，英國聖公會、美北長老會、公理會和美以美會等英美差會均在北京得以立足。北京的基督教在 1900 年的庚子事變中受到毀滅性的打擊，但是在 20 世紀初經歷了較大的發展，成為英美教堂和傳教士集中的城市之一，興辦了燕京大

初混置揉雜的意象[19]。當涓生和子君閒逛街市時，鏡頭下鋪織出一幅幅民國老北京的覽圖：唱著救世主的「洋教」信徒混合著表演皮影戲的老攤子；賣吃食賣盆景的商家連袂著賣寵物賣藝耍猴的；民初的警察押著手腳拖著鐐銬的刑犯經過擁擠市集的畫面；小倆口逛街買物的幸福景致交織著和旁人咬耳咛談同事緋聞的「搽著雪花膏的」陰柔男性等等紛擾、熱鬧的景象，並置著傳統廟會[20]的沿襲與西方文化的接攬。

　　在影片中，敷陳出「市集與國人」的對照記：在子君和涓生經過的喧鬧市集中，有著正在慶祝中華民國拾年的雜耍表演；英美傳教士穿著救世軍服飾唱著救世歌，宣傳國人來信耶穌，時序才進入民國十年，卻儼然已有末世滄涼之意味；傳統老北京琳瑯滿目販賣吃食物品等吆喝叫賣、討價還價的景象；當子君行經供人觀賞布偶戲攤、武術雜耍時，布偶特寫意象和猴子戴面具穿人服的偽人象徵，莫不與諾拉的傀儡反思和國人的婦女地位之意涵相扣；時有衣著縫窮的乞丐與囚犯在跟行人要錢，夾雜著民不聊生的悲哀；而另外那頭卻是讀書人涓生流連於舊書攤忘情翻閱《窮人》一書的曲高和寡之景緻！

　　然而自嘲在教育局給職中，一如籠中鳥似的無法呼吸外界自由空氣的涓生，在逐漸厭倦局裏工作的當兒，正好被鄰居那位搽著雪花膏的小東西正中下懷的瞧著──與他的賭友，局長的兒子，於街市茶館聊天時，將他和子君彷彿夫妻般遊逛市集的情況，一狀告密到局長處，致使涓生很快地就接到裁員解職的公文了。在蕭瑟寒冬中，甫經失業的涓生又於街市瞧見大帥欺民容狗之舉──激發他升起「群體中國人還不如一條外國狗」的想法，慨然寫下〈洋狗大帥與國人〉一文，以表示對時局的反抗和對國人民族性痛心疾首的情懷。在憤慨的意志中為能求得溫飽，繼而

學等眾多的教育、醫療設施；同時，北京也成為新興的華人自立教會（例如史家胡同基督徒會堂）的重要基地。佟洵〈基督教新教在北京的傳播及其演進歷程〉，《北京聯合大學學報》第 14 卷第 1 期總 39 期（2000 年 3 月）。

19　在關於許多由五四經典改編拍攝的影片，諸如水華《林家舖子》（1959）、呂紹連《藥》（1981）等等，在佈置老北京街市圖景時都會加入救世主思想如何在市集裏傳播的景像。

20　廟會是北京市民文化的一個縮影，它也是對"正式社會生活"的一種補充。見徐城北著，〈廟會梨園〉，《老北京地都遺韵》（南京：江蘇美術出版社，1999 年 1 月一版二刷），頁 137。

列出腦海裏深藏多時的寫作譯稿計劃，包含〈易卜生的難言之隱〉、〈民國與鳥市〉、翻譯《窮人》、翻譯雪萊詩等等文章。這些文章莫不具有西方思潮與文明現代性的意涵，並且和落後不前進的國民劣根性形成一種拉踞和角力，殘存落後的民初景象和失意萌發的個人主義，其並置與反差的意象久久迴盪在涓生沉想的腦海中，早已忘卻他和子君的愛情，仍需時時溫習與更新的必要了。

　　在月夜中，子君懷想著初來乍到吉兆胡同生活時，兩人沉浸在月光下寧靜的幸福，那時子君對著涓生說道：「宇宙萬物皆有生有死，唯獨我們的愛情將是永生。」那時兩人初初面對現實生活的體驗，卻有不同的反應。一個覺得人必生活著愛才有所附麗；一個卻煩惱著叭兒狗與油雞之間的家務事。在真正經歷生活的砥礪與淬鍊時，脆弱如涓生，首先選擇將阿隨放生。阿隨的被放逐與被拋棄的形象彷彿是未來子君命運的伏筆。兩人日生膈膜，神情的冷與天氣的冷讓涓生逐漸無法承受，獨自躲到通俗圖書館去，舐撫自己的創傷和緬想模糊的前路。而他卻萬萬未想及的是，子君的心情變化何來？——女性要不是具備對生活的深刻體驗，怎會無來由帶著神情的冷？然而涓生卻只感覺到她對他的冷漠，她對他無情的理解，卻未深刻明瞭子君是徹底在理想幻滅的溝壑中與些微的黎明曙光中掙扎徘徊甚久，她沉想體驗到的恰恰是她所從未說出口的。但是涓生卻只耽溺在未來的揣想上（假設他能重獲自由的未來……的話）：「連小偷都在活動。世界上並非沒有為奮鬥者開闢的活路……。她已經喪失了生活的勇氣了。我要把真實告訴她……希望她能走出冰冷的家庭……」。於是他將“已經不愛”的真實告訴了子君，傷逝之餘，子君沉默而寂靜的離開吉兆胡同，將兩人生活材料的全副，鄭重地將它留給涓生。

> 我遍看各處，尋覓子君；只見幾件破舊而黯淡的家具，都顯得極其清疏，在證明著它們毫無隱匿一人一物的能力。我轉念尋信或她留下的字跡，也沒有；只是鹽和乾辣椒，麵粉，半株白菜，卻聚集在一處了，旁邊還有幾十枚銅元。這是我們兩人生活材料的全副，現在她就鄭重地將這留給我一個人，在不言中，教我借此去維持較久的生活。[21]

---

21 楊澤編，《魯迅小說集》，頁294。引文係參考原著文本來輔助說明台詞外的螢幕人物表情。

白菜、辣椒、麵粉、鹽巴和錢幣，在在顯示出胡同小院裏一個追求個人主義失意者的「空間詩學」[22]、在在顯示出寂靜虛空的氛圍中毫無隱匿一人一物的能力。子君走後，隨即沒有多久，涓生便從遠親處聽聞她的惡耗。涓生想著：「原來她是要在威嚴與冰霜冷眼下走著所謂人生的路，路的盡頭是連塊墓碑都沒有的墳墓。有人說，世上本來沒有路，但是走的人多了也就成了路。」片尾，阿隨默默走著牠自己的路，回到了 S 會館。當子君離去之後，涓生也搬回到舊居，卻未想及阿隨會走著這條舊路，回來與他重逢。阿隨的歸來與子君的逝去何嘗不是一種蘊意？——子君走著她那條沒人走過的道路——出走、死亡（未選擇墮落、回來，而是選擇結束）[23]；阿隨返回吉兆胡同探望涓生之後，也走向牠自己的道路。片尾寓示著她/牠/他們仨各自走著自己的道路，再也不共存依賴誰或誰，或許這將是一條越來越多人選擇走上的道路的寓言——一條個人的道路——誠如論者所言，女性位置的安排常常是社會徵候的藝術隱喻[24]。

四、「洋」文化與愛情物件

中國第四代導演凌子風改編拍攝自許地山〈春桃〉的《春桃》，在情節的敘述上與原著大致是很貼近的，然而在意象的佈置和影像的鋪陳，則依循著凌子風改編文學作品慣常出現的詩意[25]內涵上加以發展，故老北京胡同與市民生活的景緻是導

---

22 「空間詩學」乃在思考各式空間的意義，從抽屜、箱匣、衣櫥到各式角落空間與家屋的意義，內在空間與外在空間的辯證。空間的內與外，並非由一扇門區隔，或它的開放與關閉可決定，空間的弔詭可能如米修（Henri Michaux）的詩中所說：「你只感受到真實空間裏這種可怕的既在它裡面又在它外面。」見劉永晧著，〈無地，幻境與空間〉，《小電影學：電影複像、轉場換景與縫隙偷渡》（臺北：左耳文化出版社，2010 年 9 月初版一刷），頁 236。涓生的空虛和悔意泰半來自這樣的空間意義所帶來的無助與畏懼。

23 見魯迅〈娜拉走後怎樣〉，收錄於《墳》（臺北：風雲時代出版社，1989 年）。

24 楊遠嬰，〈女性主義與中國女性電影〉，收錄自李天鐸編著《當代華語電影論述》（臺北：時報文化出版公司，1996 年 5 月初版一刷），頁 258。

25 比如他改編自老舍《駱駝祥子》的同名影片（1982）、沈從文〈邊城〉的《邊城》（1983），參考自拙作〈新時期文學電影與文學作品表意結構的殊軌——比較史鐵生〈命若琴弦〉與陳

演刻意著墨之處，誠如小院裏錯落搭起的藤架、樑蔓橫生的瓜棚、綠意盎然的庭院、小巷深處的寧靜、烹煮燒烙的灶台、簡樸俐淨的廂房、爛紙陳置的倉間、互通有無的鄰居、流言緋語的街坊、吆喝叫賣的市集等等，在在顯示著一幅京味大雜院[26]的光暈（aura）。在此之外，於胡同小院的了倆口子對話中，也附會一些胡同世界以外的西方文化的接攬現象，誠如向高與春桃討論從神武門得來的廢紙：

> 「宮裡出來的東西沒個錯。我就怕學堂和洋行出來的東西，份量又重，氣味又壞，值錢不值，一點也沒準。」
>
> 「近年來，街上包東西都作興用洋報紙。不曉得那裡來的那麼些看洋報紙的人。撿起來真是份量又重，又賣不出多少錢。」
>
> 「念洋書的人越多，誰都想看看洋報，將來好混混洋事。」
>
> 「他們混洋事，咱們撿洋字紙。」
>
> 「往後恐怕什麼都要帶上個洋字，拉車要拉洋車，趕驢更趕洋驢，也許還有洋駱駝要來。」向高把春桃逗得笑起來了。
>
> 「你先別說別人。若是給你有錢，你也想念洋書，娶個洋媳婦。」
>
> 「老天爺知道，我絕不會發財。發財也不會娶洋婆子。若是我有錢，回鄉下買幾畝田，咱們兩個種去。」[27]

兩人談及從「洋」人那兒得來的東西究竟值不值得，與從紫禁城神武門出來的東西比量下，顯然前清的東西可靠與有價值得多了，這裏不外是帶著中國人天朝自居的習見，對挾帶「洋」字兒的東西或者文化，以嘲弄玩笑的方式來表達時人接攬此西方文明產物時的崇洋心態。再者，春桃撿破爛時面對富家女的勢利眼、那種欺凌鄰

凱歌《邊走邊唱》的敘事意義〉附錄整理，《中國現代文學》第十九期（2011年6月），頁210-211。及于麗娜〈《駱駝祥子》導演凌子風：電影界的"拼命三郎"〉，《傳記文學》2009年第3期，http://www.chinanews.com/cul/news/2009/03-28/1622448.shtml

26　沈延太、王長青著〈胡同四合院的變遷〉，《消逝中的風情——京城胡同》，頁118。

27　賴芳伶，《許地山》，頁201。引文係參考原著文本來輔助說明台詞外的螢幕人物表情。「洋」黑體字意謂春桃和向高對話中對「洋」文化的強調與諷刺。

人與婦人的街頭惡霸與惡主時，卻萌發她的階級意識，從一而終對富人即是蔑視和抵抗，絕不低聲下氣。

對強者是如此，對弱者卻激起了她的婦人之仁，在面對李茂這樣的殘疾者或者傻子一家的窮困時，她反倒升起她的同情心與正義感。片中對李茂個人的心情轉折有較細緻的鋪展：如面對妻子春桃與人"姘居"的事實；面對鄰人傻子對他的窺看與好奇；面對胡同鄰里之間對他的"活王八"的緋稱。在雨天中，傻子也有老婆喚他回家，他則是獨自一人在紙牌分類中看見迎親嫁娶的圖片，不禁悲從中來放聲大哭，哭的是他的妻子與他共居，卻聲稱「我是我自己的，誰的媳婦都不是的」事實。在春桃那間屋漏偏逢連夜雨的深夜裏，在滴露雨聲的寂靜中，李茂只能無言側躺面牆流淚，對妻子春桃與向高的眞情流露，這會兒彷彿變成他什麼都不是的局面。李茂主動向春桃說明兩個男人的曲衷，並要求春桃叫喚劉向高進屋，三人一起討論如何過下去的問題時，此時，李茂改變了原來他在這個屋子當中的位置，有點拉回聲勢的反客爲主。但他的反客爲主卻在劉向高不告而別之後，面對春桃似是丟失心魂的反應，竟而想藉由自縊來逃避現實，獲救以後也相繼出走來表示他不能做這屋子的"主"之立場。在這期間，他向欲更換門牌（即換戶主）的巡警說道：「這屋的主人是劉向高，他出遠門了」云云來表示他的磊落之氣。

除了展現人性溫情的形式之外，影片中並強化「還是他好」的廣告海報（現代化文明的產物）的現代性、還有「他/她」做爲向高對春桃愛慕與欣賞的一種愛情物件、及「她」做爲脫離傳統的進步女性之形象。雖然表面上美麗優雅的廣告女子與春桃拾荒婦女的形象相差甚遠，但某程度上以此意象來隱喻春桃雖沒有摩登的外表，卻擁有比那外表現代化的女子（現代女性）更可能有現代的裏子：「誰底媳婦我都不是，我是我自己」。向高對於「她」的愛好與欣賞某程度上也揭示了他喜於春桃那種非傳統性格的面向。小說方面更多篇幅的雖在呈現春桃做爲一個女性乃至一個勞動人民，在逃亡年代裏對於自身的體悟，與人在社會中求生存的眞相及莫爲那些人爲的舌鞭苦惱而失了做自己的格的認知上，這可能是影像製品所不及的，亦有論者指出該片「未能如實地反映舊時代北京社會的階級矛盾、沒有揭示出歷史發

展的必然規律」[28]。再者，對於最後三人如何在現實的處境中安排自己如何自處的哲學中（城裏、鄉下由誰當戶主的妥協言談），深深透露出在那個特殊的時代中，爲了因應特殊情境求生存所做出的三人約定俗成的恩情模式，他們仨已非既定的愛情與婚約制度所可以框限的人情之情，這也是電影劇終時那沒有言明的三人團圓的意象所無法如此清晰與理性說明的，關於春桃個人（或謂女性）意識的萌芽以致連帶使兩位「丈夫」也妥協於此的個人生活形式的選擇，在在突顯京味胡同符號[29]與現代意識文化並置、反差、弔詭的時代過渡現象。

結語：詩意與老北京光暈

　　「靈光」或謂「光暈」（aura），是班雅明在〈攝影小史〉與〈迎向靈光消逝的年代〉文內的核心概念。班雅明將「靈光」定義爲：「遙遠之物的獨一顯現，雖遠，仍如近在眼前。靜歇在夏日正午，延個地平線那方山的弧線，或順著投影在觀者身上的一節樹枝，——這就是在呼吸那遠山、那樹枝的『靈光』。」[30]《傷逝》中的胡同光暈表現在小院中的藤花枝蔓，擦得清響的高跟鞋聲音，透過窗格偷窺近鄰動靜的鮎魚鬚的老東西，餵食油雞和小官夫人鬥嘴的小院等等。而《春桃》中的胡同光暈表現在小院中夕陽西下的光影和金黃色色調的構圖，瓜棚底下錯落有致的花草荣疏點撥的詩意、小家雀似的倆人在月光下品賞晚香玉清香等等「寫眞實」[31]的生活氣息和生活實感。

28 張樹紅著，〈“京味”電影的發展歷程〉，《“京味”電影的發展歷程》，中國電影藝術研究中心、北京電影學院（電影歷史及理論專業碩士論文）（1992 年 5 月），頁 41。

29 駱玉蘭編著，〈胡同裏的“鍋碗瓢盆兒”——以生活用品命名的胡同街巷〉，《胡同尋故》（北京：北京出版集團、北京出版社，2010 年 10 月一版一刷），頁 104。

30 班雅明（Walter Benjamin）著，許綺玲譯，〈機械複製時代的藝術作品〉，《迎向靈光消逝的年代》（臺北：臺灣攝影工作室，1998 年 1 月初版一刷），頁 65。

31 周湧著，〈開放中的迷失：1976 年後的現實主義電影〉，《被選擇與被遮蔽的現實——中國電影的現實主義之路》（北京：中國傳媒大學出版社，2010 年 6 月一版一刷），頁 118-119。

　　班雅明將遙遠地靈光的存在與傳統非複製藝術相結合，認為其具有獨一性藝術
創作，是一種傳遞神的旨意，具有投射與顯現「靈光」的藝術品；而複製品則不再
具有獨一性，是經由機器複製的作品，是為了盡可能接近我們的作品。然而，班雅
明論述「靈光」的存在，並不是以懷舊的心態，希望藝術的創作，回到「靈光」出
現之前的時代；相反地，肯定藝術在大眾社會與複製技術的時代，具有新的本質性
形式轉變，才是班雅明在思考存在於「此時此刻」藝術形式的獨特觀點。班雅明表
示：「大眾就像是一個模子，此時正從其中萌生對藝術的新態度。量已變成了質。
參與人數的大量增加改變了參與的模式。而這種參與模式起先是以受貶抑的形式呈
現的，這點必然無法矇騙明察者。然而有許多人卻無法超越這個膚淺的表象，只一
味地猛烈批評」。[32]

　　因此，從這點我們看到，班雅明的論述企圖，在於採取了認識論反思的角度，
企圖經由揭露一般藝術論者對複製藝術本真性（authenticité）的迷失[33]，重新為這
種具有接近大眾性的形式，建構其普世的藝術價值。而在影片中試著追逐 "燭漸消
逝" 靈光中的老北京景緻與詩意[34]：那胡同裡隨置的市民圖景：晾著萬國旗式的衣
服和被單，舊得鏽掉的閒置家具，放著芼和鍋碗瓢盆的爐台，幾盆開得茂盛而凌亂
的植物與花卉，還有戶戶貼掛著花布門簾窗簾的方格，塊塊黑墨砌成的煤牆，無一
不是令人印象深刻、靈光再現的傳統老北京市民圖景。這兩部老北京影片除了展示
出胡同小院景緻和個人主義追求的並置之外，也如實呈現民初婦女生活步伐、思想
動向和現代性物件意義的光暈。

32　班雅明著，許綺玲譯，〈機械複製時代的藝術作品〉，《迎向靈光消逝的年代》，頁 96。

33　班雅明，許綺玲譯，〈攝影小史〉，《迎向靈光消逝的年代》，頁 54。

34　焦菊隱談到導演三要素──戲劇演出的藝術魅力之三要點之一：「詩意」：「詩意並不出於
　　詞藻或形式的華麗，更不在於合轍押韻，描繪出於激情，刻劃發自肺腑，詩意自然就會流露
　　出來。」即是他對於作品演出時的要求之一。焦菊隱著，〈導演・作家・作品〉，《北京人
　　藝演劇學派創始人──焦菊隱論導演藝術》（北京：中國戲劇出版社，2005 年 1 月一版一刷），
　　上冊，頁 349。

附錄：本文內容提及的五四經典與以北京和民國作爲改編拍攝的電影與原著之導
　　　演、作者對照表：[35]

導演	電影	文學作品
冼群（1915-1955）	《龍鬚溝》（1952）	老舍話劇《龍鬚溝》（1950）、焦菊隱舞台劇《龍鬚溝》（1953）
謝添（1914-2003）	《茶館》（1982）	老舍《茶館》（1957）
水華（1916-1995）	《林家舖子》（1959）《傷逝》（1981）	茅盾《林家舖子》（1932）魯迅《傷逝》（1925）
桑弧（1916-2004）	《祝福》（1956）	魯迅《祝福》（1924）
岑範（1926-2008）	《阿Q正傳》（1981）	魯迅《阿Q正傳》（1921-22）
呂超連（1942-）	《藥》（1981）	魯迅《藥》（1919）
凌子風（1916-1999）	《駱駝祥子》（1982）《春桃》（1988）《狂》（1992）	老舍《駱駝祥子》（1936）許地山〈春桃〉（1934）李劼《死水微瀾》（1935）
吳貽弓（1938-）	《城南舊事》（1983）	林海音《城南舊事》（1960）
霍莊（1941-）、張帆、王志安	《月牙兒》（1986）	老舍《月牙兒》（1935）
王好爲（1940-）	《離婚》（1992）	老舍《離婚》（1933）

---

35 拙作〈新時期文學電影與文學作品表意結構的殊軌——比較史鐵生〈命若琴弦〉與陳凱歌《邊走邊唱》的敘事意義〉附錄曾對中國大陸新時期改編電影與原著對照做一番整理，《中國現代文學》第十九期（2011年6月），頁210-211。

徵引文獻

一、專書

（美）L.C.阿靈敦、（英）威廉・盧因森著，趙曉陽譯，《尋找老北京》，北京：清華大學出版
　　社，2012 年 6 月，一版一刷。

水華導演，《傷逝》，北京：北京電影製片廠，1981 年。

李天鐸編著，《當代華語電影論述》，臺北：時報文化出版公司，1996 年 5 月，初版一刷。

沈延太、王長青著，《消逝中的風情──京城胡同》，臺北：龍圖騰文化有限公司，2011 年 12
　　月，初版一刷。

周湧著，《被選擇與被遮蔽的現實──中國電影的現實主義之路》，北京：中國傳媒大學出版社，
　　2010 年 6 月，一版一刷。

范志忠著，《百年中國影視的歷史影像》，杭州：浙江大學出版社，2006 年 9 月，一版一刷。

凌子風導演，《春桃》，北京：南海影業公司、瀋陽：遼寧電影製片廠，1988 年。

徐城北著，《老北京地都遺韵》，南京：江蘇美術出版社，1999 年 1 月，一版二刷。

班雅明（Walter Benjamin）著，許綺玲譯，《迎向靈光消逝的年代》，臺北：臺灣攝影工作室，
　　1998 年 1 月，初版一刷。

張樹紅著，《“京味”電影的發展歷程》，中國電影藝術研究中心、北京電影學院（電影歷史及
　　理論專業碩士論文），1992 年 5 月。

楊澤編，《魯迅小說選集》，臺北：洪範書店，1997 年，初版五印。

賴芳伶編，《許地山》，臺北：三民書局，2006 年。

陳曉雲、陳育新，《作為文化的──中國當代電影文化闡釋》，北京：中國廣播電視出版社，1999
　　年 9 月，一版一刷。

魯迅著，《墳》，臺北：風雲時代出版社，1989 年。

焦菊隱著，《北京人藝演劇學派創始人──焦菊隱論導演藝術》（上）（下），北京：中國戲劇
　　出版社，2005 年 1 月，一版一刷。

路春艷著，《中國電影中的城市想像與文化表達》，北京：北京師範大學出版集團，2010 年 3 月，
　　一版一刷。

劉永晧著，《小電影學：電影複像、轉場換景與縫隙偷渡》，臺北：左耳文化出版社，2010 年 9
　　月，初版一刷。

蕭乾著，《北京城雜憶》，北京：人民日報出版社，1987 年 5 月，一刷。

駱玉蘭編著，《胡同尋故》，北京：北京出版集團、北京出版社，2010 年 10 月，一版一刷。

藍愛國、馬薇薇著，《文化傳承與文化消費——電影產業的文化道路》，北京：北京大學出版社，
　　2009 年 8 月，一版一刷。

二、論文

〈水華訪談錄（續）——影片《傷逝》的創作及其他〉（原載《電影創作》1960 年 30 期），
　　http://xuewen.cnki.net/CJFD-DYCZ603.008.html。

佟洵著，〈基督教新教在北京的傳播及其演進歷程〉，《北京聯合大學學報》第十四卷第一期（總
　　三十九期），2000 年 3 月。

董玥著，〈國家視角與本土文化——民國文學中的北京〉，載於王德威、陳平原編，《北京：都
　　市想像與文化記憶》，北京：北京大學出版社，2005 年。

陳雀倩著，〈影的告別——論魯迅的現代意識與個人主義〉，《淡江大學中文學報》第十二期，
　　2005 年 6 月。

陳雀倩著，〈新時期文學電影與文學作品表意結構的殊軌——比較史鐵生〈命若琴弦〉與陳凱歌
　　《邊走邊唱》的敘事意義〉，《中國現代文學》第十九期，2011 年 6 月。

施叔青《臺灣三部曲》的大河新面向

黃慧鳳

朝陽科技大學通識學院兼任助理教授

摘　要

　　施叔青完成《香港三部曲》這部大河小說之後，於 2003 年出版《行過洛津》時，即以「臺灣三部曲」之一「2003 年大河力作」之姿現身文壇，預告臺灣大河小說的即將誕生，在眾人引頸企盼中，施叔青接續於 2008 年出版了《風前塵埃》、2010 年出版《三世人》，由黑髮寫到白髮終於完成了《臺灣三部曲》這一巨作，這部以「臺灣的女兒」的寫作身分為臺灣立傳的《臺灣三部曲》，卻不同於以往大河小說的形式，因為《行過洛津》、《風前塵埃》、《三世人》這三部作品沒有明顯內文的連貫性，也沒人物家族的貫串，只能說在歷史背景的貫串上大致有順序脈絡可依循。施叔青的《臺灣三部曲》實有著不同於以往大河小說的書寫內容與方式，因此本文擬針對這部大河力作，來觀看這部以女性視角寫作的臺灣新歷史作品，找出其寫作立場、書寫策略與關懷面向，期望藉此能為臺灣大河小說提供可能開展的不同面向。

關鍵詞：大河小說、施叔青、臺灣歷史、臺灣三部曲

一、前　言

　　臺灣大河小說較廣為人知的作品為鍾肇政的《臺灣人三部曲》、李喬的《寒夜三部曲》、東方白的《浪淘沙》這三部作品，上述作品皆由男性書寫，且書寫背景都以日本殖民臺灣時期的歷史為書寫軸心，並有著前後貫串、承接的三部曲形式。至於戰後以至於二二八事件的歷史，則在臺灣政治解嚴（1987 年）後逐漸在作家的筆鋒中傾瀉而出，如鍾肇政的《怒濤》、李喬的《埋冤、一九四七、埋冤》等，有著揭發歷史真相的書寫企圖。其後姚嘉文《臺灣七色記》、黃娟《楊梅三部曲》以及邱家洪《臺灣大風雲》的書寫，則一致的拉長了小說的敘事時間，除了日本殖民臺灣時期外，更往前往後延伸，使動盪的大歷史間改朝換代的遞嬗軌跡更為明晰，臺灣人民身份認同的變異脈落有跡可循，凡此皆為臺灣大河小說增添了豐富的成果[1]。

　　施叔青是臺灣優秀的作家，《香港三部曲》是她寫異地史的大河小說，可說是臺灣作家的大河小說，由《她名叫蝴蝶》（1993）、《遍山洋紫荊》（1995）、《寂寞雲園》（1997）三部前後一氣貫串而成，堪稱二十世紀末期文學的經典。而香港與臺灣都曾經是帝國的殖民地，因此陳芳明鼓勵施叔青繼續撰寫《臺灣三部曲》為臺灣立傳[2]。然而《臺灣三部曲）──《行過洛津》（2003）、《風前塵埃》（2008）、《三世人》（2010）卻未因循傳統大河小說的形式──如《香港三部曲》以家族為主幹，用幾代人貫穿三部曲的經緯，而改以非線性的敘述，以不同的故事撐起臺灣歷史的主軸，似乎有意避免重複已經操作過的敘述模式，呈現不同的風格，也造成「三部小說的情節人物互不相屬」[3]的情形。雖然以往大河小說並沒有明文指出系

1　詳黃慧鳳：《臺灣歷史大河小說研究》，（桃園：中央大學中國文學系博士論文，2014 年）。

2　陳芳明與施叔青：〈與為臺灣立傳的臺灣女兒對談〉，《風前塵埃》（臺北：時報文化出版公司，2007 年），頁 274。

3　此處引用王德威說法。詳王德威：〈三世臺灣的人、物、情〉，收錄於《三世人》（臺北：時報文化出版公司，2010 年），頁 11。

列作品間連貫的必要性，但正因爲是「系列小說」、「長篇連續小說」，因此必有系列性、連續性、關聯性才得以貫串，否則不成系列、不能連貫。

我們知道施叔青是以「臺灣的女兒」身份有意識的爲臺灣立傳，第一部《行過洛津》出版時，即以「臺灣三部曲」之一，「2003 年大河力作」之姿現身文壇，預告大河小說的即將誕生，但隨著時序的推展、人生際遇的改變，施叔青在寫第二部時決定不因循臺灣傳統大河小說的形式，而採用了不連續性的書寫形式，選擇利用不同政權統治（清領、日治、光復後三個時期）來爲臺灣立傳[4]，歷史是不連續的、斷裂的。施叔青這樣的書寫形式，也許是書寫計畫的美麗意外，也或許與史碧娃克（Gayatri Spivak,1942-）欣賞傅柯（ Michael Foucault,1926-1984 ）的「非連續性」概念有關：「與其尋找一個雅致的一致性，或者製造一個結果衝突的連續性，還不如在某種意義上保留這些非連續性。」[5]因此有別於以往大河作品的貫串性、寫實主義性，改採後現代主義的筆法、新歷史主義的思維創作。

《臺灣三部曲》實不同於施叔青原先預訂書寫的面貌，因而謝秀惠以「不連續的大河小說」指稱《臺灣三部曲》[6]，若此，「臺灣大河小說」這個符號的定義已經再度擴展變異，是在語言活動中產生了再次的延異，形式上脫離了原本各部的連續性，而變化爲多部作品間可獨立閱讀，卻沒有共同的人物或家族貫串的系列關聯[7]，有的僅是共同的大歷史環境——臺灣，甚至三部曲的人物、年代順序也並非接續性的貫串，第一部《行過洛津》寫清朝嘉慶道光咸豐年間（約 1796-1820 年）的移民史，主要場景在洛津（鹿港），第二部《風前塵埃》以現代時空回溯日本統治時期的花蓮，第三部《三世人》又從 1895 年乙未割臺寫到 1947 年 228 事件，寫

4　陳芳明與施叔青：〈與爲臺灣立傳的臺灣女兒對談〉，《風前塵埃》，頁 263，266，276。

5　Gayatri Chakravoty Spivak, The Post-colonial Critic: Interviews， Strategies，Dialogues，P13. Edited by Sarah Harasym，Published in 1990 by Routledge.轉引自趙稀方：《後殖民理論與臺灣文學》（臺北：人間出版社，2009 年），頁 68。

6　謝秀惠：《施叔青筆下的後殖民島嶼圖像——以《香港三部曲》、《臺灣三部曲》爲探討對象》（臺北：國立臺灣師範大學臺灣文化及語言文學研究所在職進修專班碩士論文，2010 年），頁 25。

7　沒有主要人物的貫串，僅僅是羅漢腳、青暝朱或藝旦、醫生黃贊雲這些次要角色在其中點綴性現身。

作背景年代以跳接又重覆的形式呈現。相較於先前的臺灣歷史大河小說,施叔青《臺灣三部曲》的歷史背景不局限在日本統治時期,更上溯至清朝的移民史,與姚嘉文《臺灣七色記》一樣延伸了先前省籍大河作家聚焦的日本殖民史,也不同於外省作家關注的抗戰復國史,更重要的是以女性觀點寫史,寫假男為女的伶人、寫女性、寫灣生日本女人,關注更為隱微的性別議題,體察身體裝扮認同與心理認同的密切性連繫,寫作手法亦不同於以往傳統大河小說的寫實主義基調,而有著強烈的個人風格、後現代性與藝術性,使臺灣歷史文化的面向更加隱微而深入。凡此再再突顯施叔青挑戰傳統男性大河小說的創作意識,與拓展敘事新面向的積極企圖,堪稱新世紀臺灣大河小說的分水嶺。

二、回眸繁華興衰的清代洛津史

首部曲《行過洛津》,不僅書寫許情、朱仕光、蔡尋等人的行過洛津(今之鹿港),也書寫字畫、戲曲及各項技藝風俗文化的轉移,讓清代洛津與泉州產生極大的連結,如同書名的「行過」二字,場景並非膠著於洛津,而是以福建泉州為起點、洛津為中心,兼及府城這個臺灣歷史文化重鎮,使小說有著歲月流轉的時空感,能追本溯源,也能相互對照。施叔青以淡筆描繪大歷史使之成為大遠景,而將鏡頭聚焦在移民/庶民的生活史上,以互文的方式讓陳三五娘的戲曲內容與小說人物的情節產生對比映照,使小說傳達的意念不僅隱喻卻又鮮明。小說中娓娓道來的庶民(伶人藝旦等[8])生活史(如洛津海防同知朱仕光戀上假男為女的戲旦月小桂(許情)),與朱仕光身為朝廷官員撰寫的《洛津方誌》大不相同:

朱仕光,江蘇揚州人,嘉慶四年進士,選為翰林院庶吉士,散館後任江西吉安知縣,嘉慶廿年七月調洛津同知。考朱仕光生平,根柢於忠孝,而發乎文

---

8 尤其是主角許情假男為女,由伶童到旦角到鼓師的成長歷史,在社會邊緣的角落輪番上演著一幕幕戲如人生、人生如戲的庶民生活史。

章，居臺三年授徒化番，揚大漢之天聲，作中流之砥柱，功在社稷，高氣亮
節洵堪推重。[9]

前者無法見光，後者卻又急於攤在陽光下，同一個「朱仕光」有著截然不同的生命
樣貌，形成極大的反差及嘲諷。

　　同樣的，泉州七子戲班上演的陳三、五娘衝破禮教連夜相偕私奔出走的《荔鏡
記》[10]，台下百姓看得如癡如醉，但在當權的同知朱仕光眼中，則成爲社會的亂源，
這些看戲玩樂的臺灣女人不事生產，不懂衣冠禮制，更不守女人本份，因此命書吏
改寫符合「道德教化」的潔本《荔鏡記》，刻意以官方語言取代「粗野的民生口語」，
「隱惡揚善」地刪改與強調某些虛假浮面的事件。以朱仕光批閱「簪花」一場（內
容摘錄如下）爲例：

　　　陳三五娘私會佳期後，五娘派遣益春給陳三送花，囑咐他一半自己帶，一半
　　　等明晚給五娘簪。陳三讓益春摘了一朵，替代五娘爲他戴上，並道出三人同
　　　床共枕的想望。

　　　兩人抱做一團親熱的場面，被隨後進門的五娘撞見，她責怪陳三「迷花蜂蝶
　　　無定期，花心採了又過枝，風流亂情性」，陳三以三人同一心說服五娘，讓
　　　他和益春成遂好事。[11]

閱畢這一場時朱仕光頷首贊許的寫下眉批：「突出五娘女德，保留」，朱仕光這樣
的擇取希望能把五娘塑造成傳統士大夫心目中的佳人閨秀，藉此「移風異俗」，卻
相對突顯出男性欲望中的女性德性，是站在封建男性思維立場的美德。施叔青以此
鮮明對比性的寫作方式，解構男性敘事觀點的片面性與虛假性，也呈現出豐功偉業

9　詳施叔青：《行過洛津》（臺北：時報文化出版公司，2003 年），頁 68。
10　晚明文人李贄根據流傳閩南的民間故事寫成《荔鏡傳》，後梨園七子戲改編爲演出劇本。
11　同註 9，頁 240。

道德規訓下不同於官方的繁複庶民生活面貌。而現實生活中，施叔青書寫自己原鄉洛津（鹿港）歷史，與現實生活中男性書寫的大敘事、大歷史（如中國史、臺灣史）對話，也突顯出男性中國官方歷史的正統性危機，男性臺灣歷史的眞實性危機。在《行過洛津》中洛津的遷移史將臺灣大歷史與中國大歷史隱退爲遙遠的背景，取而代之的是區域地方史的觀照，這是一種抵中心與解構的書寫敘事策略，有奪回地方的、女性的歷史詮釋權的積極用意。

　　施叔青以小說爲臺灣立傳，與早期大河小說家書寫自己的原鄉一樣，先從自己最熟悉的原鄉（鹿港）著手，但敘事時間卻拉得更遠，非取自親身經歷，也非以家族父祖輩的歷史爲書寫軸心。其作品不在求眞的再現歷史，而是擬眞地向讀者述說她所要表達的想法及意念。地震颱風多的臺灣在昔日往往寓居著三年官兩年滿的外放官員，港口一帶充斥著利益拚鬥的海盜與貿易郊商，兩者關係耐人尋味，「賊來迎賊、賊去迎官」者往往成爲巨商富賈。施叔青的書寫，彷彿逐筆揭開了臺灣清代洛津「清明上河圖」似的畫卷，開展出一幅幅洛津庶民的生活動貌，媽祖宮前鑼鼓喧鬧的曲藝民俗輪番上演，客家、福佬、平埔等各色族群在此交會，烤牛舌餅、杏仁茶、炸粿、蚵仔煎等攤販，聚集著線西、和美、秀水等地前來看戲的婦女、拖著黃鼻涕的孩童，每日午後城隍廟前人聲沸騰，出海的漁民此時收工上岸前來祭五臟廟，龍山寺一頭則聚集無田宅無妻小不務正業衫褲不全游手好閒的赤足的羅漢腳，而隨著時令轉移的各種迎神賽會慶典更是熱鬧非凡，即使入夜後，仍有大人小孩扶老攜幼地參與慶典、看戲或聽郭舉人、青暝朱講古說書，而聽青暝朱說《封神榜》長大的施輝，後來成了人們口中的瘋輝仔，總穿插在人群間口沫橫飛地講述鄭成功施琅、荷蘭人向平埔族「買」地、臺灣牛舌餅由來的諸多軼事與洛津歷史掌故。這個充滿故事的洛津，連說故事的人都充滿傳奇故事（洛津頂茱園有名的「摸乳巷」，即因青暝朱發生的故事而命名），也沒少了後車路優伶歌伎如泣如訴的悲苦身世與悠悠情事[12]。

12　如蔡尋爲了珍珠點床頭金盡後，不惜違背弦管子弟不與倡優同坐奏曲的禁忌，傾囊傳授琵琶二弦，以換得棲身如意居爲珍珠點這歌伎拍板伴奏等等情事。

　　藝名月小桂的許情，隱喻著無數被壓迫統治的弱勢，被賣身後淪爲傀儡般的伶人，受到綁蹻、穿女衫等陰性化束縛，改造雕塑後的身分地位總夾在上不上、下不下的尷尬處境中，肉身成爲覷覦者（南郊順益興的掌櫃烏秋、萬合行石三少石啓瑞、同知朱仕光）的禁臠，雖未被眞的閹割，但精神上已屬殘疾，莫名地向有權勢者「放目箭」，甚至藉由身體交易換取可能的自由與恩寵，這樣羸弱的精神體質使「她」邁碎步走的步步驚心，在冷眼凝視中莫名地戒愼恐懼。因此許情在後車路如意居結識裹小腳的阿婠，曾一度想要和阿婠一樣藉由綁小腳換來關注的眼神與較高的地位。就如拉崗的鏡像論，在阿婠身上許情逐漸發現自己的欠缺，察覺假男爲女的自己與女性實有不同，更驚異內心升起對阿婠（眞女性）的欲望。在「做十六」歲成年禮後，變聲的許情已沒有童伶的價值而被趕出戲班，也想在阿婠面前以男性之姿正身，其後成爲鼓師的許情，脫掉女裝擺脫假男爲女的身份認同，似乎走過了性別操演、性別認同的議題，擺脫了被陰性化的角色，改以男性身分現身，有著回歸自我的積極面向。

　　此外施叔青藉由施輝與白鬍子老人道出洛津施姓祖先與後代的來源，頗有尋根與正本清源的意味，其間「不是施打成施」[13]的施輝，因颱風與風俗迥異的平埔族人潘吉同住，雖鬧出不少趣事，卻也因此更能貼進平埔族人的生活，進而懂得平埔族夜祭阿立祖唱牽曲時哀慟欲絕的沉重，進而反省施姓祖先（施世榜）當年與阿嗹力立社簽賣契的行徑，因此施叔青筆下瘋言瘋語的施輝，似乎有著傅柯「愚人船」中的瘋人乘客的理性[14]，不僅有著自我追尋與召魂的一面，亦有著漢族自省的一面。

　　施叔青寫史，一如文本內「集雅齋」畫師粘笑景作畫，畫在福州中舉人後衣錦還鄉的陳盛元，畫逝去的女兒粘繡[15]，但粘畫師無法依前人傳承的方式下筆[16]，也

13　小說中由白鬍子老人道出洛津施姓後代的由來，當年施琅將軍平定臺灣，在皇帝面前口出妄言聲稱部下皆是施姓族內子弟兵因有血緣關係所以能團結，但惟恐皇帝實地抽查才星夜派部下回鄉里，傳令住前港錢江雜姓一律改姓施，因此有「不是施打成施（是）」這句話的出現。同註9，頁47-48。

14　傅柯（Michel Foucault）著，劉北成，楊遠嬰譯：《瘋顛與文明》（臺北：桂冠圖書公司，1992年），頁7、10、11。

15　舉人陳盛元看上粘繡臨摹黃慎的墨梅，於是娶粘繡回宅第增添閨房風雅情趣，然而擅畫能寫的粘繡成爲第三房小妾後，整整六年都守在朝北陰暗的房間，以不得隨意拋頭露面爲由，無

相信因人而異。施叔青寫過往的臺灣大河史，也不因襲前人線性連貫與男性視角的
筆法，畫出了臺灣史另類的豐富面向。小說中粘畫師畫自己的女兒，正如施叔青寫
自己故鄉洛津（鹿港）。粘畫師畫了好幾次，改了又改，始終抓不到女兒生前的神
容，差點封筆不畫，在禪師的指引下，不眠不休、半月飲食不進地，爲洛津畫下了
「降魔變」以安定人心，待完成時卻驚見畫中魔王波旬角落左邊的女兒，妖嬈作態，
有著熟識的眼睛，那張臉正是他千尋萬覓的愛女──借魔女還魂。這個身前受到陳
盛元摧殘忽略的心愛女兒，早已不是他熟知的女兒，而是已然異化的女兒。對照施
叔青創作《行過洛津》的過程，幾經更改，無計可施時索性到紐約上州閉關禪修，
出關後足不出戶，任由一股莫名的力量牽引，找到每天起床的理由[17]，最後寫就了
意義繁複且深具性別意義的洛津史，讓許情的性別操演與洛津貿易的繁華消退形成
對比，也讓許情性別的流動性暗示歷史的流動性與複雜性[18]。這個清代洛津區域史
的完成，不僅讓讀者看到了不同於正史的興衰面貌，也在文本內官民互動中，看見
庶民文化與生活的深度面向，那熟稔專業深入的民俗文化書寫，並非一般作者可以
一筆寫就的，這樣功力不僅來自於多年的閱歷與寫作經驗，更有著施叔青對故鄉強
大情感的聯繫，就區域文學來說，堪稱上乘之作。

三、探看日本殖民時期的臺灣後山

　　第二部《風前塵埃》的寫作，施叔青曾以馬奎斯的話「每一次坐下來寫作時，

　　法在光線充足的天井作畫，將心思轉移至臉蛋、食品的滋養，鎮日等待丈夫的出現。然而陳
　　盛元不僅迷戀後車路的妙齡藝妲，也為了集風雅享樂於一身，決議仿效豪貴人蓄養童伶、自
　　組家班，然而戲台才造一半時，粘繡即上吊自殺。

16 小說中粘笑景依當年朝州師父畫師所傳授的口訣「……官高品上的退居者，相露恬淡高潔之
　　氣，俠義肝膽之士，要帶吐氣如虹之勢，詩酒文人容貌帶有風雅不拘之相，王府公侯必威嚴
　　福厚，宮人貴戚要粉華驕奢之相……」，卻無法將陳盛元歸類，畫完陳盛元並不滿意。詳施
　　叔青：《行過洛津》（臺北：時報文化出版公司，2003 年），頁 326。

17 詳施叔青：《行過洛津》後記，同上註，頁 351-352。

18 詳朱云霞：〈性別視闕下的歷史重構──試論施叔青的「臺灣三部曲」〉《中南大學學報（社
　　會科學版）》第 17 卷第 4 期（2011 年 8 月），頁 165。

無不戰戰兢兢，顧慮與擔憂[19]」作爲心情寫照。然而我們也可以從小說中二我寫眞館范姜義明的身上找到同樣的寫作立場與心境。范姜義明想拍出阿美族人天眞樂天的表面底下，隱微的生命的深沉層次，卻自嘆只是從眞實的阿美族人中創造出他自己幻想中的族群。因此小說中橫山月姬「絕對相信范姜樣想呈現的是一個『眞實』的臺灣，不包含小腳、藝妲、首棚等獵奇內容的臺灣。[20]」等字眼，似乎是施叔青與《行過洛津》的某些讀者進行對話，此部《風前塵埃》已不是《行過洛津》中裏小腳與伶人藝旦的臺灣，也非獵異好奇的商業作品，期望作品能走入日本殖民時期人們的內心世界，準確而客觀地呈現人的心理活動、所處的地理與社會。

　　《風前塵埃》的時序走到了日本殖民時期，空間則移置臺灣東部的花蓮，殖民色彩濃厚的日本吉野（今名吉安）移民村。但視野並不只聚焦在臺灣，更在世界。在列強不平等束縛中成長的日本，在日俄戰爭中以小國獲得勝利，擺脫了過往的自卑情結，也在福澤喻吉「脫亞入歐」的現代化引導下，公然與西方列強分庭抗禮。因此以「東亞和平」爲說詞的甲午戰爭，使臺灣、朝鮮成爲殖民地，在殖民地將警察塑造成「救苦濟世的觀音像」[21]，從而稱霸東洋與西方抗衡，這光明進步的表象，對實際生存在殖民地的人民而言，有著非常反諷的意義。在此大時代的背景下，臺灣第五任總督（佐久間左馬太）以文明者的姿態暴力鎮壓臺灣原住民，未接受人類學者山崎睦雄和平理蕃的建言，遂使原民傳統社會逐步崩潰瓦解。這個曾是失敗者的日本，一躍爲勝利者時，複製再造了強者的暴力美學，掠奪了臺灣山野林地的天然寶藏。使戰時人民、甚至是小嬰兒穿著繪有宣揚戰爭圖案的和服，表達與歌頌戰爭的神聖與偉大，讓人們在血腥殺戮中激起集體「現代武士」般的愛國意識，以死亡身軀換來靖國神社內的神位。然而這一切，實爲法西斯暴力美學的社會亂象，使愛國戰爭弔詭地成了流行時尚的商品。一如南方朔所言：「在歷史的蒙昧裡，集體

---

19 詳代後記，陳芳明與施叔青：〈與爲臺灣立傳的臺灣女兒對談〉，《風前塵埃》（臺北：時報文化出版公司，2007 年），頁 263。

20 施叔青：《風前塵埃》（臺北：時報文化出版公司，2007 年），頁 246，253。

21 無絃琴子看見日治時期博覽會的舊海報，將將警察塑造成救苦濟世的觀音像，上面橫寫著「南無警察大菩薩」幾個大字。同前註，頁 114。

的譖妄也使得怪異的非理性成了難以避免的選項[22]」。但正如施叔青在書封面與內文引述的西行和尚的話所下的註解:「諸行無常,盛者必衰,驕縱蠻橫者來日無多。正如春夜之夢幻,勇猛強悍者終必滅亡,宛如風前之塵埃。[23]」

不同於先前臺灣「大河小說」作品的聚焦性,施叔青將關懷視角放在韓裔美籍的殖民後代、「灣生」[24]的日本女人、原住民(太魯閣、阿美族等),以及客家人(非含納在「臺灣人」之下的客家人)身上,讓諸多日本人類學家、植物學者、博物學家、人權鬥士穿插其間,試著以多元而不同的視角描述日本殖民的歷史。因而《風前塵埃》除了日本殖民議題的再度深掘外,藉范姜平妹、范姜義明,點出客家人對原民土地掠取的行徑,以及相對於日人的次等性與對日人的傾慕性。從原民的視角,看見原民與土地唇齒相依、同生共息,與懼怕漢族的另類面向。更藉由新世紀[25]「灣生」第二代的無絃琴子之眼,道出兩代灣生女子夾雜在高下位階中的複雜境遇。

在日本殖民時期的移民政策下,橫山新藏(原為名古屋和服綢緞店的夥計)偕妻子橫山綾子(舉手投足都按規範行事的舊日本女子)來臺求發展,橫山新藏一路由警察晉升為巡查部長,妻子也在臺灣生下橫山月姬一女,但妻子終究無法適應窮山惡水的異鄉,以至「靈魂感冒」鎮日慨嘆,於是丈夫送她回四季分明的日本靜養。橫山新藏表面上響應內地延長主義實行內臺一體的同化政策,娶蕃女為妾,實則早已與蕃女有染,還以優秀種族的姿態自言「把日本人優越的血液注入未開化的野蠻人是我應盡的義務」[26]。從小被父親寄居在吉野移民村的灣生女兒橫山月姬,幼年缺失母愛,父親也無從就近照顧,少女從而在原民的體味與強健的舞姿下萌動原始的情慾。然而相對於父親娶頭目之女為妻是「征服訓化野蠻人」,橫山月姬戀上太

22　南方朔:〈透過歷史天使悲傷之眼〉,《風前塵埃》,頁7-8。

23　同註20,頁52。

24　所謂灣生在此指「在臺灣出生的日本人」。

25　無絃琴子曾在臺日斷交第二年回到出生地臺灣。多年後來臺,民選的總統已對日人很友善。

26　同註20,頁121。

魯閣族的哈鹿克・巴彥卻成了叛逆的「土著化」[27]，因此橫山新藏不僅極力阻止，還命令橫山月姬嫁給日人安田信介（三井林場的山林技師），然而懷了身孕的橫山月姬選擇逃婚，其間獻身給客家人范姜義明（二我寫眞館的老闆）後再度離開，最後回到日本。灣生的次等身份加上育有被殖民者後代的多重身份，讓深受殖民父權思維影響的月姬無法自在的容入日本社會，因此返日後的橫山月姬並未告知女兒（無絃琴子）眞正的身世，卻終日活在寫眞帖與回憶中思念著南島。

多年後，臺灣花蓮原住民的來訪，使無絃琴子展開了山林雲霧中的尋根之旅。相本中那個以抗日英雄哈鹿克・那威之名取名的哈鹿克，有著黝黑的膚色，失去了賴以維生的獵槍，成了日人眞子（橫山月姬分裂的異己）的愛情俘虜，遠離他的自然山林，幽禁在日本移民村的地窖中。哈鹿克與眞子共處時成爲陰性弱勢的一方，看似翻轉了以往男性書寫中男性處於上層、威權、主動的地位，卻也複製了殖民者種族主義的刻版論述。橫山新藏不願女兒與蕃人交往，於是哈鹿克終於成爲橫山新藏的獵物，被腳鐐手銬地押到花蓮監獄。這場受殖民／父權思維框圍的戀情成爲橫山月姬終生的困惑痛苦，即使回到日本後，在遲暮之年仍缺乏面對的勇氣，自我否定的藉由分裂的「眞子」來讓眞正的自己復活，假托眞子之名，來告訴女兒無絃琴子必須知道、但難以啓齒的過去。而當橫山月姬手中拿著皺綢的千羽鶴手帕時，無絃琴子發現母親與眞子的合一性。那條眞子遞給哈鹿克捂住牙疼的手帕沾著哈鹿克的氣味，是眞子／橫山月姬陷入情慾網羅的氣味。

施叔青這樣的書寫安排，使小說中「灣生」第二代的日人無絃琴子、抗日第三代的韓裔美國人金泳喜，與文本外的施叔青有了交集，她們年輕時蓄意抽離閃避的歷史創傷，仍陰魂不散地伴隨著。在人類追逐權力欲望的勝敗循環中，日人發動軍國主義的戰爭，以勝者／盛者的「文明」姿態，協助統治「野蠻、落後，原始」的地區，以期建立更美好的世界與秩序。使原民土著、「灣生」淪爲次等，原民必須

---

27 土著化用語，使用劉亮雅的說法：「戰後日本歧視「灣生」乃因認爲「灣生」在文化或血緣上已臺灣化，月姬愛上臺灣原住民恰恰被視爲土著化而被禁制。」此文也認爲「《風前塵埃》裡日本殖民者對於跨種族婚戀採雙重態度，突顯種族宰制與性別宰制的纏繞。」詳劉亮雅：〈施叔青《風前塵埃》中的另類歷史想像〉，《清華學報》新43卷第2期（2013年6月），頁323-324。

不斷藉由招魂的儀式企求喚回原民的本眞，使純正的官方口音成爲掩飾身份的出口，使暴力成爲美學，戰爭成爲人民無法抗拒的愛國流行商品。這些被殖民的過去、殖民秩序造成的時代創傷，終究得自己去面對與驗證，剝除結痂的傷口，才能釋放自身的壓抑，從而選擇遺忘或記憶，最終得到寬恕與救贖。

四、拼貼與記憶臺灣三代人的心靈史

　　第三部《三世人》仍是獨立的文本，分上中下三卷。但敘事時間重複了《風前塵埃》的日本殖民時期，且將背景時空延伸至戰後二二八事件，企圖將臺灣歷史貫串，突顯臺灣人歷經不同政權的相對處境。但不同於前兩部以伶人藝旦、女性、原民爲主要視角突顯「陰性」的詮釋。《三世人》雖有月眉藝旦一角登場，但主要以王掌珠這位女性鋪陳主線，又輔以洛津施家三代人（施寄生、施漢仁、施朝宗），以及黃贊雲、阮成義、蕭居正等男性開展支線，企圖從多元的視角拼貼出較爲完整的時代的氛圍與意象。

　　《三世人》施叔青試圖有距離的觀看歷史，以自然主義式的冷筆書寫，但局內人身分[28]，干擾了施叔青的創作，不忍置身事外，無法以超然的視角書寫，因此小說中各支線的片段組合，也反映出作者對現實社會的無力制衡。許多支線並沒有內在的連結，不僅各自發展且多懸而未決。造成事件的跳接而沒有完整的情節鋪陳，也留下許多殘局，如許水德對掌珠的追求；王掌珠寫小說、成辯士爲女性發聲的計畫；無政府主義者阮成義暗殺大國民、爲民除害的計畫；蕭居正投身文協反日，卻又喪志沉淪於舞廳美食的行徑；施朝宗在二二八事變發生時誓言爲正義而戰，但面對二十七軍則心生畏懼於是委身戲班展開逃亡……諸如此類原先積極的行爲或想法，都留下風捲落葉般的缺憾與未完的結局。施叔青如此書寫，一方面留給讀者很大的想像空間，一方面也呈現出臺灣庶民的挫敗面，雖有雄心壯志，但受限於環境阻力等無法主宰自身命運的無奈，導致理想中道而廢的一個面向。

28　詳王德威：〈三世臺灣的人、物、情〉，收錄於《三世人》（臺北：時報文化出版公司，2010年），頁 11-12。

　　王掌珠是《三世人》中最重要的女性角色，一直有著內省自覺，但卻又屢屢成爲時代弄潮兒。幼年被賣爲養女，過著受虐苦情的生活，受到朱秀才眷顧成爲查某嫺，偶而得以學學三字經。後因朱秀才外孫考上臺中一中而侍讀 3 年，並結識了鄰人悅子，從而對悅子日人主人的服飾與標準國語（日語）產生傾慕，於是選擇逃離養母安排成爲「鴉片鬼的小妾」命運，脫下大裪衫，穿上日本和服，因此「成爲日本人，到帝都朝聖，是她這孤女一生的願望」[29]，但這在文本中僅是一個階段的想法，有著擺脫封建宿命的意義。爲了逃避養母、也不願造成朱秀才的困擾，無處可去的掌珠流落街頭，因此接觸了文化協會，吸收了許多婦女婚姻自主等新思維，輾轉經人介紹至臺北文化書局工作，成爲經濟獨立自主的女性，埋在書刊雜誌間工作的掌珠，因工作關係結識資生堂外務員許水德，而這個長得像蛤蟆、偷偷查掌珠每月工資的許水德竟向掌珠求婚，雖使掌珠內心盪漾，但文本並沒有再述及此事，似乎無疾而終。

　　愛上電影的掌珠，打算當默片的辯士而穿上旗袍，爲電影中可憐的女性發聲，拿回女人解釋女人命運的權利。迷過和服的掌珠認爲，只有能自食其力，最理智勇敢、最關心大眾利益的才是當代最摩登的女性，當時她最愛的是旗袍，即使在皇民化運動最高潮時，王掌珠一樣穿旗袍上街，不只一次被日警喝斥換上和服，掌珠死不肯從，仍舊穿著旗袍挑僻靜巷子走。直到二二八事變因穿旗袍被當外省婆後，從此換回大裪衫[30]。然而在小說中王掌珠沒有成爲辯士，一心要寫的自傳性小說也不見完成。但在文本外，施叔青則完成了王掌珠的構想：「描寫一個處在新與舊的過渡時代，卻勇於追求命運自主，突破傳統約束，情感獨立，堅貞剛毅的臺灣女性。」由此不難看見王掌珠的角色設定與施叔青的書寫企圖，這原是施叔青想突顯塑造的臺灣女性形象。

　　由穿著，施叔青展示了臺灣人的認同轉變與軌跡。小說中的女性主要是在與「物」的聯繫上產生認同與轉變，而男性的認同，則有著更強烈的族群國族聯繫。施家三代人，第一代施寄生不願剪辮以清遺民自居，書寫漢詩漢文、不說日文不改

29 施叔青：《三世人》（臺北：時報文化出版公司，2010 年），頁 182-183。

30 同前註，頁 225-228。

姓選擇做自己，卻在日本東洋殖民主義滲透嫁接下，書寫漢文扮演興亞文學的角色。第二代施漢人受時勢影響成為國語（日語）家庭，希望兒子唸日人讀的小學校。第三代施朝宗隨時代浮沉，日本投降，從「天皇の赤子」回到臺灣本島人，國民政府接收又成為「中國人」。二二八事件發生後，施朝宗生活在恐懼中，不斷夢見偵察人員指控祖父施寄生當年應和日人的詩文、施家改日本姓是背宗忘祖，因此施朝宗不僅銷毀許多祖父的遺稿，在逃亡的過程中，也剪去了國民身分證，象徵與過去認同的告別。就此，《三世人》藉由書寫記憶過去，表現出「我曾經是誰」、「我後來是誰」、以及「我不是誰」[31]的行為表象下內在心靈的真實狀態。

　　《三世人》以樟樹與竹子隱喻著臺灣／臺灣人的命運。本為臭樟的賤木或可成為莊子寓言中的櫟樹一樣，因無用而自然成長。但臭樟的功用被世人認識後，成了列強競相爭逐的對象。臭樟經萃取可成香精原料而成為芳樟，揭示本島臺灣人在日本化後可以成為皇民，一如小說中宜蘭醫生黃贊雲的理想。小說末尾樟樹擬人化的自語，有著戲謔又真實的比喻，歷經半世紀的殖民統治，大火燒了兩次南門樟樹工場，但水池畔的臺灣竹卻沒有仆倒，竹節未斷過一根，但光復後，臺灣竹卻生氣萎縮，變得奄奄一息。施叔青以竹子象徵有氣節的臺灣人，在日本統治時期沒有被擊倒，但戰後陳儀一來，加以二二八事件，臺灣人的心靈卻千瘡百孔，不堪一擊。《三世人》終止在二二八的悲情中，未能書寫之後的臺灣，使讀者回首過去，卻未能蓄積展望未來的能力，對臺灣史來說是可惜了。

五、21世紀臺灣大河小說的新面向

　　施叔青的《臺灣三部曲》透顯出她經年累月的文學素養、人文涉獵與語言策略，她善於融合風俗文化、文學於一爐，將前人傳承的戲曲南管音樂、臺灣民歌、繪畫、廟宇建築、節慶、飲食、衣著髮式、詩詞俗諺、歷史掌故等等涵化於作品中，甚至

31　南方朔認為「《三世人》至少已試著要為「我不是誰」去替時代解惑」，似乎也期待後人接　棒釐清「我到底是誰」。詳南方朔〈記憶的救贖──臺灣心靈史的鉅著誕生了〉，《三世人》，　頁9。

也傳載日本茶道、能劇、花道、陶藝、庭園等等日本文化的細節，因此讀其作品，不僅能出入歷史時空，更看見深度的庶民文化樣貌。

　　就臺灣大河小說發展來看，施叔青的作品，已不同於這些過往臺灣歷史「大河小說」（從鍾肇政、李喬、東方白……等一路下來，以至黃娟這一系）的強烈寫實性格，若說鍾肇政、李喬、東方白努力田野調查是「求眞」，則施叔青便是「擬眞」，重點不在於再現歷史眞實，而是求意境氛圍、意識意念的傳達，因此不僅自傳性成份減低，歷史眞實性也相對減弱，因此更趨進小說手法，所呈現的「不是歷史存在什麼樣的東西，而是敘述者看見了什麼」，是一種另類的歷史想像[32]。在現實主義的基本技巧上，施叔青採用現代主義的筆法，甚至是後現代的、非線性與走馬燈般重複敘事的拼貼技法等，尤擅長使用隱喻象徵的對比方式[33]來迂迴呈現臺灣社會多元而駁雜的異質面貌，使臺灣歷史大河小說在藝術美學上更上一層樓，使作品得以詮釋的面向更爲豐富。

　　就區域地理論述來看，從洛津、府城、花蓮、日本、美國，以至於臺北、宜蘭等空間的置換，甚至以臺灣東部爲書寫重心，亦爲一大貢獻，讓早期大河小說相對較少碰觸的臺灣東部得以整併到臺灣文學的地圖上。而敘述時間上，清朝、日本殖民以至於今昔對比映照，有如電影的場景跳接置換，斷裂而非線性的鋪陳，突破了以往線性連貫的歷史書寫模式。就歷史意義而言，雖然這三部曲的歷史沒有緊密接

32　「不是歷史存在什麼樣的東西，而是敘述者看見了什麼」化用施叔青在《三世人》中數度出現的字句：「不是那兒存在什麼樣的東西，而是你這個人看見了什麼。」詳施叔青：《三世人》（臺北：時報文化出版公司，2010年），頁104。而另類歷史想像一詞則借用劉亮雅：〈施叔青《風前塵埃》中的另類歷史想像〉的論文標題，詳劉亮雅：〈施叔青《風前塵埃》中的另類歷史想像〉，《清華學報》43卷2期（2013年6月），頁311-337。另外李欣倫也曾以攝影的觀點，爲此一議題進行深入剖析。詳李欣倫：〈「寫眞」與「二我」──《風前塵埃》、《三世人》中攝影術、攝影者與觀影者之象徵意涵〉，《東吳中文學報》第27期（2014年5月），頁337-364。

33　劉亮雅即參考薩伊德對位式的閱讀理論，對《行過洛津》與《風前塵埃》進行對位式歷史書寫的深入探討。詳劉亮雅：〈施叔青《行過洛津》的歷史書寫與鄉土想像〉，《中外文學》39卷2期（2010年6月），頁9-41。劉亮雅：〈施叔青《風前塵埃》中的另類歷史想像〉，《清華學報》43卷2期（2013年6月），頁311-337。

合，但因時間向度向清朝與戰後的延展，更能看見歷史重整的必須與困難，以及改朝換代後政權不變的詆毀異己、再造中心的空間權力的展現與種種政治策略[34]。就新歷史主義的思維上，擺脫了連續性的傳統敘史方式，呈現不同的敘事風格，也以遷移史與區域地方史取代大歷史的敘事角度，其意已不僅在贖回歷史，更在對抗官方的、男性的大歷史敘述。

就寫作視角來看，以女性視角關注弱勢族群，包含伶人藝旦、灣生日本人、原住民、被殖民的韓國後裔等，以更細膩的筆法頻頻關注他們的內心，寫出他們哀傷的緣由及不同的處境，使作品互文間往往饒富新意，其間不斷牽絆的認同危機，以及抵殖民與反殖民的意識等，再再顯示施叔青企圖找回女性詮釋歷史權力的努力，與為臺灣立傳的用心。但不僅止於奪回女性詮釋歷史權力的一面，更有著女性帶著悲憫同情、溫暖關懷的一面。

臺灣大河小說，就歷史議題來看，大多書寫臺灣人的反抗、依附或順從，書寫壓迫者的強勢（如乙未割臺、武裝抗日、農民運動、文化協會、皇民化運動、大東亞戰爭、臺灣光復與二二八事件等[35]），雖然施叔青的《三世人》大抵也是循此路徑書寫，但《行過洛津》與《風前塵埃》則大大不同，從伶人的性別身份，探看幽微的邊緣歷史，從灣生殖民者的視角窺探殖民過往，今昔交錯地書寫日本殖民時期的臺灣後山，由此，大歷史看起來是模糊不清晰的，猶如電影的大遠景，提供背景氛圍而不是敘事的主軸，以另類的歷史書寫面向呈現不同的歷史面貌。就認同議題來看，臺灣大河小說大體都表現出庶民在不同政權、政策下認同的改變與不變，施叔青的《臺灣三部曲》亦然，在認同的議題上，也觸及「族群認同」的問題，並喜以招魂的方式，讓小說主人翁找回失去的真我。但她走的比前人都還要遠，不侷限在自我族群的認同，在《風前塵埃》中更藉由返回日本的橫山月姬，呈現出「灣生

---

34 建築方面，拆除前代建築，如拆除清朝臺北城牆石材作為總督官邸的基座，以清國臺北城門的門額作為涼亭的基座。或新地名取代舊地名（如吉野移民村，中正路、中華路等等變更），路樹植物的移植與取代等。

35 詳黃慧鳳：《臺灣歷史大河小說研究》第七章〈歷史母題的更替〉，（桃園：中央大學中國文學系博士論文，2014 年），頁 181-212。

日本人」的身份認同問題[36]。且令人驚艷的，在《行過洛津》中跳脫以往族群身份認同的框架，開展出「性別」認同的議題，小說中伶人許情，在戲台上假男為女，扮演五娘等角色，而戲台外這個被賣身的伶人仍受到綁蹻、穿女衫等陰性化束縛，在經濟弱勢的位階上，被女性化的姿態與身體，成為烏秋、石三少、朱仕光等人覷覦、玩賞的對象，許情在生理性別（sex）[37]上雖未如太監般被閹割，但精神上已自覺殘廢，在男女生理性別的限制中，他以男性身體假扮女性，在現實生活的掙扎中，被陰性化，如傀儡般被異化，精神上一度是女性的，他甚至也期待受到烏秋等男性的肯定，彷彿他的社會性別（gender）已然是女性，並努力成為男性慾求的對象。然而隨著許情的變聲，脫掉女裝成為鼓師的許情，似乎也走過性別議題，擺脫了被陰性化的角色，改以男性身分現身。這與傳統大河小說以男女性別鮮明二分的書寫視角大為不同且深入。因此不能單以女性主義的立場來定位，只能說施叔青的書寫有對抗男性敘事的企圖，且能跳脫出性別的窠臼（男主動／女被動，男剛／女柔），讓自己站在更高的視野來書寫，也許我們可以說這是一種兼容男女特質的書寫策略。

　　表現手法上，施叔青在塑造認同時往往擅長使人與「物」產生聯繫，跳脫血源與文化的認同歸屬。如王掌珠在時代脈絡中改換的衣著，即是有心經營的認同轉變。大體而言，《臺灣三部曲》皆一貫地以「物」的穿戴來塑造角色的出身、品味與教養，而這個附加於身體的裝扮（不管是髮式、衣著、配件等）甚至是語言，是得以雕塑改造的，亦即認同當然也是可以改變、塑造與策略運用的，舉凡和服等階級性的產物，即是身份認同的替代標誌。也因此隨著清代、日本殖民，以至於戰後國府遷臺，《臺灣三部曲》儼然成為臺灣人民服飾歷史的伸展舞台，也對比出官方

---

[36] 雖然邱家洪《臺灣大風雲》中也提灣生蘇敏信，但蘇敏信的認同在文本中卻未顯波折，直接被納入新臺灣人的行列中。

[37] 1990年巴特勒（Judith Butler）在《性別麻煩》（Gender Troble）一書，反對過去傳統女性主義將生理性別（sex）等同於社會性別（gender）的偏執，即認為男性就是陽剛的、女性就是陰柔的說法，所以她提出「反性別的性慾取向」（against gender），即女人也可以愛女人，女人可以是陽剛亦可以是陰柔的，不需受限於異性戀的性別認同。若這樣的設限可以打破，則情慾空間將更開放多元。參見顧燕翎主編：《女性主義理論與流派》（臺北：女書店，2000年），頁245-268。

政治意識形態在庶民生活上的影響。如此人與「物」之間的認同轉變，讓讀者看見
裝扮的力量足以形構、表現認同的歸趨，這是以往臺灣大河小說未突顯的面向。而
21 世紀的臺灣大河小說，因女作家的進場，也改變只有男性書寫的寫作生態，以
女性為視角的敘述方式，突破男性書寫的性別盲點。一如史碧娃克對馬克思與弗洛
依德的批評：「他們似乎只是從男人的世界及男人自身獲得依據的，因而證實了有
關他們的世界和自身的真理。我冒險斷言，他們對於世界和自身的描繪建立在不適
當的根據上。」[38]就此而言，女性書寫實有其存在的意義。施叔青的大河書寫，有
意識的挑戰過往臺灣大河小說的男性中心論述，改採女性的視角，但寫作立場並非
侷限在女性，有時甚至以中性書寫方式來描物記事，拉高立場的視野，不僅有著細
膩幽微的特質，也有著大歷史的廣闊深度，亦不侷限在臺灣人的歷史悲情，也關心
他國被殖民者以及殖民者的後殖民處境，更對「出入性別」的人物、身分進行關照
思索，凡此種種，可說是 21 世紀大河小說的一大進程，循此種種迥異過往的書寫
立場與寫作策略，相信往後臺灣大河小說書寫的內容與方式將可能更加多元豐富且
令人期待。

　　從《香港三部曲》到《臺灣三部曲》，呈現出施叔青近年創作意識的流變與轉
型，隨著生活及跨國經驗的滋養，施叔青近年的文學實踐，不僅是後現代或新歷史
主義的、也不僅以女性角度出發，或僅關注邊緣族群，更可以說具有國際性的視野
與高度，企圖以最鄉土的題材寫出最具國際性的作品，寫出普世的關懷與價值。在
近現代東亞文學與文化變遷的視角中，施叔青小說脈絡破碎、懸而未決的書寫，為
全球「華語語系文學（Sinophone Literature）」的複雜分歧風貌再添一筆，透顯出
臺灣文學的多元、駁雜與開放性，而這樣的多元、駁雜與開放性又何嘗不是挑戰傳
統、企圖與世界接軌、互動的一種方式。

---

38 Gayatri Chakravoty Spivak, In Other World: Essays in Cultural Politics, P91.First published in
1988 by Routledge. 轉引自趙稀方：《後殖民理論與臺灣文學》（臺北：人間出版社，2009
年），頁 65。

徵引文獻

一、專書

施叔青：《行過洛津》，臺北：時報文化出版公司，2003 年。
施叔青：《風前塵埃》，臺北：時報文化出版公司，2007 年。
施叔青：《三世人》，臺北：時報文化出版公司，2010 年。
傅柯（Michel Foucault）著，劉北成，楊遠嬰譯：《瘋顛與文明》，臺北：桂冠圖書公司，1992 年。
趙稀方：《後殖民理論與臺灣文學》，臺北：人間出版社，2009 年。
顧燕翎主編：《女性主義理論與流派》，臺北：女書店，2000 年。

二、期刊論文

朱云霞：〈性別視閾下的歷史重構—試論施叔青的「臺灣三部曲」〉，《中南大學學報（社會科學版）》第 17 卷第 4 期（2011 年 8 月），頁 165-168。
李欣倫：〈「寫眞」與「二我」──《風前塵埃》、《三世人》中攝影術、攝影者與觀影者之象徵意涵〉，《東吳中文學報》第 27 期（2014 年 5 月），頁 337-364。
劉亮雅：〈施叔青《行過洛津》的歷史書寫與鄉土想像〉，《中外文學》39 卷 2 期（2010 年 6 月），頁 9-41。
劉亮雅：〈施叔青《風前塵埃》中的另類歷史想像〉，《清華學報》新 43 卷第 2 期（2013 年 6 月），頁 311-337。

三、學位論文

黃慧鳳：《臺灣歷史大河小說研究》，桃園：中央大學中國文學系博士論文，2014 年。
謝秀惠：《施叔青筆下的後殖民島嶼圖像──以《香港三部曲》、《臺灣三部曲》為探討對象》，臺北：國立臺灣師範大學臺灣文化及語言文學研究所在職進修專班碩士論文，2010 年。

試論《火殤世紀》的身體書寫及時空敘事的指涉意義

林偉淑

淡江大學中文系助理教授

摘　要

　　吳鈞堯的《火殤世紀》被喻為金門書寫的扛鼎之作。吳鈞堯以華美的文字、詩性的語言、壯濶的情感，為長期處於政治邊緣、歷史孤島的金門，織就一頁血淚斑斑的島嶼書寫。金門的身份曾經是戰地，如今則是觀光勝地。在臺灣現當代文學中，金門文學一直是邊緣且沈默的，《火殤世紀》的書寫使得被遮掩的地區文學，能呈現它獨特的風土面貌。金門是吳鈞堯的故鄉，金門更是他身體、心靈的寄託，也是他心中最傷懷的歷史苦難。《火殤世紀》透過屍體、動物肉身的意象，以及排泄物的書寫，隱喻了戰地、時代及人性的扭曲，並反省金門的歷史處境。《火殤世紀》寫神話人物也寫歷史人物，主要更是描寫庶民的生與死、戰地百姓的存與歿。在身體的文化書寫部份，則探討充滿權力意涵的身體隱喻，例如辮子的存廢，表現了對國家的臣服，並以女體——被棄女嬰的未來、軍樂園中妓女的命運，隱喻金門的歷史處境。吳鈞堯擅長寫細節，以動物肉體、屍體與排泄物，隱喻人心靈及身體的病，而金門則是承受國家疏離、戰地荒涼的百年病體。在《火殤世紀》中對於異質存在的時空也有深刻的描寫，例如寫壕溝野洞，以及軍樂園性交易場所，這些空間存在

於戰地之中，戰事依舊，卻能使人們自戰事中暫時抽離，遺忘現實，也隔絕了死生由天的存在感。《火殤世紀》並以毋忘在莒及田單火牛陣復國的歷史敘事，嘲諷了五〇年代臺灣對待金、馬的戰地意識型態，並透過政治神話的隱沒，書寫金門百年滄桑史。本文析論《火殤世紀》身體書寫與時空敘事，以省視吳鈞堯透過作品所展現的歷史關懷及家國意識。

關鍵詞：火殤世紀、身體書寫、時空敘事

一、前　言

　　作家吳鈞堯的《火殤世紀》[1]被喻為金門書寫中的扛鼎之作，[2]從歷史的時空來看，金門的身份曾經是戰地、是前線，如今成為觀光勝地。臺灣現當代文學中，金門文學一直是邊緣且沈默的。吳鈞堯以金門百年歷史書寫金門三部曲：《火殤世紀》、《遺神》、《孿生》，書寫角度是從寫人、寫神、到寫神話，由此觀看金門的存在位置。《火殤世紀》為三部曲之首曲，故事時間始自 1911 寫至 2003 年，以金門近百年的歷史片段為敘事背景，寫成 30 篇短篇小說，每一篇有各自的主角及主題。作者截取歷史斷片，表現了離島居民的歷史滄桑感。《火殤世紀》寫神話人物及歷史人物，也寫一群在苦難時代底下掙扎的庶民。作者透過他們的眼、他們的心，以及他們的身體，記錄了金門的滄桑與苦難。本文將梳理《火殤世紀》的身體書寫，並指陳文本中的時空敘事及其隱喻。

二、《火殤世紀》的身體書寫

　　「身體」概念從蘇格拉底、柏拉圖、笛卡爾、尼采、巴塔耶、德勒茲、傅柯、布赫迪厄……等哲學家、社會學家都給予不同的概念及討論，每一個階段都有其關注的層面。[3]身體敘事在某個程度上是對於歷史敘事的補充。在哲學上，尼采認為是我們的身體在詮釋這個世界。[4]存在就是身體，而思想、心靈、靈魂都是身體的一部份。[5]其後的傅柯（或譯為福柯）延續了尼采的概念，並通過系譜學（或譯為

1　吳鈞堯：《火殤世紀》（新北市：遠景出版社，2010 年 5 月）。

2　郝譽翔：〈鎔鑄史實與傳奇，為金門撥霧〉，《火殤世紀・序》，頁 3。

3　李蓉：〈身體闡釋和新的文學史空間的建構〉，《天津社會科學》第 6 期（2007 年 6 月），頁 107。

4　（德）尼采著，黃敬甫、李柳明譯：《查拉圖斯特拉如是說》（北京：中華書局，2013 年 11 月第 1 版），頁 32。

5　葛紅兵：《身體政治——解讀 20 世紀中國文學》（臺北：新銳文創，2013 年 8 月），頁 68-69。

譜系學）的方法，對於身體如何被權力、話語馴服，以及如何在歷史中建構，同時反映了一種身體政治的思維。[6]身體政治指涉的身體意識型態，[7]同時也指出身體在文化、社會裡的角色，這些討論形成了身體敘事，同時也在身體論述下突顯存在的意涵。[8]然而，身體並不等同於肉體，身體同時也包含了肉體及精神層次，以及所延伸的欲望、知覺、感受、體驗、情感，[9]身體因而是一種符號，[10]身體的符號則可以進一步解釋社會型態與人的關係，也可以說明人與家國、時代之間的關係，以及歷史的處境。

　　因此，身體的書寫也成爲作者描述歷史現象，或表達情感的一種展演方式。可知在某種程度上，身體也就是社會結構運作的場域。如是，馬克思討論身體在社會生產關係底下，受限於社會結構與環境條件；涂爾幹認爲，社會是透過符號呈現文化秩序，同時這些符號也會在身體上形成烙印；而齊美爾則表示，身體是社會形式與文化形式的基礎，透過身體的滿足使得各種生活模式得以建立，包括物質、精神、宗教等方面。[11]

　　身體是個人存在的載體，它是受到社會環境與時代的影響，同時也刻記著文化的烙印，透過身體，我們可以展讀歷史。在《火殤世紀》裡我們可以看到身體與社會、文化互爲影響。《火殤世紀》是一本以小人物寫大歷史之作，在人物的身體書寫中，往往隱喻著身體所依附的文化、社會。因此，審視身體書寫，更能深刻挖掘文本的主題意涵。

6　李蓉：〈現當代文學「身體」研究的問題及其反思〉，《文藝爭鳴》第 11 期（2007 年 11 月），頁 79-84。

7　同註 5，頁 40。

8　沈嘉達：〈「文革」敘事：身體鏡像與語言指涉〉，《黃崗師範學院學報》第 26 卷 2 期（2006 年 4 月），頁 99。

9　同註 3，頁 107。

10　朱中方：〈身體記號在文學記述中的價值〉，《江西社會科學》第 23 卷第 3 期（2007 年 12 月），頁 27。

11　Chris Shilling，謝明珊、杜欣欣譯：《身體三面向——文化、科技與社會》（臺北：國立編譯館，2009 年 8 月初版一刷）。

（一）物質性身體與排泄物的書寫

《火殤世紀》有關身體書寫的部份，可以從物質性的身體以及身體的文化書寫二方面來討論。物質性身體的書寫，包含動物肉體、屍體以及排泄物的低下書寫；在身體文化書寫方面，則從身體與權力關係、女體隱喻國體的部份加以討論。

1.動物肉體的書寫及隱喻

〈辮子〉一文中王福氣買魚為懷孕的妻子補身，懷孕是生的象徵，但在此處的描述卻是將生與死的意象交錯展現：

> 王福氣的妻子臨盆，他上市場買魚，給妻子補身。[12]
> 王福氣拎著魚，一路走來，血水倒也滴得乾乾淨淨，幸好陽光不大，不怕魚餿。[13]

王福氣買魚給妻子，走在路上魚的血水流出。然而，妻子即將臨盆，大腹便便的妻身不也似魚腹，逐漸流出的血水，暗指著即將臨盆產子的妻身。血水之軀，令人感到觸目驚心，懷孕的女子，承擔了生產的風險，也面臨死亡的威脅。而有時，嬰兒還來不及長大便離開人間：

> 那些沒出世就斷氣，以及才出世就命喪的嬰兒，給拗成一隻蝦的形狀，再塞進甕裡，埋在田裡或路旁。

一出生就死亡的嬰兒，並沒有墓可安葬，只能拗成蝦狀，塞進甕裡埋在田裡或路邊。在此，不論魚或蝦的意象，似乎都是聽天由命，任人宰割的。生與死，健康與病體，在魚蝦的意象中呈現。

金門臨海，文中多有漁村生活的樣貌，在〈泥塘〉裡女主角名為「余能刃」，

---

12 吳鈞堯：〈辮子〉，《火殤世紀》，頁9。
13 同前註，頁11。

表示了這位漁村姑娘如「魚」的生命際遇，然而「能刃」，似乎意指魚在刀俎上，一切都是無可奈何。牽繫影響她命運的人，不只是父母、族人、丈夫、女兒，還有戍守海邊崗哨的班兵林柏農。林柏農是一個精壯的青年，對已婚的余能刃著迷。余能刃的丈夫和鄰人通常凌晨四、五點出海捕魚，中午時分女人們為家裡的男人送來便當，當船上了岸，女人們在岸邊收網、或整理魚貨。這些女人也像魚，她們無法決定自己的人生，她們多在命運的池塘裡囚泳著。

喜歡上余能刃的林柏農則陷入這情感的泥塘，他愛上這個有夫之婦，想望著有著黝黑髮色、膚色以及眼眸的她。但是，他又能存著什麼希望呢？一日，颱風來襲，在疾風大雨的日子，海防害怕水鬼上岸，嚴實戒備，林柏農從槍枝裡瞄準了一個游上岸的男人，他心裡明白，這男人是余能刃的丈夫。但只要一顆子彈，射向眼前的男人，就能結束余能刃她那早已被決定的世界：「林柏農的唇、手，都擅抖。一個生命，即將在準星內結束，海，仍規律拍打。聆聽浪濤，他的板機，徐徐壓緊、壓實。快死了，跟快殺死一個人，都一樣漫長。」[14]但最後卻是：「林柏農壓實板機前，見著自己也在準星裡。他槍桿左移，扣下板機。砰。」[15]林柏農最終殺了自己，因為他早已深陷泥塘，無法自拔。

「豬団」這篇則以一隻豬，一個荒謬的「豬団當兵事件」，嘲弄了「軍愛民，民敬軍」的歷史記憶。時為民國38年，「一年前湯恩伯將軍率領空衛部隊，進駐金門，一波波的軍士穿過古寧頭，村民站在路旁看陣仗，男的憂眉苦臉，婦女被士兵瞧得壓低了頭。」[16]這段話是一個伏筆，也是對於軍民相親相愛的反諷。且說李福景好不容易將豬団養大等賣了之後好過年，沒想到阿兵哥來偷豬，士官還不慌不忙地說：「這隻豬要去當兵了。」[17]鄰居也都嘖嘖稱奇：豬要怎麼當兵呢？士官回道：豬要怎麼當兵，是軍隊的事，跟他們無關。被捆綁帶走的豬受到驚嚇，哞哞嚎叫，還拉了一地的屎。李福景不甘心，跑到營區大喊大鬧，才知道軍隊伙食差想吃肉，卻搶百姓的豬隻加菜。

14　吳鈞堯：〈泥塘〉，《火殤世紀》，頁180。

15　同前註，頁181。

16　吳鈞堯：〈豬団〉，《火殤世紀》，頁114。

17　同前註，頁114。

　　李福景狐疑，他們究竟是軍隊還是土匪？士兵趕不走李福景，想拿槍斃了他，忽然砲聲隆隆，火光四起，士兵掠下李福景奔回營區，李福景也忘了豬仔急急回家。卻見天空染了一層辣紅，地上撼動，村民看得興味十足，宛如看一場煙火大戲。隔天，砲彈轟轟劃過屋頂，李福景聞到焦味，他看到豬圈被炸毀，還有豬頭炸缺半邊，他扛著炸烤過的豬去營區換回活豬，但士官要他留下這隻焦香的豬，說道：「豬先擱著，活豬明天還。」李福景自是不信，抓起豬腳便往回走，士官攔他不住，直吞口水，眼睜睜看著他扛著有一片好肉色的烤豬往回走：

> 李福景的身形被豬擋著，只見豬斜斜立著，後腿懸在半空，像鬼一樣，徐徐飄行。士兵正待笑，嘴咧開，卻笑不出來。
> 李氣喘噓噓，豬肚跟他的背互相摩擦，發出熱香，李福景餓了，肚皮咕嚕咕嚕叫。再往前走，一回家，就能吃豬腿，李福景想到此，卻淚水直流。[18]

回想金門的際遇不也是如此，歷史選擇了金門成為戰地，使得金門的百姓在很長一段時間裡，過著日夜得躲空襲，朝不保夕的生活。戰地砲彈引起的大火、染紅天際的戰火與燒烤得焦香的豬隻，交織成極華麗的場景，然而華麗之後便是死亡的驚懼。然而，不論豬隻或百姓，都是戰火下被決定的肉身：王福氣買的魚、拗成蝦狀的死嬰、像困在泥塘裡一條魚的林柏農，他們身體的符號是魚、蝦，他們都是刀上俎，而被活捉或炸燒得焦香的豬隻，牠們的肉體書寫是華麗荒誕的，他們都成為戰爭中死亡的盛宴。

　　食魚、食豬肉都是維繫生命的方法。吳鈞堯擅長寫出生命的細節，他寫吃食——吃食和呼吸都是蘊涵生命的「進」，排泄吐氣則是生命的「出」。在進出之間，人尚有氣息，方能生存，但人食五穀如能不病，病的可能是心靈，也可能是身體。營區官兵掠奪百姓豬隻，是時代使他們的身體與心靈都病了，林柏農自戕更是心靈上的空寂與病態，透過這些病體，隱喻了金門苦難的歷史命運。

---

18 同前註，頁120。

2.屍體意象的表現

死亡是抽象的，但面對屍體，死亡便具象化了。

1958 年的八二三砲戰，在金門的戰地歷史中更是血淚斑斑沈重的一頁：「八月廿三日，南安、同安、廈門沿海匪砲向金門全面濫轟，落彈四萬餘發，毀屋千棟，死傷二百餘人，為『八二三』砲戰開序幕。」[19]到了 1959 年元月七日，「廈門、澳頭、蓮河、大小嶝向金門射擊，落彈三萬三千餘發，民眾死亡三人、重傷三人，房屋全毀二百餘間，半毀一百多間。」[20]百姓時時要躲防空洞、不知彈盡後有多少親友受傷死亡？不曾經歷戰火洗禮的我們，實在無法想像生命在瞬息間消失，對未來無法有任何期待的感受。

在〈斷蟬〉一文中，死亡的氛圍以及性愛情欲都透過屍體來展現：

> 李如景襁褓時，曾隨母親在娘家小住，三十九年，共軍進犯古寧頭，雙方死傷慘重。西浦頭一帶海域，屍體如魚屍，載浮載沈，古寧頭人，不管老人或婦女，都被徵召，扛傷兵或掩埋屍體。村落坡道上有一排糞坑，屍體扔入坑道掩埋，烈日曝曬，墳土鼓脹龜裂，蒼蠅成群飛舞，覺得裂縫就要被陽光掰開，覺得裂縫就要爆炸了，一個踉蹌，見著百來個士兵圍著她，伸出手，討水喝，李婦忙說，她沒有什麼可以給的，才開口，嘴巴掉出蛆蟲來。[21]

死亡是生命氣息的終止。才開口嘴巴便掉出蛆蟲來─這卻是比死亡更為恐怖的場景，長蛆的肉體，是死亡來臨前身體腐敗的景象，死亡逐漸侵擾生者。死亡的場景太慘烈，屍體竟如魚屍般成群結黨，在海域上載浮載沈，且大量曝曬在烈日下，連不用上戰場的老人及女人，都要到死傷慘重的現場處理傷者及死者。

生命，可貴的是存在的尊嚴，然而戰事後死者太多，多到來不及處理，蒼蠅成群，於是屍體竟被丟入糞坑裡，屍體與糞便，形成最卑微最荒謬的葬禮。而無所不

---

19 吳鈞堯：〈金門歷史大事紀（1911-2004）〉，《火殤世紀》，頁 298。

20 同前註，頁 300。

21 吳鈞堯：〈斷蟬〉，《火殤世紀》，頁 148-149。

在的屍首，又形成極鬼魅的氣氛。活著的人只能踩著屍體與屍體的空隙前進。那似乎也是生與死的間隙了。

> 那時，李婦經過林厝、榜林等村，屍骸三三兩兩，或臥或趴或躺，有的，掛在牆上。臨時挖不了壕溝掩埋，就扔進水溝與古井。李婦事後回想，覺得自己是飄過那些屍首回家的，如果不是飄過，哪能居高臨下，清清楚楚記得屍首的姿態，那些，神忘了祝福的人……她是飄過去，還是踩著屍體跟屍體的空隙，回家？[22]

戰爭，輕易地結束生命，大量的死者，使著年輕的李婦精神近乎崩潰。回到家，回到母親的懷抱裡，屍骸的幻影仍緊緊跟隨。

> 那年，她渾渾沌沌回家，見到阿娘，母女抱頭痛哭。當時，那些屍骸，一一站在她跟母親周圍，繞了一圈又一圈。這還不夠，且越站越近，伸出手，不知要跟她索取什麼。她心一慌，抱緊阿娘，從阿娘的臂彎裡才知道他們也想擠進阿娘的臂彎裡。

就在這麼詭異的屍首氛圍裡，李婦去探望生病的大妹，大妹和丈夫在後浦開店賣雜貨，許久沒到此地的李婦，發現巷底多了幾棟平房，士官兵進進出出，原來那裡是軍樂園。替大妹送貨到軍樂園的李婦，看著軍樂園裡容貌豔麗的女子，而男人的形影都徘徊在女人身上。在死亡的氛圍下，看到容貌豔麗的女子與先前大量屍骸形成強烈的對比。而此刻的士官兵，他們眼中只有軍樂園裡的女體，他們追逐性欲，他們的身體被欲望擺。沒有主體意識的存在，這和被戰爭擺佈的屍體又何不同呢？

> 窗外陽光進射入窗，士兵的影子或左或右，忽前忽後，徘徊在女人身上。女人一身華麗的紅，被印著黑黑紫紫。那些光頭士兵，跟那群屍體沒兩樣。不

　　管平頭或光頭，映在地上，頭髮都看不真確，似一個樣了。[23]

　軍樂園工作的女人脫口說，自己的兒子也該有李婦的兒子那麼大了，李婦想問她：兒子誰在照顧？她又怎會在軍樂園裡？沒能開得了口，卻看到徘徊在女人附近的光頭士兵們，也和李婦那日所見的屍體沒什麼兩樣了。這群圍繞在軍樂園女子身旁的士兵一購票買卷，排排站，等著追逐性的氣息。他們沒有各自的生命姿態，只有欲望的吐納，作者以屍體比擬他們的肉身，彷若沒有靈魂，描寫了存在的荒謬感。

　　沒有靈魂的屍體與活人共存，這是戰地景象，也是人世時空的一種扭曲。身體是個人存在的載體，然而，活著的人失去了靈魂，又與屍首何異？透過屍體旳書寫，我們看到吳鈞堯金門書寫中的悲憤，以及透視戰場、透視生命的失序與無常，而置一語，於生、死之間。

3.排泄物的書寫

　　劉康指出巴赫金把「身體的低下部份」和「肉體的物質性原則」提得很高，在巴赫金對拉伯雷的作品討論中，如身體本身、飲食、排泄、性生活的形象都成爲狂歡節的文化審美核心。[24]身體排泄物是從身體延伸出來，看似多餘又噁心的一部份，但卻能在身體低下書寫中反省主體的存在。在《火殤世紀》中，作者也有著相同的反省。

　　〈主僕〉這篇，從僕人王春島的眼光去看縣老爺的房裡擺設，有油燈、黑色衣物箱、尿壺、一堆吐痰的砂子、牆上的畫、桌上的文件。[25]「畫，掛上牆，文房四寶慎謹擱著，尿壺擺好，房間有重心，左樹燹也安心。」[26]尿壺、吐痰的砂子與文房四寶成爲房間的重心，這是有趣的描寫。文房四寶是當時讀書人必備，也是縣老爺批公文的工具，是神聖而莊嚴的。屎尿、痰的書寫是身體的排泄物，它們卻交織

23　同前註，頁152。

24　劉康：《對話的喧聲——巴赫汀文化理論述評》（臺北：麥田出版社，1998年4月初版二刷），頁286。

25　吳鈞堯：〈主僕〉，《火殤世紀》，頁32。

26　同前註，頁37。

成房間的重心，精神層次的需求與肉體層次的排泄，構成縣老爺完整的生活。

時代的荒謬也展現在〈一天〉中：

> 幾十位軍官、上百民村民，一起望著他。軍官的眼神憤怒、震驚，居民則唾罵、哀痛。陳來旺被這兩股勢力壓迫著。這股勢力也沒放過他的牛。牛走在前頭，前腿一個跟蹌，再起身時，後腿虛軟，屙了一團大屎。
>
> 牛屙屎後，起步走，陳來旺被牛拉著走。那名軍官跑來，按著他的手槍。有個人卻跑得比軍官快。他邊跑邊脫外套，撲著，跪在牛屎前，用外套盛住牛屎，剩餘的屎末，則撿起外套袖口拼命擦抹。
>
> 陳妻說，總統來了。蔣經國總統來了。[27]

這裡的描寫極為嘲諷，所有的人都嚴正等待「長官的到來」，但陳來旺與他的牛車卻誤闖宛如慶典的廣場。他的闖入十分突兀，強烈對比軍官及圍觀群眾的興奮，然而所有人立即從興奮轉為詫異再轉為驚恐。荒謬的是，有一反應機伶的人─他是山後民俗文化村的總幹事，跑得比負責的軍官還快，並火迅地以外套盛接牛屎，原本卑賤的穢物在此被神聖地對待，只因總統即將來到。牛屎成了廣場的焦點，並擴大成所有人驚懼的對象。

也在現場的縣政府主任秘書，則被驚嚇得連著一個月都作惡夢，夢中被他被一大坨牛屎埋住，他奮力掙脫，卻見牛接連下了一大坨又一大坨的屎，終於疊成太武山的高度，成為一座屎山。歷史的敘述，它的意義不在於事實的呈現，而是在於歷史事件帶來的影響。當時人們生活在高唱統治者至上的年代，原本是牛屎是農家可再利用的物質，卻在那一刻成為萬惡的存在，作者透過牛屎的描寫突顯荒謬的歷史情境。

〈遊街〉中則是以痰表現「道德」與「不道德」行為二者衝突矛盾。〈遊街〉的背景是 1934 年，這一年「新生活運動」正風行，在金門街上舉著「忠孝仁愛信義和平」的字樣，敲鑼打鼓，熱烈遊街。對於百姓而言，長長的訓示高高標舉的運

27　吳鈞堯：〈一天〉，《火殤世紀》，頁 233。

動，只被簡化成：「說那麼多，講的就是勿隨地大小便、隨地吐痰。老人喉嚨一陣悶咳，正要吐出什麼，卻硬生生止住。」[28]此時，兩個莊稼漢闖入大宅當偷兒，他們被逮後遊街示眾。突然，街上人聲喧鬧：

> 不知誰，一聲咳，接著呸一口，一口濃痰過去，落在綁匪腳邊。
> 綁匪初時還想躲，手鐐腳銬振得老響，後來知道躲不過，硬挺挺站著。關了幾天，綁匪都長鬍渣，黃振玉的黑色胎記，顯得更黑。洪承便哈哈苦笑，接著乾噦。痰，沒停過，不一會兒，兩人身上掛了一團一團的痰，濃黑的、死灰的、深綠色的、冒著唾液泡泡的。綁匪站立處，漸漸閃亮光，連一口痰，也閃耀著光。[29]

一口一口濃痰吐向綁匪，這樣的描述令人作嘔。卻是全民的、荒誕的，卻又顛覆廣場上下次序結構的盛會。敘述者巡警張達德原本想吹哨維持秩序，制止民眾的吐痰行為，他卻想起「許多的夜晚，一把刀、一只麻袋、一張張驚嚷的嘴巴、一聲接一聲喊救命、一滴一滴眼淚，然後，刀割斷尖叫聲、麻袋成了墓塚。」[30]痰在兩次的遊街中有不同的意義，它原本是沒有公德心、不道德的象徵、是要被革除的舊生活習性，此刻成為抵制「不道德行為」的武器，痰因此是充滿衝突與諷刺。新生活運動的遊街就是為了禁絕百姓隨地便溺及吐痰，不讓這些排泄物在公共場合任意出現。在綁匪遊街示眾時，人們忘了「蔣委員長的復興民族計劃」，忘了「提倡國民道德的新生活運動」。正如同巴赫金對於拉伯雷小說中屎尿表現的討論提及：

> 為了正確地理解像拋擲糞便、澆尿諸如此類的廣場狂歡的動作和形象……每一個獨立的形象就是一齣伴隨舊事物滅亡新世界誕生的詼諧劇。

28　吳鈞堯：〈遊街〉，《火殤世紀》，頁 66。
29　同前註，頁 72。
30　同前註，頁 72。

　　每一個獨立的形象都從屬於這一整體的蘊涵……然而若從另一種世界觀體系理解同樣的這些形象，這些形象成了不折不扣的粗俗下流。*31*

　　同樣的遊街，本是提倡新生活運動反對隨地大小便或吐痰，是復興民族文化最具體的成果展現，但是人們對盜匪吐痰，更是嫌惡的最高表現。吐痰成為兩種截然不同的精神象徵：粗鄙的行為，以及對道德的捍衛。兩種極端衝突的形象都在「遊街」裡示眾，特別是當吐痰成為一種道德精神的捍衛，合理化粗鄙行為的同時，也鼓舞了廣場上圍觀的群眾，於是人人一口，不吐不快，噁心黏稠的痰指向直立的綁匪大漢，也舒緩了盜匪入侵的緊張情緒。這一幕像是詼諧劇，以民間情緒消減了官方秩序的要求，整個廣場的道德或非道德行為界線泯除，吐痰成了一種共同歡樂的廣場慶典。

　　排泄物痰、屎尿等，都是身體的一部份——雖是多餘的一部份，卻更突顯主體存在與歷史的荒謬處境。遊街時百姓的吐痰行為，反諷了新生活運動；廣場的牛屎則嘲弄了軍官與村民，顛覆了人們等待蔣經國總統到來的神聖性，對於威權的敬畏猶如一座屎山，令人窒息。而吐痰形成了廣場狂歡，嘲諷了新生活運動的嚴明秩序。作者透過排泄物，記錄了整個社會結構在戰時的荒謬及扭曲，身體書寫成為表徵時代意義的符號。

（二）身體的文化書寫與隱喻

1.充滿權力意涵的身體隱喻

　　《火殤世紀》第一篇〈辮子〉，故事從 1911 年說起。辮子，本是身體的一部份，在清末蓄髮留辮象徵擁護皇權。如傅柯所言，歷史力量以某種方式作用於人的身體，對於身體有極為嚴厲的權力控制：*32*

31　（俄）巴赫金著，李兆林、夏忠憲等譯：《巴赫金全集》第六卷（石家莊：河北教育出版社，1998 年 3 月），頁 169。在此，我們審視巴赫金的廣場狂歡理論，在吳鈞堯的〈遊街〉裡有著精彩的呼應。然而論文挪用巴赫金的理論作為支援，以解釋吳鈞堯在《火殤世紀》中，對於屎尿的卑下書寫所形成的二種不同價值觀。

　　據說，陳國衡是為了保護他的辮子才逃走的。[33]

　　陳國衡得了一個啟示，辮子，是血脈的臍帶，祖拉爺，爺牽父，父挽子，連起辮子，連起生命，卡嚓一聲，斷陰陽，阻族譜。[34]

辮子，在此是穿越時空的書寫，它是血源、是族譜、是家國朝代的牽繫。身體承載了歷史文化的遺跡，濃縮了各種政治權力，它處於歷史文化的橫軸，成為一種符號。[35]因此，當政治改變，辮子的存廢宣告了人對於國家權力的認同：「辮子立斷，從此清廷成了前朝，跟唐、宋、元、明一樣走入歷史。然而，辮子握在手裡，卻不知該不該扔了，還是該把它當作先祖的一部分，焚香，掩埋？」[36]只是，身處朝代更替、歷史交界的人們，該如何面對充滿政治意涵的辮子呢？

　　在中國，改朝換代之際，總有遺民在國族認同上抗爭著，但金門島民多半選擇臣服於統治階層，或者像陳國衡為了留住辮子而逃離。同時，辮子具有政治的象徵意義，作者更以男性的性能力為喻，當辮子剪除，如同男人去勢，被閹割的男人從此惶惶不安：

　　左樹燮……大長馬褂，手按枴杖，鬚長及胸，講話前，先吟哦，遇難斷之事，手捋長鬚，下頷提高，眼睛微瞇，不怒而威。左樹燮這幅畫面是與辮子連結，辮子剪除後，官老爺似去勢，左樹燮接到人事令那天，悠悠忽忽，懵懵懂懂，不知短髮、西服，能怎麼當起父母官。[37]

---

32 朱中方：〈身體記號在文學記述中的價值〉，《江西社會科學》第 23 卷第 3 期（2007 年 12 月），頁 26。

33 同註 12，頁 8。

34 同註 12，頁 9。

35 朱中方：〈身體記號在文學記述中的價值〉，《江西社會科學》，頁 24-29。

36 同註 12，頁 11。

37 同註 25，頁 33。

以去勢隱喻權力的閹割，指陳朝代的嬗遞，官員無能抵抗之外，也暗示金門處於大中國的邊緣處境。金門處境一直是被冷落的，金門在中國統治時是邊緣且荒涼貧窮之地，必須聽命於中央，然而，政府或朝廷可曾真正憐惜這這片土地，以及他們的一片赤誠？要求島民剪除辮子以示國家認同的政策執行者，其實對這個島嶼沒有情感，金門，與他不相干。

> 他拿出捲好的話令，又看了一次：即日起，金門地區民眾，得剪除辮子，服從國民政府領導。
> 李心田噓了一大口氣，他完成交付的使命了，這個島，一個跟他莫不相干的島，卻因為他，讓歷史毫無縫隙地流轉而去。[38]

1949 年之後，臺、澎、金、馬成為生命共同體，金門相對於臺灣仍是邊緣而疏離的。回顧鄭成功到金門，似乎並沒有為金門帶來朝廷的善意，反而為了造船伐去島上的樹木，從此金門漫天風塵：

> 一個島，一個碎裂在大陸邊緣的島，到底還是辜負了鄭成功的期望，沒能在兩百多年前，剪了滿清的辮子；而鄭成功砍代島上的樹木，製船、駕船，東去臺灣，致使金門風沙漫漫，又辜負了多少島民？[39]

民國之後的金門，成為臺灣的最前線，居民必須時時躲防空洞，不斷活在砲彈威脅下，辮子書寫了金門島民百年來對國體的臣服，卻沒有得到相對的回應。在身體敘事中，身體是一種符碼，指涉人與社會，權力與政治的關係，從鄭成功到金門至1949 的臺澎金門，一個為民國剪去辮子的金門島，國家僅回應它戰地的身份，從此烽火連天。

2.女體與島嶼命運的指涉意義

---

[38] 同註 12，頁 12。
[39] 同註 12，頁 13。

文化建構身體存在的方式。〈溺水〉寫 1921 年金門育嬰堂的女嬰，這些女嬰爲父母所拋棄，因未婚或因受辱生子，或者生有殘疾，她們都代表人生的不美滿。但故事裡的林嫂（薛氏）卻在拋棄女嬰後忍不住思女之情，仍到育嬰堂去哺育女兒。但是林嫂並不是未婚生女或受辱產子，她本也是育嬰堂裡的棄嬰，六歲時被務農的夫家領作童養媳，十三歲那年海盜來了，大人們急急逃難，沒人注意到她落單，家人和村人都逃得遠遠，她只能將自己藏身在破舊的閣樓衣櫃裡。她喚作哥哥的那個男人是她未來的丈夫，哥哥發現她沒跟上來，想回村裡找她，爸爸卻擋下哥哥說：「連爸媽都不要的女人，你怎能爲她送命？」[40]

爸媽不要的女人！這是怎樣的想法？因爲她是棄嬰，注定了一生孤苦。事實上，「童養媳的待遇，只介於牲畜與人之間，卻比牲畜多了一雙手、一雙腿。童養媳跟長工沒有兩樣。」[41]林家連夜避匪遺忘了她，直到一家人都躲藏好了之後，才想到薛氏沒有跟來。盜匪走後林家返回村裡，薛氏的養父見到她，竟問：「妳怎麼還活著？怎麼還沒死？」[42]這裡我們無法明白，養父是希望她死去？抑或不相信她能清白地從盜匪手裡活下來。有人惡毒地說，她肯定是給人佔了便宜，還有人朝她吐口水，未來的丈夫則是凶狠瞪著她。幾年後成了林嫂的她，產了女兒，卻沒人理她。她更明白：「只要這個女嬰睜開眼，看一眼這世界，她會是失望的，她準是失望的。」[43]她知道女兒會重覆她的命運，女嬰的苦難才要開始。她心一橫，抓起初生的女嬰往水裡灌，但沒溺死，只好把女嬰送到育嬰堂。對林嫂而言，女嬰的命運，無可逃逃地從出生便注定受苦。在這是個重男輕女，童養媳等於長工的社會文化底下，林嫂和她女嬰的命運早已被寫定。被棄的女嬰與戰地金門，在某方面，是相像的—林嫂（薛氏）的命運、溺女的命運、童養媳的命運，甚至於金門的命運全都牽纏在一起，也彼此象徵：

　　身體一方面受到性別政治的左右，一方面又受社會政治的規劃……這使得它

---

40 吳鈞堯：〈溺女〉，《火殤世紀》，頁 45。

41 同前註，頁 44。

42 同前註，頁 47。

43 同前註，頁 47。

常常搖擺於「身體」和「身份」之間……在前一種背景中，身體通過征服、
占用、奴役而自我完成。它本能地趨使他者工具化；在後一種背景中，身體
通過歸化於更大的民族體、國家體、階級體而獲得「意義」，身體也被這些
「意義」捕獲，成為這些意義的實踐者。[44]

女嬰的身體、童養媳的身體全不是自己能自主。文化決定了性別的社會功能及階級
的高下，也決定了女嬰未來的命運：

身體的呈現與完成，並非完全的生物決定論，甚至首先不是生物決定論的，
而主要是社會決定論和文化決定論。[45]

女嬰是如此，童養媳的身份也是如此，金門的命運亦如是。所以，文中才有這樣的
感歎：「國家，離金門太遙遠了。」[46]而金門，這麼一個美麗島嶼，百年來承受著
國家的疏離。

　　另一篇〈斷蟬〉，蟬隱喻著軍樂園裡的女子，她們像是被抓住的蟬，折了翅膀
只能在原地徐徐爬行，她們再也飛不出去，她們的心和身都是折損的：

李如景但覺女人頰如虹、眼如星，一顆心，折損大半，慌在那裡，蟬抖落地
上。蟬在地上扭，女人見了，自言自語說，是蟬哪，已許多沒抓蟬玩了。
李喝得樂樂呼呼，怕蟬飛走，折了翅膀，蟬在桌沿，徐徐爬著。
桌上的蟬，忽然放聲長鳴。三個人都被嚇了一跳。李如景握著蟬，半折蟬腹，
露出發聲的兩個白色薄膜。他拿吸管，刺破。
他說，只要這樣作，蟬就再也叫不出聲了。[47]

---

[44] 葛紅兵：〈中國當代文學中的身體話語〉，《社會科學》第 3 期（2008 年 3 月），頁 180。
[45] 何林軍：〈身體的敘事邏輯〉，《理論與創作》第 12 期（2007 年 2 月），頁 14。
[46] 吳鈞堯：〈汗海〉，《火殤世紀》，頁 58。
[47] 同註 21，頁 152。

徐徐爬行的蟬，放聲鳴叫，彷若是對生命的哀哀控訴，李如景握著蟬身，拿著吸管刺破蟬腹的薄膜，從此，蟬再叫不出聲音了。蟬的生命已屬短暫，在它短暫的生命裡還折了翼失了聲。而交付身體的軍樂園女子，像是被戳破蟬腹的蟬，她們全噤了聲，沒有出路，沒有回復的可能，生命只剩孤寂。女嬰、軍樂園女子的生命缺乏主體性。她們實象徵了金門島嶼百年來只能承受被決定、被建制成戰地的命運。

三、《火殤世紀》的時空敘事

　　《火殤世紀》裡每一個人物，每一篇故事，彷彿是抽離自某一個瞬刻的歷史畫面，如同班雅明所言：「把過去的歷史表述出來的工作不在於認出『過去的本來面目』，而是要抓緊那片在危急關頭裡突然燃亮起來的回憶……這個危機同時影響著傳統的內容和其接收者。」[48]在《火殤世紀》裡可以看到某些事件在時間軸上的存在位置，存在的時空決定了事件的意義，這個歷史的某個面貌，會成為後世的啟示。回頭去看，金門的居民為了國家利益，放棄安居樂業的可能。如今，金門解除戰地身份成為觀光勝地，人們看著砲臺或防空洞，那些都已成為「一個註記，註解時間的歷程：建立、崩毀、再建立。」[49]歷史的遺跡仍在，更顯得時空變化後，今是昨非的異質存在與荒謬感。

（一）異質存在的時空[50]

1.軍樂園

　　軍樂園是金門作為戰地最異質的存在空間。在隨時要躲防空洞，死生由命的戰地裡，有一方園地令官兵忘憂的樂園。所謂異質存在空間，是「包含了在一個真實

---

48 馬國明：《班雅明》（臺北：東大圖書公司，2009 年 1 月初版一刷），頁 51。

49 吳鈞堯：〈棄子〉，《火殤世紀》，頁 256。

50 范銘如：《文學地理──臺灣小說的空間閱讀》（臺北：麥田出版社，2008 年 9 月初版），頁 37-38。

的空間裡被文化創造出來，但又是虛幻的東西。」[51]傅柯提到「異質空間」或「異托邦」[52]，它存在於現實世界，但同時也隔絕現實，是既真實又虛幻的空間。在軍樂園裡只有欲望，忘卻了此刻的處境，當然也沒有了恐懼，死亡的威脅並不存在這裡。軍樂園因此是現實時空中的異質空間，它是既現實又虛幻的存在。也就是說軍樂園雖然身處在戰地金門，在現實時空中它無關戰爭，使官兵忘了前線，忘了離鄉背井的哀愁，是使時光暫停的異質時空。

上一章曾提到〈斷蟬〉一文中軍樂園的女子，恰似被折損蟬翼或被戳破腹，再也發不出聲音的蟬。而進出軍樂園的官兵，亦像是進出女體卻失了靈魂的屍體，而這個使女性如殘蟬，男性如屍首的樂園則成為沒有現實時空感，沒有存在感的異質空間，令人忘憂也忘記了存在處境，軍樂園因而成為金門戰地中的他者或別處。

2.防空野洞

戰地裡的防空洞相對於空襲時的金門，無疑是個忘卻時間，阻隔了現實存在的時空。防空洞裡有水和簡單的糧食，躲入防空洞以保全生命，但幽暗的防空洞使時間暫停，彷若現實中的他方。在〈野洞〉一文中所描繪的昔果山峰腰、民眾公墓附近挖的一個個野洞，是搬運空投物資時權且躲避中共砲擊的棲身之所：

> 時近中秋，陳榮果等人奉派，前往昔果山、民眾公墓附近，搬運空投物資。這個區位是金門的蜂腰地帶，砲彈不易擊中。交通壕內已挖取一個個可容一人躲藏的小洞。
> 中共砲彈已候著，飛機一出現，就猛烈砲擊。
> 每一個洞，都藏著一人，相隔幾步或幾公尺。砲彈落急了，他不動，其他人也屏息等待。夜，是動的、亂的，卻也是靜的、沉的，每一個人都只有一個洞，只有那個洞，跟他們背貼背，只有那個洞，是他們的夥伴。

---

51 吳治平：〈空間、權力和人知識：福柯的地理學轉向〉，《空間理論與文學的再現》（蘭州：甘肅人民出版社，2008年12月），頁120。

52 同前註，頁120，在這本書中譯為「異托邦」一詞。

砲擊轟炸之際，藏身野洞中的士兵、民兵，彷彿觀看一場煙火盛會，也像是觀看廚房裡滾熱的油炸著芋頭，然而，「這廚房、這大海似的廚房，不炸芋頭，卻炸著人。」[53]人像在油鍋裡翻滾，生命顯得卑微，存在與否更是無可預知全交給了命運：

> 紅、白、紅、白……，在陳榮果眼裡間斷播放，他蹲踞的洞，像一個墳，他透過一個來不及掩埋、或忘了補強的隙縫，看人間，搬演一齣戲。
>
> 陳榮果這才認出來，這洞裡、洞外，都是火紅大地。[54]

野洞是存在於現實時空中，卻又被現實阻隔的異質存在空間。那一個個的野洞又像是一個個墳塚，是向著大地開放的墳穴，時間在此失去了判準，死亡和存在，在下一秒鐘無情且隨意地決定著，人無從選擇。

　　不論是軍樂園或防空野洞，它們都置身在戰地，卻又隔絕了戰火；與戰爭遙遙相對，卻又阻隔了死亡的恐懼。或者，防空野洞是在死亡之面前，看著燦爛如煙火的轟炸，而軍樂園則是以死亡為調味的性愛，如此更突顯存在的荒謬感。野洞與軍樂園，成為戰地裡的異質存在空間。

（二）歷史敘事的指涉意義

1.毋忘在莒與火牛陣

　　時值民國 53 年，金門太武山防區郭兆烈戰士發起「毋忘在莒」運動，全國上下雷厲風行，毋忘在莒標語寫滿全島，村裡屋舍牆上多漆上：「慎謀能斷，處變不驚」、「反共抗俄」，連廟宇都不能倖免。臺灣籍小兵林光華來到金門，聽著中共單號日的擊砲，嚇得腿軟，每每聽到砲彈聲都覺得那是死亡的嘆息。作過房地產業務的他只想安全退役，因此，成為士官長戴光宇的跟班、心腹，是他遠離死亡最好的方式，他時時琢磨士官長的喜好以贏得信任。

---

53 吳鈞堯：〈野洞〉，《火殤世紀》，頁 159。

54 同前註，頁 160。

　　林光華走到廟前，繞到側邊：「報告士官長，這個位置更好。」原本戴光宇要發怒，卻立即又讚賞林光華腦筋動得快：

> 廟在村裡高處，廟後卻是海。戴光宇看看廟、望望海，正要敲林光華腦袋，罵他，給誰看？忽然雙掌一擊，大聲叫好，沒錯，那一邊也該漆，漆給中共看。廟的右側，直向大陸，中共如偵測村落情形，確能望見。[55]

廟方當然不讓他們在廟牆上漆字，只好說要與居民商量，又說要擲筊請示神明。沒想到夜裡林光華出了秘密任務，第二天清晨那上頭早已漆著「莊敬自強、反共抗俄」。「村民議論，料是軍方所為，雖不滿，也莫可奈何，若損了牆、除了字，不敬神明又得罪軍方，兩邊討打，只得唉聲嘆氣。」[56]木已成舟，反共抗俄的字樣是時代的刻印，即使是供奉神明的廟宇，也難逃在歷史氛圍下被烙字的命運。

　　曾經，歷史上田單死守莒城，後以火牛陣復國。田單復國的歷史在遙遠的戰國時期，隔著海峽，二千多年後，金門小士官長旁的林光華，以戲謔口吻，問戴光宇是否想看火牛陣：

> 林光華瞧著左右無人，念頭忽轉，問士官長記不記得田單是怎麼復國的？戴光宇嚷說，就「毋忘在莒」啊，還有火牛陣。林光華賊賊地說，士官長想不想看火牛呢？說罷，眼睛一使，正見眼前一條黃牛。
> 戴光宇一聽，詫異得眼珠子都要掉下來。支頤、托腮，拿不穩主意，林光華讓士兵回營區拿柴油，林光華嘿嘿地說，等油到了，淋上牛尾巴，再劃根火柴，牛不就火辣辣跑起來。戴光宇知道一頭火牛，耐不了幾顆子彈，更別說砲彈，但是，卻無法阻止腦裡的想像。他接著想，火牛火辣辣跑起來，跑過山、跑過海，直直殺進中共營區，這一來，不正反攻復國？[57]

---

55 吳鈞堯：〈火牛〉，《火殤世紀》，頁166-168。
56 同前註，頁169。
57 吳鈞堯：〈火牛〉，《火殤世紀》，頁170-171。

小兵以看熱鬧的心慫恿士官長重現火牛陣，小士官長卻想像著越過山奔過海峽的火牛能殺進對岸。在此把歷史故事翻演成一齣荒謬劇。

　　然而，將黃牛尾巴淋上油，劃上火柴，火牛就能越過山越過海，衝進中共營區嗎？然若衝進了營區，就能完成反攻復國的大業嗎？反共復國是五○年代臺澎金馬的政治意識型態，卻成了最教條的政令宣導，連士官長面對小兵如此荒唐的建議時，都還「拿不穩主意」，林光華的戲謔提議嘲諷了小士官長狹隘的復國想像。毋忘在莒與火牛陣的歷史事件只存在於當時的時空中，隨著不同的時空背景而有不同的歷史評判，曾經莊嚴神聖的田單火牛陣國行為，到了民國五○年代，則成為荒誕可笑的行為。

2.政治神話的隱沒

　　神話，往往是為了安頓庶民而存在。金門的兩位恩主公：唐代的李淵，開啓了金門的生息，另一位是民國的胡璉將軍，是 1949 年之後安頓金門百姓心靈的英雄人物：

> 金門遭受百萬顆砲彈轟炸，民俗信仰牢不可破……金門有兩個恩主公，一是唐代陳淵，奉命牧馬金門，帶領十二姓民戶跟部屬，開啟生息；再是胡璉將軍，駐守金門，卻在金門當神，成了另一個恩主公。[58]

當金門的信仰──金門防禦司令官胡璉將軍逝世時，軍民數萬人掛孝，沿路兩旁默默前進。人們「喃喃禱告，有的三跪九叩，有者趴伏地上，顫抖哭泣，還有的捶打自己，願意讓出陽壽給胡璉將軍。有的已刻了神主牌，海葬後，迎回家奉祀。」〈葬場〉裡有這麼一段的敘述：

> 夜是個時間概念，卻太深、太濃，太不著邊際，竟成了空間向量，無邊無際蔓延。因為這是絕望的黑，才有神的需要。[59]

---

58 同前註，頁 214。

神的存在是因黑暗太巨大，人們需要神的護佑。而無邊無際的黑夜，從時間上蔓延成空間上廣褒無垠的黑，因爲夜太深太濃，更因爲是在戰地，死亡總那麼靠近，希望與未來又太遙遠。一旦情感上依靠的英雄人物逝世，人們便將他們安置在神的位置上，才能安頓生靈，然而，隨著時間推移，政治神話終將隱沒。

〈孤樓〉裡的李習融，在左派文學裡看到了歷史的另一面，他讚揚魯迅，認爲國民黨是失去了大陸民心才退守金門臺澎，他批判軍政扭曲了民間價值。他藏了禁書也讀了禁書，所以被迫從金門遷徙到臺灣投靠姑姑。時爲 1987 年，當時巴金、郭沫若、魯迅之作，都還是禁書。到了臺灣，李習融還是在作文上寫著「煽動的言論」，他說：

> 金門地區金門地區鼓勵從軍，說穿了，就是一種軍國主義，金馬自衛隊就在軍國主義的催眠下成立了；又說，在金門建造方東美教授紀念亭沒有必要，太多的蔣公塑像更顯這還是帝制時期，而非民主時代。[60]

他因此再度被貼上標籤，他被排擠，只能孤獨地活在歷史的夾縫中。許多爲了統治而創生的神話，漸漸地在時間過後民智漸開時，顯現它的荒謬。故事到了尾聲，歷史走到了 1987 年，政治解嚴，金門人終於看到多年來他們所臣服、所依循的政治信仰，其實是國家統治下製造的政治神話，以及他們被國家機器圈限的命運。

> 吳建國在抗議隊伍待了一陣子，才知道金門遭受戰地管制有礙金門建設。戰爭時期死的、傷的，吳建國常年以來都認爲那就是命，原來命運的不公必須讓國人知道。國軍強佔民宅、耕地多年，吳建國當是事實，無法更改，卻還有翻轉的餘地。鄉親抗議金馬撤軍，民眾還賴什麼維生，金門人要當自己的主人，不要再被奴役。[61]

59　吳鈞堯：〈葬場〉，《火殤世紀》，頁 214。

60　吳鈞堯：〈孤樓〉，《火殤世紀》，頁 227。

61　吳鈞堯：〈暴民〉，《火殤世紀》，頁 251。

故事至此也提點了讀者，金門終於撥開歷史的迷霧，終於理解一直以來，戰地之名限制了金門的發展，曾經以為苦難是命運的安排，最終才知道命運背後其實是人力的操縱。吳鈞堯曾在他的散文集《荒言》如此訴說：

> 若說，成長的代價是死亡，依循著成長跟死亡這條線，我們又能交付什麼給未來？當一個戰鬥的金門，跟殖民也好、悲情也罷的臺灣已成過去，我們能夠提煉什麼，然後莊嚴地告訴後起的生命，那就是我們的神聖？什麼是我們，夾在歷史、又起越歷史的拔卓？ [62]

政治神話的隱沒，意味著曾經是為政治神話統禦的時空。金門的百年歷史因政治而苦難，百姓也因而茫昧，神話終於消失，迷霧散去，金門終要開始新的歷史航程。然而，撥開大霧不是為了忘卻歷史，而是展現歷史帶來的啟示。

四、結　語

班雅明指出：「歷史的意義在於啟示，在於真理的自我表達。」[63]而「歷史的真理不盡是藏於文獻裡，而是決定於這一刻所能容納的過去影象，是否足夠讓真理脫繭而去。」[64]班雅明這段話雖是針對現代性的反抗而言，但吳鈞堯的《火殤世紀》就是將歷史的事件、刻痕或遺跡呈現。雖然在文獻卷軸裡可以看到金門歷史，但歷史的真相卻不盡藏在史料裡，吳鈞堯試圖在《火殤世紀》指出戰地居民的生命經驗，讓真理及對史實的反省在敘述中自然湧現。

走過歷史的長河，今天人們看見、或記住的是金門的高粱酒、菜刀、貢糖等物產。然而在過去，因為執政當局長期對金門的軍事管制，使得金門一直是人們心中的神秘島嶼。如同吳鈞堯在跋〈來，一起看見新的金門〉所言：「金門是說閩南話

62　吳鈞堯：〈勇者〉，《荒言》，P65。
63　同註48，頁13。
64　同註48，頁51。

的外省人。」[65]他更感傷地說：「這是一個深刻的遺憾。」[66]在這樣的使命感底下，吳鈞堯寫故鄉，他以詩化的文字、明快的節奏，影像鮮明的敘事情節，摹寫金門百年歷史。[67]

《火殤世紀》是吳鈞堯金門書寫的首部曲，他以華美的文字、詩性的語言為長期處於政治邊緣、歷史孤島的金門，織就一頁島嶼書寫。吳鈞堯透過身體的描寫，反省金門的荒誕處境，也表現了他對於社會文化底下弱勢者的同情；以動物及人的屍體、痰、屎、尿等排泄物的書寫，嘲諷了時代的荒謬，彰顯金門作為戰地的歷史處境。

吳鈞堯在《火殤世紀》裡描繪了關於戰地的所見所聞：生命的誕生與死亡、存在與隱歿、疏離與箝制。吳鈞堯擅長書寫生命的細節，透過身體書寫，他寫食，寫排泄，寫生命「進」與「出」的關係──「進」是吃食，人吃進了五穀雜糧，如何不病，而吳鈞堯食的更是戰地荒涼，因此更是不得不病，病在身體也在心理。戰地心靈的病因而外顯在營區對百姓豬隻的搶奪、病的是人得走在屍骸與屍骸之間、病的更是靈魂的深處，孤苦的離島與疏離的國家認同。「出」的是嘔吐物與排泄物，它們是身體的殘餘、是靈魂的倒影。在「進」、「出」之間，層層疊疊勾勒成吳鈞堯寫作家鄉的符碼。然而，金門終是吳鈞堯身體及心靈的寄託，因此吳鈞堯是以歷史為鏡，架戰地為背景，展演了他悲憤又深刻的故里鄉愁與家國情懷。

在臺灣文學敘述的大脈絡裡，關於金門文學、關於離島文學的討論向來是貧弱的，然而，吳鈞堯對於金門文學的寫作卻是豐沛而努力。本文以身體書寫與時空敘事作為觀察角度，探索吳鈞堯《火殤世紀》裡歷史敘事的指涉意義。筆者相信《火殤世紀》中還有更深刻的意涵，且留待更多的研究者共同梳理，並期待吳鈞堯金門三部曲的完成，以豐富臺灣文學、金門文學裡更多元更廣闊的鄉土寫作。

---

65 吳鈞堯：〈來，一起看見新的金門〉，《火殤世紀》，頁 288，雲林科技大學校長楊永斌曾感慨地如是說。

66 同前註，頁 288。

67 吳鈞堯的文字極優美動人，且富詩意，抒情與敘事並重，作品架構出豐富的時間與空間感意識。參見筆者另文撰寫發表的論文：〈論吳鈞堯「家鄉」書寫的特色──以《荒言》與《熱地圖》為探討範圍〉，刊登在《淡江中文學報》第 31 期（2014 年 12 月），頁 249-283。

徵引文獻

一、專書

吳鈞堯：《火殤世紀》，新北市：遠景出版社，2010 年 5 月。

（法）托多羅夫著，蔣子華、張萍譯：《巴赫金、對話理論及其他》，天津：百花文藝出版社，2001 年 1 月 1 版，2008 年 1 月二刷。

（法）傅柯著，劉北城等譯：《規訓與懲罰─監獄的誕生》，臺北：桂冠圖書公司，1992 年 2 月。

（美）朱迪斯・巴特勒，李鈞鵬譯：《身體之重——論"性別"的話語界限》，上海：上海三聯書局，2011 年 8 月第一版。

（美）戴維・斯沃茨，陶東風譯：《文化與權力——布爾迪厄的社會學》，上海：上海世紀出版集團，2012 年 5 月第一版。

（德）尼采著，黃敬甫、李柳明譯：《查拉圖斯特拉如是說》，北京：中華書局，2013 年 11 月第一版。

（德）赫爾曼・施密茨，龐學銓、馮芳譯：《身體與情感》，杭州：浙江大學出版社，2012 年 8 月第 1 版。

Bryan S. Turner，謝明珊譯：《身體與社會理論》，臺北：國立編譯館，2010 年。

Chris Shilling，謝明珊、杜欣欣譯，《身體三面向─文化、科技與社會》，臺北：國立編譯館，2009 年 8 月初版一刷。

王建剛：《狂歡詩學——巴赫金文學思想研究》，上海：學林出版社，2001 年 1 月。

石曉楓：《狂歡之聲與冷酷之眼——文革小說中的身體書寫》，臺北：里仁書局，2012 年 8 月。

克斯汀・海斯翠普（Kirsten Hastrup）編，賈士蘅譯：《他者的歷史》，臺北：麥田出版社，1998 年 11 月。

吳承篤：《巴赫金詩學理論概觀——從社會學詩學到文化詩學》，濟南：齊魯書社，2009 年 8 月第 1 版。

吳治平：《空間理論與文學的再現》，蘭州：甘肅人民出版社，2008 年 12 月。

（俄）巴赫金著，李兆林、夏忠憲等譯：《巴赫金全集》第六卷，石家莊：河北教育出版社，1998 年。

汪民安：《尼采與身體》，北京：北京大學出版社，2008 年 1 月一版。

汪民安、陳永國編：《後身體：文化、權力和生命政治學》，長春：吉林人民出版社，2011 年 1 月第二版。

邱天助：《布爾迪厄文化再製理論》，新北市：桂冠圖書公司，2004 年 5 月二版二刷。

段建軍、彭智：《透視與身體——尼采後現代美學研究》，北京：人民出版社，2013 年 4 月一版。

范銘如：《文學地理——臺灣小說的空間閱讀》，臺北：麥田出版社，2008 年 9 月初版。

馬國明：《班雅明》，臺北：東大圖書股份有限公司，2009 年初版一刷。

黃華：《權力，身體與自我——福柯與女性主義文學批評》，北京：北京大學出版社，2006 年 9 月第二次印刷。

費德希克‧格霍（Frédéric Gros），何乏筆、楊凱麟、龔卓軍譯：《傅柯考》，臺北：麥田出版社，2006 年 2 月初版。

黃華：《權力，身體與自我——福柯與女性主義文學批評》，北京：北京大學出版社，2005 年 6 月第一版。

楊秀芝、田美麗：《身體‧性別‧欲望——20 世紀八九十年代小說中的女性身體敘事》，武漢：武漢大學出版社，2013 年 2 月第一版。

劉康：《對話的喧聲——巴赫汀文化理論述評》，臺北：麥田出版社，2005 年 7 月。

二、論文

朱中方：〈身體記號在文學記述中的價值〉，《江西社會科學》第 23 卷第 3 期（2007 年 12 月），頁 24-29。

何林軍：〈身體的敘事邏輯〉，《理論與創作》第 12 期（2007 年），頁 4-17。

李蓉：〈身體闡釋和新的文學史空間的建構〉，《天津社會科學》第 6 期（2007 年 6 月），頁 107-111。

李蓉：〈現當代文學「身體」研究的問題及其反思〉，《文藝爭鳴》第 11 期（2007 年 11 月），頁 79-84。

李震：〈福柯譜系學視野中的身體問題〉，《求是學刊》第 3 卷第 2 期（2005 年 3 月），頁 44-50。

馬航飛：〈身體與空間：近年小說創作的兩大敘事焦點〉，《南京師範大學文學院學報》第 3 期（2008 年 5 月），頁 19-123。

張永祿：〈身體：如何是其所是？——當下中國文壇的「身體」理論及實踐〉，《湘潭大學學報哲學社會科學版》第 30 卷第 4 期（2006 年 7 月），頁 132-135。

許德金、王蓮香：〈身體、身份與敘事——身體敘事學芻議〉，《江西社會科學》第 4 期（2008 年），頁 28-34。

陶東風、羅靖：〈身體敘事：前先鋒、先鋒、後先鋒〉，《文藝研究》第 10 期（2005 年 10 月），
　　頁 25-36。

賀芒：〈論底層文學的身體敘事〉，《江西社會科學》第 2 期（2009 年 3 月），頁 112-115。

馮學勤：〈系譜學與身體美學：尼采、福柯、德勒茲〉，《文藝理論研究》第 2 期（2009 年 3
　　月），頁 97-102。

楊慶峰：〈物質身體、文化身體與技術身體──唐・伊德的「三個身體」理論之簡析〉，《上海
　　大學學報社會科學版》第 14 卷第 1 期（2007 年 1 月），頁 12-17。

葛紅兵：〈中國當代文學中的身體話語〉，《社會科學》第 3 期（2008 年），頁 171-192。

趙炎秋：〈從被看到示看──女性身體寫作對意識型態的衝擊〉，《理論與創作》第 1 期（2007
　　年 1 月），頁 11-13。

劉景：〈身體的媚俗與迷失──中國式身體文化演變探析〉，《重慶文理學院學報社會科學版》
　　第 27 卷第 5 期（2008 年 9 月），頁 20-22。

謝有順：〈文學敘事中的身體倫理〉，《小說評論》第 2 期（2006 年），頁 30-34。

龐曉宇：〈身體潔淨與靈魂救贖──關於身體潔淨的隱喻〉，《宜賓學院學報》第 3 期（2008
　　年 3 月），頁 33-35。

蘇文寶：〈當代小說中的生命意識與身體權利分析〉，《學術探索》第 3 期（2006 年 6 月），
　　頁 121-126。

闇黑礦底裡的微光 —— 論劉慶邦《神木》中「農民工」的底層生活

洪士惠

元智大學中國語文學系助理教授

摘　要

　　1980 年代以來，中國大陸的農民工數量逐年攀升，他們是中國走向現代化社會的有效動力，也是最爲廉價的勞動力來源。劉慶邦《神木》即是以農民工擔任礦工工作所遭遇的問題爲切入點，敘述農民工殺人犯罪的原因。爲了保護自身的生命安全，出門在外的農民工依靠地緣或親緣關係所組成的人際網絡，有效的阻止受害機率。甚至，改革開放後，宗教信仰發揮了安定社會秩序的力量，減低農民工因貧窮或受壓迫而犯罪的可能性，這些中國傳統文化正影響著農民工的日常作爲。但更重要的是，當現代教育已成爲農民工後代翻轉社會地位的機會時，他們是否能就此揮別傳統、走向現代生活？抑或是仍滯留於社會底層，爲滿足食與性的基本慾望而辛苦勞動著？以上這些都是本論文所欲思考的議題。

關鍵詞：農民工、農民工文學、礦工文學、底層生活

　　近五十年以來，中國大陸由工農兵政治時代，邁向了現今具有中國特色的社會主義市場經濟發展階段，社會型態及產業結構產生了劇烈的改變，其中，農民走出農村到城市打工，形成新興的「農民工」族群，便成為重要的時代現象之一。作家劉慶邦中篇小說《神木》便藉由描述農民工在煤礦區打工的遭遇，揭示他們的社會處境。尤其這些被定位為「弱勢族群」[1]的農民工，對比近年新聞媒體報導礦區「煤老闆」炫富擺闊的行為[2]，除了見出貧富差距外，也反映了中國崛起過程中的各種問題。

　　農民工出外打工時因屬「流動人口」無法受到保障，因而漸漸依靠地緣或親緣關係聚攏成集體勢力，保障自身安全，這樣的做法顯現中國傳統親族觀念仍影響人們的做事方式，劉慶邦《神木》受害的農民工，即因缺少了這層關係而性命堪慮。農民工在礦區工作的風險，不僅來自健康、環境的問題，現在更包含了可能遭到同伴殺害的隱憂。然而當法律有意／無意規避照護這些弱勢族群的安全時，傳統的宗教信仰再次發揮穩定人心的功效。中共建政後曾徹底實踐的無神論主張，在 1970年代末改革開放後已逐漸鬆綁，民間社會因而恢復了舊時代的宗教信仰文化，舉凡舉頭三尺有神明、因果業報的民間信仰觀念隱隱規範著人們今生今世的行事作為，《神木》中的窯主、農民工們因不擇手段滿足物質慾望後，或恐懼、或報應的情節顯現了中國傳統信仰文化的影響力。

　　另一方面，「工農兵」當家為主的時代已然遠去後，知識分子也再次恢復先前的社會地位，這也影響了農民工的教育觀念，教育成為農民工後代晉升中產階級或是上層階級的重要管道。即使在中國當代社會，接受高等教育的成果，極大機率會

1　新世紀以來，一部分新富、中產階級、小資在市場化／城市化過程中開始被主流媒體想像／建構為社會主體，而人數巨大的農民工、下崗工人則被論述為底層或者等待被救助的弱勢群體。根據研究顯示，在官方媒體中，「農民工」一般在農村或農業問題中來論述，把「農民外出打工」做為提高農民收入的重要方式，直到 2002 年，在前總理朱鎔基的《政府工作報告》中，「農民工」被放置到或命名為「弱勢群體」。張慧瑜：《危機時代與主體建構——新世紀以來中國大眾文化研究》（臺北：秀威科技資訊股份有限公司，2004 年），頁 9、97。

2　惠銘生：〈煤老板炫富〉，《雜文選刊（上旬版）》，2012 年第 6 期，頁 34-35。

淪為低收入、聚居的城市「蟻族」[3]，但是面對可能「代代相傳」的農民工身分，接受教育已成為邊緣族群轉換身分的方法之一，曾有研究指出：「無論是過去還是現在，受教育程度的高低都是進入某一個階層從或從事某種職業的先決條件」、「受教育程度的這種敲門磚作用對於身處中國社會底層的農民來說顯得尤為重要」[4]，但是如何籌措教育費卻是一大難題。中國飛快的經濟發展，雖造就了一部份人富起來的經濟成果，但更多的是這些置身於底層的農民工，生活依舊困苦艱辛。位居上層階級的父母們，期待下一代的孩子們能過著跟自己一樣的舒適生活，唯有農民工父母們，希望下一代的孩子們能過著跟自己不一樣的生活。因而《神木》的殺人者寧願昧著良心殺人取得賠償費用後，讓子女有錢有權接受教育，藉以換得下一代人的「翻身」。

　　《神木》以礦區地底的空間設置，描述且隱喻底層農民工的生活困境，不再被尊重的勞動價值，成為作家的思考重心。從原始社會到現代社會，人類的知識積累創造了文明，漸漸遠離了原始社會以勞動力為主的社會型態，中國大陸以「工農兵」為主的時代也已遠去，如今農民工底層生活樣態，著實震撼了未曾涉足社會的青年學子。小說裡的青年學子對於書本知識的渴望、對於品德的堅持等等，雖彰顯了現代教育的成效或影響，但也正因為如此，當經濟條件不允許他繼續升學時，這些教育成果也就失去的效用，讓他逐漸走進僅剩食、性慾望的勞動生活中。

一、農民工的社會生存

　　劉慶邦中篇小說《神木》推出後，隨即在 2002 年獲得「老舍文學獎」，並於

3　「蟻族」是指那些無法找到工作或工作收入很低而聚居在城鄉結合部的大學畢業生的一個新名詞。「蟻族」具有「高智、弱小、聚居、陋居」等突出特點，加上該群體有繼續擴大和在社會轉型時期內長期存在的可能，因此，「蟻族」群體正受到越來越多的關注。寇冬泉：〈「蟻族」群體社會支持與主觀幸福感的關係：心理彈性的作用分析〉，《揚州大學學報（高教研究版）》，2012 年 8 月第 16 卷第 4 期，頁 27-31、37。

4　張汝立：《農轉工：失地農民的勞動與生活》（北京：社會科學文獻出版社，2006 年），頁195。

2003 年由導演李楊改編成電影《盲井》，榮獲第 53 屆柏林國際電影節「藝術貢獻銀熊獎」獎項。小說描述原先賺取微薄薪資的兩位礦工，為迅速累積財富，計誘殺人賺取賠償金，因其中一位礦工良心尚未泯滅，致使兩人在陰錯陽差之下得到了報應，以死亡做結。這篇因時事報導而寫成的作品[5]，反映著現今的時代氛圍，尤其來自鄉村地區的礦工其流動的「農民工」身分，更是情節發展的關鍵點。

中國大陸自 1980 年代改革開放以來，農村的農民因收入有限，因而選擇短期／長期進入城市打工的人數往上攀升，以致出現了「農民工」這個新興族群。然而這種結合農、工身分的「農民工」稱呼，除了受限於農村戶口與城市戶口無法隨意變更的官方政策外，也代表了他們在城市中不能合法居住、失去身分保障的處境[6]，也因為如此，意圖犯罪者便有機可趁。《神木》中，從鄉下進入「城市和鄉村結合部」[7]礦區打工的犯罪者或被害人，身分皆屬「農民工」，當他們離開家鄉後自願／被迫隱去真實名字，即是暗合了他們的「非法」處境。尤其作者有意在名字上聯繫起象徵意義，更讓小說顯現虛幻感。殺人者之一趙上河，另有宋金明、王明君兩

5　「據劉慶邦回憶，在動念寫作這部作品之前，他曾在《中國煤炭報》上讀到這樣一個新聞：一些人通過殺別的礦工，然後裝成礦工的親屬到處詐錢。同類案件發生了 40 多起。『一開始並沒有被發現，後來發現了，我看了以後覺得這個事情非常極端，非常極端的一件事情。』」轉引自楊輝：〈現實和文學中的惡與希望——劉慶邦《神木》新解讀〉，《芒種》，2012 年第 6 期，總 411 期，頁 6。

6　中國大陸 1958 年開始的戶籍管理制度，將人民分成農業戶口與非農業戶口，形成了不可隨意遷徙流動的農村戶口與城市戶口。雖然根據研究，1990 年代後期出現的民工潮，鬆動了城、鄉人口的比例：「在 1980 年，80% 的中國人口是農村居民，到了 2005 年，城鎮居民的比率增至 43%」李耀輝：〈收入不均〉，收錄於羅金義、鄭宇碩編：《中國改革開放 30 年》（香港：香港城市大學出版社，2009 年），頁 88。但是戶籍制度依然限制教育、醫療、福利資源分配，影響人民的社會地位。如同另一資料所指出的：「城裡人有上百種優惠待遇，農村人有上百種負擔」。張汝立：《農轉工——失地農民的勞動與生活》（北京：社會科學文獻出版社，2006 年），頁 1。

7　劉慶邦在受訪時曾經指出：「礦區多是城市和鄉村的結合部，裡邊有城市的生活習慣，有鄉村的生活習慣，是雜交的、複雜的人群。而礦工多是離開土地離開田間耕作的農民，農民的心態，農民的文化傳統，只是他們比田野耕作的農民更艱難也更具堅韌的力量，他們是一群看透生死的人。」夏榆：〈愛惜文字就像農民愛惜糧食——劉慶邦訪談〉，《北京紀事》，2001 年 16 期，頁 29。

個假名;另一殺人者李西民則另有唐朝陽、張敦厚兩個名字;被害人元清平被迫改成唐朝霞,兒子元鳳鳴則被另改名王風。唐、金、宋、元、明、清等這些具有中國文化特色的真假名字陸續成為商品社會裡的「符號」,消解深層文化意涵的同時,也隱含了諷刺與戲謔意味,例如「元清平」原已展現了驅逐韃虜、恢復中華的大中國心態,被迫改名時更加一乘,唐朝陽說道:「要當我的哥,你就不能姓元了。我姓唐,你也得姓唐」(頁 25),中國朝代的更迭不再具有重量,成為底層民眾的幻想遊戲,小說中王明君名字由來:「跟你說吧,君就是皇帝,明君就是開明的皇帝,懂了吧?」「你小子是想當皇帝呀?」「想當皇帝怎麼著,江山輪流坐,槍桿子裡出政權,哪個皇帝的江山不是打出來的?」(頁 123)底層民眾認知的歷史不再具有深度意涵,轉而成為大眾消遣娛樂的主題。

弔詭的是,無論是被迫或自願的改變姓名後,當「我」不再是「我」時,這些農民工的外表裝束卻清楚的表明了「我」的社會位階,即是以群體形象取代了個體存在。《神木》一開始即寫到農民工進入城市打工的外表裝束:「若看見一個人或一群人,揹著臃腫的蛇皮袋子在路邊行走,不用問,那准是從鄉下出來的打工族。蛇皮袋子彷彿成了打工者的一個標誌。」(頁 16)也正是這制式、毫無個性的群體裝扮,鋪墊了小說發展的悲劇性質。一九五○、六○年代工農兵宣傳畫作的「樣板」人物裝扮形象,傳達正面的希望與理想,《神木》打工者制式形象卻已代表貧窮與困苦,更甚者,礦場老闆的服裝打扮顯現出消費社會分辨階級地位的方式:「窯主上身穿著皮夾克,下身穿著皮褲,腳上還穿著深腰皮鞋,從上到下全用其他動物的皮包裝起來。窯主的裝束全是黑的,鼓鼓囊囊,閃著漆光」(頁 33),富有者身上的動物皮毛除了保暖之外,更顯現了他的經濟條件與在社會上的身分地位。

除了窯主以動物皮毛裝扮「炫富」外,小說中還屢屢以昆蟲或動物形象寓意社會生態,揭示人類社會弱肉強食的生存法則。無論是農、工,或農民工,都已是位處社會邊緣[8]。《神木》先是述及多如螞蟻的農民工形象:「在車站廣場走動的人

---

[8] 《農轉工──失地農民的勞動與生活》曾提到縱使是農轉工,其社會地位依然是位處邊緣:「農轉工人員具有身分的不可逆性特徵。其結果,包括國營工人在內的工人階級從城市的中心地位下降到邊緣地位,而農轉工人員則在邊緣化的基礎上,被進一步邊緣化了,即出現了再邊緣化的特徵,其生活狀況低下。」(頁 2-3),甚至農民有時因有土地而具有一定的發

多是提著和背著鋪蓋卷兒的打工者,他們像是昆蟲界一些急於尋找食物的螞蟻,東一頭西一頭亂爬亂碰。」(頁124);再以進入瓶子內的昆蟲描寫礦工工作場所的危險性:「它更像一只放倒的瓶子,只有瓶口那兒才能進去。瓶子裡爬進了昆蟲,若把瓶口一塞,昆蟲就會被悶死。」(頁151);或者是描寫礦工如同騾子或驢的情況:

> 荊條筐裝滿了,運煤工把拖車的繩袢斜套在肩膀上,拉起沉重的拖車走了。運煤工的腰彎得很低,身子貼近地面,有時兩只手還要在地上扒一下。從後面看去,拉拖車的不像是一個人,更像是一匹騾子,或是一頭驢。(頁157)

主述者以譬喻筆法描述農民工的迷茫、危機與勞動情況,形象化底層民眾的日常生活。但另一方面,卻也同時藉由另一個殺人者宋金明的視角,合理化這些無法「進化」的勞動者就該淘汰的觀點,當宋金明要殺人時是這麼想的:

> 宋金明看出來了,他選定的目標是一個老實蛋子。在眼下這個世界,是靠頭腦和手段掙錢。像這種老實蛋子,雖然也有一把子力氣,但到哪裡都掙不到什麼錢,既養活不了老婆,也養活不了孩子。這樣的笨蛋只適合給別人當點子,讓別人拿他的人命一次性地換一筆錢花。(頁18-19)

專以謀害他人領取賠償金的宋金明,道出了老實、不懂鑽營的勞動者終究是社會貧民、無力翻身。中國傳統農業社會裡受到重視的勞動力量,到了「眼下這個世界」的現代社會卻已不值錢,連帶的連「老實」這類傳統美德也受到歧視。對比於中共建政初期農民的社會地位,或是農民的樸實形象,現今的市場經濟政策早已不以此方向為行事圭臬,甚至殺人者直接以「適者生存、不適者淘汰」的社會進化論說服

言權,勝過城市的工人階級:「在計劃經濟體制時期,農村土地幾乎被近似無償劃撥,但隨著市場化的推進,土地作為稀缺資源的價值也逐漸被農民認識到,隨意劃撥現象遭到農民的強烈抵制,農民作為土地的主人要求在徵地的談判桌上佔有一席之地並具發言權。」(頁121)張汝立:《農轉工──失地農民的勞動與生活》(北京:社會科學文獻出版社,2006年)。

自己：「這樣的笨蛋只適合給別人當點子，讓別人拿他的人命一次性地換一筆錢花」，可悲之處還在於殺人者與受害者同屬來自社會底層的無產階級。原先應該是團結一致抵抗社會不公不義的勞動群體，現今卻不得不自內崩解，想方設法「殺」出一條生路。馬克思（Karl Marx）主張被壓迫者一起同心協力推翻壓迫階級，共創美好未來的政治理念，在《神木》裡，不但不見蹤影，殺人者與受害者都是被壓迫者的情節設置，既呈顯了日漸險惡的社會環境，也更加彰顯了勞資雙方的位階差距：「如果單從幹活的角度看，點子唐朝霞的確算得上一位挖煤的好把式。可是，挖出的煤再多，賣的錢都讓窯主得了，他們才能掙多少一點錢呢！宋金明在心裡對他們的點子說，對不起，只好借你的命用用。」（頁39）被壓迫者藉由同伴的命錢「報復」雇主：「咱要狠狠地治這個窯主一下子」（頁199），看似是有效的達到了一定的懲治目的，但卻也透露了農民工們彼此之間有著更多的不信任感與性命危機。

　　根據研究指出，農民工外出打工時往往依靠地緣或親緣關係聚攏成保障勢力，顯現中國的傳統社會文化尚可有效阻止悲劇的發生。《神木》中的受害人即缺少地緣與親緣關係的保障。況且，在沒有工會組織的情況下，當農民工與雇主發生衝突時，往往是以這種地緣、血緣為紐帶的鬆散關係，組織起來與老闆談判[9]。《農民工考察》也曾針對農民工的犯罪原因提出了看法：「打工者走出了自己生長的農村地區，也就超出了社會輿論的監督，在道德自律能力較差的情況下，也就很容易走上犯罪道路」[10]，改革開放以來，中共決定建設「具有中國特色的社會主義路線」，先不論這其中是以社會主義之名掩蓋資本主義道路之實的問題（這也不是本文重心），日漸擴大的貧富差距問題始終是政府當局的課題。農民工面對這種不樂觀的前景／錢景，一部分的農民工也就如《神木》中的宋金明一樣，選擇鋌而走險的殺人致富方式。《神木》文中寫道殺人者挑選受害者的原則：「他們不要老闆，不要幹部模樣的人，也不要女人，只要那些外出打工的鄉下人。如果打工的人成群結幫，他們也會放棄，而是專挑那些單個兒的打工者。」（頁4-5），沒有地緣、親緣群

9　余紅、丁騁騁著：《中國農民工考察》（北京：崑崙出版社，2004年），頁161。
10　同前註，頁171。

體保護的個人行動者，往往成爲他人的刀下亡魂，因而農民工的親緣、地緣關係，
成爲保障個人人身安全的方式。

二、民間文化與邊緣處境

　　礦工們在礦底日夜顚倒的工作型態，逆反了人類日出而作日落而息的順天規
則，第一次進到礦底的年輕學子是這麼形容的：「這個世界跟窯上的人世完全不同，
彷彿是一個充滿鬼魅的世界」（頁 147）、「他們上的是夜班。頭天下窯時，太陽
還沒落山。第二天出窯時，太陽已經升起來了。當王風從窯口出來時，他的感覺像
是做了一個長長的噩夢，終於醒過來了。」（頁 158）鬼魅的世界、長長的噩夢帶
出了礦底這邊緣社會的陰森與恐怖感。現代經濟制度下的雇主們以日班、夜班輪替
的方式，增加工時、累積財富，但這些努力工作的農民工們，生產「產品」的同時，
卻也持續受到不人道的對待，並且因此擴大了資方與勞方的階級差異。西方資本主
義興起原因部分來自於宗教信仰中的道德約束所致，人們辛勤的工作，完成責任和
義務，不浪費、不鋪張、禁慾的結果帶來了富裕的生活[11]，然而資本主義持續發展
之後，卻形成如今富者愈富、窮者愈窮的社會情況。

　　《神木》對於礦區的描繪，呈現了原始的、邊緣的底層生活樣態。作者劉慶邦
曾經在礦區工作九年的生活經驗[12]，讓他在敘寫這個邊緣社會的時候，也描寫了在
此已然失效的社會秩序，反映這些邊緣人的危險處境：

> 在他們看來，窯底下太適合殺人了，簡直就是天然的殺人場所。把礦燈一熄，
> 窯底下漆黑一團，比最黑暗的夜都黑，在這裡出手殺個把人，誰都看不見。
> 別說人看不見，窯底下沒有神，沒有鬼，離天和地也很遠，殺了人可以說神
> 不知、鬼不知、天不知、地不知。（頁 38）

11　馬克思·韋伯（Max Weber）、于曉等譯：《新教倫理與資本主義精神》（臺北：左岸文化
　　事業有限公司，2001 年）。

12　夏榆：〈愛惜文字就像農民愛惜糧食——劉慶邦訪談〉，《北京紀事》，2001 年 16 期，頁
　　29。

遠離天地、遠離鬼神的礦底空間，讓殺人者王明君、張敦厚這兩個「僞君臣」主宰了一切：「窯底是沉悶的，充滿著讓人昏昏欲睡的腐朽和死亡氣息，人一來到這裡，像服用了某種麻醉劑一樣，殺人者和被殺者都變得有些麻木。」（頁 38）礦底空間成爲現代文明無法「監視」或「看管」的領域，潛藏著危險性，一旦被有心者利用，也就無法阻止悲劇的發生：「窯底自然災害很多，事故頻繁，時常有人豎著進來，橫著出去。在窯底殺了人，很容易就可以說成是天殺，而不是人殺。」（頁 38）礦底空間中特殊的迷茫或迷幻氛圍，類於 1958 年大躍進時期的集體瘋狂，上層階級決策錯誤導致上千萬人餓死後，將原因推諉給自然災害，而這理由也掩飾了《神木》礦底殺人的證據。

爲維持人類社會的安定，現代國家以官僚、軍事和警力國家機器執行法律規範，維護社會安定，然而《神木》中的兩位殺人者最後並非受到法律制裁，反而是以象徵因果報應的結局葬身礦坑。這樣的情節設置質疑了中共無神論主張的同時，亦突出了不可信任的官方律法。小說中，窯主尚未與罹難者家屬解決問題前，他禁止窯場內的人自由進出，以免向外透露窯場內的災難。因爲根據先前經驗，若讓官方的人知道窯場內的狀況，除了需面對層層的法律制裁外，還要面臨不同階層官員們的變相「勒索」，貪腐情況清楚可見，小說寫到：

> 窯主萬萬不敢讓上面的人知道他這裡死了人，上面的人要是一來，他就慘了。九月裡，他礦上砸死了一個人，不知怎麼走漏了消息，讓上面的人知道了。小車來了一輛又一輛，人來了一撥又一撥，又是調查，又是開會，又是罰款，又是發通報，可把他嚇壞了。電視台的記者也來了，扛著「大口徑衝鋒槍」亂掃一氣，還把「手榴彈」搗在他嘴前，非要讓他開口。在哪位來人面前，他都得裝孫子。對哪一路神，他都是打點。那次事故處理下來，光現金就花了二十萬，還不包括停產造成的損失。（頁 77-78）

《神木》以第三人稱全景式的寫作觀點，陳述大陸官方的貪腐情況，窯主：「對哪一路神，他都是打點」，以「神」稱呼官員，呈顯了平民與官員之間的位階差距，而隱喻傳播煤體殺傷力的「大口徑衝鋒槍」或是「手榴彈」裡，亦可見出窯主衡量

利益得失的人性抉擇。決定要在窯場內的私人空間解決賠償問題，而不選擇在窯場外的公共空間解決律法問題，不再僅是平民與官方的差別，也刻劃了官方的負面形象，因而《神木》兩個各取假名的殺人者所搬演的君臣戲碼，也就饒富諷諭意味。殺人者其一取名「王明君」、另一人稱「張敦厚」，「明君」與「敦厚」恰是當代社會所欠缺的君臣形象，「王明君」更直接指出歷代君主皆是由槍桿子出政權：「想當皇帝怎麼著，江山輪流坐，槍桿子裡出政權，哪個皇帝的江山不是打出來的？」（頁123）小說藉由底層民眾的假名字反映他們想用暴力流血的方式取得天下，或是藉此當家作主的想法。已然失序的當代社會，需要有新的君主、新的制裁力量，顯現社會的公平正義。

　　即使窯主屬於壓迫者一方，但由他的立場，更可見官方的腐敗之處。在此狀況下，設置「窯神」也就成為另一種生存策略。窯主期望能以訴諸道德良心、因果輪迴的宗教力量遏止殺人取財、礦區災難的發生：「下窯之前，窯主說是對他們進行一次安全教育，把他們領到燈房後面的一間小屋裡去了。小屋後牆的高台上供奉著一尊窯神，窯神白鬚紅臉，身上繪著彩衣，窯神前面擺放著一口大型的香爐，裡面滿是香灰紙灰。還有成把子的殘香沒有燃盡，縷縷地冒著餘烟。」（頁142），壓榨窯工賺取利益的窯主，期望藉由神明懲惡揚善的形象（先不論真假），減少自己的損失。《神木》作者甚至藉由窯主之口將拜神與文革時期的天天讀並置討論，他要求工人們做到兩項內容，「一、你們要向窯主保證，處處注意安全生產，不給礦上添麻煩；二、你們請窯神保佑你們的平安。」、「窯主說：『不管上白班夜班，你們每天下井都要先拜窯神，一次都不能落。這事要跟過去的天天讀一樣。你們知道天天讀嗎？』三個人互相看看，都說不知道。連天天讀都不知道，看來你們是太年輕了。」（頁143-144）毛澤東時期的法律制度，在紅衛兵治國的情況下早已失去效用，現今中國社會的法律公信力亦讓人質疑，將窯神與毛澤東的造神運動並列，以民間窯神的威嚴、威嚇形象，要求礦工們「天天讀」，保障工作安全，在貧富差距擴大、官方貪腐、紛爭頻繁的當代社會裡，象徵意涵極為明顯。即便毛澤東時期的「天天讀」曾對工農兵階級具有貢獻，但是面對新時代，「天天讀」反倒成為底層民眾的枷鎖。

　　中國民間的神鬼觀念在小說中發揮了懲惡揚善的功用，暫且不論兩位殺人者王

明君、張敦厚是否忌憚礦區窯神的懲戒，當王明君面對一隻狗時，心裡畢竟還是生出了恐懼：「王明君聽說狗的鼻子一嗅，案就破了。他擔心這條叫希特勒的狼狗嗅出他心中的鬼來，一口把他咬住。」（頁 146），殺人取得賠償金後，王明君回家過年時敬神、拜神的傳統習俗，亦凝聚了他心理的不安感：

> 過大年，起五更，趙上河在給老天爺燒香燒紙時，在屋當門的硬地上跪得時間長些。他把頭磕了又磕，嘴裡嘟嘟嚷嚷，誰也聽不清他禱告的是什麼。在妻子的示意下，兒子上前去拉他，說「爹，起來吧。」，他的眼淚呼地就下來了，說：「我請老天爺保佑咱們全家平安。」（頁 112-113）

即使殺人者在陌生的窯場似乎不害怕窯神的懲罰，依舊下手殺人，但是回到家鄉後卻出現了恐懼與壓力，由這可見出傳統農民與家鄉土地、家鄉民間信仰文化的關聯。

他鄉與家鄉，兩個不同的時空交織了主角在不同空間中的內心世界，並且也聯繫了中國傳統家庭中，男性傳宗接代、命脈傳承的文化觀。當王明君知道他接下來要殺害的「點子」是上一位受害人的兒子時，他與張敦厚的對話內容揭示了他作為一個父親的「良心」：「咱要是把這小子當點子辦了，他們家不是絕後了嗎！」、「他們家絕後不絕後跟咱有什麼關係，反正總得有人絕後。」、「我總覺得這事兒有點奇怪，這小子不是來找咱們報仇的吧？」、「要是那樣的話，更要把他辦掉了，來個斬草除根！」（頁 168），因為心裡有這層疙瘩，以至於他遲遲無法下手，甚至最後賠上了性命，與張敦厚一同葬身窯底。即便張敦厚不相信先殺父後殺子有何問題，甚至在這次殺人行動前，他還特地去算了一個名字祈求好運：「他花了十塊錢，請一個算卦的先生給他起了一個新名字，叫張敦厚」（頁 122），但他仍無法逃過殺人償命的報應。《神木》以此維護了父子血脈傳承的重要性，顯露中國文化深層結構的特色。尤其小說中，王明君本有機會領取賠償金一走了之，但他仍選擇自己站到「假頂」下面與同伴同歸於盡：「朝點柱上踹了一腳，磐石般的假頂驟然落下，煙塵四起，王明君與張敦厚頓時化為烏有」（頁 213-214）王明君選擇結束自己的生命，除了是多年來作為殺人者的心理壓力外，亦以此維護中國傳統文化的傳承之路。

三、現代教育的成果──是困境還是希望？

　　從原始年代以來，人類就知道火產生光與熱的重要性，無論是照明、取暖、烹煮等功能，都是不可或缺的生活條件，因而能維持火源的煤炭也就成爲重要的生活必需品。煤炭來源於古代植物，植物在腐敗之前被埋在地底，產生了生物化學作用，之後就變成煤炭。小說以「神木」命名，揭示了煤炭與植物的關係。《神木》裡，首度進礦區工作的高中生發現了一塊帶著樹葉的煤炭時，他的想法是要把這塊煤炭帶回去給老師以及妹妹看：「有了這塊帶樹葉的煤，就可以證明煤確實是億萬年前的森林變成的」（頁 171），另一位歲數較大的老窰工則說出了具有當地文化色彩的煤炭故事：

> 「王風把煤塊給老窰工送過去了。老窰工翻轉著把煤塊端詳了一下，以讚賞的口氣說：「不錯，是樹葉。這樹葉就是煤的魂哪！」
> 王風有些驚奇，問：「煤還有魂？」
> 老窰工說：「這你就不懂了吧，煤當然有魂。以前這地方不把煤叫煤，你知道叫什麼嗎？」
> 「不知道。」
> 「叫神木。」（頁 172）

賦予煤炭「靈魂」的說法，豐富了「神木」傳說的神祕色彩，神話、也神化了煤炭在當地人心中的重要地位。萬物有靈的原始宗教觀與民間文化連結合一，雙向保留了原始人們對大自然的敬畏與感恩之心。弔詭的是這屬於大自然的恩賜之物，在當今社會卻成爲能源之戰、利益之爭的來源，且除了教科書外，再也無人聞問煤炭是否有靈魂、命名爲「神木」的意義爲何。尤其殺人者面對想要證明煤來自森林的高中生說：「煤就是煤，證明不證明有什麼要緊。煤是黑的，再證明也變不成白的。好了，扔了吧。」（頁 171），對於勞動者而言，黑色的煤炭就是煤炭，教科書上的知識無法改變什麼，現實壓力讓他們只能滿足食物與性的基本需求。《神木》中，

在礦底工作的礦工們，一旦回到了地上「人間」之後，空間場景或是說話主題都與食物、性有關，甚至將兩者合而為一，成為與人類慾望相關的指涉語詞：「二叔說：『別聽你張叔叔瞎說，我也不懂。女人是人，雞是雞。雞可以殺吃，女人又不能殺吃，幹嘛把人說成雞呢？』張敦厚想了想說：『誰說女人不能殺吃，只是殺法不太一樣，雞是殺脖子，女人是殺下邊。』」（頁186），或是「王明君說：『我們不渴，不喝茶。我們到前邊看看。』另一位小姐說：『怎麼會不渴呢，出門在外的，男人家沒有一個不渴的』」（頁187），以女性主義立場而論，這些雙關語實已物化女性，必定遭受抨擊，但是「食、色，性也」的人類本性，卻也明確傳達了底層民眾的慾求。尤其色慾本就是人類的生命本質，只是這「本質」隨著文明的發展而被道德規範所限，因而《神木》農民工赤裸的談論、滿足色慾的基本需求也就成為反叛文明理性社會的必要之「惡」。

神木的時代人類依靠狩獵、畜牧、農作等勞動力成果維持溫飽。工商業社會來臨後，這樣的勞動力已淪為底層社會的職業形象。當大量的農民工在城市打工賺取基本的生活費時，城市人正在接受「教育」，試圖維持或擠身更好的生活圈。即便在1990年代農民工曾經是進步、樂觀的代表，但是近來已成為社會底層與苦難的象徵[13]，因此他們也只能將希望寄託在下一代身上，希望能有機會接受教育脫貧致富。願望如此，但是現實的經濟條件卻不允許，殺人者王明君與村裡認識的大嬸對話：「一定要支持孩子把學上下來，鼓勵孩子考大學」、「不是怕大兄弟笑話，不行了，上不起了，這一開學又得三四百塊，我上哪兒給他弄去。滿心指望他爹掙點兒錢回來，錢沒掙回來，人也不見影兒了」（頁117），殺人者王明君在臨死前，

13　在大眾傳媒中關於農民工的表述大致分成四個階段：80年代末期、90年代中前期、90年代中後期和世紀之初。第一個階段「民工潮」剛剛浮現；第二階段伴隨著92年南巡講話帶來的商品化大潮，農民工在線性的現代化敘述中被作為歷史的進步（農民轉變為工人），關於「農民工」的表述也基本上是一種樂觀主義的話語；第三階段尤其是97年以後伴隨著激進地市場經濟改革，農民工則淪落為社會底層和苦難的象徵，在官方檔中被歸為「弱勢群體」，在先鋒藝術中成為指認「社會主義中國」的符碼；第四階段在知識份子關於三農問題的討論與新一屆政府的上臺的多重因素之下，大眾傳媒中出現了某種「民工熱」。張慧瑜：《危機時代與主體建構——新世紀以來中國大眾文化研究》（臺北：秀威科技資訊股份有限公司，2004年），頁64。

甚至鼓勵死裡逃生的元鳳鳴繼續接受教育:「我死後,你就說我倆是冒頂砸死的,你一定要跟窯主說我是你的親二叔,跟窯主要兩萬塊錢,你就回家好好上學,哪兒也不要去了」(頁 213)只要接受「教育」就能改變人生的想法似乎已成為這篇農民工小說的重要主題。

元鳳鳴原先依靠父親外出打工支付學費,但在父親失聯後,他只能輟學找工作,扛起照顧母親及妹妹的責任。在礦區,他除了顯露對書本知識的渴望外,也有著學生素樸的品德節操,一切以學校老師的教導為行事準則:「老師讓他回家借錢」、「班主任老師就動員全班同學為他妹妹捐學費」、「老師給我們講過,說煤是森林變成的」、「老師不准同學們談戀愛」(頁 137、171、176),作者甚至以老師與學生的關係形容他在兩位殺人者面前的樣態:「小伙子的目光固定地瞅在一處,不敢看人,也不敢多說話。這麼大的男孩子,在老師面前都是這樣的表情。他大概把他們兩個當成他的老師了。」(頁 133),但最後當殺人者王明君這位「老師」要他說謊拿賠償金回家時,他卻沒能照做:

> 「二叔,二叔,你不要死,我不讓你死!」
>
> 「不許過來!」
>
> 王明君朝點柱上端了一腳,磐石般的假頂驟然落下,煙塵四起,王明君和張敦厚頓時化為烏有。
>
> 王風沒有跟窯主說王明君是他的親二叔,他把在窯底看到的一切都跟窯主說了,說的全部是實話。他還說,他的真名叫元鳳鳴。
>
> 窯主只給了元鳳鳴一點回家的路費,就打發元鳳鳴回家去了。
>
> 元鳳鳴背著鋪蓋卷兒和書包,在一道荒路茫茫的土梁上走得很猶豫。既沒找到父親,又沒掙到錢,他不想回家。可不回家又到哪裡去呢?
>
> (頁 213-214)

教育原是翻轉社會地位的方法,這篇小說的結尾卻顯現教育未必能幫助這些「弱勢群體」改變命運。缺少社會經驗的高中生,只能依循著學校品德教育的規範行事,但是這卻無助於改變他的處境。《神木》作者在結局中明顯賦予高中生元鳳鳴良善

的品德，並予以正面肯定，然而在以勞動爲主的底層社會卻無助於一切，因而導演李楊將小說改編成電影《盲井》時，雖是同樣呈現農民工的悲慘處境，但他卻改編結局爲：高中生元鳳鳴拿了大筆的賠償金後，站在路口望向火化場的煙囪。截然不同的結局，分別說明了作者與導演的看法，一是堅持品德，一是給予這位高中生未來受教育的希望。工農兵文學時期的礦工主題原是「紀錄下了中國礦業工人在建國初期英勇無畏、豪氣沖天的勞動場景與正直無私、一心爲公的偉大胸襟」，結局當然也就趨向正面圓滿；但是到了一九八〇年代後礦工主題卻轉換成「礦工身上過去被誇大的激情與鬥志卻被實實在在的恐懼、擔憂、無奈與痛苦甚至是膨脹的欲望所替代，礦業工人的生產與情感活動也趨向於多樣與眞實」14，結局因而更加接近社會眞實面貌。《神木》中的高中生固然擁有良好品德，但在 1990 年代後的底層社會卻是毫無用處，因而改編成電影後，導演賦予了這些農民工後代一些未來的希望。

　　《神木》以古老森林的靈魂說賦予煤炭神秘性，人謀不臧時便予以懲罰。小說中兩位殺人者最後皆付出了生命代價，似乎是冥冥之中印證了因果報應的宗教觀，然而可以想見高中生最後仍會陷入「盲流」15的隊伍中，成爲下一代的農民工。即便他擁有地緣或親緣關係得以維繫人身安全，但是在缺乏「社會資本」16的情況下，還是僅能與同階層的農民工們往來，絕少有機會翻身。況且，根據研究顯示，新生代的農民工，即使唸到高中畢業，仍是社會競爭中的弱者17，因而教育的成果，實

14　陳新瑤：〈浮出地表的礦冶文學〉，《黃石理工學院學報》第 26 卷第 6 期（2009 年 12 月），頁 8-11。

15　很多人認為，農民工的尋找工作的方式是一種無組織的行為，是無序和混亂的，認為農民工是盲目流動，稱之為『盲流』」。李強：《農民工與中國社會分層》（北京：社會科學文獻出版社，2004 年），頁 87。

16　所謂社會資本，是指以一定的社會關係為基礎、以一定的文化為內在行為規範，通過人際互動所形成的社會關係網路及其所帶來的潛在社會資源。張華：〈新生代農民工弱勢地位的倫理審視〉，《學術交流》，2014 年 3 月，總第 240 期，頁 146。

17　新生代農民工學歷大多在高中以下，雖然具備一定的教育基礎，但文化水準不高，缺乏專業技能和就業經驗，難以適應城市現代工業和現代服務業高標準的從業要求，只能從事體力型、

際上並仍未能改變社會階層。依靠勞力工作的農民工,他們需要健全的身體,而非教科書裡的知識與學校的品德教育。小說中一位因為工傷而失去一條腿的勞動者,懇求窯主能給他兒子一口飯吃,血淋淋的揭露殘酷的現實處境:「斷腿的男人帶著哭腔說:「賠那一點兒錢夠幹什麼的?連安個假腿都不夠。我現在成了廢人,老婆也跟我離婚了,我和我兒子怎麼過呀,你們可憐可憐我們吧!」,窯方卻回答:「你老婆和你離不離婚,跟礦上有什麼關係?你不是會告狀嗎?告去吧。實話告訴你,我們把錢給接狀紙的人,也不會給你。你告到哪兒也沒用!」(頁 198)這對話裡除了顯現官商勾結的情況外,失去一條腿的勞動者,已失去了掙錢的能力,因而一位老窯工說:「人要死就死個乾脆,千萬不能斷胳膊少腿。人成了殘廢,連狗都不待見,一輩子都是麻煩事兒。」(頁 199)農民工後代面對經濟困境、面對戶籍問題、面對城市競爭者的優勢資源,絕大多數還是僅能從事底層工作,更何況當官商權力整合之後,農民工的弱勢地位愈加明顯。如前所述,《神木》以中國歷來朝代名稱唐、宋、元、明、清為小說主角命名,例如:唐朝陽、宋金明、元清平等,這些真假名字喻意歷史時間的同時,也消解了深層文化意涵,但是另一方面,卻也是代表了中國古往今來大多數從事基層工作的芸芸眾生。尤其被害人元清平、元鳳鳴的父子關係,除了呈現中國傳統文化觀外,也意喻農民工們代代相傳、幾乎無法翻身的卑賤生活。即使他們的父子關係,曾成為兒子死裡逃生的關鍵點,高中生元鳳鳴清新的形象也連結了現代教育的成果,但他最後卻還是陷入了困境,即將「繼承」父親的農民工一職,未來似乎已渺無希望。

結　論

　　《神木》以礦區農民工的遭遇,刻劃中國大陸當今的社會狀況。外出打工的農民工們生活沒有保障,只能依靠傳統的親緣或地緣保障自己的生命安全,甚至在官方貪腐、講究文明的社會中,傳統宗教信仰再度發揮了維持社會秩序的功效。面對

　　低技能和高替代性的工作,在勞動力市場中缺乏足夠的議價能力和選擇自由,職業發展空間狹窄,是社會競爭中的弱者。同上註,頁 147。

新時代,農民工們在 1990 年代時,縱使曾經經歷較為寬裕的生活條件,但是比較起城市居民而言,仍有著鉅大的差距,更何況,現今的農民工處境愈來愈顯艱難,以致《神木》中的農民工們只好將希望寄託在下一代,希望教育成果能讓他們翻轉社會地位。小說中的殺人者面對自身的弱勢處境,選擇殺人賺取賠償金,且為了紓解心理壓力,他們以懲治窯主為藉口,「正義化」、「合理化」非法行為,面對一位因斷腿而回來窯上爭取賠償費的農民工,殺人者之一說:「咱要狠狠地治這個窯主一下子」(頁 199),動手殺人後,讓窯主付出大筆賠償費,成為他們報復社會不公的方法。弔詭的是,《神木》中,無論是殺人者或受害者都同屬同一階級的社會弱勢者,當殺人者第一次看到別人以殺人方式賺錢時,他領悟到社會的現實面:「他懂得了,為什麼有的人窮,有的人富,原來富起來的人是這麼幹的。大魚吃小魚,小魚吃螞蝦,螞蝦吃泥巴。這一套話他以前也聽說過,只是理解得不太深。通過這件事,他才知道了,自己不過是一隻螞蝦,只能吃一吃泥巴。如果連泥巴也不吃,就只能自己變泥巴了。」(頁 115)位處於社會邊緣,讓殺人者走向了殺人一途,選擇殘殺同階層的農民工,企盼能快速致富。但相對於此「捷徑」,大部分的農民工則因經濟條件未具競爭力,且在現有戶籍制度的限制下,讓他們的後代依然是農民工,即使教育給予了他們希望,但是這些循規蹈矩的後代,卻還僅能是農民工或是城市中的「蟻族」,終日奔忙賺取極低的工資,滿足食物與性的基本需求而已。

徵引文獻

一、專書

余紅、丁騁騁著：《中國農民工考察》，北京：崑崙出版社，2004 年。

李強：《農民工與中國社會分層》，北京：社會科學文獻出版社，2004 年。

馬克思・韋伯（Max Weber）著、于曉等譯：《新教倫理與資本主義精神》，臺北：左岸文化事業有限公司，2001 年。

張汝立：《農轉工：失地農民的勞動與生活》，北京：社會科學文獻出版社，2006 年。

張慧瑜：《危機時代與主體建構——新世紀以來中國大眾文化研究》，臺北：秀威科技資訊股份有限公司，2004 年。

劉慶邦：《神木》，北京：電子工業出版社，2010 年。

二、論文

李耀輝：〈收入不均〉，收錄於羅金義、鄭宇碩編：《中國改革開放 30 年》，香港：香港城市大學出版社，2009 年，頁 87-101。

夏榆：〈愛惜文字就像農民愛惜糧食——劉慶邦訪談〉，《北京紀事》，2001 年 16 期，頁 28-30。

寇多泉：〈「蟻族」群體社會支持與主觀幸福感的關係：心理彈性的作用分析〉，《揚州大學學報（高教研究版）》，2012 年 8 月第 16 卷第 4 期，頁 27-31、37。

張華：〈新生代農民工弱勢地位的倫理審視〉，《學術交流》，總第 240 期（2014 年 3 月），頁 145-149。

陳新瑤：〈浮出地表的礦冶文學〉，《黃石理工學院學報》第 26 卷第 6 期（2009 年 12 月），頁 8-11。

惠銘生：〈煤老闆炫富〉，《雜文選刊（上旬版）》，2012 年第 6 期，頁 34-35。

底層的「精神」幻象及其生產——
論石一楓〈世間已無陳金芳〉

黃文倩

淡江大學中文系助理教授

摘要

　　本文闡述石一楓（1979-）的 2014 年的代表作〈世間已無陳金芳〉。此作最初刊載於《十月》2014 年第 3 期，後收入同年的《中篇小說選刊》，是近期受到大陸文學與文化圈非常重視的中篇小說。它以現實主義的筆法，和高度浪漫主義的精神，處理一個中西文學史上重要但也老派的主題——在時代巨變、城鄉及價值轉型的背景下，一位出身底層的女性在社會的上昇、殞落的發展史。但〈世間已無陳金芳〉的創新處與特殊性是在於——從小說敘事一開始，作者就爲女主人公陳金芳埋進了一種新的元素——在中國上個世紀九〇年代起的高速資本主義化與現代化的背景下，陳金芳自始至終，都有一種對審美、豐富的「精神」生活的執著與追求——在這篇作品中，主要以西方古典音樂的世界爲追求標的和隱喻結構——儘管受限於能力和條件，她不可能完全理解那當中的一切，但是這卻是她的命運走向悲劇最大的原因——陳金芳完全不自覺、也不質疑地，接受另一個民族與階級的「精神」，來作爲自身的主體發展的起點與理想，當中所導致的主體的錯位，又強化了她對世俗功利的動機，也制約了她對中國現實社會的認識，有一定程度的文學史上的推進

視野和文學的社會實踐價值。因此,本文擬從三個面向來完整分析此作:一闡釋陳金芳追求的「精神」生活的原因、生產邏輯與歷史性質,二方面重構她如何以「精神」爲動機和目的,展開世俗的功利版圖,並闡釋此種主體以虛幻爲現實的危機,三方面想進一步整合評述這篇作品「多元」的敘事美學與它呈現的責任困境。

關鍵詞:底層、「精神」、命運、敘事、現代性

您給他們的生活裡帶來新的迷信。──契訶夫〈帶閣樓的房子〉

　　石一楓（1979-）的〈世間已無陳金芳〉（2014 年）最初刊載於《十月》2014
年第 3 期，後收入同年的《中篇小說選刊》，是近期受到大陸文學與文化圈高度重
視的中篇小說。2014 年 8 月初，在北京參加兩岸青年文學評論工作會議時，評論
家李雲雷向我們推薦了這篇新作，他以老舍來類比，給予了高度評價。因此，在北
京時我就立刻粗讀了一遍，也能約略看出此作的社會分析的寫法與視野，以及它受
到費茲傑羅《大亨小傳》（大陸譯：《了不起的蓋茲比》）的影響[1]──從敘事者
的設定，到主題意識都有一些關聯──儘管這並非石一楓這篇作品的真正旨趣與價
值──雖然敘事者對陳金芳，如同尼克對蓋茲比有相當程度的好感。然而，更令我
感到興趣與不安的，是此作整體上，尤其是敘事者看似「多元」[2]聲音，仍存在著
不少幽微的、甚至自相矛盾的焦慮與困惑，或者也可以理解為──21 世紀初中國
大陸在現代性、城鄉社會轉型間的主要矛盾和關鍵感覺結構（structures of feeling），
我認為這才是此作最有價值的面向之一二，但我當時並未再繼續思考。回臺灣後，
我重新仔細地細讀了這篇作品多次，並跟一些大學生與陸生討論，歸納了一些較完
整但或許並不很新的頓悟，可能不完全沒有書寫下來的階段性意義。
　　〈世間已無陳金芳〉以現實主義的筆法，和高度浪漫主義的精神，處理一個中
西文學史上重要但也老派的主題──在時代巨變、城鄉及價值轉型的背景下，一位

1　石一楓在創作談：〈我想講述的命運故事〉，曾談到這篇小說當初寫完給了《十月》雜誌，
　　編輯就對他說：「有點女兒版的蓋茨比」的意思，這個評價他也同意。從小說本身來看，確
　　實在旁觀的敘事者的使用、結構的設計、敘事者對主人公好感的變化、社交場景的書寫，以
　　及反映時代、社會等功能上，都有相近的地方。石一楓的完整說法，參見《中篇小說選刊》
　　2014 年第 4 期，頁 79。

2　本文對敘事者「多元」的理解，除了指涉其明顯的去中心的立場與姿態外，更多地是指敘事
　　者在小說具體的生活細節和價值觀裡，不斷解構、權變、調整，且有一定程度的虛無主義傾
　　向。

出身底層[3]的女性在社會的上昇、殞落的發展史。這種議題其實許多中國的作家也都曾意識到，從鐵凝早期的〈哦·香雪〉、方方的〈奔跑的火光〉，甚至如果暫時擱置性別，純就改革開放後的資本主義興起下，底層人民的命運主題史來說，路遙早期的〈人生〉（1982 年），和 2013 年方方的新作《涂志強的個人悲傷》也可以納入這個譜系的代表。西方（美國），德雷賽（Theodore Dreiser，1871～1945）的《嘉麗妹妹》（1900 年）、卡波特（Truman Garcia Capote，1924-1984）的《第凡內早餐》（1958 年）也早為有識者所熟知——它們都採用了基層、底層女性的命運發展，來反映個人跟時代、社會的矛盾與生產關係。臺灣八〇年代中，顧肇森的代表作之一的〈曾美月〉（後收入《貓臉的歲月》），亦可看作一種參照的見證——早年在美國援助的支配性文化的影響下，臺灣基層女性在城市和跨國發展的命運和情感限制。或許由於女性受現代性的啟蒙較晚，從相對意義上來說，她們才是資本主義時代真正的新人，因此往往比男性更適合作為承載新的社會支配性結構的典型。

　　石一楓本科／大學和碩士就讀北京大學中文系，現為北京的文學雜誌《當代》的編輯，對這樣的主題史必然不會陌生。但〈世間已無陳金芳〉的創新處與特殊性是在於——從小說敘事一開始，作者就為女主人公陳金芳埋進了一種新的元素——在中國上個世紀九〇年代起的高速資本主義化與現代化的背景下，陳金芳自始至終，都有一種對審美、豐富的「精神」生活的執著與追求——在這篇作品中，主要

3　「底層」，是目前中國大陸文學與文化圈自覺關注的視野。李雲雷在〈「底層文學」：提出問題的方式〉曾提到這種類型作品在中國之受到注意，主要起源於 2004 年左右曹征路的《那兒》作品的出現，並認為它們的整體發生原因和特質為：「一是由於我們社會整體的變動，從 90 年代以來，『三農問題』等各種社會問題不斷突出，底層這樣一個現象也是越來越突出，它是在整個社會結構變化之中出現的社會群體，他們在政治、經濟、文化各個方面都處於弱勢的地位，所以他們沒有辦法發出自己的聲音；二是社會思想的波動，底層文學的產生與 90 年代後期的新左派與自由主義之爭有很大的關係，因為在這樣兩種現代化思路的論爭過程中，有一些人開始重視底層對社會的整體作用。三是由於文學內部的自我反思，自 80 年代以來，所謂『純文學』觀念的影響一直持續到新世紀初，無論是在文學批評界還是文學理論界，都對『純文學』有一個反思的過程，而底層文學其實是在創作領域對那些純文學創作方向的一個反思。」參見《文藝理論與批評》2011 年第 5 期，頁 35-36。

以西方古典音樂的世界爲追求標的和隱喻結構——儘管受限於能力和條件，她不可能完全理解那當中的一切，但這卻是她的命運走向悲劇最大的原因——陳金芳完全不自覺、也不質疑地，接受另一個民族與階級的「精神」，來作爲自身的主體發展的起點與理想，當中所導致的主體的錯位，又強化了她對世俗功利的動機，也制約了她對中國現實社會的認識。但是，石一楓想要處理的視野或說問題意識，顯然仍是想說，這並非僅僅是陳金芳的「個人」問題，而是一種社會的生產，同時由於陳金芳在「精神」上的極端，她可能將大陸改革開放後，長期隱藏幽微的底層對現代性的幻象，及其生產關係的秘密，充份彰顯出來，因此有文學史上的推進性。所以，在本文中，我想從以下三大面向完整地分析這篇作品，一闡釋陳金芳追求的「精神」生活的原因、生產邏輯與歷史性質，二方面重構她如何以「精神」爲動機和目的，展開世俗的功利版圖，並闡釋此種主體以虛幻爲現實的危機，三方面想進一步整合評述這篇作品「多元」的敘事美學與它呈現的責任困境。

一、在西方古典音樂的召喚下：陳金芳和底層新 「精神」的發生

借用尼古拉・奧斯特洛夫斯基的《鋼鐵是怎麼煉成的》的中譯書名，我們也要追問：陳金芳是怎麼產生的？不過才不到一百年，昔日的革命和社會主義理想，在中國已成為淡色的遠景，到了陳金芳的時代——開始資本主義化的 20 世紀 90 年代，至高速發展的 21 世紀的第一個 10 年，世俗的「成功」的金權邏輯[4]，已成為大多數新人的「理想」。

小說描述的陳金芳出身中國傳統農村家庭，由於家人舉家遷至北京的一個食堂工作，陳金芳得以在北京插班就讀中學——一所以部隊子弟為主的學校，並成為敘事者「我」的同學。這裡的學校老師表面上說要團結，但現實中的陳金芳，不但沒有因為她的相對弱勢，得到過適當的照顧、保護，常常還受到排擠與欺負。儘管，中國式的社會主義實踐曾經特別強調平等，但在長期的階級與敵我劃分的歷史邏輯下，重視出身更是一種集體潛意識，這就使得改革開放後，雖然看似迎來了自由解放，但對出身的關注有增無減，只不過，從過去重視的農工兵的出身，重新抬舉知識分子及幹部權貴。

陳金芳的條件雖非後者，但小說刻劃她似乎還有著一些社會主義時期的自尊本能，對貧窮能隱忍、會自卑卻並不很以為意（這使得她不像 80 年代的路遙筆下的高加林，過早被「啟蒙」，開始產生「自我」），陳金芳初登場時的主體相對混沌，也因此她能積極地參與世俗生活，敢於繼續跟進「現代」（從某種意義上來說，過去的革命與社會主義實踐，也是現代性實踐的一種）——她對新階段的資本主義都會現代性的一切事物都很感興趣，興致勃勃地爭取嘗試，用「我」以看似平淡的形象化敘述來反襯：「陳金芳還是班上女生裡第一個抹口紅的，第一個打粉底的，第

4　關於中國大陸 90 年代以來的「成功」想像與邏輯，可參見王曉明〈半張臉的神話〉，收入王曉明《橫站》（臺北：人間出版社，2012 年），頁 45-54。

一個到批發市場小攤兒上穿耳孔的。」[5]在中學生裡，應該令人印象深刻，同時，小說提到，儘管其它的同學們也不無「現代」的虛榮，或讓父母親花半個月薪水買「耐克」（NIKE）鞋，但大家卻不能接受陳金芳的踩線──她有令人焦慮的生命力，讓眾人不安的自尊心，以及重新挑戰階層分配邏輯的威脅感。石一楓顯然仍相信，小說的情感教育及知性教育的功能並非過時，在這裡，他藉著敘事者「我」來載道，說：「對於一個天生被視為低人一等的人，我們可以接受她的任何毛病，但就是不能接受她妄圖變得和自己一樣。」[6]石一楓以他的敏感，直覺地美學關照出大陸改革開放後，中國社會階級歧視結構的再發生的深層心理與文化邏輯。

此外，和農村出身的陳金芳產生矛盾的，還不只上述已然恢復的菁英意識和連帶的學校教育，陳金芳跟她的傳統農村家庭也有激烈衝突，由於家中的貧窮、父親的亡故、母親的殘障、姐姐和姐夫食堂工作的卑微，在新的資本主義意識型態下，他們雖然以辛勤的勞動獲得溫飽，但卻難以獲得基本的尊嚴，甚至還常常被眾人們取笑──小說家表現這種刻薄的功利觀和調笑，相當立體生動。所以，在陳金芳初三時，他們家決定舉家回到農村，但女主人公卻認為，自己已然見識及體驗了更多的「現代」及「精神」，堅決拒絕回去，無論她的家人以傳統的責任和價值（如忘本）來批判，陳金芳都不為所動，她並不覺得自己能在傳統的農村中「活的豐富」（陳金芳日後對「我」說的話，因為覺得對方會拉小提琴），她也不可能像 80 年代時的高加林──作為一個有才能又有膽識的男性，或多或少日後有較多的機會，再受到鄉親的提攜及上城，相對來說，陳金芳回歸鄉土傳統後的流動性必然很低，已深受大城市「現代」教育洗禮的她自然不願意。是以，總的來說，無論是學校或家庭，帶給她的更多僅是壓抑，因此更加間接地促使陳金芳想追求不同的人生。

但石一楓為什麼要以古典音樂來「啟蒙」陳金芳？必須注意陳金芳初接觸古典音樂，是她中學的階段，那時候的陳金芳還沒有明顯的社會功利意識，對生命中的一切美好的渴望、純粹的美感，更多的源自於一種人的本能。以石一楓和小說中的敘事者「我」對陳金芳的好感，我認為他在此提出最有價值之一的觀點暗示是──

5　石一楓〈世間已無陳金芳〉，收入《中篇小說選刊》2014 年第 4 期，頁 51。
6　同上註，頁 55。

中國的底層自然也有權吸收或爭取人類文明中，最精華迷人的審美世界——昔日西方資本主義文明積累的成果，當然可以被拿來，成爲新一代社會主義國家的資產。但有意思的是，如果他／她不能在已然轉型成資本主義的社會中順利上昇，這樣的超前精神的現代主體會產生什麼困境？問題看似普通，實則關鍵，因爲在中國大陸現代城鄉轉型的過程中，這樣的人必然占大多數，具有很高的普遍性，陳金芳如此，敘事者「我」的狀態亦如此，是以石一楓才能讓「我」來敘述陳金芳的故事，因爲兩個人在某種程度上，同是天涯淪落人。

　　這個敘事者——「我」是一個從小在父母親的栽培下，目標成爲一流演奏家的小提琴手。念中學時，「我」在一次練習柴可夫斯基的「D大調小提琴協奏曲」時，發現陳金芳在樹下偷聽，開啓了「我」和陳金芳在某種精神上的秘密聯繫，「我」雖然也跟同學一樣不喜歡她，但卻也因爲有了一個聽眾，而在不知不覺中讓琴藝開始帶有了一種傾訴的品質，儘管日後「我」沒考上音樂學院，甚至被教授評爲是過早開墾的貧礦——最多有技術而無靈感，但也因此讓「我」常懷想起中學時陳金芳間接帶給「我」的隱密的慰藉，而陳金芳也在長期的偷聽「我」的古典音樂的練習曲下，啓發了她豐富的新的「精神」追求。這一段細節，以敘事者「我」的眼光，把陳金芳的這種新「精神」品質的發生，和她卑微的出身與現代性的關係，形象化地點染出來：

> 我在窗外楊樹下看到了一個人影。那人背手靠在樹幹上，因爲身材單薄，在黑夜裡好像貼上去的一層膠皮。但我仍然辨別出那是陳金芳。借著一輛頓挫著駛過的汽車燈光，我甚至能看清她臉上的「農村紅」。她靜立著，紋絲不動，下巴上揚，用貌似倔強的姿勢聽我拉琴。[7]

「現代」式的汽車燈，映照出她中學時代的單薄與土氣，卻也召喚出陳金芳想「活的豐富」的意志，用她在這篇小說最後告別時的有力的台詞：「我只是想活得有點兒人樣」。當溫飽已不成問題，而學校和家庭的壓抑，和各種隱密的文化歧視，又

7　石一楓〈世間已無陳金芳〉，收入《中篇小說選刊》2014年第4期，頁54。

讓她需要有一種能安頓與釋放的管道,「我」的小提琴聲和古典音樂練習曲,就成爲她唯一的安慰。陳金芳日後不擇手段,幾乎沒有道德與倫理堅持,一個人浮浮沉沉,這種青春時期的精神安慰便不時召喚她,既成爲她追求美好世俗生活的動機,也是她在虛無的塵世中活著的抽象理想。

二、「精神」轉化間的現實危機

石一楓在展現陳金芳介在「精神」和世俗現實間的上昇過程最爲精采。似乎是爲了不讓讀者過快對她產生倫理或道德式的評價,避免犧牲掉讀者關注陳金芳的形象和主體變化的複雜度,這篇作品以費茲傑羅《大亨小傳》的倒敘結構,充份地鋪陳她的命運和中國資本主義及現代性發展下的社會關係。

第一個關鍵的問題視野,我認爲是石一楓注意到中國底層人民在「精神」追求上的世俗轉化。這裡比較生動的關鍵情節,發生在陳金芳中學剛畢業後,爲了留北京,陳金芳跟過幾個小混混般的男人,他們對她其實並不壞,有一個後來還帶著她一起做些廉價衣服的小生意,別有意義的是,陳金芳卻總是穿著比她賣的廉價成衣更貴更好的衣服,從敘事者的眼光裡,「我」以爲如果兩個人肯好好過日子,也可以是本本份份的老百姓,甚至覺得,這是自己對陳金芳這類底層人民最好的祝福(當中仍有一種自以爲高的姿態、態度與意識。「平等」意識從來不曾存在「我」的意識中,仿佛在歷史中完全被擱置)。然而,陳金芳的命運完全出乎「我」的意料——在大城市,她混沌且無感地運用自己日漸豐滿的身體和美貌,換取金錢和她想要的物質——逛商場、吃西餐,但她更渴望的,仍然是那超前豐富的「精神」世界,因此時常要求同居人給自己買票,不間斷地跟進北京的各種劇場話劇音樂會,自顧自地過著一種自己心目中的「精神」生活,她這個階段的男人也來自底層,完全不能理解爲什麼陳金芳會有這樣的「精神」狀態,兩個人最後大鬧分手,男人將陳金芳趕出家門,原因並非毫無道理——男人打算用手上僅剩的一些錢,到廣東批發廉價成衣販售,但陳金芳卻想要硬用這筆錢買「鋼琴」——儘管她完全不會用。在陳金芳的主體中,她沒有知識菁英(或者更精確地說,是貴族菁英)常有的世俗與「精

神」二分的邏輯，因此更好的世俗生活，跟她的「精神」渴望，都同樣只是她追求的客體與對象，但我們不能簡單地說，她的「精神」追求就是完全庸俗化與物化的，我認爲複雜性恰恰就是「在中間」——陳金芳式的「精神」，既有著對生命裡美好的健康追求（包含一定程度的物質追求），但卻又不具備更高的價值擴充或聯繫性，例如，在這裡，自己自足的尊嚴、勞動的榮譽、與其它人的相濡以沫、人與人之間的道義互饋，都被陳金芳排除在「精神」之外。

然而，隨著中國資本主義、城市化和所謂的國際化的發展，人對物質、金錢甚至權力的追求，必然會隨之擴充，而當中的社會關係、政治和經濟運作也必然更爲複雜化。

第二個重要的問題視野也由此而來——中國底層是否有可能在高度複雜的資本主義社會中公平上昇？石一楓顯然自有定見，他不只一次藉著敘事者的立場說話，認爲毫無可能。但這篇小說涉及這個命題的特殊性是在於，石一楓讓我們看到，爲什麼最後陳金芳必然失敗，這又跟她的「精神」追求有什麼關係？

重要的情節來到「我」大學畢業的多年後，那一天「我」和陳金芳在一場北京的伊扎克・帕爾曼（Itzak Perlman, 1945-）的音樂會上再度相遇。這時候的陳金芳，已經改名爲陳予倩，身邊多了新的不知名的年輕男性護花使者，整個人完全脫去中國鄉土的氣質，穿用西方名牌，質感精緻高級，在「我」的眼中驚爲天人，同時也改行從事藝術品買賣的工作。但是，「我」一直不太能明白，陳金芳運作這些買賣的資本從何而來？具體的工作又究竟在做什麼？但陳金芳不以爲意，後續也常主動地找「我」敘舊，鼓勵「我」不應該那麼「功利地」因爲成不了演奏家而不再演奏，似乎對藝術、音樂，陳金芳擁有一種比「我」更加無比純粹的感情與追求，因此才能深獲「成功」。藉由「我」時常出席陳金芳出現的社交場合與應酬間，「我」慢慢明白，陳金芳已然完全融入上層或高級的社交圈，那裡有著各式各樣淺薄的、投機的清談家與文藝圈人士，充滿著上層社交圈百無聊賴的八卦與世俗往來，陳金芳穿梭當中，以不疏如密的社交手腕、兼以美貌及身體的金權交換，如魚得水。

作爲幹部子弟後代的「我」，無疑地更清楚當中的虛浮和遊戲規則，但卻也從不點破，因爲「我」早已沒有特定的立場與價值，只願做一個痞子型的「頑主」般

的旁觀者[8]。僅有一次，雖然「我」很不願意，但在「我」的協助與牽線下，陳金芳和「我」的大學好友 B 哥，共同加入與參與某個以國際環保能源投資[9]為虛名，實則進行跨國金融炒作的大案子，這時候「我」才知道，原來陳金芳竟然也加入了這種高風險的買空賣空的跨國交易，而陳金芳為了感謝「我」，想對「我」進行「後謝」，不惜如同蓋茲比般一擲千金[10]，聘請知名的國際演奏家，當著「我」的面進

8　石一楓在敘事者「我」的設計上，顯然深受 90 年代的「頑主」王朔的影響，他曾在李雲雷的對談中承認這一點，石一楓說：「最早就是十六七歲的時候吧。跟大多數北京『文青』一樣，那個時代特別愛看王朔，剛開始是語調，後來是姿態。」，可參見李雲雷的博客文〈石一楓：為新一代頑主留影〉，http://blog.sina.com.cn/s/blog_4be5e0cd0100pf0r.html，（2011 年 2 月 11 日）。蔡翔也曾分析過這類「頑主」的形象與文化人格特質，認為這些幹部子弟的後代，在大陸改革開放後，失去了政治上的優勢，一旦經濟上也無法跟進，殘存的優越感又使他們拒絕過著普通人的生活，所以容易產生一種獨特的邊緣性的人格。蔡翔完整的分析可參見〈舊時王謝堂前燕——關於王朔及王朔現象〉，收入蔡翔《神聖回憶——蔡翔選集》（臺北：人間出版社，2012 年），頁 129-156。

9　石一楓設計這個環保能源投資方案，既有現實意義也有高度的諷刺性。自大陸改革開放以來，高速的經濟發展，對環境生態造成了極大的傷害，莫里斯‧邁斯納在《毛澤東的中國及其它：中國人民共和國史》中談到 90 年以後的中國時就曾指出：「經濟進步付出了巨大的社會代價。後毛時代中國的資本主義發展付出的代價和造成的後果，是中國的環境在人類歷史上以空前的規模遭到破壞，包括可耕地面積銳減、工業對空氣和水質的大範圍污染……還有官商和政府官員嚴重的貪污腐敗」等等，參見莫里斯‧邁斯納原著，杜蒲譯《毛澤東的中國及其它：中國人民共和國史》（香港：中文大學出版社，2005 年），頁 498。廖曉易在〈中國現代化的環境代價〉中亦指出類似的危機與數據：「僅工業界在 1990 年就消耗了大約 973 立方公里的水，占全球抽用淡水總量的 24%，每天工業工序用水產生數十億立方公尺的工業廢水。工業化對耕地的侵占以及植被和林木的消耗加重了風蝕和水蝕。在所使用的農藥中，有 90%進入農田生態系統，化肥有 70%進入農田生態系統，造成嚴重的土地污染並通過各種渠道進入水圈、大氣圈和生物圈」，收入閔琦等著《轉型期的中國：社會變遷：來自大陸民間社會的報告》（臺北：時報文化出版公司，1995 年），頁 453。

10　〈世間已無陳金芳〉在處理陳金芳跟「我」的關係上，非常接近費茲傑羅《大亨小傳》的蓋茲比對女主人公黛西的邏輯——蓋茲比在非法暴富後，始終都忘懷不了年輕時愛過的女人黛西，但又基於某些難以言明的理由，不願直接找她，而採用了每天在黛西家對面的豪宅中夜夜笙歌，迎接所有浮華世界的眾生，直到黛西也受到吸引，兩人才再度重逢。這種為對方「一擲千金」的刻意、浪漫與帶有欺騙性質的純情，顯然也被作者賦予到陳金芳的身上。林以亮在喬志高翻譯的《大亨小傳》的前文〈費茲傑羅和「大亨小傳」〉中，曾這樣評點蓋茨比的

行現場小提琴演奏，甚至還邀請「我」一起下去演奏，儘管「我」因爲高度的自尊心，還有著一種幽微地對陳金芳這種人的鄙視感，最終沒有下去表演，但陳金芳的「精神」和膽量，還是讓「我」獲得了一種見識。

不過，小說的背景來到二千年後的世界金融危機，陳金芳由於將所有資金都壓在這個投機案，因此資產也完全付諸一炬。小說透過 B 哥對「我」的一些談話，穿插分析陳金芳的失敗——事實上，參與跨國資本投機案的諸方，拿出來的多是閒錢，但陳金芳卻將所有資產都壓上，完全不符合理性的投資思維，失敗的風險本來就很高。除此之外，以小說的細節來看，陳金芳雖然看似日漸進入上層社會，但其實進入的仍只是「社交」社會，而並非是眞正能主導各式金權與話語運作的核心圈，所以，僅管她有著一定的美貌與交際手腕，但仍不可能客觀認識中國的資本主義的金權運作方式。她的「精神」在這樣的世界中，僅僅能提供給她一種暫時的、空洞的意志，讓她有著轉型時代敢於冒風險、甚至一擲千金的豪氣，但最終也在這樣虛妄的精神中，將自身獻祭給了金錢時代。

小說末尾交待陳金芳的自殺和她的資金來源。破產後，陳金芳被債主追債，企圖自殺，但又害怕，所以打電話給「我」，讓「我」來「拯救」她，而「我」也終於在醫院中，遇到陳金芳的姐姐和姐夫，揭開原來陳金芳是以非法募集老家的城鄉改建的款項，獲得大筆資金，但又在完全不懂得社會和工商運作下，一點一點賠光，最後才回到北京，混進虛浮的藝文圈，靠炒作「藝術品」謀生。小說諷刺「精神」和「藝術」的意味相當濃厚，而這一點，也跟王朔的《頑主》異曲同功，甚至有過之而無不及。

以陳金芳早年的微賤，她的上昇之夢、追求更美好的人生之心仍應該被嚴肅看待——從敘事者「我」對陳金芳一路的觀察和保護，可以證成「我」的基本同情，但爲了追求「精神」，甚至最後也順利進入高級的「精神」圈，最終又以最富「精神」的藝術爲投資場域，導致全盤的自毀與失敗，從結構整合內容來看，石一楓可

特色：想像、天眞、睡眠、夢幻、永恆，並認爲蓋茨比運用想像力來改造和創造事實，這些特質跟陳金芳最好的一面也有近似處。林以亮該文完整收入喬志高譯《大亨小傳》（臺北：探索文化事業公司，1998 年），頁 1-34。

以說成功地反映了中國底層人民追求現代上昇之路的矛盾與風險——一方面，以西方資產階級世俗現代性爲標準的價值觀，大幅度動搖了中國鄉土社會的傳統與實在、勤勉等勞動價值和生命飽滿的可能，陳金芳在這樣的社會中，文化人格必然走向變異。二方面，陳金芳過於抽象與排它的「精神」，實無助於她客觀地理解複雜的中國社會與現實，資產階級炒作資本與運作國際金融的「能力」和各式幽微技術，亦非一般底層人民所能輕易掌握。最終只剩下不願意加入任何資本主義競逐規則的痞子敘事者「我」來見證一切。

三、虛無的「多元」聲音與責任困境

誠如上面兩節的分析，這篇作品絕非簡單地批評陳金芳的虛榮與虛妄，某種程度上來說，陳金芳仍是一個相當單純的角色。小說真正複雜的角色和聲音，其實是在敘事者「我」的身上。「我」不但高幹背景出身，從小學習音樂擁有良好教養，同時還念到大學，懂得中國社會或深或淺或世俗的各式潛規則，雖然也並不「成功」，但至少能充份自覺且掌握自己的命運和思想，所以在小說中，「我」不但被賦予兼有「頑主」般的痞子聲音，又同時兼有抒情／純情的感性聲音，以及辯證閱世的說理介入能力，三種聲音／立場／姿態不斷交替變化，爲此部小說注入敘事上的活潑性，也「看似」帶有高度生動且「多元」的意識或價值傾向。

然而，我認爲正是在這樣「多元」的敘事者，和他「旁觀他人的痛苦」間，兩者其實存在著高度的互相生產與作用的關係——「我」看似客觀地不參與一切，實則「我」和「我」身上的一切條件，仍是中國社會當下的某種集體意識的生產基礎，「我」恐怕也是生產出底層陳金芳的命運的一種歷史因果，從這個角度上來說，「我」在理解了自己的共犯結構與姿態後的責任意識，在這篇作品中，被過於抒情且輕巧地解消與懸置，不能不說是此作的一大限制。當然，以石一楓的才智，他顯然也有意識到這個問題，或許也可以說，這就是他此作的「設計」與創造性，這就是現實的本來面目。畢竟，連托爾斯泰在論藝術時也都承認：「不要硬給它安上什麼淨化心靈和實現美的理想等等神秘的意義，而簡單地承認它在現實中的本來面目，給予

它本來應有的意義（這意義已經不小）。」[11]實至兩岸「後現代」的今日，作家並不一定要解決問題，石一楓當然也有權如此，但他「設計」出來的敘事者「精密地」解消一切的運作思維，作者與敘事者的「多元」無法帶來更多解放的原因，也應該要為吾人所知悉，以作為我們來日更長期地評價中國底層文學的反省資源。以下分三個面向來加以細述：

　　首先，就敘事者的說理聲音來分析：「我」其實很早就意識到，以陳金芳的條件，跟她追求的「精神」差距與必然出現的主體危機，但由於「我」的痞子性格和懷疑一切的姿態，讓「我」在對世俗不屑一顧的同時，也對他人、集體的關係沒有任何參與的意願，因此「我」只願旁觀，不願介入，更不願承擔任何責任。但是，「我」對此卻又有明確的自省，同時自省地無比真誠，這種敘事者太多地對自我真誠的強調，又形成了另一種對真誠的「我執」與主體的固著，在奇特的自我感覺良好下，因而無法開啟任何跟他／她者間的真正良性互動的空間。這實在是石一楓將來在創作上，可以再深思與考慮的地方。兩則有意思的引文，可以證明「我」的這種傾向：

> 我理想中的人生狀態是活得身輕如燕，因而不願與任何人發生實質性的利害關係；我知道我們這個時代的「輝煌事業」是通過怎樣的巧取豪奪來實現的，而自己縱然無恥，卻也還有邁不過去的坎兒……。[12]

> 想到陳金芳，我固然不能否認虛榮、膚淺這些基於公序良俗的判斷，但仍然感到了一股難以言明的悲涼。她曾經孤魂野鬼一樣站在我窗外聽琴，好不容易留在了北京，卻又因為一架鋼琴重新變成了孤魂野鬼。……我自然還聯想到了自己學習音樂的經歷，……無論幸運與否，到頭來都與音樂無緣。這麼想來，當年我們那演奏者和聽眾的關係，又是多麼的虛妄啊，虛妄得根本就

---

11 列夫・托爾斯泰原著《列夫・托爾斯泰文集》（第十四卷：文論）（北京：人民文學出版社，2000 年）。

12 〈世間已無陳金芳〉，《中篇小說選刊》2014 年第 4 期，頁 72。

不應該發生才好。[13]

後一則引文中，說出這段話的「我」，早已不拉小提琴多年，並以一種犬儒與虛無主義的姿態，來面對自己的人生、婚姻、愛情與工作，從世俗意義上，「我」的一切因此也很失敗，所以，當陳金芳因為追求「精神」而讓自己再度陷入現實困境時，「我」其實完全能理解，因為某種意義上來說，「我」恰恰是完全懂得把「精神」看得比現實更重要的主體，只不過「我」更懂得中國當下的現實，也傾向於跟現實妥協，陳金芳不懂現實、社會和資本主義的殘酷，所以敢於虛妄與行動。所以，「我」只能同情她，而不能批評甚至批判她。這當然也不能說完全沒有道理，但是對敘事者的自我批評：「多麼的虛妄啊，虛妄得根本就不應該發生才好」實又過於簡單及輕鬆了。

　　第二，敘事者的抒情聲音和痞子式的聲音常相互抵消，有時甚至超過了烘托陳金芳命運的意義，削減了此作對大陸當下社會問題的批判力量。這種傾向，從技術運用的起點來說，又跟帕爾曼三次到中國的演出聯繫在一起——小說家對審美的秩序性、抒情性、和諧性和穩定感，其實有一種高度的傾慕與追求，因此明顯地數度將帕爾曼所演奏過的曲子，引用到敘事者「我」後來的練習曲中。如此一來，每一次的練習曲，一方面是「我」向肢體殘缺的天才音樂家致敬，二方面也在虛幻的想像中，共享了帕爾曼在世俗意義上的成功榮耀、抒情與傷感，並由此同情同樣屬受傷害或受損害者的陳金芳。

　　然而，一些明顯卻鮮少被評論者注意到的細節矛盾是——小說家敘述到「我」年輕時，時常拉的小提琴練習曲——柴可夫斯基的《D大調小提琴協奏曲》，事實上就是1994年帕爾曼到中國時曾演奏過的曲子，這也是陳金芳當年默默聆聽他練習的曲子，但就在「我」耽於意淫的同時，「我」仍不時被世俗中老太太跟兒媳吵架的聲音所打斷，連好好的抒情言志的意志也被解消。爾後，帕爾曼再到中國時，曾演奏過的聖桑的奏鳴曲（精確的曲目是聖桑的《天鵝》），也曾在多年後，成為「我」回想年輕時跟陳金芳的一些經歷時的傷感資源，然而，就在這樣不無嚴肅的

---

13 同上註，頁59。

傷感下，「我」也要嘲笑自己那來的泛濫純情，認爲陳金芳其實再也不需要以聆聽「我」的音樂來解悶了，認爲她已經有其它世俗意義下的生活（事實上並非如此，陳金芳自始至終對精神、音樂都有眞誠純粹的一面）。其三，在後來的成人世界中，有一次「我」參加了一個有陳金芳在內的社交活動，「無意間」放的音樂竟然也是帕爾曼的作品──他以淒涼的旋律詮釋柴可夫斯基的《A小調鋼琴三重奏》，這一首曾是柴可夫斯基悼念魯賓斯坦的曲子，《日瓦哥醫生》也曾引用過，充滿著挽歌的傷感與混雜不同樂器元素的嘗試，本來也可以就此形成一種對陳金芳的隱喻，但接下來，「我」馬上也覺得不對，那是一個新年聚會，還是趕緊換上了華麗風的維瓦地的《四季》，把作品的意識或意義往單純化的傾向挪移。

第三，在敘事者三種聲音（說理的、抒情的、痞子的）的綜合下，「我」的主體陷入了一種高度的精神困境，小說最後結尾時，他安排「我」聽到陳金芳說：「我只是想活得有點兒人樣」後，這樣反應與言說：

> 「我只是想活得有點兒人樣。」這是她對我說的最後一句話。這話讓我震顫了一下。……等我回過神來，眼前已經空無一人。……這座城裡，我看到無數豪傑歸於落寞，也看到無數作女變成怨婦。我看到美夢驚醒，也看到青春老去。人們煥發出來的能量無窮無盡，在半空中盤旋，合奏成周而復始的樂章。*14*

其實陳金芳的這句話，在此篇小說中，具有強烈的文學效果，只是再平凡、合理不過的基本爲「人」希望，但社會卻不曾提供給她基本的條件，這當然是值得批判的，但「我」卻放棄了這樣的權利。而「我」最終選擇的是什麼呢？「我」選擇了以「合奏成周而復始的樂章」，換句話說，仍以一種審美的姿態和立場，回應像陳金芳這樣的底層人物的命運，這不能不說是一種不負責任的怯懦，尤其在「我」早就放棄音樂／精神的立場下，再度徵用「樂章」／審美，也顯示了無法將虛無主義推到極點的意志，收尾方式高度矛盾，也跟本來冀望的「多元」形成悖論。

---

14 石一楓〈世間已無陳金芳〉，《中篇小說選刊》2014年第4期，頁78。

四、小 結

　　總的來說，石一楓筆下的敘事者「我」，無論從出身和知識分子的虛無狀態上，事實上非常接近上個世紀 80 年代中以來，王朔筆下的男主人公們，因此如果從文學史的歷程來說，石一楓的敘事者「我」在文化人格上的限制，應該是一個已經可以被檢討進而克服的視野，但這樣的主體，卻跟陳金芳的命運一樣，最終只能流向一種同為天涯淪落人的挽歌，與其說陳金芳的「精神」的虛幻性高一些，不如更關鍵的是「我」對中國資本主義化與現代性的虛幻性，仍未能找到更有效地質疑與克服的法門，「我」的各式主體困境，跟陳金芳的上昇困境，在這個意義上，共同作用出中國目前的底層「精神」幻象。

　　我願意相信，石一楓已經盡了他應有的階段性努力，此作的困境也並非僅是作者個人的責任。因此，蔡翔當年在討論王朔時的見解，在今天看來，仍然值得石一楓及關心文學解放與介入現實、底層、克服資本主義現代性的限制的知識分子再深思：

　　知識分子把人的存在過於精神化，它高雅但卻缺乏蓬勃的生命活力，因而無力回應商業化時代人的（比如市民階級）實際的物質性的生存要求。……在思想運動的後面，常常要求一種政治──文化的行動，要求以政治──文化的重建來帶動整個社會經濟的發展，但是它又絕難接受精神轉化成一種粗鄙性的物質實踐，很難允許「思想的走樣」，從而使思想永遠停留在精神的範疇而難以獲得真實的（儘管是粗的）實踐支持。他們過於浪漫（或者過於詩意）……同時亦對自己的文化信念產生懷疑進而陷入虛無主義的泥淖。在中國現代史上，知識分子（包括他們所恃的菁英文化立場）的文化努力，常常造成價值──事實的分離，而正是在價值──事實的遼闊距離之間，往往容易產生痞子的破壞和別具野心的政治蠱惑[15]。

---

[15] 蔡翔〈舊時王謝堂前燕──關於王朔及王朔現象〉，收入蔡翔《神聖回憶──蔡翔選集》（臺北：人間出版社，2012 年），頁 152-153。

徵引文獻

閔琦等著：《轉型期的中國：社會變遷：來自大陸民間社會的報告》，臺北：時報文化出版公司，
　　　1995 年。

費茲傑羅原著，喬志高譯：《大亨小傳》，臺北：探索文化事業公司，1998 年。

列夫‧托爾斯泰原著，汝龍等譯：《列夫‧托爾斯泰文集》（第十四卷：文論），北京：人民文
　　　學出版社，2000 年。

莫里斯‧邁斯納原著，杜蒲譯：《毛澤東的中國及其它：中國人民共和國史》，香港：中文大學
　　　出版社，2005 年。

李雲雷：〈石一楓：爲新一代頑主留影〉，http://blog.sina.com.cn/s/blog_4be5e0cd0100pf0r.html，
　　　2011 年 2 月 11 日。

李雲雷：〈「底層文學」：提出問題的方式〉，《文藝理論與批評》2011 年第 5 期，頁 35-37。

王曉明：〈半張臉的神話〉，《橫站》，臺北：人間出版社，2012 年。

蔡翔：〈舊時王謝堂前燕──關於王朔及王朔現象〉，《神聖回憶──蔡翔選集》，臺北：人間
　　　出版社，2012 年。

石一楓：〈我想講述的命運故事〉，《中篇小說選刊》2014 年第 4 期，頁 79。

石一楓：〈世間已無陳金芳〉，《中篇小說選刊》2014 年第 4 期，頁 51-78。

性／別悅（越）不悅（越）？
——都會美型男的身體消費與越界認同*

謝靜國

東吳大學中文系助理教授

摘　要

　　都會美型男（Metrosexual）最早見用於英國記者辛普森（Mark Simpson），意指除了工作之外，對於審美、休閒和消費有獨到見解，並且願意實踐躬行的新都會男性。都會美型男在臺灣已逐漸形成風潮，是否與男同志的消費美學有關，需要一個詳細的縱、橫切面的辯證。從時尚的發展與影響的脈絡，以及大眾傳媒的發酵效應觀之，歐美日韓這些舶來品的引入臺灣，經過吸納與變形、複製與整編，臺灣都會男人大舉邁向「改頭換面」的殿堂，已是顯而易見的事實。

　　都會美型男到底「型不型」自有主流的審美價值為其背書，然而他們在身體的文化工業的換裝革命後，在越界的文化叛逆行為過程中究竟「行不行」？是否達到一種強烈的自我認同？抑或只是一種為了順應時代潮流而不得不採取的自我行銷策略？而在裝扮的同時，是否被貼上同志的標籤？是本文試圖發掘和探討的議題。

---

* 感謝兩位匿名審查人惠賜意見。審查意見中，某些地方出現了兩位審查人意見相左之處，經筆者審慎思考後，除了補充文字讓論述更加清楚之外，觀點上的問題決採與筆者想法較為接近者為參考。

關鍵詞：都會美型男、時尚、消費、男同志、自戀、凝視

一、都會美型男駕到：時尚、消費、男神降臨

都會美型男一詞譯自英文 metrosexual，這個英文字由 metropolitan 和 heterosexual 組成，前者意為都會，後者則指異性戀。metrosexual 一詞最早見用於英國記者辛普森（Mark Simpson），他在 1994 年 11 月 15 日發表於《獨立報》（*The Independent*）的一篇名為〈鏡子男人駕到〉（"Here come the mirror men"）的文章中，為該詞做了如下定義和說明：

> 都會美型男是在城市（因為最棒的商店都在這裡）居住或工作，並且可支配所得高的單身年輕男子。他或許是這十年來最有力的消費市場。在 80 年代他只能在像《GQ》那樣的時尚雜誌中、Levi's 牛仔褲的電視廣告或男同志酒吧裡被發現。在 90 年代，他無處不在並且開始購物。[1]

> 都會美型男是個商品拜物教徒（commodity fetishist）：一個被廣告中的男人兜售幻想的採集者。[2]

> 都會美型男是給新興市場的資本主義貪欲產物（creation of capitalism's voracious appetite）。[3]

辛普森精準地指出了都會美型男與媒體、商品拜物和消費邏輯的關係，亦幽默地點出了「在消費世界中，異性戀男人沒有未來。因此，他們已被都會美型男取代」的美型男願景（vision），[4]他引用英國時尚達人史迪夫（Steve）的話說：「直男剛開

1　*Metrosexy: A 21st Century Self-Love Story,*（CA: San Bernardino, 2013）p2,相同的說法另見 "Meet The Metrosexual"，頁 6。

2　同前註，頁 2。

3　同前註，頁 3。

4　同前註，頁 3。

始發現購物的樂趣,而我們(按:男同志)並不想嚇跑他們」,[5]強化了都會美型男的可見性未來。總是追隨第一世界腳步的臺灣,在《遠見雜誌》中則曾經這樣形容過都會美型男:[6]

> 他們愛漂亮、擅保養,
> 甚至還懂得品味生活。
> 這群重視門面的「都會美型男」,
> 樂於擁抱女性特質,為自己的生涯加分。

對於「陰性特質」(femininity)一詞的中譯和使用,時至 21 世紀,多數媒體依然一知半解,學界甚至也有同樣譯為「女性特質」者,殊不知這種特質與生理性別無關。[7]但值得慶幸的是,《遠見雜誌》的動機和目的是正面的,可惜的是,在眾多坊間的書刊中,如同《遠見雜誌》一樣,我們能夠看見的仍舊是一種表象的描述,始終缺乏一種論述的深度(這同樣也反應在對時尚的討論上,似乎大家都將時尚與膚淺劃上等號,甚至對之嗤之以鼻)。男人的身體在這樣的轉變過程中,只是一種符號不斷增殖與增值的事件之一,陰性特質的彰顯,與性傾向的辨識系統,在這樣的表象運作之下,往往被忽略或者被異象化,其中的權力關係,被簡化為一種在性／別的運作邏輯中,遊移自在之餘,異性戀者所能掌握的最終解釋權。簡而言之,「男人」可以裝扮自我(前提是不可以太過,但何謂太過?迄今卻沒有一個放諸四海皆準的尺度),但男人看男人,卻拒絕了同異(性傾向)之間的結盟,與時尚大師們的身份認同開了重大個玩笑。

　　在這種裝扮權力與扮裝愉悅／逾越的瞬間流轉中,越界的快感和陰性特質的顯露,是否鬆動了傳統異性戀霸權中的男性內化結構?抑或更加強化了「娘炮」(sissy,臺灣現在的常見用法,蘊含貶意)恐懼和恐同焦慮(homophobia)?是本

5　同註1,頁4。

6　謝其濬:〈「都會美型男」來了〉,《遠見》雜誌206期(2003年8月),標頭。

7　該文訪問的《聯合報》資深記者袁青便在文章中不只一次提出(都會美型)男人身上散發出「女性」特質,而受訪者之一林家煥的女友則說林「該男人的時候男人,該女人的時候女人」。

文亟欲探討的問題所在。

　　寇德（David Coad）在分析辛普森有關都會美型男的理論時，強調了辛普森有關生活風格（lifestyle）的觀念，[8]以及這樣的風格來自於男同志：

　　　　第一個連結都會美型男和異性戀男人的並非根據性喜好（sexual preference）[9]
　　　　而是生活風格。這個在性傾向（sexual orientation，或譯性慾取向）和生活
　　　　風格兩者之間的最大區別，遺失在都會美型男的許多未來批評的觀念裡。男
　　　　同志的生活方式，辛普森意指商品化陽剛特質（commoditizing masculinity）
　　　　來炫耀（to van）單身都會男性。這就是為什麼他開始在 salon.com 撰文寫下
　　　　「畢竟男同志確實提供了早期都會美型男的藍本（prototype，或譯做原
　　　　型）」。……即便對於辛普森而言都會美型男的性傾向不是重點，他還是相
　　　　信都會美型男明顯是從男同志身上測試成功的商業模式所引發。[10]

張小虹曾經從男同志服裝設計師的風格入手，探討服裝此一向度的男同志化傾向。[11]
張小虹夾敘夾議，「陳列」了一襲襲華美的時尚衣著，並從中梳理男同志（設計師）
化了的時尚美學，自有其見地。而時尚的發展鎖鍊，尤其是它對普羅大眾的潛移默
化，以及物質與欲望的暗渡陳倉，那種既抽象又真實的關係和效應，在電影《穿著
Prada 的惡魔》（The Devil Wears Prada，改編自韋斯伯格【Lauren Weisberger】2003
年的同名小說）中的「兩條皮帶說」中，有既精彩又精闢的「論述」：

　　　　安德利亞（Andrea）：妳知道的，那兩條皮帶對我而言是完全相同的。妳知

8　筆者對生活風格的譯法取自劉維公。

9　sexual preference 亦可翻譯為性偏好和性的優先順序，但前者容易有負面聯想，後者太過拗
　　口，故筆者決定用「性喜好」譯之。

10　The Metrosexuality: Gender, Sexuality, and Sport.（Albany: State University of New York, 2008）
　　pp19-20.

11　參見《絕對衣性戀》（臺北：時報文化出版公司，2001 年）的〈高弟野 Jean-Paul Gaultier：
　　玫瑰與跳蚤的世界〉、〈男同志當道〉等篇章。

道的，我還在……學習這些玩意兒（stuff），而……

米蘭達（Miranda）：這些玩意兒？喔，好吧，我明白，妳認為這跟妳毫無
關係。妳走向妳的衣櫃，然後舉例來說，妳選擇了妳身上這件臃腫蠢笨的藍
色毛衣。因為妳試著告訴全世界妳太嚴肅地對待自己以致於無法關注妳身上
穿了什麼。但是妳並不知道的是，那件毛衣不僅僅只是「藍色」罷了，它不
是藍綠色（turquoise），不是青金色（lapis），實際上它是天藍色（cerulean）。
而妳還天真地不知道倫塔（Oscar de la Renta）在 2002 年做了天藍色長袍的
展藏，然後，我想是聖羅蘭（Yves Saint Laurent）……不是他展示天藍色軍
夾克？（我這裡需要一件短上衣） 接著，天藍色火速地在八個不同設計師
的時裝展中被展示。然後，滲透到百貨公司和一些悲劇的日常角落，而妳，
卻毫不懷疑地從這些花車（clearance bin）中挑選。可是，妳那「藍色」代
表的是數以百萬的金錢和無可計數的工作，而好笑的是，妳以為妳自己已經
做出了選擇並且可以置身時尚工業之外。事實上，妳穿的那件毛衣是在這間
房間裡的人從一堆「玩意兒」中為妳選擇出來的。*12*

這段對話除了可以看見在時尚界呼風喚雨的米蘭達，對以（「變裝」與「變心」前
的）安德利亞為代表的一群「厭時尚者」的心理，進行了一場絲毫不留情面的機會
教育之外，更重要的是，時尚的播灑理論也於茲被看見。米蘭達一針見血地指出並
羞辱了厭時尚者潛在的自命清高和不同流俗的心理，除了大快愛時尚者之人心外，
更陳述了時尚工業鍊帶上，鮮為人所知或重視的因果與傳播的關係。這裡除了有心
理學之外，更內含了消費文化／社會學的底蘊。有趣且值得注意的是，電影中（小
說中則有兩位男同志 James 和 Jeffy 引導）有一位重要的配角，男同志設計師耐吉
（Nigel），他不但是唯一讓米蘭達點頭的人，更是讓安德利亞點頭，願意放下之
前的偏見（不再以時尚旗艦雜誌 *Runway* 為跳板，拋棄了對時尚的偏見）的重大推

---

12 David Frankel, *The Devil Wears Prada*（DVD）. 20th Century Fox. 2007.自譯。電影中角色對話
　和字幕內容有些微差距，本文所引為角色對話。

手。男同志的時尚影響力再度被影像注目，是否放大其功能？筆者並不這麼認為，因為誠如辛普森所言，「歸根結底，男同志提供了早期都會美型男的原型。」[13]

然而，辛普森並不認為都會美型男「就是」男同志，他認為，「都會美型男的性傾向對於他們自己和伴侶而言顯然是重要的，但是他們的認同卻並非奠基於此，而從一種文化──商業的（cultural-commercial）角度觀之，也幾乎不重要」。[14]「從市場角度而言，縱然它製造一種完美的意識確保都會美型男都是直男（straight），畢竟，廣告試圖說服盡可能多的男人放鬆他們的擴約肌（sphincter muscles），並且在他們耳邊輕聲細語地說，消費主義和男同志沒有任何關係」。[15]辛普森上述觀點隱含了大眾普遍存在的恐同現象，盡量避免讓都會美型男和性慾取向掛勾成了一種商業策略，亦即對同志的排拒並不會因為都會美型男的出現而減少甚至消失。[16]

除了與時尚連結之外，強健的體魄是都會美型男必須具備的另一個重要條件。辛普森認為普馬羅伊（Wardell B. Pomeroy）害怕健身（bodybuilding）會成為年輕男性間的性召喚的說法是過時的產物。他提出完全相反的論證，認為自從史瓦辛格（Arnold Schwarzenegger）不斷在螢幕上塑造肌肉男的形象之後，男神降臨，阿諾改變了美國人，讓美國人不再懼怕健身：[17]

> 以阿諾為範本的健身者不再忽略或盲目地抵制改變，他們動員一支新的自戀卻強烈地支持反動的異性戀陽剛氣質的隊伍，實際上，健身者是新右派逆反革命的肉感呈現（the fleshy representation of the New Right regressive revolution）：在大眾文化的發展中取得協調，卻又為他們展開右翼的生活議程。[18]

13　"Meet The Metrosexual", *Metrosexy: A 21st Century Self-Love Story,* （CA: San Bernardino, 2013） p6.

14　"Metrodaddy Speaks!". *Metrosexy: A 21st Century Self-Love Story,* （CA: San Bernardino, 2013） p17.

15　同前註。

16　有關恐同症與陽剛特質的討論，請見本文第二與第三部分。

17　*Male Impersonators: Men Performing Masculinity.* （New York: Cassell, 1994） pp23-24.

18　同前註，頁24。

在亞洲乃至臺灣，健身（者）是否形成一個辛普森所謂的「新右派逆反革命的肉感呈現」還需要長期的觀察，但阿諾旋風卻曾經喧騰一時，比阿諾更早的席維斯·史特龍（Sylvester Gardenzio Stallone），早在 1976 年就以洛基（Rocky）的形象，改變了肌肉猛男在受眾心中的地位。迄至 1982 年，史特龍以藍波（Rambo）一角在電影《第一滴血》（*First Blood*）中進一步「身」化了男人肉感呈現的正當性，也從此奠定了男體在日常生活中的重要性，在全球引起了極大的迴響。

我們可以從阿帕杜萊（Arjun Appadurai）的媒體圖景（mediascapes）解釋媒體生產的這種世界圖像，是如何描繪現實。阿帕杜萊認爲，媒體的體驗者與轉化者從中獲得一連串的元素，並試圖從中建構出想像生活的劇本。[19]健身猛男的形象，從史特龍到阿諾，早已成了眾多美國以外的男人企盼的想像圖景。在跨國資本的強力運作之下（這是阿帕杜萊所說的金融圖景，financescapes），加州健身房（California Gym）曾經席捲亞洲，臺灣健身房雖然曾經出現亞歷山大的倒閉風波，以及加州健身房易主（現爲世界健身房，阿諾即爲集團主席之一），但全球在地化（glocalization）的結果，諸多本土連鎖健身房也如雨後春筍般林立。世界健身房（World Gym）甚至以捷運站爲據點，不斷展店至現今的臺北區（臺北市加新北市）20 家，全臺 36 家分店的霸主／霸權地位。

臺灣邇來流行「型男」一詞，筆者在博客來網站的搜尋器輸入「型男」二字，和健身有關的書籍就有 22 本，而教導男人穿著打扮的以及小說則各有 49 本，漫畫有 70 本之譜，甚至連食譜都有 8 本和「型男」有關，而這些尚且不是一個具體的數字。男人的身體，已經不是一個讓人忽略或不必重視乃至於污名化的議題。2014 年 8 月，劉畊宏出版了他個人的第二本健身書籍，封面不意外地大秀肌肉，但這種裸上身的吸睛消費策略其實早已不足爲奇（從韓國的朴桂煥、日本的廣戶聰一和森信譽司，到臺灣的林少華和中國的顧又銘，不一而足），值得注意的是，該書封面上「健身，就能改變人生」這樣精緻炫「力」的修辭，宛如一則 21 世紀的浪漫神話，炮製了一齣齣想像的生活劇本，其中蘊含了劉畊宏自家健身房的商業操作。

---

19 "Disjuncture and Difference in the Global Cultural Economy". *Modernity at Large: Cultural Dimensions of Globalization.*（Minneapolis: University of Minnesota Press, 1996）pp35-36.

二、Man 不 Man 有意思：陽剛特質的挪移還是重構？

波普（Harrison G. Pope）與菲利浦（Katharine A. Phillips）和奧利佛迪亞（Roberto Olivardia）於 2000 年合著出版的《猛男情結——男性的美麗與哀愁》一書中，[20]〈序言〉處便以數個「危機」和更多充滿歧視意味和不安情緒的字眼（如：肆虐、異常行爲、非法用藥、犧牲許多生命中的重要事物，聚集在健身房裡強迫自己運動……等），對在健身房中鍛鍊體魄的男性多所微詞甚至嚴厲批評。三位精神科教授兼臨床醫師出身的作者則將他們眼中的這些「異常行爲」，對身體的「執迷心態」，總稱爲「猛男情結」（Adonis complex）：

> 意指著存在男性群體之中，一種秘密性、卻具有驚人普遍性的身體形象關注行為。這類的關注，小則造成輕微的困擾，大則造成嚴重的毀滅性，有時候甚至會是一生的恐懼和迷惘。如此的情結可以造成一種勉強可以控制的不滿心態，也可以導致全然崩潰的精神失序。猛男情結無論以哪種形式存在，都已經影響了上百萬個男性。[21]

波普等人所稱的「猛男」，必須具備他們所稱之的「肌肉上癮症」：

> 這是一種對於自己身體尺寸和男子氣概過度專注的行為。……這種專注沈迷的行為模式，不僅陷入了失控狀態，而且深深影響到他們的生活，驅使他們改變職業，或是毀掉他們和情人之間的關係。[22]

肌肉上癮症屬於身體變形症（body dysmorphic disorder）中的肌肉焦慮，是一種「沈迷強迫混亂症」（obsessive-compulsive disorder，筆者按：應譯爲「強迫性神經失

---

[20] *The Adonis Complex*。該書 2001 年由臺北性林文化出版，但唐膜譯。今引自中譯本，並於正文中簡稱《猛男情結》。

[21] 同前註，頁 16。

[22] 同前註，頁 21。

調」或簡稱「強迫症」）。[23]這種對於肌肉、身材的在意程度，從 1972 年到 1977 年之間，暴增了兩倍。迄 1997 年，美國已有 45%的男性對自己的「身材」不滿意，[24]而有 43%不喜歡自己的「整體外貌」，與 1972 年的調查數據相比成長了 28%。[25]《猛男情結》的作者群也如同辛普森一般，概述了演藝界男明星的演變和轉型，並指出 20 世紀末 20 年的動作猛男阿諾、史特龍和范達美（Jean-Claude Van Damme）比起 50 年代以前的韋恩（John Wayne）、蓋伯（Clark Gable）和派克（Gregory Peck），簡直是「超級男性」（hypermale）遇上「娘娘腔」前輩。[26]

《猛男情結》製作了一個 1960～2000 年間男性身體的重要社會性變遷發展簡表。這些包括第一個大型健身房的設立（1965 年金牌健身房）、陰莖增大術的發明（1970）、史特龍的肌肉電影系列開始上映（1976），乃至 1987 年 *Men's Fitness* 和 *Men's Health* 雜誌首發（1987），和 Calvin Klein 以及 Body Shop 在 80 年代末推出男用古龍水、男性化妝品和較為性感的男性內褲（筆者以為，最重要的應該是 CK 的內褲廣告上性感裸露的男體，因為它開啟了全球男性內褲廣告，乃至於非內褲廣告的裸男上鏡的先河）等，至於 1994 年 Diet Cola 廣告中的上空猛男，就是屬於男性身體在商業進程的必然結果了。[27]

波普等人的研究和觀察與辛普森不謀而合，只是波普等人對這樣的現象感到憤怒與憂慮。《猛男情結》中提到，現代男人在愛美與社會價值觀的雙重夾擊下，出現的身心障礙問題已日趨嚴重。男人一方面（以為自己）因無法達到目標而焦慮，一方面又無法盡情表達自己內心的（愛美）想法，卻在女權不斷提升，而傳統足以顯示男權的符旨（signified）漸漸不再唯一時，所面臨的那種因無處可逃躲的威脅而產生的焦慮和壓抑。[28]《猛男情結》援引許多學者之言，認為「男性企圖收回傳

---

23 同註 20，頁 118、131、202。審查委員之一認為原書的翻譯沒有錯誤，然筆者並非認為該翻譯為非，而係以目前醫學界的通用術語為譯。這樣的用法，可參見各大教學醫院的網站。

24 同前註，頁 24。

25 同前註，頁 43-44。

26 同前註，頁 24。

27 同前註，頁 76。

28 同前註，頁 14、30-31、40、42、47、83-84。

統父權版本男子氣概的一種方式，就是根據超陽剛的身體形象，重塑自己的身體。……透過象徵力量、權力和權威身體形象的展示，建構出陽剛氣概」，因爲在現代社會，「發達的肌肉，是少數讓男性得以和女性劃分明顯界限的要質」。[29]無怪乎有 17%和 11%的男性分別願意以（縮短）三年和五年的壽命，換取他們理想中的身體。[30]然而，波普等人在 2000 年前做的研究報告，由今日的情況觀之，恐怕只是一個轉型期的過渡現象，21 世紀的媒體和生活空間──除了都會，康乃爾（Robert W. Connel）提醒我們不要忽略了農村的影響，[31]爲了愛美，爲了自戀，步上健身房的人所在多有，但不上健身房卻直接上醫美抽脂塑型的男人更不知凡幾！

　　究竟要如何定義陽剛特質（masculinity）本身就是一個難題，[32]誠如彭波（Donnalyn Pompper）所言，陽剛特質是一個滑動的概念（slippery notion），他詳細地蒐羅了各路資料，列舉了三十年左右，東西方諸民族對該詞彙的不同定義，雖然其中有些已經不符實際──如：認爲中國的陽剛特質建立在文武雙全上，但正好應驗了他所說的，這滑動的概念，並無一個放諸四海皆準的標的。[33]因此，在界定今日的陽剛特質時，彭波在貝農（J. Beynon）、本威爾（B. Benwell）和克魯（B. Crewe）的理論綜合之下，提出「總的來說，男人所維持的是一種混成拼湊的陽剛特質（a hybridized bricolage masculinity），流動且具備脈絡」的說法。[34]康乃爾則列舉了眾多學者的說法，指出在理解在地的陽剛特質前，必須思考全球化的問題，因爲全球史和當代全球化必須是我們理解陽剛特質的一部分。康乃爾認爲，在地生活受到地

29　同註 20，頁 75、39。

30　同前註，頁 45。

31　"Globalization, Imperialism and Masculinities" in Michael S. Kimmel, Jeff Hearn and Robert W. Connell Eds. *Handbook of Studies on Men and Masculinities* （California: Sage publication, 2005）p72.

32　如同將 femininity 譯爲「女性特質」有其性／別意識的盲點與誤區一般，筆者不將 masculinity 譯爲「男性特質」或「男子氣概」乃因它並非一個純屬生理男性的質素。在本文中，若筆者引用的文本爲中譯本，爲尊重譯者，故保留譯者的譯法。

33　"Masculinities, the Metrosexual, and Media Images: Across Dimensions of Age and Ethnicity". *Sex Roles.* （Vol. 63, 2010）p683.

34　同前註，頁 684。

緣政治鬥爭（geopolitical struggles）強大的影響、西方帝國勢力的擴張與殖民、全球市場、跨國合作、勞工遷移與跨國媒體等，無不和在地的陽剛特質密切相關。[35]排除康乃爾所舉的巴勒斯坦和以色列、阿爾及利亞和法國等目前處於戰亂和抵殖民的地區所瀰漫的戰爭型陽剛特質的培養，臺灣與全球化影響下的男性特質可謂完全相符。

　　康乃爾認為，「身體從未赤裸，他們總是被意義穿著。但這些意義可能是被帝國主義和全球化所重構的」。[36]這樣的說法和辛普森、波普等人的媒體效應意義重疊，然而，誠如在地陽剛特質的建構有其地緣政治鬥爭的強大影響，東方世界如今也已不再只是被帝國主義和全球化所重構的弱者。川久保玲（かわくぼれい，Rei Kawakubo）和山本耀司（やまもと ようじ，Yamamoto Yōji）的日本美學如果尚且無法在衣服的形構上明顯左右甚至改變西方主流的審美觀和穿衣實踐，西班牙的Zara和瑞典的 H&M 卻已可以窺見一些韓系服飾的激活與影響。[37]這並非意指日本的優秀設計師無法撼動西方審美，或者川久與山本曲高和寡，[38]而是在全球化的公共領域，藉由媒體傳播（如：韓劇、Samsung、LG）這個目今做為主流的文化生產場域，所造成的性別和全球地域景觀的重新畛域化過程（process of reterritorization），一種哈伯瑪斯式的溝通（Habermasian communication），其中所蘊含的對於都會美型男的理性──批判論述（rational-critical discourse），也在媒體（電視劇尤其為其中的佼佼者）撲天蓋地的行銷過程中，逐漸確立了生理男──

---

35 同註31，頁 71-2。康乃爾還提出一個有趣的發現。他認為現在的企業家不再需要具備像過去的資產階級一樣的原始的身體力量，利用菁英運動員的典範型身體當成他們的行銷策略與合作模式，已經成為現今商業活動的基本裝置。一些諸如國際航班的機艙內的期刊雜誌，也導引商務客更加注意有關健身、運動和外貌的訊息。似乎身體的刻意／精密（deliberate）培養，已經成了幫助定義當代商業陽剛特質（business masculinity）的重要實踐。p77.

36 同前註，頁 82。

37 Slim fit 的上衣（包括西裝外套）展現男性上半身的曲線，窄管褲凸顯男性的纖細長腿已蔚為風潮。這些脫胎於韓國男偶像與電視劇男主角穿著的樣版，在 20 世紀 90 年代悄悄蔓延。

38 有關川久保玲的服飾哲學，張小虹在《絕對衣性戀》（臺北：時報文化出版公司，2001 年）的〈末世紀的襤褸美學：川久保玲的色境語意境〉一文中有詳細的分析，頁 58-69。

裝扮（外型，包括肌肉這「內在」的象徵資本）──陰性特質之間的可譯動／異動性。

韓國知名品牌 THE FACE SHOP 在最新的海外業績銷售上暴增了 150％，[39] 2005 年該品牌的代言人權相宇（권상우或譯權相佑）的一幅頭戴花冠的宣傳海報，成了「第 52 屆坎城國際廣告節」研討會上的討論焦點之一。在《華爾街日報》（*The Wall Street Journal*）一篇標題爲「亞洲口紅少年」（Asia's Lipstick Lads），而副標則爲「遇見美男子（Mr. Beauty）：化妝品廣告改由雅男士（delicate men）主演」的報導中，記者 Geoffrey A. 引述 THE FACE SHOP 的公關部主任韓（Scott Han）對代言人權相宇的說法是「有一種中性（neutral）特質」，「我們的客戶認爲他很健康而且吸引人」。[40]

固然美國與西方的影響力漸漸失去了絕對的優勢與話語的主導權，但媒體的影響力卻依舊是都會美型男生產與傳播的重要管道。權相宇以及韓系花美男系列的大量自體複製與外緣延展，中性，成了另一種詮釋都會美型男的進路（approach）。

都會美型男不等於男同志，而兩者與資本主義和都會（化）的關係其實也有不同的因果與邏輯。固然當代男同志建構其身份認同與資本主義和都會化息息相關──在先進的地方形塑族群力量與凝聚身份認同較爲容易，因爲都會往往得風氣之先，並且享有最充足的各類資源，因此，往往成爲同志運動的首善之區，但這對於各種社會運動而言皆是如此。然而，若就身體消費的文化工業而論，性慾取向恐怕並非其中的關鍵，畢竟，消費與文化工業並非專屬某個族群。而都會美型男的身體想像除了能夠與女異性戀者的情慾產生媒合之外，與男同志欲望亦可相互構連，而正因爲後者，所以才會被資本主義啓動恐同的防禦機制。都會美型男包括各種性慾取向的男人，自然也包括了異性戀卻可以 MSM（men who has sex with man，亦可簡稱 man sex man）者，然而一旦資本主義市場邏輯中的恐同效應發酵，不斷刺探與刺傷、劃清與肅清都會美型男與非異性戀者的界限、身份與認同的伎倆便不斷

---

[39] 資料詳見 THE FACE SHOP 英文版官方網站：http://international.thefaceshop.com/english/adstory/cf.jsp?idx=67&pageno=2&bbsid=cm&searchdiv1=1

[40] http://online.wsj.com/article/0,,SB111713686023844298,00.html。因爲版權問題，廠商無法提供圖片。

上演。臺灣的粉紅經濟（pink economy / pink money）和歐美（含拉丁美洲）及亞洲部分國家（如：日本、泰國）相比有極大的落差，多個 NGO 以同志運動部署粉紅洗禮（pink wash politics）固然提升了同志人權問題的能見度，卻與前者的關係——或曰效益——未能畫上等號，此由臺北西門町紅樓戲院後方的小熊村商圈的營運狀況可見一斑。[41]臺灣的「男同志都會美型男」，除了短髮、鬍髭（走日系的野狼或熊風）和緊身背心這幾個 gay icon 之外，其實跟現今主流的日、韓系花美男並無二致。[42]

　　從「娘娘腔」、「娘們」到「娘炮」，陰性特質強烈的生理男性一直是在二元對立的性別養成過程中，被推離（abject）的對象。人們在他們身上冠以「女」性的文化意涵，尤有甚者，還要在前面加上一個「死」字，才能表現更多的歧視意味，與發言者（性／別話語中的強勢領導）自我提升與強化的性別認同「功能」。如同富蘭克林（Karen Franklin）在論及恐同症與陽剛特質的關連時所言：「透過這種征服儀式，攻擊者一方面展現己身擁有之符合性別規範的異性戀陽剛特質，一方面也讓彼此之間有更進一步的哥們兒情誼」。[43]然而，「哥們兒」與「娘們兒」自然是位在敵對的光譜兩端，前者在上，後者在下，上位者以壓制下位者是尚。稍微和善一點的，會以「陰柔」或「女性化」稱之，但仍不出偏離主流認同與價值的範疇，暗寓著非我族類的「道德」判準。

---

[41] 粉紅經濟是另一個值得研究的議題，但若要說粉紅經濟導致都會美型男盛行，筆者卻不這麼認為。目前有關粉紅經濟的研究都將焦點放在同志的經濟實力上，由於絕大多數同志沒有養兒育女的壓力（面對父母的心理壓力不在此限），因此可以將財產的多數用在自己身上。因此，有商業嗅覺的商人，紛紛開始為同志經營友善旅館、餐廳，以及以同志為主的三溫暖、按摩店和秀場等。然相較於國外的情況，臺灣的粉紅經濟其實未成氣候。

[42] 礙於文章篇幅以及圖片版權問題的限制，筆者無法更精細地去比較這些舶來品的美型男形象，如何與臺灣的美型男嵌合。但我們只需從韓國、日本的綜藝節目中，就可以看到臺灣美型男描摹的版本，亦即，在臺灣美型男的身上，我們看到了這些舶來品的重影。

[43] "Unassuming Motivations: Contextualizing the Narratives of Antigay Assailants" in Herek G.M. （Ed.), *Stigma and Sexual Orientation: Understanding Prejudice Against Lesbians, Gay Men, and Bisexuals.*（CA: Sage, 1998）p18.

　　性的展演（sexual performance）與政治表述（political representation）之間的關連，究竟有甚麼翻易既定權力結構的可能？巴特勒（Judith Butler）在〈模仿與性別反抗〉一文中指出：

> 它（按：性別）永遠是一種表面的現象，一種為在公眾場合出現的身體賦予的意義，它製造出這種內心深處的必然性或本質的假象，這種本質用某種奇妙的因果的方式表達出來。……如果說每一次表演都重複它自身，以造成身份的效果，那麼每一次重複都要求在動作之間留有一個間歇，在這些間歇出現時，冒險和超越就威脅要打破身份的建構。[44]

巴特勒除了再次重申性別是後天的文化建構之外，亦點出了透過身體的展演，偷渡情慾與性別認同的可能。「模仿」想像的「原型」，在假鳳虛凰的性別扮裝的過程中，更能具現／實踐這種想像原型／原型想像的正典／非正典遊戲（如：梅蘭芳等四大名旦和票友之間的曖昧關係）。都會美型男在性別的文化操演中，所導致的與傳統審美價值與性別認同所產生的陷落斷裂和劍拔弩張，歷史性地反應在近三十年的都會美型男身上。都會美型男內化一套性／別的文化機制。然而，如何從壓迫中解放（emancipate）／解構（deconstruction）並以此另闢蹊徑，不僅要越界，更要在身體的政治運作中，建構越界的合法性與正當性，透過身體的逆寫，完成抗拒與重建的儀式。如果說時尚界和演藝圈充滿了男同志的美學引導與情慾想像（Dolce & Gabbana 是其中的最佳代表），乃至於（部分）男同志因內心本我的生理女性認同（非陰性特質），所投射出的女裝映現──一個女人就是應該要這樣穿才對，固然其中已經有了社會化性別構建的可能性，與異男設計師的「一個女人就是應該要這樣穿才對」的立場和角度完全不同，後者必然是性別建構的結果，是一種欲望客體化的存在表徵。都會美型男也是一種跨越了生理與文化性／別認同藩籬所產生的「新男人」。然而，真正的認同與無懼，還有一段路要走。

44　《酷兒理論》（北京：時事出版社，2000 年），李銀河譯，頁338。

三、我愛上了自己的倒影：都會美型男與自戀症候群

　　兩位任教於美國的心理系教授圖溫吉（Jean M. Twenge）和坎貝爾（W. Keith Campbell）在他們合著的《自戀時代：現代人，你爲何這麼愛自己？》（簡稱《自戀時代》）中，[45]開宗明義指出「全球目前正遭到自戀型現象侵襲」，[46]「自戀現象已經擴及全球文化，同時影響到自戀者以及自我中心程度較低的人」。[47]與《猛男情結》和辛普森相同的是，該書亦認爲「強調自我欣賞的文化始於一九七○年代，當時社會將焦點轉向轉向個人」。[48]這種自我呈現（self-presentation）的基準隨著文化趨勢和新興科技而改變，社群網站上的名人自戀表現（如：在臉書上 PO 上撩人的性感照片，男女皆然），已被視爲十分正常。美國人在耳濡目染之下，逐漸接受這種更加自負與重視物質和自我中心的觀念。[49]「世人對於外貌有增無減的迷戀，顯然是自戀文化愛上自己倒影的症狀」，而「自戀者運用他們的外貌作爲追求地位以及吸引他人注目的方法」，「自戀現象已經讓這些強化外表的行爲不只是更爲大眾所接受，而且在某些地區甚至令人期盼。如同自戀現象的其他面向，這股趨勢也是由自戀者開始帶動，接著便將較不自我中心的其他人不斷吸引進來」。[50]

　　這種群聚效應，在亞洲發酵自然不足爲奇。前文所述的韓國翻易了全球化時代中，亞洲都會美型男的形象與地位。臺灣的都會美型男究竟產生於何時，迄今並未有一個學術性的探討。筆者認爲，第一個將美國自戀文化「引進」臺灣文學的可能是王禎和。王禎和在 1982 年出版的小說《美人圖》中，塑造了一個戰後臺灣文學中最早的都會美型男形象。小說中在旅行社上班的小郭，一個以性換取物質的物質

45　*The Narcissism Epidemic: Living in the Age of Entitlement*，該書 2009 年由 Free Press 發行，2013年改由紐約 Atria Paperback 印製。本文有關兩位的觀點參自中譯本，吳緯疆譯（臺北：八旗文化，2014 年）。

46　同前註，頁 9。

47　同前註，頁 10。

48　同前註，頁 12。

49　同前註，頁 49。

50　同前註，頁 172-173。

男郎（material man），是個用美國貨與模仿美式文化不遺餘力的「崔鶯鶯」、「睡美人」和「白雪公主」。王禎和在他身上灌注了既娘又 MAN 的特質：五官清秀、酒窩與桃花眼、身材頎長、「像」女人一樣用保養品、喜穿紗質或紅色襯衫並解開三顆鈕釦、「胸脯厚實得似練過舉重，胸上黑毛烏亮亮地一路蜿蜒迤邐下去，越過扁平緊俏的腹腰，直入下身——一條沖天一飛的青龍」。[51]有趣的是，王禎和將小郭和當時演藝事業日正當中的男藝人劉文正（1952～）相比擬，認為小郭長得和劉文正相似，並且將小郭若隱若現地指向男同志的身份（性交易的對象、對女性明顯不感興趣以及頻頻吸引男同志等）。

51　（臺北：洪範書店，1982 年）頁 25。如果王禎和對小郭的外型還有一丁點的正面描述（至少還肯定他的陽剛特質），同文中的另一位類似人物曹老總，卻是完全地色衰愛馳，王禎和極盡羞辱嘲弄之能事。

52　圖片來源：http:brianna.pixnet.netblogpost27741281-%E5%8A%89%E6%96%87%E6%AD%A3--%E6%88%91%E5%96%9C%E6%AD%A1%E7%9A%84%E5%B7%A8%E6%98%9F%E4%B9%8B%E4%B8%80

53　圖片來源：https://www.google.com.twsearchq=%E5%8A%89%E6%96%87%E6%AD%A3&rlz=1C1SFXN_enTW499TW545&es_sm=93&source=lnms&tbm=isch&sa=X&ei=Od43VIz1NMTs8AX154CAAw&ved=0CAg

王禎和無心插柳，卻點出劉文正是臺灣第一個都會美型男的事實。劉文正在 1975 年 23 歲時出版首張專輯《諾言》，旋即叱咤演藝圈十數年。劉文正有別於群星會男歌手的造型和演繹方式，成了 70 年代的異數。[54]值得注意的是，王禎和創作《美人圖》時，費翔（1960～）已經從美國學成返臺，並且於 1981 年演出了張艾嘉導演的單元劇《十一個女人》之《去年夏天》。1982 年，費翔便以首張華語大碟《流連》紅遍臺港新馬等地，並在 1986 年，成為第一個登陸演出的臺灣藝人。[55]或許是因為些微的時間差，費翔沒有進入王禎和的寫作視野，但做為臺灣 20 世紀 70～80 年代的男藝人代表，劉文正和費翔除了異於前期的臺灣男藝人之外，與當時的日本當紅男偶像「新御三家」（手鄉廣美、西城秀樹、野口五郎）（70 年代）和隸屬傑尼斯事務所的近藤真彥、「少年隊」（錦織一清、植草克秀、東山紀之）、「澀柿子隊」（布川敏和、本木雅弘、藥丸裕英）、吉川晃司、田原俊彥（以上 80 年代，吉川和田原不屬於傑尼斯事務所）其實並沒有什麼相似之處。[56]筆者認為，劉文正和費翔的都會美型男形象，更接近美國 60 至 70 年代的經典偶像貓王（Elvis Aaron Presley, 1935～1977）與青春無敵的奧斯蒙（Donny Osmond, 1957～）。[57]這種演藝伴隨時尚共生的消費文化結構與移植模式，具顯與映證了辛普森未曾提及，而圖瑞吉等人亦晚讀了的美國對第三世界／亞洲／臺灣影響的文化訊息。

---

54 劉文正資料參閱民視臺灣演義 https://www.youtube.com/watch?v=pYZ5KzJpdTE

55 費翔的資料參閱 https://www.facebook.com/groups/feixiangbrazil 以及 Dialogue https://www.youtube.com/watch?v=UrggBcBBvks、真情指數 https://www.youtube.com/watch?v=Dx0PTK-sfEo 等訪談節目。

56 臺灣 20 世紀 80 年代的偶像女明星幾乎都是日本的翻版，複製日本男藝人，最鮮明和成功的當屬 1989 年試水溫，1990 年正式出道的小虎隊，該團體可謂日本少年隊的分身。為何有男女不同步的現象，以及如何探析日本後殖民文化入侵臺灣的軌跡等問題，因超過本論文所欲探討的範圍，故在此不論。

57 在漫長的將近三十年的美軍顧問團（Military Assistance Advisory Group）駐臺時期（1951~1979），美國文化堂而皇之地入侵臺灣，自然是影響臺灣（尤其是臺北）的重要因素。王禎和的《玫瑰玫瑰我愛妳》（1984）和黃春明的《小寡婦》（1975）等小說對這個時空背景的臺美關係有深刻的描述。

　　臺灣的都會美型男產生於 1975 年，在時空的銜接上，那仍舊屬於美式的後殖民文化鞭長可及的範圍。巧合的是，劉文正和費翔在如日中天時毅然決然先後離開臺灣，幾十年來斷斷續續成了大眾茶餘飯後的八卦話題。兩人是同志愛人的說法甚囂塵上，這種再度將都會美型男與男同志劃上等號——而辛普森卻頻頻撇清兩者之間的必然關係——的公式化聯想，再次反應了「美」與陽剛特質一旦（過度）背離，[61]那種「自然」被歸類至同志的檔案夾存放的制式化反應，依舊陰魂不散。

　　映鏡允諾效應似乎已經不能滿足都會美型男對身體進行的文化建構內涵。複製一個廣告明星的模樣，已經不再只是令人滿足的標的，聰明的消費者，再也不會搞不清，塗了碧兒泉，一輩子都不會變成金城武的殘酷事實。讓我們試著閱讀下列兩則知名男性保養品牌碧兒泉的宣傳文字：

> 世界第一的男仕保養專家 BIOTHERM HOMME 碧兒泉男仕保養系列，希望透過金城武的完美個人風采，徹底傳遞 BIOTHERM HOMME 碧兒泉男仕系列希望傳達的重要價值：現代男性的剛毅、自信、成就！[62]

58　圖片來源：http://blog.wenxuecity.commyblog1403120070838713.html

59　圖片來源：http://ztams.comshopdonny-osmond-pinup-in-purple-cap-drinking-orange-juice

60　圖片來源：http://big5.china.cngatebig5art.china.cnmusic2011-0401content_4106625.htm

61　其中涉及的「何謂過度」的問題，端賴每個人心中的那把尺去衡定。

62　http://www.biotherm.com.tw/profile_m.php

> 全球男仕保養 No.1 領導品牌碧兒泉 BIOTHERM HOMME，歷任代言人都是
> 當代最受矚目的完美面孔，……對於代言人挑選十分謹慎的碧兒泉
> BIOTHERM HOMME，從兩岸三地所有一線男星中，挑選出最有質感、最
> 具健康形象、最有鮮明態度的人選……[63]

拋開自戀式的「世界第一」不談，碧兒泉對於男人的價值定位在「剛毅」、「自信」
和「成就」（而不是變成金城武）。碧兒泉從演藝地位、「完美面孔」、「質感」、
「健康形象」和具有「鮮明態度」幾個方向去挑選他們認為的最佳的代言人，則再
次自戀地將自己放到一個保養品的頂尖地位。除此之外，碧兒泉臺灣版官方網站上
的「品牌宗旨」寫著「我的風格保養，我做主」幾個大型粗體字，[64]儼然就是一種
自戀式的宣示與宣誓，和巴黎萊雅（L'Oréal Paris）的口號「因為我值得」如出一
轍。

　　《天下雜誌》引用巴黎萊雅集團的調查，指出 2008～2011 年之間，男性臉部
保養品的市場成長率高達七成，而 2010 年的營業額就有十二億之譜。[65]《遠見雜
誌》則引用康是美於 2011 年的統計數據，指出 2010～2011 年一年間，男性保養品
銷售幅度成長 33%，保養品品項數增加了四成，男性彩妝數量甚至暴增了兩倍，而
未來男性保養品將有至少四成的市佔率。該雜誌引述巴黎萊雅集團臺灣區總裁陳敏
慧的說法，認為「現在懂得保養的男性，不再刻板被認為是女性化，這些型男們開
始嘗試擦保養品，也願意買來犒賞自己」。[66]這段話清楚標明了男性愛美卻和女性
化劃清界限（上述的恐同症再現），並有個新穎且帶有正面肯定意味的詞彙「型男」。
此外，筆者認為，犒賞自己就是愛自己的自戀變形。

---

[63] http://www.biotherm.com.tw/profile_m_2.php

[64] http://www.biotherm.com.tw/purpose.php

[65] 盧昭燕：〈男性保養品三年成長七成〉，《天下雜誌》第 393 期（2011 年 4 月）。今引自電
　　子檔：http://m.cw.com.tw/article/article.action?id=5002916

[66] 王一芝：〈臺灣萊雅：業績成長率是同業的三倍〉，《遠見雜誌》特刊（2012 年 3 月）。今
　　引自電子檔：http://www.gvm.com.tw/Boardcontent_19784_4.html

　　固然沒有鮮明的標語和自我吹捧，應該是最早致力於男性保養品市場開發的雅男士 LAB SERIES 則在官網上的「關於 LAB SERIES 實驗室系列」寫下這樣的字句：

> 瞭解全球男性的保養需求，以及每位男性膚質的不同需求，都一樣重要。深入研究男性皮膚生理學和分辨男性特定保養需求後，讓我們創造使用簡單、極具成效的清潔─刮鬍─保養調理產品（Clean-Shave-Treat）。此外，完美體態系列擁有適合各種生活風格的男性使用的先進產品。高科技的產品訴求，讓男性更能綻放光采。[67]

　　這是一種溫和地挾帶著知識性與霸權式口吻的話語操作，除了以科技之名烘托自身產品的優越之外，將營運視野放諸全天下（廣大），卻又拉回到各個個人（唯一）的策略，仍是凸顯個人化的重要。自戀成了當今男人自我調理的必備時材／食材，那是一種「生活風格」，一種「先進」的象徵符號，在那裡，一切都是「完美」與「光采」。

　　都會美型男，活在每一個必須耀眼的瞬間，在方方面面都是美的化身，美，留在每一道身體的紋路，以及每一個時間的刻度裡：

> 如今對男人來說，擁有健美的胸部和六塊腹肌非常重要。時代改變了：八○年代初期影集《洛城騎警》（CHiPs）的主角潘奇曾被視為猛男，即便他沒有健美的腹肌。可是現在的都市美型男不但有腹肌，而且還知道什麼是保濕乳液。……男性護膚是產值數十億美元的保養產業中成長最快速的領域，光是二○○五年，銷售業績就上揚了將近百分之五十。這在年輕世代身上尤其明顯，他們「比他們的長輩更常幫身體除毛、健身、做頭髮，以及上日曬沙龍」，經營男性時尚公關公司的依迪娜‧蘇坦尼克席佛（Edina Sultanik-Silver）表示。……「因為他們成長過程中經常接觸到 MTV、網際網路實境秀。生

---

67 http://www.labseries.com.tw/?q=zh-hant/website_admin/about/&menu=1105

活中的每一分鐘都是一個可以拍照的時機,所以他們總希望外表看起來像是
隨時準備好要迎接成名十五分鐘的模樣。」[68]

　　這段話除了呼應了辛普森和《猛男情結》中指出的媒體效應和猛男定義的更迭之外,
更點出自戀行為所直接支撐而起的時尚工業銷售數字,以及性吸引力以外的單純吸
睛魅力與隨時想紅的深層心態。誠如《自戀時代》中所言,自戀者有一種「自我調
節策略」(self-regulation strategies),亦即在人際關係中,自戀者會不斷透過種種
與他人之間的協調機制,建立自己的社交網路,好讓自我欣賞的價值最大化。[69]我,
愛上了自己的倒影,更愛上了在綿密的人際網絡中,被看的虛榮與虛華。

　　筆者發現,《自戀時代》中提到的獨特性(unique)指的是在共性之中的獨特
(如:取一個標新立異的名字、在咖啡的調製上盡量花招百出……等,臺灣也開始
在車牌的「設計」上注入了個人喜好的元素。名字、喝咖啡、汽車這些都是每個人
或極大多數人都擁有的物件或習慣),一種為了商業目的而產生的客製化經營模式,
而這種模式也增強了美國人的自戀火焰。《自戀時代》比較了美、韓兩國廣告的差
異,指出後者更傾向於傳統和一致性,兩位作者似乎高估了美國廣告的相信獨特才
是王道的消費策略──縱使該書旁徵博引許多抱持類似見解的力論,亦即看似「獨
特」的背後,其實仍舊是大量的訊息和影像複製,真正的殊異和獨特性並未有書中
陳述的那樣紛陳多樣(如:在星巴克可以有一萬九千種以上的調製咖啡的方式),
大家其實還是在某些生活的必要母題之下,[70]進行一場看似獨特卻又一致的沈默螺
旋(spiral of silence)效應:喝咖啡是一種時尚,是一種生態度,就算我不愛咖啡,
也要嚐嚐「整個城市就是我的咖啡館」的虛幻自戀感受。[71]

---

[68] 同註45,頁178-179。《自戀時代》在全書多處提及自戀的傳染途徑是透過媒體和網際網路,
其實後者就是前者的一部分。

[69] 同前註,頁28。

[70] 是否「必要」恐怕還得得到進一步的檢驗。我們可以用拉岡的需要(need)、欲求(demand)
和想要(desire)進行論證。

[71] 臺灣的咖啡廣告多數具足地呈現出《自戀時代》中所批判的自戀觀,如:「整個城市就是我
的咖啡館」(City Cafe)、「整個巴黎都是我的」(左岸咖啡館)、「我不追流行,只叫流

　　如同我們看韓國的保養品廣告，男模一字排開，端的是符合當令的「美色」拼盤，且乍看幾乎無法辨識其中的殊異性何在。然而，誠如電影《穿著 Prada 的惡魔》中兩條皮帶的奧義，這其中的分別，真是 They are so different！（電影台詞）。這裡或許可以加上被《穿著 Prada 的惡魔》原著小說所「影射」的美國《VOGUE》總編安娜溫圖（Anna Wintour）對設計師艾麗莎（Elissa）所說的一段話做為補充：

> 我覺得它太單向度了（one-dimensional），所有的女孩看起來總是一模一樣。艾麗莎，如果妳看看妳這些照片，她們的穿著方式總是相同的。……女孩們總是傾向於留直髮，妳看，她就像，就像永遠都是相同的。所以，我們的談話最好到此為止。[72]

　　電影和記錄片中的兩段言論，除了讓我們感受到時尚工業的巨大，以及任何人都無法自外於這龐雜的鎖鍊之外，更讓我們見識了，原來我們所認為的制式化、規格化、標準化生產的時尚工業，到我們身上竟是這條鎖鍊的尾端，因此，我們才沒有那種「與眾不同」之感。更重要的是，乍看之下極為相似的品項（衣服、配件），卻在極細微處有極大的差異──我們應該對時尚進行細節式的閱讀。消費文化將我們變成一個個號碼（牌），「人」成了一組組數字所代表的符號意義（優先順序、身份辨認、性別代碼……等），都會美型男的 Bar Code，寫在保養品和服飾品的底部或內側，銘刻在手機交友 app 的使用者名稱之中，天天觸摸，我們感覺得到，這就是屬於發達資本主義這個歷史時空，文化物質條件下的主體。

四、美的不夠真實，但真實是什麼？

　　我們可以依照布希亞（Jean Baudrillard）的理論，指稱身體的吸引力可以連結

行追著我」（麥斯威爾咖啡）、「我們不要兩人世界，我們要整個世界」（麥斯威爾咖啡）等。

[72] C.J. Cutler. *The September Issue*, DVD, Momentum, 2009. 自譯。

到身體和消費客體的政治經濟學上來探討，而它的意義被認為是一種符號價值（sign value）和象徵交換價值（symbolic-exchange value）。[73]透過符號權力（semiotic power）的自戀體現，人們得到自尊與自信。然而，《自戀時代》的兩位作者卻認為，「自戀者在現實中有龐大的時間、注意力與資源轉移到了幻想」，[74]這種幻想，在該書的脈絡中，最多指稱的是不切實際的外型欲求。曼斯費爾德（Nick Mansfield）則認為，上街瞎拼買衣服似乎是在購物的過程中尋找新的自我，但總在穿了幾次新衣服之後，這種找到自我的喜悅感受就消失了。[75]這種符號權力的追尋、獲得與失落，或者是連追尋都是薛西弗斯式的一場徒勞，究竟意味著什麼？

辛普森認為，貝克漢（David Beckham）是個百分百國際標準自戀狂（definitely an international-standard narcissist），這個男同志標記（gay icon）最顯著的都會美型男習性表現在主動給看與樂於被看。[76]拉岡認為在看與被看之間，主體其實並非「主體」／「看見」，而是同時更大規模地「被看」，亦即主體成了「客體」，這是一種凝視的「先在」（pre-existence of gaze）。當我們「現在」注意到自身正在觀看他者之際，其實我們早就已經變成一個被凝視的客體，這就是眼睛（the eye）與凝視（the gaze）的差異。[77]然而，這裡所說的凝視的主體已非辛普森言說系統中指稱的「其他人」，而是原為凝視主體的心中的小客體（objet a）。拉岡認為的看與被看的關係，更深入地鑲嵌到辛普森及廣大美型男所忽「視」的層面。

拉岡認為，眼睛與凝視存在著一種令人皺眉（lour）的辯證關係，「當我戀愛時，我請求看你一眼，但令人永不饜足且總是錯失的是，你從不在我看到你的地方看我一眼」。[78]這樣的緣鏗一面，如同愛美者將廣告明星（已經經過科技美化了的過度真實版面）和猛男演員（可能真的已經注射過類固醇而成了 hypermale）視為

---

73 這樣的觀點布希亞在 *The System of Objects* 中有不厭其煩的描述。

74 同註 45，頁 320。

75 Subjectivity: Theories of the Self from Freud to Haraway.（New South Wales: Allen & Unwin, 2000）p46.

76 同註 13，頁 5-6。

77 "Of the Gaze as Objet Petit a", *The Four Fundamental Concepts of Psycho-Analysis*. Trans. by Alan Sheridan.（New York & London: W.W. Norton & Company,1978）. p72.

78 同前註，頁 103。

「偶像」、「目標」的小客體關係，每天期待這些欲望的客體（主體受到他們的誘惑）可以凝視他們一般（你看！我已經越來越像你了）。拉岡認為，「我所遭遇的凝視，……是一個在大寫的他者（the Other）場域中，被我想像的凝視」。[79]「在視覺的層面，我們不再只是需求（demand）的層次，而是欲望（desire），一種對大寫的他者的欲望」。[80]在這樣的關係中，主體不僅被圖像或廣告所凝視，更且被另一個浩瀚無垠的大他者所凝視，此即象徵秩序中的一切規範、價值與美好的承諾。而這些外在的凝視，「讓我進入光亮，而我從這些凝視中得到了迴響。因此，透過這些凝視的體現與穿越，我被照相了」。言下之意，「我被看」，「我是一幀圖像」。[81]

我們活在象徵秩序裡卻無法自拔，究竟什麼是真實，什麼是幻物，端視我們落在哪一「層」（以拉岡的用語）而定。在 TOP 的男同志通俗小說〈強姦色 Top〉中，[82]長腿姊姊和小慈（兩位都是男同志）在改頭換面後，變成大隻佬和美型男逐步進行復仇行動，教訓當時曾經踐踏過他們的自以為是的 1 號。長腿姊姊和小慈因為自己瘦弱又娘炮而遭到主流男同志的奚落和賤斥，他們這種夾在象徵性死亡（symbolic death）和真正的死亡（actual death）——過去的他們已不存在其肉身——之間的戰慄行動，是一種重新主體化的過程，他們從一種純粹具體化的趨力（drive）特質，轉變成一個有（報復）欲望（desire）的存有個體。他們物質化了因曾被羞辱而產生的既抽象又具體的象徵債務，也因為對該象徵債務的索回，達到自虐與自戀的雙重快感，一種拉岡所說的剩餘享樂（surplus enjoyment），一場無休止的趨力、欲求和欲望的永劫回歸。[83]小說中的長腿姊姊和小慈並非虛構的幻影和孤證，報復之例在《自戀時代》和《猛男情結》中所在多有。

79　同註 77，頁 84。

80　同前註，頁 104。

81　同前註，頁 106。

82　《全部幹掉》（臺北：基本書坊，2013 年）。Top／1 號和 Bottom／0 號是男同志間的性角色代稱，在此因與主題較無直接相關，故不贅述。

83　一位匿名審查人建議筆者用文化工業中的偽個人化（pseudo-individualization）理論來分析會更為契合。然而筆者認為，阿多諾（Theodor W. Adorno）在論及流行音樂時提到的偽個人化——音樂的標準化（standardization）結構下必然的結果，是受眾以為聽到的就是屬於自己

　　尚有一絲現實感的人，是屬於偶發性的保守陳述（understatement）者。他們明白（常識或知識面）過度使用／操作／形塑自身外觀的可能／必然副作用，但卻依舊不時產生「不會那麼嚴重／倒楣吧」的逃避想法。根據范尼尼（Phillip Vannini）和麥克來特（Aaron M. McCright）的研究，「長時間暴露於太陽的 UVA 和 UVB 輻射之下，以及偶爾曬傷都是造成基底細胞癌（basal cell carcinoma）、鱗狀細胞癌（squamous cell carcinoma）和黑色素瘤（melanoma）這三種型態的皮膚癌的危險因子，而透過人工的日曬機也一樣會有相同的風險」。[84]但那些酷愛人工日曬的白人卻依舊樂此不疲，並以健康（每天必須日曬 15 分鐘，而這個時間正好和人工日曬機所制訂的時間相同）回絕醫學的警示。

　　我們常常聽到類似的話語在這些人的口中流竄：「類固醇確實會對身體造成危害，甚至增加罹癌的風險，可是，就算你不用類固醇，你還是有四分之一的機率得到癌症！」（十分清楚目前罹癌的機率）「LV 是很貴沒錯，它比我半個月／一個月的薪水還多，可是它保用十年以上，你買一個不到 LV 十分之一價格的包包可以用多久？再說，名氣不是金錢可以估算的！」（好一個數學天才）「整形違反自然沒錯啦，畢竟不是天生的樣子。問題是，現在連路邊的花草都是整形的，看起來很美啊！如果大家都整形，就會覺得整形是順應社會的『自然』法則了。」（你現在看著我的那雙眼睛是真的嗎？嘴唇是不是打過肉毒？）這樣的類子不勝枚舉，而這種話語技術層面的辯駁奠基在非全面（not-all）的層次上，因此顯得益發弔詭與啞

的故事，而公式化的音樂呈現，導致受眾的聽覺和知覺退化──過於偏頗，而法蘭克福學派將這種標準化和偽個人化放大到文化工業的特性率皆如此，就更加輕易地抹平了文化工業的殊異性。誠如史都瑞（John Storey）所說的，阿多諾過於簡化不同流行音樂的特性，同時也窄化了受眾的「自我」品味。音樂如此，時尚亦然。短髮與能夠充分顯示身體線條的剪裁（如：背心、緊身衣褲等）──俗稱的 gay icon，在茫茫人海中，在無法正大光明地上前搭訕的限制下，男同志以此造型做為彼此之間辨識的物件，就是一種尋求同類與自我的展現，並非偽個人化和被動接受所能輕易解釋。當然，很多男同志並非時尚追隨者，他們有其他尋求同好的管道，但因不屬於偽個人化的範圍，故不討論。

84　Phillip Vannini & Aaron M. McCright, "To Die For: The Semiotic Seductive Power of the Tanned Body". *Symbolic Interaction*（27:3），p311. Also in Lisa Jean Moore & Mary Kosut eds. *The Body Reader*（New York: NYU Press, 2010）.

口無言。

　　辛普森說，都會美型男是「現代世界應得的那種男人」。[85]然而，當一切以「美」（主觀的、主流的）為前提，卻到了偏執的利比多經濟（libidinal economy）層次的原因何在？這些為了美而不惜一切（金錢、時間、友誼切割……等）、奮不顧身（服用過量高蛋白、注射類固醇、整形）——不，就是為了「顧身」才奮力親為，一絲不苟的狂熱份子，如果狂熱消失，那麼他們心中（無意識層）某些無法解釋清楚的毀滅感就會如火山爆發般噴奪而出，沒有外貌、沒有身材、沒有名牌的加持，（我的）自信、名譽、市場價值就會因之瞬間崩解，如果不繼續維持著偏持的利比多經濟，不透過一連串的強迫性儀式（如：拜肌狂與商品拜物教的頂禮膜拜過程），這些「悁悁的威脅」就會如同鬼魅般地現形，為了避免自身像幽魂般地飄盪，為了避免經歷象徵性死亡的召喚，為了更融入真實層的世界，這些人必須不斷在符號空間的矛盾中「激勵」自我，而將長期處在一種精神病式的譫妄情意結中。在電影《穿著 Prada 的惡魔》中，因為表現不佳而失去到巴黎參加名人時尚大典的米蘭達第一助理愛蜜麗（Emily），在車禍後得知被上司撤換的消息（標準的禍不單行），無異於一種「二次死亡」。愛蜜麗不斷構築積累的物質基礎被外力入侵終至消失（平日不斷克制飲食和拼命運動，就為了一年一次的巴黎時尚週），於是，生活頓時嚴重失序，她原本以為的「真實情境」成了一道深刻的外顯傷痕。晴天霹靂的她，面對現實的闖入者安德利亞，瞬間脫軌、失去規則，她以狂吃猛喝高熱量食品，彌補和平衡那種「自然」和「穩定」的消失感。

　　這種奠基在象徵秩序中的「自然」和「穩定」，美得讓人眼花撩亂，果真是花非花、物（霧）非物（霧），究竟哪一個才是真實的？廣告看板中鑲嵌的美麗男子笑而不語，他們（主體）正凝視著我們（客體）。

---

85 同註 14，頁 22。

徵引文獻

一、專書（含小說）

T0P：《全部幹掉》（臺北：基本書坊，2013 年）。

王禎和：《美人圖》（臺北：洪範書店，1982 年）。

李銀河編：《酷兒理論》（北京：時事出版社，2000 年）。

波普（Harrison G. Pope）、菲利浦（Katharine A. Phillips）、奧利佛迪亞（Roberto Olivardia）：《猛男情結——男性的美麗與哀愁》，但唐膜譯（臺北：性林文化，2001 年）。

張小虹：《絕對衣性戀》（臺北：時報文化出版公司，2001 年）。

圖溫吉（Jean M. Twenge）、坎貝爾（W. Keith Campbell）：《自戀時代：現代人，你爲何這麼愛自己？》，吳緯疆譯（臺北：八旗文化，2014 年）。

Arjun Appadurai, *Modernity at Large: Cultural Dimensions of Globalization*.（Minneapolis: University of Minnesota Press, 1996）.

David Coad, *The Metrosexuality: Gender, Sexuality, and Sport*（Albany: State University of New York, 2008）

Herek G.M.（Ed.）, *Stigma and Sexual Orientation: Understanding Prejudice Against Lesbians, Gay Men, and Bisexuals.*（CA: Sage, 1998）

Jacques Lacan, *The Four Fundamental Concepts of Psycho-Analysis*. Trans. by Alan Sheridan.（New York & London: W.W. Norton & Company,1978）.

Mark Simpson,　Male Impersonators: Men Performing Masculinity.（New York: Cassell, 1994）
————— Metrosexy: A 21st Century Self-Love Story（CA: San Bernardino, 2013）.

Michael S. Kimmel, Jeff Hearn and Robert W. Connell Eds. *Handbook of Studies on Men and Masculinities*（California: Sage publication, 2005）

Nick Mansfield, *Subjectivity: Theories of the Self from Freud to Haraway*.（New South Wales: Allen & Unwin, 2000）.

二、論文

Donnalyn Pompper, "Masculinities, the Metrosexual, and Media Images: Across Dimensions of Age and Ethnicity". *Sex Roles.*（Vol. 63, 2010）. pp682-696.

Phillip Vannini & Aaron M. McCright, "To Die For: The Semiotic Seductive Power of the Tanned Body". *Symbolic Interaction*（27:3）, pp309-332.

三、報刊文章

謝其濬：〈「都會美型男」來了〉，《遠見》雜誌 206 期（2003 年 8 月）。

四、網路資料

王一芝：〈臺灣萊雅：業績成長率是同業的三倍〉，《遠見雜誌》特刊（2012 年 3 月）。今引自電子檔：http://www.gvm.com.tw/Boardcontent_19784_4.html

臺灣演義：https://www.youtube.com/watch?v=pYZ5KzJpdTE

眞情指數：https://www.youtube.com/watch?v=Dx0PTK-sfEo

《華爾街日報》：http://online.wsj.com/article/0,,SB111713686023844298,00.html

費翔圖片：http://blog.wenxuecity.commyblog1403120070838713.html

費翔臉書（由其友人架設）：https://www.facebook.com/groups/feixiangbrazil

劉文正圖片一：http:brianna.pixnet.netblogpost27741281-%E5%8A%89%E6%96%87%E6%AD%A3--%E6%88%91%E5%96%9C%E6%AD%A1%E7%9A%84%E5%B7%A8%E6%98%9F%E4%B9%8B%E4%B8%80

劉文正圖片二：https://www.google.com.twsearchq=%E5%8A%89%E6%96%87%E6%AD%A3&rlz=1C1SFXN_enTW499TW545&es_sm=93&source=lnms&tbm=isch&sa=X&ei=Od43VIz1NMTs8AX154CAAw&ved=0CAg

盧昭燕：〈男性保養品　三年成長七成〉，《天下雜誌》第 393 期（2011 年 4 月）。今引自電子檔：http://m.cw.com.tw/article/article.action?id=5002916

BIOTHERM HOMME 官方網站一：http://www.biotherm.com.tw/profile_m.php

BIOTHERM HOMME 官方網站二：http://www.biotherm.com.tw/profile_m_2.php

BIOTHERM HOMME 官方網站三：http://www.biotherm.com.tw/purpose.php

Dialogue：　https://www.youtube.com/watch?v=UrggBcBBvks

Donny Osmond　圖片：http://ztams.comshopdonny-osmond-pinup-in-purple-cap-drinking-orange-juice

Elvis Aaron Presley 圖片：http://big5.china.cngatebig5art.china.cnmusic2011-0401content_4106625.
    htm
LAB SERIES 官方網站：http://www.labseries.com.tw/?q=zh-hant/website_admin/about/&menu=1105
THE FACE SHOP 英文版官方網站：http://international.thefaceshop.com/english/adstory/cf.jsp?idx=
    67&pageno=2&bbsid=cm&searchdiv1=1

五、影音資料

C.J. Cutler. *The September Issue*, DVD, Momentum, 2009.
David Frankel, *The Devil Wears Prada*（DVD）. 20th Century Fox. 2007.

巨大的黑板　　醇醉的貓

葉智中

1980 年代初。

鄉土文學論戰已歇熄。校園民歌成主流樂種之一，而首倡者李雙澤溺斃淡水海邊未被記起、已遭遺忘。

黨國的霾影依然龐大，但青春的謳歌，在似是無塵的校園中響徹。

青年爲救國而逸樂，是那一個時代創造給青年的使命。人們多相信：經濟起飛、二代領袖英明，臺美斷交的危機撐過來了，美麗島事件也只是一個終將撥亂反正的波瀾。

那時，有一群後來結社的初成年男女，陸續進淡江大學求學。

校園中總有蓬勃的社團活動。與同期的同學、摯友們並無相異地，我們類聚起來以取暖。

只是我們的團體，「是誰傳下詩人這行業？黃昏裡掛起一盞燈」，是一個扶傾重生、喚爲「詩社」的社團。還有一個體質較爲勇健、聚會傳統持續不墜的「文社」。

所有人的青春，都是純眞年代。像白駒過隙一般，短促且美好。而如何在孔隙間，能窺見青春白馬的姿影，需要救贖的蒙召。

討論、提筆，文學成了唯一的救贖。哦不，其實聚會才是救贖。（後來，我們又組了河左岸劇團，這是明證。）

但，僅僅聚會仍極其不足。我們還需要連結。渴望地與外界、社會、自我、內

在成熟的連結。

教現代詩的李元貞師，教現代小說的施淑女師，都是我們的連結、我們的窗。

所有人的青春，都覺得錯過了偉大的年代。但幸好有窗，讓我們得以仰望整個星系的燦爛，並與渺小的個體產生連結。

那讓我們始得以理解，彼個年代、以及前世代、以及更前……，關於意義、關於詮釋。

年少的一群學子，是淳。樸而璞，待磨礪。而施老師，是醇。濃而釅，勁甚厚。老師引導猶愚稚的我們，開始學習建立觀點。

在淡江這樣的校園，多天經常創全島最低溫的氣候，還夾著悽清寒雨，但一旦春光才乍現，杜鵑花就忍不住潋灩滿道。

孤堡的文理書局，李雙澤的錄音帶被一再烤貝私密流傳，楊祖珺返校激起的情治騷動，陳映真出獄後首度回校演講的震撼，張七郎孫婿顏崑陽師的鳳林事件平反等等，這些與淡江相關的傳奇，讓我們懂得如何諦聽和凝觀我們的土地和歷史。

遠不只這些。還有校園之外，大學生涯中不意經歷的時代故事，我們彷彿是少數識得幾句密語的年輕族裔，開始嘗試翻譯我們所見到的龐然世界。我們，開始習於把「反體制」掛在口頭。

其實，施老師並沒有對我們特意談過些什麼，但在觀點結晶速度最快速的那個年紀，影響既鉅且深。透過一篇篇的小說解析，從賴和、張文環、龍瑛宗，到仍在小鎮擔任教員的宋澤萊……，文學是培植見地最好的途徑。

每一次上課，施老師總在大教室的黑板上邊講邊寫，往往寫著寫著滿了，仍不擦拭去，找到空隙處再寫。

一日臨下課前，老師彎低著身子，在黑板的下方用力寫了「拒否」兩字。

已忘了這概念用於賞析哪一篇作品，只印象清晰地記得，那兩個字產生的強大力度，與整塊滿版字跡、墨青色的巨大黑板形成的象徵意象。還有，喚起對「原來這就是知識分子」的撼動。

　　老師的肅謹，不免讓淳稚的文學少男少女們敬而略微生畏。

　　不過有一回往訪老師家，幾人在起居室正專注聽著老師說話，突然由內室悄步怯怯地走出來一隻黑貓，見到陌生客人輕輕喵叫了一聲。而一下堆滿疼惜笑意、喚著貓兒過來在她腳下挨靠著、磨蹭著的施老師，頓時讓我們鮮罕地看見老師另一面的柔情本性。

　　那貓兒，正驕肆地獨享主人寵愛而醇醉著吧！

　　謝謝施老師，將我的作品送到民眾日報東南文學獎參賽。因而，才有了後來的入選 1985 臺灣年度小說選，和吳錦發集輯的臺灣山地小說選。

　　我好像未曾正式向老師道謝，眞是不該，但這確是個人所蒙最大的恩寵。其實，更讓我覺得受寵若驚的是，這篇小說課的作業，在上學期結束時只寫了七頁，卻獲得您極高的分數肯定。這讓一生沒有好好完成一件像樣事情的我，至少曾認眞地寫完一篇小說。

　　而後，每次舉筆之時，總多了幾分自重。

　　淳然懵懂的少年，在走向醇熟的人生路程中，幸有文學、幸有恩師。

　　施老師，用歲月，文火慢焙的醇香。學生們都是黑板下受薰陶而醇醉的貓，在此祝您生日快樂。

拘謹的魅力

黃錦樹

　　1991 年九月我考進淡江中研所，其後兩年修了施老師幾門課，均屬現代文學和文學理論。《馬華文學與中國性》中的有兩篇論文的初稿（論王潤華、潘雨桐）是某門課的期末報告。有個有眼力的人幫忙看初稿是不錯的，哪裡發揮得好、哪裡寫得牽強，哪些書可以參考看看，這些提點都有助於讓論文更好。我在正規的課程中讀文學理論也是那時候，尤其是西方馬克思主義，施老師鍾愛的本雅明、雷蒙威廉斯、伊格頓，讀不懂的阿多諾等，絡繹而來。而修課的效應是慢慢出來的，我真正會寫論文大概也是碩論以後的事了。

　　那時正值大陸文化熱，大量的理論翻譯湧進，我們都貪婪的搜羅、一知半解的吞食，好像因文革而錯過學習的那代人。從形式主義到結構主義，及開始在外文學圈流行起來的後現代、後結構、後殖民、少數論述。有空檔時，我還會搭一個多小時的公車到臺大外文系去旁聽相關理論課程，廖朝陽教授的、或李有成教授的、或陳傳興教授的，英文太差，注意力不集中過動症，都在那裡打瞌睡，或在書上空白處畫鬼，泰半有始無終。也趕時髦的在唐山買海盜版英譯的 Foucault,Derrida,Julia Kristeva,Lacan 和 Jamesan, Terry Eagleton,Spivak 等的英文著作，但好像沒有一本是讀完的。

　　彼時張錦忠在那裡唸博士學位，我們常常在課後讓李老師請吃印尼咖哩飯，汀州那家店的肉都像過了二十五歲還想寫詩的詩人，頗有歷史感——大概已經重複煮了不知道多次，那雞肉都像罐頭海底雞了。

　　對我而言，修習施老師現代文學課的真正成果，主要展現在 2003 年出版的《謊

言與眞理的技藝》一書，在我淡江畢業九年後。關於臺灣文學的部分，有的論點甚至是在與施老師的爭論對抗中形成的。研究所的課都要研究生輪流做口頭報告，以練習建構論述。但可想而知，那些報告大部分都很淺薄乏味空洞。我們期待的無非是每堂課最後半個小時老師的綜合評述。有一回，施老師評述朱天心剛出版的《想我眷村的兄弟們》（1992），頗稱讚箇中的〈我的朋友阿里薩〉是「很好的小說」，但還是用商品美學批判修理了一下那本書。我聽了很不以爲然，幾年後就把那商品美學批判挪來「對付」彼時如日中天、不可一世的張大春了。之前，自己已發展出不同的解釋路徑去處理《想我眷村的兄弟們》，也因此我那篇朱天心論在語調、策略上均不無爲作者辯護的意味。以對朱天心小說的討論爲基礎，後來就可以不那麼費勁的去解秘朱天文的《荒人手記》；而以〈神姬之舞〉及晚清－民國思想史爲基礎，就可以無礙的倒過來讀胡蘭成了。

　　當年和老師討論期末報告時，她常問我的一個問題是：「朋友裡頭，有沒有人可以和你討論論文？」我想她是擔心我「獨學無友而孤陋寡聞」吧。那時唯一可以討論論文的是林君。一般來說，馬華文學的情況還好，其他的當代中文小說其實眞的沒甚麼人可以討論。以致後來我寄〈神姬之舞〉給林，他唯一稱許的竟然是參考書目做得好，令我納悶久之。那時我已離開淡江了。

　　1997 年杪，批判張大春的〈謊言的技術與眞理的技藝〉初稿甫完成，即寄給施老師過目，希望她能夠提供些意見。其時我離開淡江已數年，人也輾轉南下至埔里討生活。然而一直沒有得到施老師的答覆。1998 年四月，會議在紐約哥倫比亞大學召開。我緊張的宣讀論文後，人在現場的張大春即起而反嗆。李昂也在座，稍後她舉手發言，公開捎來施老師的口訊，大意是她姐姐認爲我論文最後有點猶豫不決，應該大膽的做一個判斷──而那結論其實已呼之欲出。沒錯，初稿寫到最後我是有點猶疑，不知道有沒有冤枉了老張──那翻來覆去如空中飛人的炫技，究竟是謊言的技術呢？還是眞理的技藝？是字外無字，還是別有天地？那些年臺灣學界文壇幾乎無異辭的把他捧上此間華文小說的王座，以後現代主義之名。王德威也沒少稱許他。我的處境是很孤獨的。那篇論文用上了從施老師的論文那裡學來的所有形式分析、風格分析、意識型態批評的分析技巧。那也是場很費力很冒險的搏鬥，朱天心〈作家的作家〉談到這篇論文宣讀後傳回島內，「文學圈友人，便毫不避諱揚

言非得料理這紅衛兵不可了。」（《土與火》，頁5）

雖然，有的作者施老師甚推崇但我有點保留，包括被他譽為「（本土文學陣營裡）¹真正有才華的小說家」的宋澤萊，施老師的具體意見我忘了。但我後來也寫了篇論文批評宋（我把看做是一種典型的本土癥狀），這老兄火大的程度大概不下於老張，還寫了篇很兇的文章回嗆——我膽子不夠大，那篇文章迄今沒敢找來看。

唸淡江時，前衛版的《郭松棻集》還沒出版，上課時施老師給我們看的是校稿。她對郭推崇備至，但沒有提供甚麼說法。但我們相信她的鑑賞力，自己也可以感受到那些作品和一般臺灣文學名著水平上的巨大差異。多年以後，我嘗試找到路徑，從不同觀點寫了兩篇文章。〈詩，歷史病體與母性〉發表時，我離開淡江都快十年了。最近的一篇（〈窗，框與他方〉），離我淡江修課也差不多二十年了。

淡江期間，因修課之故，在施老師的影響下，也大量閱讀了漫天花雨般炫爛的大陸當代小說。西西鄭樹森為洪範編的那套六卷本的選集是個窗口，還有林白出版社、新地出版社出的個別作家選集。記得我認真準備過莫言，韓少功，李銳，王安憶，張承志——這後兩個個案後來在當時的材料和筆記的基礎上，連同離開淡江後多年收集的資料，寫了專論，似乎是「大陸新時期小說」課的紀念了。

聽施老師精準冷冽的文學批評，常遺憾那許多精彩的意見並沒有形諸文字，後來多半也被學生們自然而然的吸收消化進各自的論文裡了。遺憾她論文寫得少，好些學術工程似乎都沒竟全功。日據時期那幾篇，幾乎篇篇都深具原創性，後來大概都被晚輩稀釋進學位論文裡。諸如〈日據時代臺灣小說中頹廢意識的起源〉〈感覺世界〉這樣絕妙的論文，把一些看起來不怎樣的小說，深刻的歷史化之後，竟煥發出豐富的意義，成了一個時代憂鬱的創傷病歷。在把理論消化進問題意識的同時，那樣的討論當然以深刻的歷史的同情為基礎。然而也可以清楚看出，〈日據時代臺灣小說中頹廢意識的起源〉的最後一個句子：「這個問題，留待自稱是『悲哀的浪漫主義者』的龍瑛宗及其同輩作家去面對。」接著應該會有篇龍瑛宗甚至張文環的討論，可是沒有。她對皇民文學、西川滿、葉石濤應該也很有意見的。但都留白了。

1　這六個字是我揣摩語境添加的。

一如那篇討論陳映眞的異常精彩深刻的〈臺灣的憂鬱〉，以同代左翼臺灣人的共感悲切，勾勒出日據以來受困於亞細亞孤兒的臺灣小知識份子的精神創傷史，那彷彿可以繼承的憂鬱，幽靈般的徘徊在憂傷的臺灣歷史裡。但這篇文字華美、語調沈鬱、迴盪著馬克思《路易‧波拿巴的霧月十八日》裡那些百多年前的法國幽靈的論文，其實並沒有寫完。有一回施老師在課堂上談到它，說應該還有一節叫「拘謹的魅力」。但寫得意興闌珊，就不寫了。此後也一直未見續完。或許因爲「陳映眞」其實是出生於日據最後幾年的那一代左翼知識人共同的名字，寫來有幾分像自己的精神自剖，有不勝物傷其類之感。白色恐怖下被迫噤聲的左翼知識人，那陳映眞筆下蒼白憂鬱、自我分裂的幽靈，或現身爲郭松棻筆下陷於內在自毀的當代孔乙己（〈雪盲〉），均不免有多餘的人的自懺，也惟恐說多了多餘的話。〈臺灣的憂鬱〉作爲她精神上的準自畫像，空白處宛如猶有斷肢隱痛。

本土文學陣營裡的學者，縱使不是對現代主義有教條主義的敵意，也很少能有深切的理解的。身爲現代主義的同代人，施老師對現代主義文學是眞的懂的。從她的陳映眞論、精簡的短文〈現代的鄉土〉、對郭松棻作品的高度評價、對宋澤萊早期作品的珍視，對自己兩個妹妹早期作品的分析等，都可以依稀看出，她對臺灣現代主義文學應該有一套能自圓其說的精彩看法，但一樣未能發展成系統的著作。這無疑是學界的損失。臺灣學界眞正有能力論述的學者，一直是鳳毛麟角。很多所謂的「學術論文」，其實不過是徒具論文格式的爛散文而已。

後來和一位待在知名國立大學任教、課很少，酒喝得多，但論文不多水平也還好而已的老朋友閒聊時，嘴裡冒著煙的他突然以略帶責備的語氣談起施老師的論文「怎麼寫得那麼少？」我說，我那些在私立大學教書的朋友，課都多得連日記都沒時間寫，哪來的美國時間寫論文？施老師人生最精華的幾十年都待在淡江那種老牌學店，應付那些看來不太有希望的、滿池吳郭魚似目光呆滯的學生都已筋疲力竭了，能擠出幾篇好論文，已經很了不起了。

但從施老師上課評述時不自覺的語調的微妙差異，從課程討論對象的取樣，也隱然感覺，即使以施老師的高度，她的文學之愛多少還是有點省籍情結的，雖然程度遠比那些正港本土派輕微得多。畢竟文學牽動的是很深層、很原始的情感（那有點像鄉愁），有差序格局，不足爲奇。我們的臺灣當代小說課沒有李永平。我判斷

她對馬華文學的興趣並不大。這當然也不奇怪。

當學生時總以為老師的時間很多。我的幾篇小說也給施老師看過，後來曾順便請求她為我寫個序，但她婉拒了，直白的說沒時間重新看一遍。此後多年，我的小說集都不再找人寫序。我的體悟是，序這種東西，自己寫就可以了。一直到出版第四本小說集《土與火》，麥田當時負責其事的編輯覺得我名氣不夠，怕書賣不動，堅持要我找個名家寫個序——像個剛出道的新人那樣——一直要我去拗朱天心。還要搞個那時相當流行的、找一群死的活的、有的沒有的名人掛名推薦的愚蠢書腰，讓我深覺受辱。書腰推掉了，序卻曾經讓朱天心非常為難。這蠢事曾讓我對出小說集這件事覺得很沮喪，垂數年之久。但這都是些題外話了。

找指導老師時也問過施老師，我決定要做章太炎，她即婉拒了。但後來掛名的指導老師，竟是純放牛吃草。當官太忙。從來沒有對我說哪裡寫得不夠，可以再發揮；哪裡寫過頭了，哪個講法可能有問題，不妨再想想，某某某的哪篇論文、哪本書可以參考一下，讓我少走一點岔路。

施老師年輕時研究過楚辭學、漢代詩學，筆峰和思路均銳利。轉治現代文學是出於使命，那是戒嚴時代最不政治正確的選擇之一。一直到許多年後我方知道她不止是葉嘉瑩先生粉絲級的學生，也是魯迅弟子臺靜農先生的學生。雖然她在臺大唸書時，在那風聲鶴唳、現代主義自轉似的發著幽暗的光的六〇年代，年逾六旬的臺先生因飽受白色恐怖的驚嚇，已禁語酒旗風暖少年狂多年。

我不是個馬克思主義者，也沒從施老師那兒學到多少馬克思主義。我是個不安份的學生，到哪裡都一樣；但我有自己的學術關切。能在那時候到淡江，是件幸運的事。之前之後，我沒從其他老師那裡學到更多。

2014/6/24 荔月，埔里

閃閃而逝的淡水暮色

劉叔慧

　　是某一個三月的課堂，不記得是大陸小說還是現代小說課，窗外陽光燦亮而溫暖，緩步走進課堂的施老師看來心情很好，輕軟的雪紡長袖白襯衫，紮著淺咖啡格子的過膝裙，她笑著，輕輕歎一口氣，「真是忍不住的春天啊。」

　　我們也跟著笑了，這樣好天氣，誰想上課呢。可是我們都愉快的等著施老師的課。

　　淡水兩年，是我人生中最認真唸書求學的一段時光。之前沒有，之後大概也不會再有。專注的，對文學的渴求和盼望，當年以為自己頗有才情，有志寫作，選填中文系，上了輔大之後，輕易被那些聲韻訓詁四書五經給擊倒，待在社團裡的時間遠比課堂上多，直到四年畢業我還叫不出班上半數以上同學的名字。

　　渾渾噩噩畢業考研究所，報考淡江的唯一理由是不必考小學。那時的淡水仍是偏遠小鎮，沒有捷運，只有慢速公車。大部分同學都聚居在英專路或是鄧公路上，從我們住處要上課得走一段上坡路，那真是清早上學最大的考驗。

　　施老師的課要分組討論，如果沒唸書就根本是自我羞辱。常常前一個晚上抱佛腳啃小說。不但啃讀，還得要分析出自己的論點，彷彿跟老師較勁似的，期望在老師點評之前，說一點自己別開生面的意見。也為了不服輸，不想讓同在課堂上少數幾個更犀利的同學瞧不起。

　　那是最密集讀小說的時光。隨著施老師開的書單密集消化許多重要臺灣小說家，包括那時並不如此時交流密集的大陸小說，余華，格非，王安憶，蘇童，李銳等等，余華還在十八歲出門遠行，王安憶的雨沙沙沙，那些硬質土壤裡掙扎出脫的

血肉和熱情，豐沃了我對文學的想像，以及眼界。

淡水在天邊，在海角，跟暮色同樣迷離的模糊愛情，夾在許多熬夜唸小說的記憶裡，一頁頁的泛黃變色。

施老師非常鼓勵學生創作，當時也不知恥的把青澀的作品拿給老師指點，如同在課堂上老師不揀擇的勤懇授課，也不吝花費自己做研究的時間看這些根本不值討論的三流習作，我還記得原稿上老師淺淺的鉛筆勾畫。而後得寸進尺，求老師指導論文，選定朱天文的小說研究，當時還沒有人做過活著的作家專論，這樣的論文題目選擇也顯得非常侷限而投機，但施老師很支持，就這樣一頭栽進三三年代的文本收集，漫遊在班雅明的後資本主義時代的詩境裡。

做論文，經常覺得有一種溺水的窒息感，非常肯定自己一定撐不下去了，一個章節一個章節，老師的支持是唯一水面上的光亮，我往那個光亮處掙扎。得救之後卻也深刻的體認到自己不是做研究的材料，辜負老師的栽培，我甚至連創作都無法堅持，筆直的往世故平庸之路而去。

於是，施老師和淡水，當初荒蕪而如今密布住宅的古老小鎮，柔美的青春之夢裡，短暫棲止的大觀園，無有年歲，歡喜學問，在天外之天，我們讀書戀愛，憧憬仍未生發的壯烈志業。儘管，一切消逝如煙。

至少施老師瘦小的身影仍然巨大，在記憶裡，守護著我對文學的最初懷想。

與施淑老師結緣

羅琦強

　　那是個秋季的午後，獨自搭乘新店客運，自臺北市區行經八里的關渡大橋。車窗外，蔚藍的天空和河水相映成趣，遠方浩瀚的海洋吸引著我的目光。到了淡水車站，老舊的淡水小鎮沉澱出歷史的烙印，炙熱的陽光讓我大汗淋漓，走上五虎崗，悠哉的視野，使我期許這虛無後的澎湃能帶來新的未來。

　　來到淡江中文系，一切都感覺新鮮。系上的多元課程，涵養了我對傳統文化與現代文學的興趣與涉獵，其中，師長的引導絕對是關鍵。我常常沉浸在王文進老師、趙衛民老師浪漫而熱情的詩性感受，也深受高柏園老師、殷善培老師在思想史上的啟迪，而周彥文老師以文獻學的角度帶領著我一窺文學史浩瀚的殿堂。另外，李元貞老師、范銘如老師總提醒我「性別」與當代生活的密切關係。施淑老師在臺灣文學與大陸當代文學的豐厚學養，更是開啟我當代兩岸歷史與文化的理解。

　　與施淑老師的相遇，是在系上定期舉辦的「社會與文化」學術研討會中。我已記不清會議確切的舉辦時間，那時我大二，和好友們在系辦公室行政助教玫君、慧鳳號召下幫忙會議事務。在會議的進行中，我閒暇之餘溜入音控室旁聽，當時負責控音的，正是大名鼎鼎的詩人丁威仁學長。我聽不懂台上學者的發言內容，倒是被兩股聲音給深深吸引著：一是清脆而柔媚，另一則是低沉而遲緩。我亟欲知道當事人身分，於是請教他。他告訴我，前者是彭小妍女士，後者則是施淑老師，而後者正針對前者的文章展開特約討論。他看我「有眼不識泰山」，於是補了一句：「學弟，你一定要去修施老師的課，她可是我們系上的『鎮系之寶』，不修就可惜了！」我只被那股帶有歷史沉鬱而擲地有聲的發言吸引著，並沒有把學長的話放在心上。

　　升上大三，由於選課的限制，以及范老師的啓發與推薦，我選修了施老師的「中國大陸當代文學」。正式上課前，我不知道課程內容，以爲是閱讀中國大陸 20 年代、30 年代的作品。直到她說明課程大要以及課程進行方式，我才明瞭老師是要帶我們閱讀大陸 1949 年以後，主要集中在文革後的新時期文學。這是個我從未接觸過的領域，只覺得新鮮，於是就留在課堂上。這門課原本有將近 100 人選修，後來在她的「好言相勸」下，剩下 70 多人，但在大教室上起課來，仍感覺「人山人海」。施老師對著這麼多的學生，講起課來中氣十足，毫不馬虎。在她條理清晰的、不疾不徐的娓娓道來，我體認到細讀文本的重要，也了解到文學作品與社會歷史的辯證關係，更建構了我對海峽對岸當代文學傳統與社會歷史的了解，而奠定了碩士班時以大陸文學爲研究主題的基礎。

　　習慣了施老師的上課方式與豐富學養的學生，大都會成爲她忠實的粉絲。大四時，我繼續修了她的「臺灣文學」（果然，修課的人大都是熟面孔），藉此，我讀到了從未接觸過的日據時期臺灣文學作品，了解到臺灣知識份子如何藉由左翼思想抵抗與日本殖民政權合謀的本地資本家，以及中、下階層農工的悲苦生活與庶民經驗。不過，這豐富而深刻的課程我只修了上學期，下學期因準備研究所入學考試而忍痛退選。讓我印象深刻的是，我本以爲選修課人數眾多，施老師根本不知道我，沒想到下學期她第一次點名時就點到我。事後，常常被一起修課的同班同學猛虧：「施老師說你名字很特別，一下子就記住了，而你沒去上課，老師委婉的說你很誇張。她講完後，全班哄堂大笑！」只是，該門課我已在下學期開學初電腦加退選時段退選，她看到的是「初選」名單。後來，考上碩士班，在修讀她所開設的「當代大陸文學專題研究」時，第一堂課中，她親切地詢問修課同學對課程有無建議，四下都沒有人敢說話——這是常態，因爲學生都很怕她，於是就直接點名詢問我的看法。我當場楞了一下，心想：「不會吧！我沒跟老師說過話，她怎麼會記得我？」於是就吞吞吐吐地請老師能否把中國 20、30 年代的文學狀況做個概述。她點點頭，我卻是冷汗直流。到了第二次上課時，她眞的就精彩而扼要地講授清末民初至 1949 年以前中國現代文學的發展概況。

　　進了碩士班，我更進一步領略到施老師紮實而豐厚的學養，以及與時俱進的做學問的態度。當時（大約是 1990 年代中期），正是臺灣人文學界「文化研究」大

行其道的年代，因此，所內專攻現代文學的學長姊，無不積極蒐集中國大陸出版界出版的理論翻譯書籍，我也常常跟著他們去公館、師大一帶的簡體字書店「搜刮」文學／文化理論的作品與大陸文學文本。當時，淡江中文所成立第一屆的博士班，施老師開了「社會與文化專題研究」，我跟詩人好友紋豪就硬著頭皮去修讀（碩士班學生就我倆和游舒晨，其他全都是博士生），課程內容以後殖民文學／文化理論為主，旁及西方馬克思主義對於文化與意識形態的論述，這些正是施老師的學術專長。我們以《解殖與民族主義》、《殖民與後殖民文學》、《想像的共同體》為教科書，旁及丹尼爾‧貝爾的《資本主義的文化矛盾》，以及阿里夫‧德里克、泰瑞‧伊戈頓、阿君‧阿帕杜萊、雷蒙‧威廉斯、愛德華‧薩伊德等學者的翻譯文章。施老師細膩地帶著我們閱讀這些艱澀難懂的文章，釐清重要的觀念，並旁徵博引兩岸文學／文化文本來映照理論內容。過程中，她不斷提醒著我們，理論固然是學術研究的必備工具，但面對我們周遭的現實處境與傳統，仍要謹慎，不可生搬硬套。這門課程深化了我對於理論與文本間關係的思索，同時提醒自己要多留意學界的趨勢，與時俱進，不要一味地封閉在自己的領域中。

修完此門課，我們深刻體會到，如果要讀懂當代文學／文化理論，馬克思主義是不可略過的一座大山，進而對施老師豐厚的學養，有著由衷的敬佩，反觀自己見識的不足，深感汗顏。因此，凡是被她教過的學生，大都很「怕」她。與其說是「怕」，倒不如說是對她懷有由衷的「敬畏」。這份「敬畏」，一部分來自施老師平時的不苟言笑，另一部分更來自學生的無知而不用功，或是辜負了老師一番的期許。因此，在施老師的課堂上，我常看到修課的研究生大都喜歡坐在離她較遠的位置，教室中第一排、第二排位子通常空無一人，大夥兒都擠到教室後排位子去認真聆聽老師的講授，上課遲到者和課程報告者就只好和老師「近距離的接觸」。課程進行時，最讓我享受的不是同學們的口頭報告，而是在後半段施老師的述評，內容深刻而富有啟發性。每上完老師的課，收穫滿滿，更知道要精進自己。

有趣的是，她擔心學生很「怕」她，所以會想辦法拉近師生間的距離。比方，上課上到一半，她會鼓勵同學們發表意見，微笑地叮嚀我們別讓她「唱獨角戲」，或是跟身邊的研究生談談自己的生活瑣事。後來，我從學姊那兒得知，施老師很喜歡貓，家裡也養了幾隻，只要談起貓，老師的心情就會很愉快，甚至會跟學生交換

養貓的經驗。或是，她常常藉著上課內容以半開玩笑的方式嘲諷我們這些「既不知古，也不知今」的「新新新人類」，抱怨她這 LKK 的世代與我們隔閡太深，我們很難進入她所談的理論觀念與文學文本。其實，台下學生每個都心知肚明，老師是「拐個彎」責備我們不夠用功，因此，經她這麼一「虧」，我們都非常的內疚。老師自有她幽默的地方，只是平常不大表現出來罷了。不過，最讓我們嘖嘖稱奇的不只是她的「冷面笑匠」的功力，而是她確實知道現今年輕人流行的事物是甚麼。依稀記得在課堂上聽過她對於日本動漫「數碼寶貝」中的「皮卡丘」的看法，我已忘記她是在甚麼脈絡中提到，但是，在她說完後，在座的每個同學面面相覷，大家總以為，以施老師認真而嚴謹的待人接物與治學的態度，她不知道「皮卡丘」是理所當然的，但她的確知道，而且還說了一番非常既有趣又有道理的見解。

至於指導研究生論文的方向，老師沒給學生太多的設限，她總是針對學生不足的地方，開列書目並要求閱讀，讓論文的內容能夠豐富而紮實。還記得在寫碩論時，因觸及舊俄時期的文學與民粹主義，老師開了許多本書，要我留意俄國文學與中國現、當代文學之間的關係，我囫圇吞棗的讀了，並運用在論文寫作上。直到今天，我仍萬分感謝她的耐心指導，如果沒有她的協助，我根本不知道學術為何，更無法體會到知識話語中的深層連結。還記得桂芳學姐說過：「當老師的研究生是最幸福的！」其所言甚是。就我來說，在知識的積累與思想的敏銳上，收穫最多的，當屬碩士班階段。畢業後因緣際會投入中學教職，深深體會到在淡江求學階段中所積累的種種，早已為現階段打下良好的基礎，當然，老師所給予的幫助是最大的！

截至目前，臺灣學界陸續有幾篇與老師相關的文章，它們或指出她求學與學問養成的心路歷程，或提及在淡江求學時從老師那得到的豐厚收穫及深遠影響。這些文章，相當中肯而富有濃厚的情感。在此，我只能將自己切身的體驗予以展示。老師的作風低調，希望拙文能不造成她的困擾。她從淡江退休後，仍持續發表與日據時期臺灣文學與大陸偽滿州國文學相關的文章，且出席各大學術會議場合，此「退而不休」的精神，令人欽佩。

現以此文，感激老師的教導！更恭祝老師 75 歲大壽，身體健康，事事順心！

國家圖書館出版品預行編目資料

前衛的理想主義
——施淑教授七秩晉五壽慶論文集

徐秀慧、胡衍南主編. – 初版. – 臺北市：臺灣學生，2015.02
面；公分
ISBN 978-957-15-1643-1 (平裝)

1. 中國文學 2. 現代文學 3. 文學評論 4. 文集

820.7　　　　　　　　　　　　　　　　104002553

前衛的理想主義
——施淑教授七秩晉五壽慶論文集

主　　　編：徐　秀　慧　、　胡　衍　南
出　版　者：臺 灣 學 生 書 局 有 限 公 司
發　行　人：楊　　　　雲　　　　龍
發　行　所：臺 灣 學 生 書 局 有 限 公 司
　　　　　　臺北市和平東路一段七十五巷十一號
　　　　　　郵 政 劃 撥 帳 號 ： 00024668
　　　　　　電 話 ： (02)23928185
　　　　　　傳 眞 ： (02)23928105
　　　　　　E-mail：student.book@msa.hinet.net
　　　　　　http://www.studentbook.com.tw
本 書 局 登
記 證 字 號：行政院新聞局局版北市業字第玖捌壹號
印　刷　所：長 欣 印 刷 企 業 社
　　　　　　新北市中和區中正路九八八巷十七號
　　　　　　電 話 ： (02)22268853

定價：新臺幣七○○元

二 ○ 一 五 年 二 月 初 版

82040
ISBN 978-957-15-1643-1 (平裝)